ଲୋକ ବ୍ୟବହାର

ପ୍ରଭାବଶାଳୀ ବ୍ୟକ୍ତିତ୍ୱର କଳା

I0563372

ଡେଲ କାରନେଗୀ

ଡାଇମଣ୍ଡ ପକେଟ୍ ବୁକ୍ସ

www.diamondbook.in

ପ୍ରକାଶକ : **ଡାୟମଣ୍ଡ ପକେଟ୍ ବୁକ୍ସ**
X- 30, ଓଖଲା, ଇଣ୍ଡଷ୍ଟ୍ରିୟଲ ଏରିଆ, ଫେଜ୍ -II
ନୂଆଦିଲ୍ଲୀ - 110020
ଫୋନ୍ : 011- 40712200
ଇ-ମେଲ : sales@dpb.in
ୱେବସାଇଟ : www.diamondbook.in

ଲୋକ ବ୍ୟବହାର

Lok Vyavhar (Odia)

By: Dale Carnegie

ପ୍ରସ୍ତାବନା

'ହାଓ ଟୁ ୱିନ୍ ଫ୍ରେଣ୍ଡ୍ସ ଏଣ୍ଡ ଇନଫ୍ଲୁଏନ୍ସ ପିପୁଲ'ର ପ୍ରଥମ ସଂସ୍କରଣ ୧୯୩୬ ରେ ଛପା ଯାଇଥିଲା । ଏହାର କେବଳ ପାଞ୍ଚ ହଜାର ପ୍ରତିଲିପି ଛପା ଯାଇଥିଲା । ନା ଡେଲ କାରନେଗୀ ଙ୍କୁ, ନା ପ୍ରକାଶକ ସାଇମନ୍ ଏବଂ ଶୁଷ୍ଟର କାହାକୁ ବି ଭରସା ନଥିଲା କି ଏହି ପରିମାଣ ଠାରୁ ଅଧିକ ପ୍ରତିଲିପି ବିକ୍ରି ହେବ । ସେମାନେ ବହୁତ ଆଶ୍ଚର୍ଯ୍ୟଚକିତ ହେଲେ ଯେତେବେଳେ ଏହି ପୁସ୍ତକ ରାତାରାତି ଲୋକପ୍ରିୟ ହୋଇଗଲା ଏବଂ ଜନସାଧାରଣଙ୍କ ତରଫରୁ ଏତେ ଚାହିଦା ବଢିଗଲା ଯେ ଏହାର ଗୋଟିଏ ପରେ ଗୋଟିଏ ସଂସ୍କରଣ ଛାପିବାକୁ ପଡିଲା । ବର୍ତ୍ତମାନ 'ହାଓ ଟୁ ୱିନ୍ ଫ୍ରେଣ୍ଡ୍ସ ଏଣ୍ଡ ଇନଫ୍ଲୁଏନ୍ସ ପିପୁଲ' ପୁସ୍ତକୀୟ ଇତିହାସରେ ଏକ ସର୍ବକାଳୀନ ଅନ୍ତର୍ରାଷ୍ଟ୍ରୀୟ ବେଷ୍ଟସେଲର ର ମାନ୍ୟତା ପାଇ ସାରିଛି । ବାସ୍ତବରେ ଏହା ଜନମାନସର ଏମିତି ଏକ ତନ୍ତ୍ର କୁ ଛୁଇଁ ସାରିଛି, ଏକ ଏମିତି ମାନବୀୟ ଆବଶ୍ୟକତାକୁ ପୂରଣ କରି ପାରିଛି ଯେଉଁଥି ପାଇଁ ବିଗତ ଅର୍ଦ୍ଧ ଶତାବ୍ଦୀ ଧରି ଏହା ଲଗାତାର ଭାବରେ ବିକ୍ରି ହୋଇ ଚାଲିଛି ।

ଡେଲ କାରନେଗୀ ନିଜେ ହିଁ ସ୍ୱୀକାର କରିଥିଲେ ଯେ ଇଂରାଜୀ ଭାଷାରେ ଏକ ସୁପ୍ରସିଦ୍ଧ ବାକ୍ୟାଂଶ ଭାବରେ ଏହି ପୁସ୍ତକର ଶୀର୍ଷକ 'ହାଓ ଟୁ ୱିନ୍ ଫ୍ରେଣ୍ଡ୍ସ ଏଣ୍ଡ ଇନଫ୍ଲୁଏନ୍ସ ପିପୁଲ' ଏତେ ମାତ୍ରାରେ ଲୋକପ୍ରିୟ ହେବା ନିଶ୍ଚିତ ଭାବରେ ଏକ ଆଚମ୍ଭିତ କଥା । ଅନେକ ବ୍ୟକ୍ତି ଏହି ବାକ୍ୟାଂଶକୁ ନିଜ ଭାଷଣରେ ଏବଂ ଲେଖାରେ ଉଦ୍ଧୃତ କରିଛନ୍ତି, ନାଟକ ଏବଂ ଉପନ୍ୟାସ ରେ ଏକ ଲୋକପ୍ରିୟ ସଂଳାପ ଭାବରେ ସ୍ଥାନ ଦେଇଛନ୍ତି ତଥା ସର୍ବୋପରି ସାଧାରଣ କଥାବାର୍ତ୍ତା ରେ ବହୁଳ ଭାବରେ ବ୍ୟବହାର ମଧ୍ୟ କରିଛନ୍ତି । ଏଥିରୁ ଏହା ସହଜରେ ଅନୁମାନ କରାଯାଇ ପାରେ ଯେ ଏହି ପୁସ୍ତକ କେତେ ମାତ୍ରାରେ ଲୋକଙ୍କ ମନକୁ ଛୁଇଁ ପାରିଛି । ଆଜି ବିଶ୍ୱର ପ୍ରାୟ ସମସ୍ତ ଭାଷାରେ ଏହାର ଅନୁବାଦ ଉପଲବ୍ଧ ରହିଛି । ପିଢ଼ୀ ପରେ ପିଢ଼ୀ ଏହାର ପ୍ରାସଙ୍ଗିକତା ଏବଂ ଉପାଦେୟତା ଜାରୀ ରହିଛି, ତେଣୁ ଦିନକୁ ଦିନ ଏହି ପୁସ୍ତକ ର ଆଦୃତି ବଢ଼ି ଚାଲିଛି ।

ଏବେ ଆମେ ଏକ ତାର୍କିକ ପ୍ରଶ୍ନକୁ ଆସିବା: ଏପରି ଲୋକପ୍ରିୟ ଏବଂ ସର୍ବକାଳୀନ ପୁସ୍ତକକୁ ସଂଶୋଧନ କରିବାର କ'ଣ ଅବା ଆବଶ୍ୟକତା ରହିଛି ? ଏଭଳି ସଫଳ ପୁସ୍ତକ ଉପରେ କ'ଣ ପାଇଁ କଲମ ଚଳା ଯାଉଛି ?

ଏହି ପ୍ରଶ୍ନର ଉତ୍ତର ଜାଣିବା ପୂର୍ବରୁ ଆମକୁ ଏକଥା ମଧ୍ୟ ଜାଣିବା ଦରକାର ଯେ ନିଜେ ଡେଲ କାରନେଗୀ ମଧ୍ୟ ଜୀବନସାରା ତାଙ୍କର ପୁସ୍ତକ ଗୁଡ଼ିକର ସଂଶୋଧନ କରି ଚାଲିଥିଲେ। ତାଙ୍କ ରଚିତ ଏହି ପୁସ୍ତକ 'ହାଓ ଟୁ ୱିନ୍ ଫ୍ରେଣ୍ଡ୍‌ସ ଏଣ୍ଡ ଇନଫ୍ଲୁଏନ୍ସ ପିପୁଲ' ପ୍ରଥମେ ଏକ ପାଠ୍ୟପୁସ୍ତକ ଭାବରେ ଲେଖା ଯାଇଥିଲା। ଏହା ଇଫେକ୍ଟିଭ୍ ସ୍ପିକିଙ୍ଗ ଏଣ୍ଡ ହ୍ୟୁମାନ ରିଲେଶନ କୋର୍ସ ର ଅନ୍ତର୍ଗତ ଏକ ପାଠ୍ୟ ପୁସ୍ତକ ଭାବରେ ସ୍ଥାନ ପାଇଥିଲା। ଏହି ପୁସ୍ତକ ଆଜି ବି ଏହି ଉଦ୍ଦେଶ୍ୟ ରେ ନିୟୋଜିତ ହେଉଛି। ଡେଲ କାରନେଗୀ ନିଜର ମୃତ୍ୟୁ ପର୍ଯ୍ୟନ୍ତ ଅର୍ଥାତ ୧୯୫୫ ମସିହା ପର୍ଯ୍ୟନ୍ତ ନିଜେ ଏହି କୋର୍ସକୁ ସଂଶୋଧନ କରି ଚାଲିଥିଲେ। ଏହାର ଏକମାତ୍ର ଉଦ୍ଦେଶ୍ୟ ଏହା ଥିଲା ଯେ ପରିବର୍ତ୍ତିତ ଦୁନିଆଁର ପରିବର୍ତ୍ତିତ ପରିସ୍ଥିତିରେ ଏହି ପୁସ୍ତକର ଉପଯୋଗୀତା ପୂର୍ବ ଭଳି ଅତୁଟ ରହୁ। ସେ ଶିକ୍ଷାଦାନର ପ୍ରଣାଳୀକୁ ମଧ୍ୟ ଲଗାତାର ଭାବରେ ସଂଶୋଧନ କରୁଥିଲେ ଏବଂ ଏହାକୁ ସମୟ ଉପଯୋଗୀ ତଥା ପ୍ରାସଙ୍ଗିକ କରାଉଥିଲେ।

ଏହି ବହିରେ ଲେଖା ହୋଇଥିବା କେତେକ ମହତ୍ତ୍ୱପୂର୍ଣ୍ଣ ଲୋକଙ୍କ ନାମ ଏହାର ପ୍ରଥମ ପ୍ରକାଶନ ସମୟରେ ଖୁବ୍ ଜଣାଶୁଣା ନାମ ଥିଲା। ତେଣୁ ଏହି ପୁସ୍ତକରେ ଦିଆଯାଇଥିବା କିଛି ଉଦାହରଣ ଓ ବାକ୍ୟାଂଶ ଏବେ ପୁରୁଣା ଲାଗିପାରେ ଯେପରି କି କୌଣସି ପୁରାତନ ଉପନ୍ୟାସର ସାମାଜିକ ପରିବେଶ ଆମକୁ ଏବେ ପୁରୁଣା ଲାଗୁଛି। କିନ୍ତୁ ଏହି ପୁସ୍ତକର ଅନ୍ତର୍ନିହିତ ଉଦ୍ଦେଶ୍ୟ ଏବଂ ବାର୍ତ୍ତା ଆଜିର ସମୟ ରେ ମଧ୍ୟ ଅତ୍ୟନ୍ତ ଉପଯୋଗୀ ଏବଂ ପ୍ରଭାବଶାଳୀ ଅଟେ।

ତେଣୁ ଏହି ସଂସ୍କରଣରେ ଆମେ ଡେଲ କାରନେଗୀଙ୍କ ବକ୍ତବ୍ୟକୁ ସେହିପରି ଉତ୍ସାହବର୍ଦ୍ଧକ ଶୈଳୀରେ ଉପସ୍ଥାପନ କରିଛୁ ଯାହା ଦ୍ୱାରା ପାଠକମାନେ ପ୍ରଭାବିତ ହେବେ ତଥା ନିଜର ଜୀବନଶୈଳୀକୁ ଅଧିକ ଉନ୍ନତ କରି ପାରିବେ। ଲକ୍ଷ ଲକ୍ଷ ବ୍ୟକ୍ତି ଏହି ପୁସ୍ତକ ପାଠ କରି ଲାଭାନ୍ୱିତ ହୋଇ ସାରିଛନ୍ତି ଏବଂ ଆମେ ଆଶା କରୁଛୁ ଯେ ଆପଣଙ୍କ ପାଇଁ ମଧ୍ୟ ଏହି ପୁସ୍ତକଟି ଉପଯୋଗୀ ସିଦ୍ଧ ହେବ।

- ଡୋରୋଥୀ କାରନେଗୀ

(ଡେଲ କାରନେଗୀ ଙ୍କ ପତ୍ନୀ)

ସୂଚୀପତ୍ର

ଭାଗ - ଚାରି

କଷ୍ଟ ନ ଦେଇ ଲୋକମାନଙ୍କୁ କିପରି ବଦଲାଇ ହେବ

ପୁସ୍ତକ ଲେଖନର ରୂପରେଖ

ବିଂଶ ଶତାବ୍ଦୀର ପ୍ରାରମ୍ଭିକ ପଇଁତିରିଶି ବର୍ଷରେ କେବଳ ଆମେରିକାରେ ଦୁଇ ଲକ୍ଷରୁ ଅଧିକ ପୁସ୍ତକ ପ୍ରକାଶିତ ହୋଇଥିଲା କିନ୍ତୁ ଅଧିକାଂଶ ପୁସ୍ତକ ପ୍ରଭାବହୀନ ତଥା ରସହୀନ ଥିଲା । ତେଣୁ ପୁସ୍ତକ ବିକ୍ରୟ ଜନିତ ଲାଭ କିଛି ହୋଇ ପାରୁ ନଥିଲା କହିଲେ ଚଳେ । ଏଭଳି ବିଚାର ସହିତ କେବଳ ମୁଁ ନୁହେଁ, ବରଂ ଏକ ବଡ଼ ପ୍ରକାଶନ ସମୂହର ଅଧ୍ୟକ୍ଷ ମଧ୍ୟ ସହମତ ଥିଲେ ।

କିନ୍ତୁ ଏବେ ପ୍ରଶ୍ନ ଉଠୁଛି ଯେ ଏସବୁ କଥା ଜାଣି ମଧ୍ୟ ମୁଁ ଏହି ପୁସ୍ତକ କାହିଁକି ଲେଖୁଛି ଏବଂ ଆପଣ ଏହାକୁ ପଢ଼ିବାର ଭୁଲ କ'ଣ ପାଇଁ କରୁଛନ୍ତି ?

ଏହି ଦୁଇଟି ଯାକ ପ୍ରଶ୍ନ ଏକଦମ୍ ଯଥାର୍ଥ ଅଟେ ତଥା ଏହାର ଯଥାଯଥ ଉତ୍ତର ଦେବା ପାଇଁ ମୁଁ ସଂପୂର୍ଣ୍ଣ ରୂପେ ଚେଷ୍ଟା କରିବି ।

୧୯୧୨ ମସିହା ପରଠାରୁ ମୁଁ ନିୟୁର୍କରେ ବ୍ୟବସାୟ ଜଗତ ସହ ଜଡିତ ବ୍ୟକ୍ତି ଓ ସଂସ୍ଥାନ ପାଇଁ ନିଜର ଶିକ୍ଷାଭିତ୍ତିକ ପାଠ୍ୟକ୍ରମ ଚଳାଇ ଆସୁଛି । ପ୍ରଥମେ ପ୍ରଥମେ ମୁଁ ଲୋକମାନଙ୍କୁ ସାର୍ବଜନୀକ ରୂପେ କଥା କହିବାର କଳା ଶିଖାଉଥିଲି, କିନ୍ତୁ ପରେ ମୁଁ ଅନୁଭବ କଲି ଯେ ପ୍ରଭାବଶାଳୀ କଥା କହିବାର କଳା ଶିଖିବା ସହିତ ନିଜର ବ୍ୟବସାୟିକ ତଥା ସାମାଜିକ ଜୀବନରେ ଲୋକମାନଙ୍କ ସହ କିପରି ଭାବରେ ବ୍ୟବହାର ପ୍ରଦର୍ଶନ କରିବା ଉଚିତ ତାହା ମଧ୍ୟ ଜାଣିବା ନିହାତି ଜରୁରୀ ଅଟେ ।

ପ୍ରତ୍ୟେକ ବ୍ୟକ୍ତି ପାଇଁ ନିଜ କ୍ଷେତ୍ରରେ ଜଡିତ ବ୍ୟକ୍ତିମାନଙ୍କୁ ପ୍ରଭାବିତ କରିବା ସବୁଠାରୁ ବଡ ସମସ୍ୟା ହୋଇଥାଏ, ସେ ତେଣିକି ଇଞ୍ଜିନିୟର, ଡାକ୍ତର କିମ୍ବା ମାମୁଲି ଦରଜୀ କିମ୍ବା ଧୋବା ହେଉନା କାହିଁକି ।

କ'ଣ ଆପଣଙ୍କୁ ଲାଗୁନି କି ଏହି କଳାକୁ ଶିଖିବା ପାଇଁ ଦୁନିଆଁର ପ୍ରତ୍ୟେକ କଲେଜରେ ବିଶେଷ ପାଠ୍ୟକ୍ରମ ଚଳାଇବାର ଆବଶ୍ୟକତା ରହିଛି ବୋଲି, କିନ୍ତୁ ମୁଁ ତ ଆଜି ପର୍ଯ୍ୟନ୍ତ ଏପରି କଲେଜ ବା ପାଠ୍ୟକ୍ରମର ନାମ ବି ଶୁଣି ନାହିଁ ।

ଯେହେତୁ ଆଜି ପର୍ଯ୍ୟନ୍ତ ଲୋକ ବ୍ୟବହାର କଳା ସମ୍ବନ୍ଧିତ କୌଣସି ବି ପୁସ୍ତକ ଲେଖାଯାଇ ନାହିଁ, ତେଣୁ ଏହି ପୁସ୍ତକକୁ ପ୍ରସ୍ତୁତ କରିବା ପାଇଁ ମୁଁ ଅକ୍ଳାନ୍ତ ପରିଶ୍ରମ କରିଛି। ମୁଁ ଖବରକାଗଜ ଏବଂ ପତ୍ରପତ୍ରିକାର ଅନେକ ଲେଖା, ପାରିବାରିକ ଅଦାଲତର ରେକର୍ଡ ତଥା ନୂଆ ପୁରୁଣା ଅନେକ ଦାର୍ଶନିକଙ୍କ ଲେଖା ପଢ଼ି ସାରିଛି। ଏପରିକି ଥିଓଡର ରୁଜଭେଲ୍ଟଙ୍କ ଦ୍ଵାରା ଲିଖିତ ଶହେ ଜୀବନୀ ପୁସ୍ତକ ମଧ୍ଯ ପଢିଛି।

ମୁଁ ଅନେକ ସଫଳ ବ୍ୟକ୍ତି ଯଥା ମାର୍କୋନୀ ଏବଂ ଏଡିସନ୍‌ଙ୍କ ପରି ଆବିଷ୍କାରକ, ଫ୍ରାଙ୍କଲିନ୍ ଡି. ରୁଜଭେଲ୍ଟ ଏବଂ ଜେମ୍ସ ଫାର୍ଲେ ଙ୍କ ପରି ରାଜନୀତିଜ୍ଞ, ଓବେନ ଡି. ୟଙ୍ଗ ଙ୍କ ପରି ବିଜିନେସ୍ ଲିଡର, କ୍ଲାର୍କ ଗେବଲ ଏବଂ ପିକଫୋର୍ଡ ଙ୍କ ପରି ଫିଲ୍ମ ଷ୍ଟାର ତଥା ମାର୍ଟିନ ଜନସନ ଙ୍କ ପରି ଅନୁସନ୍ଧାନକାରୀ ବ୍ୟକ୍ତି ମାନଙ୍କର ବ୍ୟକ୍ତିଗତ ଜୀବନକୁ ଖୁବ୍ ନିକଟରୁ ନିରୀକ୍ଷଣ କରିବା ପାଇଁ ପ୍ରଚେଷ୍ଟା କରିଛି।

ଏହି ବହି ଅନ୍ୟ ବହି ପରି ଲେଖାଯାଇନି ଯେପରି ସାଧାରଣତଃ ଅନ୍ୟ ବହି ଗୁଡିକ ଲେଖାଯାଇ ଥାଏ। ଯେପରି ଏକ ଶିଶୁ ନିଜ ବାପାମାଆଙ୍କ ଛତ୍ରଛାୟା ତଳେ ଧିରେ ଧିରେ ବଢ଼ିଥାଏ, ଠିକ୍ ସେହିପରି ଭାବରେ ଏହି ପୁସ୍ତକଟି ବିକଶିତ ଏବଂ ରଚିତ ହୋଇଛି। ଏଥିରେ ଅଗଣିତ ଅଭିଜ୍ଞ ଲୋକଙ୍କ ଜୀବନ ସାରାଂଶ ସମ୍ମିଳିତ ରହିଛି।

ଏଠାରେ ଯେଉଁ ନିୟମଗୁଡିକ ଦିଆ ଯାଇଛି ସେଗୁଡ଼ିକ କେବଳ ନିରୋଳା ସିଦ୍ଧାନ୍ତ କିମ୍ବା ଅନ୍ଧାରରେ ମରା ଯାଇଥିବା ତୀର ନୁହେଁ ବରଂ ଯାଦୁମନ୍ତ୍ର ପରି ପ୍ରଭାବଶାଳୀ ଅଟେ।

ଏହି ପୁସ୍ତକର ଏକମାତ୍ର ଲକ୍ଷ୍ୟ ହେଉଛି ଯେ ଆପଣ କିପରି ନିଜର ଅନ୍ତର୍ନିହିତ ଶକ୍ତି ଏବଂ କ୍ଷମତାକୁ ଚିହ୍ନିବେ, ଯାହାଫଳରେ ଆପଣଙ୍କ ଜୀବନ ସୁଖମୟ ହୋଇ ପାରିବ। ପ୍ରିଷ୍ଟନ ୟୁନିଭରସିଟିର ପୂର୍ବତନ ଅଧକ୍ଷ ଡି. ଜନ ଜି. ହିବନଙ୍କ ମତରେ – 'ଶିକ୍ଷା ର ମୂଳ ଲକ୍ଷ୍ୟ ହେଉଛି ଜୀବନର ସମସ୍ତ ପରିସ୍ଥିତିକୁ ସାମ୍ନା କରିବା ପାଇଁ ଉପଯୁକ୍ତ ଯୋଗ୍ୟତା ହାସଲ କରିବା।' ହରବର୍ଟ ସ୍ପେନସର ମଧ୍ୟ କହିଥିଲେ ଯେ – 'ଶିକ୍ଷାର ଉଦ୍ଦେଶ୍ୟ ଜ୍ଞାନ ନୁହେଁ ବରଂ କର୍ମ ଅଟେ।'

ଏବଂ ଏହି ପୁସ୍ତକଟି କର୍ମ ବାବଦରେ ହିଁ ଲେଖା ଯାଇଛି।

– ଡେଲ କାରନେଗୀ

ଭାଗ – ଏକ

ଲୋକଙ୍କୁ ପ୍ରଭାବିତ କରିବାର ଭଲ ଉପାୟ

1

ଅଧିକ ମହୁ ପାଇବା ପାଇଁ ମହୁମାଛି ବସାକୁ ଗୋଇଠା ମାରନ୍ତୁ ନାହିଁ

୧୯୩୧ ମସିହା ମଇ ୭ ତାରିଖ ଦିନ ନିୟୁର୍କରେ ପୋଲିସ୍ ସହ ଏକ ବଡ ଦଙ୍ଗା ଚାଲିଥାଏ। ସେଦିନ ଏହି ଦଙ୍ଗାର ଶେଷ ଦିବସ ଥିଲା ତେଣୁ ଲୋକମାନଙ୍କ ଭିତରେ ବଡ ରୋମାଞ୍ଚ ଥାଏ। ମାସ ଯାକ ଲୁଚକାଳି ବା ଛୁପାଛୁପି ପରେ ହତ୍ୟାକାରୀ କ୍ରାଲେକୁ ଚାରିପଟରୁ ଘେରି ଦିଆଯାଇଥିଲା। ସେଠାରେ ସେ ଦୁଇ ନାଳି ବନ୍ଧୁକ ନାମରେ ଜଣାଶୁଣା ଥିଲା। ସେ ଓ୍ୱେଷ୍ଟ ଆଭେନ୍ୟୁରେ ନିଜ ପ୍ରେମିକାର ଘରେ ଛପିଥିବା ବେଳେ ପୋଲିସ୍ ତାକୁ ଚାରି ପଟରୁ ଘେରି ରହିଥିଲା। ସେ ସିଗାରେଟ ପିଉନଥିଲା କି ମଦକୁ ବି ହାତ ଲଗାଉ ନଥିଲା।

ସେ ଉପର ତାଲା ଘରେ ଛପି ରହିଥିଲା। ୧୫୦ରୁ ଅଧିକ ପୋଲିସ୍ କର୍ମଚାରୀ ଓ ଇନଫରମର ତଳ ଠାରୁ ଉପର ପର୍ଯ୍ୟନ୍ତ ଚାରି ପଟରୁ ଘେରି ରହିଥିଲେ। ପୋଲିସ୍ ଛାତରେ କଣା କରି ଲୁହ ବୁହା ଗ୍ୟାସ ପ୍ରୟୋଗ କରି ସେହି କୁଖ୍ୟାତ ଅପରାଧୀକୁ ଧରିବାକୁ ଚାହିଁଲା। ଆଖ ପାଖ ସବୁ ଛାତ ଉପରୁ ମେସିନଗନ୍ ଦ୍ୱାରା ତାକୁ ନଜର ରଖିଥିଲେ। ଏକ ଘଣ୍ଟା ଧରି ନିୟୁର୍କର ଏହି ଇଲାକାରେ ମେସିନଗନ୍ ଓ ବନ୍ଧୁକର ଗୁଳି ବର୍ଷା ହେଉଥାଏ। କ୍ରାର୍ଲ ଏକ ଚେୟାର ପଛରେ ଥାଇ ପୋଲିସ୍ ଉପରକୁ ଲଗାତାର ଗୁଳି ବର୍ଷା କରୁଥାଏ। ହଜାର ହଜାର ଲୋକ ପୋଲିସ ସହ କୁଖ୍ୟାତ ଅପରାଧୀର ଏହି ଖେଳକୁ ଆନନ୍ଦର ସହ ଦେଖୁଥିଲେ। ହୁଏତ ଏପରି ଦୃଶ୍ୟ ନିୟୁର୍କରେ ଆଗରୁ କେବେ ହୋଇଥିବ କି ନାହିଁ!

ଶେଷରେ କ୍ରାଲେକୁ ଧରି ନିଆଗଲା। ପୋଲିସ୍ କମିଶନର ଇ.ପି. ମଲରୁନି କହିଲେ ଯେ ଆଜି ପର୍ଯ୍ୟନ୍ତ ନିୟୁର୍କ ଇତିହାସର ସବୁଠାରୁ ବଡ କୁଖ୍ୟାତ ଅପରାଧୀ ମାନଙ୍କ ଭିତରୁ

ଗୋଟେ ଥିଲା । କମିଶନର କହିଲେ - "ସେ ଏତେ ଚାଲାଖ ଓ ହୁସିଆର ଥିଲା ଯେ ପକ୍ଷୀ ଫଡଫଡ ଶବ୍ଦ ଶୁଣି ବି କାହାକୁ ବି ମାରି ଦେଉଥିଲା ।"

କିନ୍ତୁ 'ଦୁଇନାଲୀ ବନ୍ଧୁକ' ନିଜେ ନିଜ ନଜରରେ କ'ଣ ଥିଲା ? ଆମକୁ ଏହି କଥା ମାଲୁମ ପଡିଲା କାରଣ ଯେତେବେଳେ ପୋଲିସ୍ ତା ଉପରକୁ ଗୁଳି ମାରୁଥିଲା, ସେହି ସମୟରେ କ୍ରାଲେ ଏକ ଚିଠି ଲେଖିଥିଲା । ଚିଠି ଲେଖିଲା ବେଳେ ତା ଦେହର କ୍ଷତରୁ ଲଗାତାର ବହୁଥିବା ରକ୍ତର ଚିହ୍ନ ଚିଠି ଉପରେ ଲାଗିଥିଲା । ସେ ଚିଠିରେ କ୍ରାଲେ ଲେଖିଥିଲା- 'ମୋ ପୋଷାକ ତଳେ ଏକ ଅତ୍ୟନ୍ତ ଦୟାଳୁ କିନ୍ତୁ ଦୁଃଖୀ ହୃଦୟ ଅଛି, ଏକ ଏପରି କୋମଳ ହୃଦୟ, ଯିଏ କାହାକୁ ବି କ୍ଷତି ପହଞ୍ଚାଇବାକୁ ଚାହେଁ ନାହିଁ ।'

ପତ୍ର ଲେଖିବାର କିଛି ସମୟର କଥା, ଥରେ କ୍ରାଲେ ଲିଗ ଦ୍ୱୀପରେ ଗାଆଁର ନୀରବ ସଡକ ଉପରେ ନିଜ ପ୍ରେମିକା ସହ ମୌଜ ମସ୍ତି କରୁଥିଲା । ଏହି ସମୟରେ ଏକ ପୋଲିସ୍ ବାଲା ତା' କାର ପାଖକୁ ଆସି ଲାଇସେନ୍ସ ଦେଖାଇବାକୁ କହିଲା । ଏତେ ଛୋଟ କଥାର ଦଣ୍ଡ ପୋଲିସ୍ ବାଲାକୁ ନିଜ ଜୀବନ ଦେଇ ପରିଶୋଧ କରିବାକୁ ପଡିଲା । କ୍ରାଲେ କିଛି ବି କହିଲା ନାହିଁ ବରଂ ନିଜ ବନ୍ଧୁକ ବାହାର କରି ପୋଲିସ୍‌ର ମୁଣ୍ଡକୁ ଗୁଳି ମାରିଦେଲା । ଯେମିତି ସେ ତଳେ ପଡିଗଲା, କ୍ରାଲେ ସେ ମରି ପଡିଥିବା ଅଫିସରର ଛାତିକୁ ଆଉ ଏକ ଗୁଳି କରିଦେଲା । ଭାବନ୍ତୁ ଏତେ କ୍ରୁର ଲୋକ କହୁଥିଲା କି "ମୋ ପୋଷାକ ତଳେ ଏକ ଅତ୍ୟନ୍ତ ଦୟାଳୁ କିନ୍ତୁ ଦୁଃଖୀ ହୃଦୟ ଅଛି, ଏକ ଏପରି କୋମଳ ହୃଦୟ, ଯିଏ କାହାକୁ ବି କ୍ଷତି ପହଞ୍ଚାଇବାକୁ ଚାହେଁ ନାହିଁ ।"

କ୍ରାଲେକୁ ମୃତ୍ୟୁ ଦଣ୍ଡ ଦିଆଗଲା । ଯେତେବେଳେ ତାକୁ ସିଂଗ ସିଂଗ ଜେଲରେ ମୃତ୍ୟୁ ଦଣ୍ଡ ପାଇଁ ନିଆଯାଉଥିଲା, ଟିକେ ଭାବନ୍ତୁ ସେ କ'ଣ କହିଥିବ ? କ'ଣ ଏହା କହିଥିବ କି ଏହା ଲୋକଙ୍କୁ ମାରିବାର ଦଣ୍ଡ ମିଳିଲା ! ନାଁ, ସେ କହିଥିଲା -"ଏହା ନିଜକୁ ବଞ୍ଚାଇବାର ଦଣ୍ଡ ।"

ତେବେ ଏହି କାହାଣୀର ସାରାଂଶ ଏହା ହିଁ ହେଲା ଯେ "ଦୁଇନାଲୀ ବନ୍ଧୁକ' କ୍ରାଲେ ସ୍ୱୟଂ ନିଜକୁ କୌଣସି କଥା ପାଇଁ ଦୋଷୀ ଭାବୁ ନଥିଲା । କ'ଣ ଆପଣଙ୍କୁ ଲାଗୁଛି ଅପରାଧୀ ମାନଙ୍କ ମଧ୍ୟରେ ଏହା ସାମାନ୍ୟ କଥା ? ଏବେ ମୁଁ ଆପଣଙ୍କୁ ଆଉ ଏକ କାହାଣୀ ଶୁଣାଉଛି- "ମୁଁ ମୋ ଜୀବନର ସ୍ୱର୍ଣ୍ଣିମ ଦିନଗୁଡିକୁ ଲୋକଙ୍କ ପାଇଁ ଭଲ କାମ କରିବାରେ ବିତାଇ ଦେଲି କାରଣ ସେମାନେ ଭଲ ଜୀବନ ବିତାଇ ପାରନ୍ତୁ । କିନ୍ତୁ ତା ବଦଳରେ ମତେ କେବଳ ଗାଳି ଶୁଣିବାକୁ ମିଳେ ଓ ପୋଲିସ ଠାରୁ ଛପି କରି ଖସିବାକୁ ପଡେ ।

ଏହି ବାକ୍ୟ ଆମେରିକାର କୁଖ୍ୟାତ ବଦମାସ୍ ଅଲ କେପୋନର ଥିଲା । ସେ ଚିକାଗୋ ସହରର ସବୁଠାରୁ ବଡ ଗ୍ୟାଙ୍ଗ ଲିଡର ଥିଲା, କିନ୍ତୁ ଅନ୍ୟ ଅପରାଧୀ ମାନଙ୍କ ପରି ଅଲ

କେପୋନ ବି ନିଜକୁ ଦୋଷୀ ବୋଲି ମାନୁନଥିଲା । ସେ ତ ନିଜକୁ ବଡ ପରୋପକାରୀ ବୋଲି ଭାବୁଥିଲା ଯାହାକୁ ଲୋକମାନେ ଭୁଲ ବୁଝି ବସିଥିଲେ ।

ନିୟୁର୍କର ସବୁଠୁ ବଡ କୁଖ୍ୟାତ ଅପରାଧୀ ମାନଙ୍କ ମଧ୍ୟରେ ଡଚ ଶୁଲଟେଜ ବି ଏପରି ହିଁ କହୁଥିଲା । ଏକ ସାକ୍ଷାତକାରରେ ସେ କହିଥିଲା ସେ ତ ଲୋକମାନଙ୍କର ଭଲ ପାଇଁ କାମକରେ ଓ ନଜେ କହିଥିବା ଏହି କଥା ପରେ ତାକୁ ବହୁତ ବିଶ୍ୱାସ ଥିଲା । ଏହି ବିଷୟରେ ଅଧିକ ଜାଣିବା ପାଇଁ ମୁଁ ନିୟୁର୍କର କୁଖ୍ୟାତ ଜେଲ ସିଂଗସିଂଗର ବାର୍ଡନ ଲୁଇସ ଲିସଙ୍କ ସହ ବହୁତ ଲମ୍ବାସମୟ ଧରି ପତ୍ରାଚାର କରିଛି । ତାଙ୍କ କହିବାନୁସାରେ -"ଏହି ଜେଲର ବହୁତ କମ ଅପରାଧୀ ନିଜକୁ ଖରାପ ଭାବନ୍ତି । ସେମାନେ ବି ଆମପରି ମନୁଷ୍ୟ ଅଟନ୍ତି । ଏଥିପାଇଁ ତ ସେମାନେ ନିଜକୁ ଠିକ୍ ପ୍ରମାଣିତ କରିବା ପାଇଁ ତର୍କ ବିତର୍କ କରିଥାନ୍ତି । ଏମାନଙ୍କ ପାଖରେ ଏହି କଥାକୁ ପ୍ରମାଣିତ କରିବା ପାଇଁ ବହୁତ କାରଣ ବି ଥାଏ କି ସେ କାହା ଉପରକୁ ଗୁଳି କାହିଁକି ମାରିଥିଲେ ବା କେଉଁ ଟ୍ରେଜେରିକୁ କଣ ପାଇଁ ଉଡାଇଥିଲେ ? ଏହି ତର୍କର ଆଧାରରେ ସବୁ ଅପରାଧୀ ନିଜକୁ ଠିକ୍ ବୋଲି ପ୍ରମାଣିତ କରିବା ପାଇଁ ପୁରା ଚେଷ୍ଟା କରିଥାଏ ଓ ନିଜକୁ ଦଣ୍ଡ ପାଇବାର ଅଧିକାରୀ ବୋଲି ଭାବି ପାରେ ନାହିଁ ।"

ଏବେ ଯଦି ଅଲ କେପୋନ, 'ଦୁଇନାଳି ବନ୍ଧୁକ' କ୍ରାଲେ, ଡଚ ଶୁଲଟଜ ବା ପୁଣି ଜେଲ୍‌ର ଚାରି କାନ୍ଥ ଭିତରେ ଚକି ପେସୁଥିବା ଅଗଣିତ ଅପରାଧୀମାନେ ନିଜେ ନିଜକୁ 'ଦୋଷୀ' ମାନି ନଥାନ୍ତି, ତେବେ ସେହି ଲୋକମାନେ କ'ଣ ବା ଭୁଲ୍ କରିଥାନ୍ତି, ଯାହାଙ୍କ ସହ ଆମେ ପ୍ରତିଦିନ ମିଶିଥାଆନ୍ତି ?

ଆମେରକୀୟ ଷ୍ଟୋର ଚେନ୍‌ର ସଂସ୍ଥାପକ ଜେନ୍ ବାନାମେକର୍ ଥିଲେ, ସେ ଏହା ସ୍ୱୀକାର କରିଥିଲେ ଯେ- 'ବହୁତ ବର୍ଷ ପୂର୍ବରୁ ମୁଁ ଏହା ବୁଝିପାରିଥିଲି କି ଅନ୍ୟ ଲୋକକୁ ଦୋଷ ଦେବା କେବଳ ମୁର୍ଖତା ଅଟେ ।' ମୋ ପାଖରେ ମୋର ନିଜ ସୀମା ଗୁଡିକୁ ପାର କରିବାକୁ ମତେ ଏତେ କଷ୍ଟ ହେଉଛି, ତେବେ ସମସ୍ତଙ୍କୁ ଭଗବାନ ଏକ ପ୍ରକାରର ବୁଦ୍ଧି କାହିଁକି ଦେଇ ନାହାନ୍ତି ବୋଲି ମୁଣ୍ଡ ପିଟିବା ଆଦୌ ଉଚିତ୍ ନୁହେଁ ।

ଜେନ୍ ବାନାମେକର୍ ତ ଶିଘ୍ର ନିଜେ ଏପରି ଜାଣିପାରିଥିଲେ, ମୁଁ ଏହାକୁ ତେତିଶ ବର୍ଷରେ ଯାଇ ଶିଖିପାରିଲି ଯା ଭିତରେ ମୋ ଠାରୁ ବହୁତ ଭୁଲ ମଧ୍ୟ ହୋଇସାରିଥିଲା । ତାପରେ ମୁଁ ବୁଝିଲି ଯେ ଶହେରେ ଅନେଶତ ଲୋକ ଏପରି ଅଛନ୍ତି ଯେ କି ନିଜ ଦୋଷ କେବେ ବି ଧରନ୍ତି ନାହିଁ, ପୁଣି ସେ କେତେ ବି ଭୁଲ କରନ୍ତୁ ନା କାହିଁକି କେବେ ନିଜର ଦୋଷକୁ ଦେଖି ପାରନ୍ତି ନାହିଁ କି କେବେ ବି ନିଜର ଆଲୋଚନା କରନ୍ତି ନାହିଁ ।

କୌଣସି ଆଲୋଚନା ବା ସମାଲୋଚନା କରିବାରେ କିଛି ବି ଲାଭ ହୁଏ ନାହିଁ,

କାରଣ ସାମ୍ନା ଲୋକ ନିଜକୁ ବଞ୍ଚାଇବାକୁ ଆରମ୍ଭ କରିଦିଏ, ବାହାନା କରି ତର୍କ କରେ। ଆଲୋଚନା ବହୁତ ବିପଦପୂର୍ଣ୍ଣ ବି ହୋଇପାରେ, କାହିଁକି ନା ସେଥିରେ ବ୍ୟକ୍ତିର ଆତ୍ମସମ୍ମାନ ଉପରେ ଆଞ୍ଚ ଆସିଥାଏ ଓ ସେହି ଲୋକ ଆପଣଙ୍କୁ ହୃଦୟର ସହ ଘୃଣା କରିବାକୁ ଲାଗିପଡେ, ଆପଣଙ୍କ ପ୍ରତି ତା ମନରେ ଖରାପ ଭାବନା ଜାଗ୍ରତ ହୋଇଥାଏ।

ବିଶ୍ୱବିଖ୍ୟାତ ମନୋବିଜ୍ଞାନୀ ବି. ଏଫ. ସ୍କିନର ନିଜ ଅନୁସନ୍ଧାନରୁ ଏହା ପ୍ରମାଣିତ କରିଦେଲେ ଯେ ଆଲୋଚନାରୁ କେହି ସୁଧୁରେ ନାହିଁ ବରଂ ସେ ବ୍ୟକ୍ତି ସହ ଆପଣଙ୍କ ସମ୍ପର୍କ ଧିରେ ଧିରେ ଖରାପ ହୋଇଯାଏ। ଏ କଥାଟି ପଶୁ ମାନଙ୍କ ଉପରେ ମଧ୍ୟ ଲାଗୁ ହୋଇଥାଏ, ସବୁବେଳେ ଦଣ୍ଡିତ ହେଉଥିବା ପଶୁ ଠାରୁ ଭଲ ବ୍ୟବହାର ପାଉଥିବା ପଶୁ କୌଣସି କାମକୁ ଶୀଘ୍ର ଶିଖି ନେଇଥାଏ। ମହାନ ମନୋବିଶ୍ଳେଷକ ହୈସ ସେଲବେ ବି କହିଥିଲେ- 'ପ୍ରତ୍ୟେକ ବ୍ୟକ୍ତିକୁ ଆଦର ଯତ୍ନ ଓ ପ୍ରଶଂସାପ୍ରିୟ ହୋଇଥାଏ ଓ ଅନ୍ୟ ଭାବରେ କହିଲେ ପ୍ରତ୍ୟେକ ଲୋକ ନିନ୍ଦାକୁ ଡରେ।' ନିନ୍ଦା ବା ଆଲୋଚନାରୁ ପରବାରର ସଦସ୍ୟ, କର୍ମଚାରୀ, ମିତ୍ରମାନେ, ସହକର୍ମୀ ଓ ସମସ୍ତଙ୍କର ମନୋବଳ ଭାଙ୍ଗିଯାଏ କମିଯାଏ ତେଣୁ ତାହାର ସ୍ଥିତିରେ କୌଣସି ପରିବର୍ତ୍ତନ ହୁଏ ନାହିଁ।

ଏନିଡ ଓକଲାହାମାର ଜର୍ଜ ବି. ଜାଂଷ୍ଟନ୍ ଗୋଟେ ଇଂଜିନିୟରିଂ କମ୍ପାନୀରେ ସୁରକ୍ଷା ପ୍ରଭାରୀ ପଦରେ କାମ କରୁଥିଲେ। ତାର କାମ ଥିଲା କି କାମ କରୁଥିବା ସବୁ ଲୋକଙ୍କ ସୁରକ୍ଷା ଉପରେ ଧାନ ଦେବା। ପ୍ରତ୍ୟେକ କର୍ମଚାରୀ ପାଇଁ କାମ କଲାବେଳେ ହେଲମେଟ୍ ପିନ୍ଧିବା ଜରୁରୀ ଥିଲା। ପ୍ରଥମେ ପ୍ରଥମେ ଯେଉଁ କର୍ମଚାରୀ ବିନା ହେଲମେଟ୍‌ରେ କାମ କରିଥିଲା ତାକୁ ଦେଖି ସେ ବହୁତ ରାଗିଯାଉଥିଲେ ଓ ନିୟମର ଉଦାହରଣ ଦେଉଥିଲେ। ଏହାର ପରିଣାମ କ'ଣ ହେଉଥିଲା, କର୍ମଚାରୀ ଆଗ୍ରହ ନଥାଇ ମଧ୍ୟ ତାଙ୍କ ଆଗରେ ହେଲମେଟ୍ ପିନ୍ଧିଦେଉଥିଲା ଓ ପରେ ବାହାର କରିଦେଉଥିଲା। ସେ ନିଜେ କେତେକ ନୂଆ ନୀତି ଓ ଯୁକ୍ତି ପରୀକ୍ଷଣ କରିବା ଆରମ୍ଭ କରିଦେଲା। ଏବେ ଯଦି କେଉଁ କର୍ମଚାରୀକୁ ବିନା ହେଲମେଟ୍‌ରେ ଦେଖୁଥିଲା ତ ତାକୁ ପଚାରୁଥିଲା କ'ଣ ହେଲମେଟ୍ ଆରାମଦାୟକ ନୁହେଁ କି ନା ତୁମ ମୁଣ୍ଡକୁ ଠିକ୍ ଭାବେ ଫିଟ୍ ହେଉନି ? ସେ କଥା କଥାରେ ଏହା ଜତାଇ ଦେଲା ଯେ ହେଲମେଟ୍ କେବଳ ତାଙ୍କ ସୁରକ୍ଷା ପାଇଁ ନା ଏହା ଏକ ବୋଝ ସଦୃଶ। ସବୁ କର୍ମଚାରୀ ମାନେ ନିଜ ସୁରକ୍ଷାକୁ ଧ୍ୟାନରେ ରଖି ହେଲମେଟ୍ ପିନ୍ଧିବା ନିଜ ଅଭ୍ୟାସରେ ପରିଣତ କରିଦେଲେ ଓ ଏନିଡଙ୍କ ପ୍ରତି କାହା ମନରେ ଖରାପ ଧାରଣା ରହିଲା ନାହିଁ।

ଇତିହାସ ସାକ୍ଷୀ ଅଛି, ନିନ୍ଦା ବା ଆଲୋଚନା କରିବା ଦ୍ୱାରା କୌଣସି ସମସ୍ୟାର କିଛି ବି ସମାଧାନ ବାହାରି ନାହିଁ। ପ୍ରଥମ ଉଦାହରଣ ଥିଓଡର ରୁଜଭେଲ୍ଟ ତଥା ରାଷ୍ଟ୍ରପତି

ଟୈଫ୍ଟଙ୍କ ବିବାଦକୁ ନେବା। ଏହା ଏପରି ଏକ ବିବାଦ ଯାହା ରିପବ୍ଲିକନ୍ ପାର୍ଟି କୁ ଭାଗ ଭାଗ କରିଦେଲା। ବୁଡରୋ ବିଲସନ୍ କୁ ହ୍ୱାଇଟ୍ ହାଉସରେ ବସାଇବା ପାଇଁ ବାଧ୍ୟ କରିଦେଇଥିଲା। ପ୍ରଥମ ବିଶ୍ୱଯୁଦ୍ଧରେ ବଡ ବଡ ଅକ୍ଷରରେ କିଛି ବାକ୍ୟ ଲେଖାହୋଇଗଲା ତଥା ଇତିହାସର ପଥକୁ ଯେପରି ବଦଳାଇ ଦିଆଗଲା। ୧୯୦୮ ମସିହାରେ ରୁଜଭେଲ୍ଟ ହ୍ୱାଇଟ୍ ହାଉସରୁ ବାହାରକୁ ଚାଲିଯାଇ ଟୈଫ୍ଟଙ୍କୁ ପୂର୍ଣ୍ଣ ସହାୟତା ଦେଇ ରାଷ୍ଟ୍ରପତି କରାଇଦେଲେ ଓ ନିଜେ ବାଘ ଶୀକାର କରିବା ପାଇଁ ଆଫ୍ରିକା ଚାଲିଗଲେ। ଫେରିଲା ବେଳକୁ ପରସ୍ଥିତି ବଦଳିଯାଇଥିଲା ଯାହାକୁ ଦେଖି ସେ ରାଗରେ ଜର୍ଜରିତ ହେଲେ ଓ ଅନୁଦାରବାଦ ପାଇଁ ଟୈଫ୍ଟଙ୍କ ସମାଲୋଚନା କରିବା ଆରମ୍ଭ କରିଦେଲେ। ସେ ବୁଲମୁସ୍ ନାମକ ଏକ ପାର୍ଟି ଗଠନ କରି ନିଜେ ରାଷ୍ଟ୍ରପତି ହେବାକୁ ଚେଷ୍ଟା କଲେ। ଏବେ ସେ ଜିଓପି କୁ ପୁରା ପୁରି ହରାଇ ଧରାଶାୟୀ କରିଦେଲେ। ପରବର୍ତ୍ତୀ ନିର୍ବାଚନରେ ସେ ଟୈଫ୍ଟଙ୍କୁ ଓ ତାଙ୍କ ରିପବ୍ଲିକାନ ପାର୍ଟିକୁ ପୂରା ପରାଜୟ କରିଦେଲେ ମାତ୍ର ଦୁଇଟି ରାଜ୍ୟରୁ ସେମାନେ ଜିତି ପାରିଥିଲେ ତାହା ସେତେବେଳର ସବୁଠାରୁ ବଡ ପରାଜୟ ଥିଲା।

ରୁଜଭେଲ୍ଟ ଏହି ପରାଜୟ ପାଇଁ ଟୈଫ୍ଟଙ୍କୁ ଦୋଷୀ ମାନିଲେ, କିନ୍ତୁ କ'ଣ ଟୈଫ୍ଟ ନିଜକୁ ଦୋଷୀ ବୋଲି ସ୍ୱୀକାର କଲେ? ହୁଏତ ବିଲକୁଲ ବି ନୁହେଁ! ଭାରି ଗଳାରେ ଆଖିରେ ଲୁହ ଭରି ଟୈଫ୍ଟ କହିଲେ - 'ମୁଁ ଯାହା କିଛି ବି କରିଛି, ତାହା ଛଡା ମୁଁ ଆଉ କ'ଣ କରିପାରିଥାନ୍ତି? ତେବେ ତାହେଲେ ଦୋଷ କାହାର ଥିଲା? ଟୈଫ୍ଟଙ୍କର ନା ରୁଜବେଲ୍ଟଙ୍କର? କେହି ଜାଣି ନାହାନ୍ତି, ମୁଁ ବି ନୁହେଁ। ମୁଁ ଏହି କଥାର ଚିନ୍ତା ବି କରୁନାହିଁ। ମୁଁ କେବଳ ମାତ୍ର ଏତିକି କହିବାକୁ ଚାହୁଁଛି କି ଟୈଫ୍ଟର ଏତେ ନିନ୍ଦା ହେଲା ଆଉ ସେ ରୁଜବେଲ୍ଟଙ୍କ ନିନ୍ଦା ମଧ୍ୟ ଟୈଫ୍ଟଙ୍କୁ ଏତିକି ମନାଇ ପାରିଲା ନାହିଁ କି ଦୋଷ ତାଙ୍କର ଥିଲା। ଏତେ ଭର୍ତ୍ସନାର କ'ଣ ଲାଭ ହେଲା? କିଛି ବି ନୁହେଁ। ଦୁଇ ଜଣଙ୍କ ମନରେ ପରସ୍ପର ପ୍ରତି ଘୃଣା ଭାବ ଜାଗ୍ରତ ହେଲା ଓ ଟୈଫ୍ଟ ତ ନିଜ ସପକ୍ଷରେ ତର୍କ କରିବା ଆରମ୍ଭ କରିଦେଲା। ଦ୍ୱିତୀୟ ଉଦାହରଣ ଆମେ ଟିର୍ପୋଟ ଡୋମ ଅଏଲ୍ ସ୍କେଣ୍ଡେଲକୁ ହିଁ ଆମେ ନେଇ ପାରିବା। ୧୯୨୦ ଦଶକରେ ଏହି ଖବର ଖବରକାଗଜରେ ସବୁ ବେଳେ ବଡ ଓ ମୁଖ୍ୟ ଖବର ଭାବେ ରହୁଥିଲା। ଏହି ସ୍କେଣ୍ଡେଲକୁ ଆମେରିକା ବାସି ସର୍ବଦା ଖିଆଲ ରଖିବେ। ଏହି ପ୍ରକାରର କିଛି ତଥ୍ୟ ସେ ସ୍କେଣ୍ଡେଲରେ ଥିଲା- ହାର୍ଡିଙ୍ଗ ର କ୍ୟାବିନେଟ ମନ୍ତ୍ରୀ ଅଲ୍ବଟ ବି. ଫଲ କୁ ଏଲ୍କ ହିଲ୍ ଏବଂ ଟିର୍ପୋଟ ଡୋମରେ ସରକାରୀ ତେଲ ଭଣ୍ଡାର କୁ ଲିଜରେ ଦେବାରେ ଥିଲା।

କିଛି ଏପରି ତୈଳ ଭଣ୍ଡାର ଯାହାକୁ କି ନୌସେନାର ଭବିଷ୍ୟତ ଉପଯୋଗ ପାଇଁ

ରଖି ଦିଆଯାଇଥିଲା, କିନ୍ତୁ ଫାଁଲ ଏଥିପାଇଁ ନିଲାମ କଲାନାହିଁ କି ଟେଣ୍ଡର ଆହ୍ୱାନ ବି କଲା ନାହିଁ ବରଂ ନିଜ ମିତ୍ର ଏତେ ବଡ ଏଲ. ଡେହେନି କୁ ଏହି ଲାଭକାରୀ ଠିକା ମାନ ଯେପରି ପ୍ଲେଟରେ ରଖି ଦେଇଦେଲେ। ଡେହେନ ବି ସଙ୍ଗେ ସଙ୍ଗେ ଦଶ ଲକ୍ଷ ଡଲାର 'ଲୋନ' ନାମରେ ତାଙ୍କୁ ପୁରସ୍କାର ଦେଇଦେଲେ। ତାପରେ ଫାଁଲ ଜିଲ୍ଲାର ୟୁନାଇଟେଡ ଷ୍ଟେଟସ୍ ମେରାଇନସ୍ କୁ ଆଦେଶ ଦେଲା କି ଏହି ଭଣ୍ଡାରରୁ ବାହାରୁଥିବା ତେଲରୁ ଲାଭ ଉଠାଉଥିବା ପ୍ରତିଯୋଗୀ କମ୍ପାନୀ ମାନଙ୍କୁ ସେଠାରୁ ହଟାଇ ଦିଅ। ଯେତେବେଳେ ସେହି କମ୍ପାନୀ ମାନଙ୍କୁ ସେଠାରୁ ବାଧ କରି ବନ୍ଧୁକ ମୁନରେ ସେଠାରୁ ହଟାଇ ଦିଆଗଲା, ସେମାନେ ଦୁଃଖୀ ଓ ନିରାଶ ହୋଇ ନ୍ୟାୟାଳୟର ଆଶ୍ରୟ ନେଲେ। ପୁଣି କ'ଣ ହେବାର ଥିଲା ଟିର୍ପଟ ହୋମ ସ୍କେଣ୍ଡାଲର ସାରା ରହସ୍ୟ ଖୋଲିଗଲା। ଚାରିଆଡେ ଯେପରି ହାହାକାର ମଚିଗଲା। ହାର୍ଡିଗ ସରକାର ଉପରେ ଯେପରି ବିପଦର ବାଦଲ ଭାସିବାକୁ ଲାଗିଲା, ପୁରା ଦେଶ ଥରି ଉଠିଲା। ରିପବ୍ଲିକାନ ପାର୍ଟିର ଭବିଷ୍ୟତ ଅନ୍ଧାର ହେବା ଭଳି ଲାଗିଲା ଓ ପରିଣାମ ସ୍ୱରୂପ ଆଲବର୍ଟ ବି. ଫ୍ରାଲଙ୍କୁ ଜେଲରେ ଚକି ପେଶିବାକୁ ପଡିଲା।

ଫାଁଲ ଉପରେ ତ ଯେପରି ନିନ୍ଦାର ପାହାଡ ଅଜାଡି ହୋଇ ପଡିଲା। ଏତେ ସାର୍ବଜନୀନ ନିନ୍ଦା ହୁଏତ ଅଳ୍ପ କିଛି ଲୋକଙ୍କୁ ମିଳିଥାଏ। କିନ୍ତୁ କ'ଣ କେବେ ତାଙ୍କୁ ପଶ୍ଚାତାପ ହେଲା ? କ'ଣ ସେ କେବେ ନିଜ ଭୁଲ ମାନିଲେ ? କେବେ ବି ନୁହେଁ। ବହୁ ବର୍ଷ ବିତିଗଲା ପରେ ହରବଟ ହୁବର ଏକ ସାମାଜିକ ଭାଷଣରେ କହିଲେ କି, ରାଷ୍ଟ୍ରପତି ହାର୍ଡିଗଙ୍କ ମୃତ୍ୟୁ କୌଣସି ମାନସିକ ଆଘାତ ପାଇଁ ହୋଇଥିଲା। କାରଣ ତାଙ୍କ କେହି ବନ୍ଧୁ ତାଙ୍କ ସହ ବିଶ୍ୱାସଘାତ କରିଥିଲେ। ଶ୍ରୀମତି ଫାଁଲ ଏହା ଶୁଣି ସ୍ତବ୍ଧ ରହିଗଲେ ଓ କହିଲେ କି କ'ଣ ହାର୍ଡିଗଙ୍କ ସହ ଫାଁଲ ବିଶ୍ୱାସଘାତ କରିବେ ? ଅସମ୍ଭବ ! ମୋ ସ୍ୱାମୀ ତ କେବେବି କାହା ସହ ବିଶ୍ୱାସଘାତ କରିବା ପାଇଁ ଭାବି ବି ପାରିବେନି। ସୁନା ରୂପା, ହିରା ମୋତିରେ ଭର୍ତ୍ତି ଘର ବି ତାଙ୍କୁ ବେଇମାନ କରିପାରିବ ନାହିଁ। ତାଙ୍କ ଦ୍ୱାରା କେହି ବି ଖରାପ କାମ କରାଇ ପାରିବେନି। ବରଂ ବିଶ୍ୱାସଘାତ ତ ଓଲଟା ତାଙ୍କ ସହିତ ହୋଇଥିଲା ଓ ତାଙ୍କୁ ବଳି ପଡିବାକୁ ଥିବା ନିରିହ ଛେଳି ପରି ଶୁଳିରେ ଚଢାଇ ଦିଆଗଲା।

ଏହା ହିଁ ମାନବ ସ୍ୱଭାବ ଅଟେ। ପ୍ରତ୍ୟେକ ଲୋକ ଏହା ହିଁ କରିଥାଏ। ପ୍ରତ୍ୟେକ ଛୋଟ ବଡ ଅପରାଧୀ ନିଜ ଦୋଷକୁ ଅନ୍ୟ ଉପରେ ଲଦି ଦିଏ। କେବେ କେବେ ସେ ବିପରୀତ ପରିସ୍ଥିତିକୁ ଦୋଷୀ କରିଥାଏ କିନ୍ତୁ ନିଜ ଉପରେ କୌଣସି କଳଙ୍କ ଲାଗିବାକୁ ଦେଇ ନଥାଏ। ଏଣୁ ଆଗକୁ କାହାରି ଆଲୋଚନା କରିବା ପୂର୍ବରୁ ଅଲ-କେପୋନେ, ଦୁନାଳୀ ବନ୍ଦୁକ ଫାଁଲ ତଥା ଆଲବର୍ଟ ଡେଲ୍ କୁ ନିଶ୍ଚିତ ମନେପକାନ୍ତୁ। ଆଲୋଚନା ତ

ବୁମେରାଙ୍ଗ ପରି ଫେରିକରି ଆମ ପାଖକୁ ଆସିଥାଏ, ଅର୍ଥାତ୍ ଆଲୋଚନା କରୁଥିବା ଲୋକକୁ ହିଁ ନିଜ ଆଲୋଚନାର ସାମ୍ନା କରିବାକୁ ପଡିଥାଏ । ଆମକୁ ଏହି କଥା ନିଜ ମସ୍ତିଷ୍କରେ ରଖିବା ଦରକାର କି ଆମେ ଯେଉଁ ବ୍ୟକ୍ତିକୁ ଆଲୋଚନା ଦ୍ୱାରା ସୁଧାରିବାକୁ ଚାହୁଁଛନ୍ତି ସେ ତା ମନ ଭିତରେ ଏଥି ପାଇଁ କିଛି ତର୍କ ରଖିବ ବା ଶିଷ୍ଟତା ଓ ବିନମ୍ରତାର ସହ ଢୈଙ୍ଫ୍ଟ ପରି କହିଦେବ– 'ମୁଁ ଯାହା କିଛି ବି କରିଛି, ତାହା ଛଡା ମୁଁ ଆଉ କ'ଣ କରିପାରିଥାନ୍ତି ? ମୋ ପାଖରେ ଆଉ କ'ଣ ଉପାୟ ଥିଲା ।'

୧୫ ଏପ୍ରିଲ ୧୮୬୫ ପ୍ରଭାତରେ ଆବ୍ରାହମ ଲିଂକନଙ୍କ ପାର୍ଥିବ ଶରୀର ଏକ ଶସ୍ତା ଲଜିଂ ହାଉସରେ ଏକ ବଡ କୋଠରୀରେ ରଖାଯାଇଥିଲା । ଏହି କୋଠରୀଟି ଫୋର୍ଡ ଥିଏଟରର ଠିକ୍ ସାମ୍ନାରେ ଥିଲା । ଆଉ ଏଠି ହିଁ ଜନ ବ୍ଲିକସ୍ ବୁଥ ଲିଂକନଙ୍କୁ ଗୁଳି ମାରି ହତ୍ୟା କରିଥିଲା । ଲିଂକନର ଏହି ଶେଯ ତାଙ୍କ ହିସାବରେ ବହୁତ ଛୋଟ ଥିଲା । ରୋଜା ବ୍ରାହ୍ନରଙ୍କର ବିଖ୍ୟାତ ଅଙ୍କିତ ଚିତ୍ର 'ଦ ହର୍ଷ ଫେୟର' ର ଏକ ଶସ୍ତା ନକଲି ଚିତ୍ର ଫଳକ ସେହି ଶଯ୍ୟା ଉପରକୁ ଟଙ୍ଗା ହୋଇଥିଲା । ଏକ ଗ୍ୟାସ୍ ବତୀ ହଳଦିଆ ରଙ୍ଗର ଆଲୋକ ବିଚ୍ଛୁରିତ କରୁଥିଲା । ରକ୍ଷାମନ୍ତ୍ରୀ ଷ୍ଟେନ୍ ଲିଂକନଙ୍କ ପାର୍ଥିବ ଶରୀର ପାଖରେ ଠିଆ ହୋଇ କହିଲେ– 'ଲୋକମାନଙ୍କ ହୃଦୟ ଉପରେ ଶାସନ କରୁଥିବା ସର୍ବଶ୍ରେଷ୍ଠ ଶାସକ ଏବେ ଆମକୁ ଛାଡି ଚାଲିଯାଇଛନ୍ତି ।'

ଲିଙ୍କନଙ୍କ ପାଖରେ ଲୋକମାନଙ୍କ ହୃଦୟ ଜିତିବାର କେଉଁ କଳା ଥିଲା ? କ'ଣ ରହସ୍ୟ ଥିଲା ତାଙ୍କ ସଫଳତାର ? ମୁଁ ପୂରା ଦଶ ବର୍ଷ ପର୍ଯ୍ୟନ୍ତ ଲିଙ୍କନଙ୍କର ଜୀବନୀ ପଢିଛି ଓ ଏକ ପୁସ୍ତକ 'ଲିଙ୍କନ ଦ ଅନନୋନ୍' ଲେଖିବାରେ ତ ମୋତେ ପୂରା ତିନି ବର୍ଷ ଲାଗିଯାଇଥିଲା । ମୋ ବିଶ୍ୱାସ ମୁଁ ମୋ ଜୀବନରେ ଲିଙ୍କନଙ୍କ ପାରିବାରିକ ଜୀବନ ସାମାଜିକ ଜୀବନ ଓ ବ୍ୟକ୍ତିତ୍ୱ ବାବଦରେ ଯେତେ ଅଧ୍ୟୟନ କରିଛି ହୁଏତ ଅନ୍ୟ କେହି ଏତେ ଅଧ୍ୟୟନ କରି ନଥିବେ । ସେ ଲୋକମାନଙ୍କ ସହ କିପରି ବ୍ୟବହାର କରୁଥିଲେ ସେ କଥା ବି ଅଧ୍ୟୟନ କରିଛି । କ'ଣ ସେ ଅନ୍ୟ ମାନଙ୍କର ନିନ୍ଦା କରୁଥିଲେ ? ହଁ ! ବିଲକୁଲ କରୁଥିଲେ ନିଜ ଯୁବକ ଅବସ୍ଥାରେ ଇଣ୍ଡିଆନାର ପ୍ରିଜିଅନ୍ କ୍ରିକ୍ ବେଲିରେ ନା କେବଳ ଲୋକଙ୍କ ଆଲୋଚନା କରୁଥିଲେ, ପତ୍ର ଓ କବିତା ମାଧ୍ୟମରେ ଲୋକମାନଙ୍କୁ ଉପହାସ କରି ତାହାକୁ ପ୍ରକାଶିତ ବି କରୁଥିଲେ । ଥରେ ଏମିତି ଏକ ପତ୍ରରେ ଘୃଣାର ନିଆଁ ଏମିତି ବ୍ୟାପିଲା ଯେ ତାହା ଜୀବନ ଭରି ଜଳୁଥିଲା ।

ଇଲିର୍ନୟରେ ଓକିଲ ଭାବରେ ଅଭ୍ୟାସରତ ଥିଲାବେଳେ ବି ଲିଙ୍କନ ପୂରା ଖୋଲାଖୋଲି ଭାବେ ନିଜ ବିରୋଧୀମାନଙ୍କୁ ଆକ୍ରମଣ କରିବା ଢଙ୍ଗରେ ପତ୍ର ଲେଖୁଥିଲେ ତଥା ସେଗୁଡିକୁ

ଖବରକାଗଜ ମାଧ୍ୟମରେ ପ୍ରଚାର ବି କରୁଥିଲେ କିନ୍ତୁ ଥରେ ଏପରି ଏକ କଥା ବହୁତ ବଢିଯାଇଥିଲା ବା ବିଗିଡି ଯାଇଥିଲା।

୧୮୪୨ରେ ଲିଙ୍କନ, ଜେମ୍ସ ଶିଲ୍ଡସ୍ ନାମକ ଗର୍ବୀ ଓ ଚିଡିଚିଡା ରାଜନେତା ଉପରେ ଏକ ବ୍ୟଙ୍ଗ ପଠାଇଥିଲେ। ତାହା ସ୍ପ୍ରିଙ୍ଗ ଫିଲ୍ଡ ର ସମାଚାର ପତ୍ର 'ସ୍ପ୍ରିଙ୍ଗ ଫିଲ୍ଡ ଜର୍ନଲ' ରେ ଛପା ଯାଇଥିଲା। ସାରା ସହର ଜେମ୍ସ ଶିଲ୍ଡସ୍‌ଙ୍କର ଉପହାସ କଲେ। ଏମିତିରେ ଜେମ୍ସ ଶିଲ୍ଡସ୍ କ୍ରୋଧରେ ଜର୍ଜରିତ ହୋଇଗଲେ ସେ ନିଜକୁ ଜଳିଯିବା ପରି ଅନୁଭବ କଲେ। ଖବର ଖେଳିଗଲା କି ଏହା ଲିଙ୍କନ ଲେଖିଥିଲେ। ଜେମ୍ସ ଶିଲ୍ଡସ୍ ଘୋଡାରେ ବସି ସିଧା ଆସି ଲିଙ୍କନଙ୍କ ସାମ୍ନାରେ ଦ୍ୱନ୍ଦ ଯୁଦ୍ଧର ପ୍ରସ୍ତାବ ରଖିଦେଲା। କିନ୍ତୁ ଲିଙ୍କନ ଦ୍ୱନ୍ଦ ଯୁଦ୍ଧ ପକ୍ଷରେ ନଥିଲେ ମଧ୍ୟ ନିଜ ଆତ୍ମବିଶ୍ୱାସ ରକ୍ଷାକରିବାକୁ ଯାଇ ତାହା ତାଙ୍କୁ ସ୍ୱୀକାର କରିବାକୁ ପଡିଲା। ତାଙ୍କୁ କେତେକ ଅସ୍ତ୍ରର ବିକଳ୍ପ ଦିଆଗଲା, ହାତ ଲମ୍ବା ଥିବା କାରଣରୁ ସେ ଖଣ୍ଡାରେ ଯୁଦ୍ଧ କରିବାକୁ ବାଛିଲେ। ସେଥିପାଇଁ ବେଷ୍ଟ ଫାଇଟିଙ୍ଗ ଗ୍ରାଜୁଏଟ ଠାରୁ ଟ୍ରେନିଙ୍ଗ ବି ନେଲେ। ଧାର୍ଯ୍ୟ ଦିନ ଦୁହେଁ ମିସିସିପି ନଦୀ କୂଳରେ ଯାଇ ଭେଟ ହୋଇଗଲେ। ଏଥିରେ ଜଣକର ମୃତ୍ୟୁ ତ ନିଶ୍ଚିତ ଥିଲା କିନ୍ତୁ ସେମାନଙ୍କ ମିତ୍ର ମାନଙ୍କ ଆପୋଷ ବୁଝାମଣାରୁ ଏହି ଦ୍ୱନ୍ଦ ଯୁଦ୍ଧ ଟଳିଗଲା।

ହୁଏତ ଏହା ତାଙ୍କ ଜୀବନର ସବୁଠାରୁ ଦୁଃଖଦ ଘଟଣା ଥିଲା। ଲିଙ୍କନ ଏହି ଘଟଣାରୁ ଏକ ଶିକ୍ଷା ବି ଗ୍ରହଣ କଲେ। ଏହାପରେ ସେ କାହାକୁ ବି ଅପମାନଜନକ ପତ୍ର ଲେଖିଲେ ନାହିଁ। ଲୋକମାନଙ୍କୁ ଉପହାସ କରିବା ବି ଛାଡିଦେଲେ ଓ ମାନ ଯେପରି ନିଜ ଶବ୍ଦକୋଷରୁ ଆଲୋଚନା ନାମକ ଶବ୍ଦକୁ କାଢି ଫିଙ୍ଗିଦେଲେ। ଥରେ ଗୃହ ଯୁଦ୍ଧ ସମୟରେ ପୋଟୋମୈକ ସେନା ପାଇଁ ଗୋଟିଏ ପରେ ଗୋଟିଏ କେତେ ନୂଆ ଜେନେରାଲ୍ ନିଯୁକ୍ତି ଦେଲେ ଓ ପ୍ରତ୍ୟେକ ଜେନାରାଲ ମୈକ୍ଲେଲନ୍, ପୋପ, ବର୍ନସାଇଡ ହୁକର ଓ ମିଡ ସମସ୍ତେ ବଡ ବଡ ଭୁଲ କଲେ। ଚିନ୍ତାରେ ଲିଙ୍କନ ଏପଟ ସେପଟ ହେଉଥିଲେ 'ଲିଙ୍କନ ଯାହାଙ୍କ ହୃଦୟ ଦୁର୍ଭାବନାରେ ନୁହେଁ ସଦ୍‌ଭାବନାରେ ପରିପୂର୍ଣ୍ଣ ଥିଲା' ଏକଦମ୍ ଶାନ୍ତ ରହିଗଲେ। କାହାର ବି ଆଲୋଚନା କଲେ ନାହିଁ। ତାଙ୍କର ପ୍ରିୟ ଶବ୍ଦ ତ ଥିଲା 'କାହାରି ବି ଆଲୋଚନା ଭୁଲରେ ବି କରନାହିଁ ଏଥିରୁ ଆପଣଙ୍କୁ ବି ଆଲୋଚନାର ସାମ୍ନା କରିବାକୁ ପଡିବ।'

ଯେତେବେଳେ ବି ଲିଙ୍କନଙ୍କ ପତ୍ନୀ ବା ଅନ୍ୟ ଲୋକ କେହି ଦକ୍ଷିଣ ପ୍ରାନ୍ତ ର ନିନ୍ଦା କରନ୍ତି, ସେ କୁହନ୍ତି, 'ତାଙ୍କ ନିନ୍ଦା କର ନାହିଁ ସେମାନଙ୍କ ପରି ପରିସ୍ଥିତିରେ ଆମେ ଥିଲେ ବି ସେହିପରି ହୋଇଥାନ୍ତେ।' କିନ୍ତୁ ଲିଙ୍କନଙ୍କ ପାଖରେ ଆଲୋଚନା କରିବାର ସବୁ ପ୍ରକାରର ଅବସର ବି ଥାଏ। କେବଳ ଏକ ଉଦାହରଣରୁ ଆପଣ ଏହି କଥା ବୁଝିପାରିବେ। ୧୮୬୩

ମସିହା ଜୁଲାଇର ପ୍ରଥମ ତିନି ଦିନ ହିଁ ଗେଟିସବର୍ଗର ଲଢେଇ ଆରମ୍ଭ ହୋଇଥିଲା ୪ ଜୁଲାଇ ରାତିକୁ ହିଁ ଜେନରାଲ 'ଲି' ଦକ୍ଷିଣ ଦିଗରେ ପଛକୁ ହଟିବା ଆରମ୍ଭ କରିଦେଇଥିଲେ। ଅଚାନକ ଘୂର୍ଣ୍ଣିଝଡ ସହ ପ୍ରବଳ ବର୍ଷା ହେବାରୁ ନଦୀରେ ବନ୍ୟା ଆସିଗଲା। 'ଲି' ନିଜ ହାରିଯାଇଥିବା ସେନା ସହ ପୋଟେମେିକ ପହଞ୍ଚିଲା, ଦେଖିଲା କି ବନ୍ୟାଜଳରେ ପରିପୂର୍ଣ୍ଣ ନଦୀ ଏହାକୁ ପାର କରିବା ଅସମ୍ଭବ ଓ ପଛରେ ବିଜେତା ୟୁନିଅନ୍ ଆର୍ମୀ। 'ଲି' ଚାରିପଟରୁ ଅସୁବିଧାରେ ଥିଲା ଓ ବଞ୍ଚିବାର କୌଣସି ବାଟ ନଥିଲା। ଲିଙ୍କନ୍ ବି ବୁଝି ସାରିଥିଲେ କି ଭଗବାନଙ୍କ କୃପାରୁ ଏହା ଏକ ସୁବର୍ଣ୍ଣ ସୁଯୋଗ ମିଳିଛି, 'ଲି' ର ସେନାକୁ ପରାଜିତ କରିବା ପାଇଁ ଓ ଶୀଘ୍ର ଯୁଦ୍ଧକୁ ଶେଷ କରିବା ପାଇଁ। ଏହି ଆଶାରେ ଲିଙ୍କନ୍ ଜେନରାଲ୍ ମିଡ୍ କୁ ଆଦେଶ ଦେଲେ କି ଯୁଦ୍ଧ ବିଷୟରେ କୌଣସି ସଭା ନକରି ସିଧା 'ଲି' ଉପରେ ଆକ୍ରମଣ କର। ଲିଙ୍କନ୍ ଏହି ଆଦେଶକୁ ଟେଲିଗ୍ରାଫ କରିବା ସଙ୍ଗେ ସଙ୍ଗେ ଏକ ସନ୍ଦେଶ ବାହକକୁ ମଧ ପଠାଇଲେ କାରଣ ତୁରନ୍ତ ଆଦେଶର ପାଳନ ହୋଇପାରିବ ଯେପରି।

କିନ୍ତୁ ଜେନରାଲ୍ ମିଡ୍ ଆଦେଶ ବିପକ୍ଷରେ କାମ କଲା, ସୈନ୍ୟମାନଙ୍କର ସଭା କରିଲା ଓ ମିଛ ବାହାନା କରି 'ଲି' ଉପରେ ସେ ଆକ୍ରମଣ କରିପାରିବ ନାହିଁ ବୋଲି ଟେଲିଗ୍ରାଫ୍ କରିଦେଲା କାରଣ ସେ 'ଲି' ଉପରେ ଆକ୍ରମଣ କରିବାକୁ ଡରୁଥିଲା ବା ଆଗ୍ରହ ନଥିଲା। ତେଣେ ବର୍ଷା କମିଯାଇ ନଦୀରୁ ବନ୍ୟାଜଳ ବି କମିଗଲା ଓ 'ଲି' ନିଜ ସେନାକୁ ନେଇ ସୁରକ୍ଷିତ ନଦୀ ପାର କରିଗଲା। ଏହି କଥାରେ ଲିଙ୍କନ୍ଙ୍କର କ୍ରୋଧ ସାତ ଆକାଶ ପର୍ଯ୍ୟନ୍ତ ଚଢିଯାଇଥିଲା। ଲିଙ୍କନ୍ ନିଜ ପୁଅ ସାମ୍ନାରେ ଗର୍ଜି ଗର୍ଜି କହୁଥିଲେ - 'ହେ ଭଗବାନ ଏହାର କ'ଣ ମାନେ ? ଶତ୍ରୁ ପୂରା ହାତର ପଞ୍ଜାରେ ଥିଲା ଏକ ସୁବର୍ଣ୍ଣ ସୁଯୋଗ କେବଳ ନିଜ ହାତ ବଢେଇ ତାକୁ ଧରିବା କଥା ଥିଲା ହେଲେବି ଆମେ ତାକୁ ଧରିଲେ ନାହିଁ। ମୋ କଥା କେହିବି ଶୁଣିଲେ ନାହିଁ ପରିସ୍ଥିତି ଅନୁକୂଳ ଥିଲା ଓ 'ଲି' ର ପ୍ରତିକୂଳ ଯଦି ମୁଁ ସେଠି ଥାଆନ୍ତି ତେବେ 'ଲି' ମୋର ଆୟତ୍ତରେ ଥାଆନ୍ତା ଓ ମୁଁ ତାକୁ ମୋ ନିଜ ହାତରେ ଚାବୁକ୍‌ରେ ପିଟିଥାନ୍ତି।'

ମନେରଖନ୍ତୁ ଏହି ଜୀବନର ଏହି ସ୍ଥିତିରେ ଲିଙ୍କନ୍ ବଡ ସମ୍ବେଦନଶୀଳ ଓ ସଞ୍ଜତ ଥିଲେ ଓ ତାଙ୍କ ଭାଷା ବହୁତ ସଞ୍ଜମିତ ଓ ଶିଷ୍ଟାଚାର ପୂର୍ଣ୍ଣ ଥିଲା। ଅନେକ ନିରାଶା ପରେ ବି ଲିଙ୍କନ୍ ମିଡ୍‌କୁ ଏହି ପତ୍ର ଲେଖିଲେ। ୧୮୬୩ ରେ ଲିଂକନଙ୍କ ଦ୍ୱାରା ଲିଖିତ ପତ୍ର ବଡ ଗମ୍ଭୀର ଆଲୋଚନାରେ ପରିପୂର୍ଣ୍ଣ ଥିଲା-

ମୋର ପ୍ରିୟ ଜେନରାଲ୍,

ମତେ ଲାଗୁଛି କି ଆପଣ 'ଲି' ର ବଞ୍ଚି ଫେରିକରି ଚାଲିଯିବାକୁ ଗମ୍ଭୀରତା ସହ

ନେଉ ନାହାନ୍ତି । ସେ ପୂର୍ଣ୍ଣତଃ ଆମ ଜାଲରେ ଥିଲା ଓ ତାକୁ ବନ୍ଦୀ କରିଥିଲେ ସେ ଯୁଦ୍ଧର ସମାପ୍ତି ହୋଇଥାନ୍ତା, କିନ୍ତୁ ଏବେ ଯୁଦ୍ଧ ଜଣା ନାହିଁ କେତେ ସମୟ ଚାଲିବ ? ଯେତେବେଳେ ଆପଣ ନଦୀର ଏପଟରେ 'ଲି' ଉପରେ ଆକ୍ରମଣ କରିପାରିଲେ ନାହିଁ ତ ଆପଣ ଏହାର ସମାପ୍ତି କିପରି କରିବେ ? ଏବେ ତ 'ଲି' ନଦୀ ଆର ପାରିରେ ସୁରକ୍ଷିତ ଅଛି ଆପଣ ତ ନିଜ ସେନାର ଦୁଇ ତୃତୀୟାଂଶ ସେପାରିକୁ ନେଇ ଯାଇପାରିବେ ନାହିଁ । ଏହା ତ ଏକଦମ୍ ତଥ୍ୟହୀନ ଅଟେ । ମୋତେ ଲାଗୁନି କି ଆପଣ ଆଗକୁ କିଛି ଅଧିକ କରିପାରିବେ । ମୋତେ ଏହି କଥା ନେଇ ବହୁତ ଦୁଃଖ ହୋଇଛି କି ଆମେ ସୁବର୍ଣ୍ଣ ସୁଯୋଗ ହରାଇ ସାରିଛନ୍ତି ଏବେ ଆମେ କେବଳ ବସି ହାତ ମଳିବା ସାର ହେବ ।

ଭାବନ୍ତୁ ଜେନରାଲ୍ ମିଡକୁ ଏହି ପତ୍ର ପଢି କିପରି ଲାଗିଥିବ ?

ଆଶ୍ଚର୍ଯ୍ୟ, ମିଡକୁ ଏହି ପତ୍ର ମିଳି ହିଁ ନଥିଲା । କାରଣ ଲିଂକନ କେବେବି ଏହାକୁ ପଠାଇନଥିଲେ । ଏହି ପତ୍ରଟି ଲିଂକନଙ୍କ ମୃତ୍ୟୁ ପରେ ତାଙ୍କ ଫାଇଲ୍ ମଧ୍ୟରେ ପଡିଥିଲା ।

ମୋତେ ଲାଗୁଛି କି ଲିଂକନ ଏହି ପତ୍ର ଲେଖିବା ପରେ ନିଜ କୋଠରୀର ଝରକା ପାଖକୁ ଯାଇ ବାହାରକୁ ଦେଖିଥିବେ ଓ ପୁଣି ନିଜେ ନିଜକୁ କହିଥିବେ- 'ଲିଂକନ' ଗୋଟେ ମିନିଟ ରହିଯା । ସମ୍ଭବତଃ ମୁଁ କିଛି ଅଧିକ ବ୍ୟଗ୍ର ବା ଉଛନ୍ନ ହେଉଅଛି କାହିଁକି ନା ମୁଁ ହ୍ୱାଇଟ୍ ହାଉସ୍ ର ଶାନ୍ତ ବାତାବରଣରେ ରହୁଅଛି । ମୋ ପାଇଁ ଏପରି ମନ୍ତ୍ରଣା ଦେବା ଏକଦମ ସହଜ କଥା । କିନ୍ତୁ ଯଦି ମୁଁ ବି ଗେଟିସବର୍ଗରେ ରହିକରି ପଛ ସପ୍ତାହରେ ହୋଇଥିବା ରକ୍ତର ହୋଲିକୁ ଦେଖିଥାନ୍ତି, ଯେପରି କି ମିଡ୍ ଦେଖିଛି, ଯଦି ମୋ କାନରେ ବି ମରିବା ଲୋକର ଓ ଆହତ ମାନଙ୍କ କରୁଣ ଚିତ୍କାର ବାରମ୍ବାର ଶୁଭି ଯାଉ ଥାଆନ୍ତା ତେବେ ନିଶ୍ଚିତ ଭାବରେ ମୁଁ ବି ଆକ୍ରମଣ କରିବା ପାଇଁ କେବେ ବି ତତ୍ପର ହୋଇ ନଥାଆନ୍ତି । ଯଦି ମୋର ପ୍ରକୃତି ବି ମିଡ ପରି ସୁରକ୍ଷାତ୍ମକ ହୋଇଥାନ୍ତା ତେବେ ମୁଁ ବି ତାହା କରିଥାନ୍ତି ଯାହା ମିଡ କରିଅଛି । ଅତଏବ ଯଦି ମୁଁ ଏହି ପତ୍ରକୁ ଏବେ ପଠାଉଛି ତେବେ ମୋ ମନର କ୍ରୋଧ ଶାନ୍ତ ପଡିପାରେ କିନ୍ତୁ ମିଡକୁ ବହୁତ ଦୁଃଖ ହେବ ତାର ହୃଦୟରେ ଆଘାତ ଲାଗିବ । ସେ ବି ମୋର ନିନ୍ଦା କରିବ ଓ ନିଜକୁ ଠିକ୍ ବୋଲି ପ୍ରମାଣିତ କରିବା ପାଇଁ ବହୁତ ସମୟ ଅପଚୟ କରିବ । ଏଥିରୁ ଆମ ଦୁଇଜଣଙ୍କ ମନ ଭିତରେ ଦୁର୍ଭାବନା ସୃଷ୍ଟି ହେବ ଓ ଏକ ସେନାପତି ରୂପରେ ମିଡ ଛବି ସମାଜ ଆଗରେ ଖରାପ ହୋଇଯିବ । ହୋଇପାରେ ଏଥିପାଇଁ ମିଡ ନିଜ ପଦରୁ ଇସ୍ତଫା ବି ଦେଇପାରେ ।

ମୁଁ ପ୍ରଥମରୁ କହି ସାରିଛି ଯେ ଲିଂକନ ସେ ଚିଠିକୁ ଅଲଗା କରି ରଖିଦେଇଥିଲା । ଲିଂକନଙ୍କ କଟୁ ଅନୁଭବ ଏହି କଥାର ସାକ୍ଷୀ ଥିଲା କି କଡା ସମାଲୋଚନା ସର୍ବଦା ବ୍ୟର୍ଥ ହୋଇଥାଏ ଓ ସେଥିରୁ କାହାର ବି ଲାଭ ହୁଏନାହିଁ ।

ମହାନ ଲେଖକ ମାର୍କ ଟ୍ୱେନ୍ କେବେ କେବେ କ୍ରୋଧରେ ଆସି ପାଗଳ ପରି ହୋଇ ଯାଉଥିଲେ ଓ ଏମିତି ଗରମ ଚିଠି ଲେଖୁଥିଲେ ଯେ କାଗଜ ପର୍ଯ୍ୟନ୍ତ ଜଳି ଉଠୁଥିଲା। ଉଦାହରଣ ସ୍ୱରୁପ ଥରେ କ୍ରୋଧରେ ଆସି ଗୋଟେ ଲୋକକୁ ଲେଖିଲେ- 'ମୋର ମନ ଚାହୁଁଛି କି ତୁମକୁ ଜୀବନ୍ତ ସମାଧି ଦେଇ ଦିଆଯାଉ। ଯଦି ତୁମେ ବି ଏପରି ଚାହୁଁଛ ତେବେ ମୋତେ କହିଦିଅ ଶେଷ ବ୍ୟବସ୍ଥା ମୁଁ ସ୍ୱୟଂ କରିନେବି' ଏକ ଅନ୍ୟ ଅବସରରେ ସେ ଜଣେ ସଂପାଦକକୁ ପତ୍ର ଲେଖି କହିଲେ କି ତାଙ୍କ ପ୍ରୁଫରିଡର 'ମୋ ବନାନ ବା ବିରାମ ଚିହ୍ନ ମାନଙ୍କୁ ବା ଅନ୍ୟଚିହ୍ନ' କୁ ସୁଧାରିବାକୁ ଚେଷ୍ଟା କରୁଅଛି। ଟ୍ୱେନ୍ ସଙ୍ଗେ ସଙ୍ଗେ ନିର୍ଦ୍ଦେଶ ଦେଇ ଦେଲେ - ଆପଣ ଆଗକୁ ମୋର ଲେଖା ହିସାବରେ ଛାପିବେ ଓ ପ୍ରୁଫରିଡରକୁ କହିଦେବେ କି ସେ ତାର ଉପଦେଶ ଗୁଡିକୁ ନିଜ ସଢା ମସ୍ତିଷ୍କରେ ହିଁ ରହିବାକୁ ଦେଉ।'

ଏହି ପ୍ରକାରର ଚିଠି ଲେଖି ମାର୍କ ଟ୍ୱେନ୍ ଟିକେ ଉଶ୍ୱାସ ପାଇଲା ଭଳି ଅନୁଭବ କରୁଥିଲେ ସେଥିରେ ତାଙ୍କ ମନର ସବୁ ଦୁଃଖ କଷ୍ଟ ଓ ରାଗ ବାହାରି ପଡୁଥିଲା ଓ କାହାକୁ କୌଣସି ହାନି ବି ହେଉନଥିଲା। କାରଣ ତାଙ୍କ ସ୍ତ୍ରୀ ସେତିକି ଚାଲାଖ ଥିଲେ କି ସେ ସବୁ ପତ୍ରକୁ ଚିରି ଫିଙ୍ଗି ଦେଉଥିଲେ। ସେ ଚିଠି ଗୁଡିକ କେବେ ବି ଡାକ ବାକ୍ସ କୁ ବି ଦେଖିନଥିଲେ। କ'ଣ ଆପଣ ଏପରି କିଛି ଲୋକଙ୍କୁ ଜାଣିଛନ୍ତି ଯାହାକୁ ଆପଣ ପରିବର୍ତ୍ତନ କରିବା, ସୁଧାରିବା ବା ଭଲ ମଣିଷ କରିବାକୁ ଚାହୁଁଛନ୍ତି। ବହୁତ ଭଲ ବିଚାର ଅଟେ ମୁଁ ବି ଏହାର ପକ୍ଷରେ ଅଛି କିନ୍ତୁ କାହିଁକି ନା ନିଜ ଠାରୁ ଏହାକୁ ଆରମ୍ଭେ କରାନଯିବ। ଯଦି ସ୍ୱାର୍ଥହୀନ ହୋଇ ଭାବିବେ ତେବେ ପ୍ରଥମେ ନିଜକୁ ସୁଧାରିବାକୁ ଚାହିଁବେ।

ଏହା କୌଣସି ବିପଦପୂର୍ଣ୍ଣ ଖେଳ ହେବ ନାହିଁ। ଦାର୍ଶନିକ କନ୍‌ଫୁସିଅସ୍ କହି ଥିଲେ - 'ପଡିଶା ଘର ଛାତ ଉପରେ ପଡିଥିବା ବରଫ ବିଷୟରେ ପଚାରନ୍ତୁ ନାହିଁ ଯେତେବେଳ ପର୍ଯ୍ୟନ୍ତ ନିଜ ଘରର ଛାତ ନୁହେଁ ଶିଡି ବି ସଫା ନ ହୋଇଛି।'

ଥରେ ମୁଁ ନିଜ ଯୁବାବସ୍ଥାରେ ଜଣେ ଲେଖକ ରିଚର୍ଡ ହାଡିଙ୍ଗ ଡେବିସଙ୍କୁ ଏକ ମୂର୍ଖତାପୂର୍ଣ୍ଣ ଚିଠି ଲେଖିଲି, କାରଣ ସେ ସମୟରେ ଅନ୍ୟ ମାନଙ୍କୁ ପ୍ରଭାବିତ କରିବାର ଅକାମି ଚେଷ୍ଟା କରିଚାଲିଥାଏ। ମୁଁ ଲେଖକଙ୍କ ବାବଦରେ ଏକ ପତ୍ରିକା ପାଇଁ ଲେଖାଟିଏ ପ୍ରସ୍ତୁତ କରୁଥାଏ ତେଣୁ ଡେବିସଙ୍କ ଠାରୁ ତାଙ୍କ କାମ କରିବାର ଶୈଳୀ ବାବଦରେ ଜାଣିବାକୁ ଚାହିଁଥିଲି। କିଛି ସପ୍ତାହ ପରେ ମୋତେ ଏକ ଚିଠି ମିଳିଲା, ଯାହାର ଶେଷରେ ଲେଖାଥିଲା- 'ବଛାଯାଇଛି, କିନ୍ତୁ ପଢା ଯାଇନାହିଁ।' ଏହି କଥାଟି ମତେ ବହୁତ ପ୍ରଭାବିତ କଲା। ମୁଁ ଭାବିଲି ଏହାର ଲେଖକ ନିଶ୍ଚିତ କେହି ମହାନ ଓ ବ୍ୟସ୍ତ ଲୋକ ହୋଇଥିବ। ତେବେ ତ

ସେ ଏପରି ଲେଖିଛି । ଏବେ ମୋର ମୂର୍ଖତା ଦେଖନ୍ତୁ, ମୁଁ ବିଲକୁଲ ବି ବ୍ୟସ୍ତ ନଥିଲି, କିନ୍ତୁ ରିଚର୍ଡ ହାଡିଙ୍ଗ ଡେବିସଙ୍କ ଉପରେ ନିଜ ପତିଆରା ଦେଖାଇବାକୁ ଚାହୁଁଥିଲି । ଏଣୁ ମୁଁ ବି ନିଜ ଏକ ଛୋଟ ଚିଠିର ଅନ୍ତରେ ତାହା ହିଁ ଲେଖି ପଠାଇ ଦେଲି 'ବଛାଯାଇଛି, କିନ୍ତୁ ପଢା ଯାଇନାହିଁ ।'

ସେ ତ ଚିଠିର ଉତ୍ତର ଦେବା ଉଚିତ୍ ମନେକଲା ନାହିଁ, ବରଂ ମୋ ଚିଠିରେ ତଳେ ଗୋଟେ ବାକ୍ୟ ଯୋଡି ଦେଇ ସେ ଚିଠିକୁ ଫେରାଇ ଦେଲା - 'ଆପଣଙ୍କ ବ୍ୟବହାରର କୌଣସି ଉତ୍ତର ନାହିଁ ।' ସେ ଠିକ୍ ଥିଲେ, ଭୁଲ ତ ମୋର ହିଁ ଥିଲା ଆଉ ସେଥିପାଇଁ ମୋର ନିନ୍ଦା ବି କରିବା ଦରକାର ଥିଲା । କିନ୍ତୁ ମୋର ଦୋଷ ଥାଇ ବି ମତେ ବହୁତ ଖରାପ ଲାଗିଲା । ୧୦ ବର୍ଷ ପରେ ଯେତେବେଳେ ମୁଁ ଡେବିସଙ୍କ ମରିବା କଥା ଶୁଣିଲି, ସେତେବେଳ ପର୍ଯ୍ୟନ୍ତ ସେ କଥା ମୋ ମୁଣ୍ଡରେ ଥିଲା କି ସେ ମୋତେ ବେଇଜ୍ଜତ କରାଇଥିଲେ ।

ଯଦି ଆମ ଭିତରେ କେହି ବି କାହା ପ୍ରତି ଘୃଣା ବା ହିଂସା ଭାବନା ଜାତ କରିନିଏ, ତେବେ ତାହା ଦଶନ୍ଧି ଦଶନ୍ଧି ଧରି ଚାଲିଥାଏ । ହୁଏତ ମଲା ପରେ ବି ଏହା ଶେଷ ହୁଏକି ନାହିଁ । ତେଣୁ ସେଥିପାଇଁ ଆମକୁ କେବଳ ଏତିକି କରିବା ଦରକାର ଆମେ ମାତ୍ର ଗଣିଲା ଭଳି କେତୋଟି ବଛା ବଛା ଶବ୍ଦ ଦ୍ୱାରା ସେହି ବ୍ୟକ୍ତିର ଆଲୋଚନା କରିବା ଦରକାର ବରଂ ତାହା ତର୍କ ସଙ୍ଗତ ହେଉ ଅବା ନହେଉ ।

ଆମେ ଯେତେବେଳେ ଅନ୍ୟ ଲୋକ ସହ ମିଳାମିଶା ବଢାନ୍ତି ତାଙ୍କ ସହ କିଛି ବ୍ୟବହାର କରନ୍ତି, ସଦା ସର୍ବଦା ମନେରଖିବା ଦରକାର ଯେ ଆମ ସାମ୍ନା ଲୋକମାନେ ସବୁବେଳେ ତର୍କସାଙ୍ଗିକ ଲୋକ ହୋଇ ନଥିବେ, ବରଂ ପ୍ରତ୍ୟେକ ବ୍ୟକ୍ତି ମଧ୍ୟରେ କିଛି ଭାବନାତ୍ମକ ଗୁଣ, କିଛି ଖରାପ ଗୁଣ, ଗର୍ବ ଓ ଅହଂକାର ଅବଶ୍ୟ ଥିବ ।

ଇଂରାଜୀ ସାହିତ୍ୟର ମହାନ ଔପନ୍ୟାସିକ ଟମାସ୍ ହାର୍ଡି କେବଳ କଠୋର ଆଲୋଚନା କରିଥିବା କାରଣରୁ ଉପନ୍ୟାସ ଲେଖାରୁ ସନ୍ୟାସ ନେଇ ନେଇଥିଲେ । ଇଂରାଜୀ କବି ଟମାସ୍ ଚେଟରସନ୍‌ଙ୍କ ଆତ୍ମହତ୍ୟାର କାରଣ ଏହି ନିନ୍ଦା ହିଁ ଥିଲା । ନିଜ ଯୁବକ ଅବସ୍ଥାରେ ଏତେ ଅଶିଷ୍ଟ ଥିବା ବେଂଜାମିନ ଫ୍ରାଙ୍କଲିନ ଧିରେ ଧିରେ ନିଜକୁ ସୁଧାରି ଏତେ କୂଟନୀତିଜ୍ଞ ହୋଇଗଲେ ଯେ ତାଙ୍କୁ ଫ୍ରାନ୍‌ସର ରାଜଦୂତ ଭାବରେ ପଠାଯାଇଥିଲା । ତେବେ କ'ଣ ଥିଲା ତାଙ୍କ ସଫଳତାର ରହସ୍ୟ ? ସେ କହୁଥିଲେ - "ମୁଁ କାହାରି ବିଷୟରେ ଖରାପ କହିବି ନାହିଁ, ବରଂ ସମସ୍ତଙ୍କ ବିଷୟରେ କେବଳ ଭଲ କଥା ହିଁ କହିବି ।"

ତେବେ କାହାର ଖରାପ କରିବା, ନିନ୍ଦା କରିବା, ଅଭିଯୋଗ କରିବା ବା ଆଲୋଚନା କରିବା ଏହି ସବୁ କରିବା ବହୁତ ସହଜ । କେହି ମୂର୍ଖ ବି ତ ଏହାକୁ କରିପାରିବ ବା ଅନ୍ୟ

ଅର୍ଥରେ କହିଲେ ଏହି ସବୁ ମୂର୍ଖମାନେ ହିଁ କରିଥାନ୍ତି। କିନ୍ତୁ ଲୋକଙ୍କୁ ବୁଝାଇବା ବା ତାକୁ କ୍ଷମା କରିବା ବହୁତ ବୁଦ୍ଧିମାନୀର କାମ ଓ ଏଥିପାଇଁ ସଞ୍ଜମତାର ବହୁତ ଆବଶ୍ୟକତା ରହିଥାଏ।

ଏଥିପାଇଁ କାର୍ଲାଇଲ କହିଥିଲେ- 'ମହାନ ବ୍ୟକ୍ତି ମାନେ ଛୋଟ ଲୋକଙ୍କ ସହ ବ୍ୟବହାରରେ ନିଜ ମହାନତାର ପରିଚୟ ଦେଇଥାନ୍ତି।'

ଏକ ପ୍ରସିଦ୍ଧ ଟେଷ୍ଟ ପାଇଲଟ୍ ବାର୍ବ ହୁବର ପ୍ରାୟତଃ 'ଏୟାର ଶୋ' ରେ ନିଜେ ପ୍ରଦର୍ଶନ କରୁଥିଲେ। ଥରେ ସେ ସୈନ୍ ଡିଗୋଡାରୁ 'ଏୟାର ଶୋ' ସାରି ଲସ୍ ଏଞ୍ଜିଲସ୍ ରେ ଥିବା ନିଜ ଘରକୁ ଫେରୁଥିଲେ। ଅଚାନକ ଆକାଶର ତିନିଶହ ଫୁଟ ଉଚ୍ଚରେ ଥିବା ବେଳେ ଜାହାଜର ଦୁଇଟି ଯାକ ଇଂଜିନ ବନ୍ଦ ହୋଇଗଲା। ନିଜ କୁଶଳତାରୁ ସେ ଜାହାଜଟିକୁ ତଳକୁ ଓହ୍ଲାଇ ଦେଲେ, କାହାରିକୁ କିଛି ଆଘାତ ଲାଗିନଥିଲା କିନ୍ତୁ ଜାହାଜର ବହୁତ କ୍ଷତି ହୋଇଯାଇଥିଲା। ତଳକୁ ଆସିଲା ପରେ ବାର୍ବ ହୁବର୍ ସର୍ବ ପ୍ରଥମେ ଜାହାଜର ଇନ୍ଧନକୁ ପରୀକ୍ଷା କଲେ। ତାଙ୍କ ଦ୍ୱିତୀୟ ବିଶ୍ୱଯୁଦ୍ଧ ବାଲା ପ୍ରୋପେଲର ଜାହାଜରେ ଗ୍ୟସୋଲିନ ବଦଳରେ ଜେଟ ବିମାନର ଇନ୍ଧନ ଭରାଯାଇଥିବା ଦେଖି ସେ ଚକିତ ରହିଗଲେ।

ତାପରେ ସେ କେଉଁ ମେକାନିକ୍ ଏହି ଜାହାଜର ସର୍ଭିସିଙ୍ଗ୍ କରିଥିଲା ତାକୁ ଖୋଜି ବାହାର କଲେ। ସେ ଏକ ଯୁବକ ମେକାନିକ୍ ହୋଇ ବି ନିଜ ଭୁଲ କାରଣରୁ ଲଜ୍ଜିତ ହେଉଥିଲା। ଯେମିତି ହୁବର୍ ତା ସାମ୍ନାରେ ପହଞ୍ଚିଲେ ତାର ଆଖିରେ ଲୁହ ଭରିଗଲା କାରଣ ତାର ଏଇ ଟିକେ ଭୁଲ ପାଇଁ ତିନି ତିନିଟି ଲୋକଙ୍କର ଜୀବନ ଯାଇଥାନ୍ତା ଓ ଜାହାଜ ବି ତ ବହୁତ କ୍ଷତିଗ୍ରସ୍ତ ହୋଇ ସାରିଥାଏ।

ଭାବନ୍ତୁ ସେ ସମୟରେ ମେକାନିକ୍‌ର ମୁହଁ ଦେଖି ହୁବର୍‌ଙ୍କୁ କେତେ କ୍ରୋଧ ଆସିଥିବ ? ତାକୁ ଗାଳି ଦେବା ସହ ମାରିବାକୁ ବି ମନ କରିଥିବ, କିନ୍ତୁ ହୁବର୍ ମେକାନିକ୍‌କୁ ଗାଳି ଦେବା ତ ଦୂରର କଥା ସେକଥାର ଆଲୋଚନା ବି କଲେ ନାହିଁ ବରଂ କହିଲେ – "ତୁମକୁ ଏହି କଥା କହିବାକୁ ଆସିଛି କି ମୁଁ ତୁମ ଉପରେ ବହୁତ ବିଶ୍ୱାସ କରେ ତଥା ମୁଁ ଜାଣେ ଯେ ତୁମେ ଆଗକୁ ଏପରି କାମ କରିବନି ଯାହା ଫଳରେ ତୁମକୁ ଲଜ୍ଜିତ ହେବାକୁ ପଡ଼ିବ। ମୋର ଇଚ୍ଛା ତୁମେ କାଲି ହିଁ ମୋର ଏଫ୍-୫୧ ଉଡାଜାହାଜର ସର୍ଭିସିଙ୍ଗ୍ କରିବ।"

ଅଧିକାଂଶ ପିତାମାତା ନିଜ ପିଲାମାନଙ୍କ ଦୋଷତ୍ରୁଟି ଆଲୋଚନା କରି କରି କ୍ଲାନ୍ତ ଅନୁଭବ କରନ୍ତି ନାହିଁ। କ'ଣ ଆପଣ ଭାବୁଛନ୍ତି କି ମୁଁ ଆପଣଙ୍କୁ ଏପରି କରିବାକୁ ମନା କରୁଛି ? ନା ମୋର ଏପରି କିଛି ବି ଇଚ୍ଛା ନାହିଁ। ମୁଁ ମାତ୍ର ଏତିକି କହିବାକୁ ଚାହୁଁଛି କି ଆପଣ ତାଙ୍କ ଆଲୋଚନା କରିବା ପୂର୍ବରୁ ଆମେରିକୀୟ ସାହିତ୍ୟର ଏକ ପ୍ରସିଦ୍ଧ ଲେଖା

'ଫାଦର୍ ଫରଗେଟସ୍' କୁ ଅବଶ୍ୟ ପଢିନିଅନ୍ତୁ। ପ୍ରଥମ ଥର ଏହି ବହିଟି 'ପିପୁଲ ହୋମ ଜରନାଲ୍' ର ଏକ ସଂପାଦକୀୟ ରୂପରେ ପ୍ରକାଶିତ ହୋଇଥିଲା। 'ରିଡର୍ସ ଡାଇଜେଷ୍ଟ' ରେ ଏହାର ଲଘୁ ସଂପାଦନ କିଛି ଏହି ପ୍ରକାରର ହୋଇଥିଲା- 'କିଛି ଲେଖା ଗହନ ଅନୁଭୂତିର କୌଣସି ଏକ ବିଶେଷ କ୍ଷଣରେ ଲେଖାଯାଇଥାଏ ଓ ସେହି ଲେଖା ପାଠକଙ୍କ ମନକୁ ବି ଛୁଇଁଯାଏ।'

ଏମିତି ହିଁ ଗୋଟେ ଲେଖା ହେଉଛି 'ଫାଦର୍ ଫରଗେଟସ୍'। ଏବେ ଏହି ଲେଖାଟି ଲଗାତାର ପୁନଃପ୍ରକାଶିତ ହେଉଅଛି। ଏହାର ଲେଖକ ଡବ୍‌ଲ୍ୟୁ ଲିବିଙ୍ଗଷ୍ଟୋନ ଲରନେଡ୍ କହୁଥିଲେ କି ଏହି ଲେଖା ହଜାର ହଜାର ସମାଚାର ପତ୍ର ଓ ପତ୍ର ପତ୍ରିକାରେ ପ୍ରକାଶିତ ହୋଇ ସାରିଲାଣି। କେତେଗୁଡ଼ିଏ ବିଦେଶୀ ଭାଷାରେ ବି ଏହା ସେତିକି ହିଁ ସଫଳ ହୋଇଅଛି। ମୁଁ ହଜାରେ ଲୋକଙ୍କୁ ମଧ୍ୟ ବ୍ୟକ୍ତିଗତ ଭାବେ ଏଥିରେ ଥିବା କଥାକୁ ଚର୍ଚ୍ଚ, ବିଦ୍ୟାଳୟ କିମ୍ବା ସଭାରେ ବ୍ୟବହାର କରିବାକୁ କହିଛି। ଏହା ଅନେକ ଥର ଭିନ୍ନ ଭିନ୍ନ କାର୍ଯ୍ୟକ୍ରମରେ ରେଡିଓରେ ବି ପ୍ରସାରିତ ହୋଇସାରିଲାଣି। ବିଦ୍ୟାଳୟ ବା କଲେଜର ପତ୍ର ପତ୍ରିକାରେ ଏହା ଛପା ଯାଇ ସାରିଲାଣି। ଅନେକ ସମୟରେ କେତେକ ଲଘୁକଥା ଅତ୍ୟନ୍ତ ଲୋକପ୍ରିୟ ହୋଇଯାଏ। ଏହି ଲେଖାଟି ମଧ୍ୟ ସେଇଭଳି ଲୋକପ୍ରିୟ।

ଫାଦର୍ ଫରଗେଟ୍‌ସ (ପ୍ରତ୍ୟେକ ପିତା ଏହାକୁ ମନେ ରଖନ୍ତୁ)

-ଡବ୍‌ଲ୍ୟୁ ଲିବିଙ୍ଗଷ୍ଟୋନ ଲରନେଡ

ଟିକେ ଶୁଣ ପୁଅ! ମୁଁ ତୋ ସହ କିଛି କଥା ହେବାକୁ ଚାହୁଁଛି। ତୁ ତ ନିଘୋଡ ନିଦରେ ଶୋଇଛୁ। ତୋର କୋମଳ ନରମ ସୁନ୍ଦରିଆ ହାତ, ତୋର ଗାଲ ତଳେ ଦବି କରି ରହିଛି। ତୋର ଝାଳରେ ବୁଡି ରହିଥିବା ମଥା ଉପରେ ଅଡୁଆ ତଡୁଆ ବାଳ ଗୁଡିକ ପଡିରହିଛି। ମୁଁ ଏକୁଟିଆ ଅଛି ଓ ଚୁପ୍ ଚାପ୍ ତୋ ରୁମ୍‌ର ଭିତରକୁ ଆସିଛି। ଏବେ କିଛି ମିନିଟ୍ ପୂର୍ବରୁ ମୋତେ ବହୁତ ପଶ୍ଚାତାପ ହେଲା ଯେତେବେଳେ ମୁଁ ପୁସ୍ତକାଳୟରେ ଖବର କାଗଜ ପଢୁଥିଲି। ସେଥିପାଇଁ ତ ଅର୍ଦ୍ଧରାତ୍ରିରେ କୌଣସି ଅପରାଧୀ ଭଳି ତୋ ବିଛଣା ପାଖରେ ଠିଆ ହୋଇଛି। ଏହା ସେହି କଥାଗୁଡିକ ଅଟେ ଯାହା ମୁଁ ଏବେ ବସି ଭାବୁଥିଲି- ଆଜି ମୁଁ ତୋ ଉପରେ ବହୁତ କ୍ରୋଧ କରିଛି ଯେତେବେଳେ ତୁ ବିଦ୍ୟାଳୟ ଯିବା ପାଇଁ ପ୍ରସ୍ତୁତ ହେଉଥିଲୁ, ଯେତେବେଳେ ତୁ ତଉଲିଆ ବଦଳରେ ପରଦାରେ ହାତ ପୋଛିଥିଲୁ, ଯେତେବେଳେ ତୁ ଓଦା ତଉଲିଆରେ ପୋଛି ହୋଇଥିଲୁ। ତୋର ମଇଳା ହୋଇଥିବା ଜୋତାକୁ ଦେଖି ମୁଁ ବହୁତ ଗାଳି କରିଥିଲି। ଘର ସାରା ଚାରିଆଡେ ନିଜ ଖେଳନା ପତ୍ର ଖେଳାଇ ରଖିଥିଲୁ ତାକୁ ଦେଖି ବହୁତ କଥା କହିଲି। ଯେତେବେଳେ ତୁ

ଖାଇବା ଟେବୁଲରେ ନିଜ କହୁଣୀ ରଖି ବସିଥିଲୁ, ପାଉଁରୁଟିରେ ଅଧିକ ମୋଟାର ଲହୁଣୀ ଲଗାଇଥିଲୁ, ତୁ ଖାଦ୍ୟକୁ ଠିକ୍ ଭାବେ ନ ଚୋବାଇ ଗିଳି ଦେଉଥିଲୁ ଓ ତୋର ପାଟି ଖୋଲା ରହି ଚାକୁ ଚାକୁ ଶବ୍ଦ ହେଉଥିଲା ତେଣୁ ମୁଁ ବହୁତ ବିରକ୍ତ ହୋଇଥିଲି ।

ତୋର ଗପ ବହି ସବୁ ମେଜ ଉପରେ ପଡିଥିଲା । କେବଳ ଏତିକି ନୁହେଁ, ମୁଁ ଅଫିସ ଯିବା ସମୟରେ ତୁ ଖେଳିବାକୁ ଯାଉ ଯାଉ ବି ଗୋଟେ ହାତ ହଲାଇ 'ଗୁଡ ବାଏ ଡାଡି' କହିଲୁ ହେଲେ ମୁଁ ଓଲଟା ଦୁଇ ପଦ କହିଦେଲି ନିଜ ଶାର୍ଟର କଲର ତ ଠିକ୍ କର ଆଗ । ଅଫିସରୁ ଫେରିବା ବେଳକୁ ତୁ ତୋ ସାଙ୍ଗମାନଙ୍କ ସହ ମାଟିରେ ଖେଳୁଥିଲୁ । ତୋର ପୋଷାକରେ କଣା ବି ହୋଇଯାଇଥିଲା । ନିଜ କ୍ରୋଧକୁ ରୋକି ନପାରି ତୋ ସାଙ୍ଗମାନଙ୍କ ଆଗରେ ତୋତେ ଅପମାନିତ କରିଦେଲି ଓ ମୋ ଆଗେ ଆଗେ ଘରକୁ ଫେରିବାକୁ ବାଧ୍ୟ କରିଥିଲି, ଯେବେ ନିଜ କପଡା ନିଜେ କିଣିବୁ ସେତେବେଳେ ଜାଣିବୁ କହି ମୋର ବାପାପଣିଆ ସାବ୍ୟସ୍ତ କଲି ।

ତୋର ତ ମନେଥିବ ରାତିରେ ଯେତେବେଳେ ମୁଁ ପଢୁଥିଲି ଓ ତୁ ମୋ କୋଠରୀକୁ ଆସିଥିଲୁ କେତେ ଡରିଲା ଡରିଲା ଭଳି ଥିଲୁ ମନର ଭୟ ତୋ ଆଖିରୁ ସ୍ପଷ୍ଟ ବାରି ହୋଇଯାଉଥିଲା । ମୋ ଖବର କାଗଜ ପଢିବାରେ ବାଧା ହେବାରୁ ମୁଁ ତତେ ଅନେକ କଥା କହିଲି ଆଉ ତୁ ସେହି କବାଟ ପାଖରେ ସ୍ଥିର ହୋଇ ରହିଗଲୁ ।

ତୁ କିଛି ବି କହିନଥିଲୁ । ମୋ ପାଖକୁ ଦୌଡିକରି ଆସିଲୁ ଓ ମୋ ବେକରେ ଲଟକି ମୋ ଗାଲରେ ଗେଲ କରି 'ଗୁଡ୍ ନାଇଟ୍, ଡାଡି' କହି ଝଡ ବେଗରେ ଚାଲି ଆସିଲୁ । ତୋର ସେହି କୁଣ୍ଢାଇ ପକାଇବା ଏତେ ମଜବୁତ ଥିଲା କି ତାହା ରହି ରହି ମୋତେ ଅନୁଭବ କରାଉଥିଲା – 'ଏତେ ଉପେକ୍ଷା, ନିନ୍ଦା, କ୍ରୋଧ ଓ ଅବହେଳା ପରେ ବି ତୋର ମନ ମନ୍ଦିରରେ ଫୁଟିଥିବା ଫୁଲ ଏବେ ବି ମଉଳି ନାହିଁ ।' ହଁ, ରେ ଧନ ସେହିକ୍ଷଣରେ ହିଁ ମୋ ହାତରୁ ଖବରକାଗଜ ଖସିପଡିଲା ଓ ମୁଁ ଆତ୍ମଗ୍ଲାନିରେ ବୁଡିଗଲି । ମୁଁ କାହିଁକି ଏପରି ହୋଇଯାଉଛି – ଅଭ୍ୟାସଗତ ଭାବେ ଖାଲି ଗାଳି କରିବା, ରାଗିବା, ଗରଗର ହେବା ଆଦି କ'ଣ ପାଇଁ କରୁଛି ? ମୁଁ ମୋ ନିଜ ପୁଅକୁ ଇଏ କିପରି ବାତ୍ସଲ୍ୟ ଦେଉଅଛି ? ଏମିତି ତ ନୁହେଁ ମୁଁ ତତେ ଭଲ ପାଇବା ଛାଡି ଦେଲିଣି ? ମତେ ତୋ ଠାରୁ କିଛି ଅଧିକ ଆଶା ରହିଛି ଓ ତୋର ପିଲା ବୟସକୁ ମୋ ବୟସର ସହ ତୁଳନା କରିଦେଉଅଛି । ତୁ ବହୁତ ଗେହ୍ଲା, ନିରୀହ ଓ ସତ୍ୟବାଦୀ ଅଟୁ । ତୋର କୁନି ନିରୀହ କୋମଳ ହୃଦୟ ତ ପାହାଡର ଶିଖରରୁ ବାହାରୁଥିବା ସୂର୍ଯ୍ୟ ଠାରୁ ବି ବିଶାଳ ଅଟେ । ତୋ ଭିତରେ ବହୁତ ବଡପଣିଆ ଅଛି । ତେବେ ତ ଦିନମାନ ଏତେ ଗାଳି ଖାଇଲା ପରେ ବି ମୋତେ ରାତିର ଶେଷ ଗେଲ

(ଗୁଡ୍‌ନାଇଟ୍ କିସ୍) କରିବାକୁ ଆସିଥିଲୁ । ଏହି ରାତିଟି ବୋଧହୁଏ ଏଥିପାଇଁ ବେଶି ମହତ୍ତ୍ୱପୂର୍ଣ୍ଣ ଅଟେ । ମୁଁ ଅନ୍ଧାରରେ ତୋ ବିଛଣା କଡରେ ମୁଣ୍ଡ ପାଖରେ ଆଣ୍ଠୁ ମାଡି ବସିଛି, ଲଜ୍ଜିତ, ଅପମାନିତ ଓ ତୋ ଠାରୁ ବହୁତ ଛୋଟ ପରି ।

ଏହା କେବଳ ଏକ ଦୁର୍ବଳ ପଶ୍ଚାତାପ ମାତ୍ର । ମତେ ଜଣା ଅଛି ମୁଁ ଯଦି ତତେ ଉଠାଇକରି ଏସବୁ କହିବି ତେବେ ତୁ କିଛି ବି ବୁଝି ପାରିବୁ ନାହିଁ । କିନ୍ତୁ ମୁଁ ଠିକ୍ କରିଅଛି ଯେ କାଲି ଠାରୁ ଗୋଟିଏ ମନ ମାନିଲା ଭଳି ଗେହ୍ଲା କରୁଥିବା ଭଲ ବାପା ହୋଇ ଦେଖାଇବି । ମୁଁ ତୋ ସହ ଖେଳିବି, ତୋର ମନର କଥା ସବୁ ଶୁଣିବି, ତୋ'ର ସୁଖଦୁଃଖ ସବୁ ବାଣ୍ଟିବି । ଆଗକୁ ତୋ ଉପରେ ରାଗିବା ପୂର୍ବରୁ ମୋ ନିଜ ଜିଭକୁ ସଞ୍ଚିତ କରି ରଖିବି । ଏହି ମନ୍ତ୍ରକୁ ସାରା ଜୀବନ ମନେ ରଖିବି । 'ମୋ ପୁଅ ତ ଏବେ ବହୁତ ଛୋଟ ନିରୀହ କୋମଳମତି ବାଳକ ଅଟେ ।' ଏବେ ମୋ ନିଜ ଚିନ୍ତାଧାରା ଉପରେ ବହୁତ ଦୁଃଖ ହେଉଛି କାରଣ ମୁଁ ତୋତେ ବହୁତ ବଡ ଭାବିବାକୁ ଲାଗିଥିଲି । କିନ୍ତୁ ଆଜି ଯେବେ ତୋତେ ଦେଖିଲି କିପରି ଥକି ଥକି ନିରୀହ ପଲଙ୍କ ଉପରେ ଶୋଇଛୁ ପୁରା ନିଶ୍ଚିନ୍ତ ହୋଇ ତ ମୋତେ ଅନୁଭବ ହେଉଛିକି, ତୁ ଏବେ ବହୁତ ଛୋଟ ଅଛୁ । କାଲି ପର୍ଯ୍ୟନ୍ତ ତ ତୁ ତୋ ମାଆର କୋଳରେ ଝୁଲୁଥିଲୁ ତା କାନ୍ଧରେ ମୁଣ୍ଡ ରଖି ଶୋଉଥିଲୁ । ମୁଁ ତୋ ଠାରୁ ବହୁତ ଅଧିକ ଆଶା କରି ବସିଥିଲି, ବହୁତ ଆଶା ।

ତେବେ ଏହି ଲେଖାଟିର ସାରମର୍ମ ହେଲା ଯେ ଆଲୋଚନା କରିବା ଅପେକ୍ଷା ଆମେ ଜାଣିବା ଓ ବୁଝିବାକୁ ଚେଷ୍ଟା କରିବା ଦରକାର କି ଯେଉଁ କାମ ସେମାନେ କରୁଛନ୍ତି ଏହା ପଛରେ କାରଣ କ'ଣ ଅଛି ? ପରିସ୍ଥିତି ଉପରେ ନଜର ଦେବା ବହୁତ ରୋଚକ ଓ ଲାଭଦାୟୀ ସିଦ୍ଧ ହେବ । ଏହା ଫଳରେ ପରିବେଶ ହାଲକା ଫୁଲକା ରହିବ । ସମସ୍ତଙ୍କୁ ବୁଝିବାର ମାନେ ସମସ୍ତଙ୍କୁ କ୍ଷମା କରିଦେବା ହିଁ ହୋଇଥାଏ ।

ସେଥିପାଇଁ ବୋଧ ହୁଏ ଡା. ଜନସନ୍ କହୁଥିଲେ 'ସ୍ୱୟଂ ଭଗବାନ ବି ମନୁଷ୍ୟ ର ହିସାବ ତାର ମୃତ୍ୟୁ ପୂର୍ବରୁ କରିନଥାନ୍ତି ।'

ସିଦ୍ଧାନ୍ତ - 1

କେବେ ବି କାହାରି ଆଲୋଚନା କର ନାହିଁ, କାହା ବାବଦରେ ଖରାପ କଥା କୁହ ନାହିଁ, ନିନ୍ଦା କର ନାହିଁ, ଅଭିଯୋଗ ବି କର ନାହିଁ ।

2

ବ୍ୟବହାରକୁଶଳ ହେବାର ସଫଳ ଉପାୟ

ଏହି ପୂରା ସଂସାରରେ କେବଳ ଗୋଟେ ମାତ୍ର ଉପାୟ କରିପାରିଲେ ଆମେ କାହା ଠାରୁ ବି କୌଣସି କାମ କରାଇ ପାରିବା। ଟିକେ ଚିନ୍ତା କରନ୍ତୁ ତ ଦେଖି କ'ଣ ସେ ଉପାୟଟି ହୋଇପାରେ ? ଏହି ସରଳ ଉପାୟଟି ହେଲା, ସେହି ବ୍ୟକ୍ତିର ମନରେ ସେ ବିଶେଷ କାମକୁ କରିବା ପାଇଁ ତା ନିଜର ସ୍ୱତଃପ୍ରବୃତ୍ତ ଇଚ୍ଛାକୁ ଜାଗ୍ରତ କରିବା। ଏବଂ ଏକଥାକୁ ମନେରଖନ୍ତୁ ଯେ ଏହା ବ୍ୟତୀତ ଅନ୍ୟ କୌଣସି ଉପାୟ ନାହିଁ ଅନ୍ୟ ଲୋକ ଠାରୁ କାମ କରାଇବା ପାଇଁ। ଅବଶ୍ୟ ଏହା ଅଲଗା କଥା କି ଆପଣ କାହା ମୁଣ୍ଡରେ ବନ୍ଧୁକ ଲଗାଇ କହିବେ ତୋ ଘଡି ଚେନ୍ ମତେ ଦେଇଦେ ତେବେ ସେ ତାହା କରିଦେଇ ପାରେ ବା ନିଜଠାରୁ ତଳିଆ କର୍ମଚାରୀକୁ ଚାକିରିରୁ ବାହାର କରିବାର ଧମକ ଦେଇ କେଉଁ କାମ କରିବାକୁ ବାଧ କରିପାରନ୍ତି। ଗୋଟେ ପିଲାଠାରୁ ବି ତାର ମନ ନଥାଇ କୌଣସି କାମ କରାଇ ପାରିବେ ନାହିଁ, ଯଦି ଆପଣ ତାକୁ ମାଡର ଭୟ ଦେବେ ବା କିଛି ଅନ୍ୟ ପ୍ରକାର ଧମକ ଚମକ ଦେବେ ତେବେ ଏହି କାମ ହୁଏତ ସେ କରିଦେଇପାରେ। କିନ୍ତୁ ଏହି ଅମାନୁଷିକ ପ୍ରକ୍ରିୟାର ପରିଣାମ ବହୁତ ଦୁଃଖଦାୟକ ହୋଇଥାଏ।

ଏହି ପ୍ରକାର କେବଳ ଗୋଟିଏ ଉପାୟରେ ମୁଁ ଆପଣଙ୍କ ଠାରୁ କୌଣସି ଜିନିଷ ହାସଲ କରିପାରିବି। ଆଉ ସେ ଉପାୟଟି ହେଲା, ଆପଣଙ୍କୁ କୌଣସି ଜିନିଷ ଦେବି ଯେଉଁ ଜିନିଷରେ ଆପଣଙ୍କର ବହୁତ ଇଚ୍ଛା ବା ଆଗ୍ରହ ଥାଏ, ଏବେ ପ୍ରଶ୍ନ ହେଲା ଆପଣ କେଉଁ ଜିନିଷରେ ବେଶି ଇଚ୍ଛୁକ ?

ଆମେରିକୀୟ ଲେଖକ ସିଗ୍‌ମଣ୍ଡ ଫ୍ରାଏଡ୍ କହିଥିଲେ- 'କୌଣସି କାମ କରିବା ପଛରେ ବ୍ୟକ୍ତିର ଦୁଇଟି ମୂଳ ଇଚ୍ଛା ଥାଏ। ୧. ମହାନ ହେବାର ଅଭିଳାଷା ଏବଂ ୨. ପ୍ରୀତି କରିବାର ଆକାଂକ୍ଷା।'

ଏହି କଥାକୁ ଟିକେ ଅଲଗା ଭାବରେ ଆମେରିକୀୟ ମହାନ ଦାର୍ଶନିକ ଜେନ୍ ଡ୍ରୟୁଇ କହିଥିଲେ-'ମାନବ ପ୍ରକୃତିରେ ସବୁଠାରୁ ବଡ ଇଚ୍ଛା ହେଲା, ମହାନ ହେବାର ଆକାଂକ୍ଷା ଥାଏ।' ମୁଁ ଆପଣଙ୍କୁ ପଚାରୁଛି ଆପଣ କ'ଣ ଚାହାନ୍ତି ? ଏମିତିରେ ଆମେ ଅଗଣିତ ଜିନିଷ ଦରକାର କରନ୍ତି, କିନ୍ତୁ ବହୁତ କମ୍ ଜିନିଷ ଥାଏ ଯାହାକୁ ଆମେ ବେଶି ଆତୁରତାର ସହ ଦରକାର କରନ୍ତି। ଯାହା ବିନା ଆମ ଜୀବନ ଯେପରି ଅସମ୍ଭବ ହୋଇଯାଏ। ଅଧିକାଂଶ ଲୋକେ ନିମ୍ନ ଲିଖିତ ଜିନିଷର ଇଚ୍ଛୁକ ହୋଇଥାନ୍ତି -

୧. ଭଲ ଖାଦ୍ୟ

୨. ଭରପୁର ନିଦ୍ରା

୩. ଭଲ ସ୍ୱାସ୍ଥ୍ୟ ଓ ଜୀବନର ପୂର୍ଣ୍ଣ ସଂରକ୍ଷଣ

୪. ପର ଲୋକର ସୁଧାର

୫. ସେକ୍ସ ରେ ଆତ୍ମ ସନ୍ତୁଷ୍ଟି

୬. ଏତେ ଅର୍ଥ ଦରକାର ଯାହାକି ନିଜ ସମସ୍ତ ଇଚ୍ଛାକୁ ପୂର୍ଣ୍ଣ କରିହେବ

୭. ନିଜ ପିଲାଙ୍କ ଭଲ ଭବିଷ୍ୟତ ଓ କଲ୍ୟାଣ

୮. ନିଜେ ଅନ୍ୟ ମାନଙ୍କ ଆଗରେ ମହାନ ହେବା ବା ମହତ୍ୱାକାଂକ୍ଷୀ ହେବା

କେବଳ ଗୋଟିଏକୁ ଛାଡି ଉପରେ ଲେଖାଯାଇଥିବା ସବୁ ଇଚ୍ଛା ପ୍ରାୟତଃ ପୂରା ହୋଇଯାଏ। ସେହି ଆକାଂକ୍ଷାର ପରିମାଣ ଅନ୍ୟ ଆକାଂକ୍ଷା ଠାରୁ ବହୁତ ଅଧିକ ହୋଇଥାଏ, ଓ ତାହା ବଢି ବଢି ଚାଲେ କେବେ ବି ସନ୍ତୁଷ୍ଟ ହୁଏ ନାହିଁ ତାହାର ଅନ୍ତ ନାହିଁ, ଆଉ ସେଇ ଆକାକ୍ଷାଂ ହେଉଛି 'ନିଜକୁ ମହାନ କରିବାର ଆକାଂକ୍ଷା, ନିଜର ମହତ୍ତ୍ୱ ବଢାଇବାର ଆକାଂକ୍ଷା।'

ଥରେ ଆବ୍ରାହମ୍ ଲିଙ୍କନ୍ ଗୋଟାଏ ଚିଠିରେ ଲେଖିଥିଲେ- 'ପ୍ରତ୍ୟେକ ଲୋକକୁ ନିଜର ପ୍ରଶଂସା ଶୁଣିବାକୁ ଭଲ ଲାଗେ।' ୱିଲିୟମ୍ ଜେମସ୍ ସେହି କଥାକୁ ଟିକେ ବଦଳାଇ କହିଲେ କି ସବୁ ଲୋକମାନେ ଚାହାନ୍ତି କି ତାଙ୍କୁ ପ୍ରଶଂସା ମିଳୁ ଓ ତାଙ୍କୁ ଲୋକେ ଟିକେ ସେହିଭଳି ପସନ୍ଦ କରନ୍ତୁ। ଫ୍ରାଏଡ୍ ଓ ଜନ୍ ଡ୍ରୟୁଇ ବି ସେହି କଥା କୁହନ୍ତି ଅନ୍ୟ ସବୁ ତୃଷ୍ଣା ମେଣ୍ଟି ଯାଇଥାଏ କିନ୍ତୁ ଏହା ଏପରି ଏକ ମାନବୀୟ ତୃଷ୍ଣା ଯାହା ସ୍ଥାୟୀ ଅଟେ। ଏବଂ ସେହି ଦୁର୍ଲଭ ବ୍ୟକ୍ତି ଯିଏ ମଣିଷର ଏଇ ପ୍ରଶଂସା ଭୋକକୁ ସନ୍ତୁଷ୍ଟ କରିବାରେ ସଫଳ ହୋଇଯାଏ, ଲୋକମାନେ ପୂର୍ଣ୍ଣ ରୂପରେ ତା ହାତ ମୁଠାକୁ ଚାଲି ଆସନ୍ତି। ଲୋକମାନେ ଏପରି ଭଲ ପାଆନ୍ତି ଯେ ଆପଣଙ୍କ ମର ଶରୀରର ଅନ୍ତିମ କ୍ରିୟା କରିବାକୁ ଆସିଥିବା ଲୋକେବି ବହୁତ ଶୋକ ପ୍ରକଟ କରନ୍ତି।

ଏହା ହିଁ ମୁଖ୍ୟ ପାର୍ଥକ୍ୟ ପଶୁ ଓ ମଣିଷ ମଧରେ। ମୁଁ ଯେତେବେଳେ ମସୁରୀର ଫାର୍ମରେ କାମ କରୁଥିଲି ଓ ମୋ ବାପା ମଧ ଭଲ ପ୍ରଜାତିର ଡିଲକ୍ସ ଘୁସୁରି ଓ ମଇଁଷି ପାଳନ କରୁଥିଲେ, ସେତେବେଳର ଏକ କଥାକୁ ମୁଁ ଏଠି ଆଲୋଚନା କରୁଅଛି। ଆମେ

ନିଜ ପଶୁମାନଙ୍କୁ ମେଳା ହେଉଥିବା ପ୍ରଦର୍ଶନୀକୁ ନେଇ ଯାଉଥିଲୁ। ଆମକୁ ବହୁତ ଥର ପ୍ରଥମ ପୁରସ୍କାର ମଧ୍ୟ ମିଳି ସାରିଥିଲା। ମୋ ବାପା ଗର୍ବରେ ଧଳା ରଙ୍ଗର ରେଶମି କନା ଉପରେ ସବୁଜ ରଙ୍ଗର ରିବନ ଫିତା ଲଗାଇ ରଖିଥିଥିଲେ ଓ କେହି ଲୋକ ଆମ ଘରକୁ ଆସିଲେ ବାପା ତାକୁ ସେହି ରିବନ ଫିତା ଦେଖାଉଥିଲେ ଯାହାକୁ ସେହି ଘୁସୁରି ଜିତିଥିଲା ସେ କପଡାର ଗୋଟେ ପାଖ ବାପା ଧରି ଦେଖାଉଥିଲେ ତ ଆର ପାଖ ମୁଁ।

ଥରେ ଭାବନ୍ତୁ ତ ଘୁସୁରିମାନେ ଜିତିଥିବା ରିବନ ଫିତା ବିଷୟରେ କିଛି ଜାଣିଥିଲେ କି କିମ୍ବା ସେମାନେ ତା ବିଷୟରେ କିଛି ଚିନ୍ତା କରୁଥିଲେ କି? ହୁଏତ ନା! ସେହି ପୁରସ୍କାର ତ ବାପାଙ୍କୁ ମହତ୍ତ୍ୱପୂର୍ଣ୍ଣ ହେବାର ଅନୁଭବ କରାଉଥିଲା, ଯେଉଁଥିରେ ତାଙ୍କ ଛାତି ଗର୍ବରେ ଚଉଡା ହୋଇଯାଉଥିଲା। ଏହି ମହତ୍ତ୍ୱପୂର୍ଣ୍ଣ ହେବାର ଆକାଂକ୍ଷା ଆମ ପୂର୍ବ ପୁରୁଷ କ'ଣ ବରଂ ଏହା ଆଦିମ କାଳରୁ ଚାଲି ଆସୁଅଛି। ଯଦି ସେମାନଙ୍କ ଭିତରେ ମହାନ ହେବାର ପ୍ରବଳ ଇଚ୍ଛା ନଥାନ୍ତା ତେବେ ହୁଏତ ସଭ୍ୟତାର ବିକାଶ ହୋଇନଥାନ୍ତା ଓ ମଣିଷ ବି ପଶୁ ପରି ଲଙ୍ଗଳା ହୋଇ ଜଙ୍ଗଲରେ ରହୁଥାନ୍ତା। ମହତ୍ତ୍ୱପୂର୍ଣ୍ଣ ହେବାର ଏହି ମହତ୍ତ୍ୱାକାଂକ୍ଷାର କାରଣରୁ ହିଁ ଏକ ଅପାଠୁଆ ଧନହୀନ ତେଜରାତି ଦୋକାନରେ କାମ କରୁଥିବା ବ୍ୟକ୍ତି ଆଇନର ପୁସ୍ତକରେ ରୁଚି ନେବାରେ ଲାଗିଥିଲା, ଯାହାକୁ କି ସେ ଏକ ଭଙ୍ଗା ଲୁହା ବା ରଦି କାଗଜ ବିକିଲା ବାଲା ଲୋକ ଠାରୁ ମାତ୍ର କେତେ ଆମେରିକୀୟ ମୁଦ୍ରା ଦେଇ କିଣି ଆଣିଥିଲା। ଏହି ବ୍ୟକ୍ତି ଅନ୍ୟ କେହି ନୁହେଁ, ସେ ଥିଲେ ଆବ୍ରାହମ୍ ଲିଙ୍କନ।

ମହାନ ଔପନ୍ୟାସିକ ଡିକେନ୍ସଙ୍କର ସେହି ମହତ୍ତ୍ୱପୂର୍ଣ୍ଣ ହେବାର ପ୍ରବଳ ଇଚ୍ଛା ହିଁ ତାଙ୍କୁ ଏତେ ବଡ ଔପନ୍ୟାସିକ ହେବାପାଇଁ ପ୍ରେରଣା ଦେଇଥିଲା। ଏହି ମହତ୍ତ୍ୱପୂର୍ଣ୍ଣ ହେବାର ଆକାଂକ୍ଷା ପାଇଁ ସାର୍ କ୍ରିଷ୍ଟୋଫର ରେନ୍ ପଥର ଉପରେ ସିମ୍ଫନୀ ଲେଖି ଦେଇଥିଲେ। ଏହି ଅଭିଳାଷାକୁ ପୂରଣ କରିବା ପାଇଁ ରାକଫଲେର୍ କୋଟି କୋଟି ଆମେରିକୀୟ ଡଲାର ଜମା କରିଦେଇ ପାରିଥିଲେ ଓ ଯାହାକୁ କି ସେ କେବେ ବି ଖର୍ଚ୍ଚ କରିନଥିଲେ। ଆପଣ ଦେଖିଥିବେ ଆପଣଙ୍କ ସହରରେ ବି ଏମିତି ବହୁତ ଲୋକ ଥିବେ ଯେ କି ସବୁବେଳେ ଚାହାଁନ୍ତି ଯେ ସେ ଏପରି ଏକ ସୁନ୍ଦର ଘର ତିଆରି କରିବେ ଯାହା ସେ ସହରରେ କେହି ବି କରିନଥିବେ ଓ ଏହି ଇଚ୍ଛା ପାଇଁ ସେ ଦିନ ରାତି ଏକ କରି ବହୁତ କଠୋର ପରିଶ୍ରମ କରିଥାନ୍ତି। କିନ୍ତୁ ପ୍ରକୃତରେ ସେମାନଙ୍କୁ ଏତେ ବଡ ଘରର ଆବଶ୍ୟକତା ହିଁ ନଥାଏ। ଏହି ଆକାଂକ୍ଷା ବି ତ ଆମକୁ ନୂଆ ଫେସନର ଡ୍ରେସ, ନୂଆ ଡିଜାଇନର ଗାଡି କିଣାଇଥାଏ ଓ ଏପରିକି ନିଜ ପିଲାଙ୍କ ଚତୁରତାକୁ ପ୍ରକାଶ କରିବା ପାଇଁ ମିଛ ବି କହିଥାନ୍ତି।

ବେଳେବେଳେ ଏହି ଆକାଂକ୍ଷା ବେଶି ଭୟଙ୍କର ବି ହୋଇଯାଏ ଯଦି ଯୁବକ ଯୁବତୀମାନେ ଖରାପ ସଙ୍ଗତର ପଡି ଅପରାଧ କରନ୍ତି ବା ନିଶା ଆଦି ସେବନ କରି ବସନ୍ତି। ଥରେ ନିୟୁର୍କର ଜଣେ ଭୂତପୂର୍ବ ପୋଲିସ କମିଶନର ଯୁବ ଅପରାଧୀମାନଙ୍କ

ବିଷୟରେ ଏକ ରହସ୍ୟଜନକ ତଥ୍ୟ ଉନ୍ମୋଚନ କରି କହିଲେ, ସେହି ଅପରାଧୀମାନେ ନିଜକୁ ସମସ୍ତଙ୍କ ଆଗରେ ସାବ୍ୟସ୍ତ କରିବାପାଇଁ ଏହି ଅପରାଧ କରିଥାନ୍ତି। ଧରାପଡି ଜେଲ୍ ଗଲାପରେ ସେ ଆଗ ସେହି ଖବରକାଗଜକୁ ଦେଖନ୍ତି ଯେ ତାଙ୍କୁ ମୁଖ୍ୟ ଖବରରେ ପ୍ରକାଶିତ କରି ବେଶି ଅଧିକ ଦୁର୍ଦ୍ଧାନ୍ତ ଭାବେ ସମାଜ ଆଗରେ ପ୍ରଚାରିତ କରିଛି। କରିଥିବା ଅପରାଧ ପାଇଁ କି ପ୍ରକାରର ଦଣ୍ଡ ମିଳିବ ତାହା ଚିନ୍ତା ନକରି ସେ ଏହା ଭାବି ଖୁସି ହୁଅନ୍ତି କି ତାଙ୍କ ଫଟୋ କୌଣସି ଖେଳାଳୀ ବା ରାଜନେତା କିମ୍ବା ଫିଲ୍ମ ଅଭିନେତାଙ୍କ ପରି ତାର ବି ଫଟୋ ଛପାଯାଇଛି।

ଯଦି ଆପଣ କୌଣସି କଥାକୁ ନେଇ ନିଜକୁ ମହତ୍ତ୍ୱପୂର୍ଣ୍ଣ ଭାବୁଥାନ୍ତି ତେବେ ତାହା ମୋତେ କହିଲେ ମୁଁ କହିଦେଇ ପାରିବି କି ଆପଣ କ'ଣ? ଏହି କଥାରୁ ଆପଣଙ୍କ ଚରିତ୍ରର ନିର୍ଦ୍ଧାରଣ କରାଯାଇପାରେ। ଆପଣ ଜନ୍ ଡି. ରାକଫେଲରଙ୍କ ଉଦାହରଣ ନେଇପାରିବେ। ଜନ୍ ଡି. ଚୀନ୍‌ର ପେକିଂ ସହରରେ ଏକ ବଡ ଡାକ୍ତରଖାନା ନିର୍ମାଣ କରିବା ପାଇଁ କୋଟି କୋଟି ଡଲାର୍ ଦାନରେ ଦେଇ ଅଗଣିତ ଗରିବମାନଙ୍କୁ ଚିକିତ୍ସା ପ୍ରଦାନ କରି ନିଜକୁ ବେଶି ମହତ୍ତ୍ୱପୂର୍ଣ୍ଣ ପ୍ରମାଣିତ କରିଛନ୍ତି ବୋଲି ଅନୁଭବ କରୁଥିଲେ। ଅନ୍ୟପଟେ ଡିଲିଂଜର୍ ନାମକ ଲୋକ ବ୍ୟାଙ୍କ ଲୁଟି ଓ ହତ୍ୟା କରି ନିଜକୁ ମହାନ ହେବାର ଅନୁଭବ କରୁଥିଲେ। ଥରେ ଏଫ୍.ବି.ଆଇ. ର ଏଜେଣ୍ଟ ତାକୁ ଧରିନେଲା ପରେ ସେ ସେତେବେଳେ ଗର୍ବର ସହିତ କହିଥିଲା ଯେ ହଁ ମୁଁ ହିଁ ଡିଲିଂଜର୍। ସେ ନିଜକୁ ଦେଶର ସବୁଠାରୁ କୁଖ୍ୟାତ ଅପରାଧୀ ଭାବେ ଗର୍ବ ଅନୁଭବ କରୁଥିଲା। ହଁ ମୁଁ ହିଁ ଡିଲିଂଜର୍ କିନ୍ତୁ ମୁଁ ତୁମକୁ କୌଣସି କ୍ଷତି ପହଞ୍ଚାଇବି ନାହିଁ। ଏହି ଦୁହେଁ ତ କେବଳ ମହତ୍ତ୍ୱପୂର୍ଣ୍ଣ ହେବାକୁ ଚାହୁଁଥିଲେ ଅନ୍ତର କେବଳ ତାଙ୍କ ଚିନ୍ତାଧାରାର ଥିଲା। ଆମେ ଇତିହାସକୁ ଦେଖିଲେ ଏପରି ଅନେକ ଉଦାହରଣ ପାଇବା କିପରି ପ୍ରସିଦ୍ଧ ଲାଭ କରିଥିବା ଲୋକମାନେ ନିଜର ମହତ୍ତ୍ୱପୂର୍ଣ୍ଣତାକୁ ପରିପ୍ରକାଶ କରିଛନ୍ତି। ଜର୍ଜ ୱାସିଙ୍ଗଟନ୍ ଚାହୁଁଥିଲେ କି ସମସ୍ତେ ତାଙ୍କୁ 'ହିଜ୍ ମାଜିଷ୍ଟେଟ, ଦ ପ୍ରେସିଡେଣ୍ଟ ଅଫ୍ ୟୁନାଇଟେଡ୍ ଷ୍ଟେଟ୍‌ସ' ବୋଲି କୁହନ୍ତୁ। କଲମ୍ବସ୍ ଚାହୁଁଥିଲେ ତାଙ୍କୁ ଲୋକେ 'ଆଡମିରାଲ୍ ଅଫ୍ ଦ ଓସନ ଆଣ୍ଡ୍ ଭାଇସରାୟ୍ ଅଫ ଇଣ୍ଡିଆ' ବୋଲି ଲୋକେ ଡାକନ୍ତୁ। କୈଥୋରିନ୍ ମହାନ୍ ତ ସେହି ପତ୍ରଗୁଡିକୁ ହାତ ବି ଲଗାନ୍ତି ନାହିଁ ଯେଉଁ ପତ୍ରରେ ତାଙ୍କ ନାମ ଆଗରେ 'ହର୍ ଏମ୍ପେରିଆଲ୍ ମେଜେଷ୍ଟି' ଲେଖାଯାଇ ନଥାଏ। ମିସେସ୍ ଲିଙ୍କନ୍ ତ ହ୍ୱାଇଟ୍ ହାଉସରେ ମିସେସ୍ ଗ୍ରାଣ୍ଟ୍ ଭାବରେ ପରିଚିତ ଥିଲେ କାରଣ ଯଦି ତାଙ୍କ ସାମ୍ନାରେ କେହି ତାଙ୍କ ଅନୁମତି ବିନା ବସିପଡୁଥିଲା ତେବେ ସେ ଖୁବ୍ ବିରକ୍ତ ହେଉଥିଲେ ଏବଂ କହୁଥିଲେ - 'ତୁମର ଏତେ ସାହାସ ଯେ ତୁମେ ବିନା ଅନୁମତିରେ ମୋ ସାମ୍ନାରେ ବସି ପଡୁଛ?'

୧୯୨୮ ମସିହାରେ ଯେତେବେଳେ ଆଡମିରାଲ ବାର୍ଡ ଆଣ୍ଟାର୍କଟିକା ଅଭିଯାନ

ଆରମ୍ଭ କଲେ ଆମେରିକାର କୋଟିପତି ଲୋକମାନେ ନିଜ ନିଜ ନାମରେ ସେଠାକାର ବରଫାବୃତ ପର୍ବତ ଶ୍ରେଣୀ ଗୁଡିକର ନାମକରଣ କରିବା ସର୍ତ୍ତରେ ହିଁ ତାଙ୍କୁ ଆବଶ୍ୟକୀୟ ଅର୍ଥ ଯୋଗାଇ ଦେଇଥିଲେ । ମହାନ ଲେଖକ ଶେକ୍ସପିଅର୍ ବି ନିଜ ପରିବାର ପାଇଁ 'କୋର୍ଟ ଅଫ୍ ଆର୍ମସ୍' ପ୍ରାପ୍ତ କରି ନିଜ ନାମକୁ ଆହୁରି ମହତ୍ତ୍ୱପୂର୍ଣ୍ଣ କରିବାକୁ ଚାହୁଁଥିଲେ । ମହାନ ଲେଖକ ଭିକ୍ଟର ହ୍ୟୁଗୋଙ୍କର ହାର୍ଦ୍ଦିକ ଇଚ୍ଛା ଥିଲା କି ତାଙ୍କ ନାମାନୁସାରେ ପ୍ୟାରିସ୍ ସହରର ନାମକରଣ ହେଉ । ଅନେକ ଥର ଲୋକମାନେ ଅନ୍ୟମାନଙ୍କ ଧ୍ୟାନ ନିଜ ଆଡକୁ ଆକର୍ଷିତ କରିବା ଓ ସହାନୁଭୁତି ପାଇବା ପାଇଁ ନିଜେ ରୋଗରେ ପୀଡିତ ହେବାର ବାହାନା ମଧ୍ୟ କରିବାକୁ ପଛଘୁଞ୍ଚା ଦିଅନ୍ତି ନାହିଁ । ଉଦାହରଣ ସ୍ୱରୂପ ଶ୍ରୀମତି ମୈଙ୍କିଲେଙ୍କ କଥାକୁ ଦେଖିବା ସେ ନିଜ ମହତ୍ତ୍ୱପୂର୍ଣ୍ଣତାର ଅନୁଭବ ସେତେବେଳେ କରିପାରୁଥିଲେ ଯେବେ ନିଜ ପତି ଆମେରିକାର ରାଷ୍ଟ୍ରପତି ସବୁ କାମ ଛାଡି ତାଙ୍କ ପାଖରେ ବସୁଥିଲେ ଓ ତାଙ୍କୁ ଶାନ୍ତ କରୁଥିଲେ । ସେ ତାଙ୍କ ପତିକୁ ନେଇ ଏତେ ବ୍ୟାକୁଳ ରହୁଥିଲେ କି ଦାନ୍ତ ଡାକ୍ତର ପାଖକୁ ବି ସ୍ୱାମୀଙ୍କ ସହ ଯାଉଥିଲେ । ଥରେ ତାଙ୍କ ପତି ଏମିତି କରିପାରିଲେ ନାହିଁ ତେଣୁ ସେ ସାରା ଘରକୁ ଯେପରି ଉଠାପକା କରିଦେଲେ ।

ଏପରି ଏକ ସୁସ୍ଥ ଓ ପ୍ରତିଭାଶାଳୀ ମହିଳାଙ୍କ ବିଷୟରେ ମୋତେ ଲେଖିକା ମେରି ରୋବର୍ଟ ରାଇନହାଟ୍ ବି କହିଥିଲେ ନିଜକୁ ମହତ୍ତ୍ୱପୂର୍ଣ୍ଣ ହେବାର ଅନୁଭବ କରିବା ପାଇଁ ସେ ମହିଳା ଜଣକ ଶଯ୍ୟାଶାୟୀ ହୋଇ ରହିଲେ । ଲେଖିକା ମୋତେ କହିଥିଲେ ସେ ମହିଳାକୁ କିଛି ପ୍ରତିକୂଳ ପରିସ୍ଥିତିର ସାମ୍ନା କରିବାକୁ ପଡିଥିଲା ପ୍ରାୟ ତାକୁ ଆଗାମୀ ଦିନରେ ଏକୁଟିଆ ହୋଇଯିବାର ତଥା ଜୀବନରେ ଆଗକୁ କୌଣସି ସ୍ୱପ୍ନ କି ଆଶା ଦେଖାଯାଉ ନଥିଲା ।

୧୦ ବର୍ଷ ପର୍ଯ୍ୟନ୍ତ ତାର ବୁଢୀ ମାଆ ବିଛଣାରେ ପଡିରହିଥିବା ନିଜ ଝିଅର ସେବା କରୁଥିଲା । ତାକୁ ସେହି ବିଛଣାରେ ଖାଦ୍ୟ ପାନୀୟ ଦେବା ଓ ସାରା ଦିନ ତାର ସେବା କରିବା ଇତ୍ୟାଦି କରି କରି ବୁଢି ମାଆ ଥକି ଥକି ଶେଷରେ ମରିଗଲା । କିଛି ଦିନ ମାଆର ମୃତ୍ୟୁର ଶୋକରେ ସେହି ବିଛଣାରେ ପଡି ରହିବାର ବାହାନା ମିଳିଗଲା । କାରଣ ସେ ମାଆ ମରିବାର ଶୋକ ପାଳନ କରୁଥିଲା । ପୁଣି କିଛି ଦିନ ପରେ ସେ ଉଠିଗଲା ଓ ନିଜ କପଡା ପତ୍ର ବଦଳାଇଲା ତଥା ନିଜ ଜୀବନକୁ ଆଉଥରେ ଜୀଇଁବାକୁ ଚେଷ୍ଟା କରିବାକୁ ଲାଗିଲା । କେତେକ ମନୋବିଶ୍ଲେଷକଙ୍କ ମତରେ ମହତ୍ତ୍ୱପୂର୍ଣ୍ଣ ହେବାର ଅନୁଭୂତି ହିଁ କେତେକ ଲୋକଙ୍କୁ ପାଗଳ ହେବା ପାଇଁ ପ୍ରେରିତ କରିଦେଇଥାଏ । ବାସ୍ତବରେ ତାଙ୍କୁ କେହି ସେମିତି ଖାତିରି କରିନଥାନ୍ତି ତେଣୁ ସେ ପାଗଳପଣର ସ୍ୱପ୍ନାଲୋକରେ ନିଜକୁ ମହତ୍ତ୍ୱପୂର୍ଣ୍ଣ ହେବାର ଅନୁଭବ କରିବାକୁ ଲାଗନ୍ତି । ଏକ ସର୍ଭେ ରିପୋର୍ଟ ଅନୁସାରେ ଆମେରିକାରେ ଯେତେଲୋକ ଏହି ରୋଗରେ ପୀଡିତ ଅନ୍ୟ କୌଣସି ରୋଗରେ ଏତେ ରୋଗୀ ଦେଖାଯାଆନ୍ତି ନାହିଁ ।

ତେବେ ଟିକେ ଭାବନ୍ତୁ ତ ଏହି ପାଗଳପଣର କାରଣ କ'ଣ ହୋଇପାରେ ? ଏହି

ପ୍ରଶ୍ନର ସଠିକ ଉତ୍ତର ତ କାହାର ପାଖରେ ନାହିଁ, କିନ୍ତୁ ଏହା ନିଶ୍ଚିତ ଯେ କିଛି ରୋଗ ଯେପରି 'ସିଫିଲିସ୍' ମସ୍ତିଷ୍କର କୋଷିକାଗୁଡିକୁ ନଷ୍ଟ କରି ଦେଇଥାଏ ତାହା ପାଗଳପଣର କାରଣ ହୋଇଥାଏ। ପ୍ରାୟ ୫୦ ପ୍ରତିଶତ ରୋଗୀଙ୍କ ପଛରେ ଶାରୀରିକ କାରଣ ହିଁ ଥାଏ। ଯେପରିକି ନିଶା ଦ୍ରବ୍ୟ, ବିଷ ପରି ପଦାର୍ଥ ବା କିଛି ଦୁର୍ଘଟଣା ଥାଏ ଓ ଅଧା ପାଗଳପଣ ରୋଗରେ ପୀଡିତ ଲୋକଙ୍କ ମସ୍ତିଷ୍କ କୋଷିକାରେ କୌଣସି ଶାରୀରିକ ବାଧା ନ ଥାଏ। ପୋଷ୍ଟମର୍ଟମ ପରୀକ୍ଷଣରେ ଯେତେବେଳେ ମୃତ ଲୋକର ମସ୍ତିଷ୍କ ଗୁଡିକୁ ମାଇକ୍ରୋସ୍କୋପ ମାଧ୍ୟମରେ ଦେଖାଗଲା ତେବେ ସେ ଗୁଡିକ ଏତେ ସୁସ୍ଥ ଥିଲେ ଯେପରି ସାଧାରଣ ଲୋକର ଥାଏ। ତେବେ ଜଣେ ଲୋକ ଏହି ପାଗଳପଣର ଶିକାର ହୁଏ କାହିଁକି ?

ମୁଁ ଏହି ପ୍ରଶ୍ନର ଉତ୍ତର ଜାଣିବାକୁ ବହୁତ ଉତ୍ସୁକ ଥିବାରୁ ଜଣେ ଅନେକ ପୁରସ୍କାର ପାଇଥିବା ସୁନାମଧନ୍ୟ ମନୋଚିକିତ୍ସକଙ୍କ ପାଖକୁ ଯାଇଥିଲି। ସେ ବି ସ୍ପଷ୍ଟ ଭାବରେ କହିଦେଲେ କି ଲୋକମାନେ ପାଗଳ କାହିଁକି ହୋଇ ଯାଆନ୍ତି ତାହା କେହି ବି କହି ପାରିବେ ନାହିଁ, କିନ୍ତୁ ଏହା ସତ୍ୟ ଯେ ପାଗଳ ଅବସ୍ଥାରେ ମଧ୍ୟ ସେ ସେହି ମହତ୍ତ୍ୱକୁ ଅନୁଭବ କରନ୍ତି ଯାହା ତାଙ୍କୁ ବାସ୍ତବ ଦୁନିଆଁରେ ପ୍ରାପ୍ତ ହୋଇ ନଥାଏ। ସେହି ବିଖ୍ୟାତ ମନୋଚିକିତ୍ସକ ମତେ ଏକ କାହାଣୀ ଶୁଣାଇଥିଲେ –

'ମୋର ଏମିତି ଏକ ମହିଳା ରୋଗୀ ଅଛନ୍ତି, ଯାହାଙ୍କର ବାହାଘରର ପର ଦିନଗୁଡିକ ବହୁତ ଦୁଃଖଭରା ଥିଲା। ସେ ତାଙ୍କର ଜୀବନରେ ପ୍ରେମ, ଶାରୀରିକ ସନ୍ତୁଷ୍ଟି, ସାମାଜିକ ପ୍ରତିଷ୍ଠା, ସନ୍ତାନ-ସନ୍ତତି ଓ ଭଲ ଚଳଣୀ ଇତ୍ୟାଦି ଆଶା କରୁଥିଲେ। କିନ୍ତୁ ଜୀବନ ତାଙ୍କ ଅନୁରୂପ ଚାଲୁ ନଥିଲା। ତାଙ୍କ ସ୍ୱାମୀ ତାଙ୍କ ସହ ଭୋଜନ ମଧ୍ୟ କରିବା ପାଇଁ ଚାହୁଁ ନଥିଲେ। ତାଙ୍କର କୌଣସି ପିଲାପିଲି ମଧ୍ୟ ନଥିଲେ କିମ୍ବା କୌଣସି ସାମାଜିକ ପ୍ରତିଷ୍ଠା ବି ନଥିଲା। ଏହି ସବୁ ତାଙ୍କ ହୃଦୟ ଉପରେ ଏତେ ଆଘାତ ଦେଲା ଯେ ସେ ପାଗଳ ହୋଇଗଲେ। ସେ ନିଜ କଳ୍ପନାରେ ନିଜ ପତିକୁ ଛାଡପତ୍ର ଦେଇଦେଲେ ଓ ନିଜକୁ ଏକ କୁଆଁରୀ ବୋଲି ଭାବିବାକୁ ଲାଗିଲେ। ପରେ ସେ ନିଜକୁ ଏକ ଧନୀ ଲୋକର ସ୍ତ୍ରୀ ଭାବିବାକୁ ଲାଗିଲେ ଓ ନିଜକୁ ଲୋକମାନେ 'ଲେଡି ସ୍ମିଥ୍' ଡାକନ୍ତୁ ବୋଲି ବଡ ଦାମ୍ଭିକତା ସହ କହିବାକୁ ଲାଗିଲେ। ପିଲାମାନଙ୍କୁ ନେଇ ସେ ଏତେ ଉତ୍ସୁକ ଥିଲେ ଯେ ତାଙ୍କୁ ଲାଗୁଥିଲା ସେ ଦୈନିକ ନୂଆ ନୂଆ ପିଲା ଜନ୍ମ ଦେଉଥିଲେ। ଯେବେ ମୁଁ ତାଙ୍କୁ ଦେଖିବାକୁ ଯାଉଥିଲି ସେ ମତେ କହୁଥିଲେ ଯେ ସେ କାଲି ରାତିରେ ଏକ ସୁନ୍ଦର ପିଲାକୁ ଜନ୍ମ ଦେଇଛନ୍ତି।'

ଚିନ୍ତା କରିବାର ବିଷୟ, ତାଙ୍କର ସ୍ୱପ୍ନ କେବେ ବି ବାସ୍ତବିକତାର ଝଡକୁ ସହି ପାରିଲା ନାହିଁ କିନ୍ତୁ ତାଙ୍କ ପାଗଳାମୀରେ କାଳ୍ପନିକ ମହଲର ସାରା ସ୍ୱପ୍ନକୁ ସତ୍ୟ ବୋଲି ଭାବୁଥିଲେ। ତେବେ ଏହା ସୁଖକର ବା ଦୁଃଖକର ଏହା ମୁଁ ଜାଣିନି। ଡାକ୍ତର ବି ଏହା କହିଥିଲେ କି 'ଯଦି ମୋ ଭିତରେ ଏତେ ଶକ୍ତି ଥାଆନ୍ତା କି ମୁଁ ତାଙ୍କର ଭାବିବା ଓ ବୁଝିବାର ଶକ୍ତି

ଫେରାଇ ପାରନ୍ତି ତେବେ କଦାପି ମୁଁ ସେପରି କରନ୍ତି ନାହିଁ, କାରଣ ଯେତିକି ଖୁସି ସେ ଏହି ପାଗଳ ଅବସ୍ଥାରେ ଅଛନ୍ତି ସେତିକି ଖୁସି ସେ ଆଗରୁ କେବେ ହୋଇ ନଥିଲେ।'

ଅତଏବ ଯଦି ସମସ୍ତେ ମହତ ଭାବନାକୁ ଏତେ ମହତ୍ତ୍ୱ ଦେଉଛନ୍ତି କି ତା ପାଇଁ ସତକୁ ସତ ପାଗଳ ହୋଇ ପାରୁଛନ୍ତି, ତେବେ ଭାବନ୍ତୁ ତ ମୁଁ କିମ୍ବା ଆପଣ ନିଜ ପାଖାପାଖି ଥିବା ଲୋକଙ୍କୁ ସତରେ ହେଉ ବା ମିଛରେ ହେଉ ଟିକେ ପ୍ରଶଂସା କରି ବହୁତ ମହାନ ଚମତ୍କାର କରିଦେଇ ପାରନ୍ତି ଓ ଏହା ଦ୍ୱାରା ଆମେ କ'ଣ ହାସଲ କରି ନ ପାରିବା ?

ଆସନ୍ତୁ ଆଉ କିଛି ଏ ବିଷୟରେ ଜାଣିବା। ଏହି କଥା ଯେତେବେଳେ ଇନକମ୍ ଟ୍ୟାକ୍ସ ନଥିଲା ସେ ସମୟର ଅଟେ। ସେ ସମୟରେ ଆମେରିକାରେ ସପ୍ତାହରେ ପଚାଶ ଡଲାର ରୋଜଗାର କରିବା ଲୋକ ବହୁତ ଧନୀ ଲୋକରେ ପରିଗଣିତ ହେଉଥିଲା। ଚାର୍ଲସ୍ ଶବାବ ଆମେରିକୀୟ ବ୍ୟବସାୟୀ ମାନଙ୍କ ମଧ୍ୟରେ ପ୍ରଥମ ଥିଲେ ଯେ କି ବାର୍ଷିକ ଦଶ ଲକ୍ଷ ଡଲାରରୁ ଅଧିକ ରୋଜଗାର କରୁଥିଲେ। ସେହି ସମୟରେ ଏଣ୍ଡ୍ରିୟୁ କାରନେଗୀ ତାଙ୍କୁ ୧୯୨୧ ମସିହାରେ ୟୁନାଇଟେଡ୍ ଷ୍ଟେଟ୍‌ସ ଷ୍ଟିଲ୍ କଂପାନୀର ପ୍ରଥମ ପ୍ରେସିଡେଣ୍ଟ ଭାବେ ନିଯୁକ୍ତି ଦେଇଥିଲେ। ସେହି ସମୟରେ ଚାର୍ଲସ୍ ଶବାବ କେବଳ ଅଠତିରିଶ ବର୍ଷର ଥିଲେ। ତାପରେ ଚାର୍ଲସ୍ ଶବାବ ୟୁ.ଏସ୍. ଷ୍ଟିଲ୍ କୁ ଛାଡି ବହୁ ମାନ୍ଦାରେ ବା ଲସ୍‌ରେ ଚାଲୁଥିବା ବଏଥହଲମ୍ ନାମକ ଏକ କଂପାନୀରେ ପ୍ରେସିଡେଣ୍ଟ ରୂପରେ ଯୋଗଦେଲେ ଓ ସେହି କଂପାନୀକୁ ଆମେରିକାର ସବୁଠାରୁ ଲାଭଦାୟକ କଂପାନୀ ତାଲିକାରେ ସାମିଲ କରିଦେଲେ।

ଏବେ ଆପଣ ଭାବୁଥିବେ କି କାରନେଗୀ ଚାର୍ଲସ୍ ଶବାବଙ୍କୁ ଦିନକୁ ୩୦୦୦ ଡଲାରରୁ ଅଧିକ ଦରମା କାହିଁକି ଦେଉଥିଲେ ? ଆପଣଙ୍କୁ କ'ଣ ଲାଗୁଛି, ତାଙ୍କ ମସ୍ତିଷ୍କ ବେଶି କ୍ଷିପ୍ର ଗତିରେ କାମ କରୁଥିଲା, ନାଁ ସେ ଷ୍ଟିଲ୍ ବାବଦରେ ସବୁଠାରୁ ଅଧିକା ଜାଣିଥିଲେ ? ଏପରି ବିଲକୁଲ୍ ନଥିଲା ନିଜେ ଚାର୍ଲସ୍ ଶବାବଙ୍କ କହିବା ଅନୁସାରେ ତାଙ୍କ ତଳେ କାମ କରୁଥିବା କେତେକ କର୍ମଚାରୀ ତାଙ୍କ ଠାରୁ ଅଧିକ ଜାଣିଥିଲେ।

ଚାର୍ଲସ୍ ଶବାବ କହୁଥିଲେ କି ତାଙ୍କୁ ଏତେ ଅଧିକା ଦରମା ମିଳିବାର କାରଣ ହେଉଛି କି ସେ ଲୋକମାନଙ୍କୁ ସଠିକ ବ୍ୟବହାର କରିବାର କଳାରେ ନିପୁଣ ଥିଲେ। ସେ ମତେ ତାଙ୍କ ବ୍ୟବହାର କୁଶଳତାର ରହସ୍ୟ କହିଥିଲେ। ଏପରି ଶବ୍ଦ ଯାହା ପ୍ରତ୍ୟେକ ବ୍ୟକ୍ତିର ମୁହଁରେ ରହିବା ଉଚିତ୍। ସବୁ ଦୋକାନ, ସବୁ ସ୍କୁଲ, ସବୁ ଅନୁଷ୍ଠାନରେ ଏହା ଲେଖାଯାଇ ଟଙ୍ଗାଯିବା ଦରକାର। ଫ୍ରାନ୍‌ସ ଓ ଲାଟିନ ଭାଷା ଶିଖିବା ବଦଳରେ ପିଲାମାନେ ଏହି ଶବ୍ଦ ଗୁଡିକୁ କଣ୍ଠସ୍ଥ କରିନେବା ଦରକାର ଯାହାକି ତାଙ୍କ ଜୀବନରେ ସବୁ ବେଳେ କାମରେ ଆସିବ। ଚାର୍ଲସ୍ ଶବାବଙ୍କ ଶବ୍ଦ ଗୁଡିକ ହେଲା– 'ମତେ ମାଲୁମ ଅଛି କି ନିଜ କର୍ମଚାରୀ ମାନଙ୍କ ଉତ୍ସାହ ବର୍ଦ୍ଧନ କରିବାର କଳା ହିଁ ମୋର ସବୁଠାରୁ ବଡ ଧନ ଓ ମୁଁ ଆଦର

ପ୍ରଶଂସା କି ପ୍ରୋତ୍ସାହନ ଦ୍ୱାରା ଲୋକମାନଙ୍କ ଠାରୁ ସର୍ବଶ୍ରେଷ୍ଠ ବା ଉନ୍ନତ ମାନର ଓ ଅଧିକ କାମ କରାଇ ନେଇଥାଏ। କୌଣସି କଥା କେହି ଲୋକକୁ ଏତେ ଆଘାତ କରେ ନାହିଁ ଯେତେକି ବରିଷ୍ଠ ଲୋକର ସମାଲୋଚନା କରିଥାଏ। ତେଣୁ କେବେ ବି କାହାର ସମାଲୋଚନା କରିବାର ଭୁଲ କରନାହିଁ। ମୁଁ ତ କେବଳ ଲୋକମାନଙ୍କୁ ପ୍ରୋତ୍ସାହିତ କରିବାରେ ଲାଗିରହିଥାଏ ଯାହା ଦ୍ୱାରା ତାଙ୍କୁ କାମ କରିବାର ଅଧିକ ପ୍ରେରଣା ମିଳି ପାରିବ। ଏଥି ସହ ପ୍ରଶଂସା କରୁଥାଏ ଓ କାହାରି ଭୁଲ ବାଛିବାରେ ବହୁତ କୃପଣ ମନୋଭାବ ପ୍ରକଟ କରିଥାଏ। ଯଦି କୌଣସି ଜିନିଷ ମୋର ପସନ୍ଦ ଆସିଯାଏ ତେବେ ମୁଁ ଖୋଲାମନରେ ତାହାର ଭୁରି ଭୁରି ପ୍ରଶଂସା କରେ ଓ ମୁକ୍ତ କଣ୍ଠରେ ତାର ଆଦର କରି ତାକୁ ଅଧିକ ପ୍ରୋତ୍ସାହନ ଦେବାରେ ଲାଗି ଯାଇଥାଏ।'

ଚାର୍ଲସ୍ ଶବାବ ତ ଏପରି କରୁଥିଲେ କିନ୍ତୁ ଜଣେ ସାଧାରଣ ଲୋକ କିପରି ବ୍ୟବହାର କରିଥାଏ ? ବିଲକୁଲ ବିପରୀତ, ନିଜର କୌଣସି କର୍ମଚାରୀର କିଛି କଥା ଯଦି ପସନ୍ଦ ନଆସେ ତେବେ ତା ଉପରେ ଯେପରି ଗାଳିର ବର୍ଷା କରି ଦିଅନ୍ତି। ସେହି ପରିସ୍ଥିତିରେ ଚାର୍ଲସ୍ ଶବାବ କିଛି ବି କୁହନ୍ତି ନାହିଁ ବରଂ ନଜାଣିଲା ପରି ରହିଯାଆନ୍ତି। 'ଏକ ପ୍ରାଚୀନ ଲୋକ କଥା ଅନୁସାରେ ଯଦି ଆମେ ଗୋଟେ ଭୁଲ କରିଦେଲେ ତେବେ ଆମକୁ ସେଥିପାଇଁ ବାରମ୍ବାର ଶୁଣିବାକୁ ପଡିବ କିନ୍ତୁ ଅଗଣିତ ଠିକ୍ କାମ କରିଥିଲେ ବି ତାହା ପାଇଁ ଥରେ ବି କିଛି ଶୁଣିବାକୁ ମିଳେନାହିଁ।'

ଚାର୍ଲସ୍ ଶବାବଙ୍କ ଅନୁସାରେ- 'ନିଜ ଜୀବନର ଲମ୍ବା ଅନୁଭୂତିରେ ସଂସାରର ଅନେକ ମହାନ ବ୍ୟକ୍ତିଙ୍କ ସହିତ ମିଳାମିଶା କରିଛି କିନ୍ତୁ ଆଜି ପର୍ଯ୍ୟନ୍ତ କେହିବି ଏପରି ଲୋକ ମିଳିନାହିଁ ଯିଏ କି କେତେ ବି ଉଚ୍ଚ ପଦବୀରେ ଥାଉନା କାହିଁକି ନିନ୍ଦା ଓ ଆଲୋଚନା ବଦଳରେ ପ୍ରଶଂସା, ପ୍ରେରଣାଦାୟୀ ବାତାବରଣରେ ଅଧିକ ଭଲ ଢଙ୍ଗରେ ଉଚ୍ଚମାନର କାମ କରି ନପାରିଛି।'

ଏହା ତ ଥିଲା ଏଣ୍ଡ୍ରିୟୁ କାରନେଗୀଙ୍କର ସଫଳତାର ରହସ୍ୟ। କାରନେଗୀ ସର୍ବଦା ସମସ୍ତଙ୍କ ଆଗରେ ଓ ଏକୁଟିଆ ବେଳେ ମଧ୍ୟ ବହୁତ ପ୍ରଶଂସା କରୁଥିଲେ। ନିଜ କବର ତିଆରି ହୋଇଥିବା ପଥରରେ ମଧ୍ୟ କାରନେଗୀ ନିଜ କର୍ମଚାରୀଙ୍କ ପ୍ରଶଂସା କରିଥିଲେ। ସେ ନିଜ ପାଇଁ ଏକ ସ୍ମୃତି ପତ୍ର ଲେଖିଥିଲେ- 'ଏଠି ସେହି ଲୋକ ଶୋଇ ରହିଛି, ଯାହାକୁ ଜଣା ଥିଲା କି ନିଜ ଠାରୁ ଚତୁର ଲୋକମାନଙ୍କୁ ନିଜ ଚାରିପାଖରେ ସବୁବେଳେ କିପରି ରଖିବାକୁ ହେବ।'

ଏହି ଭଳି ସତ୍ୟତାର ସହ ପ୍ରଶଂସା କରୁଥିବା ଦୃଷ୍ଟିରୁ ତ ଜନ୍ ରାର୍କଫେଲର୍ ଏତେ ସଫଳତା ହାସଲ କରିପାରିଥିଲେ। ଥରେ ତାଙ୍କ ସହଯୋଗୀ ଏଡୱର୍ଡ ଟି. ବେଡଫଡ୍‌ଙ୍କ କାରଣରୁ ଦକ୍ଷିଣ ଆମେରିକାର ଏକ ଠିକା କାମରେ ତାଙ୍କୁ ୪୦ ପ୍ରତିଶତ କ୍ଷତି ସହିବାକୁ

ପଡିଥିଲା । ସେଥିପାଇଁ ରାର୍କଫେଲର୍ ତାଙ୍କ ଆଲୋଚନା କରି ପାରିଥାନ୍ତେ, କିନ୍ତୁ ସେ ଜାଣି ଥିଲେ କି ବେଡଫଡ୍ ନିଜ ତରଫରୁ ବହୁତ ଚେଷ୍ଟା କରିଥିଲେ ଓ ଏବେ କ୍ଷତି ତ ହୋଇସାରିଛି, ତେଣୁ ରାର୍କଫେଲର୍ ତାଙ୍କୁ ଅଭିନନ୍ଦନ ଦେବାର ଅବସର ଖୋଜିବାକୁ ଲାଗିଲେ । ସେ ଅଭିନନ୍ଦନ ଜଣାଇଲେ ମଧ୍ୟ ଓ କହିଲେ ତୁମ ପାଇଁ କଂପାନୀର ୬୦ ପ୍ରତିଶତ ଅର୍ଥ ବୁଡିଯିବାରୁ ବଞ୍ଚିଗଲା । ଏହା ତ ବହୁତ ବଢିଆ ହେଲା ଆମେ ନିଜ ମସ୍ତିଷ୍କର ବ୍ୟବହାର ଏତେ ଭଲ ଭାବରେ ସବୁବେଳେ କରିପାରନ୍ତି ନାହିଁ ।

ଏବେ ମୁଁ ଆପଣଙ୍କୁ ଏକ କାଳ୍ପନିକ କାହାଣୀ କହୁଅଛି କିନ୍ତୁ ଏଥିରେ ବହୁତ ସତ୍ୟ ଛପି ରହିଛି ଓ ଏହି କାରଣରୁ ମୁଁ ଗଳ୍ପଟିକୁ ଏଠି ଉପସ୍ଥାପନା କରୁଅଛି –

ଜଣେ ଅପାଠୁଆ ମହିଳା ଦିନସାରା ବହୁ କଠୋର ପରିଶ୍ରମ କରିବା ପରେ ନିଜ ପରିବାରଜନଙ୍କ ଖାଇବା ବଦଳରେ କୁଣ୍ଡା ଆଣି ରଖିଦେଲା । ଏହା ଦେଖି ପତି ଓ ପିଲାମାନେ ପଚାରିଲେ ଏହା କ'ଣ ? ଏ କିପରି ବ୍ୟବହାର ? ଏହାର କାରଣ କ'ଣ ? ମହିଳା ଉତ୍ତର ଦେଲା, 'ମୁଁ ଦେଖୁଥିଲି ତୁମର ଧ୍ୟାନ ବୋଧେ ସେଆଡକୁ କେବେ ବି ଯାଏନି କି ତୁମ ଆଗରେ ଖାଦ୍ୟ ରଖାଯାଉଛି କି କୁଣ୍ଡା ! ମୁଁ ୨୦ ବର୍ଷ ଧରି ତୁମ ପାଇଁ ଖାଦ୍ୟ ପ୍ରସ୍ତୁତ କରି ଆସୁଛି କିନ୍ତୁ ତୁମେମାନେ ମୋତେ କେବେ ବି କହିଲ ନାହିଁ କି ତୁମେ କୁଣ୍ଡା ତ ଖାଉନାହଁ ?'

ଏବେ କିଛି ଦିନ ତଳେ ଏକ ଅନୁସନ୍ଧାନରୁ ସ୍ତ୍ରୀ ଲୋକମାନେ ଘର ଛାଡି ଚାଲି ଯିବାର କାରଣ ଜଣା ପଡିଛି । କ'ଣ ଆପଣ ଜାଣନ୍ତି କି ଏହାର ମୁଖ୍ୟ ହିଁ ପ୍ରଶଂସାର ଅଭାବ । ଏହି କଥା ଘର ଗୃହସ୍ଥି ଛାଡି ଚାଲି ଯାଉଥିବା ପୁରୁଷ ଲୋକ ମାନଙ୍କ ପାଇଁ ବି ଲାଗୁ ହୋଇଥାଏ । ପ୍ରାୟତଃ ସବୁ ପତି ପତ୍ନୀ ନିଜେ ଅନ୍ୟ ଜଣଙ୍କର ଚିନ୍ତା କରନ୍ତି, ବ୍ୟସ୍ତ ହୁଅନ୍ତି ଓ ଜଣେ ଅନ୍ୟ ଜଣଙ୍କ ବିନା ଅଧା ଅଧୁରା ହେଲେ ମଧ୍ୟ ଏହି କଥା କେହି କାହା ଆଗରେ ପ୍ରକାଶ କରନ୍ତି ନାହିଁ ।

ଥରେ ମୋର ଜଣେ ସାଙ୍ଗ ନିଜ ଜୀବନର ଏକ ଅନୁଭୁତି ମୋ ଆଗରେ କହୁଥିଲେ । କିଛି ଦିନ ପୂର୍ବର କଥା ସେତେବେଳେ ତାଙ୍କ ପତ୍ନୀ କିଛି ମହିଳାଙ୍କ ସହ ମିଶି ଗୋଟିଏ 'ଆତ୍ମସୁଧାର' କେନ୍ଦ୍ର ଗଠନ କରି ସେଥିପାଇଁ କିଛି କାର୍ଯ୍ୟକ୍ରମ ଗୀର୍ଜା ଘରେ କରୁଥିଲେ । ଏବଂ ସେହି କାର୍ଯ୍ୟକ୍ରମ ପାଇଁ ଦିନେ ପତ୍ନୀ ସ୍ୱାମୀଙ୍କୁ କହିଲେ ଶୁଣ, ତୁମେ ମୋର ଛଅଟି ଖରାପ ଗୁଣ ମୋତେ କୁହ ମୁଁ ତାହାକୁ ସୁଧାରି ଭଲ ସ୍ତ୍ରୀ ଟିଏ ହେବାକୁ ଚାହୁଁଛି । ମୋର ବନ୍ଧୁ ଏହି କଥା ଶୁଣି ବଡ ଅଡୁଆରେ ପଡିଗଲେ କାରଣ ସେ ସବୁ ଲୋକଙ୍କ ଆଗରେ ଏପରି ପଚାରିଥିଲେ । ତେଣୁ ସେ କହିଲେ ଯେ ତୁମର ଛଅଟି ଖରାପ ଗୁଣ ବିଷୟରେ ଚିନ୍ତା କରିବାକୁ ମୋତେ ଗୋଟେ ରାତି ସମୟ ଦରକାର । ସେ ଜାଣିଥିଲେ କି ଚାହିଁଲେ ସଙ୍ଗେ ସଙ୍ଗେ ଛଅ କାହିଁକି ଛଅଶହ ଗୁଣ କହି ପାରିଥାନ୍ତେ । କିନ୍ତୁ ସେ ସେପରି କଲେନାହିଁ । କାଲି ସକାଳରେ ମୁଁ ତୁମକୁ କହିଦେବି କହି ଶୋଇପଡିଲେ । ପରଦିନ ସକାଳୁ ଅନ୍ୟ ଦିନ

ଠାରୁ ଟିକେ ଶୀଘ୍ର ଉଠି ପଡିଲେ ଓ ଛଅଟି ଗୋଲାପ ଫୁଲ ଆଣି ତା ସହିତ ଏକ ପତ୍ର ଲେଖି ରଖିଦେଲେ । ସେଥିରେ ଲେଖାଥିଲା ଯେ, ମତେ ତ ଛଅ କ'ଣ ଗୋଟେ ବି ଖରାପ ଗୁଣ ଦେଖା ଯାଉନାହିଁ, ଯାହାକୁ କି ତୁମେ ସୁଧାରିବାକୁ ଚେଷ୍ଟା କରିବା ଉଚିତ୍ । ମତେ ତ ତୁମେ ଏମିତିରେ ବହୁତ ଭଲ ଲାଗୁଛ । ସେଦିନ ସଂଧ୍ୟାରେ ତାଙ୍କ ପତ୍ନୀ ଆଖିରେ ଲୁହ ଛଳ ଛଳ କରି ଦୁଆରେ ଠିଆ ହୋଇ ସ୍ୱାମୀଙ୍କୁ ଅପେକ୍ଷା କରୁଥିଲେ ଓ ମୋର ବନ୍ଧୁ ତାଙ୍କର ଏହି ବିଜୟ ପାଇଁ ଖୁବ୍ ଆନନ୍ଦିତ ଥିଲେ କାରଣ ସେ ଭାବୁଥିଲେ କି ମୋ ସ୍ତ୍ରୀ ଆଗ୍ରହ ପ୍ରକାଶ କରିଲା ପରେ ବି ମୁଁ ତାର ସମାଲୋଚନା କଲି ନାହିଁ ।

ପର ରବିବାର ଦିନ ଯେତେବେଳେ ସେ ଚର୍ଚ୍ଚକୁ ଗଲା ଓ ଏହି ସବୁ କଥା ଉପସ୍ଥିତ ଥିବା ସବୁ ମହିଳାମାନଙ୍କୁ କହିଲା, କେତେକ ମହିଳା ମାନେ ତାକୁ ପଚାରି ପକାଇଲେ ମଧ୍ୟ କି, ଏତେ ବୁଦ୍ଧିର କଥା ଆମେ ଆଗରୁ କେବେ ଶୁଣି ନାହୁଁ । ତେବେ ମୁଁ ମଧ୍ୟ ଅନୁଭବ କଲି ଯେ ପ୍ରଶଂସା କରିବାରେ ବହୁତ ଶକ୍ତି ଥାଏ ।

ଲରେଞ୍ଜ ଜିଗଫେଲଡ଼ ତ ବ୍ରାଡୱେ ରେ ପୁରା ବିଖ୍ୟାତ ହୋଇ ଯାଇଥିଲେ, କାରଣ ତାଙ୍କ ଛବି ଏକ ଏମିତିକା ପ୍ରଯୋଜକଙ୍କ ଦ୍ୱାରା ପ୍ରସ୍ତୁତ କରା ଯାଇଥିଲା ଯାହାଙ୍କ ପାଖରେ ଆମେରିକୀୟ ମହିଳା ମାନଙ୍କୁ ଅଧିକ ଆକର୍ଷିତ କରାଇବାର କଳା ବା ଜାଦୁ ଥିଲା । ପ୍ରତିଥର ଏପରି ସାଧାରଣ ମହିଳା ମାନଙ୍କୁ ବାଛୁଥିଲେ ଯେ ଲୋକମାନେ ସେମାନଙ୍କୁ ଦେଖିବାକୁ ପସନ୍ଦ କରୁନଥିଲେ, କିନ୍ତୁ ସେମାନେ ଯେତେବେଳେ ଷ୍ଟେଜ୍ ଉପରକୁ ଆସୁଥିଲେ, ସେମାନେ ଏତେ ସୁନ୍ଦର ଓ ରହସ୍ୟମୟୀ ଲାଗୁଥିଲେ କି ଲୋକମାନେ ତାଙ୍କୁ ଚିହ୍ନିପାରୁ ନଥିଲେ । ଆତ୍ମବିଶ୍ୱାସ ଓ ପ୍ରଶଂସାର ମହତ୍ତ୍ୱ ବୁଝିଥିବା କାରଣରୁ ସେ ଜାଣିଥିଲେ ଯେ ଏକ ସାଧାରଣ ଯୁବତୀ ବି ପ୍ରଶଂସା ଓ ମହତ୍ତ୍ୱ ଦିଆଯିବା କାରଣରୁ ନିଜକୁ ସର୍ବଶ୍ରେଷ୍ଠ ଭାବିନେଇଥାଏ । ସେ ଜନସାଧାରଣଙ୍କ ଭାବନାକୁ ମଧ୍ୟ ଭଲ ଭାବରେ ଜାଣିଥିଲେ, ଖାସ ସେଥିପାଇଁ ତ ସାମୁହିକ ଗୀତ ଗାଉଥିବା ମାମୁଲି ଝିଅଙ୍କ ଦରମା ସାପ୍ତାହକୁ ୩୦ ଡଲାରରୁ ବଢାଇ ୧୭୫ ଡଲାର କରିଦେଇଥିଲେ । ସେ ଏକ ବିଶାଳ ହୃଦୟବାନ ଲୋକ ମଧ୍ୟ ଥିଲେ । ଫଲିଜ୍ ମଞ୍ଚନର ପ୍ରଥମ ରାତିରେ ହିଁ ସମସ୍ତ କଳାକାର ମାନଙ୍କୁ ଟେଲିଗ୍ରାମ ପଠାଇ ଦେଇଥିଲେ ଓ ସବୁ କୋରସ ଗାର୍ଲଙ୍କୁ ଆମେରିକାନ ବିଉଟି ରୋଜ୍ ଫୁଲ ଉପହାର ଦେଇଥିଲେ ।

ଥରେ ମୋ ମୁଣ୍ଡରେ ଡାଇଟିଙ୍ଗ୍‌ର ଭୂତ ଏମିତି ପଶିଲା ଯେ ମୁଁ ଲଗାତାର ଛଅ-ସାତ ଦିନ ଭୋକିଲା ରହିଲି । ଏହା ଏତେ କଠିନ କାମ ନଥିଲା, ଆଠ ଦିନ ଯାକ ମତେ ଏତେ ଭୋକ ଲାଗୁନଥିଲା ଯେତେ ଦ୍ୱିତୀୟ ଦିନରେ ଲାଗୁଥିଲା । ଆମେ ସମସ୍ତେ ଜାଣନ୍ତି, ଯଦି କାହାର ପରିବାର ବା କର୍ମଚାରୀକୁ ଛଅ ଦିନ ପର୍ଯ୍ୟନ୍ତ ଖାଦ୍ୟ ନ ମିଳେ ତେବେ ସେ ଗ୍ଲାନି ଅନୁଭବ କରିବ ଯେ ଏବେ ମୁଁ ପ୍ରାୟ ସେପରି ସ୍ଥିତିରେ ନାହିଁ ଯେ ପରିବାରର ପାଳନ ପୋଷଣ ବି କରିପାରିବି । କିନ୍ତୁ କେତେକ ଲୋକ ଏପରି ଥାଆନ୍ତି, ଯେ କି ନିଜ ପରିବାର

ବା କର୍ମଚାରୀମାନଙ୍କ ସତରେ ବି ପ୍ରଶଂସା ଛଅ ଦିନ, ଛଅ ସପ୍ତାହ, ଛଅ ବର୍ଷ କି ସାରା ଜୀବନରେ ବି କରିନଥାନ୍ତି ଓ ସେଥିପାଇଁ ଅପରାଧ ବୋଧ ବି ଅନୁଭବ କରନ୍ତି ନାହିଁ। ଆମେ ସଭିଁଏ କାହିଁକି ଭୁଲି ଯାଆନ୍ତି କି ପ୍ରଶଂସା ବି ଖାଦ୍ୟ ଭଳି ଆମର ଦୈନନ୍ଦିନର ଆବଶ୍ୟକତା ଅଟେ।

ପ୍ରସିଦ୍ଧ ଆମେରିକୀୟ ଅଲଫ୍ରେଡ୍ ଲୁଣ୍ଟ 'ରିୟୁନିଅନ୍ ଇନ୍ ବିଏନା' ରେ ମୁଖ୍ୟ ଭୂମିକାରେ ଥିଲା ବେଳେ କହିଥିଲେ- 'ମତେ ଯେଉଁ ଜିନିଷର ସବୁ ଠାରୁ ବେଶି ଆବଶ୍ୟକତା ତାହା ହେଉଛି ଆତ୍ମ ସ୍ୱାଭିମାନର ପୋଷଣ।'

ଆମେ ସମସ୍ତେ ନିଜ ବନ୍ଧୁ, ପିଲାମାନଙ୍କୁ ଓ ନିଜ ପ୍ରିୟଜନମାନଙ୍କୁ ଶାରୀରିକ ପୋଷଣ ତ ଭରପୁର ଦେଇଥାନ୍ତି କିନ୍ତୁ ତାଙ୍କୁ ଆତ୍ମସମ୍ମାନର ପୋଷଣ ଦେବାକୁ ବିଲକୁଲ୍ ଭୂଲିଯାଆନ୍ତି। ଶକ୍ତିବାନ ହେବାପାଇଁ ଆମେ ପନିର୍, ମାଛ, ମାଂସ ଆଦି ଅନେକ ଜିନିଷ ଖାଇବାକୁ ଦେଇଥାନ୍ତି, କିନ୍ତୁ ପ୍ରଶଂସା କରି ଦୁଇ ପଦ କେବେ ବି କହି ନଥାନ୍ତି ଯାହାକି ସକାଳର ମଧୁର ସଂଗୀତ ପରି ତାଙ୍କ କାନରେ ବର୍ଷ ବର୍ଷ ପର୍ଯ୍ୟନ୍ତ ଗୁଞ୍ଜରଣ ହେଉଥିବ।

ଏକ ରେଡିଓ କାର୍ଯ୍ୟକ୍ରମ 'ଦି ରେଷ୍ଟ ଅଫ ଦି ଲାଇଫ୍' ରେ ପାର୍ଲ ହାର୍ବି କହିଥିଲେ କି ସତ୍ୟାସତ୍ୟ ଥାଇ ପ୍ରଶଂସା କରିବା ଦ୍ୱାରା କୌଣସି ବ୍ୟକ୍ତିର ଜୀବନକୁ ବଦଳାଇ ହେବ ସେଥିରେ ଏତିକି ମାତ୍ରାରେ ଦକ୍ଷତା ଥାଏ। ତାହାକୁ ପ୍ରମାଣିତ କରିବାକୁ ଯାଇ ସେ ଏକ କାହାଣୀ ଶୁଣାଇଥିଲେ - ଅନେକ ବର୍ଷ ପୂର୍ବରୁ ଡେଟ୍ରାଇଟ୍ ର ଅଧ୍ୟାପିକା ଲେବି ମୋରିସ୍ କହିଥିଲେ କି ଶ୍ରେଣୀଗୃହରେ ଲୁଚି ରହିଥିବା ମୂଷାକୁ ଧରିବାକୁ ମତେ ସାହାଯ୍ୟ କର। ସେହି ଅଧ୍ୟାପିକା ଲେବି ମୋରିସ୍‌ଙ୍କ ବହୁତ ପ୍ରଶଂସା କରିଥିଲେ, ଈଶ୍ୱର ତାହାକୁ ଆଖି ଦେଇ ନାହାନ୍ତି କିନ୍ତୁ ଏହା ବଦଳରେ କାନ ଦ୍ୱାରା ସେ ବହୁତ କିଛି କରିବାକୁ ସକ୍ଷମ ଅଛନ୍ତି ଏକ ଅଦ୍ଭୁତ ଶକ୍ତିର ଅଧିକାରୀ। ଏହା ପୂର୍ବରୁ ଲେବି ମୋରିସ୍‌ଙ୍କୁ କେହି କେବେ ପ୍ରଶଂସା କରିନଥିଲେ। ବହୁ ବର୍ଷ ପରେ ଆଜି ବି ଲେବି ମୋରିସ୍ ଏହା ମାନନ୍ତି କି ମ୍ୟାଡମ୍ ତାଙ୍କୁ ଖୁବ୍ ପ୍ରଶଂସା କରିଥିଲେ ଓ ସେହି ପ୍ରଶଂସା ତାଙ୍କର ଜୀବନର ମୋଡ ବଦଳାଇ ଦେଇଥିଲା। ସେହି ଘଟଣା ପରେ ସେ ନିଜ ଶ୍ରବଣ ଶକ୍ତିକୁ ଚମତ୍କାର ରୂପରେ ବିକଶିତ କରିଦେଇ ପାରିଲେ ଓ ପୁଣି ଲେବି ବବଣ୍ଡର୍ ନାମର ସମ୍ମାନ ଲାଭ କରି ସତୁରି ଦଶକ ବେଳକୁ ଏକ ମହାନ ଗୀତିକାର ତଥା ପପ୍ ଗାୟକ ହୋଇ ପାରିଥିଲେ।

ଅବଶ୍ୟ କେହି କେହି ପାଠକ ବନ୍ଧୁ ମୋର ଏହି କଥାରେ ସହମତ ହୋଇ ନପାରନ୍ତି। ତାଙ୍କ ପାଇଁ ଏହା ଚାଟୁ କଥା ବା ତେଲ୍ ମାଲିସ୍ କରିବା ଭଳି କଥା ହୋଇଥାଏ। ସେମାନେ କହନ୍ତି ମୁଁ ଏହାର ପ୍ରୟୋଗ କେତେ ଥର କରି ସାରିଛି ବୁଦ୍ଧିମାନ ଲୋକେ ତ ଏହାକୁ ଶୁଣି ଆହୁରି ବେଶି ଚିଡି ଉଠନ୍ତି। ଏହି କଥା ବିଲକୁଲ୍ ଠିକ୍ ନୁହେଁ। ବୁଦ୍ଧିମାନ ଲୋକ ଆଗରେ ଚାଟୁ କଥାର କିଛି ମାନେ ନଥାଏ। ଏହା ଏକଦମ୍ ଫାଲତୁ କଥା, କିନ୍ତୁ ବହୁତ ଲୋକଙ୍କ

ଭିତରେ ନିଜ ଯଶ କୃତି ଶୁଣିବାର ଏତେ ତୃଷ୍ଣା ଥାଏ କି ସେମାନେ ଚାଟୁ କଥା ବା ମିଥ୍ୟା ପ୍ରଶଂସାକୁ ବି ସତ ବୋଲି ଭାବି ସନ୍ତୁଷ୍ଟ ହୁଅନ୍ତି ଠିକ୍ ସେହିପରି ଯେପରି ଭୋକରେ ଥିବା ଲୋକ ପାଖରେ କିଛି ବି ଖାଦ୍ୟ ପହଞ୍ଚିଗଲେ ତାକୁ ଅମୃତ ପରି ଲାଗିଥାଏ। ମହାରାଣୀ ଭିକ୍ଟୋରିଆ ବି ବହୁତ ପ୍ରଶଂସାପ୍ରିୟ ଥିଲେ। ପ୍ରଧାନମନ୍ତ୍ରୀ ବେଞ୍ଜାମିନ୍ ଡିଜ୍ରାଇଲି ଏହି କଥାକୁ ସ୍ୱୀକାର କରିଥିଲେ କି ସେ ମହାରାଣୀଙ୍କ ପ୍ରଶଂସା ଓ ଚାମଚାଗିରି କରୁଥିଲେ। ସେ ତ ଚାମଚ ଭରି ଭରି ଲହୁଣି ଲଗାଉଥିଲେ। ଡିଜ୍ରାଇଲି ବ୍ରିଟେନର ଜଣାଶୁଣା ଯୋଗ୍ୟ, ସୁସଂସ୍କୃତ ତଥା ଚତୁର ଗୁଣରେ ନିପୁଣ ଥିଲେ। ସେ ତ ଏହି କଳାରେ ନିପୁଣ ଥିଲେ। ଏବେ ଯେଉଁ ବସ୍ତୁ ତାଙ୍କ କାମରେ ଆସିଲା, ଜରୁରୀ ନୁହେଁ କି ସେହି କଥା ମୋ ପାଇଁ ବା ଆପଣଙ୍କ ପାଇଁ ବି ସେତିକି ପ୍ରଭାବକାରୀ ହୋଇ ପାରିବ।

ଅତି ଭକ୍ତି ଚୋରର ଲକ୍ଷଣ ପରି ଚାଟୁ କରିବା ଏକ ନକଲି ମୁଦ୍ରା ସଦୃଶ ଅଟେ। ଯାହାକି ବହୁତ ଲମ୍ବା ସମୟ ଧରି ବ୍ୟବହାର କରିବାକୁ ଚେଷ୍ଟା କଲେ ଲାଭ ଅପେକ୍ଷା ଅଧିକା ହାନୀ କରାଇ ପାରେ। ତେବେ ଯଦି ଆପଣ ନକଲି ମୁଦ୍ରାକୁ ବଜାରରେ ଧରି ବୁଲିବେ ତେବେ ଅସୁବିଧାରେ ପଡିବେ। ତେଣୁ ପ୍ରଶଂସା ଓ ଚାଟୁ ବା ମିଛ ବଡିମା ଭିତରେ ବହୁତ ଫରକ ହୋଇଥାଏ। ଗୋଟିଏ ସତ୍ୟ ଉପରେ ଆଧାରିତ ଥିଲାବେଳେ ଅନ୍ୟଟି ମିଥ୍ୟା ଉପରେ। ଗୋଟେ ସୁନା ତ ଆରଟି ପିତଳ। ସତ୍ୟ ହୃଦୟରୁ ବାହାରିଥାଏ ତ ମିଥ୍ୟା କେବଳ ଦାନ୍ତରୁ ବାହାରିଥାଏ। ଏକ ନିସ୍ୱାର୍ଥ ହୋଇଥିବା ବେଳେ ଅନ୍ୟଟି ସ୍ୱାର୍ଥରେ ପରିପୂର୍ଣ୍ଣ ଥାଏ। ଗୋଟିଏର ପ୍ରତ୍ୟେକ ଜାଗାରେ ଉଚ୍ଚ ସମ୍ମାନ ଥିବା ବେଳେ ଆରଟି ଘୃଣା ବା ନିନ୍ଦା ପାଇଥାଏ।

କିଛି ଦିନ ତଳର କଥା ମୁଁ ମେକ୍ସିକୋ ସହରର ଚାପୁଲଟେପେକ୍ ପାଲେସ୍‌ରେ ମେକ୍ସିକୋନ୍ ହିରୋ ଜେନେରାଲ୍ ଆଲ୍‌ବାରୋ ଓ ବ୍ରେଗାନଙ୍କ ମୂର୍ତ୍ତି ଦେଖିଲି। ସେହି ମୂର୍ତ୍ତିର ତଳ ଭାଗରେ ଲେଖାଥିଲା ତାଙ୍କ ଜୀବନର ଫିଲୋସଫି – 'ସେହି ଶତ୍ରୁ ମାନଙ୍କୁ ଡରିବା ଦରକାର ନାହିଁ, ଯିଏ ଆପଣଙ୍କୁ ଆକ୍ରମଣ କରିଛି, ବରଂ ସେହି ମିତ୍ର ମାନଙ୍କୁ ଡରନ୍ତୁ ଯିଏ ତୁମର ବୃଥା ପ୍ରଶଂସା କରନ୍ତି।'

ଏଣୁ ଆପଣଙ୍କୁ ମୁଁ କହୁନାହିଁ କି ଆପଣ ଗୋଲାମଗିରି କରନ୍ତୁ। ମୁଁ ତ ଆପଣଙ୍କୁ ଏକ ଅଲଗା କଥା ହିଁ କହୁଛି। ମୁଁ ତ ଆପଣଙ୍କୁ ଏକ ନୂଆ ଜୀବନର ଆରମ୍ଭ କରିବାକୁ କହୁଛି।

ବକିଂମହମ୍ ପ୍ୟାଲେସ୍‌ରେ ନିଜ ପଢାଘର କବାଟରେ ସମ୍ରାଟ ପଞ୍ଚମ ଜର୍ଜଙ୍କ ସୂତ୍ରବାକ୍ୟ ଲେଖି ରଖିଥିଲେ। ସେଥିରୁ ଏକ ବାକ୍ୟ ଏହି ପ୍ରକାରର ଥିଲା 'ମତେ କେହି ଶିଖାଇଦିଅ ମୁଁ କାହାରି ମିଛ ପ୍ରଶଂସା ନକରେ ନା କାହାରି ମିଛ ପ୍ରଶଂସା ଶୁଣିବାକୁ ଇଚ୍ଛୁକ ରହେ।' ଚାଟୁକାରିତାର ଠିକ୍ ପରିଭାଷା ତ ମୁଁ କେଉଁଠି ପଢିଥିଲି – 'ମିଛ ପ୍ରଶଂସାର ଅର୍ଥ ସାମ୍ନା ଲୋକକୁ ସେହି କଥା କହିବା ଯାହା ସେ ନିଜ ବାବଦରେ ଭାବୁଥାଏ।'

ରାଲ୍ଫ ବାଲ୍ଡ ଇର୍ମସନ ଥରେ କହିଥିଲେ– 'ଆପଣ ଯେଉଁ ଭାଷା ବ୍ୟବହାର କଲେ ବି

ଆପଣ ତାହା ହିଁ କହି ପାରିବେ ଯେପରି ଆପଣଙ୍କ ଚିନ୍ତାଧାରା ବା ବ୍ୟକ୍ତିତ୍ୱ ହୋଇଥାଏ।' ଏବେ ଯଦି ଆପଣଙ୍କୁ ଲୋକଙ୍କ ମୁହଁ ଦେଖା ମିଛ ପ୍ରଶଂସା କରିବାର ଅଛି ତ ସମସ୍ତଙ୍କ ମୁହଁ ଦେଖା ବଡିମା ଗାନ କରି ସହଜରେ ମାନବୀୟ ସମ୍ବନ୍ଧର ବିଶେଷଜ୍ଞ ହୋଇପାରନ୍ତି।

ଆମେ ନିଜର ପ୍ରାୟ ୯୫ ପ୍ରତିଶତ ଖାଲି ସମୟ କେବଳ ନିଜ ବାବଦରେ ଓ ବାକି ନିଜ ସମସ୍ୟା ବାବଦରେ ଚିନ୍ତା କରିବାରେ ନଷ୍ଟ କରି ଦେଇଥାନ୍ତି। ଯଦି ଟିକେ ବି ସମୟ ବାହାର କରି ଆମ ଚାରିପାଖରେ ଥିବା ଲୋକଙ୍କ ଭଲ ଗୁଣ ବା ଭଲ କାମ ବାବଦରେ ଚିନ୍ତା କରନ୍ତି ତେବେ ଆମକୁ କାହାରି ମିଥ୍ୟା ଗାରିମା, ବଡପଣ ବା ମିଥ୍ୟା ପ୍ରଶଂସା କରିବାକୁ ପଡିବ ନାହିଁ। ଆମେ କେବଳ ସତ୍ୟର ପ୍ରଶଂସା କରିବା କାରଣ ଆମ ମସ୍ତିଷ୍କରେ କେବଳ ସେହି ଲୋକର ଭଲ ଗୁଣ ଗୁଡିକ ହିଁ ଦୌଡୁଥିବ। ଏମିତିରେ ତ ଆଜିକାଲିର ଏହି ଦୁନିଆଁରେ ସତକୁ ସତ ପ୍ରଶଂସା କରିବା କିମ୍ବା ପାଇବା ବଡ ଦୁର୍ଲଭ ହୋଇଗଲାଣି। ଆମେ ପ୍ରାୟତଃ ନିଜ ପିଲାମାନଙ୍କ ଭଲ ମାର୍କରେ ପାସ୍ ହେବାରେ ତାର ପ୍ରଶଂସା କରିବାକୁ ଭୁଲି ଯାଉଛନ୍ତି ବା ନିଜ ଝିଅ ଯେତେବେଳେ ଭଲ କେକ୍ କି ସ୍ୱାଦିଷ୍ଟ ବ୍ୟଞ୍ଜନ ତିଆରି କରେ ତ ଆପଣ ଭାବନ୍ତି କି ଯଦି ଏହାର ପ୍ରଶଂସା କରାଯାଏ ତେବେ ଝିଅର ମନ ଆକାଶରେ ଉଡିବ କିନ୍ତୁ ପିଲାମାନଙ୍କୁ ସବୁଠାରୁ ବେଶି ଖୁସି ପିତାମାତାଙ୍କ ଦ୍ୱାରା କରାଯାଉଥିବା ପ୍ରଶଂସାରେ ମିଳିଥାଏ, ତାର ପରିମାଣ ଅନ୍ୟ କୌଣସି ଖୁସି ଠାରୁ ବହୁତ ଅଧିକ ହୋଇଥାଏ। ଏଣୁ ଆଗକୁ ଯେବେ ବି କୌଣସି ରେଷ୍ଟୁରାଣ୍ଟ ଗଲେ ଯଦି ଭୋଜନ ଆପଣଙ୍କୁ ଭଲ ଲାଗେ ତେବେ ଆପଣ ଏହି ଭଲ ରୋଷେଇର ଖବର ସେ ହୋଟେଲର ରୋଷେୟା ପାଖକୁ ଅବଶ୍ୟ ପଠାନ୍ତୁ। ଯେବେ ଅତ୍ୟଧିକ ଥକି ଯାଇଥିବା ପରି ଲାଗୁଥିବା କେଉଁ ସେଲସ୍ ମ୍ୟାନ୍ ଆପଣଙ୍କ ସହ ବହୁତ ଶିଷ୍ଟାଚାର ସହ କଥା ହେଉଥାଏ, ତେବେ ତାହାର ଉଲ୍ଲେଖ୍ୟ ଅବଶ୍ୟ କରନ୍ତୁ। ପ୍ରତ୍ୟେକ ସାର୍ବଜନୀନ ଅନୁଷ୍ଠାନରେ ନେତା, ବକ୍ତା ଆଦି ସମସ୍ତେ ଜାଣନ୍ତି କି ସାମ୍ନାରେ ବସିଥିବା ଭିଡ ଭିତରୁ କେହି ବି ଗୋଟିଏ ତାଳି ନମାରିଲେ କିମ୍ବା ସେ କହିଥିବା କଥାର ପ୍ରଶଂସା ନକଲେ ତେବେ ତାହାର କେତେ ବଡ଼ ଅପମାନ ହୋଇଥାଏ। ତାହାର ତ ପୂରା ସପ୍ତାହଟି ଯେପରି ଫିକା ହୋଇଯାଏ। ଏହି କଥା ଦୋକାନରେ, ଅଫିସରେ, କର୍ମଚାରୀ, ବନ୍ଧୁ ପରିଜନ ବା ନିଜ ପରିବାର ମଧ୍ୟରେ ସବୁ ଜିନିଷରେ ଲାଗୁ ହୋଇଥାଏ। ଆମକୁ ଏହି କଥା ସଦା ନିଜ ମସ୍ତିଷ୍କରେ ରଖିବା ଦରକାର କି ସବୁ ସବୁ ମଣିଷକୁ ପ୍ରଶଂସାର ଦୁଇ ପଦ ମିଠା ଭାଷା ଦରକାର ଯାହା କି ଅସଲି ମୁଦ୍ରା ପରି କାମ କରେ ଓ ତାକୁ ପ୍ରତ୍ୟେକ ଲୋକ ନିଜ ପାଖରେ ସାଇତି ରଖିଥାଏ। ନିଜର ପ୍ରତ୍ୟେକ ଦିନର ଯାତ୍ରାରେ କୃତଜ୍ଞତାର ଝଲକ ବନ୍ଧୁତ୍ୱର ପରିଭାଷା ଛାଡିଦେଇ ଯିବାର ଚେଷ୍ଟା କରନ୍ତୁ। ଆପଣ ଚକିତ ହୋଇଯିବେ କି କିପରି ଭାବେ ଆପଣଙ୍କ ଏହି କାର୍ଯ୍ୟର ଫଳ, ଆପଣଙ୍କ ଚାରିପାଖେ ଏକ ଏକ ଛୋଟ ଦୀପ ପରି ପ୍ରଜ୍ଜ୍ୱଳିତ ହୋଇ ବନ୍ଧୁତାର ବାତାବରଣ ଆପେ ଆପେ ତିଆରି ହୋଇଯିବା ସଙ୍ଗେ ସଙ୍ଗେ ଆପଣଙ୍କ ଆଗାମୀ ଯାତ୍ରାରେ ସହାୟକ ହେବ।

ନିୟୁ ଫେୟାରଫଲ୍ସ, କନେକ୍ଟିକଟ କି ପାମୋଲା ଡହ୍ନେମ୍‌ଙ୍କର ଅନେକ ଦାୟିତ୍ୱ ଥିଲା ସେ ଭିତରୁ ଗୋଟେ ଦାୟିତ୍ୱ ଆହୁରି ଥିଲା ନୂଆ ଜେନେରେଟରର। ଯାହାର କାମ ବହୁତ ଖରାପ ଥିଲା। ଅନ୍ୟ ସହକର୍ମୀମାନେ ତାଙ୍କୁ ବହୁତ କଦର୍ଯ୍ୟ କାମ କରୁଛନ୍ତି ବୋଲି କହି ପରିହାସ କରୁଥିଲେ। ଏହା ବହୁତ ଖରାପ କଥା ଥିଲା, କାରଣ ଏହି ତାସଲ୍ୟ କରିବା ବାତାବରଣରେ ଦୋକାନର ବହୁତ ଦାମୀ ସମୟ ନଷ୍ଟ ହେଉଥିଲା। ପୈମ ଏହି କର୍ମଚାରୀକୁ ପ୍ରେରିତ କରିବାକୁ ବହୁତ ଚେଷ୍ଟା କଲେ ଓ ବହୁତ ଉପାୟ ଅବଲମ୍ବନ କଲେ କିନ୍ତୁ ସବୁ ନିଷ୍ଫଳ ହେଲା। ସେହି ସମୟରେ ସେ ଚିନ୍ତା କଲେ ଯେ ସେ ବ୍ୟକ୍ତି ତ ବେଳେ ବେଳେ କିଛି କାମକୁ ବହୁତ ଭଲ ଭାବରେ କରୁଛି। ଏଣୁ ପୈମ୍ ଭାବିଲା ଏବେ ସେହି ଲୋକର ପ୍ରଶଂସା ଅନ୍ୟ ଲୋକଙ୍କ ଆଗରେ କରିବ। ପ୍ରଶଂସା ପାଇ ସେ ତାର ସବୁ କାମ ଭଲ ଭାବରେ କରିବାକୁ ଲାଗିଲା। ଏବେ ସବୁ ଲୋକ ବି ତାର ସମ୍ମାନ କଲେଣି ଓ ତାକୁ ଆଦର ବି କରୁଛନ୍ତି। ସତ ପ୍ରଶଂସାର ପରିଣାମ ବି ସକରାତ୍ମକ ହେଲା, ଯେତେବେଳେ କି ତାର ଆଲୋଚନା କିମ୍ବା ଥଟ୍ଟା କରିବା ଦ୍ୱାରା କିଛି ବି ହାସଲ ହେଲା ନାହିଁ।

ଯଦି ଆପଣ ଲୋକମାନଙ୍କୁ କଷ୍ଟ ଦେବା ଭଳି କଥା କହିବେ କି ନିନ୍ଦା କରିବେ, ତେବେ କିଛି ବି କେବେ ବି ସକରାତ୍ମକ ପରିଣାମ ହେବ ନାହିଁ ବା କୌଣସି କାମ କରାଯାଇ ପାରିବ ନାହିଁ। ଏଣୁ ଏହି କଥାଟିକୁ ମୁଁ ମୋ ଆଇନା ପାଖରେ ଟାଙ୍ଗି ରଖିଛି - 'ମୁଁ ଏହି ବାଟ ଦେଇ ମାତ୍ର ଥରେ ଚାଲିବି। ଏଣୁ ଯଦି ମୋର କୌଣସି କାମ ଦ୍ୱାରା କାହାରି ଭଲ ହୋଇପାରେ, ତେବେ ସେହି କାମ ମୁଁ ଏବେ କରିଦେବି। ମୁଁ ଏହାକୁ ନା ଭବିଷ୍ୟତ ଉପରେ ଛାଡିବି ନାହିଁ ଅଣଦେଖା କରିବି କାହିଁକି ନାଁ ମୁଁ ଏହି ବାଟ ଦେଇ ଦ୍ୱିତୀୟ ଥର ଫେରିବି ନାହିଁ।' ଇମର୍ସନ ବି ବହୁତ କାମର କଥା କହିଥିଲେ- 'ପ୍ରତ୍ୟେକ ଲୋକଠାରେ କିଛି ନା କିଛି ଗୁଣ ଥାଏ ଯାହାକି ମୋ ଠାରୁ ଭଲ। ମୁଁ ତୁରନ୍ତ ହିଁ ସେହି ଗୁଣଟିକୁ ଶିଖି ନିଏ।' ଯଦି ସେହି କଥାଟି ଇମର୍ସନଙ୍କ ପାଇଁ ଉପଯୋଗୀ ହୁଏ, ମୋର କିମ୍ବା ଆପଣଙ୍କ ବାବଦରେ ଏହା ହଜାରେ ଗୁଣ ଉପଯୋଗୀ ହୋଇପାରିବ। ଆମେ କେବଳ ନିଜ ଉପଲବ୍ଧି ତଥା ଇଚ୍ଛା ପାଇଁ ଭାବିବା ଛାଡିଦେବା ଦରକାର। କାହାରି ମିଥ୍ୟାରେ ପ୍ରଶଂସା କରିବା କଥାବି ବିଲକୁଲ୍ ଭୁଲିଯିବା ଦରକାର। ଖୋଲା ହୃଦୟର ସହ ପ୍ରଶଂସା କରି ଆଦର କରି ମୁକ୍ତ ଭାବରେ ତାଙ୍କ ବିଚାରକୁ ଗ୍ରହଣ କରିବା ଦରକାର। ଏମିତି କରିବା ଦ୍ୱାରା ଲୋକମାନେ ଆପଣଙ୍କ ମୂଲ୍ୟବାନ ଶବ୍ଦକୁ ମନରେ ସାଇତି ରଖିବେ ଓ ଜୀବନ ସାରା ତାହାକୁ ମନେ ପକାଇବେ। ଏବେ ଆପଣ କ'ଣ କହିଥିଲେ ଭୁଲି ଯିବେ କିନ୍ତୁ ସେ ସଦା ସର୍ବଦା ମନେ ରଖିଥିବ ଓ କେବେ ବି ଭୁଲି ପାରିବ ନାହିଁ।

ସିଦ୍ଧାନ୍ତ – 2

ହୃଦୟର ସହ ପ୍ରଶଂସା କରନ୍ତୁ।

3

କିଛି ନୂଆ କରିବାକୁ ହେଲେ ଦୁନିଆଁରେ ସମସ୍ତଙ୍କ ଠାରୁ ଭିନ୍ନ ହେବାକୁ ପଡିଥାଏ

ଖରାଦିନରେ ମୁଁ ପ୍ରାୟତଃ ନଦୀକୁ ମାଛ ଧରିବାକୁ ଯାଏ। ଷ୍ଟ୍ରବେରୀ ଓ କ୍ରୀମ୍ ମୋତେ ବହୁତ ଭଲ ଲାଗେ, କିନ୍ତୁ ଯେବେଠୁ ଜାଣିଲି ମାଛକୁ ଜିଆ ପସନ୍ଦ ସେବେଠୁ ମାଛ ଧରିବାକୁ ଗଲାବେଳେ ମୁଁ ମୋର ବ୍ୟକ୍ତିଗତ ପସନ୍ଦ କଥା ଭୁଲିଯାଏ, ବନିଶି କଣ୍ଟାରେ ଷ୍ଟ୍ରବେରୀ ଓ କ୍ରୀମ୍ ଲଗାଏ ନାହିଁ ବରଂ ଜିଆ ଗୁନ୍ଥି ମାଛ ଆଗରେ ଦେଖାଇ ପଚାରେ 'କ'ଣ ଏହାକୁ ଖାଇବାକୁ ପସନ୍ଦ କରିବ ?'

ତେବେ ଲୋକମାନଙ୍କୁ ନିଜ ଆଡକୁ ଆକର୍ଷିତ କରିବା ପାଇଁ ଆମେ ଏହି ତଥ୍ୟକୁ ବ୍ୟବହାର କରନ୍ତି ନାହିଁ କାହିଁକି ?

ଏହା ହିଁ ଗ୍ରେଟ୍ ବ୍ରିଟେନ୍‌ର ପ୍ରଧାନମନ୍ତ୍ରୀ ଲଏଡ୍ ଜର୍ଜ ପ୍ରଥମ ବିଶ୍ୱ ଯୁଦ୍ଧ ସମୟରେ କରିଥିଲେ। ଥରେ ଏହି ପ୍ରଶ୍ନ ତାଙ୍କୁ ପଚରାଗଲା ଯେ ସେ କିପରି ଯୁଦ୍ଧ ସମୟରେ ବି ଶାସନରେ ତିଷ୍ଠି ରହିପାରିଲେ, ଯେତେବେଳେ କି ଅନ୍ୟ ବହୁତ ବଡ ବଡ ଶାସକ ନେତାମାନଙ୍କୁ ଲୋକେ ଭୁଲିଗଲେ ? ସେ ଉତ୍ତର ଦେଲେ ସେଥିପାଇଁ ସେ ଭଲ ଭାବରେ ଶିକ୍ଷା ଗ୍ରହଣ କରିଥିଲେ ଯେପରି ମାଛର ପସନ୍ଦର ଖାଦ୍ୟକୁ ବନିଶି କଣ୍ଟାରେ ଲଗାଯାଏ ତାକୁ ଧରିବା ପାଇଁ।

ଏ କଥାରେ କିଛି ଲାଭ ନାହିଁ କି ଆମେ କ'ଣ ଦରକାର କରୁଛନ୍ତି ? ଏହା ତ ପୂରାପୂରି ପିଲାଳିଆମୀ ବା ମୂର୍ଖାମୀ ଅଟେ। ଯାହା ଆପଣ ଚାହାନ୍ତି ସେଥିରେ ନିଜ ରୁଚି ଥାଏ, କିନ୍ତୁ ଅନ୍ୟ କାହାର କିଛି ବି ରୁଚି ନଥାଏ। ଆମେ ସବୁ ଏହା ହିଁ ତ କରନ୍ତି, ଆମେ

ସବୁ କେବଳ ନିଜର ରଚିରେ ହିଁ ରଚି ରଖି ଥାଆନ୍ତି। ଏଣୁ ପୂରା ଦୁନିଆଁରେ ଅନ୍ୟମାନଙ୍କୁ ପ୍ରଭାବିତ କରିବାର ସବୁଠାରୁ ସଫଳ ଉପାୟ ହେଲା କି ଆମେ ସାମ୍ନା ଲୋକର ଇଚ୍ଛାକୁ ମହତ୍ତ୍ୱ ଦେବା, ତା ହିସାବରେ କଥା କହିବା ଓ ତାକୁ ଏହା କୁହନ୍ତୁ କି ସେ କିପରି ଉପାୟ କଲେ ନିଜ ଇଚ୍ଛାକୁ ପୁରଣ କରି ପାରିବ ?

ଏବେ ଯେବେ ବି ଆପଣ ଅନ୍ୟ ଲୋକଠୁ କିଛି କାମ କରାଇବାକୁ ଚେଷ୍ଟା କରନ୍ତି ତ ସେହି କଥାକୁ ମସ୍ତିଷ୍କରେ ରଖନ୍ତୁ। ଉଦାହରଣ ସ୍ୱରୂପ ଯଦି ଆପଣଙ୍କ ପୁଅ ସିଗାରେଟ୍ ଖାଉଛି ଓ ଆପଣ ତାର ଏହି ଅଭ୍ୟାସ ଛଡାଇବାକୁ ଚାହୁଁଛନ୍ତି, ତେବେ ଆପଣ ତାକୁ ଗାଳି କରିବା କିମ୍ବା ଦଶ କଥା ଶୁଣାଇବା ବଦଳରେ ବରଂ ତାକୁ ଜାଣିବାକୁ ଦିଅନ୍ତୁ ନାହିଁ କି ଆପଣ କ'ଣ ଚାହୁଁଛନ୍ତି। ଆପଣ ତାକୁ ବୁଝାଇ ଦିଅନ୍ତୁ କି ସିଗାରେଟ୍ ପିଇବା ଦ୍ୱାରା ସେ ବାସ୍କେଟ୍ ବଲ୍ ଟିମ୍ ରେ ରହି ପାରିବନି। ଆଥଲେଟିକ୍ କପ୍ କେବେ ବି ଜିତି ପାରିବ ନାହିଁ।

ଏହା କେବଳ ପିଲାମାନଙ୍କ ପାଇଁ ନୁହେଁ ବରଂ ମଇଁଷି ବା ସିମ୍ପାଜୀ ପାଇଁ ବି ଲାଗୁ ହୋଇଥାଏ। ଉଦାହରଣ ସ୍ୱରୂପ ଥରେ ଇମର୍ସନ ଓ ତାଙ୍କ ପୁଅ ଗୋଟେ ବାଛୁରିକୁ ଗୁହାଳକୁ ନେଇ ଯିବାକୁ ବହୁତ ଚେଷ୍ଟା କରୁଥିଲେ। ଇମର୍ସନ ତାକୁ ଧକ୍କା ଦେଉଥିଲେ ତ ତାଙ୍କ ପୁଅ ଆଗ ପଟରୁ ପଘା ଧରି ଟାଣୁଥିଲା। ଏମାନେ ନିଜ ଇଚ୍ଛାନୁସାରେ କାମ କରୁଥିଲେ ଓ ସେ ବାଛୁରି ବି ମଧ୍ୟ ନିଜ ଅନୁସାରେ। ଯାହା ସେମାନେ କରୁଥିଲେ ତାହା ନିଜ ଇଚ୍ଛାର ବା ଚିନ୍ତନର କାମଥିଲା ଓ ସେମିତି ବାଛୁରି ବି ନିଜ ଗୋଡକୁ ଭଲ ଭାବରେ ମାଟି ଉପରେ ଦାବି କରି ରଖିଥଲା। ତେଣୁ ପଡିଆରୁ ଗୁହାଳକୁ ଯିବାକୁ ପ୍ରସ୍ତୁତ ହେଉ ନଥିଲା। ଏହି ସମୟରେ ତାଙ୍କ ଚାକରାଣୀ ଦୂରରେ ଥାଇ ସବୁ ଦେଖୁଥିଲା। ସେ ତ ଆଉ ଇମର୍ସନଙ୍କ ପରି ବହି ଲେଖୁନଥିଲା କିନ୍ତୁ ସେ ବାପପୁଅଙ୍କ ଅପେକ୍ଷା ବେଶି ଦୁନିଆଁଦାରୀ ଦେଖିଥିଲା। ସେ ଏହି ବିଷୟରେ ଭାବିବାକୁ ଲାଗିଲା ଯେ ପ୍ରକୃତରେ ବାଛୁରି ଚାହୁଁଛି କ'ଣ ? ଆଉ ସେ ଆସି ନିଜ ଅଙ୍ଗୁଳି ବାଛୁରିର ପାଟିରେ ପୁରାଇ ଦେଲା ଏବଂ ବାଛୁରି ତା ଆଙ୍ଗୁଳିକୁ ଚୁଚୁମି ଚୁଚୁମି ଗୁହାଳ ଆଡକୁ ଆଗେଇ ଚାଲିଲା।

ଯେବେ ଠାରୁ ମଣିଷ ଜନ୍ମ ନିଏ, ସେବେ ଠାରୁ କିଛି ନା କିଛି କରିଥାଏ ଓ କିଛି ପ୍ରାପ୍ତ କରିଥାଏ ବା କିଛି ପ୍ରାପ୍ତ କରିବା ପାଇଁ ହିଁ କିଛି କାର୍ଯ୍ୟ କରିଥାଏ। ଏପରିକି ରେଡକ୍ରସ୍ ରେ ଦେଉଥିବା ରାଶି ବି ଏଥି ପାଇଁ ଦିଏ କି ସେ ଲୋକଙ୍କର ସାହାଯ୍ୟ କରିବାକୁ ଚାହୁଁଛି। ଆପଣ ଏହାକୁ ଏକ ସୁନ୍ଦର, ନିଃସ୍ୱାର୍ଥ, ନିଜ ଆତ୍ମାର ଉତ୍‌ଥାନ କରିବା ପାଇଁ ଏକ ଦୈବୀୟ କାମ ବୋଲି ଭାବନ୍ତି। ଇଶ୍ୱରଙ୍କର ବି ଏହି ମତ- 'ତୁମେ ଯେତେ ଏହି ଗରିବ ନିଃସହାୟ ଲୋକ ପାଇଁ କରିବ ତାହା ମୋତେ ହିଁ ପ୍ରାପ୍ତ ହେବ।'

ଏଠି ଟିକେ ଭାବନ୍ତୁ ଯଦି ଆପଣଙ୍କ ମନରେ ଧନ ପ୍ରତି ଅଧିକ ଲୋଭ ଥାଏ ତେବେ ଆପଣ ଲୋକଙ୍କ ଭଲ ପାଇଁ ଇଚ୍ଛା କରନ୍ତି ନାହିଁ ବା ଏପରି କେବେ ବି କରି ପାରନ୍ତି ନାହିଁ ବା ଆପଣ ରେଡକ୍ରସ୍ ରେ ଏହି ଚାନ୍ଦା ଏଥିପାଇଁ ଦେଲେ କାରଣ ମନା କରିଥିଲେ ଆପଣଙ୍କୁ ଲାଜ ଲାଗିଥାନ୍ତା ବା କୌଣସି ବ୍ୟକ୍ତି ଏଥିପାଇଁ ଆଗ୍ରହୀ କରାଇଥିବେ, କିନ୍ତୁ ଏହି କଥା ତ ନିଶ୍ଚିତ ଯେ ଆପଣ ନିଜ ଇଚ୍ଛାର କାରଣରୁ ହିଁ ରେଡକ୍ରସ୍‌ରେ ଏହି ଚାନ୍ଦା ଦେଇଛନ୍ତି।

ହେରୀ ଏ ଓଭରଷ୍ଟ୍ରିଟ୍ ନିଜ ବିଖ୍ୟାତ ପୁସ୍ତକ 'ଇନଫ୍ଲୁଏନସିଙ୍ଗ ହ୍ୟୁମାନ ବିହେବିଅର' ରେ ଲିଖିଛନ୍ତି- 'କର୍ମ ତ ଆମର ମୂଳଭୁତ ଇଚ୍ଛାରୁ ହିଁ ଜନ୍ମ ହୋଇଥାଏ।' ଏଣୁ ବ୍ୟବସାୟରେ, ସ୍କୁଲ୍‌ରେ କିମ୍ୱା ରାଜନୀତିରେ ଅନ୍ୟମାନଙ୍କୁ କାମ କରିବା ପାଇଁ ପ୍ରେରିତ କରିପାରିବା ଲୋକ ପାଇଁ ସବୁଠାରୁ ଭଲ ଉପଦେଶ ହେଉଛି 'ସାମ୍ନା ଲୋକଠାରେ କାମ କରିବା ପାଇଁ ପ୍ରବଳ ଇଚ୍ଛା ଜାଗ୍ରତ କରନ୍ତୁ। ତେବେ ଆପଣଙ୍କ ସହ ପୁରା ଦୁନିଆଁ ଓ ଯିଏ ଏପରି ନକରିପାରିଲା ସେ ସବୁଦିନ ପାଇଁ ଏକୁଟିଆ ହିଁ ରହିଯିବ।'

ଏଣ୍ଡ୍ରୁ କାରନୋଗି ସ୍କଟଲ୍ୟାଣ୍ଡରେ ବହୁତ ଗରିବ ଘରେ ଜନ୍ମ ନେଇଥିଲେ ଓ ସେହି କାରଣରୁ ସେ ଅଳ୍ପ ପାଠ ପଢି ପାରିଥିଲେ। ନିଜେ ସେ ଦୁଇ ସେଣ୍ଟ୍ ପ୍ରତି ଘଣ୍ଟା ଦରମାରେ କାମ କରିବାକୁ ଆରମ୍ଭ କରଥିଲେ। ପରେ ଏମିତି ସମୟ ଆସିଲା ଏଣ୍ଡ୍ରୁ କାରନୋଗି ନିଜେ ୩୬୫ ମିଲିଅନ୍ ଡଲାର ଦାନରେ ଦେଇଦେଇଥିଲେ। ତେବେ କ'ଣ ଥିଲା ତାଙ୍କ ଏତେବଡ ସଫଳତାର ରହସ୍ୟ ? ସେ ପ୍ରଥମରୁ ହିଁ ଲୋକମାନଙ୍କୁ କିପରି ପ୍ରଭାବିତ କରାଯାଇ ପାରିବ ତାହା ଭଲ ଭାବେ ଶିଖିଯାଇଥିଲେ। ସେ ପାଠ ତ ମାତ୍ର ଚାରି ବର୍ଷ ପଢିଥିଲେ ହେଲେ ଲୋକ ବ୍ୟବହାରର ଏହି ପାଠଶାଳାର ନିପୁଣ ବିଦ୍ୟାର୍ଥୀ ଥିଲେ।

ଥରେ ତାଙ୍କର ଜଣେ ବନ୍ଧୁ ନିଜ ଦୁଇ ପୁଅଙ୍କୁ ନେଇ ବଡ ଚିନ୍ତିତ ଥିଲେ। ସେମାନେ 'ୟେଲ୍' ରେ ରହୁଥିଲେ ଓ ଏତେ ବ୍ୟସ୍ତ ରହୁଥିଲେ କି ତାଙ୍କୁ ଘରକୁ ଚିଠି ଦେବାକୁ ମନେ ବି ରହୁ ନଥିଲା। ଏପରିକି ନିଜ ମାଆର ଚିଠିର ଉତ୍ତର ବି ଦେଉ ନଥିଲେ।ଏହି କଥାକୁ ନେଇ ଏଣ୍ଡ୍ରୁ କାର୍ନୋଗି ନିଜ ବନ୍ଧୁ ସହ ୧୦୦ ଡଲାରର ସର୍ତ୍ତ ଲଗାଇଲେ କହିଲେ କି ମୁଁ ଫେରନ୍ତା ଡାକରେ ହିଁ ଚିଠିର ଉତ୍ତର ମଗାଇ ଦେଖାଇଦେବି। ଚିଠି ଦେବା ପାଇଁ ପିଲାମାନଙ୍କୁ ବାଧ୍ୟ ବି କରିବି ନାହିଁ। ସର୍ତ୍ତ ପରେ ଏଣ୍ଡ୍ରୁ କାର୍ନୋଗି ସେ ପିଲାଙ୍କୁ ଏକ ଲମ୍ୱା ଚିଠି ଲେଖିଲେ ତଥା ଶେଷରେ ମୁଁ ତୁମ ମାନଙ୍କ ପାଇଁ ପାଞ୍ଚ ପାଞ୍ଚ ଡଲାର ପଠାଉଛି ବୋଲି ଲେଖିଲେ କିନ୍ତୁ କୌଣସି ଅର୍ଥ ଦେଲେ ନାହିଁ। ପୁଣି ଦେଖ ଚମତ୍କାର ହୋଇଗଲା। ଫେରନ୍ତା ଡାକରେ ଚିଠି ଆସିଲା ଯେଉଁଥିରେ 'ମୋର ପୂଜ୍ୟଷ୍ପଦ କକା ଏଣ୍ଡ୍ରୁଙ୍କୁ ଧନ୍ୟବାଦ ଦିଆ ଯାଇଥିଲା ଓ ପରେ କଣ ଲେଖାଯାଇଥିବ ଆପଣ ନିଜେ ଅନୁମାନ କରିପାରୁଥିବେ।

ନିଜ କଥା ମନେଇବାର ଏକ ଉଦାହରଣ ଷ୍ଟେନ୍ ନାବାକଙ୍କର ବି ଅଛି, ଯିଏ କି ଆମ ପରୀକ୍ଷଣରେ ଭାଗ ନେଇଥିଲେ। ଦିନେ ସଂଧ୍ୟାରେ ଘରକୁ ଫେରି ଷ୍ଟେନ୍ ଦେଖିଲେ କି ତାଙ୍କ ସାନ ପୁଅ 'ଟିମ୍' ତଳେ ବସି ଗୋଡ କଚାଡି ବଡ ପାଟିରେ କାନ୍ଦୁଥିଲା। କାରଣ ତାକୁ କାଲି ସେଠାରୁ ବହୁତ ଦୂର ଏକ ସ୍କୁଲ୍‌କୁ ପଠାଯିବାର ଥିଲା ଯେଉଁଥିପାଇଁ ସେ ପ୍ରସ୍ତୁତ ନଥିଲା। ଯଦି କେହି ଅନ୍ୟ ଲୋକ ହୋଇଥାନ୍ତା ତାର ଏ ବ୍ୟବହାର ଦେଖି ତାକୁ ଗୋଟେ କୋଠରୀରେ ବନ୍ଦ କରି ନିଷ୍ଠୁର ବ୍ୟବହାର କରିଥାନ୍ତା କିନ୍ତୁ ଷ୍ଟେନ୍ ସେପରି କଲେ ନାହିଁ ବରଂ ସେ ଭାବିଲେ ସେପରି କଲେ ପିଲାଟି ଠିକ୍ ଭାବରେ ସ୍କୁଲ୍ ଯାଇ ପଢିପାରିବ ନାହିଁ। ତେଣୁ ଷ୍ଟେନ୍ ନିଜକୁ ପୁଅ 'ଟିମ୍' ର ଜାଗାରେ ରଖି ଭାବିଲେ କ'ଣ ହୋଇଥିଲେ ମୁଁ ସେ ସ୍କୁଲ୍ ଯିବାକୁ ଇଚ୍ଛା କରିଥାନ୍ତି ? ତାଙ୍କ ପତ୍ନୀ ଓ ସେ ଦୁହେଁ ମିଶି 'ଟିମ୍'ର ଯେଉଁଥିରେ ରଚି ଥିଲା ତାର ଏକ ତାଲିକା କଲେ। 'ଟିମ୍'ର ଆଙ୍ଗୁଳିକୁ ରଙ୍ଗେଇବା, ଗୀତ ଗାଇବା ଓ ନୂଆ ବନ୍ଧୁ ତିଆରି କରିବାରେ ରଚି ଥିଲା। ଏବେ ଘରର ସମସ୍ତେ ଏହି କାମରେ ଲାଗିଗଲେ। ମୋ ସ୍ତ୍ରୀ ଲିଲା, ବଡ଼ ପୁଅ ସମସ୍ତେ ଏହି କାମରେ ଲାଗିଗଲାରୁ ମୋତେ ବି ମଜା ଲାଗିଲା। ସେପଟେ 'ଟିମ୍' କବାଟ ଫାଙ୍କରେ ଦେଖି ଦେଖି ଆଉ ରହିପାରିଲା ନାହିଁ କହିଲା ମତେ ବି ଏହି ଖେଳରେ ମିଶାଅ ସେତେବେଳେ ମୁଁ ତା ଭାଷାରେ ତାକୁ ବୁଝାଇଲି କି ଏପରି ଖେଳରେ ଭାଗନେବାକୁ ହେଲେ ତାକୁ ସେହି ଦୂର ସ୍କୁଲ୍‌କୁ ଯିବାକୁ ପଡିବ ସେଠି ଏପରି ଅନେକ ଖେଳ ବି ଶିଖାଯାଏ ଓ ଖାସ୍ ସେଥିପାଇଁ ତାର ବାପା ସେଠାକୁ ପଠାଇବାକୁ ଚାହାଁନ୍ତି। ପରଦିନ ସକାଳେ ମୁଁ ଟିକେ ଶୀଘ୍ର ଉଠି ଥାଏ ଦେଖିଲି କି 'ଟିମ୍' ଏକ ଚୌକି ଉପରେ ବସି ଶୋଇପଡିଥାଏ। ମୁଁ ପଚାରିଲି ଏଠି କ'ଣ କରୁଛୁ? ସେ କହିଲା ମୁଁ ତ ସେହି ସ୍କୁଲକୁ ଯିବାରେ କାଳେ ଡେରି ହୋଇଯିବ ଭାବି ରେଡି ହୋଇ ଏଠି ବସିଛି। ଏହିକଥାରୁ ଭାବନ୍ତୁ କିପରି ଆମ ପୂରା ପରିବାରର ଉତ୍ସାହରେ 'ଟିମ୍' ଭିତରେ ପ୍ରବଳ ଇଚ୍ଛା ଶକ୍ତିର ଜାଗ୍ରତ କରାଇଦେଲା, ଯାହାକି କୌଣସି ଧମକଚମକ ବା ଅନ୍ୟ କେଉଁଥିରେ ହୋଇପାରି ନଥାନ୍ତା। ଆଗକୁ ଆପଣଙ୍କୁ କାହାଠାରୁ କିଛି କାମ କରାଇବାକୁ ପଡେ ତ ଆଗେ ନିଜକୁ ପଚାରନ୍ତୁ- 'ମୁଁ ଏହି ଲୋକର ଭିତରେ ସେହି କାମ କରିବାର ଇଚ୍ଛା କିପରି ଜାଗ୍ରତ କରିବି ?' ଏହି ପ୍ରଶ୍ନ ରେ ଗୋଟେ ଲାଭ ହେବକି ଆମେ ବିନା ଜାଣି ଶୁଣି କୌଣସି ପରସ୍ଥିତିରେ ଫସିବା ଓ ନିଜ ଇଚ୍ଛା ପାଇଁ ଅର୍ଥହୀନ କଥା କହିବାରୁ ବଞ୍ଚିଯିବା।

ବହୁ ବର୍ଷ ପୂର୍ବେ ମୁଁ ନିୟୁର୍କରେ ଏକ ହୋଟେଲର ଏକ ବଡ ହଲ୍‌କୁ କୋଡିଏ ରାତି ପାଇଁ ଭଡ଼ାରେ ନେଉଥାଏ। ଯେଉଁଠି ମୁଁ ମୋର ବ୍ୟାଖ୍ୟାନମାଳା କାର୍ଯ୍ୟକ୍ରମ କରିଥାଏ। କିନ୍ତୁ ଥରେ ଅଚାନକ ମତେ ହୋଟେଲରୁ ସୂଚନା ଦିଆଗଲା କି ପ୍ରଥମରୁ ହିଁ ତିନି ଗୁଣ

ଭଡ଼ା ଦେଇ ଦେବାକୁ ପଡିବ। ଏହି ଖବର ମୋ ପାଖରେ ପହଞ୍ଚିବା ବେଳକୁ ସବୁ ଟିକଟ୍ ଛପାଯାଇ ବଣ୍ଟା ସରିଥାଏ ଓ ବ୍ୟାଖ୍ୟାନମାଳା କାର୍ଯ୍ୟକ୍ରମର ସାରା ପ୍ରଚାର ବି ସରିଥାଏ।

ସଫା କଥା ମୁଁ ଏତେ ଭଡ଼ା ଦେବାକୁ ଚାହୁଁନଥିଲି, କିନ୍ତୁ ହୋଟେଲ ବାଲା ମୋ ଇଚ୍ଛାନୁସାରେ ତ ଚାଲିବନି ବରଂ ନିଜ ଇଚ୍ଛାନୁସାରେ ଚାଲିବ। ମୁଁ ଦୁଇ ଦିନ ପରେ ସେ ହୋଟେଲକୁ ଯାଇ ମ୍ୟାନେଜରକୁ ଭେଟିଲି ଓ କହିଲି- 'ଅବଶ୍ୟ ଆପଣଙ୍କ ପତ୍ର ପଢି ମୋତେ ବହୁତ ଖରାପ ଲାଗିଲା, କିନ୍ତୁ ଏଥିପାଇଁ ମୁଁ ତୁମର ଦୋଷ ଦେବି ନାହିଁ। ତୁମ ସ୍ଥାନରେ ଯିଏ ବି ଥାଆନ୍ତା ସେ ବି ଆପଣଙ୍କ ପରି ହିଁ କରିଥାନ୍ତା। ଆପଣ ହୋଟେଲର ଯେହେତୁ ମ୍ୟାନେଜର୍ ଆପଣଙ୍କ କାମ ଅଧିକରୁ ଅଧିକ ଅର୍ଥ ରୋଜଗାର କରିବା ଓ ଏପରି ନକରିପାରିଲେ ଆପଣଙ୍କ ଚାକିରି ବି ଯାଇପାରେ। ଏବେ ଆମେ ଏମିତି କରିବା ଗୋଟେ କାଗଜରେ ଭଡ଼ା ବଢାଇବା ଦ୍ୱାରା କି ଲାଭ ଓ କେତେ କ୍ଷତି ହେବ ତାହାକୁ ଲେଖିବା। ମୁଁ ଗୋଟେ କାଗଜରେ ଠିକ୍ ମଝିରେ ଏକ ଗାର ଟାଣିଦେଲି ଗୋଟେ ପାଖରେ ଲାଭ ଓ ଆର ପାଖରେ କ୍ଷତିର ଶୀର୍ଷକ କରିଦେଲି।

ପ୍ରଥମେ ଲାଭ ପଟରେ ଲେଖିଲି 'ହଲ୍ ର ଭଡ଼ା' ଆପଣଙ୍କୁ ଲାଭ ଏପରି ହେବ କି ନାଚ କି ଅନ୍ୟ ପାର୍ଟି ପାଇଁ ସବୁବେଳେ ଖାଲି ରହିପାରିବ। ଏଥିରୁ ଆପଣଙ୍କୁ ଅଧିକା ଲାଭ ହୋଇପାରିବ। କାରଣ ସେହି ପାର୍ଟି ମାନଙ୍କରୁ ଯେତେ ଅର୍ଥ ରୋଜଗାର ହେବ କୌଣସି ବ୍ୟାଖ୍ୟାନମାଳା ବାଲା ସେତେ ଅର୍ଥ ଦେବେ ନାହିଁ, ଯାହା ଫଳରେ ଆପଣଙ୍କ ହାତରୁ ଲାଭ କରିବାର ଅବସର ଖସିଯିବ।

ଏବେ ଆମକୁ ଟିକେ ହାନି ଉପରେ ବି ଧ୍ୟାନ ଦେବା ଦରକାର। ପ୍ରଥମ କଥାତ ମୋତେ ସେ ହଲ୍ ଭଡ଼ାରେ ଦେଲେ ଆପଣଙ୍କ ଆମଦାନି ବଢିବା ବଦଳରେ କମିଯିବ। ନାଁ, ବରଂ ପୂରା ହେବନି କାରଣ ମୁଁ ଏତେ ଅର୍ଥ ଦେବା ପାଇଁ ସକ୍ଷମ ନୁହେଁ। ଦରକାର ପଡିଲେ ଏହି ଆୟୋଜନକୁ ବନ୍ଦ କରିବାକୁ ପଡିବ।

କିନ୍ତୁ ଏହାଠାରୁ ବି ଗୋଟେ ବଡ କ୍ଷତି ଆପଣଙ୍କୁ ସହିବାକୁ ପଡିବ, ତାହା ହେଉଛି ମୋ ବାଖ୍ୟାନମାଳାରେ ଅନେକ ସୁସଂସ୍କୃତ ତଥା ଉଚ୍ଚ ଶିକ୍ଷିତ ଲୋକମାନେ ତୁମ ହୋଟେଲକୁ ଆସୁଛନ୍ତି, ଯାହାଙ୍କ ଦ୍ୱାରା ତୁମ ହୋଟେଲର ପ୍ରଚାର ଆପେ ଆପେ ହିଁ ହୋଇଯାଉଛି। ଯଦି ଆପଣଙ୍କ ହୋଟେଲର ବିଜ୍ଞାପନ କେଉଁ ମିଡିଆ ମାଧ୍ୟମରେ ପ୍ରଚାର କରିବାକୁ ଚାହାଁନ୍ତି ତେବେ କମ୍ ହେଲେବି ୫୦୦୦ ଡଲାର ଖର୍ଚ୍ଚ କରିବାକୁ ପଡିବ ହେଲେବି ଏତେ ଲୋକ ସେହି ବିଜ୍ଞାପନରେ ଆପଣଙ୍କ ହୋଟେଲ ଦେଖିବାକୁ ଆସିବେନି ଯେତେକି ମୋର ଏହି ବ୍ୟାଖ୍ୟାନମାଳା ମାଧ୍ୟମରେ ଆସୁଛନ୍ତି। ଏବେ ଜାଣି ରଖନ୍ତୁ କି ମୋ ବ୍ୟାଖ୍ୟାନମାଳା ଆପଣଙ୍କ

ହୋଟେଲକୁ ଭଲ ଭାବରେ ପବ୍ଲିସିଟି ବା ପରିଚିତ କରାଇବାରେ ମୁଖ୍ୟ ମାଧ୍ୟମର କାମ କରୁଛି। ମୋ କଥା ଶେଷ କରିବା ବେଳେ ଦୁଇଟି ଯାକ କ୍ଷତିର ବିଶଦ ବିବରଣୀ ସେ କାଗଜର କ୍ଷତି ପାଇଁ ଥିବା ଜାଗାରେ ଲେଖି ଦେଇଥିଲି। ଏହି କାଗଜକୁ ମ୍ୟାନେଜରଙ୍କୁ ଧରାଇଦେଇ କହିଲି ମୁଁ ଚାହୁଁଛି କି ଆପଣ ଲାଭ ଓ କ୍ଷତି ବିଷୟରେ ଭଲ ଭାବେ ଶାନ୍ତ ମନରେ ଚିନ୍ତା କରି ମୋତେ ଅନ୍ତିମ ନିର୍ଣ୍ଣୟ ଜଣାଇବେ।

ମୁଁ ବଡ ଚକିତ ହୋଇଗଲି ଯେତେବେଳେ ମ୍ୟାନେଜରର ଚିଠି ମୋ ପାଖରେ ପହଞ୍ଚିଲା, ସେଥିରେ ମୋ ପାଇଁ ଭଡ଼ା ୩୦୦ ପ୍ରତିଶତ ପରିବର୍ତ୍ତେ ମାତ୍ର ୫୦ ପ୍ରତିଶତ ବଢାଇବାକୁ ଅନୁରୋଧ କରାଯାଇଥିଲା।

ଏହି କଥା ଉପରେ ଧ୍ୟାନ ଦିଅନ୍ତୁ, ମୁଁ ସେହି ଲୋକକୁ ଭଡ଼ା କମ୍ କରିବାକୁ କହିଲି ନାହିଁ ଏହାର ଅର୍ଥ ମୁଁ ମୋର ଇଚ୍ଛା ସେହି ଲୋକ ଉପରେ ନ୍ୟସ୍ତ କଲି ନାହିଁ। ମୁଁ ତ ତାର ମନ ଯାହା ଦରକାର କରୁଥିଲା ସେହି ବିଷୟରେ ହିଁ କହିଲି। ଯଦି ମୁଁ ବି ଅନ୍ୟ ଲୋକଙ୍କ ପରି ସେପରି କରିଥାନ୍ତି, ସିଧା ତାର ଅଫିସକୁ ଯାଇ ତାକୁ କହିଥାନ୍ତି କି ଦେଖ ବାବୁ ଏହା ବହୁତ ବଡ ବେଇମାନୀ ଅଟେ ଓ ଆପଣ ଅଚାନକ ଏପରି ଭଡ଼ା ବଢାଇ ପାରିବେ ନାହିଁ। ମୋର ସବୁ ଟିକେଟ ବି ବିକ୍ରି ସରିଲାଣି, ମୁଁ ଏବେ କ'ଣ କରିବି ? ମୁଁ ଆଦୌ ଏତେ ଅର୍ଥ ଦେଇପାରିବି ନାହିଁ। ତାପରେ ପରିଣାମ କ'ଣ ହୋଇଥାନ୍ତା ? ସେ ତା କଥାରେ ଅଡି ବସିଥାନ୍ତା, ମୁଁ ବି ମୋ କଥାରେ ପୁଣି ଯୁକ୍ତିତର୍କ, କଥା କଟାକଟି, ରଗାରଗି ଯଦି ବେଶି ହୋଇଯାଇଥାନ୍ତା ଲୋକମାନେ ବି ଆସି ଜମା ହୋଇଥାନ୍ତେ ଓ ବଦନାମୀ ଦୁହିଁଙ୍କର ହୋଇଥାନ୍ତା। ସେ ତାର ଭୁଲ ମାନିନଥାନ୍ତା କି ମୁଁ ମୋର କଥା ପରିବର୍ତ୍ତନ କରିନଥାନ୍ତି। ଫଳ କେବଳ ନିରର୍ଥକ ହେବା ସାର ହୋଇଥାନ୍ତା।

ହେନେରୀ ଫୋର୍ଡ ବି ମାନବୀୟ ସମ୍ବନ୍ଧର ବ୍ୟବହାରିକ କଳାର ବଡ ସୁନ୍ଦର ବାଖ୍ୟା କରିଛନ୍ତି- 'ସଫଳତାର କେବଳ ଗୋଟିଏ ରହସ୍ୟ ଅଟେ ଆଉ ତାହା ହେଲା କି ଆମ ଭିତରେ ସେହି କ୍ଷମତା ରହିବା ଦରକାର କି ଆମେ ସାମ୍ନା ଲୋକର ମାନସିକତା ଓ ତାର ଦୃଷ୍ଟିକୋଣକୁ ବୁଝିପାରିବା ତଥା କୌଣସି ଘଟଣାକୁ କେବଳ ନିଜ ଦୃଷ୍ଟିକୋଣରୁ ଦେଖିବା ନାହିଁ।' ଏହି କଥାଟି ଏତେ ସ୍ୱଷ୍ଟ ଓ ସରଳ ଅଟେ କି ଆମେ ଏହାର ସତ୍ୟତାକୁ ଏକା ଥରକେ ବୁଝିଯିବା ଦରକାର, ହେଲେ ବି ୯୦ ପ୍ରତିଶତରୁ ଅଧିକ ଲୋକ, ୯୦ ପ୍ରତିଶତରୁ ଅଧିକ ସମୟ ଏହାକୁ ଅଣଦେଖା କରିବାରେ ନଷ୍ଟ କରିଦେଇଥାନ୍ତି।

ଏହି କଥାର ଆଉ ଏକ ଜ୍ୱଳନ୍ତ ଉଦାହରଣ ଅଛି। ପ୍ରତିଦିନ ସକାଳୁ ଡାକରେ ଆସିଥିବା ଚିଠି ବା ମେଲ୍ କି ଅନ୍ୟ ଉପାୟରେ ଆସିଥିବା ଖବରଗୁଡିକୁ ଦେଖନ୍ତୁ ତେବେ ଆପଣଙ୍କୁ

ଆପେ ଆପେ ମାଲୁମ ହୋଇଯିବ କିପରି ଲୋକେ ସାଧାରଣ ଜ୍ଞାନର ଏହି ଅତ୍ୟନ୍ତ ଉପଯୋଗୀ ସିଦ୍ଧାନ୍ତର ଉପେକ୍ଷା କରୁଛନ୍ତି ଓ ଏହାର ସମାଲୋଚନା ବି କରୁଛନ୍ତି। ଏବେ ଏହି ପତ୍ରଟିକୁ ଆମେ ଭଲଭାବରେ ଚିନ୍ତା କରିବା। ଏହା ଏମିତି ଏକ ପତ୍ର ଯାହାକୁ କି ଏକ ବିଜ୍ଞାପନ ଏଜେନ୍‌ସିର ପ୍ରମୁଖ ଲେଖିଥିଲେ ଓ ଯାହାର ଅଫିସ୍ ପୂରା ମହାଦ୍ୱୀପରେ ଖୋଲିବାରେ ଲାଗିଥାଏ। ଏହି ପତ୍ର ଦେଶସାରା ସବୁ ସ୍ଥାନୀୟ ରେଡିଓ ଷ୍ଟେସନର ମ୍ୟାନେଜର ମାନଙ୍କୁ ପଠାଯାଇଥିଲା। (ମୁଁ ସବୁ ପାରାଗ୍ରାଫ୍ ପାଇଁ ମୋର ପ୍ରତିକ୍ରିୟା ସେହି ଚିଠି ସହ ଲେଖୁଛି)

ଶ୍ରୀଯୁକ୍ତ ଜନ୍ ବ୍ଲେଙ୍କ,

ବ୍ଲେଙ୍କ ଭିଲ୍ଲା,

ଇଣ୍ଡିଆନା

ପ୍ରୀୟ ଶ୍ରୀଯୁକ୍ତ ଜନ୍ ବ୍ଲେଙ୍କ

....କମ୍ପାନୀ ରେଡିଓ କ୍ଷେତ୍ରରେ ବିଜ୍ଞାପନ ଏଜେନ୍ସିର ଉଚ୍ଚତମ ଶିଖରରେ ନିଜ ସ୍ଥିତିକୁ ସେମିତି ବଜାୟ ରଖିବାକୁ ଚାହୁଁଛି।

ମୋ ପ୍ରତିକ୍ରିୟା ଏପରି ଅଟେ- 'ତୁମ କମ୍ପାନୀ କ'ଣ ଚାହୁଁଛି ? (ତା ଚିନ୍ତା ମୁଁ କାହିଁ କରିବି ? ମୁଁ ତ ମୋର ନିଜ ସ୍ଥିତିକୁ ନେଇ ଚିନ୍ତିତ ଅଛି। ମୋର ନିଜ ଘର ବ୍ୟାଙ୍କରେ ବନ୍ଧା ପଡିଛି, ଷ୍ଟକ୍ ମାର୍କେଟ୍ ବରାବର୍ ତଳକୁ ଖସିଯାଉଛି। ଆଜି ସକାଳେ ମୁଁ ଟ୍ରେନ୍‌ରେ ଆସିପାରିଲି ନାହିଁ ତେଣୁ ଅଧିକ ପଇସା ଖର୍ଚ୍ଚ କରି ବସ୍‌ରେ ଆସିବାକୁ ପଡିଲା। କାଲି ରାତିରେ ମୋର ପଡୋଶୀ ମୋତେ ପାର୍ଟିରେ ଡାକିଲା ନାହିଁ। ଡାକ୍ତର ମୋତେ ଉଚ୍ଚ ରକ୍ତଚାପ ଅଛି ବୋଲି କହି ସାରିଲାଣି । ମୋର ମୁଣ୍ଡରେ ବ୍ୟଥା ହେଉଛି। ମୁଁ ବଡ ବ୍ୟସ୍ତ ହୋଇ ଅଫିସକୁ ଆସିଲି, ନିଜ ଡାକ ଖୋଲିଲି ତ କ'ଣ ଦେଖୁଛି, ସେଠି ନିୟୁର୍କରେ ବସି ଗୋଟେ ଗର୍ବୀ ଲୋକ ଭାଷଣ ମାରୁଛି ତା କମ୍ପାନୀ କ'ଣ ଚାହୁଁଛି ସବୁ ଫାଲତୁ କଥା।)

ଏହି ଏଜେନ୍ସି ରାଷ୍ଟ୍ରୀୟ ବିଜ୍ଞାପନ ଆକାଉଣ୍ଟସ୍ ନେଟଓ୍ୱର୍କର ଆଧାର ସ୍ତମ୍ଭ ଥିଲା। ପ୍ରତିବର୍ଷ ଆମେ ଏତେ ଅଧିକ ବିଜ୍ଞାପନ କରୁ କି ଅନ୍ୟ ସବୁ ଏଜେନ୍ସିମାନଙ୍କ ଠାରୁ ଆଗରେ ତଥା ଏହି ବ୍ୟବସାୟରେ ସର୍ବୋଚ୍ଚ ସ୍ଥାନରେ ବସିଅଛୁ।

ମୋ ପ୍ରତିକ୍ରିୟା ଏପରି ଅଟେ- (ତୁମେ ବହୁତ ମହାନ, ଏକଦମ୍ ଟପର୍ ଅଟ, କ'ଣ ଏହା ସତ୍ୟ ଅଟେ ଯଦି ହେଲା ବି କ'ଣ ହେଲା ସେଇଠୁ ? ମତେ ତ ଏହି କଥାରେ କିଛି ବି ଫରକ ଅନୁଭବ ହେଉନି। ହଁ ତୁମେ ପଛେ ଆମେରିକାର ଜେନେରାଲ୍ ମୋଟର୍ସ, ଜେନେରାଲ୍ ଇଲେକ୍ଟ୍ରିକ ତଥା ଜେନେରାଲ୍ ଷ୍ଟାଫ ଯେତେ ବଡ ହୋଇଯାଅ, ମୋ ଦୃଷ୍ଟିରେ ତୁମେ ଏକଦମ୍ ମୂର୍ଖ ଅଟ। ଯଦି ତୁମର ଟିକେ ବି ବୁଦ୍ଧି ଥାଆନ୍ତା ତେବେ ତୁମକୁ ଅବଶ୍ୟ

ଅନୁଭବ ହୋଇଥାନ୍ତା କି ମୋର ରଚି ଏହି କଥାରେ କ'ଣ ପାଇଁ ହେବ କି ତୁମେ କେତେ ମହାନ ? ମୁଁ ତ ଅବଶ୍ୟ ମହାନ ହେବାକୁ ପସନ୍ଦ କରୁଛି। ବରଂ ତୁମର ଏହି ଚର୍ଚ୍ଚା ମତେ ଛୋଟ ହେବାର ଅନୁଭୁତି ଦେଉଛି ତଥା ମୁଁ ନିଜକୁ ମହତ୍ତ୍ୱହୀନ ଭାବୁଛି।)

'ଆମେ ତ କେବଳ ଏତିକି ଚାହୁଁଛୁ କି ରେଡିଓ ମାଧ୍ୟମରେ ନିଜ ଗ୍ରାହକମାନଙ୍କୁ ଭଲରୁ ଭଲ ସେବା ଦେବୁ।'

ମୋ ପ୍ରତିକ୍ରିୟା ଏପରି ଅଟେ - (ମୁଁ ଏହା ଚାହୁଁଛି। ଆମେ ଏହା ଚାହୁଁଛୁ। ବାର ବାର ତୁମେ ଖାଲି ସେଇୟା କହୁଛ। ମୋର ଏହି କଥାରେ କିଛି ବି ରଚି ନାହିଁ କି ତୁମେ ଆମେରିକାର ରାଷ୍ଟ୍ରପତି ବା ସଡ଼କର ବୁଲା ଭିକାରୀ। ଦେଖ ତୁମକୁ ଶେଷଥର ପାଇଁ କହିଦେଉଛି କି ମୋର ରଚି ସେଥିରେ ଯାହା ମୁଁ ଚାହୁଁଛି ? ତୁମର ଏହି ମୂର୍ଖତାପୂର୍ଣ୍ଣ ଚିଠିରେ ସେମିତି ପଦେ ବି ନାହିଁ।)

'ଏଣୁ କ'ଣ ଆପଣ କମ୍ପାନୀର ନାମ ସାପ୍ତାହିକ ସ୍ଟେଶନ ଜାଣିବାର ବିଶେଷ ସୂଚୀର ଅର୍ନ୍ତଭୁକ୍ତ କରିପାରିବେ ? ବୁଦ୍ଧିମାନୀ ସହ ବୁକିଙ୍ଗ୍ ସମୟରେ ସବିଶେଷ ବିବରଣୀ କମ୍ପାନୀ ପାଇଁ ଉପଯୋଗୀ ତଥା କାମର ଜିନିଷ ହେବ।'

ମୋ ପ୍ରତିକ୍ରିୟା ଏପରି ଅଟେ - (ବିଶେଷ ସୂଚୀ ତୁମର ଏତେ ସାହାସ। ପ୍ରଥମରୁ ତ ତୁମ କମ୍ପାନୀ ବିଷୟରେ ଶୁଣାଇ ଶୁଣାଇ ମୋତେ ନିଜ ନଜରରେ ମହତ୍ତ୍ୱହୀନ କରିଦେଲ ଏବେ ତୁମର ସେ କି ତାଲିକା ସେଥିରେ ନାମ ଦେଇଦେବି ଆଉ ତୁମେ ଏତେ କୃତଘ୍ନ କି ଦୟାକରି ବା କୃପାକରି ବୋଲି ପଦେ ଲେଖିବାକୁ ବି କୁଣ୍ଠାବୋଧ କରୁଛ।)

'ଏହି ଚିଠି ପାଇଲେ ତୁରନ୍ତ ଉତ୍ତର ପଠାଇ ଦିଅନ୍ତୁ ଆଉ ବର୍ତ୍ତମାନ ସମୟରେ କିପରି କାମ ଚାଲୁଛି ଲେଖିବେ ? ମତେ ପୂରା ବିଶ୍ୱାସ ପରସ୍ପର ସହଯୋଗ ପ୍ରଦାନ କଲେ ଲାଭକାରୀ ହେବ।'

ମୋ ପ୍ରତିକ୍ରିୟା ଏପରି ଅଟେ - (ଆରେ ମୂର୍ଖ ବ୍ୟକ୍ତି ! ତୁମେ ତ ମତେ ଏକ ନିରର୍ଥକ ଚିଠି ପଠାଇ ଦେଲ, ଯାହା ଠିକ୍ ସେହି ପ୍ରକାର ହେଲା କି ବସନ୍ତ ଆସିବା ପୂର୍ବରୁ ତଳେ ପଡି ଯେପରି ଅବସ୍ଥା ହୁଏ। ମୁଁ ତ ନିଜ କରଜ, ରକ୍ତଚାପ ଓ ପାରିବାରିକ ସମସ୍ୟାରେ ବହୁତ ବ୍ୟସ୍ତ ଅଛି। ଏମିତିରେ ତୁମେ ଆଶା କରୁଛ କି ମୁଁ ତୁମ ପତ୍ରକୁ ଶାନ୍ତିରେ ବସି ପଢିବି ଓ ଉତ୍ତର ଦେବି ସେଇଟା ବି ଶିଘ୍ର। ଆରେ ମୁଁ ଖାଲିରେ ବସିଛି କି ? ହଁ ତୁମେ ମୋତେ ଆଦେଶ କଲାବାଲା କିଏ ? ତୁମର ଓ ମୋର ଲାଭ ହେବ ବୋଲି ଲେଖିଛ ଯାହା ହେଉ ମୋ ବାବଦରେ ଟିକେ ଚିନ୍ତା କରୁଥିବାରୁ। ତୁମର କ'ଣ

ଲାଭ ହେବ ମୋତେ ଜାଣିବା ଦରକାର ନାହିଁ କିନ୍ତୁ ମୋର କ'ଣ ଲାଭ ହେବ କିଛି ବି ସଫା ସଫା ଲେଖିଲ ନାହିଁ।)

ଆପଣଙ୍କର ନିଜର

ଜନ୍ ଡେ

ମ୍ୟାନେଜର ରେଡିଓ ବିଭାଗ

ପୁନଶ୍ଚ ବ୍ଲେିକବିଲେ ଜେନେରାଲ ଏହି ଚିଠିର ପୁନଃସଂସ୍କରଣ ଆପଣଙ୍କୁ ନିଶ୍ଚିତ ପସନ୍ଦ ଆସିବ। ତାହା ଉପରେ ମୋ ପ୍ରତିକ୍ରିୟା ଏହି ପ୍ରକାରର ଅଟେ - (ଚାଲ ତୁମେ ଆଉ ଥରେ, 'ବାଲେ କାଲେମ' ଏପରି କୌଣସି କଥାକୁ ଲେଖିଲା ତ ଯାହା ମୋର କାମର ଅଟେ, ତେବେ ଏହି କଥାରୁ ତୁମ ଚିଠିର ଆରମ୍ଭ କ'ଣ ପାଇଁ କରିଲ ନାହିଁ ? ଏବେ ଆଉ କିଛି ଲାଭ ନାହିଁ। ବିଜ୍ଞାପନ ଜଗତର ଏକ ଏପରି ଲୋକ ଯିଏ ଆଲତୁ ଫାଲତୁ କଥା ଲେଖି ଅନ୍ୟ ମାନଙ୍କ ସମୟ ଖରାପ କରିବାର ଅପରାଧୀ ସେ ତ ନିଶ୍ଚିତ ଭାବରେ କୌଣସି ମାନସିକ ରୋଗର ଶିକାର ହୋଇଥିବ। ତୁମେ ଏବେ ମୁଁ କ'ଣ କରିବାକୁ ଚାହୁଁଛି ତାହା ଜାଣିବାକୁ କାହିଁକି ଚାହିଁଛ ? ତୁମକୁ ତ ବାସ୍ ନିଜ ରୋଗ ପାଇଁ ଟିକେ ମଲମ ହିଁ ଦରକାର।)

ଏବେ ଆପଣ କୁହନ୍ତୁ ଯେଉଁ ଲୋକର ବିଜ୍ଞାପନ ଜଗତ ସହ ଏତେ ଲମ୍ବା ସମୟ ଧରି ସମ୍ପର୍କ ଥାଇ ଓ ଅନ୍ୟ ମାନଙ୍କୁ ନିଜ ଗୁଲାମ ପରି କାମ କରାଇବା କଳାରେ ଯିଏ ବିଶେଷଜ୍ଞ ବୋଲି ପ୍ରଚାରିତ ହୋଇଥାଏ, ଆଉ ସେପରି ଲୋକ ଏମିତି ବୋକାମୀ ପୂର୍ଣ୍ଣ ଚିଠି ଲେଖିପାରେ ତେବେ ଜଣେ ସାଧାରଣ ଲୋକ କଥାକୁ ଆମେ କ'ଣ କହିବା ବା କି ଆଶା କରିବା ?

ଏବେ ଏଠି ଏକ ଚିଠି ବିଷୟରେ ଆସନ୍ତୁ ଜାଣିବା, ଯାହାକୁ ଏକ ଫ୍ରେଟ୍ ଟର୍ମିନାଲର ସୁପରିଟେଣ୍ଡେଣ୍ଟ ଆମ କୋର୍ସର ଏକ ବିଦ୍ୟାର୍ଥୀ ଏଡବର୍ଡ୍ ବାର୍ମିଲନ୍‌କୁ ଲେଖିଥିଲା। ଏହି ଚିଠିର ସେ ବିଦ୍ୟାର୍ଥୀ ମନରେ କି ପ୍ରଭାବ ପକାଇଥିବ ଆପଣ ନିଜେ ପଢନ୍ତୁ, ପରେ ମୁଁ କହିବି।

ବି.ଡେରୋଗାଜ୍, ସନ୍ସ ଇଂକ୍

୨୮, ଫ୍ରେଣ୍ଡସ୍ ଷ୍ଟ୍ରିଟ୍

ବିକାନେର, ନିୟୁର୍କ ୧୧୧୨୦୨

ସିସି - ମି. ଏଡବର୍ଡ୍ ବାର୍ମିଲନ

ପ୍ରିୟ ମହୋଦୟ,

ଆମର ମହାଜନମାନେ ନିଜର ସବୁ ଜିନିଷପତ୍ର ପ୍ରାୟତଃ ସଂଧ୍ୟାରେ ଗାଡିରେ ଲୋଡ

କରି ପଠାଇଥାନ୍ତି, ଏଣୁ ସେହି ଜିନିଷଗୁଡିକୁ ବାହାରକୁ ପଠାଇବାକୁ ବହୁତ ଅସୁବିଧା ହେଉଅଛି। ସେହି କାରଣରୁ ଆମର ଏଠି ବହୁତ ଭିଡ ବି ରହୁଛି। ଆମ କର୍ମଚାରୀମାନଙ୍କୁ ସେଥିପାଇଁ ଛୁଟି ସମୟରେ ବି କାମ କରିବାକୁ ପଡୁଛି। ଆମ ଟ୍ରକ୍ ଗୁଡିକ ଏହିଠାରୁ ହିଁ ଡେରିରେ ବାହାରୁଛି ଓ କେବେ କେବେ ପହଞ୍ଚିବା ବି ବହୁତ ଡେରି ହୋଇଯାଉଛି। ୧୦ନଭେମ୍ବର କୁ ଆପଣ ଯେଉଁ ମାଲ୍ ଫେରସ୍ତ କରିଥିଲେ ତାହା ବି ଆମ ପାଖରେ ୪ଘ ୨୦ମିନିଟ୍ ରେ ପହଞ୍ଚିଥିଲା।

ଏହି ଅସୁବିଧାରୁ ମୁକୁଳିବାକୁ ମତେ ଆପଣଙ୍କ ସାହାଯ୍ୟ ନିହାତି ଦରକାର। କ'ଣ ଏତିକି କଷ୍ଟ ମୋ ପାଇଁ କରିବେ ଆଗକୁ ଯେବେ ମାଲ୍ ପଠାଇବାକୁ ଥିବ ସେଦିନ ଗାଡି ଟିକେ ଆମ ପାଖରେ ଶୀଘ୍ର ପହଞ୍ଚାଇ ଦିଅନ୍ତୁ କିମ୍ବା କିଛି ମାଲ୍ ସକାଳୁ ସକାଳୁ ପଠାଇ ଦିଅନ୍ତୁ। ଏହି ପ୍ରକାର ବ୍ୟବସ୍ଥା କଲେ ଆପଣଙ୍କର ବି ଲାଭ ହେବ, କାରଣ ଏହା ଦ୍ୱାରା ଆପଣଙ୍କ ଗାଡି ଶୀଘ୍ର ଖାଲି ହୋଇଯିବ ତଥା ଆପଣଙ୍କ ମାଲ୍ ବି ନିଶ୍ଚିତ ଭାବରେ ସେହିଦିନ ବାହାରି ପାରିବ।

ଆପଣଙ୍କ ନିଜର

ଜେ.ବି.ସୁପରିଟେଣ୍ଡେଣ୍ଟ

ଏବେ ଏହି ପତ୍ରକୁ ପଢି ବି. ଡେରୋଗାଜ୍, ସନ୍ସ ଇଂକ୍‌ର ସେଲସ୍ ମ୍ୟାନେଜରଙ୍କୁ କିପରି ଅନୁଭବ ହେଲା ଓ କି ପ୍ରତିକ୍ରିୟା ହେଲା ସେହି ବିଷୟରେ ସେ ମୋତେ ଚିଠି ଲେଖି ପଠାଇଥିଲେ –

'ମୋ ଉପରେ ତ ଚିଠିର ବିପରୀତ ପ୍ରଭାବ ପଡିଲା। ସେ ଆରମ୍ଭରୁ ହିଁ ନିଜ ଅସୁବିଧାକୁ ଶୁଣାଇ ଶୁଣାଇ କାନ୍ଦିବାକୁ ଲାଗିଛନ୍ତି ଯେଉଁଥିରେ ମୋତେ ଟିକେ ବି ରୁଚି ନଥିଲା। ସେ ଆମର ସହଯୋଗ କାମନା କରୁଥିଲେ କିନ୍ତୁ ଥରେ ବି ପଚାରିଲେ କି ଏହି ପରିବର୍ତ୍ତନରେ ଆମକୁ କ'ଣ ଅସୁବିଧା ହେବ?'

ଶେଷରେ ଲେଖିଲେ କି ଆମ ଟ୍ରକ ସେହି ଦିନ ଲୋଡ ହୋଇ ଆସି ପାରିବ ସେଥିରେ ଆମର ଲାଭ ହେବ।

ଏହିକଥାକୁ ଅନ୍ୟ ଭାଷାରେ କହିଲେ, ଯେଉଁଥିରେ ମୋର ଅଧିକ ରୁଚି ହେବା କଥା ତାହାକୁ ସେ ଶେଷରେ ଲେଖିବା କାରଣରୁ ହିଁ ଚିଠିଟି ସକରାତ୍ମକ ହେବା ବଦଳରେ ନକରାତ୍ମକ ପ୍ରଭାବ ପକାଇଥିଲା।

ଏବେ ଏହି ଚିଠିଟିରେ ଟିକେ ଅଦଳ ବଦଳ କରିବା ଦେଖିବା ଏହା କି ପ୍ରକାର ପ୍ରଭାବ କରୁଅଛି? ଆମେ ନିଜ ଅସୁବିଧା ବା ସମସ୍ୟାକୁ ନେଇ ଦୁଃଖିତ ହେବାନାହିଁ।

ଆମେ କେବଳ ହେନେରି ଫୋର୍ଡଙ୍କ ଚିନ୍ତାଧାରାର ଆଧାରରେ କିଛି ଅଦଳ ବଦଳ କରିବା।

ଏହି ଚିଠି ଠିକ୍ ଭାବେ ଏହି ପ୍ରକାର ଲେଖା ଯାଇପାରେ। ଏହା ସମ୍ଭବ ହେଇପାରିବ କି ଏହାଠାରୁ ବି ଅଧିକ ଭଲ ଲେଖାଯାଇପାରେ ଓ ଏହା ସର୍ବଶ୍ରେଷ୍ଠ ହୋଇବି ନପାରେ ହେଲେ ବି ପ୍ରଥମ ଚିଠି ଠାରୁ ନିଶ୍ଚିତ ଭଲ ହେବ -

ମି. ଏଡେବର୍ଡ୍ ବାର୍ମିଲନ

ବି. ଡେରୋଗାଜ୍, ସନ୍ସ ଇଂକ୍

୨୮, ଫ୍ରେଣ୍ଡସ୍ ଷ୍ଟ୍ରିଟ୍

ବିକାନେର, ନିୟୁର୍କ ୧୧୧୨୦୨

ପ୍ରିୟ ବାର୍ମିଲନ ମହୋଦୟ,

ଆପଣଙ୍କ କମ୍ପାନୀ ବିଗତ ୧୪-୧୫ ବର୍ଷ ଧରି ଆମ ସହ ଉନ୍ନତ ମାନର ବ୍ୟାପାର କରୁଅଛି। ସେଥିପାଇଁ ଆମେ ହୃଦୟର ସହ କୃତଜ୍ଞତା ପ୍ରକାଶ କରୁଛୁ କି ଆପଣ ଆମର ଏତେ ଲମ୍ବା ସମୟର ଜଣେ ସୁଗ୍ରାହକ ଅଟନ୍ତି। ଏଣୁ ଆମେ ଆପଣଙ୍କୁ ଆହୁରି ଭଲମାନର ଓ ଶୀଘ୍ର ସେବା ନୁହେଁ ବରଂ ଶୀଘ୍ରତର ସେବା ଦେବାକୁ ଚାହୁଁଛୁ। କିନ୍ତୁ ଆମେ ଅତ୍ୟନ୍ତ ଦୁଃଖିତ କି ଯେତେବେଳେ ଆପଣଙ୍କ ଟ୍ରକ ଆମ ପାଖରେ ମାଲ୍ ଧରି ବିଳମ୍ବିତ ସଂଧ୍ୟାରେ ପହଞ୍ଚୁଛି (ଯେପରିକି ୧୦ ନଭେମ୍ବର ଦିନ ହୋଇଥିଲା), ତେଣୁ ଆପଣଙ୍କୁ ସେତେ ଭଲ ସେବା ଯୋଗାଇବାରେ ଆମେ ସକ୍ଷମ ହୋଇପାରୁ ନାହୁଁ। ଆମେ ତ ପୂରା ଚେଷ୍ଟା କରୁଛୁ କିନ୍ତୁ ଆହୁରି କେତେକ ଗ୍ରାହକ ସଂଧ୍ୟାରେ ବିଳମ୍ବରେ ମାଲ୍ ପଠାଉଛନ୍ତି।

ସେହି କାରଣରୁ ଆମ ପାଖରେ ବହୁତ ଭିଡ ବି ହୋଇ ଯାଉଛି। ସେଥିପାଇଁ ପରିଣାମ ଆପଣଙ୍କ ଗାଡିକୁ ସହିବାକୁ ପଡୁଛି ତାହା ବହୁତ ସମୟ ଧରି ଆମ ଗୋଦାମ ଆଗରେ ଠିଆ ହୋଇ ରହିଯାଉଛି ଏବଂ ଆପଣଙ୍କ ମାଲ୍ ବି ଆପଣଙ୍କ ପାଖରେ ଡେରିରେ ପହଞ୍ଚୁଛି। ଏଥିରେ ଆପଣଙ୍କର ଓ ଆମର ଦୁହିଁଙ୍କର ସମୟ ନଷ୍ଟ ହେଉଛି। ଏଥିରୁ ଆମେ ଦୁଇଜଣ ଯାକ କ୍ଷତିରେ ପଡୁଛନ୍ତି। ଏଣୁ ଏଥିରୁ ବଞ୍ଚିବା ପାଇଁ ଉପାୟ ବାହାର କରିବା ଦରକାର। ଯଦି ଆପଣ ଆପଣଙ୍କ ମାଲ୍ ସକାଳ ସମୟରେ ପଠାଇ ଦିଅନ୍ତେ ତେବେ ଆପଣଙ୍କ ଗାଡି ଶୀଘ୍ର ଖାଲି ହୋଇ ପୁଣି ଆମଠାରୁ ନୂଆ ମାଲ୍ ନେଇ ଶୀଘ୍ର ସେହିଦିନ ପହଞ୍ଚି ପାରନ୍ତା ଓ ଏହା ଫଳରେ ଆମ ଦୁହିଁଙ୍କ କର୍ମଚାରୀମାନେ ଆପଣ ତିଆରି କରୁଥିବା ମୈକରାନି ଓ ନୁଡୁଲ୍ସ ଆଦି ସ୍ୱାଦିଷ୍ଟ ଭୋଜନ କରିବା ପାଇଁ ସମୟରେ ଘରେ ପହଞ୍ଚି ପାରନ୍ତେ।

ଆମକୁ ଆପଣଙ୍କୁ ତୁରନ୍ତ ଓ ଶ୍ରେଷ୍ଠ ସେବା ଦେବାରେ ଆନନ୍ଦ ମିଳନ୍ତା, ବରଂ

ଆପଣଙ୍କ ମାଲ୍ ଯେତେବେଳେ ବି ପହଞ୍ଚୁ। ଆମକୁ ଜ୍ଞାତ ଅଛି କି ଆପଣ ବହୁତ ବ୍ୟସ୍ତ ରହୁଛନ୍ତି, ତେଣୁ ଏହି ଚିଠିର ଉତ୍ତର ଦେବାକୁ ବିଲକୁଲ୍ ଚେଷ୍ଟା କରିବେ ନାହିଁ।

ଆପଣଙ୍କ ନିଜର

ଜେ.ବି. ସୁପରିଟେଣ୍ଡେଣ୍ଟ

ନିୟୁର୍କର ଏକ ବ୍ୟାଙ୍କରେ କାର୍ଯ୍ୟରତ 'ବାରବରା ଏଣ୍ଡରସନ୍, ଫିନିକ୍ସ ଏରିଜୋନାରେ ରହିବାକୁ ଚାହୁଁଥିଲେ, କାରଣ ତାର ପିଲାଙ୍କ ଦେହ ଭଲ ରହି ନଥିଲା। ଆମ କୋର୍ସରେ ଶିଖା ଯାଉଥିବା ସିଦ୍ଧାନ୍ତ ଗୁଡିକର ଠିକ୍ ପ୍ରୟୋଗ କରି ସେ ଫିନିକ୍ସର ୧୨-୧୩ ବ୍ୟାଙ୍କକୁ ଏହି ପତ୍ର ଲେଖିଲା-

ଡିୟର ସାର୍,

ଆପଣଙ୍କ ବ୍ୟାଙ୍କର ବିକାସ ହେତୁ ମୋର ଦଶ ବର୍ଷର ଅନୁଭବ ବହୁତ କାମରେ ଆସିପାରେ। ଏବେ ମୁଁ ନିୟୁର୍କର ବ୍ୟାଙ୍କର୍ସ ଟ୍ରଷ୍ଟ କମ୍ପାନୀରେ ଶାଖା ପ୍ରବନ୍ଧକ ଭାବରେ କାମ କରୁଅଛି। ଏହା ପୂର୍ବରୁ ଆହୁରି ଅନେକ ପଦଭାର ନେଇ କାମ କରି ସାରିଛି। ମୋତେ ବ୍ୟାଙ୍କର ସବୁ ପ୍ରକାରର କାମ ବହୁତ ଭଲ ଭାବରେ ମାଲୁମ ଅଛି ଯେପରିକି କ୍ରେଡିଟ୍, ଲୋନ୍, ଟ୍ରେଲର୍ ଓ ପ୍ରଶାସନ ଆଦି ସବୁ କାମରେ ସବିଶେଷ ଜ୍ଞାନ ଅଛି। ମୁଁ ମଇ ମାସରେ ଫିନିକ୍ସରେ ରହିବାକୁ ଆସୁଅଛି ଓ ମୋତେ ପୂରା ବିଶ୍ୱାସ ଅଛି କି ମୋର ସେବା ଦ୍ୱାରା ଆପଣଙ୍କ ବ୍ୟାଙ୍କର ବିକାଶ ଓ ପରୋକ୍ଷରେ ଲାଭଦାୟକ ହେବ। ମୁଁ ଅପ୍ରିଲ୍‌ମାସର ତୃତୀୟ ସପ୍ତାହରେ ସେଠାକୁ ରହିବାକୁ ଆସୁଛି ଓ ମୁଁ ଚାହୁଁଛି କି ଆପଣ ବି ଦେଖିନିଅନ୍ତୁ କିପରି ଆପଣଙ୍କ ବ୍ୟାଙ୍କର ଲକ୍ଷ୍ୟକୁ ହାସଲ କରିବାରେ ଆପଣଙ୍କୁ ସାହାଯ୍ୟ କରୁଛି।

ଆପଣଙ୍କ କୃତଜ୍ଞ

ବାରବରା ଏଲ୍.ଏଣ୍ଡରସନ୍

ଏବେ ଆପଣଙ୍କୁ କ'ଣ ଲାଗୁଛି ବାରବରା ଏଣ୍ଡରସନଙ୍କର ଏହି ଚିଠିର ଉତ୍ତର ମିଳିଥିବ ନାଁ ନାହିଁ ? ମୋତେ ତ ଲାଗୁଛି କି ଗୋଟେ ଅଧେ ବ୍ୟାଙ୍କକୁ ଛାଡି ବାକି ସମସ୍ତେ ଏହି ଚିଠିର ଉତ୍ତର ଲେଖିଥିବେ କାରଣ ଏଣ୍ଡରସନ କେଉଁଠି ବି ନିଜେ କଣ ଚାହୁଁଛନ୍ତି ତାହା ଉଲ୍ଲେଖ୍ୟ କରି ନାହାନ୍ତି, ସେ କେବଳ ବ୍ୟାଙ୍କର ବିକାଶ ପାଇଁ ହିଁ ଲେଖିଥିଲେ କିନ୍ତୁ ନିଜ ଇଚ୍ଛାର ପଦେ ବି ସେଠି ଲେଖାଯାଇ ନଥିଲା।

ଆଜିର ଦିନରେ ରାସ୍ତାରେ ଗଲା ବେଳେ ଅଗଣିତ ସେଲ୍ସମ୍ୟାନ ଚିନ୍ତିତ ଥକା ଥକା ହାରିଯାଇଥିବା ପରି ବୁଲୁଥିବାର ଦେଖିବାକୁ ମିଳିବେ। କାରଣ ପୁଣି ତାହା ହିଁ; ସେମାନେ କେବଳ ନିଜ ଲାଭ ଓ ଆବଶ୍ୟକତା ବାବଦରେ ହିଁ ଭାବୁଥାନ୍ତି। ସେମାନେ କେବେ ବି

ଚିନ୍ତା କରୁନାହାନ୍ତି କି ମୁଁ କି ଆପଣ କାହିଁକି ତାଙ୍କ ଜିନିଷକୁ କିଣିବୁ? କିନ୍ତୁ ପ୍ରତ୍ୟେକ ଲୋକ କେବଳ ନିଜ ସମସ୍ୟାର ସମାଧାନରେ ଲାଗିଛି। ଯଦି ସେଲ୍ସମ୍ୟାନ୍ ନିଜ କଥା ଦ୍ୱାରା ଆମକୁ ଅନୁଭବ କରାଇ ଦେଇପାରନ୍ତା କି ଆମେ ତା'ର ଜିନିଷକୁ କିଣି ଆମର କି ପ୍ରକାରର ଅସୁବିଧାରୁ ମୁକ୍ତି ମିଳିବ କି କ'ଣ ସୁବିଧା ହେବ ବା ସେ ଜିନିଷକୁ କିପରି ଭାବେ କେଉଁଠି ଉପଯୋଗ କରିପାରିବ ତେବେ ତାକୁ ଆଉ ଜିନିଷ ବିକିବାକୁ ପଡନ୍ତା ନାହିଁ କାରଣ ଆମେ ନିଜ ଦରକାରି ଜିନିଷ ଆପେ କିଣି ନିଅନ୍ତୁ। ଏଠି କଥାର ସାରମର୍ମ ହେଲା କି ପ୍ରତ୍ୟେକ ଗ୍ରାହକକୁ ଏହା ଅନୁଭବ ହେବା ଦରକାର କି ସେ ଜିନିଷ କିଣୁଅଛି, ବରଂ ସେ ଅନୁଭବ ନକରୁ କି ସେହି ଜିନିଷ କିଣିବାକୁ ତାକୁ ବାଧ୍ୟ କରାଯାଉଛି।

ଏହି କାରଣରୁ ବହୁତ ସେଲ୍ସମ୍ୟାନ୍ ଜୀବନସାରା ଭିତରେ ସଫଳ ହୋଇପାରନ୍ତି ନାହିଁ କାରଣ ସେମାନେ କେବଳ ନିଜ ଦୃଷ୍ଟିକୋଣରୁ ହିଁ ବିଚାର କରିଥାନ୍ତି। ଗ୍ରାହକର କଥା ତ ସେମାନେ ଟିକେ ବି ଚିନ୍ତା କରିନଥାନ୍ତି। ପ୍ରସ୍ତୁତ ଅଛି ଏକ ଉଦାହରଣ। ବହୁତ ବର୍ଷ ପର୍ଯ୍ୟନ୍ତ ମୁଁ ଫରେଷ୍ଟ ହିଲ୍ସ ରେ ରହିଛି, ଯେଉଁଟା ଗ୍ରେଟର ନିୟୁର୍କର ମଧ୍ୟ ଭାଗରେ ଏକ ପ୍ରାଇଭେଟ କଲୋନୀ ଥିଲା। ଥରେ ମୁଁ ବଡ ବ୍ୟସ୍ତର ସହିତ ରେଳଗାଡି ଧରିବା ପାଇଁ ତରବର ହୋଇ ଷ୍ଟେସନ ଆଡ଼କୁ ବାହାରିଥାଏ। ଠିକ୍ ଏହି ସମୟରେ ସେ ଅଞ୍ଚଳରେ ଜଣାଶୁଣା ଭଲ ଜମିବାଡି କିଣାବିକା କରିବା ଲୋକ ବା ରିଏଲ ଇଷ୍ଟେଟ୍ ଅପରେଟର୍ ସହ ମୋର ଦେଖା ହୋଇଗଲା। ତାକୁ ସେହି ଅଞ୍ଚଳର ବିଷୟରେ ବହୁତ ଭଲ ଭାବରେ ମାଲୁମ୍ ଥିବାରୁ ମୁଁ ତାକୁ ପଚାରିଲି କି ମୋର ଘର କେଉଁ ଧାଡି ଓ ସଠିକ କେଉଁ ଜାଗାରେ ଅବସ୍ଥିତ। ସେ ମତେ କହିଲା କି ତାକୁ ମାଲୁମ୍ ନାହିଁ ଓ ଏଥି ସହ ଏପରି ଏକ କଥା କହିଲା ଯାହା ମୋତେ ପୂର୍ବରୁ ମାଲୁମ୍ ଥିଲା କି ଏହି ବିଷୟରେ ଫରେଷ୍ଟ ହିଲ୍ସ ଗାର୍ଡେନର ଆସୋସିଏସନ ବା ସମିତି କେନ୍ଦ୍ରରୁ ତଥ୍ୟ ପାଇପାରିବି। ଆର ଦିନ ସକାଳେ ମୋତେ ତା'ର ଏକ ପତ୍ର ମିଳିଲା କିନ୍ତୁ ସେହି ଚିଠିରେ ବି ମୋର ଘର ବିଷୟରେ କୌଣସି କଥା ଲେଖା ନଥିଲା, ଯେଉଁଟା ସେ ଚାହିଁଥିଲେ ଅଳ୍ପ କେତେ ମିନିଟ୍ ରେ ସେହି ବିଷୟରେ କିଛି ତଥ୍ୟ ମୋତେ ଯୋଗାଇ ପାରିଥାନ୍ତା। ସେତିକି କଷ୍ଟ କରିବାକୁ ଚାହିଁଲା ନାହିଁ। ଆଉ ଥରେ ବି ମୋତେ କହିଲା ନାହିଁ କି ମୁଁ ସେ ବିଷୟରେ ଟେଲିଫୋନ୍ କରି ବି ବୁଝିପାରିବି ବରଂ ସେ ମୋତେ ତା ନିକଟରୁ ମୋ ପାଇଁ ଏକ ଜୀବନବୀମା କରିବାକୁ ଅନୁରୋଧ କଲା। ମାନେ ସେ କେବଳ ନିଜ ସ୍ୱାର୍ଥକୁ ହିଁ ହାସଲ କରିବାକୁ ଚାହୁଁଥିଲା ଓ କୌଣସି ପ୍ରକାରର କିଛି ବି ସାହାଯ୍ୟ କରିବାରେ ତାର ଟିକେ ବି ଆନ୍ତରିକ ଇଚ୍ଛା ନଥିଲା।

ବର୍ମିଂଧମ, ଆଲବାମା ର ଜେ. ହାବର୍ଡ ଲୁକାସ୍ ଆମକୁ ଗୋଟିଏ କମ୍ପାନୀର ଦୁଇ

ସେଲ୍ସ ମ୍ୟାନଙ୍କ ବିଷୟରେ କହିଲେ, ଯିଏକି ଏକା ସ୍ଥିତିରେ ଅଲଗା ଅଲଗା ବ୍ୟବହାର କରିଥିଲେ ବା କାମ କରିଥିଲେ- 'କେତେ ବର୍ଷ ପୂର୍ବରୁ ମୁଁ ଏକ ଛୋଟ କମ୍ପାନୀରେ କାମ କରୁଥିଲି। ଆମ ଅଫିସ୍ ପାଖରେ ଗୋଟେ ବୀମା କମ୍ପାନୀର ମୁଖ୍ୟ କାର୍ଯ୍ୟାଳୟ ଥିଲା। ଅଲଗା ଅଲଗା ଅଞ୍ଚଳ ପାଇଁ ଅଲଗା ଏଜେଣ୍ଟ୍ ମାନେ ଥିଲେ, ସେହି ନିୟମ ଅନୁସାରେ ଆମ କମ୍ପାନୀର ଭାଗରେ ଦୁଇଜଣ ଏଜେଣ୍ଟ୍ ଥିଲେ। ଯାହାଙ୍କର ନାମ ଜର୍ନ ଓ କାର୍ଲ ଥିଲା।

ଥରେ କାର୍ଲ ଆମ ଅଫିସକୁ ଆସି କହିଲେ କି ତାଙ୍କ କମ୍ପାନୀ ନୂଆ ବୀମା ପଲିସି ଆରମ୍ଭ କରିଛି ତାହା ଆମ ପାଇଁ ବହୁତ ଭଲ ହୋଇପାରେ। ଯେବେ ସେ ପଲିସି ବିଷୟରେ ସବୁ କିଛି ସ୍ପଷ୍ଟ ହୋଇଯିବ ସେ ଆମ ଅଫିସକୁ ଆସିବ।

ଜର୍ନ ବି ସେହିଦିନ ଆମକୁ ରାସ୍ତାରେ ଭେଟ ହୋଇଗଲା, ତୁରନ୍ତ ପାଟିକରି କହିଲା ଲୁକାସ୍ ବାବୁ ଟିକେ ଶୁଣତ, ମୋ ପାଖରେ ଆପଣଙ୍କ ପାଇଁ ଏକ ବହୁତ ବଢିଆ ଖବର ଅଛି। ସେ ବହୁତ ଉତ୍ସାହିତ ଓ ଆନନ୍ଦିତ ହୋଇ କହିଲା କି, ତା କମ୍ପାନୀ ଏକ ବହୁତ ବଢିଆ ପଲିସି ଆରମ୍ଭ କରିଛି। ଏହି ପଲିସି ବାବଦରେ ତ କାର୍ଲ ହାଲୁକା ଭାବରେ କହିଥିଲା ଓ ପୁଣି ଜର୍ନ କହିଲା କି ଆପଣ ଏହି ପଲିସିର ପ୍ରଥମ ଗ୍ରାହକ ହୋଇଯାଆନ୍ତୁ। ସେ ଆମକୁ ବିସ୍ତାର ରୂପରେ ବର୍ଣ୍ଣନା କରି ସବୁ କିଛି କହିଲା ଓ କାଲି ଅଫିସରୁ ଏହି ବିଷୟରେ ଯଦି କିଛି ଅଧିକ ତଥ୍ୟ ଥାଏ ତେବେ ଆମକୁ ଶୀଘ୍ର ଅବଗତ କରେଇଦେବ। ଏହି ସମୟରେ ଆମେ ଅନ୍ୟ ସବୁ ଔପଚାରିକତାକୁ ପୂରା କରିନେବା ଓ ଫର୍ମ ଆଦି ଭରିଦେବା ଯାହାକି କମ୍ପାନୀର ବ୍ୟକ୍ତିଗତ ସେବାଗୁଡିକ ବି ଆପଣଙ୍କୁ ଯୋଗାଇ ଦେଇପାରିବି।'

ତା'ର କଥା ଏତେ ଉତ୍ସାହପୂର୍ଣ୍ଣ ଥିଲା କି ଆମେ ବହୁତ ଆଗ୍ରହ କଲୁ ସେ ପଲିସି କରିବା ପାଇଁ, ଯେତେବେଳେ କି ଆମେ ସେହି ବିଷୟରେ ବହୁତ କିଛି ଜାଣି ନଥିଲୁ। ପରେ ଆଉ ଯାହା ବି କିଛି ଜାଣିଲୁ ତାହା ଜର୍ନ ଦ୍ୱାରା ହିଁ ଥିଲା ଯାହାର ପରିଣାମ ସ୍ୱରୂପ ଆମ ସମସ୍ତଙ୍କୁ ଗୋଟେ ଗୋଟେ ପଲିସି ବିକ୍ରି କରିଦେଲା ଓ ଏଥିରେ ତାର କାମ କରିବାର ପରିସର ବହୁତ ବଢିଯାଇଥିଲା। ଆମେ ଏହି ପଲିସି କାର୍ଲଙ୍କ ଠାରୁ ବି କିଣି ପାରିଥାନ୍ତୁ, କିନ୍ତୁ ସେ ତ ଆମ ଇଚ୍ଛା ରୂପକ ଅନଳକୁ ଜ୍ୱଳନ୍ତ କରିବା ପାଇଁ ଘିଅ ଢାଳିବା ତ ଦୂରର କଥା ଟିକେ ହାଲକା ପବନ ବି ବୁହାଇଲା ନାହିଁ।

ଏହି ପୂରା ବିଶ୍ୱରେ ସ୍ୱାର୍ଥୀ ଲୋକମାନଙ୍କ ଭିଡ ଅଛି, ଯିଏ କେବଳ ନିଜର ଭଲ ଚାହାଁନ୍ତି, ଅନ୍ୟ ଲୋକର କିଛି ବି ଚିନ୍ତା କରନ୍ତି ନାହିଁ। ସ୍ୱାର୍ଥୀଲୋକଙ୍କ ଭିଡରେ ଜଣେ ଦୁଇଜଣ ଲୋକ ଏପରି ମିଳିଯାନ୍ତି ଯିଏ ନିଃସ୍ୱାର୍ଥ ଭାବରେ ଅନ୍ୟର ସାହାଯ୍ୟ କରିଥାଏ।

ଏପରି ଲୋକ ନିଜର ଲାଭ ବିଷୟରେ ଚିନ୍ତା କଲେବି ତାଙ୍କର କିଛି ନା କିଛି ଲାଭ ଆପେ ଆପେ ହୋଇଥାଏ। କାରଣ ଏହାଙ୍କର ପ୍ରତିଯୋଗୀ କେବଳ ନାମମାତ୍ରକୁ ହିଁ ଥାଆନ୍ତି। ଓବେନ୍ ଡି ଗଞ୍ଜ ଜଣେ ପ୍ରସିଦ୍ଧ ଓକିଲ ଓ ବ୍ୟାପାର ଜଗତର ମହାନ ଲୋକ ଥିଲେ। ସେ ଥରେ କହିଥିଲେ- 'ଯେଉଁ ଲୋକ ଅନ୍ୟ ଲୋକର ସ୍ଥାନରେ ନିଜକୁ ରଖି ଭାବିପାରେ, ଯିଏ ଅନ୍ୟ ଲୋକର ମସ୍ତିଷ୍କର କାମ କରିବାର ଯୋଜନାକୁ ବୁଝିଯାଆନ୍ତି, ତାଙ୍କୁ ଏହି ବିଷୟରେ ଚିନ୍ତା କରିବା ବିଲକୁଲ୍ ଦରକାର ନାହିଁ କି ତାଙ୍କର ଭବିଷ୍ୟତ ଉଜ୍ଜ୍ୱଳ ହେବ ନା ଅନ୍ଧକାରମୟ।'

ତେବେ ଯଦି ଆପଣ ଏହି ବହିକୁ ପଢି କେବଳ ଏହି ଗୋଟିଏ କଥା ନିଶ୍ଚିତ କରିନିଅନ୍ତି କି କିପରି ଭାବେ ଅନ୍ୟ ଲୋକର ଦୃଷ୍ଟିକୋଣରୁ ଚିନ୍ତା କରାଯାଇ ପାରିବ ତଥା ସ୍ଥିତିର ଦୃଷ୍ଟିକୋଣରୁ ଦେଖି ହେବ ତେବେ ଏହା ଆପଣଙ୍କୁ ଜୀବନରେ ବହୁତ ସଫଳତା ପ୍ରଦାନ କରିବ ଯେପରି ରୋଗୀ ପାଇଁ ସଞ୍ଜିବନୀ କରିଥାଏ।

କୌଣସି ଲୋକର ଶାରୀରିକ ବା ମାନସିକ ଶୋଷଣ କରିବା ପାଇଁ ବା ସେହି ଆଶାରେ କୌଣସି ବ୍ୟକ୍ତିର ଦୃଷ୍ଟିକୋଣରୁ ସ୍ଥିତିକୁ ଦେଖିବା ବା କୌଣସି ଲୋକ ମନରେ କିଛି କାମ କରିବାର ଇଚ୍ଛା ଜାଗ୍ରତ କରିବାର କାମ କରାଯାଇ ନଥାଏ ବା ବୁଲେଇ ବଙ୍କେଇ ନିଜ କାମକୁ କାହାଦ୍ୱାରା କରିବା ଏହାର ଉଦ୍ଦେଶ୍ୟ ନୁହେଁ। ଆପଣଙ୍କୁ ଏପରି ରାସ୍ତା ବାହାର କରିବା ଦରକାର ଯାହା ଦ୍ୱାରା ଦୁଇଜଣଙ୍କର ପାଇଁ ଭଲ ହେବ। ଯେମିତି କି ମି. ବର୍ମିଲନ୍ ଦ୍ୱାରା ଲେଖାଯାଇଥିବା ପ୍ରସ୍ତାବ ଦ୍ୱାରା ଚିଠି ଲେଖିବା ଲୋକ ଓ ପାଇବା ଲୋକ ଦୁହିଁଙ୍କର ସମସ୍ୟାର ସମାଧାନ ହୋଇଗଲା। ମିସେସ୍ ଏଣ୍ଡରସନ୍ ତଥା ବ୍ୟାଙ୍କ ଦୁଇଜଣଙ୍କର ସେହି ପତ୍ର ମାଧ୍ୟମରେ ଭଲ ହେଲା। ଯାଙ୍କୁ ଏକ ମନଲୋଭା ଚାକିରି ମିଳିଗଲା ଓ ବ୍ୟାଙ୍କକୁ ଏକ ଭଲ କର୍ମଚାରୀ ମିଳିଗଲା। ସେହି ଭଳି ବୀମା କରିବା ବାଲା ଜର୍ନ କୁ ଭଲ ପଲିସି କରିବାକୁ ମିଳିଗଲା ଓ ଲୁକାସ୍ କୁ ଭଲ ପଲିସି ଓ କିଛି କମିସନ ମିଳିଗଲା।

ସେଲ୍ କମ୍ପାନୀର ମାଇକେଲ ଇଂ. ହିଡନଙ୍କ ଅନୁଭବ ବି ଏହା ହିଁ ବୟାନ କରୁଥିଲା ସାମ୍ନାବାଲା ଲୋକମନରେ କୌଣସି କାମକୁ କରିବାର ଆଗ୍ରହ ଜାତ କରାଇ କିପରି ଦୁହିଁଙ୍କର ଭଲ କରାଯାଇ ପାରିବ। ମାଇକେଲ୍ ବାରବିକ୍ ରୋଡ୍ ଆଇଲ୍ୟାଣ୍ଡରେ ଆଞ୍ଚଳିକ ସେଲ୍ସ ଅଫିସର ଭାବେ କାମ କରୁଥିଲେ। ତାଙ୍କର ଇଚ୍ଛା ଥିଲା କି ସେ ନିଜ ଜିଲ୍ଲାର ସବୁଠାରୁ ଭଲ ଅଫିସର ହେବ। କିନ୍ତୁ ଗୋଟେ ସରଭିସ୍ ଷ୍ଟେସନ୍ କାରଣରୁ ସେ ଏହି ମର୍ଯ୍ୟାଦା ହାସଲ କରିପାରୁନଥିଲା। ଏହି ସରଭିସ୍ ଷ୍ଟେସନ୍‌ର ମାଲିକ ବୁଢା ହୋଇସାରିଥିଲା ଓ ଆଧୁନିକୀକରଣ ପକ୍ଷରେ ସେ ବିଲକୁଲ ନଥିଲା। ଏହି ସରଭିସ୍

ଷ୍ଟେସନ୍ ର ଅବସ୍ଥା ବହୁତ ଖରାପ ଥିଲା ତେଣୁ ଏଠି ଦିନକୁ ଦିନ ବିକ୍ରି ଲଗାତାର କମିବାରେ ଲାଗିଥାଏ।

ମାଇକେଲ୍ ତ ବହୁତ ଚେଷ୍ଟା କରିଥିଲେ ସେହି ସରଭିସ୍ ଷ୍ଟେସନ୍ କୁ ନବୀକରଣ କରିବା ପାଇଁ କିନ୍ତୁ ମାଇକେଲଙ୍କୁ ଏହି କଥାବାର୍ତ୍ତାର କୌଣସି ଲାଭ ହେଲା ଭଳି ଦେଖାଯାଉ ନଥିଲା। ତେଣୁ ସେହି ସରଭିସ୍ ଷ୍ଟେସନର ମ୍ୟାନେଜରକୁ ନେଇ ଜିଲ୍ଲାର ସବୁଠାରୁ ଭଲ ଓ ନୂଆ ସରଭିସ୍ ଷ୍ଟେସନକୁ ବୁଲାଇ ନେବାକୁ ଚିନ୍ତା କଲା। ନୂଆ ସରଭିସ୍ ଷ୍ଟେସନର ସବୁ ସୁବିଧା ଗୁଡିକୁ ଦେଖି ମ୍ୟାନେଜର ଏବେ ଆଶ୍ଚର୍ଯ୍ୟ ଚକିତ ହୋଇଗଲା। ପରେ ନିଜେ ବି ନିଜ ସରଭିସ୍ ଷ୍ଟେସନର ନବୀନକରଣ କରାଇନେଲା ଏହାକୁ ଦେଖି ମାଇକେଲ୍ ବି ଚକିତ ହୋଇଗଲା କି ଯାହା ବହୁ ଦିନର ଯୁକ୍ତି ତର୍କ ବା କଥାବାର୍ତ୍ତା ଦ୍ୱାରା ହେଉନଥିଲା ଏହି ସରଳ ଉପାୟରେ ଏତେ ସହଜରେ ହୋଇପାରିଲା। ଏବେ ଆପେ ଆପେ ବିକ୍ରି ବହୁତ ବଢିବାକୁ ଲାଗିଲା। ତେଣୁ ମାଇକେଲ୍ ବି ନିଜ ସ୍ୱପ୍ନକୁ ସାକାର କରିପାରିଲା ସେ ଜିଲ୍ଲାର ସବୁଠାରୁ ବଡ ସେଲ୍ସ ଅଫିସର ହୋଇଗଲା। ତେବେ ମ୍ୟାନେଜର ମନରେ ତୀବ୍ର ଇଚ୍ଛାଶକ୍ତିକୁ ଜାଗ୍ରତ କରିବା ପାଇଁ ନୂଆ ସରଭିସ୍ ଷ୍ଟେସନ୍ ଦେଖାଇବା ଦ୍ୱାରା ଦୁହିଁଙ୍କର ଲାଭ ଓ ହିତ ସାଧନ ହୋଇପାରିଲା। ଅଧିକାଂଶ ପିଲା କଲେଜ ଯାଇ ବିଭିନ୍ନ ଭାଷା ତ ଶିଖି ଯାଉଛନ୍ତି, ଗଣନା ଆଦି ଶିଖି ପାରୁଛନ୍ତି କିନ୍ତୁ ସେମାନଙ୍କ ମସ୍ତିଷ୍କ କିପରି ଭାବେ କାମ କରୁଛି ସେ କଥା ଜାଣିପାରନ୍ତି ନାହିଁ। ଉଦାହରଣ ସ୍ୱରୂପ ମୁଁ ଥରେ କିଛି କଲେଜ ପଢୁଆ ଯୁବକ ମାନଙ୍କୁ ନେଇ 'ଇଫେକ୍ଟିଭ୍ ସ୍ପିକିଙ୍ଗ୍ କୋର୍ସ'ର ଆୟୋଜନ କଲି। ସେହି ସବୁ ଯୁବକ ମାନଙ୍କୁ ଏକ ବଡ ରେଫ୍ରିଜରେଟର୍ ନିର୍ମାତା କମ୍ପାନୀ 'କ୍ୟାରିଅର୍ କର୍ପୋରେସନ୍'ର କର୍ମଚାରୀ ଭାବେ କାମ କରିବାର ଥିଲା। ସେମାନଙ୍କ ମଧ୍ୟରୁ ଜଣେ ପ୍ରତିଯୋଗୀ ଅନ୍ୟ ମାନଙ୍କୁ ଖାଲି ସମୟରେ ବାସ୍କେଟବଲ୍ ଖେଳିବାକୁ ପ୍ରବର୍ତ୍ତାଉ ଥିଲା। ସେ କହିଲା 'ମୁଁ ଚାହୁଁଛି କି ତୁମେ ସମସ୍ତେ ବାସ୍କେଟବଲ୍ ଖେଳିବା ପ୍ରାରମ୍ଭ କରିଦିଅ। ମୁଁ ତ ଏହି ଖେଳ ଖେଳିବା ପାଇଁ ବହୁତ ଆଗ୍ରହୀ ଅଛି କିନ୍ତୁ ଜିମ୍‌ରେ ମୋତେ ପର୍ଯ୍ୟାପ୍ତ ପରିମାଣରେ ଖେଳାଳୀ ମିଳିପାରୁ ନାହାନ୍ତି। ଏଣୁ ତୁମେ ସବୁ ଆଜି ରାତିରେ ଜିମ୍‌କୁ ନିଶ୍ଚିତ ଆସିବ, କାରଣ ମୁଁ ବାସ୍କେଟବଲ ନଖେଳି ପାରୁଥିବାରୁ ବହୁତ କଷ୍ଟ ଅନୁଭବ କରୁଛି।'

ଟିକେ ଧ୍ୟାନ ଦିଅନ୍ତୁ, ସେ କ'ଣ ଥରେ ବି ଜାଣିବାକୁ ଚାହିଁଲା କି ଅନ୍ୟମାନଙ୍କର କ'ଣ ଇଚ୍ଛା ଅଛି ? ଆପଣ ଜିମକୁ ଯିବାକୁ କାହିଁକି ଭାବିବେ ? ବା ଆପଣ କ'ଣ ପାଇଁ ଚିନ୍ତା କରିବେ କି ସେ କ'ଣ କରିବାକୁ ଭଲ ପାଉଛି ? ଏହି କଥା କହିବା ବଦଳରେ ସେ ଯଦି କହିଥାନ୍ତା କି ସେମାନେ ଦୈନିକ ଜିମ୍ ଯିବା ଦରକାର, ଜିମ୍ ଗଲେ ସେମାନଙ୍କ

ମନ, ହୃଦୟ ଓ ବୁଦ୍ଧିର ସଠିକ ସନ୍ତୁଳନ ରହିବ, ମନରେ ଉତ୍ସାହ ସହ ଭୋକ ବି ବଢିବ, ଶାରୀରିକ ଦୁର୍ବଳତା ସହ ଛୋଟ ଛୋଟ ରୋଗ ବି ଆପେ ଦୂର ହୋଇ ମନରୁ ଆଳସ୍ୟକୁ ଦୂର କରିବ। ସବୁଠାରୁ ବଡ କଥା ହେଲା ଏହି ଖେଳରେ ବହୁତ ଆନନ୍ଦ ଆସିବ। ତେବେ ହୁଏତ କିଛି ଯୁବକ ତା ସହ ରାଜି ହୋଇଥାନ୍ତେ କିମ୍ବା ଚିନ୍ତା କରିଥାନ୍ତେ କି ସେମାନଙ୍କର ସେପରି କରିବା ଦରକାର କି ନାହିଁ ?

ଏଣୁ ମୁଁ ସେହି ପ୍ରଫେସର ଓବରଷ୍ଟ୍ରିଟ୍‌ଙ୍କ କଥାକୁ ଆଉ ଥରେ କହିବାକୁ ଚାହୁଁଛି - 'ସର୍ବ ପ୍ରଥମେ ସାମ୍ନା ବାଲା ଲୋକର ମନରେ କାମ କରିବା ଇଚ୍ଛା ଜାଗ୍ରତ କରନ୍ତୁ। ଏପରି କରି ପାରିଲେ ପୂରା ଦୁନିଆଁ ତାର ହାତ ମୁଠାକୁ ଚାଲିଆସିବ ଓ ଯିଏ ଏପରି କରିପାରିଲା ନାହିଁ ସେ କେବଳ ଏକୁଟିଆ ହିଁ ରହିଯିବ।'

ଆମ ପ୍ରଶିକ୍ଷଣ ଶିବିରରେ ଏକ ବିଦ୍ୟାର୍ଥୀ ଥିଲା ଯାହାର ପିଲା ଠିକ୍ ଭାବରେ ଖାଦ୍ୟ ପାନୀୟ ଗ୍ରହଣ କରୁନଥିଲା ତେଣୁ ସେ ବହୁତ ଦୁର୍ବଳ ଥିଲା। ଏହି ଚିନ୍ତାରେ ତାର ପିତା ବହୁତ ବ୍ୟସ୍ତ ରହୁଥିଲେ। ସେହି ପିଲା ଉପରେ ସେମିତି ହେଉଥିଲା ଯେପରି ସବୁ ପିଲାଙ୍କ ସହ ହୋଇଥାଏ, କିଏ କହିଲାଣି ଶୀଘ୍ର ଖାଇଦେ ନଚେତ ବହୁତ ମାଡ ହେବ, କିଏ କହିଲାଣି ଏଟା ମାଡୁଆଟା ମାଡରେ ହିଁ ମାନିବ, ତ କିଏ ଶୀଘ୍ର ଖାଇଲେ ବଡ ହୋଇଯିବ ବୋଲି କହୁଥିଲେ।

କେବେହେଲେ ୩ ବର୍ଷର ଛୋଟ ପିଲାଟା ଏପରି କଥାର କିଛି ମହତ୍ତ୍ୱ ବୁଝିଥିବ ନା ଏହା ଠାରୁ ଅଧିକ ମହତ୍ତ୍ୱ ଦେଇପାରିବ। କୌଣସି ବୁଦ୍ଧିମାନ ଲୋକ ଏପରି ଆଶା କେବେ ବି କରିବ ନାହିଁ। ଏକ ୩ ବର୍ଷର ବାଳକ ନିଜ ୩୦ ବର୍ଷ ବୟସ୍କ ପିତାର ଦୃଷ୍ଟିକୋଣରୁ ଚିନ୍ତା କରିପାରିବ କି କରିବ ବା କାହିଁକି ? କିନ୍ତୁ ତାର ବାପା ମାଆ ତ ତାଠାରୁ ଏପରି ଆଶା କରୁଥିଲେ। କିନ୍ତୁ ତାର ବାପାଙ୍କୁ ଦିନେ ନିଜ ଭୁଲ୍ ର ଅନୁଭବ ହେଲା କି ସେ ତ ପୂରା ବୋକାଙ୍କ ପରି କାମ କରୁଛି, ମୋତେ ସେପରି କରିବା ଦରକାର ଯେପରି ପିଲା ଚାହୁଁଛି ତେବେ ସବୁ କଥାର ସମାଧାନ ହୋଇ ପାରିବ।

ଏହି ପରି ଭାବେ ତାର ସମସ୍ୟାର ସମାଧାନ ହେଲାଭଳି ନଜର ଆସିଲା। ପିଲାଟିକୁ ତିନି ଚକିଆ ସାଇକେଲ୍ ଚଲାଇବାକୁ ଭଲ ଲାଗୁଥିଲା। ଏହି କଲୋନୀରେ ଏକ ବଡ ପିଲା ରହୁଥିଲା ଯିଏକି ଏହି ପିଲା ଠାରୁ ସାଇକେଲ୍ ଛଡାଇ ଚଲାଇବାକୁ ଲାଗୁଥିଲା। ଏହାପରେ ସେହି ପିଲା ନିଜ ମାଆ ପାଖକୁ ଦୌଡି କରି ଆସୁଥିଲା ଓ ମାଆ ପ୍ରତିଦିନ ବଡ ପିଲାକୁ ସାଇକେଲରୁ ଓହ୍ଲାଇ ଦେଇ ନିଜ ପିଲାକୁ ବସାଇ ଦେଉଥିଲେ।

ପିଲାମାନଙ୍କର ମାନସିକତାକୁ ଜାଣିବାକୁ କିଛି ସ୍ପେଶାଲ୍ କୋର୍ସ କରିବାର ଆବଶ୍ୟକତା

ନାହିଁ। ତାହାର ଗର୍ବ, ତା'ର ରାଗ, ତା'ର ଉତ୍ତମ ଦେଖାଯିବାର ମହତ୍ତ୍ୱାକାଂକ୍ଷା ସବୁ କିଛି ତା ମାଆ ତୁରନ୍ତ ଜାଣି ପାରୁଥିଲେ, ତେବେ ତା'ର ବାପା ତାକୁ କହିଲେ ଦେଖେ ଯଦି ତୁ ତୋ ମାଆର କଥା ମାନି ସବୁତକ ଖାଇବା ଖାଇଦେବୁ ତେବେ ତୁ ନିଜେ ସେହି ବଡ ପିଲାଠୁ ନିଜ ଅପମାନର ହିସାବ ନିକାସ କରିପାରିବୁ। ପିଲାକୁ ଏହି କଥା ବହୁତ ପସନ୍ଦ ଆସିଲା ଓ ସେହି ଗୁଣ୍ଡା ପରି ଲାଗୁଥିବା ବଡ ପିଲାକୁ ମାରିବାକୁ ତା ମନରେ ଉତ୍ସାହ ଜାଗ୍ରତ ହେଲା, କିନ୍ତୁ ତାହା କରିବାକୁ ହେଲେ ଆଗ ନିଜର ସବୁତକ ଖାଦ୍ୟକୁ ଶେଷ କରିବାକୁ ପଡିଲା। ସେହି ଦିନଠୁ କେବେ ବଡ ହୋଇ ସେ ପିଲାକୁ ମାରିବାର ଇଚ୍ଛା ପାଇଁ ଦୈନିକ ସବୁ ପ୍ରକାର ପରିବା, ପନିର, ଫଳ, ରୁଟି ଆଦି ଖାଇବାକୁ ଅମଙ୍ଗ ହେଲା ନାହିଁ।

ଏହି ସମସ୍ୟାର ସମାଧାନ ହୋଇଗଲା ପରେ ସେମାନେ ପିଲାର ଆଉ ଏକ ସମସ୍ୟା ବାବଦରେ ଧ୍ୟାନ ଦେଲେ। ସେହି ପିଲାଟି ରାତିରେ ବିଛଣାରେ ପରିସ୍ରା କରିଦେଉଥିଲା। ସେହିପିଲା ରାତିରେ ନିଜ ବୁଢୀମା ପଖରେ ଶୋଉଥିଲା। ଜେଜେମା ପ୍ରାୟ ସକାଳୁ ଉଠିଲେ କହୁଥିଲା କି 'ଦେଖ୍ ରେ ପିଲା ତୁ କାଲି ରାତିରେ ବିଛଣାରେ ସୁ ସୁ କରିଦେଇଛୁ।' ପୁଣି ପିଲା ଉତ୍ତର ଦେଉଥିଲା କି 'ନାଁ ଜେଜେମା ମୁଁ ସେପରି କରିନି ତୁମେ ହିଁ କରିଦେଇ ଥିବ।'

ପିଲାକୁ ଡରାଇଲେ, ଗାଳିକଲେ କିମ୍ବା ଲଜ୍ଜାବୋଧ କରାଇଲେ କି, ବିଛଣାରେ ସୁ ସୁ କରିବା ଏକ ଖରାପ କଥା, ଏହା ତା ମନରେ କୌଣସି ପ୍ରଭାବ ପକାଇ ନଥିଲା। ବାପା ମାଆଙ୍କୁ ତାର ଏପରି କାର୍ଯ୍ୟ ପସନ୍ଦ ଆସୁନଥିବା ଜାଣି ମଧ୍ୟ ସେ କିଛି ପ୍ରତିକ୍ରିୟା କରୁନଥିଲା। ଏବେ ବାପା ମାଆ ଦୁହେଁ ଚିନ୍ତା କରିଲେ କିପରି ପିଲାର ମନରେ ଏହି ଭାବନା ଜାଗ୍ରତ କରାଯାଇପାରିବ କି, ସେ ଆଉ ବିଛଣାରେ ସୁ ସୁ ନକରୁ। ସେମାନେ କଥାର ଗୁଢ଼ ରହସ୍ୟ ବୁଝିବାକୁ ଚେଷ୍ଟା କଲେ କି କ'ଣ ଅଛି ପିଲାର ଆନ୍ତରିକ ଇଚ୍ଛା ? ପ୍ରଥମ କଥା ତ ସେ ତାର ଜେଜେମା ପରି ନାଇଟ୍ ଗାଉନ ନ ପିନ୍ଧି ବାପାଙ୍କ ପରି ପାଇଜାମା ପିନ୍ଧିବାକୁ ପସନ୍ଦ କରୁଥିଲା। ସେ ଆଉ ବିଛଣାରେ ପରିସ୍ରା ନକଲେ ଜେଜେମା ତାକୁ ଗୋଟେ ନୁହେଁ ବରଂ ଦୁଇ ଦୁଇଟା ପାଇଜାମା କିଣି ଦେବେ ଓ ତା'ର ଅନ୍ୟ ଏକ ଗଦି ବିଛଣା ବ୍ୟବସ୍ଥା କରାଯିବା କଥା ଶୁଣି ସେ ବହୁତ ଖୁସି ହୋଇଗଲା।

ପରଦିନ ସକାଳୁ ମାଆ, ଘର ପାଖରେ ଥିବା ଏକ ସପିଂମଲ୍ କୁ ତାକୁ ନେଇଗଲେ। ସେଠାରେ ଥିବା ସେଲ୍ସଗାର୍ଲକୁ ନିଜ ପୁଅକୁ ମହତ୍ତ୍ୱ ଦେବା ପରି କହିଲେ ଆମ କୁନି ମହାଶୟଙ୍କୁ କିଛି ବିଶେଷ କିଣାକିଣି କରିବାର ଅଛି।

ସେଲ୍ସଗାର୍ଲ ବି ତାକୁ ସମ୍ମାନ ଦେଇ ପଚାରିଲା, କୁହନ୍ତୁ ମହାଶୟ ମୁଁ ଆପଣଙ୍କର କି ସେବା କରିପାରେ ?

ପିଲାଟି ବି ଗର୍ବର ସହ କହିଲା, ମୋତେ ମୋ ନିଜ ପାଇଁ ଏକ ସୁନ୍ଦର ଆରାମଦାୟକ ବିଛଣା ଦରକାର।

ଆଗରୁ ପସନ୍ଦ କରିଥିବା ବିଛଣାକୁ ଦେଖାଇ ମାଆ ସେଲ୍ସଗାର୍ଲକୁ କିଛି ଠାରିଦେଲେ। ଏବେ ସେଲ୍ସଗାର୍ଲ ବି ଠାର ବୁଝିପାରି ପିଲାକୁ ସେହି ବିଛଣା ନେବା ପାଇଁ ରାଜି କରାଇଦେଲା। ନୂଆ ବିଛଣା କିଣା ହୋଇ ଘରକୁ ଆସିଲା। ବାପା ଘରକୁ ଫେରିବା ମାତ୍ରେ ପିଲାଟି ଦୌଡି ଆସି କବାଟ ଖୋଲିବା ମାତ୍ରେ ବାପାଙ୍କୁ କୁଣ୍ଢାଇ ପକାଇ ନିଜେ କିଣିଥିବା ବିଛଣାକୁ ଦେଖାଇଲା। ଏହି ଶେଯକୁ ସେ ନିଜେ କିଣିଥିବା କଥା କହିବାକୁ ଲାଗିଲା। ବାପା ଏବେ ଚାର୍ଲ୍ସ ସବାବଙ୍କ ଉପଦେଶକୁ ମନେପକାଇ ସେହି ଶେଯର ଭରପୁର ପ୍ରଶଂସା କଲେ।

ବାପା କହିଲେ, କିନ୍ତୁ ତୁମେ ତ ଏତେ ସୁନ୍ଦର ବିଛଣାରେ ପରିସ୍ରା କଲେ ଏହା ଶୀଘ୍ର ନଷ୍ଟ ହୋଇଯିବ।

ପିଲାଟି ତୁରନ୍ତ କହିଲା, ମୁଁ ତ ଏହି ବିଛଣାକୁ ବିଲକୁଲ୍ ହିଁ ଖରାପ କରିବି ନାହିଁ। ପିଲାଟି ବି ତା'ର ଦେଇଥିବା ପ୍ରତିଶୃତି ରଖିଲା। କାରଣ ସେ ନିଜେ ଏହି ବିଛଣାକୁ ପସନ୍ଦ କରି ଆଣି ଥିବାରୁ ଏହା ତା ପାଇଁ ଏକ ଗର୍ବର କଥା ଥିଲା। ସେ ବାପାଙ୍କ ପରି ପାଇଜାମା ପିନ୍ଧି ଶୋଇବାକୁ ଲାଗିଲା। ସେ ଏବେ ନିଜକୁ ବାପାଙ୍କ ପରି ବଡ ହୋଇଗଲା ଭଳି ଅନୁଭବ କରୁଥିଲା ବା ଭାବୁଥିଲା।

ଆମ ପାଠ୍ୟ ଖସଡାର ଏକ ବିଦ୍ୟାର୍ଥୀ କେ.ଟି. ଡଚମ୍ୟାନ୍ (ଟେଲିଫୋନ୍ ଇଂଜିନିଅର୍) ଯିଏ କି ନିଜର ତିନି ବର୍ଷର ଝିଅକୁ ବୁଝାଇ ସୁଝାଇ ଜଳଖିଆ ଟିକେ ଖୁଆଇ ପାରୁନଥିଲେ। ପିଲାଟି ଏତେ ଜିଦ୍‌ଖୋର ଥିଲା ଯେ ତା ଉପରେ ସ୍ନେହ, ଶ୍ରଦ୍ଧା, ମାଡ, ଗାଳିର କୌଣସି ପ୍ରଭାବ ପଡୁନଥିଲା। ତେଣୁ ବାପାମାଆ ନିଜେ ନିଜକୁ ପ୍ରଶ୍ନ କଲେ, ଆମେ ଏପରି କ'ଣ କଲେ ପିଲାର ମନରେ ଖାଦ୍ୟ ପ୍ରତି ଆଗ୍ରହ ବା ଖାଇବାର ଇଚ୍ଛା ଜାଗ୍ରତ ହୋଇପାରିବ ?

ସେହି ଛୋଟ ଝିଅ ତା ମାଆର ନକଲ କରିବାକୁ ବହୁତ ଭଲ ପାଉଥିଲା, ଏପରି କରି ବହୁତ ଆନନ୍ଦ ପାଉଥିଲା। ସେ ମାଆଙ୍କ ପରି ଶୀଘ୍ର ଶୀଘ୍ର ବଡ ହେବାକୁ ମଧ୍ଯ ଚାହୁଁଥିଲା। ଦିନେ ସକାଳରେ ଏହି କଥାକୁ ଧ୍ୟାନରେ ରଖି ମାଆ ତାକୁ ନିଜ ଜଳଖିଆ

ନିଜେ ତିଆରି କରିବା ପାଇଁ କହିଲେ। ଗୋଟିଏ ଚୌକି ଆଣି ତା ଉପରେ ବସାଇଦେଲେ। ସେ ଯେତେବେଳେ କଢ଼େଇରେ ନିଜ ଜଳଖିଆ ନିଜେ ତିଆରି କରୁଥିଲା ସେହି କ୍ଷଣି ତା ବାପା ରୋଷେଇ ଘର ଭିତରକୁ ଆସିଲେ ତାଙ୍କୁ ଦେଖି ଝିଅ ପୂରା ଉତ୍ସାହର ସହ କହିଲା, 'ଦେଖ ବାପା, ମୁଁ ଆଜି ନିଜେ ନିଜ ପାଇଁ ଜଳଖିଆ ତିଆରି କରୁଛି।'

ସେ ଦିନ ତ କେହି କିଛି କହିବା ପୂର୍ବରୁ ଦୁଇଥର ଜଳଖିଆ ଖାଇଥିଲା। ଏହାର ଅର୍ଥ ତା'ର ରଚି ସେହି ନିଜେ ତିଆରି କରିଥିବା ଜଳଖିଆରେ ଥିଲା। ସେ ନିଜକୁ ମହତ୍ତ୍ୱପୂର୍ଣ୍ଣ ଭାବୁଥିଲା। ସେ ଜଳଖିଆ ତିଆରି କରିବାରେ ଆତ୍ମ-ପ୍ରତ୍ୟୟର ଏକ ନୂତନ ମାର୍ଗ ଖୋଜି ନେଇଥିଲା।

'ଆତ୍ମ-ଅଭିବ୍ୟକ୍ତି, ଆତ୍ମ-ପ୍ରକାଶ ମନୁଷ୍ୟ ସ୍ୱଭାବର ସର୍ବୋତ୍ତମ ଆବଶ୍ୟକତା ହୋଇଥାଏ।' ଏହା ବିଲିୟମ୍ ବିଣ୍ଟର୍ ଥରେ କହିଥିଲେ- 'ତେବେ ଆମେ ସବୁ ଏହି ମନୋବୈଜ୍ଞାନିକ ତଥ୍ୟକୁ ନିଜ କ୍ଷେତ୍ରରେ କାହିଁକି ବ୍ୟବହାର କରି ପାରିବା ନାହିଁ? ଯେତେବେଳେ କୌଣସି ବିଚାର କିମ୍ବା ଇଚ୍ଛା ନିଜ ମସ୍ତିଷ୍କରେ ଆସେ ତେବେ ତାକୁ ନିଜ ବିଚାର ରୂପରେ ଅନ୍ୟ ଆଗର ପ୍ରକାଶ ନ କରି ବରଂ କିଛି ଏପରି କହିବା ଦରକାର କି ସେହି ବିଚାର ଆପେ ଆପେ ଆଗକୁ ଆସିବା ଦରକାର। ପୁଣି ସେ ବିଚାର ତାଙ୍କୁ ନିଜ ବିଚାର ପରି ଲାଗିବ ଓ ସେ ଏହାକୁ ପସନ୍ଦ କରିବେ ଓ ଆପଣ କହିବା ବିନା ସେ ଆପଣଙ୍କ ଇଚ୍ଛାର ପାଳନ କରିବେ।'

ଏଣୁ ଏହି କଥା ସଦା ସର୍ବଦା ମନେରଖିବା ଦରକାର- 'ସର୍ବପ୍ରଥମେ ସାମ୍ନାବାଲା ଲୋକ ଭିତରେ କୌଣସି କାମକୁ କରିବାର ପ୍ରବଳ ଇଚ୍ଛା ଜାଗ୍ରତ କରିବା ଦରକାର। ଏହାକୁ ଯିଏ କରିପାରିଲା ଦୁନିଆଁ ତା ହାତ ମୁଠାକୁ ଆପେ ଆପେ ଚାଲିଆସେ ଓ ଯିଏ ଏପରି କରିନପାରିଲା ସେ କେବଳ ଏକୁଟିଆ ହିଁ ରହିବା ସାର ହେବ।'

ସିଦ୍ଧାନ୍ତ - 3

ସାମ୍ନାବାଲା ବ୍ୟକ୍ତି ମନରେ କାମ କରିବାର ପ୍ରବଳ ଇଚ୍ଛା ଜାଗ୍ରତ କରନ୍ତୁ।

ଭାଗ – ଦୁଇ

ଲୋକମାନଙ୍କ ହୃଦୟରେ ସ୍ଥାନ ତିଆରି କରିବାର ଛଅଟି ସହଜ ଉପାୟ

1

ପ୍ରତ୍ୟେକ ସ୍ଥାନରେ ନିଜକୁ ସମ୍ମାନିତ କିପରି କରାଇବେ

ଲୋକମାନଙ୍କ ହୃଦୟ ଉପରେ କିପରି ଅକ୍ତିଆର କରିହେବ, ଏହି କଳାକୁ ଶିଖିବା ପାଇଁ ନିହାତି ଦରକାର ନୁହେଁ କି ଆପଣ ଏହି ବହି ପଢ଼ିବା ଦରକାର। ଏହା ବଦଳରେ ଆପଣ ସଂସାରର ସବୁଠାରୁ ଭଲ ମିତ୍ର ବନେଇବାର ଉପାୟ କାହିଁକି ଶିଖୁନାହାନ୍ତି ? ତେବେ ସେ କିଏ ? ହୁଏତ ସେ କାଲି ହିଁ ତୁମକୁ ରାସ୍ତାରେ ଭେଟ ହୋଇଯିବ। ଆପଣଙ୍କ ଦଶ ଫୁଟ୍ ଦୂରରୁ ହିଁ ସେ ନିଜର ଲାଞ୍ଜ ହଲାଇବା ଆରମ୍ଭ କରିଦେବ। ଯଦି ଆପଣ ତାକୁ ଟିକେ ବି ଆଦର କଲେ ତାହେଲେ ସେ ଆପଣଙ୍କ ସହ ଘସି ନେସି ହେବା ଆରମ୍ଭ କରିଦେବ ଓ ନିଜ ପ୍ରେମ ଜାହିର ବି କରିବ। ବୋଧହୁଏ ଆପଣ ଜାଣିନଥିବେ ତା'ର ଏହି ଭଲପାଇବା ପଛରେ କୌଣସି ସ୍ୱାର୍ଥ, କୌଣସି କପଟ, ଛନ୍ଦ ବା କୌଣସି ମଳିନତା ନଥାଏ। ସେ ତୁମକୁ ନିଜର ଗ୍ରାହକ କରିବାକୁ, କିଛି ଅର୍ଥ ହାସଲ କରିବା ଓ ଆପଣଙ୍କୁ ବାହା ହେବାକୁ ବି ଚାହେଁ ନାହିଁ।

କିନ୍ତୁ କ'ଣ କେବେ ଆପଣ ଏହି କଥା ଉପରେ ଧ୍ୟାନ ଦେଇଛନ୍ତି କି କୁକୁର ହିଁ ଏକ ମାତ୍ର ପ୍ରାଣୀ ଯାହାକୁ ସାରା ଜୀବନ କାମ କରିବାକୁ ପଡେ ନାହିଁ। ସେ କେବଳ ପ୍ରେମ ହିଁ କରିଥାଏ ଓ ଏହା ବ୍ୟତୀତ ଅନ୍ୟ କିଛି କରେ ନାହିଁ। କୁକୁଡାକୁ ଅଣ୍ଡା, ଗାଈକୁ କ୍ଷୀର ଏପରିକି ପକ୍ଷୀମାନଙ୍କୁ ବି ଗୁଣୁ ଗୁଣୁ ଗୀତ ଗାଇବାକୁ ପଡିଥାଏ, ସେ ବି ଆମର ଖୁସି ପାଇଁ।

ଥରେ ମୋ ବାପା ମୋ ପାଇଁ ୫ ସେଣ୍ଟ୍ ଦେଇ ଏକ ହଳଦିଆ ବାଳ ବାଲା କୁକୁର ଛୁଆ କିଣି ଆଣି ଦେଲେ। ସେ ସମୟରେ ମୁଁ ମାତ୍ର ପାଞ୍ଚ ବର୍ଷର ଥିଲି। ସେ ମୋ ସୁଖ ଦୁଃଖର ସାଥୀ ଥିଲା। ପ୍ରତିଦିନ ଓପରବେଳା ପାଞ୍ଚଟା ବେଳକୁ ସେ ବାରଣ୍ଡାରେ ବସି ନିଜ ମନମୋହକ ଆଖିରେ ରାସ୍ତା ଆଡକୁ ଅନାଇ ବସୁଥିଲା। ଯେପରି ମୋ କଣ୍ଠସ୍ୱର ଶୁଣେ ସିଧା ଦୌଡି ଦୌଡି

ମୋ ପାଖକୁ ଆସୁଥିଲା ଓ ପୁଣି ମୋର ସ୍ୱାଗତ କରୁ କରୁ ଜୋରରେ ମୋ ଉପରକୁ ଚଢି ଯାଇ ଯେପରି କୋଳାଗ୍ରତ କରୁଥିଲା ଓ ମୋ ଉପରେ ପୂରା ଲଦି ହୋଇ ପଡୁଥିଲା।

ମୋ ଟିପୋ ପାଞ୍ଚ ବର୍ଷ ପର୍ଯ୍ୟନ୍ତ ମୋର ଘନିଷ୍ଠ ବନ୍ଧୁ ହୋଇ ରହିଲା। ଦିନେ ମୋ ଠାରୁ ଦଶ ପାଦ ଦୂରରେ ଥିଲା ବେଳେ ବିଜୁଳି ମାରିବାରୁ ତାର ମୃତ୍ୟୁ ହୋଇଗଲା। ମୁଁ ଏକଦମ୍ ଅବାକ୍ ହୋଇ ଯାଇଥିଲି। ଟିପୋର ମୃତ୍ୟୁ ମୋ ପିଲାଦିନର ସବୁଠାରୁ ଦୁଃଖଦ ଘଟଣା ଥିଲା।

ଟିପୋ କେବେ ବି ମନୋବିଜ୍ଞାନର କୌଣସି ବହି ପଢିନଥିଲା। ତାର ଏଥିରେ କିଛି ଆବଶ୍ୟକତା ହିଁ ନଥିଲା। ଟିପୋରେ କାହିଁକି ଦୁନିଆଁର ସବୁ କୁକୁରମାନଙ୍କ ମଧ୍ୟରେ ହିଁ ଏହି ଦୈବୀୟ ଗୁଣ ଥାଏ କି ସେ ଜାଣିଛି ଯେ ଲୋକମାନଙ୍କଠାରେ ରୁଚି ରଖି କିଛି କ୍ଷଣ ଭିତରେ କାହାକୁ ବି ନିଜର କରିହେବ। କାହାରି ହୃଦୟରେ ଜାଗା ଟିକେ ସୃଷ୍ଟି କରିହେବ। କିନ୍ତୁ ଏହା ମଣିଷ ପକ୍ଷରେ ଅସମ୍ଭବ କାରଣ ସେ କାହାକୁ ଆପଣାର କରିବା ପାଇଁ ବର୍ଷ ବର୍ଷ ସମୟ ଲାଗିଥାଏ। କିନ୍ତୁ ଏହି ସଂସାରରେ ଏମିତି ବହୁତ ଲୋକ ଅଛନ୍ତି ଯେଉଁମାନେ କିପରି ସବୁ ଲୋକମାନେ ତାଙ୍କ ଠାରେ ରୁଚି ଦେଖାଇବେ ଏହି ପ୍ରୟାସରେ ଲାଗି ରହିଥାନ୍ତି। ଏହି କାରଣରୁ ସେ ବାରମ୍ବାର ଭୁଲ ପରେ ଭୁଲ କରି ଚାଲନ୍ତି ଓ ନିଜେ ହିଁ ନିଜ କାରଣରୁ ଅସଫଳତା ଆଡକୁ ମାଡିଚାଲନ୍ତି। ଲୋକମାନଙ୍କର ନା ତୁମ ଠାରେ ନା ମୋ ଠାରେ ନା କାହାରି ଠାରେ ରୁଚି ଥାଏ। ଲୋକମାନଙ୍କର ରୁଚି କେବଳ ନିଜ ଠାରେ ହିଁ ଥାଏ, ସକାଳେ ସଂଧ୍ୟାରେ ଚବିଶି ଘଣ୍ଟା।

ଥରେ ନିୟୁର୍କ ଟେଲିଫୋନ କମ୍ପାନୀ ଏକ ମଜାଦାର୍ ସର୍ଭେ କରିଥିଲେ। ସେମାନେ ଜାଣିବାକୁ ଚାହିଁଲେ କି କଥା ହେଲାବେଳେ ଲୋକମାନେ ସବୁଠାରୁ ଅଧିକ କେଉଁ ଶବ୍ଦ ବ୍ୟବହାର କରୁଛନ୍ତି। ମାତ୍ର ୫୦୦ ଫୋନ୍ କଲ୍‌କୁ ନିରୀକ୍ଷଣ କଲା ପରେ ସେମାନେ ଜାଣିବାକୁ ପାଇଲେ କି ୩୯୦୦ ଥରରୁ ଅଧିକ କେବଳ 'ମୁଁ' ଶବ୍ଦ ବ୍ୟବହାର କରାଯାଇଥିଲା। ଠିକ୍ ସେହିପରି ଆମେ ଯେତେବେଳେ କୌଣସି ଗ୍ରୁପ୍ ଫଟୋ ଦେଖନ୍ତି ସେତେବେଳେ ନିଜକୁ ଆଗେ ଖୋଜନ୍ତି। ଯଦି ଆମେ କେବଳ ଅନ୍ୟ ଲୋକଙ୍କୁ ନିଜ ଆଡକୁ ଆକର୍ଷିତ କରାଇବା ତଥା ନିଜ ଭିତରେ ସେମାନଙ୍କ ରୁଚି ଜାଗ୍ରତ କରିବାର ଚେଷ୍ଟା କରିବା ତେବେ ଆମେ କେବେବି ଭଲ ବନ୍ଧୁତା କରିପାରିବା ନାହିଁ। ବାସ୍ତବ ମିତ୍ର ଏପରି ସୃଷ୍ଟି ହୁଅନ୍ତି ନାହିଁ।

'ହ୍ୱାଟ୍ ଲାଇଫ୍ ସୁଡ୍ ମିନ୍ ଟୁ ୟୁ' ବହିରେ ବିୟେନାର ଏକ ପ୍ରସିଦ୍ଧ ମନୋବୈଜ୍ଞାନିକ ଅଲଫ୍ରେଡ୍ ଲେଖିଥିଲେ- 'ଯେଉଁ ବ୍ୟକ୍ତିର ଅନ୍ୟ ଲୋକମାନଙ୍କ ଉପରେ ରୁଚି ନଥାଏ, ତା' ଜୀବନରେ ବହୁତ କଠିନ ପରିସ୍ଥିତି ଆସେ, ସେ ଅନ୍ୟମାନଙ୍କର ସବୁଠୁ ବେଶି କ୍ଷତି

କରାଇଥାଏ । ଏହିପରି ବ୍ୟକ୍ତିମାନେ ହିଁ ସବୁଠାରୁ ବେଶି ଅସଫଳ ରହୁଥିବାର ଦେଖାଯାନ୍ତି ।'

ଆପଣ ମନୋବିଜ୍ଞାନ ଉପରେ ଅନେକ ବହି ପଢିଲେ ବି ଯାହା ଆପଣଙ୍କ କାମରେ ଆସିବା ଭଳି ଉକ୍ତି ତାହା କେବଳ ଏଡଲରଙ୍କ ବାଣୀରୁ ହିଁ ମିଳିବ- 'ଯେଉଁ ବ୍ୟକ୍ତିର ଅନ୍ୟ ଲୋକମାନଙ୍କ ଉପରେ ରଚି ନଥାଏ, ତା' ଜୀବନରେ ବହୁତ କଠିନ ପରିସ୍ଥିତି ଆସେ, ସେ ଅନ୍ୟମାନଙ୍କର ସବୁଠୁ ବେଶି କ୍ଷତି କରାଇଥାଏ । ଏହି ପରି ବ୍ୟକ୍ତିମାନେ ହିଁ ସବୁଠାରୁ ବେଶି ଅସଫଳ ରହୁଥିବାର ଦେଖାଯାନ୍ତି ।'

ଥରେ ନିୟୁର୍କ ବିଶ୍ୱବିଦ୍ୟାଳୟରେ ମୁଁ ଏକ ସଂକ୍ଷିପ୍ତ କ୍ରିୟାଶୀଳ ଲେଖନୀ ଉପରେ ଏକ ପାଠ୍ୟ କାର୍ଯ୍ୟକ୍ରମ କରୁଥାଏ । ସେହି ପାଠ୍ୟ ଖସଡା ଚାଲିଥିବା ସମୟରେ ଆମେ ଏକ ଏପରି ବହୁତ ପ୍ରସିଦ୍ଧ ଲୋକପ୍ରିୟ ପତ୍ରପତ୍ରିକାର ସମ୍ପାଦକଙ୍କୁ ପାଇଲୁ, ଯିଏ କହିଥିଲେ କି, 'ମୋ ଟେବୁଲ ଉପରେ ପଡିଥିବା ୧ ଡଜନ କାହାଣୀ ମଧ୍ୟରୁ କୌଣସି କାହାଣୀକୁ ଯେବେ ପଢେ, ତେବେ ମାତ୍ର ଅଳ୍ପ କେତେ ଧାଡି ପଢିଲା ପରେ ହିଁ ମୁଁ ଅନୁମାନ କରିନିଏ କି ସେହି କାହାଣୀର ଲେଖକ ନିଜକୁ ଛାଡି ଅନ୍ୟ ଲୋକଙ୍କୁ ପସନ୍ଦ କରେ କି ନାହିଁ ।' ସେ କହିଲେ- 'ଯଦି ଲେଖକ ଲୋକମାନଙ୍କୁ ପସନ୍ଦ କରୁନଥାଏ ତେବେ ଲୋକମାନେ ବି ତାର କାହାଣୀକୁ ପସନ୍ଦ କରନ୍ତି ନାହିଁ ।'

ସେହି ଅନୁଭବୀ ସମ୍ପାଦକ ନିଜ ବକ୍ତବ୍ୟ ମଝିରେ ଦୁଇଥର ଅଟକି ଥିଲେ ତଥା ସେ ପୁଣି ଥରେ ଭାଷଣ ଆରମ୍ଭ କରିବା ପାଇଁ କ୍ଷମା ପ୍ରାର୍ଥନା କରୁ କରୁ କହିଲେ- 'ଯାହା ଆପଣଙ୍କ ସଦଗୁରୁ ଆପଣଙ୍କୁ କହିବେ, ମୁଁ ବି ଆପଣଙ୍କୁ ସେହି କଥା କହୁଛି କିନ୍ତୁ ମନେରଖନ୍ତୁ ଯଦି ଆପଣଙ୍କୁ ଏକ ସଫଳ ଲେଖକ ହେବାର ଅଛି, ତେବେ ଆପଣଙ୍କୁ ଅନ୍ୟ ଲୋକମାନଙ୍କଠାରେ ରଚି ରଖିବାକୁ ହିଁ ପଡିବ ।'

ଯଦି ଜଣେ କାହାଣୀ ଲେଖକ ପାଇଁ ଏହି କଥାର ବହୁତ ମର୍ଯ୍ୟାଦା ଥାଏ ତେବେ ଏହି ବାକ୍ୟଟି ଆମ ଦୈନନ୍ଦିନ ଜୀବନରେ କରୁଥିବା କଥାବାର୍ତ୍ତାରେ ବି ପ୍ରଯୁଜ୍ୟ ଅଟେ ।

ଥରେ ହାର୍ବଡ ଅଷ୍ଟେନ୍ ବ୍ରାଡବେରେ ନିଜର ଶେଷ ଦୃଶ୍ୟ ପାଇଁ ପ୍ରସ୍ତୁତ ହେଉଥାନ୍ତି ମୁଁ ସେତେବେଳେ ତାଙ୍କ ପାଖରେ ମେକ-ଅପ୍ ରୁମରେ ଥିଲି । ହାର୍ବଡ ଅଷ୍ଟେନ୍ ଜଣେ ବିଶ୍ୱବିଖ୍ୟାତ ଜାଦୁଗର ଥିଲେ । ସେ ତାଙ୍କ ଜୀବନର ଚାଳିଶିରୁ ଅଧିକ ବର୍ଷ ଦୁନିଆଁର କୋଣ ଅନୁକୋଣ ବୁଲି ନିଜର ଜାଦୁ ଦେଖାଇ ଲୋକମାନଙ୍କୁ ଚକିତ କରାଇ ଦେଇଥିଲେ । ଛଅ କୋଟି ଲୋକ ତାଙ୍କ ସେହି ଜାଦୁଖେଳକୁ ଦେଖି ସାରିଥିଲେ ଓ ସେଥିରୁ ହାର୍ବଡ ଅଷ୍ଟେନଙ୍କୁ ପ୍ରାୟ ଚାଳିଶି ଲକ୍ଷ ଡଲାର ଲାଭ ହୋଇଥିଲା ।

ଏତେ ସବୁ କଥା ସେ ସ୍କୁଲରୁ ଯାଇ ଶିଖି ନଥିଲେ, କାରଣ ସେ ତ ପିଲାଦିନରୁ ଘରୁ

ଲୁଚିକରି ପଳାଇ ଆସିଥିଲେ। ଭଙ୍ଗା ଗାଡିରେ ରେଳ ଷ୍ଟେସନ୍‌ରେ ରହୁଥିଲେ ଓ ମାଲ ଗାଡିରେ ଛପି ଛପି ଯିବା ଆସିବା କରୁଥିଲେ। ଘର ଘର ବୁଲି ଭିକ ମାଗି ଖାଉଥିଲେ। ନଡା ଆଦି ପକାଇ ଶୋଇ ପଡୁଥିଲେ। ରେଳ ଲାଇନ୍ ପାଖରେ କିମ୍ବା ଆଖ ପାଖ ରାସ୍ତାରେ ଲାଗିଥିବା ପୋଷ୍ଟର ଦେଖି କିଛି ପଢିବା ଶିଖିଥିଲେ।

ମୁଁ ବହୁତ ଉତ୍ସୁକ ଥିଲି କି, ସେ ଏଗୁଡିକ କିପରି ଶିଖିଲେ ? ଏଣୁ ମୁଁ ତାଙ୍କ ସଫଳତାର ରହସ୍ୟ ଜାଣିବାକୁ ଚେଷ୍ଟା କଲି। କ'ଣ ତାଙ୍କୁ ହିଁ କେବଳ ଜାଦୁ କରିବାର ଜ୍ଞାନ ଜଣାଥିଲା ? ଜମା ନୁହେଁ ! ଜାଦୁ ଉପରେ ତ ଅଗଣିତ ପୁସ୍ତକ ଲେଖାଯାଇ ସାରିଥିଲା। ଆହୁରି ଅନେକ ଅଗଣିତ ଜାଦୁଗର ବି ସେ ଜାଦୁ ସବୁ ଜାଣିଛନ୍ତି। କିନ୍ତୁ ତାଙ୍କ ପାଖରେ ଦୁଇଟି ଏପରି ଅମୂଲ୍ୟ ଜିନିଷ ଥିଲା ଯାହା ଅନ୍ୟ କାହା ପାଖରେ ନଥିଲା। ସେ ନିଜ ବ୍ୟକ୍ତିତ୍ୱରେ ସମସ୍ତଙ୍କୁ ମୋହିତ କରି ଦେଉଥିଲେ। ଏହାର ଅର୍ଥ ସେ ଜଣେ ସଫଳ କଳା ପ୍ରଦର୍ଶନକାରୀ ଥିଲେ। ତାଙ୍କୁ ମାନବ ପ୍ରକୃତିର ସଠିକ ଅନୁଭବ ଥିଲା। ସେ ନିଜର ପ୍ରତ୍ୟେକ ମୁଦ୍ରା, ଅଙ୍ଗଭଙ୍ଗୀ, କଣ୍ଠସ୍ୱରର ତରଙ୍ଗ ଓ ଆଖି ପତା ଉଠାଇବା ପକାଇବା ଶୈଳୀକୁ ପୂରା ପୂର୍ବ ପ୍ରସ୍ତୁତ କରି ତାପରେ ମଞ୍ଚ ଉପରକୁ ଆସୁଥିଲେ। ଦ୍ୱିତୀୟ ମହତ୍ତ୍ୱପୂର୍ଣ୍ଣ କଥାଟି ହେଲା ତାଙ୍କର ଲୋକମାନଙ୍କ ଠାରେ ବାସ୍ତବିକ ରଚି ଥିଲା। ସେ ଦେଖେଇ ହେବା ପରି କିଛି ବି କରୁନଥିଲେ। ସେ ମୋତେ କହିଲେ କେତେ ଜାଦୁଗର ଖେଳ ଦେଖିବାକୁ ଆସିଥିବା ଲୋକମାନଙ୍କୁ ଦେଖି ନିଜ ମନେ ମନେ କହିଥାନ୍ତି, 'ମୋ ସାମ୍ନାରେ ସବୁତକ ମୂର୍ଖ ଓ ବୋକା ଲୋକମାନେ ବସିଛନ୍ତି, ମୁଁ ତ ସହଜରେ ଏମାନଙ୍କୁ ଆହୁରି ବୋକା ବନାଇ ଦେବି।'

କିନ୍ତୁ ହାର୍ବର୍ଡ ଥଷ୍ଟେନଙ୍କ ଉପାୟ ସମସ୍ତଙ୍କ ଠାରୁ ଭିନ୍ନ ଥିଲା। ପ୍ରତ୍ୟେକ ଥର ମଞ୍ଚ ଉପରକୁ ଗଲାବେଳେ ମୁଁ ମୋ ନିଜକୁ କହିଥାଏ, ମୋ ସାମ୍ନାରେ ବସିଥିବା ହେ ଜନ ସମୁଦ୍ର ଆପଣମାନେ ମୋର ଏହି କଳାକୁ ଦେଖିବାକୁ ଆସିଥିବାରୁ ହୃଦୟର ସହ ଆପଣଙ୍କୁ ଅଭିନନ୍ଦନ ଜଣାଇ ସ୍ୱାଗତ କରୁଛି। ଆପଣମାନଙ୍କୁ ନେଇ ମୁଁ ମୋର ଜୀବିକା କରିପାରୁଛି ଓ ଭଲରେ ଚଳିପାରୁଛି। ମୋର ଚେଷ୍ଟା ସଦା ଏମାନଙ୍କୁ ନିରାଶ କରିବି ନାହିଁ ଓ ମୁଁ ଜାଣିଥିବା କଳାର ସର୍ବଶ୍ରେଷ୍ଠ ପ୍ରଦର୍ଶନ କରିବାକୁ ଆପ୍ରାଣ ଚେଷ୍ଟା କରିବି। ସେ ବାର୍ ବାର୍ କହୁଥିଲେ 'ମୁଁ ମୋ ଦର୍ଶକଙ୍କୁ ଅସୀମ ଶ୍ରଦ୍ଧା କରୁଅଛି। ମୁଁ ସେମାନଙ୍କୁ ହୃଦୟର ସହ ପସନ୍ଦ କରୁଅଛି।' ହୋଇପାରେ କିଛି ଲୋକଙ୍କୁ ଏହି କଥା ଲୋକ ଦେଖାଣିଆ ଲାଗିପାରେ କିନ୍ତୁ ମୋ ତରଫରୁ ମୁଁ ଗୋଟେ ବି ଶବ୍ଦ ଏଥିରେ ଯୋଡି ନାହିଁ। ମୁଁ ତ କେବଳ ସଂସାରର ସବୁଠାରୁ ବଡ ଜାଦୁଗରମାନଙ୍କ ମଧ୍ୟରୁ ଜଣକର ସଫଳତାର କଥା ବା ରହସ୍ୟ ହିଁ କହୁଅଛି।

ମୁଁ ଏବେ ଆପଣଙ୍କୁ ପେନସିଲଭେନିଆ ନିବାସୀ ନାର୍ଥହ୍ନୋରେନ୍‌ଙ୍କ ଜାର୍ଜ ଡାଇକ୍ ର

ପ୍ରସଙ୍ଗ ଶୁଣାଇବାକୁ ଯାଉଛି। ତିରିଶି ବର୍ଷ ପର୍ଯ୍ୟନ୍ତ ନିଜ ସର୍ଭିସ୍ ସେଣ୍ଟର ବ୍ୟବସାୟ କରି କରି ବିବଶତା କାରଣରୁ ବିଶ୍ରାମ ନେଲେ। କାରଣ ତାଙ୍କ ସର୍ଭିସ୍ ସେଣ୍ଟର ଉପର ଦେଇ ହାଇଓ୍ୱେ ତିଆରି କରାଗଲା। କିନ୍ତୁ ସେ ବେଶୀ ଦିନ ଚୁପ ବସି ପାରିଲେ ନାହିଁ। ତେଣୁ ସଂଗୀତ ପ୍ରତି ଥିବା ନିଜ ସୌକକୁ ପୂରା କରିବା ପାଇଁ ସମୟ ଦେଲେ। ସେ ଅନେକ ସଙ୍ଗୀତ ବିଶେଷଜ୍ଞଙ୍କ ସହ ଏହି ସଙ୍ଗୀତ ବିଷୟରେ ଚର୍ଚ୍ଚା କରିବାକୁ ଲାଗିଲେ।

ସେ ନିଜେ ବହୁତ ବନ୍ଧୁ ପ୍ରିୟ ଥିବାରୁ ସଙ୍ଗୀତଜ୍ଞ ମାନଙ୍କ ପୃଷ୍ଠଭୂମି ତଥା ତାଙ୍କ ରଚି, ଅରଚି ଜାଣିବାରେ ଆଗ୍ରହ ପ୍ରକାଶ କରୁଥିଲେ। ସେ ନିଜେ ସେତେ ଭଲ ସଙ୍ଗୀତଜ୍ଞ ନଥିଲେ, କିନ୍ତୁ ସେ ଅନେକ ଭଲ ସଙ୍ଗୀତଜ୍ଞଙ୍କ ସହ ମିତ୍ରତା କରି ନେଇଥିଲେ। ତେଣୁ ସେ ଏବେ ସଙ୍ଗୀତ ପ୍ରତିଯୋଗିତାରେ ଭାଗନେବା ଆରମ୍ଭ କରିଦେଲେ। ଶୀଘ୍ର ହିଁ ସେ ପୂର୍ବ ଆମେରିକାରେ 'ଜର୍ଜ ଅଙ୍କଲ' (ସଙ୍ଗୀତଜ୍ଞ) ନାମରେ ସଙ୍ଗୀତପ୍ରେମୀଙ୍କ ମଧ୍ୟରେ ପରିଚିତ ହୋଇଗଲେ। ସେତେବେଳକୁ ତାଙ୍କୁ ସତୁରିରୁ ଅଧିକ ବୟସ ହୋଇସାରିଥିଲା। ନିଜ ଜୀବନର ପ୍ରତ୍ୟେକ କ୍ଷଣର ସେ ଆନନ୍ଦ ଉପଭୋଗ କରୁଥିଲେ। ଅନ୍ୟ ଲୋକର ରୁଚିରେ ରୁଚି ରଖିଥିବାରୁ ବୁଢାକାଳର ଏକୁଟିଆ ପଣ ଏକ ନୂଆ ଜୀବନରେ ପରିବର୍ତ୍ତିତ ହୋଇସାରିଥିଲା। ଯେତେବେଳେ ଅନ୍ୟ ଲୋକମାନେ ଜୀବନକୁ ବୋଝ ବୋଲି ଭାବି ଜୀବନ ଥାଉ ଥାଉ ମୃତ୍ୟୁକୁ ବରଣ କରନ୍ତି।

ଥିଓଡର୍ ରଜବେଲ୍ଟଙ୍କ ସଫଳତାର ରହସ୍ୟ ବି ଠିକ ଏହା ହିଁ ଥିଲା। ତାଙ୍କର ସେବକ ବି ତାଙ୍କୁ ବହୁତ ଭଲ ପାଉଥିଲା। ଏପରିକି ଜେମ୍ସ ଇ. ଏମାର୍ସ ତ ଥିଓଡର୍ ରଜବେଲ୍ଟଙ୍କ ବେଲ୍ଟ ଉପରେ ଏକ ବହି ଲେଖିଥିଲେ 'ଥିଓଡର୍ ରଜବେଲ୍ଟ ହିରୋ ଟୁ ହିଜ୍ ବେଲ୍ଟ'।

'ଦିନେ ଏମାର୍ସର ପତ୍ନୀ ରାଷ୍ଟ୍ରପତି ଥିଓଡର୍ ରଜବେଲ୍ଟଙ୍କୁ ପଚାରି ବସିଲା କି ବାର୍ବ ହ୍ୱାଇଟ୍ କିପରି ଥାଏ। କାରଣ ସେ କେବେ ବାର୍ବ ହ୍ୱାଇଟ୍ ଦେଖିନଥିଲା। ଥିଓଡର୍ ରଜବେଲ୍ଟ ବିସ୍ତାର ସହ ସେହି ପକ୍ଷୀ ବାବଦରେ ବର୍ଣ୍ଣନା କଲେ। ପୁଣି କିଛି ସମୟ ପରେ ତାଙ୍କ ଘରକୁ ଟେଲିଫୋନ କଲ୍ ଆସିଲା। ଯେହେତୁ ଏମାର୍ସଙ୍କ ଘର ଥିଓଡର୍ ରଜବେଲ୍ଟଙ୍କ ଘର ପାଖାପାଖି ଥିଲା ଫୋନ ଉଠାଇବାରୁ ଥିଓଡର୍ ରଜବେଲ୍ଟ କହିଲେ ତୁମେ ଝରକା ଖୋଲି ଦେଖିପାର ସେହି ପକ୍ଷୀଟି ଏବେ ସେହି ପାଖରେ ବସିଛି। ଏହି ପ୍ରକାର ଛୋଟ ଛୋଟ କଥା ଗୁଡିକ ଥିଓଡର୍ ରଜବେଲ୍ଟଙ୍କୁ ଅନ୍ୟମାନଙ୍କ ଠାରୁ ଅଲଗା କରିଥାଏ। ସେ ଯେତେବେଳେ କାହା ଘରପାଖ ଦେଇ ଯାଉଥିଲେ ନିଶ୍ଚିତ ଥରେ ନାଁ ଧରି ଡାକିଦେଇ ଯାଉଥିଲେ ତେଣିକି କେହି ସେଠି ଥାଆନ୍ତୁ କି ନାହିଁ ଯେଉଁଥି ପାଇଁ ସେ ସମସ୍ତଙ୍କ ପାଖରେ ପ୍ରିୟପାତ୍ର ଥିଲେ। ତେବେ କିଏ ଏତେ ନିର୍ବୋଧ ଚାକର ଥିବ ଯିଏ ଏପ୍ରକାରର ମାଲିକକୁ ନାପସନ୍ଦ କରିବ? ଏହି ପ୍ରକାରର ମଣିଷ ତ ଖୋଜିଲେ ବି ପାଇବା କଷ୍ଟ।

ଥରେ ରାଷ୍ଟ୍ରପତି ଟେଫ୍ଟ ନିଜ ପରିବାର ସହ ବାହାରକୁ ଯାଇଥାନ୍ତି ସେତେବେଳେ ଥିଓଡର୍ ରଜବେଲ୍ଟ ହ୍ୱାଇଟ୍ ହାଉସ୍ ରେ ପହଞ୍ଚିଥିଲେ। ନିଜଠାରୁ ବହୁତ ଛୋଟ ଲୋକଙ୍କୁ ପସନ୍ଦ କରିବା ଭଳି ଉଦାହରଣ ଏହାଠାରୁ ଆଉ ବେଶୀ ମିଳିବନି। ସେ ତ ତାଙ୍କ ସବୁ ପୁରୁଣା କର୍ମଚାରୀ ତଥା ରୋଷେୟା ଓ ବାସନ ମାଜିଲା ବାଲି ଚାକରାଣୀର ନାମ ବି ମନେ ରଖିଥିଲେ। ତାଙ୍କ ନଜରରେ ଆଲିଶା ନାମକ ଏକ ରୋଷଇବାଲି ଆସିଗଲା। ସେ ସଙ୍ଗେ ସଙ୍ଗେ ପଚାରିଲେ କ'ଣ ଆଲିଶା, ତୁମେ ଏବେ ଆଉ ସେହିପରି କର୍ନ ବ୍ରେଡ ତିଆରି କରୁଛ କି ନାହିଁ? ଆଲିଶା କହିଲା ହଁ କେବେ କେବେ ଚାକର ମାନଙ୍କ ପାଇଁ ତିଆରି କରୁଛି, କାରଣ ମାଲିକମାନେ ଏହାକୁ ଖାଇବାକୁ ପସନ୍ଦ କରୁନାହାନ୍ତି। ରଜବେଲ୍ଟ ରାଗି ଗଲା ପରି କହିଲେ 'ପ୍ରାୟ ସେମାନଙ୍କୁ ଭଲ ଖାଦ୍ୟ କ'ଣ ଜଣାନାହିଁ। ପ୍ରେସିଡେଣ୍ଟଙ୍କୁ ଭେଟିଲେ ଏହି କଥା ନିଶ୍ଚିତ କହିବି।'

ଏବେ ଆଲିଶା ତାଙ୍କ ପାଇଁ ସେହି କର୍ନ ବ୍ରେଡ୍ ତିଆରି କରି ଆଣିଲା ତ ରଜବେଲ୍ଟ ପୂରା ଅଫିସ୍ ବୁଲି ବୁଲି ବଡ ଆନନ୍ଦରେ ଖାଇଲେ। ଫେରିଲା ବେଳେ ଅନ୍ୟ ମାଳୀ ଓ ଶ୍ରମିକଙ୍କ ସହ ବି କଥା ହୋଇ ହାଲ୍ ଚାଲ୍ ପଚାରିଲେ। ଏହା ତାଙ୍କର ଦୈନନ୍ଦିନର ଅଭ୍ୟାସ ଥିଲା। ଏହି ହ୍ୱାଇଟ୍ ହାଉସରେ ଚାଳିଶି ବର୍ଷ ହେଲାଣି ପ୍ରମୁଖ ପ୍ରବେଶକ ଭାବେ କାମ କଲିଣି ହେଲେ ଏଇ ଦୁଇ ତିନି ବର୍ଷରେ ଯେତେ କଷ୍ଟ ପାଇଥିଲୁ ଆଜି ଆପଣଙ୍କ ସହ କଥା ହେବା ପରେ ସେ ସବୁ କଷ୍ଟରୁ ଆମେ ସମସ୍ତେ ଆରାମ ଅନୁଭବ କରୁଛୁ। ଆଇକ୍ ହୁବର୍ ଏହା କହୁ କହୁ ଆଖି ଛଳ ଛଳ କରି ପକାଇ ଥିଲେ।

ଚୈଟହମ, ନିୟୁ ଜର୍ସିର ସେଲ୍ସ ଅଫିସର୍ ବେଶି ମହତ୍ତ୍ୱପୂର୍ଣ୍ଣ ଦେଖାଯାଉଥିବା ଲୋକମାନଙ୍କ ଠାରେ ରଚି ରଖୁଥିବା ଜାଣିବାକୁ ମିଳିଥିଲା ଏହି ପ୍ରବୃତ୍ତି ପାଇଁ ତାଙ୍କୁ ଲାଭ ବି ହୋଇଥିଲା। ବହୁ ବର୍ଷ ପୂର୍ବରୁ ମୁଁ ଜନସନ୍ ଆଣ୍ଡ ଜନସନ୍ କମ୍ପାନୀର ପ୍ରତିନିଧି ଭାବରେ ଗ୍ରାହକମାନଙ୍କୁ ଭେଟ କରିବାକୁ ଯାଉଥିଲି। ସେଠାକାର ଏକ ଔଷଧ ଦୋକାନରେ ଆମ ଖାତା ଥିଲା। ସେଠିକୁ ଯାଇ ପ୍ରଥମେ କ୍ଲର୍କମାନଙ୍କ ସହ କିଛି ସମୟ କଥା ହେବା ପରେ ମାଲିକ ପାଖକୁ ଯାଇ ଅର୍ଡର ଆଣୁଥିଲି। ଥରେ ସେହି ଦୋକାନୀ ସେ ଆଉ ଜନସନ୍‌ର ମାଲ୍ ନବିକି ଏହି ଦୋକାନକୁ ରାସନ ଦୋକାନରେ ପରିବର୍ତ୍ତନ କରିବାକୁ ଚାହୁଁଛି କାରଣ ତାର ଔଷଧ ଦୋକାନ କ୍ଷତିରେ ଚାଲୁଥିଲା। ମୁଁ ବହୁତ ଚିନ୍ତାରେ ପଡିଗଲି କ'ଣ କିପରି କରିବି ବୋଲି। ବହୁତ ସମୟ ଚିନ୍ତା କଲା ପରେ ଭାବିଲି ଯାହାବି ହେଉ ଆଉଥରେ ସେହି ମାଲିକ ସହ କଥା ହୋଇ ତାର ଆଭିମୁଖ୍ୟ ଓ ମୋର ସ୍ଥିତି ଦୁଇଟି ଯାକ ରଖିବି।

ପୁଣି ଥରେ ସେହି ଦୋକାନକୁ ଗଲାପରେ ପୂର୍ବ ପରିଚିତ ସେହି କ୍ଲର୍କମାନଙ୍କ ସହ

ହାଏ ହାଲୋ କରି ମାଲିକ ପାଖକୁ ଗଲି। ଜାଣିନି କ'ଣ ଏମିତି ହେଲା କି ସେହି ମାଲିକ ପୂର୍ବପରି ଅଭିନନ୍ଦନ ଜଣାଇ ପାଖରେ ବସାଇଲା ଓ ଅଳ୍ପ ହସି ପ୍ରତିଥର ଅପେକ୍ଷା ଏଥର ଦୁଇଗୁଣ ଅର୍ଡର ଦେଲା। ମତେ ବହୁତ ଆଶ୍ଚର୍ଯ୍ୟ ଲାଗୁଥାଏ, ଏଣୁ ମୁଁ ତାଙ୍କୁ ପଚାରି ବସିଲି କି ଏହି ସବୁର କାରଣ କ'ଣ ? ତେଣୁ ସେ କହିଲେ କି ତୁମେ ଗଲାପରେ ସେହି କ୍ଲର୍କମାନେ ମୋ ପାଖକୁ ଆସିଥିଲେ ଓ କହିବାକୁ ଲାଗିଲେ ଆଜିକାଲି ଦୁନିଆଁରେ ହାତ ଗଣତି କେତେ ଏପରି ଲୋକ ଥିବେ କି ଯେଉଁ ମାନେ ମାଲିକ କ'ଣ ତାଙ୍କ କର୍ମଚାରୀଙ୍କ ସହ ଓ କର୍ମଚାରୀଙ୍କର ରଚି, ସୁବିଧା ଅସୁବିଧା କଥା ବି ସେହି ସେଲସ୍‌ମ୍ୟାନ୍ ବୁଝନ୍ତି ତେଣୁ ଏତେ ଭଲ ଲୋକସହ ବ୍ୟାପାର ନକରିବା ଠିକ୍ କଥା ହେବନି। ସେକଥା ମୋ ମନକୁ ବି ପାଇଗଲା ତେଣୁ ମୁଁ ତୁମକୁ ଦୁଇଗୁଣ ଅର୍ଡର ଦେଇ ପକାଇଲି। ଏହି କଥାକୁ ମୁଁ କେବେ ଭୁଲି ପାରିନି କି ସତକୁ ସତ ଅନ୍ୟ ଲୋକମାନଙ୍କ ଠାରେ ରୁଚି ରଖିବା ଗୋଟେ ସେଲ୍ସମ୍ୟାନ ପାଇଁ ବହୁତ ଲାଭକାରୀ ହୋଇଥାଏ। ଏହା ସବୁଜାଗାରେ କାମ ଆସିଲା ଭଳି ମହତ୍ତ୍ୱପୂର୍ଣ୍ଣ ଗୁଣ ଅଟେ।

ମୋର ବ୍ୟକ୍ତିଗତ ଅନୁଭବ କହୁଛି କି ଯଦି ଆମେ କୌଣସି ଲୋକ ଠାରେ ପ୍ରକୃତ ବାସ୍ତବ ରୁଚି ଦେଖାଇବା ତେବେ ସେ କେତେ ବ୍ୟସ୍ତ କେତେ ଧନୀ ବା କେତେ ମହାନ ହୋଇଥିଲେବି ସେ ନିଶ୍ଚିତ ଧ୍ୟାନ ଦେବ। ଆମକୁ ତାର ମୂଲ୍ୟବାନ ସମୟ ନିଶ୍ଚିତ ଦେବ। ଏହି ବିଷୟରେ ଏକ ଉଦାହରଣ ନେବା –

ଥରେ ମୁଁ ନିୟୁର୍କର ଏକ ବଡ ଅନୁଷ୍ଠାନରେ ମୋର କଥା-ଲେଖନର ଗୋଟେ ପାଠ୍ୟ କାର୍ଯ୍ୟକ୍ରମ ଆରମ୍ଭ କରିଦେଇଥାଏ। ମୁଁ ସେଠାକାର ବହୁ ନାମୀ ଦାମୀ ମହାନ ବ୍ୟସ୍ତ ଓ ଧନୀ ଲୋକମାନଙ୍କୁ ବି ଏହି କାର୍ଯ୍ୟକ୍ରମରେ ଆସିବାକୁ ନିମନ୍ତ୍ରଣ ପଠାଇଥିଲି କି ସେମାନେ ଆସି ନିଜ ନିଜର ଅନୁଭୂତି ଶୁଣାନ୍ତୁ। ଆମେ ସେମାନଙ୍କୁ ପତ୍ର ଲେଖିଲୁ- 'ଆମକୁ ମାଲୁମ୍ ଅଛି କି ଆପଣ ବହୁତ ବ୍ୟସ୍ତ ଲୋକ। ଆମକୁ ଆପଣଙ୍କ ଲେଖା ବହୁତ ପସନ୍ଦ ତଥା ଆମର ଆପଣଙ୍କ ପାଖରେ ସତରେ ବହୁତ ରୁଚି ରହିଅଛି। ଏଣୁ ଆମେ ସବୁ ଚାହୁଁଛୁ କି ଆପଣଙ୍କ ସଫଳତାର ରହସ୍ୟ ବିଷୟରେ କିଛି ଧାରଣା କରିବା ପାଇଁ। ପ୍ରତ୍ୟେକ ପତ୍ରର ଶେଷରେ ଆମର ଶହେ ବିଦ୍ୟାର୍ଥୀଙ୍କ ସ୍ୱାକ୍ଷର ଦିଆଯାଇଥିଲା। ମୁଁ ଏକଥା ବି ଲେଖି ଦେଲି କି ଆପଣ ବହୁତ ବ୍ୟସ୍ତ ଲୋକ ତେଣୁ ଭାଷଣ ତିଆରି କରିବା ଆପଣଙ୍କ ପାଇଁ ସହଜ କାମ ହେବ ନାହିଁ। ଏଣୁ ଆପଣଙ୍କ ପାଇଁ ଏକ ପ୍ରଶ୍ନାବଳୀ ଏଥି ସହିତ ଦେଉଅଛୁ ଯାହାଦ୍ୱାରା ଆପଣ ନିଜକୁ ପ୍ରସ୍ତୁତ କରିପାରିବେ। ଏହି ସବୁ ସେମାନଙ୍କୁ ବହୁତ ପସନ୍ଦ ଆସିଲା ତେଣୁ ସେମାନେ ସମସ୍ତେ ଆମ ପାଖକୁ ଆସି ନିଜ ଦୃଷ୍ଟିକୋଣ ଓ ଅନୁଭୂତି ଆମ ସହ ବାଣ୍ଟିଥିଲେ।

ଏହି ଫର୍ମୁଲାକୁ ହିଁ ନେଇ ମୁଁ ଥିଓଡର୍ ରୁଜବେଲ୍ଟଙ୍କ ମନ୍ତ୍ରୀମଣ୍ଡଳର ମନ୍ତ୍ରୀଗଣ କ୍ୟାବିନେଟ ମନ୍ତ୍ରୀଗଣ ଓ ସେହି ସମକକ୍ଷ ସମସ୍ତ ବ୍ୟକ୍ତିମାନଙ୍କୁ ନିଜ 'ପବ୍ଲିକ୍ ସ୍ପିକିଙ୍ଗ କୋର୍ସ' ଆସିବା ପାଇଁ ରାଜି କରାଇଥିଲି। ଆମେ ସବୁ ଏହି ଲୋକମାନଙ୍କର ବହୁତ ପ୍ରଶଂସା କରୁ ଯେଉଁମାନେ ଆମର ପ୍ରଶଂସା ହୃଦୟର ସହ କରନ୍ତି ପୁଣି ସମାଜର କେଉଁ ବର୍ଗର କେଉଁ ଜାତିର ବା ସେ ସାଧାରଣ ସୈନିକ, ଶ୍ରମିକ ହେଉ ଅବା ସିଂହାସନରେ ବସିଥିବା ମହାନ ସମ୍ରାଟ। ଆମେ ଜର୍ମାନୀର କୈସର ର ଉଦାହରଣ ନେଇପାରିବା। ପ୍ରଥମ ବିଶ୍ୱ ଯୁଦ୍ଧ ପରେ ସାରା ସଂସାର ତାଙ୍କୁ ଘୃଣା କରୁଥିଲା ଏପରିକି ତାଙ୍କ ଦେଶବାସୀ ତାଙ୍କର ବିରୋଧୀ ହୋଇଯାଇଥିଲେ। ତେଣୁ ସେ ଜୀବନ ବଞ୍ଚାଇବା ପାଇଁ ହଲାଣ୍ଡ୍ ପଳାୟନ କରିଥିଲେ। କେତେକ ଲୋକ ତାଙ୍କୁ ଏତେ ଘୃଣା କରୁଥିଲେ ଯେ ସେମାନେ ତାଙ୍କୁ ଜୀବନରୁ ମାରିଦେବାକୁ ଚାହୁଁଥିଲେ। କେତେକ ତ ତାଙ୍କୁ ଜୀଅନ୍ତା ଜଳାଇ ଦେବାକୁ ଚାହୁଁଥିଲେ। ଏପରି ଘୃଣା ଭିତରେ ଗୋଟିଏ ଛୋଟ ପିଲା ତାଙ୍କୁ ପ୍ରଶଂସା କରି ଚିଠି ଲେଖିଥିଲା, ସେଥିରେ ସେ ତାଙ୍କୁ ବହୁତ ପ୍ରଶଂସା କରିଥିଲା। ସେହି ଛୋଟ ପିଲାଟି ଲେଖିଥିଲା – 'ବରଂ ଲୋକମାନେ ତାଙ୍କୁ ଯେତେ ବି ଘୃଣା କରନ୍ତୁ ନାଁ କାହିଁକି ତା ନଜରରେ ସେ ହିଁ ଜର୍ମାନୀର ସମ୍ରାଟ ଥିଲେ ଓ ସେ ଜର୍ମାନୀର ସମ୍ରାଟ ଭାବରେ ତାଙ୍କୁ ସେତିକି ପ୍ରେମ କରିବ ଯେତେ ଆଗରୁ କରୁଥିଲା।' ଜର୍ମାନୀ ସମ୍ରାଟ ଏହି ପତ୍ରକୁ ପଢି ଭାବ ବିଭୋର ହୋଇଗଲେ ତେଣୁ ସେହି ଛୋଟ ପିଲା ସହ କଥା ହେବା ପାଇଁ ଡକାଇ ପଠାଇଲେ। ସେହି ପିଲାଟି ନିଜ ମାଆ ସହ ଆସିଲା ଓ ପୁଣି ତାର କଥାରେ ପ୍ରଭାବିତ ହୋଇ ସେ ତାର ମାଆ ସହ ବିବାହ କରିନେଲେ। ଛୋଟ ପିଲାଙ୍କୁ ଲୋକର ମନ ଜିତିବାକୁ କୌଣସି ବହି ପଢିବାର ଦରକାର ପଡେନାହିଁ ବରଂ ସେ ତ ସହଜ ଅନୁଭୂତିରୁ ଜାଣିଯାନ୍ତି କି ଲୋକଙ୍କ ହୃଦୟରେ କେମିତି ଜାଗା ତିଆରି କରିହେବ।

ଯଦି ଆପଣ ସତକୁ ସତ କାହା ସହ ମିତ୍ରତା ଚାହୁଁଛନ୍ତି ତେବେ ଆପଣଙ୍କୁ ତାଙ୍କ ପାଇଁ କିଛି ନାଁ କିଛି କରିବାକୁ ହେବ। ଏପରି କାମ ଯେଉଁଥିରେ ଆପଣଙ୍କ ଶକ୍ତି, ସମୟ ଓ ବିଚାର ସବୁ କିଛି ଲଗାଇବାକୁ ପଡିବ। ଯେତେବେଳେ ଡିୟୁକ୍ ଅଫ୍ ବିଡସଂର୍ ପ୍ରିନ୍ସ-ଅଫ୍ ବ୍ଲେସ୍ ଥିଲେ ସେ ଦକ୍ଷିଣ ଆମେରିକା ଗସ୍ତ କରିଥିଲେ। ମାସ ମାସ ଧରି କଠୋର ପରିଶ୍ରମ କଲାପରେ ସେ ସ୍ପେନିସ୍ ଭାଷା ଶିଖି ପାରିଲେ କାରଣ ସେ ଚାହୁଁଥିଲେ କି ସେ ଲୋକମାନଙ୍କୁ ତାଙ୍କ ନିଜ ଭାଷାରେ ଭାଷଣ ଶୁଣାଇବା ପାଇଁ। ଦକ୍ଷିଣ ଆମେରିକା ଲୋକଙ୍କୁ ତାଙ୍କ ବ୍ୟବହାର ପସନ୍ଦ ଆସିଥିଲା।

ମୋର ଅଭ୍ୟାସ ହୋଇଗଲାଣି କେତେ ବର୍ଷ ହେବ ମୁଁ ମୋର ପ୍ରିୟ ଲୋକଙ୍କର ଜନ୍ମ ଦିନ ମନେରଖୁଛି କିନ୍ତୁ କେମିତି ? ଏମିତିରେ ମୋର ଜ୍ୟୋତିଷ ଶାସ୍ତ୍ର ଉପରେ ବିଶ୍ୱାସ

ନାହିଁ, କିନ୍ତୁ ଲୋକମାନଙ୍କୁ ପଚାରିଦିଏ କ'ଣ ଜନ୍ମ ଦିନ ଓ ବ୍ୟକ୍ତିର ବ୍ୟବହାରରେ କିଛି ସମ୍ପର୍କ ଥାଏ। ଏମିତି ପଚାରୁ ପଚାରୁ ସେମାନଙ୍କ ଜନ୍ମ ତାରିଖ ପଚାରି ଦିଏ ଯଦି ସେ ୨୦/୧୧ କହିଲା ତେବେ ମୁଁ ସେହି କ୍ଷଣି ୨୦/୧୧, ୨୦/୧୧ ବୋଲି ଦୁଇ ତିନି ଥରେ ମନେ ମନେ କହିଥାଏ। ଯେମିତି ମୋର ବନ୍ଧୁ ମୋତେ ପିଠି କରି ଯିବାକୁ ଆରମ୍ଭ କରେ ମୁଁ ତାର ନାମ ସହ ତାରିଖକୁ ସଙ୍ଗେ ସଙ୍ଗେ ସାଧା କାଗଜରେ ଓ ପରେ ମୋର ଜନ୍ମଦିନ ବାଲା ଡାଏରିରେ ଲେଖି ଦିଏ। ପୁଣି ପ୍ରତ୍ୟେକ ନୂଆ କ୍ୟାଲେଣ୍ଡର ଆସିବା ମାତ୍ରେ ମୁଁ ସେଗୁଡିକୁ ଏହି କ୍ୟାଲେଣ୍ଡରରେ ଲେଖିଦିଏ। ଯେବେ ତା'ର ଜନ୍ମ ଦିନ ଆସେ ମୁଁ ତା'ଙ୍କୁ ଚିଠି ବା ଟେଲିଗ୍ରାମ କରି ଜନ୍ମଦିନର ଶୁଭକାମନା ନିଶ୍ଚିତ ଜଣାଇଥାଏ। ଏଥିରୁ ସାମ୍ନା ଲୋକ ଉପରେ ବହୁତ ପ୍ରଭାବ ପଡିଥାଏ, ସେ ଭାବିଥାଏ କେହିତ ଅଛି ଯାହାକୁ ମୋର ଚିନ୍ତା ଅଛି।

ପ୍ରକୃତ ମିତ୍ର ଦରକାର ଥିଲେ ବା ଲୋକମାନଙ୍କ ମନ ଜିତିବାର ଇଚ୍ଛା ଥିଲେ ଆମେ ସେମାନଙ୍କୁ ଦେଖା ହେଲାବେଳେ ଉତ୍ସାହର ସହ କଥା ହେବା ଭଲମନ୍ଦ ବିଷୟରେ ଆଗ୍ରହର ସହ ପଚାରିବା ଦରକାର ଭଲ ଭାବରେ ସ୍ୱାଗତ ବି କରିବା ଦରକାର। ଯେବେ କେହି ଲୋକ ଫୋନରେ କଥା ହୁଏ ତେବେ ତା ସହ ବି ଉତ୍ସାହର ସହ କଥା ହେବା ଦରକାର। 'ହେଲୋ' କହିବାର ଶୈଳୀ ଏପରି ହେବା ଉଚିତ୍ ଯେ ସାମ୍ନା ଲୋକକୁ ଅନୁଭବ ହେବା ଦରକାର ଯେ ସେ ତାର ମନଖୋଲି କିଛି କଥା ହୋଇପାରିବ ବା ଆପଣ ତା' କଥାରେ ପ୍ରସନ୍ନ ଅଛନ୍ତି। ବଡ ବଡ ଟେଲିଫୋନ କମ୍ପାନୀ ମାନେ ନିଜ କଲ୍ ରିସିଭ୍ ଅପରେଟର୍ ମାନଙ୍କୁ କ୍ଲାସରେ ବସାଇ ଟେଲିଫୋନରେ କିପରି କଥା ହେବା ଦରକାର ଏହି ବିଷୟରେ ଶିକ୍ଷା ଦେଇଥାନ୍ତି। ଏବେ ଠାରୁ ଏହି କଥା ଉପରେ ନିଶ୍ଚିତ ଧ୍ୟାନ ଦିଅନ୍ତୁ।

ଠିକ୍ ଭାବରେ ଆଗ୍ରହ ପ୍ରକାଶ କରି କଥା ହେଲେ ପ୍ରକୃତ ବନ୍ଧୁ ମିଳନ୍ତି ଓ ଆପଣଙ୍କ କମ୍ପାନୀ ପାଇଁ ସ୍ଥାୟୀ ଗ୍ରାହକ ମଧ୍ୟ। ଥରେ ଏହି କଥା ନିୟୁର୍କର 'ନେସନାଲ୍ ବ୍ୟାଙ୍କ ଅଫ୍ ଆମେରିକା'ର ପତ୍ରିକାରେ ପ୍ରକାଶିତ ହୋଇଥିଲା। ଏହି ଲେଖାକୁ ମୈଡଲିନ୍ ନାମକ ଏକ ଗ୍ରାହକ ଲେଖିଥିଲା- 'ମୁଁ ଏହି ପତ୍ରଟି ଏହା କହିବା ପାଇଁ ଲେଖିଛି ଯେ ଆପଣଙ୍କ ସମସ୍ତ କର୍ମଚାରୀମାନେ ବହୁତ ଭଦ୍ର, ମିଷ୍ଟଭାଷୀ, ବିନମ୍ର ଓ ସହଯୋଗୀ। ଏମାନଙ୍କ ଦ୍ୱାରା ମୁଁ ବହୁତ ପ୍ରଭାବିତ ଅଟେ। କେତେ ଭଲ ଲାଗେ ଯେତେବେଳେ ଲମ୍ବା ଅପେକ୍ଷା କରି ସାରିଲା ପରେ ଜଣେ ଟ୍ରେଲର ମଧୁର ଭାଷାରେ ଆପଣଙ୍କୁ ଅଭିନନ୍ଦନ କରେ। ଗତବର୍ଷ ମୋ ମାଆ ପାଞ୍ଚ ମାସ ଧରି ରୋଗରେ ପିଡିତ ରହିଲେ ତେଣୁ ମୋତେ ଆସି ଅର୍ଥ ବାହାର କରି ନେବାକୁ ପଡୁଥିଲା ଓ ପ୍ରତ୍ୟେକ ଥର ମୋର ଚେକ୍ ଟ୍ରେଲର ବାଲି ମୈରି ମ୍ୟାଡମଙ୍କ

ପାଖରେ ପଡୁଥିଲା ଓ ସେ ପ୍ରତିଥର ମୋ ମା'ଙ୍କ ବିଷୟରେ ପଚାରୁଥିଲେ। ସେ ପ୍ରକୃତରେ ହିଁ ମୋର ମାଆକୁ ନେଇ ଚିନ୍ତିତ ଥିଲେ।'

ଏବେ ସମ୍ଭବତଃ ଆପଣଙ୍କୁ ସନ୍ଦେହ ନଥିବ କି ସେହି ଚିଠି ଲେଖିଥିବା ମୈଡଲିନ୍ ନାମକ ଏକ ଗ୍ରାହକ ଏହି ବ୍ୟାଙ୍କର ଏକ ସ୍ଥାୟୀ ଗ୍ରାହକ ହୋଇରହିବ।

ନିୟୁର୍କର ଏକ ବଡ ବ୍ୟାଙ୍କ ଚାର୍ଲ୍ସ ଆର୍ ବାଲ୍ଟସଙ୍କୁ କୌଣସି ଏକ ଗୁପ୍ତ ରିପୋର୍ଟ ପ୍ରସ୍ତୁତ କରିବାକୁ କହିଲେ। ଚାର୍ଲ୍ସ ଆର୍ ବାଲ୍ଟସ୍ ଜାଣିଥିଲେ କି କେବଳ ଗୋଟିଏ ଲୋକ ଏପରି ଅଛି, ଯିଏ କି ସବୁତକ ତଥ୍ୟ ତାଙ୍କୁ ଅଳ୍ପ ସମୟରେ ଦେଇପାରିବ। ଚାର୍ଲ୍ସ ଆର୍ ବାଲ୍ଟସ୍ ସେହି ପ୍ରେସିଡେଣ୍ଟଙ୍କୁ ଭେଟିବାକୁ ଚାଲିଗଲେ, ଦେଖିଲେ ଏକ ମହିଳା କବାଟ ଫାଙ୍କରେ କହୁଥିଲା କି ସେଦିନ ଡାକରେ ତ ବିଦେଶୀ ଡାକ ଟିକେଟ୍ ଆସି ନଥିଲା। ପ୍ରେସିଡେଣ୍ଟ ନିଜ ବାର ବର୍ଷୀୟ ପୁଅ ଲାଗି ଡାକ ଟିକଟ୍ ସଂଗ୍ରହ କରୁଛନ୍ତି ବୋଲି ଶୁଣାଉ ଶୁଣାଉ ବାଲ୍ଟସ୍‌ଙ୍କୁ ଆସିବାର କାରଣ ପଚାରିଲେ ଓ କଥା ସ୍ପଷ୍ଟ ଭାବରେ ନ କହି ଗୋଳେଇ ମିଶାଇ ଏମିତି ଉତ୍ତର ଦେଲେ କି ତାହା ବାଲ୍ଟସଙ୍କ ସଠିକ୍ କାମରେ ଆସିଲା ନାହିଁ। କମ୍ପାନୀ ପ୍ରେସିଡେଣ୍ଟ କଥା ହେବାକୁ ବୋଧେ ଆଗ୍ରହୀ ନଥିଲେ। ତେଣୁ ଏହି ସାକ୍ଷାତକାର ଏକଦମ୍ ନିରର୍ଥକ ଓ ସଂକ୍ଷିପ୍ତ ହୋଇ ରହିଗଲା।

ଆମ ଶ୍ରେଣୀରେ ଏହି କାହାଣୀ ଶୁଣାଉ ଶୁଣାଉ କହିଲେ- 'ମୁଁ ବୁଝି ପାରୁନଥିଲି କି କିପରି ଏହି ପରିସ୍ଥିତିରୁ ମୁକୁଳିହେବ ? କିପରି ସବୁ କଥା ସଫା ସଫା ସାମ୍ନାକୁ ଆସିବ ? ସେହି ସମୟରେ ମୋତେ ତାଙ୍କ ସେକ୍ରେଟାରୀ କହୁଥିବା କଥା ବାର ବର୍ଷ ପୁଅ ଡାକ ଟିକେଟ୍ ଇତ୍ୟାଦି ମନେ ପଡିଲା ଓ ତେଣୁ ମୁଁ ଚିନ୍ତା କଲି କି ସେଗୁଡିକୁ ଆଣିବି କେଉଁଠୁ ? ଏବେ ଆମ ବ୍ୟାଙ୍କ୍‌ର ଏକ ବିଭାଗ ବିଦେଶୀ ଡାକ ଟିକଟ୍ ସଂଗ୍ରହ କରୁଥିବା କଥା ବି ମନେ ପଡିଗଲା, ଆରେ ତାହା ତ ନିଶ୍ଚିତ ଆମ ବ୍ୟାଙ୍କ୍‌ର ସଂଗ୍ରହାଳୟରେ ଥିବ। ପରଦିନ ମୁଁ ସେ ପ୍ରେସିଡେଣ୍ଟଙ୍କୁ ପୁଣି ଭେଟିବାକୁ ଗଲି। ମୁଁ ତାଙ୍କୁ, ବହୁତ ଡାକ ଟିକଟ୍ ସାଙ୍ଗରେ ନେଇ ଆସିଛି ବୋଲି ଖବର ପଠାଇଦେଲି। ଏହା ଶୁଣି ସେ ନିଜେ ମୋର ବହୁତ ସତ୍କାର କଲେ ଓ ଡାକ ଟିକଟ୍ ଦେଖି ବହୁତ ଖୁସି ହୋଇଗଲେ ଓ କହିଲେ ଏହା ତ ମୋର ପୁଅ ଜର୍ଜର ବହୁତ କାମରେ ଆସିବ। ପୁଣି ବହୁତ ସମୟ ଧରି ଆମେ ସେହି ଟିକଟ୍ ବିଷୟରେ ହିଁ କଥାହେଲୁ। ସେ ମୋ ଉପରେ ଏତେ ପ୍ରସନ୍ନ ହୋଇଗଲେ ଯେ ତାଙ୍କ ପୁଅ ଓ ପରିବାରର ଫଟୋ ଦେଖାଇ ଦେଖାଇ ଚିହ୍ନାଇ ଦେଉଥାନ୍ତି ଓ ନିଜ ଆଡୁ ସେହି ସବୁ ତଥ୍ୟ ଦେଲେ ଯାହା ମୋର ଦରକାର ଥିଲା ସବୁ କିଛି ଯାହା ସେ ଜାଣନ୍ତି କହିଲେ, ଓ ଯାହା ସେ ନଜାଣନ୍ତି ତାକୁ ବି ଫୋନ୍ ମାଧ୍ୟମରେ ଅନ୍ୟ ଠାରୁ ପଚାରି ପଚାରି ମୋତେ କହିଲେ।

ଏବେ ତାଙ୍କର ଜଣେ ବିଶ୍ୱସ୍ତ କର୍ମଚାରୀକୁ ଡାକି ତାକୁବି କିଛି ପଚାରିଲେ ମୋ ସାମ୍ନାରେ। କିଛି ଗାଣିତିକ ହିସାବ, କିଛି ରିପୋର୍ଟ ଓ ଫାଇଲ୍ ଇତ୍ୟାଦି ସବୁ ଦେଲେ। ମୋର ଯେପରି ଲଟେରୀ ଲାଗିଯାଇଥାଏ। ସାରା ରହସ୍ୟ ଆପେ ଆପେ ଖୋଲି ଯାଇଥାଏ।

ଏବେ ଆଉ ଏକ ଉଦାହରଣ ବିଷୟରେ ଆସନ୍ତୁ ଆଲୋଚନା କରିବା - ବର୍ଷରୁ ଅଧିକ ସମୟ ଧରି ସି.ଏମ. ନାପଲେ ଏକ ବଡ ସଙ୍ଗଠନର ଷ୍ଟୋରକୁ ଇନ୍ଧନ ବିକ୍ରି କରିବାକୁ ଚେଷ୍ଟା କରୁଥିଲେ। କିନ୍ତୁ ଏହା ସଙ୍ଗଠନର ଷ୍ଟୋର ବାଲା ଏହାକୁ ସହର ବାହାରର କୌଣସି ଏକ ଡିଲର ପାଖରୁ ମଗାଉଥିଲେ ଓ ସେହିଗୁଡିକୁ ନାପଲେର ଅଫିସ୍ ପାଖରେ ଜମା କରି ରଖୁଥିଲେ। ଥରେ ନାପଲେ ଆମ କକ୍ଷକୁ ଆସି ଭାଷଣ ଦେଉଥାନ୍ତି ସେତେବେଳେ ସେହି ଷ୍ଟୋର ବାଲା ଉପରେ ବହୁତ କ୍ରୋଧ କଲା ପରେ ଆହୁରି ଦେଶ ପାଇଁ ଅନେକ ଅଭିଶାପ ବି ଦେଲେ। ହେଲେ ବି ଏତେ କଥା ପରେ ଷ୍ଟୋର ବାଲା କାହିଁକି ମାଲ୍ ନେଉନି ବୋଲି ନାପଲେ ଆଶ୍ଚର୍ଯ୍ୟ ହେଉଥାନ୍ତି ? ସେତେବେଳେ ମୁଁ ନାପଲେଙ୍କୁ କହିଲି କିଛି ଅଲଗା ଉପାୟ କରି ଦେଖ କିଛି ଅଲଗା ଢଙ୍ଗରେ କରି ଦେଖିବା। ଆମ ଶ୍ରେଣୀ ଗୃହରେ ସମସ୍ତଙ୍କ ମଝିରେ ଏହି ତର୍କ ପ୍ରସ୍ତୁତ କରାଗଲା ବିଷୟ 'ଚେନ୍ ଷ୍ଟୋରସ୍‌ରୁ ଦେଶ ସାରାକୁ କ୍ଷତି ଲାଭ ତ ବହୁତ କମ୍ ମାତ୍ର।'

ମୁଁ ନେପୋଲେଙ୍କୁ କହିଲି କି ଦେଖ ତୁମେ ହିଁ ସେହି ଚେନ୍ ଷ୍ଟୋରସ୍‌ର ପକ୍ଷ ହୁଅ ଓ ତା ପକ୍ଷ ହୋଇ ତାଙ୍କର ଯୁକ୍ତି କ'ଣ ହୋଇପାରେ ତାକୁ ତୁମେ ଉପସ୍ଥାପନା କର। ସେ ଏହି କଥାରେ ରାଜି ହୋଇଗଲା ତେଣୁ ସେହି ଷ୍ଟୋର ବିଷୟରେ ଜାଣିବା ପାଇଁ ତାର ମାଲିକ ପାଖକୁ ଗଲା ଯାହାକୁ ସେ ଟିକେ ପୂର୍ବରୁ ବହୁ ଖରାପ କରି କହୁଥିଲା। ନେପୋଲେ ତାଙ୍କୁ କହିଲା 'ଦେଖନ୍ତୁ ଏବେ ମୁଁ ଆପଣଙ୍କ ପାଖକୁ ମୋର ମାଲ୍ ବିକ୍ରି କରିବାକୁ ଆସିନାହିଁ ମୁଁ ତ ମାତ୍ର ଆପଣଙ୍କ ସାହାଯ୍ୟ ଆଶା କରୁଛି ଓ ପ୍ରତିଯୋଗୀତା ବିଷୟରେ କହିଲା। କହିଲା କି ମୁଁ ଆପଣଙ୍କ ପକ୍ଷରୁ ଲଢିଛି ତେଣୁ କମ୍ପାନୀର ଲାଭ କ୍ଷତି ର ହିସାବ ଓ ଅନ୍ୟ ନିହାତି ଜାଣିବା କଥା ସବୁ ମୋତେ କୁହନ୍ତୁ କାରଣ ଆପଣଙ୍କ ଛଡା ଅନ୍ୟ କେହିବି ଏତେ ଭଲ ଭାବରେ ମୋତେ ବୁଝାଇ ପାରିବେ ନାହିଁ। ମୋତେ ଯାହା ହେଲେ ବି ଜିତିବାର ଅଛି ଓ ଏହା ଆପଣଙ୍କ ସହାୟତାରେ ହିଁ ମୁଁ କରିପାରିବି।'

ଏବେ ଆଗକୁ ଥିବା କାହାଣୀ ନିଜେ ନେପୋଲେଙ୍କ ଶବ୍ଦରୁ - 'ମୁଁ ସେହି ଲୋକଠାରୁ ମାତ୍ର ଏକ ମିନିଟ୍ ପାଇଁ ସମୟ ମାଗିଥିଲି ଓ ସେ ସେହି ସର୍ତ୍ତରେ ମୋତେ ଭେଟିବାକୁ ରାଜି ହୋଇଥିଲେ। କିନ୍ତୁ ମୋ କଥା ଶୁଣି ସେ ମୋ ସହ ପ୍ରାୟ ଦୁଇଘଣ୍ଟା ଧରି କଥାହେଲେ। ସେ ନିଜର ଜଣେ କର୍ମଚାରୀକୁ ଡାକିଲା ଯେକି ଏହି ଷ୍ଟୋର ଉପରେ ଏକ ବହି ଲେଖିଥିଲା ଓ ଏହି ନେଶ୍‌ନାଲ ଚେନ୍ ଷ୍ଟୋର ଆସୋସିଏସନ୍ କୁ ଫୋନ୍ କରି ଏହି ବାଦ ବିବାଦ ପ୍ରତିଯୋଗିତା

ପାଇଁ ଅନ୍ୟାନ୍ୟ ରିପୋର୍ଟ ବି ମଗାଇଲା । ତାକୁ ଲାଗୁଥିଲା କି ସତକୁ ସତ ଏହି ଷ୍ଟୋର୍ ଲୋକମାନଙ୍କ ହିତ କରୁଅଛି ଓ ସେ ନିଜକୁ ଏହି ଷ୍ଟୋର ସହ ଯୋଡି ହୋଇଥିବାରୁ ବହୁତ ଧନ୍ୟ ମନେ କରୁଥିଲା । ତାର ଆଖିରେ ଏକ ବିଚିତ୍ର ପ୍ରକାରର ଚମକ ଥିଲା ଓ ନିଜ ଆତ୍ମବିଶ୍ୱାସରେ ତାର ଚେହେରା ବି ବହୁତ ଆକର୍ଷକ ଲାଗୁଥିଲା । ସେ ମୋତେ କିଛି ଏପରି କଥା କହିଲା କି ମୁଁ ତାହା ସ୍ୱପ୍ନରେ ବି ଭାବି ପାରିନଥାନ୍ତି । ମୋର ଚିନ୍ତାଧାରା ଏକଦମ୍ ବଦଳି ଯାଇଥିଲା ।

ସେ ମୋତେ ଛାଡିବା ପାଇଁ ବାହାର ପର୍ଯ୍ୟନ୍ତ ଆସିଲେ ତଥା ମୋତେ ପ୍ରତିଯୋଗିତା ପାଇଁ ଶୁଭକାମନା ବି ଦେଲେ । ପରିଣାମ କ'ଣ ହେଲା ଆସିକରି କହିବାକୁ ଅନୁରୋଧ ବି କଲେ । ଏହି ବାହାନାରେ ଆମ ଦୁହିଁଙ୍କର ପୁଣିଥରେ ଭେଟ ହୋଇଯିବ । ଶେଷରେ ସେ ମୋତେ କହିଲେ କି ମୁଁ ତାଙ୍କୁ ବସନ୍ତ ଋତୁରେ ଭେଟ କଲେ ସେ କିଛି ଇନ୍ଧନର ଅର୍ଡର ବି ଦେବାକୁ ଚେଷ୍ଟା କରିବେ । ମୋ ପାଇଁ ତ ଜାଣ କୌଣସି ଚମତ୍କାର ଥିଲା । ମୁଁ ବର୍ଷେ ଠାରୁ ଅଧିକ ସମୟ ଧରି ଏହି କାମ କରିପାରୁ ନଥିଲି ହେଲେ ଆଜି ନିଜେ ସେ ଇନ୍ଧନ କିଣିବା କଥା କହୁଛି । ମୁଁ ଦୁଇଘଣ୍ଟା କାଳ ସେହି ଲୋକ ବିଷୟରେ ବା ତାର ସମସ୍ୟା ବିଷୟରେ ହୃଦୟର ସହ ରୁଚି ନେଇଥିବା କାରଣରୁ ଏହା ସମ୍ଭବ ହୋଇପାରିଲା । କିନ୍ତୁ ଯଦି ମୁଁ ବର୍ଷେ ପର୍ଯ୍ୟନ୍ତ ଚେଷ୍ଟା କରିଥାନ୍ତି କି ସେ ମୋ ଜିନିଷରେ ବା ମୋ ଠାରେ ରୁଚି ରଖନ୍ତୁ ତାହା କେବେ ବି ସମ୍ଭବ ହୋଇ ନଥାନ୍ତା । ତେବେ ମି. ନାପୋଲେ, କୌଣସି ନୂଆ ଜିନିଷର ଆବିଷ୍କାର କରି ନାହାନ୍ତି । ଏହାତ ବିଶ୍ୱ ଗଠନ ବେଳରୁ ଚାଲିଆସିଛି । ଏହାକୁ ବହୁ ପୁରାତନ ରୋମାନୀୟ କବି ସାଇରସ୍ ବି କହିଥିଲେ- 'ଯଦି ଅନ୍ୟ ଲୋକ କେହି ଆମ ବିଷୟରେ ରୁଚି ରଖେ ତେବେ ଆମକୁ ବି ତାର ସମସ୍ୟା ଓ ତାଙ୍କ ଠାରେ ରୁଚି ରଖିବାକୁ ପଡେ ।'

ମାନବୀୟ ସିଦ୍ଧାନ୍ତ ମାନଙ୍କରୁ ପ୍ରତ୍ୟେକ ସିଦ୍ଧାନ୍ତ ଭଳି ଆମର ଏହି ରୁଚି ପ୍ରଦର୍ଶନ ସତ୍ୟ ଓ ବାସ୍ତବିକତା ଉପରେ ଆଧାରିତ ହେବା ଦରକାର ସେଥିରେ ଟିକେ ବି ମିଛ କିମ୍ବା ଲୋକ ଦେଖାଣିଆ ରହିବା ଉଚିତ ନୁହେଁ । ଏଥିରେ ରୁଚି ଦେଖାଇବା ଲୋକ ଓ ଯେଉଁଥିରେ ରୁଚି ନିଆଯାଉଛି ସେହି ଦୁଇଜଣଙ୍କର ଭଲ ହେବା ଦରକାର । ନିୟୁର୍କର ଏକ ଦ୍ୱୀପରେ ଆମ କୋର୍ସ କରୁଥିବା ମିର୍ଟନ୍ ଇଙ୍ଗିସ୍‌ବର୍ଗ, ଏକ ନର୍ସ୍ ଗୋଟେ ରୋଗୀର ବିଶେଷ ଯତ୍ନ ନେବା ଦ୍ୱାରା ସେ ରୋଗୀର କିପରି ତାର ଜୀବନ ଧାରାରେ ବହୁତ ପରିବର୍ତ୍ତନ ଆସିଥିଲା ସେକଥା ଆମକୁ କହିଥିଲେ । ସେହି ରୋଗୀ ଅନୁସାରେ – ମୋର ବୟସ ୧୦ ବର୍ଷର ଥିଲା ଓ ସେଦିନ ଧନ୍ୟବାଦ ଅର୍ପଣ କରିବା ଦିବସ ଥିଲା । ପରଦିନ ମୋର ଅସ୍ତ୍ରୋପଚାର ହେବାର ଥିଲା ଏଣୁ ମୁଁ ଏକ ଡାକ୍ତରଖାନାରେ ୱେଲଫେୟାର ୱାର୍ଡରେ ଭର୍ତ୍ତି ହୋଇଥାଏ । ମୋର ବାପାଙ୍କର ମୃତ୍ୟୁ ହୋଇ ସାରିଥିଲା । ମୁଁ ଓ ମୋର ମାଆ ଏକ ଛୋଟ ଭଡ଼ା ଘରେ ରହୁଥାଉ । ମୁଁ ଜାଣିଥିଲି କି

ଅପରେସନ୍ ପରେ ମୋତେ କେତେ ମାସ ପର୍ଯ୍ୟନ୍ତ ଏହି ଠାରେ ପଡି ପଡି ଅସ୍ତ୍ରୋପଚାରର ବ୍ୟଥାକୁ ସହିବାକୁ ପଡିବ। ସେଦିନ ମୋ ମାଆ ମୋତେ ଦେଖା କରିବାକୁ ଆସି ପାରିଲା ନାହିଁ। ସଂଧ୍ୟା ହେବା କ୍ଷଣି ମୋତେ ଏକୁଟିଆ ଚିନ୍ତା ଓ ଡର ଲାଗୁଥାଏ। ମୋତେ ଜଣାଥିଲା ମୋର ମାଆ ମୋତେ ଦେଖା କରିବାକୁ ଆସି ପାରିଲା ନାହିଁ ତେଣୁ ସେ ବହୁତ ଦୁଃଖିତ ହୋଇ ଖାଇବା ପିଇବା ବି କରି ନଥିବ ଏକୁଟିଆ ବସି ମୋ ବିଷୟରେ ଭାବୁଥିବ। ମୋ ଆଖିରେ ଲୁହ ଆସିଗଲା, ଯାହାକୁ ଲୁଚାଇବା ପାଇଁ ମୁଁ ନିଜ ମୁହଁକୁ ତକିଆରେ ଲୁଚାଇ ଦେଲି ଓ ଚାଦର ଘୋଡାଇ ହେଲି ଏପଟେ ଶରୀରର ପୀଡା ବି ଅଧିକ ହେବାପରି ଲାଗୁଥାଏ। କିନ୍ତୁ ମୁଁ ଯେତେ ଲୁଚାଇଲେବି ମୋର କାନ୍ଦ ଏକ ଯୁବତୀ ନର୍ସ ଛାତ୍ରୀକୁ ଶୁଣା ଯାଉଥାଏ। ସେ ମୋ ପାଖକୁ ଆସିଲେ। ସେ ମୋର ଚାଦର ବାହାର କରିଦେଇ ମୋର ଲୁହକୁ ପୋଛିବାକୁ ଲାଗିଲେ। ସେ ମୋତେ କହିଲେ ଯେ ସେ ବି ବହୁତ ଏକୁଟିଆ ଥିଲେ, ଦିନମାନ କାମ କରୁଥିଲେ କିନ୍ତୁ ପରିବାର ଲୋକଙ୍କ ସହ ରହିପାରୁ ନଥିଲେ। ତାପରେ ସେ ମୋର ଓ ତାଙ୍କର ରାତ୍ରୀର ଖାଦ୍ୟ ତାଙ୍କ ମନ ପସନ୍ଦର ଓ ଯେପରି ମୋର ବି ପସନ୍ଦ ହେବ ସେପରି ଖାଦ୍ୟ ସହିତ ଆଇସକ୍ରୀମ୍ ନେଇ ଆସିଲେ। ସେ କଥା କଥାରେ ମୋର ଡରକୁ ଦୂର କରିବା ପାଇଁ ଚାହିଁଲେ।

ଏମିତି ବି ତାଙ୍କର କାମ କରିବାର ଅବଧି ସଂଧ୍ୟା ବେଳ ପର୍ଯ୍ୟନ୍ତ ଥିଲା କିନ୍ତୁ ସେ ସେଦିନ ରାତି ୧୧ ପର୍ଯ୍ୟନ୍ତ ରହିଲେ। ମୋ ସହିତ ବହୁତ କଥା ହେବା ସହ ଗପ ବି କହିଲେ ଓ ଖେଳ ବି ଖେଳାଉଥିଲେ ସେତେବେଳ ପର୍ଯ୍ୟନ୍ତ କି ମତେ ଯେପରି ନିଦ ଆସିଯାଉ ଓ ମୁଁ ସମସ୍ତ ଦୁଃଖ ଓ କଷ୍ଟକୁ ଭୁଲିଯିବି। ସେଦିନ ପରେ ଅନେକ ଧନ୍ୟବାଦ ଅର୍ପଣ ଦିବସ ଆସିଲାଣି ଓ ଗଲାଣି କିନ୍ତୁ ସେଦିନଟି ମୋର ସବୁଦିନ ମନେ ରହିଥିବ। ମୋତେ ବର୍ଷ ବର୍ଷ ପରେ ବି ସେହି ଦିନର କଥା ମନେ ଅଛି ଯେତେବେଳେ ମୁଁ ଘୋର ନିରାଶା, ଭୟ, ହତାସ ଓ ଏପରି ଅନେକ ନକରାତ୍ମକ ଚିନ୍ତାର ଭିତରେ ବୁଡି ରହିଥାଏ ଠିକ୍ ସେତିକି ବେଳେ ସେହି ଅପରିଚିତ ନର୍ସ ଆସି ନିଜ ସ୍ନେହ, ପ୍ରେମ ଓ କୋମଳତା ସହ ମୋ ଭିତରର ସବୁ ନକରାତ୍ମକତାକୁ ଦୂର କରି ସକରାତ୍ମକ ତତ୍ତ୍ୱରେ ଭରି ଦେଇଥିଲେ।

ଯଦି ଆପଣ ଚାହୁଁଥାନ୍ତି କି ଅନ୍ୟ ଲୋକମାନେ ତୁମକୁ ପସନ୍ଦ କରନ୍ତୁ, ଯଦି ଆପଣ ପ୍ରକୃତ ମିତ୍ର ପାଇବାକୁ ଚାହୁଁଛନ୍ତି ଓ ନିଜର ତଥା ଅନ୍ୟର ପ୍ରଶଂସା କରିବା ଓ କରାଇବାକୁ ଚାହୁଁଛନ୍ତି ତେବେ ଏହି ସିଦ୍ଧାନ୍ତକୁ ସଦା ସର୍ବଦା ନିଜ ମସ୍ତିଷ୍କରେ ରଖିବା ଦରକାର।

ସିଦ୍ଧାନ୍ତ - 1

ଅନ୍ୟ ବ୍ୟକ୍ତିମାନଙ୍କ ଠାରେ ସତସତିକା ରୁଚି ରଖିବା ଉଚିତ।

2

ଲୋକମାନଙ୍କୁ ପ୍ରଭାବିତ କରିବାର ସରଳ ଉପାୟ

ପ୍ରସିଦ୍ଧ ନିୟୁର୍କ ସହରରେ ଏକ ଉତ୍ସବରେ କିଛି ଅତିଥି ଆସିଥିଲେ । ସେମାନଙ୍କ ମଧ୍ୟରେ ଏକ ଏମିତି ମହିଳା ବି ଆସିଥିଲେ ଯାହାଙ୍କୁ କିଛି ଦିନ ପୂର୍ବରୁ ବହୁତ ଧନ ସମ୍ପତ୍ତି ବିନା ପରିଶ୍ରମରେ ମିଳିଥିଲା । ସେହି ମହିଳା ସମସ୍ତଙ୍କ ଧ୍ୟାନ ନିଜ ଆଡକୁ ଆକର୍ଷିତ କରିବାକୁ ଚାହୁଁଥିଲା ବା ତା ନିକଟରେ ଏତେ ଧନ ଅଛି ବୋଲି ସେ ଜଣାଇଦେବାକୁ ଚେଷ୍ଟା କରୁଥିଲା । ସେଥିପାଇଁ ସେ ନିଜକୁ ସୁନା, ହିରା, ମୋତି ପରି ଅନେକ ଗହଣାରେ ସୁସଜ୍ଜିତ କରିଆସିଥିଲା ହେଲେ ବି ତାର ମୁହଁରୁ ସେହି ଆଗ ଭଳି ଭାବ ଦେଖା ଯାଉଥିଲା, ଗର୍ବ ଅହଂକାର ଲୋଭ ଇତ୍ୟାଦି ସ୍ପଷ୍ଟ ବାରି ହୋଇ ଯାଉଥିଲା । ସେ ହୁଏତ ଏହା ଭୁଲି ଯାଇଥିଲା କିମ୍ବା ମନେ ରଖିବାକୁ ଚାହୁଁ ନଥିଲା କି କାହାରି ବି ଚେହେରା ଗହଣା ଓ ପୋଷାକରୁ ମହତ୍ତ୍ୱପୂର୍ଣ୍ଣ ହୋଇ ନଥାଏ ବରଂ ନିଜ ଚେହେରାର ଭାବ ହିଁ ମହତ୍ତ୍ୱପୂର୍ଣ୍ଣ କରିପାରେ ।

ଚାର୍ଲସ୍ ଶବାବ୍ ତ ନିଜ ସ୍ମିତହାସ୍ୟର ମୂଲ୍ୟ ୧୦ ଲକ୍ଷ ଡଲାର ବୋଲି କହୁଥିଲେ । କିନ୍ତୁ ମୋ ମତରେ ସେ ହୁଏତ କିଛି କମ୍ କରି ଆକଳନ କରିଛନ୍ତି । ତାଙ୍କର ସମ୍ପୂର୍ଣ୍ଣ ବ୍ୟକ୍ତିତ୍ୱ, ଚେହେରାର ଆକର୍ଷଣ ତଥା ଲୋକମାନଙ୍କ ହୃଦୟ ଜିତିବା କଳାରେ ତାଙ୍କ ନିପୁଣତା ହିଁ ଏହି ଅସାଧାରଣ ସଫଳତାର ରହସ୍ୟ ଥିଲା । ଏବଂ ତାଙ୍କ ମନମୁଗ୍ଧକର ସ୍ମିତ ହାସ୍ୟ ହିଁ ତାଙ୍କ ବ୍ୟକ୍ତିତ୍ୱର ସବୁଠାରୁ ଆକର୍ଷିକ ଭାଗ ଥିଲା ।

ମଣିଷର ଶବ୍ଦର ଗତି ସେ କରିଥିବା ଭଲ ବା ମନ୍ଦ କାମର ଗତି ଠାରୁ ବହୁତ ଧିମା ହୋଇଥାଏ । ଆପଣଙ୍କ ହସ ହିଁ କହି ଦେଇଥାଏ କି ମୁଁ ଆପଣଙ୍କୁ ପସନ୍ଦ କରିଛି ଆପଣଙ୍କୁ ଭେଟି ମୁଁ ବହୁତ ପ୍ରସନ୍ନ ଅଛି ।

ଏହି ସମ୍ପର୍କ ତ ଅଛି ପାଳିତ କୁକୁର ଓ ମାଲିକ ଭିତରେ। ଆପଣଙ୍କ କୁକୁର ଆପଣଙ୍କୁ ଦେଖିବା ମାତ୍ରେ ଖୁସିରେ ଉଛୁଳି ଉଠେ ଖୁବ୍ ଆନନ୍ଦିତ ହୋଇଉଠେ ଯେପରି ତାର ସବୁ ଖୁସି ମାଲିକ ପାଇଁ ହିଁ ଅଛି ଓ ସେଇଥି ପାଇଁ ଆମେ ବି ତାକୁ ଦେଖି ଖୁସି ହୋଇଯାନ୍ତି। ଏହି କଥାଟି ପିଲାଙ୍କ ହସ ବିଷୟରେ ବି ସଠିକ୍ ପ୍ରମାଣିତ ହୁଏ। ଆପଣ ଏପରି ଅଗଣିତ ଚେହେରା ଦେଖିଥିବେ ଯେଉଁମାନେ ଡାକ୍ତରଖାନା ଗଲେ ମୁହଁ ଲଟକାଇ ବସିଥାନ୍ତି ଏକାସାଙ୍ଗରେ ଅନେକ ଲୋକ ବସିଥିଲେ ବି କାହାରି ମୁହଁରେ ହସଟିକେ ବି ନଥାଏ। ଦିନେ ପଶୁମାନଙ୍କ ଡାକ୍ତର ସ୍ଟିଫନ୍ କେ. ସ୍ମିଲ୍ ଥରେ ମୋତେ ଏପରି ଏକ କାହାଣୀ କହିଲେ। ଦିନେ ବହୁତ ଗୁଡାଏ ଲୋକ ଏକକାଳୀନ ମୋ ଚିକିତ୍ସାଳୟକୁ ପଶୁମାଙ୍କର ଚିକିତ୍ସା କରିବା ପାଇଁ ଆସିଲେ। ସେମାନେ ନିଜ ନିଜ ଭିତରେ କଥା ପଦେ ବି ହେଉନଥାନ୍ତି। ନିଜ ନିଜ ପଶୁର କାମ ସାରି କିପରି ଜରୁରୀ କାମରେ ବାହାରି ଯିବେ ସେକଥା ଚିନ୍ତା କରୁଥାନ୍ତି। କିଛି ଲୋକ ବାହାରେ ଥିବା ବେଳେ କିଛି ଲୋକ ଅପେକ୍ଷା ଗୃହରେ ଓ କିଛି ମୋ କ୍ୟାବିନ୍‌ରେ ଥାଆନ୍ତି। ସେତିକିବେଳେ ଏକ ମହିଳା ନିଜର ନଅ ମାସର ପିଲା ସହ ଏକ ବିଲେଇ ଛୁଆକୁ ଧରି ସେହି ହଲ୍ ଭିତରକୁ ପଶି ଆସିଲେ। ସଂଯୋଗ ବଶତଃ ସେହି ମହିଳା ଯେଉଁଠି ବସିଲା ସେହି ପାଖ ଲୋକଟି ସବୁଠାରୁ ବେଶି ବ୍ୟସ୍ତ ହେଉଥାଏ ନିଜ ପଶୁର ଚିକିତ୍ସାକୁ ନେଇ। ଟିକେ ସମୟ ପରେ ସେ ଛୋଟ ପିଲାଟି ସେହି ଲୋକର ମୁହଁ ଦେଖି ଟିକେ ହସିଦେଲା, ଏହା ଦେଖି ସେ ଲୋକବି ଟିକେ ହସିଦେଲା। ତାପରେ ସେ ଲୋକ ଏହି ମହିଳା ସହ ସେ ପିଲା ବିଷୟରେ ଗପସପ କରିବାକୁ ଲାଗିଲା ଓ ସେ ନିଜ ପରିବାର ଠାରୁ ଆରମ୍ଭ କରି କେତେ ପ୍ରକାରର କଥା ହେଲେ, ଧିରେ ଧିରେ ସଭିଁଏ ସେହି ଆଲୋଚନାରେ ଭାଗ ନେବାକୁ ଲାଗିଲେ, ଯିଏ କିଛି କହୁନଥିଲା କଥା ଶୁଣି ଟିକେ ହସି ଦେଉଥିଲା ଏହିପରି ପୁରା ବାତାବରଣ ଆନନ୍ଦିତ ହୋଇ ଉଠିଲା।

ଏଠି ଧ୍ୟାନ ଦେବାର କଥା ହେଲା ଦେଖେଇ ହେଲା ଭଳି ହସ ହସ ମୁହଁର କୌଣସି ଲାଭ ନଥାଏ, କାରଣ ଏପରି କୃତ୍ରିମ ଭାବେ ତିଆରି କରାଯାଇ ଥିବା ହସକୁ କେହି ବି ଜାଣିପାରେ ତେଣୁ ତାହାକୁ କେହି ବି ପସନ୍ଦ କରନ୍ତି ନାହିଁ। ପ୍ରକୃତ ହସ ଯାହା ହୃଦୟରୁ ଆପେ ଆପେ ଆସେ ତାହା ସମସ୍ତଙ୍କ ମନ କିଣି ନେବାର ଶକ୍ତି ରଖିଥାଏ। ଏହା ମନରୁ ଆସିଥାଏ ତେଣୁ ସିଧା ମନକୁ ଛୁଇଁପାରେ। ମନରୁ ଆପେ ଆସିଥିବା ହସର ମୂଲ୍ୟ ନିରୂପଣ କରିବା କଷ୍ଟକର ହୋଇଥାଏ। ଏହା ଅମୂଲ୍ୟ ବା ଦୁର୍ଲଭ। ମିରିଗନ୍ ୟୁନିଭରସିଟିର ପ୍ରସିଦ୍ଧ ମନୋବିଜ୍ଞାନୀ କହିଥିଲେ– 'ସ୍ମିତ ହାସ୍ୟ ବାଣ୍ଟି ପାରୁଥିବା ଲୋକ କେତେକ କାମ ଖୁବ୍ ସହଜରେ କରିପାରେ ସେ ଶିକ୍ଷା ଦାନ ହେଉ କିମ୍ବା କାହାକୁ କିଛି ବିକ୍ରି କରିବା। ସେମାନେ ନିଜ ପିଲାଙ୍କୁ ଠିକ୍ ଲାଳନପାଳନ ବି କରିପାରନ୍ତି ନିଜ ଜୀବନ ଠିକ୍ ଭାବରେ ବିତାଇ

ପାରନ୍ତି। କାରଣ ଏପରି ହସରେ ବହୁତ ଶକ୍ତିଥାଏ। ଏଣୁ ଆମେ କାହାକୁ କିଛି ଶିଖାଇବାକୁ ଚାହୁଁଥିଲେ ତାକୁ ଦଣ୍ଡିତ କରିବା ଅପେକ୍ଷା ପ୍ରଭାବିତ କରି ଶିଖାଇବା ଦରକାର।

ନିୟୁର୍କର ଏକ ବଡ ଅନୁଷ୍ଠାନର ନିଯୁକ୍ତିଦାତା ଭାବେ କାମ କରୁଥିବା ଅଧିକାରୀ ମୋତେ କହିଲେ କି ସେ ଏପରି ଲୋକକୁ କାମରେ ରଖିବାକୁ ଚାହାଁନ୍ତି ଯାହାର ବଦନ ସଦା ସ୍ମିତହାସ୍ୟରେ ଝଟକୁଥିବ ନା କି ମନକୁ ଦୁଃଖ କରି ମନକୁ ମାରି ଗମ୍ଭୀର ଭାବରେ ବସି ରହିଥିବ ବରଂ କମ୍ ପାଠ ପଢିଥିବା ଲୋକକୁ ଚାକିରିରେ ରଖିନେବ କିନ୍ତୁ ଯଦି ଫିଲୋସଫିରେ ଡକ୍ଟରେଟ କରି ବି ମୁହଁରେ ହସ ନଥାଏ ସେପରି ଲୋକକୁ ଆଦୌ ପସନ୍ଦ କରିବି ନାହିଁ।

ହସର ପ୍ରଭାବ ବହୁତ ଶକ୍ତିଶାଳୀ ଓ ଚିରସ୍ଥାୟୀ ହୋଇଥାଏ, ବରଂ ଏହି ପ୍ରଭାବ କେହି ଦେଖିପାରୁ କି ନାହିଁ। ଆମେରିକୀୟ ଟେଲିଫୋନ୍ କମ୍ପାନୀ 'ଫୋନ୍ ପାୱାର୍' ନାମକ ଏକ କାର୍ଯ୍ୟକ୍ରମ କରାଉଥିଲେ। ଏଠି କର୍ମଚାରୀମାନଙ୍କୁ ଶିଖାଯାଉଥିଲା ଯେ ସେ କିପରି କମ୍ପାନୀର ଜିନିଷ ବିକ୍ରି କରିବା ଲାଗି ଟେଲିଫୋନ୍‌ର ବ୍ୟବହାର କରିବେ। ଏହି କାର୍ଯ୍ୟକ୍ରମରେ ସେ ଆପଣଙ୍କୁ ଟେଲିଫୋନ୍‌ରେ କଥା ହେବା ବେଳେ କିପରି ନିଜ ଚେହେରାରେ ହସ ରଖିଲେ ତାହା ଶୁଣିଲା ବାଲାକୁ ଅନୁଭବ ହେବ ଓ ସେ କିପରି ଆପଣଙ୍କ କଥାରେ ପ୍ରଭାବିତ ହେବ ସେ ବିଷୟରେ ଶିକ୍ଷା ଦିଆଯାଉଥିଲା।

ଓହିୟୋର ଏକ କମ୍ପ୍ୟୁଟର୍ ବିଭାଗର ମ୍ୟାନେଜର୍ ରୋବର୍ଟ୍ କ୍ରାୟର ସନ୍‌ସନି ଆମକୁ ତାଙ୍କ ଦ୍ୱାରା ସଫଳ ହୋଇଥିବା ଏକ କଷ୍ଟସାଧ କାମ ପାଇଁ ଜଣେ କର୍ମଚାରୀ ଚୟନର ଘଟଣାବଳୀକୁ ଆମ ଆଗରେ ରଖିଥିଲେ। ତାଙ୍କ ଅନୁସାରେ - ମୋତେ ମୋ କାମ ପାଇଁ ଏକ କମ୍ପ୍ୟୁଟର୍ ସାଇନ୍ସରେ ଡକ୍ଟରେଟ୍ କରିଥିବା ଏକ କର୍ମଚାରୀ ଦରକାର ଥିଲା। ଶେଷରେ ମୁଁ ଏକ ଏପରି ଯୁବକକୁ ଏହି କାମରେ ରଖିଲି ଯେ କି ପରଡିୟୁ ୟୁନିଭର୍ସିଟିରୁ ସ୍ନାତକ ପୂରା କରିବାକୁ ଯାଉଥିଲା। ମୁଁ ଜାଣିବାକୁ ପାଇଲି କି ସେ ପିଲାକୁ ଅନ୍ୟ କେତେକ କମ୍ପାନୀ ବି କାମରେ ନିଯୁକ୍ତି ଦେବା ପାଇଁ ପ୍ରତିଶ୍ରୁତି ଦେଇଥିଲେ। ସେ ଆମ କମ୍ପାନୀରେ ନିୟୋଜିତ ହେବା ପରେ ଦିନେ ମୁଁ ତାକୁ ପଚାରିଲି କି ସେ ଅନ୍ୟ କମ୍ପାନୀଗୁଡିକୁ ଛାଡି ଆମ କମ୍ପାନୀରେ କାମ କରିବାକୁ କାହିଁକି ପସନ୍ଦ କଲା ? ଟିକେ ରହିଯାଇ ସେ ଉତ୍ତର ଦେଲା ଏହା କାରଣ ବେଶୀ କିଛି ନାହିଁ ମାତ୍ର ଏତିକି ଯେ ସେମାନେ ମୋ ସହ କଥା ହେଲାବେଳେ ମୋତେ ଲାଗୁଥାଏ ଯେପରି କୌଣସି ବ୍ୟବସାୟ ସହମତି ପାଇଁ ଆମେ ଥଣ୍ଡା ମସ୍ତିଷ୍କରେ ବସି ଆଲୋଚନା କରୁଥିଲୁ। କିନ୍ତୁ ସେଠି ଆପଣଙ୍କ ସହ କଥା ହେଲାବେଳେ ମୋତେ ଏପରି ଲାଗୁଥିଲା କି ମୁଁ ଯେପରି କୌଣସି ନିଜ ଲୋକ ସହ ଆଲୋଚନା କରୁଛି, ମୋତେ ଆପେ ଆପେ ମୋ ମନ ଭିତରେ ଏକ ଅଜଣା ଆନନ୍ଦର ଅନୁଭବ କରୁଥିଲି, ତେଣୁ ମୁଁ ଆପଣଙ୍କ

କମ୍ପାନୀରେ କାମ କରିବାକୁ ସ୍ଥିର କଲି । ଏବେ ଆପଣମାନେ ବୁଝି ପାରୁଥିବେ କି କିପରି ମୁଖ ମଣ୍ଡଳରେ ସ୍ମିତହାସ୍ୟ ରଖି କଥା ହେବା ଦ୍ୱାରା କିପରି ଏହା କାମରେ ଲାଗେ, ଏହା କିପରି କାମର ଜିନିଷ ସାବ୍ୟସ୍ତ ହୁଏ ।

ଥରେ ମୋତେ ଆମେରିକାର ଏକ ବଡ ରବର କମ୍ପାନୀର ବୋର୍ଡ ଅଫ୍ ଡାଇରେକ୍ଟରର ଚେୟାରମ୍ୟାନ୍ କହିଲେ କି ତାଙ୍କ ମତରେ ସାମ୍ନା ବାଲା ଲୋକ ଯଦି କୌଣସି କାମରେ ଆନନ୍ଦ ନପାଏ ତେବେ ସେ ସେହି କାମରେ କେବେ ବି ସଫଳ ହେବ ନାହିଁ । ସେହି ଉଦ୍ୟୋଗପତି ଏକଥା ମାନିବାକୁ ବିଲକୁଲ ପ୍ରସ୍ତୁତ ନଥିଲେ କି ପରିଶ୍ରମ ବଦଳରେ ସବୁ କିଛି କରିହେବ । ସମସ୍ତ ଜାଦୁର ଚାବିକାଠି ହିଁ ଏହି ପରିଶ୍ରମ ହୋଇଥାଏ । ତାଙ୍କ କହିବା ଅନୁସାରେ ସେ ଏପରି ଅନେକ ଲୋକଙ୍କୁ ଜାଣନ୍ତି ଯେକି ନିଜ କାମରେ ଆନନ୍ଦ ପାଉଥିବାରୁ ହିଁ ସଫଳ ହୋଇଥିଲେ ଓ ପରେ ସେଥିରୁ ଯେତେବେଳେ ଆନନ୍ଦ ଆଉ ଆସିଲା ନାହିଁ ସେ ଧନ୍ଦା ବି ଭଲ ଚାଲିଲା ନାହିଁ ଓ ସେ ପୁଣି ଅସଫଳତା ଆଡକୁ ଗତି କଲେ । ମୁଁ ହଜାରରୁ ଅଧିକ ବ୍ୟବସାୟୀମାନଙ୍କୁ ଅନୁରୋଧ କରିଥିଲି କି ସେ ଗୋଟିଏ ସପ୍ତାହ ପର୍ଯ୍ୟନ୍ତ ପ୍ରତି ଘଣ୍ଟାରେ ଥରେ କାହାକୁ ବି ଅନାଇ ହସନ୍ତୁ (ମନ ଖୋଲି) ଦେଖିବା ଏହାର କ'ଣ ପ୍ରଭାବ ପଡିବ ? ଆସନ୍ତୁ ମୋ ପାଖରେ ପଡିଥିବା ଗୋଟେ ଚିଠିକୁ ନେଇ ଏହି ବିଷୟରେ ଆଲୋଚନା କରିବା । ଏହି ଚିଠିଟି ଲେଖିଛନ୍ତି ନିୟୁର୍କର ପ୍ରସିଦ୍ଧ ବ୍ୟବସାୟୀ ଷ୍ଟାର୍କ୍ ବ୍ରୋକର୍ ବିଲିୟମ୍ ବି. ସ୍ଟିନହାର୍ଡ୍ ଯାହାଙ୍କ ଉଦାହରଣ ମୁଁ କେତେଥର ଅନୁଭବ ବି କରିସାରିଲିଣି ।

ମି. ସ୍ଟିନହାର୍ଡ୍ଙ୍କ କହିବା କଥା – ଆମ ବାହାଘରକୁ ୧୮ବର୍ଷ ହୋଇ ଯାଇଥାଏ । ମୁଁ ମୋ ପତ୍ନୀଙ୍କୁ କେବଳ କାମର କଥା ହିଁ କହୁଥିଲି, ତାଠାରୁ ଅଧିକା କିଛି ନୁହେଁ । ତା ଆଡକୁ ଅନାଇ ହସିବା ତ ଦୁରର କଥା ମୁଁ ସ୍ୱପ୍ନରେ ବି ଭାବିପାରେନି । ମୁଁ ସକାଳେ ଶୀଘ୍ର ଉଠିପଡି ଶୀଘ୍ର ଶୀଘ୍ର ପ୍ରସ୍ତୁତ ହୋଇ ମୋ କାମରେ ବାହାରି ଯାଉଥିଲି । ମୁଁ ବହୁତ କମ୍ କଥା କୁହେ ଓ ପ୍ରାୟ ମୁଁ ଦୁନିଆଁର ସବୁଠାରୁ ଉଦାସୀନ ବ୍ୟକ୍ତି ଥିଲି । ତାପରେ ଆପଣ ମୋତେ ହସିବାର ଉପଦେଶ ଦେଲେ ତଥା ଏହାର ପରିଣାମ ବିଷୟରେ ବି ବୁଝାଇଦେଲେ, ତ ମୁଁ ଭାବିଲି କି ଚାଲ ସପ୍ତାହେ ମୁଁ ଖୁବ୍ ହସି କରି ଦେଖିନିଏ ଏହା କି ପ୍ରକାର ପ୍ରଭାବ ପକାଉଛି । ପରଦିନ ସକାଳେ ମୁଁ ଉଠି ଚୁଟି କୁଣ୍ଡାଇବା ବେଳେ ଆଇନାକୁ ଦେଖି ନିଜ ସହ କଥା ହେଲି ଆଜି ନୁହେଁ ବରଂ ଏହି କ୍ଷଣରୁ ମୋତେ ହସିବାକୁ ହେବ । ତାପରେ ମୁଁ ଜଳଖିଆ ଟେବୁଲ୍ ପାଖକୁ ଗଲାବେଳେ ହସି ହସି ଗଲି ଓ ନିଜ ପତ୍ନୀଙ୍କୁ ସ୍ନେହଭରା ନଜରରେ ଦେଖିଲି ।

ଆପଣ ମୋତେ କହିଥିଲେ କି ମୋ ଭିତରର ଏହି ପରିବର୍ତ୍ତନ ଦେଖି ସେ ବିସ୍ମିତ ହୋଇଯିବେ । ନାଁ ସେ ବରଂ କିପରି ପାଗଳ ପରି ହୋଇଗଲା ଏହା ହେଲା କିପରି ? ମୁଁ ତାଙ୍କୁ କହିଲି କି ମୁଁ ଏବେ ଠାରୁ ଏମିତି ଦୈନିକ ହସ ହସ ହୋଇ ରହିବି ଓ ମୁଁ ଏହି ପ୍ରତିଶ୍ରୁତିକୁ

ଭାଙ୍ଗିଲି ବି ନାହିଁ । ମୋର ଏପରି ବ୍ୟବହାରରେ ମୋର ଉଦାସୀନ ଘରର ବାତାବରଣ ମାତ୍ର ଦୁଇ ମାସରେ ବହୁତ ଆନନ୍ଦିତ ପରିବେଶରେ ପରିଣତ ହୋଇଗଲା । ସେହି ଦୁଇ ମାସରେ ଏତେ ଖୁସି ପାଇଥିଲୁ କି ପୁରା ବର୍ଷରେ ବି ସେତିକି ମିଳିପାରୁ ନଥିଲା ।

ଏବେ ତ ମୁଁ ଅଫିସ୍ ଗଲାବେଳେ ଲିଫ୍ଟମ୍ୟାନ୍‌କୁ ବି ହସିକରି ଗୁଡ୍ ମର୍ଣ୍ଣିଙ୍ଗ ବି କହୁଛି ଓ ତାର ଅଭିବାଦନକୁ ବି ହସିକରି ଗ୍ରହଣ କରୁଛି । ବ୍ୟାଙ୍କ୍ ଗଲେ କ୍ୟାସିଅର୍‌କୁ ହସିକରି କଥା ହେଉଛି ଓ ଷ୍ଟକ୍ ଏକ୍ସଚେଞ୍ଜ୍ ଗଲେ ବି ହସି ହସି ଲୋକଙ୍କ ଆଡକୁ ଆଗ୍ରହର ସହିତ ଦେଖୁଛି ଯେଉଁମାନେ କି ମୋତେ ସବୁବେଳେ ଉଦାସୀନ ଚେହେରା ସହ ଦେଖିଥିଲେ ।

ମୋତେ ଏବେ ଜଣା ପଡିଗଲାଣି କି ହସ ବଦଳରେ ହସ ମିଳେ କାରଣ ମୋତେ ଦେଖି ଏବେ ସମସ୍ତେ ହସୁଛନ୍ତି । କେହି ମୋତେ ଆଗ ପରି ନଡରି ମୋ ପାଖକୁ ନିଜ ସମସ୍ୟା ବା ଅଭିଯୋଗ ନେଇ କରି ଆସୁଛନ୍ତି । ମୁଁ ତାଙ୍କ କଥା ହୃଦୟର ସହ ହସି ହସି ଶୁଣୁଛି । ଏଥି ପାଇଁ ସବୁ ସମସ୍ୟାର ସରଳ ସମାଧାନ ବି ବହୁତ ଶୀଘ୍ର ବାହାରି ଆସୁଛି । ଏବଂ ଖାସ୍ ଏଥିପାଇଁ ଆଗ ଅପେକ୍ଷା ମୋର ରୋଜଗାର ବଢିଯାଇଛି ।

ମୋ ଅଫିସ୍ ସାମ୍ନାରେ ଅନ୍ୟ ଏକ ଲୋକର ଅଫିସ୍ ଅଛି । ସେଠାକାର କିରାନି ବହୁତ ବଢିଆ ଲୋକଟିଏ । ତାର ହସରେ ମୁଁ ଏତେ ପ୍ରଭାବିତ ହୋଇଗଲି ଯେ ମୋର ସବୁ ଫିଲୋସଫି ମୁଁ ତାକୁ କହିଦେଲି । ସେହି କିରାନି ମୋତେ କହିଲା କି ମୁଁ ଆଗରୁ ବହୁତ ଚିଡୁଆ ପ୍ରକୃତିର ଗର୍ବୀ ଓ ଅହଂକାରୀ ପରି ଲାଗୁଥିଲି କିନ୍ତୁ ଏବେ ତାର ମତ ବଦଳି ଯାଇଛି । ସେ କହୁଛି ମୁଁ କାଳେ ଏପରି ହସିବା ଦ୍ୱାରା ତାକୁ ବେଶି ସୁନ୍ଦର ଓ ଅଧିକାଂଶ ଯୁବକଙ୍କ ପରି ହୃଦୟବାନ୍ ଅନୁଭବ ହେଉଛି ।

ଏବେ ମୁଁ ଆଉ କାହାରି ସମାଲୋଚନା କରୁନାହିଁ । ଏବେ ତ ମୁଁ ପ୍ରଶଂସା କରୁଛି ଓ ପ୍ରେରଣା ବି ଦେଉଛି ଓ ଏହି କଥାରେ ବିଶ୍ୱାସ ବି ରଖିଛି । ମୁଁ କ'ଣ ଚାହୁଁଛି ତାହା କେବେ ପ୍ରକାଶ କରୁନାହିଁ ବରଂ ସାମ୍ନା ବାଲା ଲୋକର ଦୃଷ୍ଟିକୋଣରୁ ଚିନ୍ତା କରୁଛି । ଏହି ସବୁ ସକାରାତ୍ମକ ବିଚାର ଗୁଡିକ ମୋ ଭିତରେ ବହୁତ କ୍ରାନ୍ତିକାରୀ ପରିବର୍ତ୍ତନ ଆଣିଦେଇଛି । ମୁଁ ପୁରା ବଦଳିଯାଇଛି, ଏଣୁ ଆଗ ଅପେକ୍ଷା ଅଧିକ ପ୍ରସନ୍ନ ରହୁଛି । ଏବେ ମୋର ବହୁତ ମିତ୍ର ବି ହୋଇଗଲେଣି ଓ ମୋତେ ଏମିତିରେ ବହୁତ ଆନନ୍ଦ ଆସୁଛି । ଏହା ହିଁ ପ୍ରକୃତ ସମ୍ପତ୍ତି ।

କ'ଣ ଆପଣଙ୍କୁ ସ୍ମିତ ହାସ୍ୟ କରିବା ବା ଖୋଲି କରି ହସିବା କଠିନ କାମ ପରି ଲାଗୁଛି ? ତେବେ ଏହି ସମସ୍ୟାର ସମାଧାନ ଦୁଇ ପ୍ରକାରର କରାଯାଇ ପାରେ । ସର୍ବପ୍ରଥମେ ନିଜକୁ ହସିବାକୁ ବାଧ୍ୟ କରିଦିଅନ୍ତୁ । ଯେତେବେଳେ ଆପଣ ଘରେ ଥାଆନ୍ତି ସେତେବେଳେ ଆପଣ ନିଜ ଜିଭ ଦ୍ୱାରା ସୁ ସୁ ଶବ୍ଦ କରି ଗୀତ ଗାଇବାକୁ ଚେଷ୍ଟା କରନ୍ତୁ, ନାଚନ୍ତୁ ଓ କିଛି ଏହି ପ୍ରକାରର ବ୍ୟବହାର କରନ୍ତୁ ଯେପରି ଆପଣ ବହୁତ ପ୍ରସନ୍ନ ଅଛନ୍ତି । ଏହିପରି କିଛି

ସମୟ କଲାପରେ ସେହି କଥାରେ ଆପେ ଆପେ ଆନନ୍ଦ ଆସିବାକୁ ଲାଗିବ। ମହାନ ଦାର୍ଶନିକ ଓ ମନୋବିଜ୍ଞାନୀ ବିଲିୟମ୍ ଏହି କଥାକୁ ତାଙ୍କ ଭାଷାରେ କହିଥିଲେ – 'ଆମେ ଭାବନ୍ତି କି ଆମ ଦ୍ୱାରା ହେଉଥିବା ଖରାପ ବା ଭଲ କାମ ଆମ ଭାବନାର ଅନୁସରଣ କରନ୍ତି, କିନ୍ତୁ ବାସ୍ତବରେ କାମ ଓ ଭାବନା ସାଙ୍ଗ ହୋଇ ଚାଲୁଥାନ୍ତି। କୌଣସି କାମକୁ ନିୟନ୍ତ୍ରଣ କରିଲେ ଆମେ ନିଜ ଭାବନାକୁ ବି ନିୟନ୍ତ୍ରଣ କରିପାରିବା। କାରଣ କାର୍ଯ୍ୟ ଉପରେ ନିୟନ୍ତ୍ରଣ କରିବା ସରଳ ଅଟେ କିନ୍ତୁ ଭାବନା ଉପରେ ନିୟନ୍ତ୍ରଣ ରଖିବା ବହୁତ କଠିନ ହୋଇଥାଏ।' ତେବେ ଏଥିରୁ ଏହା ସ୍ପଷ୍ଟ ହେଉଅଛି କି ପ୍ରସନ୍ନ ରହିବାକୁ ଆମକୁ ସେପରି କଥା କହିବା ବା ବ୍ୟବହାର କରିବା ଦରକାର ଯେ ଯାହା ଆମକୁ ଖୁସି ଦେଇ ପାରିବ।

ଏହି ପୂରା ସଂସାରରେ ସମସ୍ତେ ପ୍ରସନ୍ନତାକୁ ହିଁ ଖୋଜୁଥାନ୍ତି, କିନ୍ତୁ ଏହା ପ୍ରାପ୍ତ କରିବା ପାଇଁ ମାତ୍ର କେବଳ ଗୋଟିଏ ବାଟ ଅଛି ଓ ତାହା ହେଲା ନିଜ ବିଚାରକୁ ନିୟନ୍ତ୍ରଣରେ ରଖି ପ୍ରସନ୍ନତା ପ୍ରାପ୍ତ କରିବା। ପ୍ରସନ୍ନତା କୌଣସି ବାହାରର ଶକ୍ତି ବା ପରିସ୍ଥିତି ଉପରେ ଆଶ୍ରିତ ନୁହେଁ, ଆମକୁ ନିଜେ ଏହାକୁ ନିଜ ଭିତରେ ଖୋଜିବାକୁ ପଡିବ। ଆପଣ କ'ଣ କରନ୍ତି, କେମିତି ରୁହନ୍ତି ବା କେଉଁଠି ରୁହନ୍ତି ଏହି ସବୁକୁ ଆଧାର କରି ଆମେ ଦୁଃଖ କିମ୍ବା ସୁଖ ଭୋଗ କରନ୍ତି ନାହିଁ ବା ଦୁଃଖ ସୁଖ ଏମାନଙ୍କ ଉପରେ ଆଦୌ ଆଶ୍ରିତ ନୁହେଁ ବରଂ ସୁଖ କିମ୍ବା ଦୁଃଖର ସମ୍ବନ୍ଧ ଆପଣଙ୍କ ଚିନ୍ତାଧାରା ସହ ଜଡିତ ହୋଇଥାଏ। ଉଦାହରଣ ସ୍ୱରୂପ ଗୋଟିଏ ଅଫିସ୍‌ରେ ଏକ ପ୍ରକାର ଦରମା ଓ ସୁବିଧା ସୁଯୋଗ ପାଉଥିବା ଦୁଇଜଣଙ୍କ ଭିତରୁ ଜଣେ ଅଧିକ ଦୁଃଖୀ ହୋଇଥିବା ବେଳେ ଅନ୍ୟ ଜଣକ ଅଧିକ ସୁଖୀ ଥାଏ। ଏପରି ହେବାର କାରଣ କ'ଣ ? ସେମାନଙ୍କ ପରିସ୍ଥିତିକୁ ଦେଖିବାର ଦୃଷ୍ଟିକୋଣ ବା ଅନ୍ୟ ଅର୍ଥରେ ଚିନ୍ତାଧାରା ଅଲଗା ଅଲଗା ଅଟେ। ସକରାତ୍ମକ ଚିନ୍ତାଧାରା ବାଲା ଗରମ ପ୍ରଦେଶ ପ୍ରବଳ ଖରାରେ କାମ କରୁଥିବା ଏକ ଗରିବ ଚାଷୀ ଯେତେ ଖୁସିରେ ରହିପାରେ ହୁଏତ ସେତିକି ଶିକାଗୋ ସହରରେ ରହୁଥିବା ବଡ କମ୍ପାନୀର ବଡ ଅଫିସର୍ ବି ସେତିକି ସୁଖରେ ନଥାଇ ପାରେ। ୱିଲିୟମ୍ ସେକ୍ସପିଅର୍ କହିଥିଲେ 'କୌଣସି ବସ୍ତୁ ଭଲ କି ଖରାପ ହୋଇନଥାଏ, ତାକୁ ଭଲ ବା ଖରାପ ଆମ ଚିନ୍ତାଧାରା ହିଁ ସ୍ଥିର କରିନିଏ।'

ସାର୍ ଆବ୍ରାହମ୍ ଲିଙ୍କନଙ୍କର ମତ ଥିଲା– 'ଅଧିକାଂଶ ଲୋକ ସେତିକି ସୁଖରେ ରୁହନ୍ତି ଯେତେକି ସେମାନେ ରହିବାକୁ ଚାହାନ୍ତି' ଏବଂ ଏହି କଥାଟି ମୋ ପାଇଁ ଦିନେ ବାସ୍ତବରେ ପରିଣତ ହୋଇଗଲା। ଥରେ ନିୟୁର୍କର ଆଇଲ୍ୟାଣ୍ଡ୍ ରେଲ୍‌ରୋଡ୍ ଷ୍ଟେସନ୍ ର ଶିଢି ଚଢୁଥିଲି ଓ ମୋ ସହିତ ତିରିଶି ଚାଳିଶି ଶାରୀରିକ ଅକ୍ଷମ ବା ଛୋଟା ପିଲାଗୁଡିଏ ବି ସେହି ଶିଢି ଚଢି ଯାଉଥିଲେ। କିଏ ବାଡି ଧରି ତ କିଏ ଆଶାବାଡିର ସାହାଯ୍ୟରେ ହେଲେ କାହାରି ବି ଚେହେରାରେ ଦୁଃଖ କିମ୍ବା କ୍ଲେଶ ନଥିଲା ନା ଥିଲା ହତାଶ ବା ଚିନ୍ତା। ବଡ ଆନନ୍ଦରେ

ସେମାନେ ଶିଢି ଚଢି ଉପରକୁ ଯାଉଥିଲେ। ମୋତେ ବହୁତ ଆଶ୍ଚର୍ଯ୍ୟ ଲାଗିଲା କ'ଣ ହୋଇପାରେ ଏହାର କାରଣ ? ମୁଁ ସେମାନଙ୍କ ଦାୟିତ୍ୱରେ ଥିବା ଏକ ଲୋକକୁ ପଚାରିବାରୁ ସେ କହିଲେ, ପ୍ରଥମ ଥର ପାଇଁ ଯେତେବେଳେ କେହି ଜାଣେ କି ସେ ଏବେ କେବଳ ବୈଶାଖୀ (ଆଶା ବାଡି) ଦ୍ୱାରା ହିଁ ଚାଲି ପାରିବ ତେବେ ତା ମନରେ ବହୁତ ଆଘାତ ଲାଗେ। ଧିରେ ଧିରେ ସେ ଏହାକୁ ତାର ଭାଗ୍ୟ ବୋଲି ମାନି ନେଇ ପରିସ୍ଥିତି ସହ ବୁଝାମଣା କରିନିଏ ଓ ପୁଣି ସେ ସାଧାରଣ ଜୀବନ ବି ବିତେଇଥାଏ।'

ମୋର ଇଚ୍ଛା ହେଲା କି ମୁଁ ସେମାନଙ୍କୁ ଧନ୍ୟବାଦ ଦେବି, ଏମାନଙ୍କୁ ନତମସ୍ତକ ହୋଇ ସଲାମ କରିବି, କାରଣ ଏମାନେ ମୋତେ ଆଜି ଏପରି ଏକ ଶିକ୍ଷା ଦେଇଛନ୍ତି ଯାହାକୁ ମୁଁ କେବେ ଭୁଲି ପାରିବି ନାହିଁ। ଆମକୁ ସେତେବେଳେ ବେଶି ଅଧିକା ଖରାପ ବା ଖାଲିପଣ ଅନୁଭବ ହୁଏ ଯେତେବେଳେ ଆମେ ଅଫିସ୍‌ର ବନ୍ଦ କୋଠରି ଭିତରେ କାହା ସହ କଥା ନହୋଇ ଖାଲି ନିଜ କାମ ହିଁ କରୁଥାନ୍ତି। ନିଜ କର୍ମଚାରୀଙ୍କ ସହ କଥା ବି ହୋଇ ପାରନ୍ତି ନାହିଁ। ମେକ୍ସିକୋର ସିନାରି ମାରିୟା ଗଂାଜଲରଜଙ୍କ ଚାକିରି ବି ଏହି ପ୍ରକାରର ଥିଲା। ଏଣୁ ଅନ୍ୟ କର୍ମଚାରୀ ନିଜ ନିଜ ଭିତରେ ଥଟ୍ଟା ମଜା କଲାବେଳେ ତାଙ୍କୁ ଚିଡା ଲାଗୁଥିଲା ଓ ଈର୍ଷା ବି ହେଉଥିଲା। ପ୍ରଥମେ ପ୍ରଥମେ ଚାକିରି କଲାବେଳେ ଯଦି କେହି ତା ପାଖ ଦେଇ ଚାଲିଯାଏ ତେବେ ସେ ତାକୁ ଦେଖି ସଙ୍କୋଚରେ ନିଜ ମୁହଁ ଅନ୍ୟ ଆଡକୁ ବୁଲାଇ ଦେଉଥିଲା। କିଛି ଦିନ ପରେ ସେ ନିଜକୁ ନିଜେ ଆଇନା ସାମ୍ନାରେ ରଖି ପଚାରିଲା- 'ମାରିୟା କ'ଣ ତୁମେ ଚାହୁଁଛୁ ? ଅନ୍ୟ ସ୍ତ୍ରୀ ଲୋକମାନେ ତୋ ପାଖକୁ ଆସି ତୋତେ ବନ୍ଧୁ ରୂପରେ ଗ୍ରହଣ କରି ନେବେ। କିନ୍ତୁ ଏହା କେବେ ବି ହେବ ନାହିଁ କାରଣ ତୋତେ ହିଁ ପ୍ରଥମେ ନିଜ ଆଡୁ ବନ୍ଧୁତାର ବାତାବରଣ ତିଆରି କରିବାକୁ ପଡିବ। ଆର ଦିନ ମାରିୟା ତା'ର ଅଫିସ୍‌ର ଅନ୍ୟ ମହିଳା କର୍ମଚାରୀର ଟେବୁଲ ପାଖକୁ ଗଲା ଓ ପଚାରିଲା କେମିତି ଅଛନ୍ତି ? ଏବେ ଏହି ହସି କରି ଉତ୍ତର ଦେଲେ ଧିରେ ଧିରେ ଏମିତି ଅଳ୍ପ କଥାରୁ ମିତ୍ରତାପୂର୍ଣ୍ଣ ବାତାବରଣ ସୃଷ୍ଟି ହୋଇଗଲା। ଏପରି କରିବା ଦ୍ୱାରା ତାଙ୍କର ଅନେକ ଲୋକଙ୍କ ସହ ପରିଚୟ ବଢିବାକୁ ଲାଗିଲା, ଧିରେ ଧିରେ ବନ୍ଧୁଙ୍କ ସଂଖ୍ୟା ବି ବଢିବାକୁ ଲାଗିଲା ଏବେ ତାଙ୍କ ସେହି ଚାକିରି ବି ତାଙ୍କୁ ଭଲ ଲାଗିଲା ଓ ସେ ସେଥିରୁ ଆନନ୍ଦ ଅନୁଭବ କରିବାକୁ ଲାଗିଲେ।

ପ୍ରକାଶକ ତଥା ଲେଖକ ଆଲବର୍ଟ ହାବର୍ଡ୍ଙ୍କର ଏହି ବୁଦ୍ଧିମତ୍ତାପୂର୍ବକ ଉପଦେଶକୁ ଧ୍ୟାନର ସହ ପଢି ଏହାକୁ ନିଜ ଜୀବନର ପ୍ରତି କ୍ଷଣରେ ଉପଯୋଗ ଅବଶ୍ୟ କରନ୍ତୁ - 'ବାହାରକୁ ଯିବା ସମୟରେ ନିଜ ଥଣ୍ଡାକୁ ନିଜ ଭିତରେ ରଖନ୍ତୁ। ମୁଣ୍ଡକୁ ଉପରକୁ ଉଠାନ୍ତୁ, ନିଜ ଭିତରେ ବା ଫୁସ୍‌ଫୁସ୍‌ରେ ବହୁତ ବାୟୁ ଭରି ନିଅନ୍ତୁ, ସୂର୍ଯ୍ୟଙ୍କର କିରଣକୁ ପିଇ ଯାଆନ୍ତୁ। ହସି ହସି ବନ୍ଧୁମାନଙ୍କୁ ସ୍ୱାଗତ କରନ୍ତୁ। ପ୍ରତିଥର ଖୋଲା ହୃଦୟର ସହ ହାତ ମିଳାନ୍ତୁ। ଆପଣ କୌଣସି କାରଣରୁ ଭୁଲ୍ ହୋଇପାରନ୍ତି ଏପରି ଚିନ୍ତା ମନରେ ରଖନ୍ତୁ

ନାହିଁ। ଶତ୍ରୁମାନଙ୍କ ବିଷୟରେ ଧ୍ୟାନ ଦିଅନ୍ତୁ ନାହିଁ। ନିଜେ କ'ଣ କରିବାପାଇଁ ଚାହୁଁଛନ୍ତି ତାହା ମନରେ ସଠିକ୍ ନିରୁପଣ କରିନିଅନ୍ତୁ। ଏବେ କୌଣସି ବାଧାକୁ ନ ମାନି ନିଜ ଲକ୍ଷ୍ୟ ଆଡକୁ ଆଗେଇ ଚାଲନ୍ତୁ। ନିଜ ମସ୍ତିଷ୍କକୁ କେବଳ ଭଲ କାମରେ ହିଁ ନିୟୋଜିତ କରନ୍ତୁ। ଯେମିତି ଯେମିତି ସମୟ ଗଡି ଚାଲିବ, ଆପଣ ଅନୁଭବ କରିବେ ନିଜ ଆଶା ପୂରଣ କରିବା ପାଇଁ ନିଜ ଅବଚେତନରେ ଆବଶ୍ୟକ ଅବସର ସୃଷ୍ଟି କରିସାରିଛନ୍ତି। ନିଜ ମସ୍ତିଷ୍କରେ ଜଣେ ଯୋଗ୍ୟ, ବୁଦ୍ଧିମାନ, ସାହସୀ ଓ ସୁନାମଧନ୍ୟ ବ୍ୟକ୍ତିର ଛବି ସଦା ମନ ଭିତରେ ରଖନ୍ତୁ ଯାହାଙ୍କ ପରି ଆପଣ ହେବାକୁ ଚାହୁଁଛନ୍ତି। ତାଙ୍କର ସବୁ ବିଚାରଧାରାକୁ ଆପଣେଇବାକୁ ଚେଷ୍ଟା କରନ୍ତୁ ସେପରି କଲେ ଆପଣ ମନରେ ଧରି ରଖିଥିବା ଛବିର ନିକଟବର୍ତ୍ତୀ ହୋଇ ପାରିବେ। ଏହା ନିଶ୍ଚିତ ଫଳପ୍ରଦ ହୋଇଥାଏ। ସଠିକ୍ ମାନସିକ ଦୃଷ୍ଟିକୋଣ ଓ ପ୍ରତ୍ୟେକ ଲକ୍ଷ୍ୟକୁ ହାସଲ କରିବା ପାଇଁ ସାହସ, ମନରେ ପ୍ରସନ୍ନତା ଓ ବଚନବଦ୍ଧତା ହିଁ ମଣିଷକୁ ରଚନାତ୍ମକ ଭାବେ ଗଢିତୋଳେ।

ଯଦି କୌଣସି ଲୋକର ମନରେ ପ୍ରବଳ ଇଚ୍ଛାଶକ୍ତି ଥାଏ ତେବେ ସେ ସବୁ କିଛି ପ୍ରାପ୍ତ କରି ନେଇଥାଏ। ଭଲମନରେ ପ୍ରାର୍ଥନା କଲେ ତାହା ଅବଶ୍ୟ ପୂରଣ ହୋଇଥାଏ। ଆମ ମନ ଯେପରି ଚିନ୍ତା କରେ ଆମେ ସେପରି ହିଁ ହୋଇଯାନ୍ତି। ଏବେ ଟିକେ ନିଜେ ଥଣ୍ଡା ଅନୁଭବ କରିବାକୁ ଚେଷ୍ଟା କରନ୍ତୁ। ମୁଣ୍ଡର ବାଳଗୁଡିକୁ କପାଳ ଉପରୁ ଉଠାଇ ଦେଇ ମୁକ୍ତ ପବନରେ ପ୍ରଶ୍ୱାସ ନିଅନ୍ତୁ, ଆମେ ତ ପରମପିତା ପରମାତ୍ମାଙ୍କ ଅବିକଶିତ ଅବସ୍ଥା ମାତ୍ର।

ଚୀନ୍‌ର ସମସ୍ତ ଦାର୍ଶନିକ ମାନେ ବହୁତ ଜ୍ଞାନର କଥା କହିଛନ୍ତି। ସେମାନଙ୍କୁ ଖୁବ୍ ଭଲ ଭାବରେ ଜଣାଥିଲା କି ଏହି ସଂସାର କିପରି ଭାବରେ ଗତିକରୁଛି। ସେମାନଙ୍କ କହିବାନୁସାରେ ଏକ କଥାକୁ ମୁଁ ନୀତିବାଣୀ ପରି ମୋ ଦ୍ୱାର ପାଖରେ ଟାଙ୍ଗି ଦେଇଥିଲି। ତାହା ହେଲା – 'ଯେଉଁ ଲୋକର ମୁହଁରେ ସଦା ସର୍ବଦା ସ୍ମିତହାସ୍ୟ ଦେଖା ଯାଉଥାଏ, ସେ ଦୋକାନୀ ହେବାର ଭୁଲ କେବେ ବି କରିବା ଉଚିତ୍ ନୁହେଁ।'

ଆପଣଙ୍କ ସ୍ମିତହାସ୍ୟ, ଆପଣଙ୍କ ଭିତରର ସଦ୍‌ଭାବନାର ସନ୍ଦେଶ ବାହକ ରୂପେ କାମ କରେ। ଆପଣଙ୍କ ଚେହେରାକୁ ଯେଉଁମାନେ ଦେଖନ୍ତି ସେମାନଙ୍କ ଜୀବନରେ ବି ବହୁତ ପରିବର୍ତ୍ତନ ଆସେ ଯେପରି ତାଙ୍କ ଭିତରର ଦୀପ ପ୍ରଜ୍ୱଳିତ ହୋଇଉଠେ। ଯେଉଁ ଲୋକମାନେ ସବୁବେଳେ ଚିଡିଚିଡା ହୋଇ ରହୁଥିବେ ବା ଅଶାନ୍ତି ଅଥବା ଚିନ୍ତାରେ ଥିବେ ସେମାନେ ବି ଆପଣଙ୍କୁ ଦେଖି ମନ ଭିତରେ ଆଶାର କିରଣ ଜାଗ୍ରତ କରି ପାରିବେ, ଯେପରି ଘନ ବାଦଲ ଭିତରୁ କଅଁଳ ସୂର୍ଯ୍ୟଙ୍କର କିରଣ ପାଇଗଲେ ସେମିତି ଅନୁଭବ କରିବେ। ଯେତେବେଳେ କୌଣସି ଲୋକ ନିଜ ମାଲିକ, ଗୁରୁ, ଗ୍ରାହକ ବା ପିତାମାତାଙ୍କ ପାଇଁ ଚିନ୍ତାରେ ଥାଆନ୍ତି ତେବେ ଆପଣଙ୍କୁ ଦେଖି ସେ ମନରେ ନୂତନ ଆଶାର ଆଲୋକ ଦେଖିପାରନ୍ତି କି, ନିରାଶାରେ ନୁହେଁ ବରଂ ହସ ହସ ମନରେ ସବୁ କିଛିର ସମାଧାନ ମିଳି ପାରିବ। ଏହି ଦୁନିଆଁ ଏକ ରଙ୍ଗମଞ୍ଚ ଅଟେ।

କିଛି ବର୍ଷ ପୂର୍ବରୁ ନିୟୁର୍କର କୌଣସି ଏକ ବଡ ଗୋଦାମରେ ବଡ ଦିନ ପର୍ବ ପାଇଁ ଦୈନିକ ବହୁତ ଭିଡ ଲାଗୁଥାଏ। ଏହି ଭିଡକୁ ନେଇ ସେଠାକାର କିରାନି ବହୁତ ବ୍ୟସ୍ତ ବିବ୍ରତ ରହୁଥିଲା। ଏବେ ଏହି ପୁସ୍ତକଭଣ୍ଡାର ମାଲିକ ନିଜ ବିଜ୍ଞାପନ ମାଧ୍ୟମରେ ପାଠକମାନଙ୍କୁ ଏକ ଫିଲୋସଫି ପ୍ରଚାର କରାଇ ଥିଲା କି ବଡଦିନର ଏହି ଶୁଭ ଅବସରରେ ହସି ହସାଇବାର ମେଳା –

୧. ଏଥିରେ କୌଣସି ଅର୍ଥର ଖର୍ଚ୍ଚ ନାହିଁ କିନ୍ତୁ ଅସୁମାରୀ ସମ୍ପତ୍ତି ମିଳେ।
୨. ଯେଉଁମାନଙ୍କୁ ଏହା ପ୍ରାପ୍ତ ହୁଏ ସେମାନେ ତ ବହୁତ କିଛି ଅର୍ଜନ କରି ନିଅନ୍ତି, ହେଲେ ଯେଉଁ ଲୋକମାନେ ଏହାକୁ ଦିଅନ୍ତି ସେମାନେ ବି ଗରିବ ହୁଅନ୍ତି ନାହିଁ କି କିଛି ହରାନ୍ତି ନାହିଁ।
୩. ଏହା କ୍ଷଣମାତ୍ରକେ ପ୍ରାପ୍ତ ହୋଇପାରେ କିନ୍ତୁ ଏହାର ସ୍ମରଣ ସ୍ଥାୟୀ ହୋଇଥାଏ।
୪. କୌଣସି ଏପରି ଧନୀ ନାହିଁ ଯିଏ କି ଏହା ବିନା ଜୀବନ ନିର୍ବାହ କରିପାରିବ ବା କେହି ବି ଏତେ ଗରିବ ନାହିଁ ଯେ କି ଏହାର ଲାଭ ଉଠାଇ ନପାରିବ।
୫. ଏହା ବ୍ୟପାରକୁ ସଦ ଭାବନାରେ, ଘରକୁ ଖୁସିରେ ଓ ଜୀବନକୁ ବନ୍ଧୁତ୍ୱରେ ଭରିଦିଏ।
୬. ଏହା ନିରାଶା ମଧ୍ୟରେ ଆଶାର କିରଣ ଆଣିଦିଏ, ଥକି ଯାଇଥିଲେ ଏହା ବରଗଛର ଛାଇ ହୋଇ ଆରାମ ପ୍ରଦାନ କରେ, ଦୁଃଖୀ ମାନଙ୍କ ପାଇଁ ସୂର୍ଯ୍ୟର କିରଣ ତଥା ଦୁଃଖ ନିବାରଣର ଏହା ଏକ ଅବ୍ୟର୍ଥ ଔଷଧ, ଏଣୁ ଏହା ଅମୂଲ୍ୟ।
୭. ଏହାକୁ କିଣାବିକା କରି ହେବନି। ଏହା କାହାକୁ ଦାନରେ ବା ଭିକ୍ଷା ଆକାରରେ ଦେଇ ହେବନି କାରଣ ସେତେବେଲ ପର୍ଯ୍ୟନ୍ତ ଏହାର କୌଣସି ମୂଲ୍ୟ ନାହିଁ ଯେତେବେଳେ ପର୍ଯ୍ୟନ୍ତ ଏହା କାହା ସହ ବଣ୍ଟା ଯାଇନାହିଁ।
୮. ବଡଦିନର ଏହି ବିଶେଷ ଭିଡରେ ଯଦି ଆମ ସେଲ୍ସମ୍ୟାନ ଟିକେ ବେଶି ଥକି ଯାଇଥାନ୍ତି ତେବେ କାହିଁକି ଟିକେ ହସକୁରା ମୁହଁ ଦେଖାଇ ତାଙ୍କୁ ଆନନ୍ଦିତ ନ କରିବା।

ହସ ସବୁଠାରୁ ସେହି ଲୋକକୁ ଆବଶ୍ୟକ ହୋଇଥାଏ, ଯାହା ପାଖରେ ଅନ୍ୟ ମାନଙ୍କୁ ଦେବା ପାଇଁ ମୁହଁରେ ହସ ଟିକେ ବି ବଞ୍ଚିନଥାଏ।

ସିଦ୍ଧାନ୍ତ – 2

ସଦା ସର୍ବଦା ହସ ହସ ମୁଖ ହୋଇ ରୁହନ୍ତୁ।

3

ଯଦି ଆପଣ ଏପରି କରିପାରୁ ନାହାଁନ୍ତି, ତେବେ ଆପଣ ସମସ୍ୟାରେ ଅଛନ୍ତି

୧୮୯୮ ମସିହାରେ ଶୀତ ଋତୁର ଏକ ସପ୍ତାହର କଥା। ରାର୍କଲୈଣ୍ଡ୍ କାଉଣ୍ଟିରେ ଏକ ଦୁଃଖଦ ଘଟଣା ଘଟି ଯାଇଥାଏ। ସେଠାକାର ଏକ ଛୋଟ ପିଲାର ମୃତ୍ୟୁ ହୋଇ ଯାଇଥାଏ। ପଡୋଶୀମାନେ ସେହି ପିଲାର ଶେଷକୃତ୍ୟ କରାଇବା ପାଇଁ ବାହାରୁ ଥିଲେ। ଏଣେ ଜିମ୍ ଫାର୍ଲେଙ୍କ ବାପା ଘୋଡାମାନଙ୍କୁ ବାନ୍ଧିବା ପାଇଁ ଘୋଡାଶାଳ ଆଡକୁ ଯାଉଥାନ୍ତି। ଶରୀରକୁ କଷ୍ଟ ହେବା ପରି ବହୁତ ଥଣ୍ଡା ପବନ ବହୁଥିଲା ତଥା ଚାରିଆଡ ଭୂପୃଷ୍ଠ ବରଫରେ ଆଚ୍ଛାଦିତ ହୋଇରହିଥାଏ। ଏହି କାରଣରୁ ଘୋଡାମାନଙ୍କୁ ବି ବହୁତ ଦିନରୁ କାମରେ ଲଗାଯାଇ ନଥିଲା। ଏତିକିବେଳେ ଘୋଡା ପାଣିର ନାଳି ଦେଇ ଯାଉଥିବା ବେଳେ ନିଜ ଦୁଇ ଆଗ ଗୋଡକୁ ଉଠାଇ ମାଲିକ ମି. ଫାର୍ଲେକୁ ଜୀବନରୁ ମାରିଦେଲା। ଏହିପରି ଭାବେ ସେହି ଛୋଟିଆ ଗ୍ରାମଟିରେ ମାତ୍ର ଗୋଟିଏ ସପ୍ତାହରେ ଦୁଇଟି ଶବ ଯାତ୍ରା ବାହାରିଥିଲା। ମି. ଫାର୍ଲେଙ୍କ ପାଖରେ ତାଙ୍କର ପତ୍ନୀ ଓ ତିନି ଛୋଟ ପିଲା ଥିଲେ ସାଥିରେ ବୀମାରୁ ମିଳିଥିବା ପାଖାପାଖି ଶହେ ଡଲାର ମାତ୍ର।

ବାପାଙ୍କ ମୃତ୍ୟୁ ବେଳକୁ ଜିମ୍ ଫାର୍ଲେଙ୍କୁ ମାତ୍ର ଦଶ ବର୍ଷ ହୋଇଥାଏ ଓ ସେ ହିଁ ଘରର ବଡପୁଅ ଥିଲେ। ସେହି ବୟସରୁ ସେ ଇଟା ଭାଟିରେ କାମ କରିବାକୁ ଲାଗିଲେ। ବୟସରେ ଛୋଟ ଥିବାରୁ ସେ ମାଟିକୁ ଚକଟି ଇଟାର ଆକାର ଦେଉଥିଲେ ଓ ସେଗୁଡିକୁ ନେଇ ସୂର୍ଯ୍ୟକିରଣରେ ଶୁଖାଉଥିଲେ। ଏହି କାରଣରୁ ସେ ବେଶି ପାଠ ପଢି ପାରିଲେ ନାହିଁ, କିନ୍ତୁ ତାଙ୍କ ମିଳାମିଶା ଗୁଣ ପାଇଁ ସେ ସମସ୍ତଙ୍କର ପ୍ରିୟ ଥିଲେ। ପରେ ପରେ ସେ ରାଜନୀତିକୁ ଚାଲିଗଲେ ସେଠାରେ ଲୋକମାନଙ୍କ ନାମ ମନେ ରଖିବାର ଅସାଧାରଣ ପ୍ରତିଭାକୁ ବିକଶିତ କରିବାକୁ ଲାଗିଲେ।

ଏମିତି ତ ସେ କଲେଜ ମାଟି ମାଡିପାରି ନଥିଲା, କିନ୍ତୁ ଛୟାଳିଶି ବର୍ଷ ହେଉ ହେଉ ସେ ଚାରିଟି କଲେଜରୁ ମାନପତ୍ର ପାଇସାରି ଥିଲା। ତାପରେ ସେ ଡେମୋକ୍ରାଟିକ୍ ନେସନାଲ୍ କମିଟୀର ଚେୟାରମ୍ୟାନ୍ ତଥା ପୋଷ୍ଟମାଷ୍ଟର ଜେନେରାଲ୍ ଅଫ୍ ଦି ୟୁନାଇଟେଡ୍ ଷ୍ଟେଟ୍ସ ପଦବୀରେ ଅଭିସିକ୍ତ ହୋଇସାରିଥିଲା।

ଥରେ ତାଙ୍କର ମୁଁ ଗୋଟେ ସାକ୍ଷାତକାର ନେଉଥିଲି ସେହି ସମୟରେ ମୁଁ ଜିମ୍ ଫାର୍ଲିଙ୍କୁ ପଚାରିଲି କି ଆପଣଙ୍କ ସଫଳତାର ରହସ୍ୟ କ'ଣ ? ସେ କହିଲେ- 'କଠୋର ପରିଶ୍ରମ' ମୁଁ କହିଲି ଥଟ୍ଟା କରନି ଠିକ୍‌ଟା କ'ଣ କୁହ ?

ଏବେ ସେ ମୋତେ ଓଲଟା ପଚାରିଲେ ତେବେ ତୁମେ କ'ଣ ଜାଣିଛ କୁହ, ତୁମ ହିସାବରେ କ'ଣ ହୋଇପାରେ ? ମୁଁ କହିଲି ଯାହା ମୁଁ ଜାଣେ ତୁମକୁ ୧୦,୦୦୦ ଲୋକଙ୍କର ନାମ ମନେ ଅଛି।

ଏବେ ଏହି କଥାର ଉତ୍ତରରେ ସେ କହିଲା କି ନା ତୁମେ ଭୁଲ୍ ଶୁଣିଛ ମୋତେ ୫୦,୦୦୦ ରୁ ଅଧିକ ଲୋକଙ୍କ ନାମ ମନେ ଅଛି।

ଏହି ନାମ ସ୍ମରଣ ରଖିବାର କଳା ପାଇଁ ଫାର୍ଲି ଫ୍ରେଙ୍କଲିନ୍ ଡି. ରଜବେଲ୍ଟଙ୍କୁ ୧୯୩୨ ମସିହାରେ ହ୍ୱାଇଟ୍ ହାଉସରେ ପହଞ୍ଚାଇ ଦେଇଥିଲେ କାରଣ ଏହି ଫାର୍ଲ୍ ନିଜେ ରଜବେଲ୍ଟଙ୍କ ପାଇଁ ନିର୍ବାଚନ ପ୍ରଚାର କରିଥିଲେ। ଜିମ୍ ଫାର୍ଲ୍ ଲୋକମାନଙ୍କର ନାମ ସ୍ମରଣ ରଖିବାର କଳା ଜିପ୍ସମ୍ କମ୍ପାନୀରେ ସେଲ୍ସମ୍ୟାନ୍ ରୂପେ କାମ କଲାବେଳେ ଓ ଏକ ଟାଉନ୍ ହଲ୍‌ରେ କିରାନୀ କାମ କରୁଥିବା ବେଳେ ବିକଶିତ କରିଥିଲେ। ସେହି କଳାର ଆରମ୍ଭିକ ଦିନମାନଙ୍କରେ ସେହି କଳା ପୂରା ସରଳ ଥିଲା। ପ୍ରଥମ ଥର ଯେଉଁ ଲୋକ ସହ ସେ ମିଶୁଥିଲେ ସେ ତାହାର ନାମ ଠିକଣା, ପାରିବାରିକ, ବ୍ୟବସାୟିକ ବା ରାଜନୈତିକ ବିଚାର ଆଦି ସମସ୍ତ ତଥ୍ୟ ଜାଣି ନେଉଥିଲେ। ତାପରେ ସେହି ଲୋକର ଚେହେରା ସହ ସମସ୍ତ ତଥ୍ୟକୁ ଯେପରି ନିଜ ମସ୍ତିଷ୍କରେ ଖଞ୍ଜି ଦେଉଥିଲେ। ଏହା ପରେ ହାତ ମିଳାଇଲାବେଳେ ତା ପରିବାରର ଭଲମନ୍ଦ ଏପରିକି ବଗିଚା ଓ ପାଳିତ ପଶୁମାନଙ୍କ ବିଷୟରେ ପଚାରି ନେଉଥିଲା। ତାଙ୍କର ଏହି ଗୁଣ ପାଇଁ ଲୋକମାନେ ତାଙ୍କୁ ବହୁତ ପସନ୍ଦ କରୁଥିଲେ। ରଜବେଲ୍ଟଙ୍କ ନିର୍ବାଚନର ମାସ ମାସ ପୂର୍ବରୁ ଜିମ୍ ଫାର୍ଲ୍ ପ୍ରତ୍ୟେକ ଦିନ ପଶ୍ଚିମ ଓ ଉତ୍ତର-ପଶ୍ଚିମ ରାଜ୍ୟର ଅଗଣିତ ଲୋକମାନଙ୍କୁ ଚିଠି ଲେଖି ସମ୍ପର୍କକୁ ଆହୁରି ଦୃଢୀଭୂତ କରୁଥିଲେ। ବହୁତ ଜାଗା ବୁଲି ବୁଲି ନିର୍ବାଚନର ପ୍ରଚାର କରିଥିଲେ। ସେ ଯେଉଁ ସହର ବା ଗ୍ରାମକୁ ଯାଉଥିଲେ ସେଠି ପଂକ୍ତି ଭୋଜନରେ ବସିଲା ବେଳେ ଯେଉଁ ଲୋକଙ୍କ ସହ ମିଶୁଥିଲେ ତାଙ୍କ ସହ ହୃଦୟ ଖୋଲି ବିଶେଷ ଆଲୋଚନା କରୁଥିଲେ ଓ ପୁଣି ଅନ୍ୟ ରାଜ୍ୟ ଆଡକୁ ଆଗେଇ ଯାଉଥିଲେ।

ପରଦିନ ସକାଳେ ସେ ସମସ୍ତଙ୍କୁ ନିଜ ହାତରେ ଚିଠି ଲେଖୁଥିଲେ ଯେଉଁମାନଙ୍କୁ ସେ କାଲି ଭେଟିଥିଲା । ସେହି ସୂଚୀରେ ଗୋଟେ ଦୁଇଟା ନୁହେଁ ବରଂ ବହୁ ସଂଖ୍ୟାରେ ଲୋକଙ୍କ ନାମ ଥାଏ । ସେମାନଙ୍କୁ ସେ ନିଜ ହାତରେ ଚିଠି ଲେଖୁଥିଲେ ଏବଂ ଚିଠିରେ ସୁନ୍ଦର ଭାବେ ସମ୍ବୋଧନ କରି ଲେଖୁଥିଲେ ଯେପରି କି, 'ପ୍ରିୟ ଜନ୍' କିମ୍ବା 'ପ୍ରିୟ ବିଲ୍' ଓ ଶେଷରେ 'ଆପଣଙ୍କ ଜିମ୍' ବୋଲି ଲେଖୁଥିଲେ ।

ସଂସାରର ପ୍ରତ୍ୟେକ ଲୋକ ନିଜ ନାମକୁ ବେଶି ମହତ୍ତ୍ୱ ଦେଇଥାନ୍ତି ବା ନିଜ ନାମରେ ସମସ୍ତଙ୍କର ରୁଚି ଥାଏ ଏହି କଥାକୁ ଜିମ୍ ଫାର୍ଲେ ନିଜ ପିଲାଦିନରୁ ହିଁ ଶିଖି ଯାଇଥିଲେ । କୌଣସି ଲୋକର ନାମକୁ ସ୍ମରଣ ରଖି ତାକୁ ଅତି ସରଳତାର ସହ ଉଚ୍ଚାରଣ କରି ଡାକିବା କେବଳ ଅତି ନିଜର ପଣିଆକୁ ପ୍ରକଟ କରିଥାଏ ଓ ସେହିପରି ଓଲଟା ହୋଇଗଲେ ତାହା ପର ଲୋକର ଭାବକୁ ପ୍ରକଟ କରିଥାଏ । ଏପରି ବ୍ୟବହାର ବେଳେବେଳେ ଆମକୁ ବଡ ଅସୁବିଧାରେ ବି ପକାଇ ଦେଇଥାଏ । ଏପରି ଥରେ ମୋ ସହିତ ହୋଇଥିଲା । ମୁଁ ଥରେ ପ୍ୟାରିସ୍‌ରେ ଏକ 'ପବ୍ଲିକ୍ ସ୍ପିକିଙ୍ଗ୍ କୋର୍ସ' ର ଆୟୋଜନ କରିଥିଲି । ସେହି ସହରରେ ରହୁଥିବା ସମସ୍ତ ଆମେରିକୀୟ ମାନଙ୍କୁ ସୂଚନାପତ୍ର ପଠାଇଥିଲି । ଫ୍ରାନ୍‌ସି ଟାଇପିଷ୍ଟମାନଙ୍କ ଇଂରାଜୀ ଏତେ ଭଲ ନୁହେଁ ତେଣୁ ସେମାନେ ଅନେକ ନାମକୁ ଭୁଲ କରି ଲେଖି ଦେଇଥିଲେ । ତେଣୁ ପ୍ୟାରିସ୍‌ରେ ଥିବା ଏକ ବଡ ଆମେରିକୀୟ ବ୍ୟାଙ୍କର ବରିଷ୍ଠ ଅଧିକାରୀ ମୋତେ ବହୁତ ଓଲଟା ପୋଲଟା କରି ଲେଖି ଏକ ଅଭିଯୋଗ ପତ୍ର ପଠାଇଥିଲେ ।

ସେମିତିରେ ଯେଉଁ ନାମର ଉଚ୍ଚାରଣ ଟିକେ କଠିନ ତାକୁ ମନେ ରଖିବା କଷ୍ଟକର । ଏପରି ନାମଗୁଡିକୁ ଲୋକେ ଥଟ୍ଟା କରିଦିଅନ୍ତି ଅବା କିଛି ଉପନାମରେ ପରିବର୍ତ୍ତନ କରିଦିଅନ୍ତି । ସିଡ୍ ଲେବିଙ୍କୁ ଏକ 'ନିକୋଡେମ୍ସ ପୈପୁଡୁଲାର୍ସ' ନାମକ ଗ୍ରାହକ ସହ ବାରମ୍ବାର ଭେଟ କରିବାକୁ ପଡିଥିଲା । ସେଠାକାର ଅଧିକାଂଶ ଲୋକେ ତାଙ୍କୁ ନିକ୍ ବୋଲି ଡାକୁଥିଲେ । କିନ୍ତୁ ଲେବି ସେହି ଲୋକ ସହ ଦେଖାକରିବା ପୂର୍ବରୁ ତା'ର ନାମର ସଠିକ୍ ଉଚ୍ଚାରଣ କରିବା ଶିଖି ନେଇଥିଲେ । ଯେତେବେଳେ ଲେବି ତାଙ୍କ ନାମର ସଠିକ୍ ଉଚ୍ଚାରଣ କରି ତାଙ୍କୁ ଅଭିବାଦନ ଜଣାଇଲେ 'ଗୁଡ୍ ମର୍ଣ୍ଣିଙ୍ଗ୍ ନିକୋଡେମ୍ସ ପୈପୁଡୁଲାର୍ସ' ସେତେବେଳେ ସେ ତାଟକା ହୋଇଗଲେ । ତା ମୁହଁରୁ ତ କଥା ବି ବାହାରିଲା ନାହିଁ କିନ୍ତୁ ସେହିକ୍ଷଣି ସେ ନିଜ ଆଖିରେ ଲୁହ ଢଳଢଳ କରି ପ୍ରସନ୍ନତା ସହ କହିଲା– 'ମି. ଲେବି, ମୁଁ ଏହି ଦେଶରେ ପନ୍ଦର ବର୍ଷରୁ ଅଧିକ ସମୟ ଧରି ରହୁଛି ହେଲେ ଆଜି ପର୍ଯ୍ୟନ୍ତ ଏହି ଦେଶରେ ମୋର ସଠିକ୍ ନାମ ଧରି କେହି ଜଣେ ବି ଡାକି ନଥିଲେ ।'

ଏବେ ଏଣ୍ଡ୍ରିଉ କାର୍ନେଗିଙ୍କ ସଫଳତାର ରହସ୍ୟ ବି ଜାଣିନେବା । ଲୋକମାନେ ତାଙ୍କୁ

ଷ୍ଟିଲ୍ କିଙ୍ଗ୍ କହୁଥିଲେ, କିନ୍ତୁ ଷ୍ଟିଲ୍ ବିଷୟରେ ନିଜେ ଏତେ ଅଧିକ ବି ଜାଣି ନଥିଲେ। ଏପରିକି ସେହି କମ୍ପାନିର ତାଙ୍କ ଅଧିନସ୍ଥ କର୍ମଚାରୀମାନେ ମଧ୍ୟ ତାଙ୍କ ଠାରୁ ଅଧିକ ଜ୍ଞାନ ରଖିଥିଲେ। କିନ୍ତୁ କାର୍ନେଗି ଲୋକ ବ୍ୟବହାରରେ ଏତେ ନିପୁଣ ଥିଲେ ଯେ ସେହି କାରଣରୁ ସେ ଏତେ ସମ୍ପତ୍ତି ରୋଜଗାର କରି ପାରିଥିଲେ। ପିଲାଟି ଦିନରୁ ତାଙ୍କ ଠାରେ ସାଙ୍ଗଠାନିକ ଶକ୍ତି ଓ ନେତୃତ୍ୱ ନେବାର ପ୍ରତିଭା ତୁଳସୀ ଦୁଇପତ୍ରରୁ ବାସିବା ପରି ଜଣା ପଡୁଥିଲା। ଦଶ ବର୍ଷ ବୟସ ବେଳକୁ 'ଲୋକମାନଙ୍କୁ ନିଜ ନାମରେ ବହୁତ ରୁଚିଥାଏ' ବୋଲି ଜାଣି ସାରିଥିଲେ। ନିଜ ନାମ ଶୁଣି ଲୋକେ ନିଜକୁ ମହତ୍ତ୍ୱପୂର୍ଣ୍ଣ ହେବାର ଅନୁଭବ କରୁଛନ୍ତି, ଏକଥା ସେ ଭଲ ଭାବରେ ବୁଝି ସାରିଥିଲେ। ଲୋକମାନଙ୍କଠାରୁ ସାହାଯ୍ୟ ପ୍ରାପ୍ତ କରିବାପାଇଁ ଏହି କଳାକୁ ସେ ବ୍ୟବହାର କରୁଥିଲେ।

ଏକ ବହୁତ ରୋଚକ ଘଟଣା, ଯାହା ଏଣ୍ଡ୍ରିଉ କାର୍ନେଗି ତାଙ୍କ ପିଲାଦିନେ ନାମକୁ ନେଇକରି ଏକ ପ୍ରୟୋଗ କରିଥିଲେ। ପିଲାଦିନେ ସେ ସ୍କଟଲ୍ୟାଣ୍ଡ୍‌ରେ ଥିଲା ବେଳେ ଏକ ମାଈ ଠେକୁଆ ପାଳିଥିଲେ। କିଛିଦିନ ପରେ ସେ ଠେକୁଆ ଠାରୁ ବହୁତ ଗୁଡିଏ ଠେକୁଆ ଛୁଆ ଜନ୍ମ ନେଲେ ସେତେବେଳେ ତାଙ୍କ ପାଖରେ ଏତେ ଅର୍ଥ ବି ନଥିଲା କି ସେ ଏତେ ଗୁଡିଏ ଠେକୁଆକୁ ପାଳନ କରି ପାରିବେ। ସେହି ସମୟରେ ସେ ଏକ ଭଲ ଉପାୟ ପାଞ୍ଚିଲେ। ସେ ନିଜ ପଡୋଶୀମାନଙ୍କର ସବୁ ପିଲାମାନଙ୍କୁ ଡାକି କହିଲେ ଦେଖ ତୁମେମାନେ ଯଦି ଏହି ଠେକୁଆ ଛୁଆ ମାନଙ୍କୁ ଖାଦ୍ୟ ଆଣିଦେବ ତେବେ ମୁଁ ସେଗୁଡିକୁ ଗୋଟି ଗୋଟି କରି ତୁମ ନାମରେ ନାମିତ କରିଦେବି। ଏହି ଉପାୟ ସଠିକ୍ କାମ କରିଥିଲା। ସେହି ଦିନଠୁ ଏଣ୍ଡ୍ରିଉ କାର୍ନେଗି କେବେ ବି ସେହି ନାମର ମହତ୍ତ୍ୱକୁ ଭୁଲି ନଥିଲେ।

ଏହି ଘଟଣାର ବହୁ ବର୍ଷ ପରେ ଏଣ୍ଡ୍ରିଉ କାର୍ନେଗି ସେହି ପ୍ରୟୋଗ, ବ୍ୟାପାର ପାଇଁ ବି କରିଥିଲେ ଓ କୋଟି କୋଟି ଡଲାର ରୋଜଗାର କରିଥିଲେ। ଉଦାହରଣ ସ୍ୱରୂପ, ଏଣ୍ଡ୍ରିଉ କାର୍ନେଗି ପେନ୍‌ସେଲଭାନିଆରେ ଥିବା ରେଲ୍‌ରୋଡ୍‌କୁ ତାଙ୍କ କମ୍ପାନୀର ଷ୍ଟିଲ୍ ଉତ୍ପାଦନ ବିକ୍ରି କରିବାକୁ ଚାହୁଁଥିଲେ। ସେହି ସମୟରେ ରେଲ୍‌ରୋଡ୍‌ର ପ୍ରେସିଡେଣ୍ଟ୍ ଥିଲେ ଜେ. ଏଡଗର୍. ଥାର୍ମସନ। ଏଣୁ ଏଣ୍ଡ୍ରିଉ କାର୍ନେଗି ପିଟର୍ସବର୍ଗରେ ଏକ ବଡ ଷ୍ଟିଲ କମ୍ପାନୀ ତିଆରି କରି ତାର ନାମ କରଣ 'ଏଡଗର. ଥାର୍ମସନ ଷ୍ଟିଲ୍ ୱାର୍କ୍ସ' କରିଦେଲେ।

ଏବେ ଆପଣ ଏହି ପ୍ରଶ୍ନର ଉତ୍ତର ଦେଇପାରିବେ କି ଯେତେବେଳେ ଜେ. ଏଡଗର. ଥାର୍ମସନଙ୍କୁ ଷ୍ଟିଲ୍ ପ୍ରଡକ୍ଟର ଦରକାର ପଡିଥିବ ସେତେବେଳେ ସେ କ'ଣ ସିୟର୍ସ୍ ବା ରୋବକ୍ କମ୍ପାନୀ ଠାରୁ କିଣିଥିବେ ? ନା ବରଂ ସେ ନିଜ ନାମରେ ନାମିତ ଥିବା 'ଏଡଗର. ଥାର୍ମସନ ଷ୍ଟିଲ୍ ୱାର୍କ୍ସ' ଠାରୁ ହିଁ କିଣିଥିଲେ। ଯେତେବେଳେ କାର୍ନେଗି ଓ ଜାର୍ଜ ପୁଲମେନ୍ ରେଲରୋଡ୍

ଦୁହେଁ ସ୍ଲିପିଙ୍ଗ୍ କାର୍ ବ୍ୟାପାରରେ ପ୍ରତିଯୋଗୀ ହୋଇ ଯାଇଥିଲେ, ସେତେବେଳେ ପୁଣି କାର୍ନୋଗି ପିଲାଦିନର ସେହି ଠେକୁଆ କାହାଣୀର ପୁନରାବୃତ୍ତି କରିଥିଲେ ।

ଏଣ୍ଡ୍ରିଉ କାର୍ନୋଗିଙ୍କ ଷ୍ଟିଲ୍ ଟ୍ରାନ୍ସପୋର୍ଟିଙ୍ଗ୍‌ର ପ୍ରତିଯୋଗିତା ପୁଲମେନ୍‌ଙ୍କ କମ୍ପାନୀ ସହ ହେଉଥିଲା । ଦୁହେଁ ଚାହୁଁଥିଲେ କି ସେମାନେ ନିଜ ବ୍ୟବସାୟ ପାସିଫିକ୍ ରେଲ୍‌ରୋଡ୍‌ଙ୍କ ସହ କରିବା ପାଇଁ । ତେଣୁ ସେହି ଦୁଇ କମ୍ପାନୀ ପ୍ରତିଯୋଗୀତା କରିବା ପାଇଁ ନିଜ ଜିନିଷ ଦାମ୍ କମ୍ କରି କରି ଆସି କ୍ଷତି ସହିବା ସ୍ଥିତିରେ ପହଞ୍ଚି ଯାଇଥିଲେ । ପୁଣି ସେତିକିବେଳେ ଦୁହେଁ ୟୁନିଅନ୍ ପାସିଫିକ୍ ବୋର୍ଡ ଅଫ୍ ଡାଇରେକ୍ଟର୍‌ଙ୍କୁ ଭେଟିବା ପାଇଁ ନିୟୁର୍କ ଯାଇଥିଲେ । ଅଚାନକ ହୋଟେଲ୍ ବାହାରେ ଦୁଇ ପ୍ରତିଯୋଗୀ ସାମ୍ନା ସାମ୍ନି ହୋଇଗଲେ । ଏଣ୍ଡ୍ରିଉ କାର୍ନୋଗି ତାଙ୍କୁ କହିଲେ - 'ଗୁଡ୍ ଇଭନିଙ୍ଗ୍ ମି. ପୁଲମେନ୍, କ'ଣ ଆପଣଙ୍କୁ ଲାଗୁନାହିଁ କି ଆମେ ଦୁହେଁ ନିଜେ ନିଜକୁ ମୂର୍ଖ ଓ ବୋକା କରି ଦେଉଛନ୍ତି ?'

ରାଗରେ ଗର ଗର ହୋଇ ପୁଲମେନ୍ କହିଲେ- 'ଆପଣଙ୍କ କଥାର ମାନେ କ'ଣ ? କ'ଣ ପ୍ରମାଣିତ କରିବାକୁ ଚାହାନ୍ତି, ମୁଁ ବୋକା ?'

ଏବେ ଏଣ୍ଡ୍ରିଉ କାର୍ନୋଗି ନିଜ ମନର କଥା ପୁଲମେନଙ୍କ ସାମ୍ନାରେ ରଖିଲେ । ସେ କହିଲେ ଆମକୁ ପ୍ରତିଯୋଗିତା ବଦଳରେ ସହଯୋଗର ହାତ ବଢାଇ କାମ କରିବା ଉଚିତ୍ । ଏବେ ସେ ଦୁହେଁ ସାଙ୍ଗ ହୋଇ ଏହି ବ୍ୟାପାରକୁ କଲେ କ'ଣ କ'ଣ ଲାଭ ହେବ ସେ ବିଷୟରେ ପୁଲମେନଙ୍କୁ କହିଲେ । ତେଣୁ ପୁଲମେନ୍‌ଙ୍କୁ ବି ଲାଗିଲା କି ପ୍ରାୟତଃ ଏଣ୍ଡ୍ରିଉ କାର୍ନୋଗି ଠିକ୍ କହୁଛନ୍ତି । ସେ ଉତ୍କଣ୍ଠାର ସହ ପଚାରିଲେ କି 'ତେବେ ଏହି କମ୍ପାନୀର ନାମ କ'ଣ ହେବ ? ଏଣ୍ଡ୍ରିଉ କାର୍ନୋଗି ତୁରନ୍ତ କହିଲେ ସ୍ପଷ୍ଟ କଥା ଏହାର ନାମ 'ପୁଲମେନ୍ ପାଲେସ୍ କାର୍ କମ୍ପାନୀ ।'

ପୁଲ୍‌ମେନ୍‌ଙ୍କ ଚେହେରା ପଦ୍ମଫୁଲ ପରି ପ୍ରସ୍ଫୁଟିତ ହେଲା ପରି ଲାଗିଲା । ସେ ତୁରନ୍ତ ଏଣ୍ଡ୍ରିଉ କାର୍ନୋଗିଙ୍କୁ ନିଜ କୋଠରିକୁ ଡାକି କହିଲେ ଏଠି ବସି ସେହି ସେହି ବିଷୟରେ ସବିଶେଷ କଥା ହେବା । ସେଦିନର ସେହି ଚର୍ଚ୍ଚା ତ ଯେପରି ଇତିହାସ ସୃଷ୍ଟି କରିଦେଲା ।

ବ୍ୟାପାରରେ ସହଯୋଗୀ ବା ମିତ୍ରମାନଙ୍କ ନାମ ସ୍ମରଣ ରଖିବାର ନୀତି ଏଣ୍ଡ୍ରିଉ କାର୍ନୋଗିଙ୍କ ପ୍ରତିନିଧିତ୍ୱ କରିବାର କଳାର ଏକ ଅଙ୍ଗ ଥିଲା । ତାଙ୍କୁ ତାଙ୍କ ଫ୍ୟାକ୍ଟ୍ରିର ସମସ୍ତ କର୍ମଚାରୀମାନଙ୍କ ନାମ ସ୍ମରଣ ଥିଲା ଓ ଏହି କଥା ପାଇଁ ସେ ନିଜକୁ ଗର୍ବିତ ଅନୁଭବ କରୁଥିଲେ । ତାଙ୍କ କହିବାନୁସାରେ ସେ ଯେତେବେଳ ପର୍ଯ୍ୟନ୍ତ କମ୍ପାନିର ମୁଖ୍ୟ ଦାୟିତ୍ୱ ତୁଲାଉ ଥିଲେ ସେତେବେଳ ପର୍ଯ୍ୟନ୍ତ ତାଙ୍କ ଷ୍ଟିଲ୍ କମ୍ପାନୀରେ କେବେ ବି କୌଣସି ପ୍ରକାରର ଦାବୀ ପୂରଣ କରିବା ପାଇଁ ବନ୍ଦ ବା କିଛି ବି ଦଙ୍ଗା ହୋଇ ନଥିଲା ।

ଟେକ୍ସାସ କର୍ମସ୍ ବ୍ୟାଙ୍କ୍ ସେୟାର୍ସର ଚେୟାରମ୍ୟାନ ବେଣ୍ଟନ୍ ଲବ୍ କହିଥିଲେ କି କୌଣସି ଅନୁଷ୍ଠାନ ଯେତେ ବଡ ହୋଇଥାଏ ତାହା ସେତିକି ଭାବ ମୁକ୍ତ ହୋଇଥାଏ ଅର୍ଥାତ୍ ସେହି ଅନୁଷ୍ଠାନରେ ଜଡିତ ସମସ୍ତ ଲୋକଙ୍କ ମଧ୍ୟରେ ନିବିଡତା ସେତିକି କମ୍ ଥାଏ। ଏହାକୁ ଭାବପୂର୍ଣ୍ଣ କରିବାକୁ ହେଲେ ଆପଣଙ୍କୁ ସମସ୍ତ ଲୋକମାନଙ୍କ ନାମକୁ ମନେ ରଖିବାକୁ ପଡିବ। ଯେଉଁ ଅଧିକାରୀ କହୁଛି କି ଆମ କମ୍ପାନୀ ତ ବହୁତ ବଡ କାହାର ବା ନାମ ସେ ମନେରଖିବ, ତେବେ ଜାଣି ରଖନ୍ତୁ ସେହି ଅଧିକାରୀ ବ୍ୟାପାରର ଏକ ଆବଶ୍ୟକ ଅଙ୍ଗକୁ ଭୁଲି ଯାଉଛନ୍ତି।

କାରେନ୍ କର୍ଶ କାର୍ଲିଫର୍ଣ୍ଣିୟାର ଏକ ଏୟାରଲାଇନ୍ସରେ କାମ କରୁଥିଲେ। ସେ ନିଜ ଅଭ୍ୟାସକୁ ଏକ ସୁନ୍ଦର ଦିଗରେ ଲଗାଇଥିଲେ, ସେ ନିଜ ଅଫିସ୍‌ର ନିଜ କୋଠରୀରେ ବସି ବସି ଅଧିକରୁ ଅଧିକ ଯାତ୍ରୀମାନଙ୍କର ନାମକୁ ସ୍ମରଣ ରଖୁଥିଲେ। ସେ ଯାତ୍ରୀମାନଙ୍କୁ ସେବା ପ୍ରଦାନ କରିବା ସମୟରେ ସେମାନଙ୍କ ନାମ ଧରି ଉଚ୍ଚାରଣ କରି ଡାକୁଥିଲେ। ଖାସ୍ ଏହି କାରଣରୁ ଲୋକମାନେ ତାଙ୍କ ନାମର ପ୍ରଶଂସା ଚାରିଆଡେ କରିବାକୁ ଲାଗିଲେ। ସେଥି ମଧ୍ୟରୁ ଜଣେ ଯାତ୍ରୀ ଏତେ ପ୍ରଭାବିତ ଥିଲେ ଯେ ସେ ଏକ ଚିଠିରେ ଲେଖିଥିଲେ କି 'ମୁଁ କିଛି ସମୟ ଧରି ଆପଣଙ୍କ ଏୟାରଲାଇନ୍ସରେ ଯାତ୍ରା କରିପାରୁନି କିନ୍ତୁ ଏହା ବ୍ୟତୀତ ଅନ୍ୟ କେଉଁ ଏୟାରଲାଇନ୍ସରେ ଯିବା କଥା ମୁଁ ଭାବି ବି ପାରୁନି କାରଣ ଆପଣଙ୍କ ସହ ଯାତ୍ରାକଲେ ମୋତେ ନିଜ ଏୟାରଲାଇନ୍ସରେ ଯିବା ଭଳି ଅନୁଭବ ହୁଏ।'

ଲୋକମାନେ ନିଜ ନାମକୁ ତ ଅମର କରିଦେବାକୁ ଚାହାଁନ୍ତି। ଆମ ବେଳର ଏକ ମହାନ କଳାକାର ଯେ କି ବହୁତ କଠୋର ହୃଦୟ ଓ ଅଭିମାନୀ ଯୁବକ ପି.ଟି. ବାରନାମ, ସେ କେବଳ ଏଥିପାଇଁ ବେଶୀ ବ୍ୟସ୍ତରେ ରହିଥିଲେ କି ତା ନାମକୁ ଆଗକୁ ବଢାଇବା ପାଇଁ ତାଙ୍କର ପୁଅ ନଥିଲା। ତେଣୁ ସେ ନିଜ ଝିଅର ପୁଅ ସି. ଏଚ. ସିଲି କୁ କହିଲେ ତୁମ ନାମ ପରିବର୍ତ୍ତନ କରି ବରନାମ୍ ସିଲି କରିଦିଅ ତେବେ ମୁଁ ତୁମକୁ ୨୫୦୦୦ ଡଲାର ଦେବି।

ନାମର ମହାନତାର ସବୁଠାରୁ ଜ୍ୱଳନ୍ତ ଉଦାହରଣ ହେଉଛି କି କେଉଁ ଆଦିମ କାଳରୁ ଧନି ଲୋକମାନେ ଲେଖକ, କଳାକାର ଓ ସଂଗୀତଜ୍ଞମାନଙ୍କୁ ଖୋଲା ହୃଦୟରେ ଧନ ଅର୍ପଣ କରୁଥିଲେ କାରଣ ସେ ଚାହୁଁଥିଲେ ଧନ ଦେବା ବଦଳରେ ସେମାନଙ୍କ ରଚିତ ସଂଗୀତ ଧନୀଲୋକମାନଙ୍କ ନାମରେ ଅର୍ପିତ ହେଉ। ସମଗ୍ର ପୃଥିବୀରେ ଏପରି ଲୋକମାନଙ୍କର ଅଭାବ ନାହିଁ କିମ୍ବା ଏପରି ଦୃଷ୍ଟାନ୍ତର ମଧ୍ୟ ଅଭାବ ନାହିଁ। ସେମାନେ ସ୍କୁଲ, କଲେଜ, ସଂଗ୍ରହାଳୟ, ଚିକିତ୍ସାଳୟ, ମଠ, ମନ୍ଦିର, ଚର୍ଚ୍ଚ, ସାର୍ବଜନୀନ ସ୍ନାନାଗାର, କମ୍ୟୁନିଟି ସେଣ୍ଟର ଓ କ୍ଲବ ଘର ଇତ୍ୟାଦିକୁ ବହୁତ ଅର୍ଥ ଦାନ ଦିଅନ୍ତି ଏହି ଆଶାରେ କି

ସେଠାରେ ଯେଉଁ ନାମ ଫଳକ ରହିବ ସେଥିରେ ତାଙ୍କର ନାମ ଲେଖାହୋଇ ସାରାଦିନ ପାଇଁ ଅମର ହୋଇଯିବ କି ସେ କେତେ ମହାନ। ଚର୍ଚ୍ଚରେ ଥିବା ପ୍ରତ୍ୟେକ କାଚ କବାଟ ବା ଝରକାରେ ନିଜ ନାମ ଲେଖାଇବା ପାଇଁ ଲୋକମାନେ ଅନେକ ଅର୍ଥ ଦାନ କରନ୍ତି।

ଯେଉଁମାନେ ବାହାନା କରନ୍ତି କି ସେମାନେ ଅଧିକ ନାମକୁ ସ୍ମରଣ ରଖି ପାରନ୍ତି ନାହିଁ, ପ୍ରକୃତରେ ସେମାନେ ହୃଦୟର ସହ ସେହି ନାମଗୁଡିକୁ ମନେରଖିବାକୁ ଚେଷ୍ଟା କରନ୍ତି ନାହିଁ ବା ଏକାଗ୍ରଚିତ୍ତ ହୋଇ ସେଗୁଡିକୁ ମନେରଖନ୍ତି ନାହିଁ। ହୁଏତ ସେମାନେ ଏପରି ଭାବନ୍ତି କି ଏହି ଲୋକ ସହ ପୁଣି କେବେ ଦେଖା ହେବ ତାହାର ଠିକ୍ ଠିକଣା ନାହିଁ ତେଣୁ ତା ନାମ ଓ ତା ବିଷୟରେ ଏତେ ମନେରଖିବା କ'ଣ ଦରକାର ବା ମୋ ଠାରୁ ଅଧିକ ପ୍ରତିପତ୍ତିଶାଳୀ ବା ମୋ ସମାସ୍କନ୍ଧ ଲୋକ ବିଷୟରେ ମନେରଖିଲେ ହୁଏତ କିଛି କାମରେ ଆସିବ। ଏହି କାରଣରୁ କେତେକ ଲୋକ ନାମଗୁଡିକୁ ଧ୍ୟାନ ଦିଅନ୍ତି ନାହିଁ କି ସ୍ମରଣ ରଖନ୍ତି ନାହିଁ। ବ୍ୟସ୍ତତା କାରଣରୁ ଭୁଲି ଯାଇଛନ୍ତି ବୋଲି ବାହାନା କରିଦିଅନ୍ତି କିନ୍ତୁ ପ୍ରକୃତରେ ଏମାନେ କ'ଣ ଆମେରିକାର ପୂର୍ବତନ ରାଷ୍ଟ୍ରପତି ଫ୍ରେଙ୍କ୍‌ଲିନ୍ ଡି. ରଜ୍‌ବେଲ୍ଟଙ୍କ ଠାରୁ ଅଧିକ ବ୍ୟସ୍ତ ରହୁଥିବେ ? ରଜ୍‌ବେଲ୍ଟ ତ ସମୟ ବାହାର କରି ନିଜ ଗାଡି ସଜାଡୁଥିବା ଲୋକର ନାମକୁ ମନେ ରଖିଥିଲେ।

ଏହି କଥା ଉପରେ ସବିଶେଷ ଆଲୋଚନା ପାଇଁ ଏକ ଉଦାହରଣର ସାହାଯ୍ୟ ନେବା। କ୍ରାଇଲସର୍ ଅର୍ଗାନାଇଜେସନ୍ ରଜ୍‌ବେଲ୍ଟଙ୍କ ପାଇଁ ଏକ ବିଶେଷ ପ୍ରକାର କାର୍ ତିଆରି କରିଥିଲେ। ଫ୍ରେଙ୍କ୍‌ଲିନ୍ ଡି. ରଜ୍‌ବେଲ୍ଟଙ୍କୁ ପାଦରେ ପକ୍ଷାଘାତ ହୋଇଥିବାରୁ ସେ ଅନ୍ୟ କାର୍ ଗୁଡିକୁ ଚଳାଇବାରେ ଅସମର୍ଥ ଥିଲେ। ସେହି ଗାଡିକୁ ନେଇ ହ୍ୱାଇଟ୍ ହାଉସ୍‌ରେ ପହଞ୍ଚାଇବା ପାଇଁ ଏକ ମିସ୍ତ୍ରୀ ସହ ଡବ୍ଲୁ. ଏଫ୍ ଚୈମ୍ବରଲେନ୍ ଆସିଥିଲେ। ଏଠି ମୋ ପାଖରେ, ସେହି ବାବଦରେ ପଚରାଯିବାରୁ ଡବ୍ଲୁ. ଏଫ୍ ଚୈମ୍ବରଲେନ୍ ଲେଖିଥିବା ଏକ ଚିଠି ଅଛି ଯେଉଁଥିରୁ ରଜ୍‌ବେଲ୍ଟଙ୍କ ଉପରେ ସମ୍ୟକ ଧାରଣା ଆସିବ। ସେ ଲେଖିଥିଲେ- 'ମୁଁ ତ ରାଷ୍ଟ୍ରପତି ଫ୍ରେଙ୍କ୍‌ଲିନ୍ ଡି. ରଜ୍‌ବେଲ୍ଟଙ୍କୁ କେବଳ ସେହି ଅସାଧାରଣ ଉପାଦାନରେ ତିଆରି କରଯାଇଥିବା କାର୍‌କୁ କିପରି ଚଲାଇବାକୁ ହୁଏ ତାହା ବୁଝାଇଦେବାକୁ ଯାଇଥିଲି ଓ ସେ ତ ମୋତେ ଲୋକମାନଙ୍କ ହୃଦୟ ଜିତିବାର କୌଶଳ ଓ କିପରି ବ୍ୟବହାର କରାଯାଏ ସେହି କଥା ମୋତେ ଶିଖାଇଦେଲେ।'

ଡବ୍ଲୁ. ଏଫ୍ ଚୈମ୍ବରଲେନ ଆଗକୁ ଲେଖିଛନ୍ତି- 'ମୁଁ ଯେତେବେଳେ ହ୍ୱାଇଟ୍ ହାଉସ୍ ପହଞ୍ଚିଲି ସେତେବେଳେ ମୋତେ ଲାଗିଲା ରଜବେଲ୍ଟ ଯେପରି ମୋତେ ଅପେକ୍ଷା କରିଥିଲେ ଓ ସେ ବହୁତ ପ୍ରସନ୍ନ ଲାଗୁଥିଲେ। ସେ ମୋର ନାମଧରି ମୋତେ ସ୍ୱାଗତ କଲେ। ମୋତେ

ସେଠିକାର ପରିବେଶ ତୁରନ୍ତ ହିଁ ବଡ ଆରମଦାୟକ ଅନୁଭବ ହେଲା କାରଣ ରଜବେଲ୍ଟ ମୁଁ ନେଇଥିବା କାର୍ ବିଷୟରେ ଜାଣିବାରେ ବହୁତ ଆଗ୍ରହ ଦେଖାଉଥିଲେ । କାର୍‌ଟି ଏପରି ଭାବରେ ତିଆରି କରାଯାଇଥିଲା ଯେ ତାହା କେବଳ ହାତ ଦ୍ୱାରା ହିଁ ଚଳାଇହେବ । ତାପରେ ସେଠି ଏହି କାର୍‌କୁ ଦେଖିବା ପାଇଁ ଲୋକମାନଙ୍କ ଭିଡ ଲାଗିଗଲା । ଏବେ ରଜବେଲ୍ଟ କହିଲେ ମୋତେ ଏହି ଗାଡିଟି ବହୁତ ପସନ୍ଦ ହେଉଛି, ମୋତେ ଖାଲି ମାତ୍ର ଗୋଟିଏ ସୁଇଚ୍ ଦବାଇବାକୁ ହେବ ବାସ୍ ତାପରେ ଏହା ଆପେ ଆପେ ଚାଲୁ ହୋଇଯିବ । ଏହାକୁ ବାରମ୍ବାର ଅଭ୍ୟାସ କରିବା ବିନା ହିଁ ଚଳାଇ ହେବ । ଏହା ତ ବାସ୍ତବରେ ବହୁତ ଉତ୍କୃଷ୍ଟ ମାନର ଜ୍ଞାନକୌଶଳରେ ତିଆରି କରଯାଇଛି । ମୁଁ ଜାଣିନି ଏହା କିପରି ତିଆରି କରାଯାଇଛି କିନ୍ତୁ ମନ କରୁଛି କି ଖାଲି ସମୟରେ ଏହାର ଗୋଟେ ଗୋଟେ ପାଖ ଖୋଲି ଦେଖିବି ଏହା କିପରି ତିଆରି କରାଯାଇଛି ।'

ରଜ୍‌ବେଲ୍ଟଙ୍କ ମିତ୍ର ଓ ପରିଜନ ଯେତେବେଳେ ଏହି ଗାଡିର ପ୍ରଶଂସା କଲେ, ତ ସେ ସମସ୍ତଙ୍କ ସାମ୍ନାରେ ମୋତେ କହିଲେ ଚୈମ୍ବରଲେନ୍ ମୁଁ ଜାଣିଛି ତୁମେ ଏହାକୁ ତିଆରି କରିବା ପାଇଁ ବହୁତ ପରିଶ୍ରମ କରିଛ ଓ ବହୁବାର ସଫଳ ଓ ଅସଫଳ ପ୍ରୟାସ କରିଛ । ସେଥିପାଇଁ ମୁଁ ତୁମକୁ ମୋ ହୃଦୟର ସହ ଅଭିନନ୍ଦନ ଓ ପ୍ରଶଂସା କରୁଛି ଓ କାମନା କରୁଛି କି ତୁମେ ଆହୁରି ସଫଳତା ଅର୍ଜନ କର । ଏହା ଅତି ଉନ୍ନତ ମାନର ହୋଇଛି । ପୁଣି ଥରେ ସେ ଗାଡିର ଗୋଟି ଗୋଟି ଇଞ୍ଜିନ୍ ଠାରୁ ଆରମ୍ଭ କରି ଗିଅର ଓ ଡୋର ଠାରୁ ଆରମ୍ଭ କରି ସିଟ୍ ପର୍ଯ୍ୟନ୍ତ ସବୁ ଜିନିଷଗୁଡିକର ପ୍ରଶଂସା କରିବାକୁ ଲାଗିଲେ ଯାହାକୁ ତିଆରି କରିବାରେ ମୁଁ ବିଶେଷ ପରିଶ୍ରମ କରିଥିଲି । ଏପରିକି ସେ ଗୋଟି ଗୋଟି କରି ସବୁଯାକ ବିଶେଷତ୍ୱ ଥିବା ଅଂଶଗୁଡିକୁ ତାଙ୍କ ପତ୍ନୀ, ସେକ୍ରେଟେରୀ ଓ ନିଜ କର୍ମଚାରୀମାନଙ୍କୁ ବୁଝାଇ ଦେଉଥାନ୍ତି । ସେ ହ୍ୱାଇଟ୍ ହାଉସ୍‌ର ପୁରାତନ ଦ୍ୱାରପାଳକୁ ଡାକି ଫଟୋ ଉଠାରେ ସାମିଲ୍ କଲେ ଓ କହିଲେ କି ଜର୍ଜ ତୁମେ ତ ଏହି ଗାଡିରେ ଥିବା ଡିକି ବା ସୁଟକେସ୍ ବହନ କରିବାର ଜାଗାକୁ ବିଶେଷ ଯତ୍ନ ନେବାକୁ ଉତ୍ସୁକ ଥିବା ପରି ଦେଖାଯାଉଛ ।'

ଯେତେବେଳେ ଗାଡି ଚଳାଇବା ବିଷୟରେ ସବୁ କଥା ସରିଗଲା ରାଷ୍ଟ୍ରପତି ମୋ ଆଡକୁ ବୁଲି କହିଲେ– 'ଠିକ୍ ଅଛି ମି. ଚୈମ୍ବରଲେନ୍, ମୁଁ ଗତ ଅଧଘଣ୍ଟା ଧରି ଫେଡେରାଲ୍ ରିଜର୍ବ ବୋର୍ଡ୍ କୁ ଅପେକ୍ଷା କରେଇ ରଖିଅଛି ତେଣୁ ମୋତେ ଏବେ ମୋ କାମରେ ଯିବା ଦରକାର ।'

ହ୍ୱାଇଟ୍ ହାଉସ୍‌ରେ ମୁଁ ନିଜ ସହ ଏକ ମିସ୍ତ୍ରୀକୁ ନେଇଥିଲି । ସେଠି ପହଞ୍ଚିଲା ପରେ ରଜ୍‌ବେଲ୍ଟଙ୍କ ସହ ତା'ର ପରିଚୟ ବି କରାଇଥିଲି । ସେ ଟିକେ ଲାଜକୁଳା ଥିବାରୁ ବେଶୀ କଥା ହେଉନଥିଲା । ରଜ୍‌ବେଲ୍ଟ ତା'ର ନାମ ଥରେ ମାତ୍ର ଶୁଣିଥିଲେ । କିନ୍ତୁ ବିଦା କଲାବେଳେ ତାର ନାମ ଉଚ୍ଚାରଣ କରି ସମ୍ବୋଧନ କଲେ ହାତ ମିଶାଇ ୱାଶିଙ୍ଗ୍‌ଟନ୍ ଆସିଥିବାରୁ ଧନ୍ୟବାଦ ଦେଲେ । ଏପରି ଅନୁଭୂତ ହେଲା କି ସେ ଏହା ନିଜ ହୃଦୟରୁ ହିଁ କରୁଛନ୍ତି ।

ନିୟୁର୍କରେ ପହଞ୍ଚିବା ପରେ ମୋତେ ସେଠାକାର ସେହି ଦିନର ସ୍ମୃତି ଜଡ଼ିତ ଏକ ଫଟୋ ମିଳିଲା ଯେଉଁଥିରେ ରଜ୍‌ବେଲ୍ଟଙ୍କ ଦସ୍ତଖତ ବି ଥିଲା ଓ ଆଉଥରେ ସେ ମୋର ସମସ୍ତ ପ୍ରୟାସ ପାଇଁ ଭରପୁର ପ୍ରଶଂସା କରିଥିଲେ। ହେଲେ ମୁଁ ଏବେ ପର୍ଯ୍ୟନ୍ତ ବୁଝିପାରୁନି ଏସବୁ କରିବା ପାଇଁ ତାଙ୍କ ପାଖରେ ଏତେ ସମୟ ଆସୁଛି କେଉଁଠାରୁ ?

ଫ୍ରେଙ୍କ୍‌ଲିନ୍ ଡି. ରଜ୍‌ବେଲ୍ଟ ଭଲଭାବରେ ଜାଣିଥିଲେ କି ଲୋକମାନଙ୍କ ନାମକୁ ସ୍ମରଣ ରଖି ସଠିକ୍ ସମ୍ବୋଧନ କରି ସେ କରିଥିବା କାମ ବା ସେ ଲୋକ କେତେ ମହତ୍ତ୍ୱପୂର୍ଣ୍ଣ ଅଟେ ଏହି କଥାକୁ ଅନୁଭବ କରାଇ ପାରିଲେ ହିଁ ଲୋକମାନଙ୍କ ଠାରୁ ସଦ୍‌ଭାବନା ପ୍ରାପ୍ତ କରିହେବ। କିନ୍ତୁ ଏପରି କେତେ ଲୋକ ଅଛନ୍ତି ଯେଉଁମାନେ ଏହା ସବୁ କରିପାରନ୍ତି ? ଲୋକମାନେ ତ ଆମ ସହ ମିଶନ୍ତି କଥା ହୁଅନ୍ତି ଯାହା ଦରକାର ଥାଏ ପୂରଣ ହେଉ ବା ନ ହେଉ କଥା ସରିଲେ ଗୁଡ୍ ବାଏ କହି ନାଁ କୁ ବି ଭୁଲି ଯାଆନ୍ତି।

ରାଜନେତାମାନଙ୍କୁ ତ ଏହି କଥା ପ୍ରାରମ୍ଭିକ ଦିନମାନଙ୍କରେ ବହୁତ ଭଲ ଭାବରେ ମନେଥାଏ – କୌଣସି ବି ମତଦାତାର ନାମ ସ୍ମରଣ ରଖିବା ଏକ ବଡ ରାଜନୈତିକ କଳା ଅଟେ ଓ ଏହାର ବିପରୀତ କରିବା ଅର୍ଥାତ୍ ଜାଣିଥିବା ମତଦାତାର ନାମକୁ ଭୁଲିଯିବା ମାନେ ନିଜକୁ ହରାଇ ଦେବା ସହ ସମାନ ହୋଇଥାଏ। ନାମକୁ ସ୍ମରଣ ରଖିବାର ଏହି କଳା ରାଜନୈତିକ, ବୈପାରିକ ଓ ସାମାଜିକ କ୍ଷେତ୍ରରେ ବହୁତ ଲାଭଦାୟକ ହୋଇଥାଏ।

ଫ୍ରାନ୍ସର ମହାନ ସମ୍ରାଟ ନେପୋଲିୟନ୍ ତୃତୀୟ, ଯିଏ କି ମହାନ ନେପୋଲିୟନଙ୍କ ପୁତୁରା ଥିଲେ, ସେ କହୁଥିଲେ ଏତେ ରାଜକାର୍ଯ୍ୟ ଥାଇ ବି ସମସ୍ତ ଦାୟିତ୍ୱ ତୁଲାଇ ବି ନିଜ ସଂସ୍ପର୍ଶରେ ଆସୁଥିବା ପ୍ରାୟ ପ୍ରତ୍ୟେକ ଲୋକର ନାମ ସେ ଖିଆଲ ରଖୁଥିଲେ। ସେ ନାମଗୁଡ଼ିକୁ ସ୍ମରଣ ରଖିବା ପାଇଁ ଏକ ଭଲ ଉପାୟ ବି ପାଞ୍ଚିଥିଲେ। ଲୋକର ନାମ ପଚାରିଲା ବେଳେ ତାହାକୁ ଆଉଥରେ ଶୁଣି ମନେରଖିବା ପାଇଁ ସେ କହୁଥିଲେ ଯେ କ୍ଷମା କରିବେ ମୁଁ ଠିକ୍‌ରେ ଶୁଣିପାରିଲି ନାହିଁ ଓ ଯଦି ନାମଟି ଟିକେ ସାଧାରଣ ନାମ ମାନଙ୍କ ଅପେକ୍ଷା ଅଲଗା ଥାଏ ତେବେ ସେ କହୁଥିଲେ ଏହି ନାମକୁ ଲେଖନ୍ତି କିପରି ? କଥାବାର୍ତ୍ତା ହେବା ସମୟରେ ସେ ଏହି ନାମକୁ ବାରମ୍ବାର ଉଚ୍ଚାରଣ କରୁଥିଲେ ତଥା ସେହି ଲୋକର ହାବଭାବ ସହ ନାମର ସଠିକ୍ ସମ୍ପର୍କ ଗଠନ କରି ମନରେ ଏହାକୁ ବାନ୍ଧି ରଖୁଥିଲେ।

ଯଦି ସାମ୍ନାଲୋକ ଅଧିକ ମହତ୍ତ୍ୱପୂର୍ଣ୍ଣ ହୋଇଥାଏ ତେବେ ତାଙ୍କ ନାମକୁ ସ୍ମରଣ ରଖିବା ପାଇଁ ସେ ବିଶେଷ ଭାବେ ପରିଶ୍ରମ କରୁଥିଲେ। ଯେତେବେଳେ ସମ୍ରାଟ ଏକୁଟିଆ ହେଉଥିଲେ ସେ ଏହି ନାମକୁ କାଗଜରେ ଲେଖି ତାହାକୁ ବାରମ୍ବାର ଦେଖୁଥିଲେ ଓ ତାହାକୁ ସ୍ମରଣ କରୁଥିଲେ, ତାହାକୁ ଭଲ ଭାବେ ମସ୍ତିଷ୍କରେ ଭରି ନେଉଥିଲେ ଓ ଏହା ପରେ ଯାଇ ସେ କାଗଜକୁ ଚିରି ଦେଉଥିଲେ। ଏହିପରି ଭାବେ ସେ କାନ ସହ ଆଖିକୁ ବି କାମରେ ଲଗାଇ ନାମ ଗୁଡ଼ିକୁ ସ୍ମରଣ କରୁଥିଲେ। ଅବଶ୍ୟ ଏହି କାମକୁ କରିବା ପାଇଁ ପ୍ରାରମ୍ଭିକ ସ୍ତରରେ ବହୁତ କଷ୍ଟ ହୋଇପାରେ କିନ୍ତୁ ଯେପରି ଏହା ଧିରେ ଧିରେ ଅଭ୍ୟାସରେ

ପଡିଯିବ କଷ୍ଟ ବି କମିଯିବ ଯେପରି ଇମର୍ଶନ କହିଛନ୍ତି – 'ଭଲ ବ୍ୟବହାର ପାଇଁ ଛୋଟ ମୋଟ ତ୍ୟାଗ ତ କରିବାକୁ ପଡିବ।'

ଲୋକଙ୍କ ନାମକୁ ଭଲ ଭାବରେ ସ୍ମରଣ ରଖି ଏହାକୁ ସଠିକ୍ ଉଚ୍ଚାରଣ କରି କାମରେ ଲଗାଇବା କେବଳ ରାଜା ମହାରାଜା, ନେତା ବା ସଫଳ ବ୍ୟବସାୟୀ ମାନଙ୍କ ପାଇଁ ଲାଭଦାୟକ ହୁଏ ତାହା ନୁହେଁ ବରଂ ପ୍ରତ୍ୟେକ ଲୋକମାନେ ଏହାକୁ ଭଲ ଭାବରେ ବୁଝି କାମରେ ଲଗାଇବା ଉଚିତ୍। ଇଣ୍ଡିଆନାରେ ଜେନେରାଲ୍ ମୋଟର୍ସ୍‌ର ଏକ କର୍ମଚାରୀ କେନ୍ ନାର୍ଟିଗମ୍ ପ୍ରାୟତଃ କେଫେଟୋରିଆରେ ମଧ୍ୟାହ୍ନ ଭୋଜନ କରୁଥିଲେ। ଥରେ ସେ ଦେଖିଲା ଏକ ମହିଳା କାଉଣ୍ଟର୍ ପଛରେ ଠିଆ ହୋଇ କିଛି ଖାଦ୍ୟ ପ୍ରସ୍ତୁତ କରୁଛି ସେ ପ୍ରାୟତଃ କ୍ରୋଧିତ ରହୁଅଛି। ସେ ପ୍ରାୟ ଦୁଇଘଣ୍ଟା ଧରି ସାଣ୍ଡୱିଚ୍ ତିଆରି କରୁଥିଲା। ମୁଁ ତା ସହ ଟିକେ ଭଲରେ କଥାହେଲି ତା'ର ନାମ ପଚାରିଲି ଓ କହିଲି ମୋତେ କ'ଣ ଦରକାର। ସେ ମୋ ପାଇଁ ଖାଦ୍ୟକୁ ଏକ ଛୋଟ ତରାଜୁରେ ଓଜନ କଲା ଗୋଟେ ପଦ୍ମପତ୍ରରେ ରଖି କିଛି ଆଳୁ ପାମ୍ପଡ୍ ରଖି ସାଣ୍ଡୱିଚ୍ ମୋତେ ଧରାଇଦେଲା।

ପରଦିନ ମୋ ସହ ସେହିପରି ହେଲା। ସେହି ମହିଳାକୁ ଦେଖି ହସି ହସି କହିଲି ହେଲୋ ୟୁନିସ୍ ଓ ସେ ମୋ ଠାରୁ ବୁଝିଲା ମୋର କ'ଣ ଦରକାର। ମୋତେ ଆଉ ବେଶୀ ସମୟ ଅପେକ୍ଷା ନକରାଇ ତୁରନ୍ତ ମୋ ପାଇଁ ଖାଦ୍ୟ ପ୍ରସ୍ତୁତ କରିଦେଲା। ଏଥର ସେ ଓଜନ କରିବା କଥା ବିଲକୁଲ ବି ଭାବିଲାନି, ସବୁ ମସଲା ଓ ଆନୁଷଙ୍ଗିକ ଅଧିକା କରିଦେଲା ଏପରିକି ତିନିଟି ପଦ୍ମ ପତ୍ର ଯୋଡି ସେଥିରେ ବହୁତ ଆଳୁ ପାମ୍ପଡ ରଖିଲା କି ତଳେ ପଡିଯିବା ପରି ଲାଗୁଥାଏ, ତାହା ଆଣି ମୁଁ ବସିଥିବା ସ୍ଥାନରେ ବହୁତ ଭଲ ଭାବରେ ଦେଲା। ଦେଖନ୍ତୁ ଏଠି କିଭଳି ପ୍ରକାରର ନାମ ମନେ ରଖିବାର କଳା ଯାଦୁ କରିଗଲା। ଏବେ ତ ଆପଣ କେବେ ବି ଭୁଲିବେନି କି ନାମ ମନେରଖିବାର ଏହି କଳାକୁ, ଯାହା ଦ୍ୱାରା ଆମର ଯାଦୁ ସାମ୍ନା ଲୋକ ଉପରେ ପଡିଥାଏ। ନାମ ହିଁ ବ୍ୟକ୍ତିକୁ ଅଲଗା ପରିଚୟ ପ୍ରଦାନ କରିଥାଏ ତାର ବ୍ୟକ୍ତିତ୍ୱର ସଠିକ୍ ପ୍ରତୀକ। ଯେତେବେଳେ ଆମେ କୌଣସି ଲୋକକୁ ତାର ନାମ ଉଚ୍ଚାରଣ କରି କିଛି କରିବାକୁ କହିଥାନ୍ତି ତେବେ ସେହି କାମ ତା ପାଇଁ ଉତ୍ସାହରେ ପରିଣତ ହୋଇଥାଏ ସେଥିରେ ତାର ମହତ୍ତ୍ୱ ବଢିଯାଇଥାଏ। ଏବେ ଘରକାମ କରୁଥିବା ଚାକର ହେଉ ବା କେଉଁ କମ୍ପାନୀର ଏକଜୁକ୍ୟୁଟିଭ୍ ନାମ ରୂପୀ ଯାଦୁର ବାଡି ସବୁଠି ସମାନ କାମ କରିଥାଏ।

ସିଦ୍ଧାନ୍ତ – 3

ସଦା ସର୍ବଦା ମନେ ରଖନ୍ତୁ କି କୌଣସି ବି ଲୋକର ନାମ ତାକୁ ତାର ପରିଚୟ ପ୍ରଦାନ କରିଥାଏ, ତାହା ସେହି ଲୋକ ପାଇଁ ସବୁଠାରୁ ମହତ୍ତ୍ୱପୂର୍ଣ୍ଣ ଏବଂ ଆନନ୍ଦଦାୟୀ ଶବ୍ଦ ହୋଇଥାଏ।

4

ସଫଳ ବକ୍ତା ହେବାର ସରଳ ଉପାୟ

କିଛି ଦିନ ପୂର୍ବରୁ ମୋତେ ଏକ ବ୍ରିଜ୍ ପାର୍ଟିରେ ଯିବାର ଅବସର ମିଳିଥିଲା। ମୋତେ ସେହି ଖେଳ ଆସେନାହିଁ ଓ ସେଠି ଅନ୍ୟ ଏକ ମହିଳା ବି ଥିଲା ଯିଏ କି ସେହି ଖେଳ ବିଷୟରେ ଜାଣି ନଥିଲା। ସେ କାହାଠାରୁ ଜାଣିପାରିଥିଲେ ଯେ ମୁଁ ବିଶିଷ୍ଟ ରେଡିଓ କମ୍ପାନୀରେ କାମ କରେ ଓ ଏହି କାମ ପାଇଁ ୟୁରୋପର ଅନେକ ସହର ଓ ଗ୍ରାମ ଇତ୍ୟାଦି ବୁଲିସାରିଛି ତାହା ବି ଆମ ମ୍ୟାନେଜରଙ୍କ ସାଥିରେ। ତେଣୁ ସେହି ମହିଳା ମୋତେ କହିଲା- ମି. କାର୍ନେଗି, ମୁଁ ଚାହୁଁଛି କି ଆପଣ ପୁରା ୟୁରୋପରେ ବୁଲିଲାବେଳେ କେଉଁ ସ୍ଥାନମାନଙ୍କରେ ଅଧିକ ଆନନ୍ଦ ପାଇଲେ ଓ ଆପଣ ଏମିତି କେତେ ସ୍ଥାନ ପରିଭ୍ରମଣ କରିସାରିଛନ୍ତି ?

ତାପରେ ଆମେ ଦୁହେଁ ଯାଇ ସୁସଜ୍ଜିତ ହୋଇଥିବା ଆରାମଦାୟକ ସୋଫା ଉପରେ ବସିଲୁ। ସେ ମହିଳା ମୋତେ କହିଲେ କି ସେ ଏବେ ନିଜ ସ୍ୱାମୀଙ୍କ ସହ ଆଫ୍ରିକା ମହାଦେଶ ଭ୍ରମଣ କରି ଆସିଛନ୍ତି। ମୁଁ କହିଲି- 'ଆରେ ବାଃ ! ତେବେ ତାହା ବହୁତ ରୋମାଞ୍ଚକର ହୋଇଥିବ ନିଶ୍ଚିତ ଖୁବ୍ ଆନନ୍ଦଦାୟୀ ଅନୁଭବ ପାଇଥିବେ ଆପଣ ? ମୋର ବହୁତ ଇଚ୍ଛା ସେଠାକୁ ଯିବା ପାଇଁ କିନ୍ତୁ ସବୁବେଳେ କର୍ମବ୍ୟସ୍ତରେ ରହି ସେଠାକୁ ଯିବାର ସେମିତି ଅଧିକ ଅବସର ମିଳିପାରିନି। ବାସ୍ତବରେ ଆପଣ ବହୁତ ଭାଗ୍ୟଶାଳୀ, କି ଆପଣଙ୍କୁ ଆଫ୍ରିକା ପରି ଏକ ରୋମାଞ୍ଚକର ସ୍ଥାନ ଦେଖିବାର ସୌଭାଗ୍ୟ ମିଳିସାରିଛି। କୃପାକରି ସେଠିକାର ଅନୁଭବ ବିଷୟରେ ମୋତେ ବିସ୍ତାର ରୂପେ ଅବଶ୍ୟ କୁହନ୍ତୁ।'

ତାପରେ ସେହି ମହିଳା ସେଠାକାର ଅନୁଭବ ମୋତେ ଲଗାତାର ଚାଳିଶି ପଚାଶ ମିନିଟ୍ ଧରି କହି ଚାଲିଲେ। ସେ ମୋତେ ଥରେ ବି ପଚାରିଲେ ନାହିଁ କି ମୁଁ ସେ ଭିତରୁ କେଉଁ ସ୍ଥାନକୁ ଯାଇଛି ବା ମୁଁ କ'ଣ କ'ଣ ସବୁ ସେଠାରେ ଦେଖିଛି ? ସେ ମୋର ଯାତ୍ରା ବାବଦରେ କୌଣସି ରୁଚି ରଖୁନଥିଲା। ମୁଁ ତ ଖାଲି ଏକ ଭଲ ଶ୍ରୋତା ପରି ଶୁଣୁଥିଲି। ସେ ତ ମୋପରି ଏକ ଲୋକର ଅପେକ୍ଷାରେ ଥିଲା। ଯିଏ କି ତାର ଅହଂଭାବକୁ ଶାନ୍ତ କରିପାରିବ।

ସେ ଯେତେ ଅର୍ଥ ଖର୍ଚ୍ଚ କରିଥିଲା ଆଫ୍ରିକା ଗସ୍ତରେ ତାକୁ ସେ ଏହିପରି ଭାବେ ଅସୁଲ କରିବାକୁ ଚାହୁଁଥିଲା। କିଛି ଲୋକମାନଙ୍କୁ ଏହା ଅସାମାନ୍ୟ ଲାଗିପାରେ, କିନ୍ତୁ ଅଧିକତର ଲୋକମାନେ ଏପରି ହିଁ ହୋଇଥାନ୍ତି।

ଥରେ ମୁଁ ନିୟୁର୍କର ପ୍ରକାଶକମାନଙ୍କ ଦ୍ୱାରା ଆୟୋଜିତ ଏକ ପ୍ରିତିଭୋଜନ ପାର୍ଟିରେ ଯାଇଥିଲି। ସେଠାରେ ମୋ ସହ ଜଣେ ଉଦ୍ଭିଦ ବିଜ୍ଞାନୀ ଭେଟ ହୋଇଗଲେ। ମୁଁ ଆଗରୁ କେବେ କୌଣସି ବୈଜ୍ଞାନିକମାନଙ୍କ ସହ କଥାବାର୍ତ୍ତା ହୋଇନଥିଲି। କିନ୍ତୁ ତାଙ୍କ କଥା ମୋତେ ରୁଚିକର ଲାଗୁଥିଲା। ସେ ମତେ ବୃକ୍ଷ ଠାରୁ ଆରମ୍ଭ କରି ଗୁଳ୍ମ ଓ ତୃଣ ଠାରୁ ଲତା ପର୍ଯ୍ୟନ୍ତ ସବୁ ଗଛମାନଙ୍କ ବିଷୟରେ ଅନେକ କଥା କହୁଥାନ୍ତି। ସେ ମୋତେ ଆବଦ୍ଧ କ୍ଷେତ୍ରରେ କିପରି ବଗିଚା କରାଯାଇ ପାରିବ ସେ ବିଷୟରେ ବି ବହୁତ ନୂଆ ନୂଆ ତଥ୍ୟ ଦେଲେ। ମୁଁ ପୁରା ମନଧ୍ୟାନ ଦେଇ ତାଙ୍କ କଥା ଶୁଣୁଥିଲି। ମୋ ଘରେ ବି ଏକ ଛୋଟ ବଗିଚା ଥିଲା। ସେହି ଉଦ୍ଭିଦ ବିଜ୍ଞାନୀ ମୋତେ କହିଲେ ସେ ମୋର ବଗିଚାରେ କିଛି ଅସୁବିଧା ହେଲେ ସେ ତାର ସମାଧାନ କରାଇଦେଇ ପାରିବେ। ସେହି ପାର୍ଟିରେ ଆହୁରି ଅନେକ ଲୋକଥିଲେ କିନ୍ତୁ ମୁଁ ପୁରା ଅସାମାଜିକଙ୍କ ପରି କାହା ସହ କଥା ନହୋଇ କେବଳ ସେହି ଉଦ୍ଭିଦ ବିଜ୍ଞାନୀଙ୍କ କଥା ମନଦେଇ ଶୁଣୁଥିଲି।

ଯେତେବେଳେ ରାତି ଅଧିକ ହୋଇଗଲା ମୁଁ ସମସ୍ତଙ୍କ ଠାରୁ ବିଦାୟ ନେଇ ସେଠାରୁ ଚାଲି ଆସିଲି। ମୋ ଆସିଲା ପରେ ସେହି ଉଦ୍ଭିଦ ବିଜ୍ଞାନୀ ସମସ୍ତଙ୍କ ପାଖରେ ମୋର ବହୁତ ପ୍ରଶଂସା କରିବାକୁ ଲାଗିଲେ। ସେ ମୋତେ ପ୍ରେରକ ବ୍ୟକ୍ତିତ୍ୱ ଓ ରୋଚକ ବକ୍ତା ପରି ଆହୁରି ଅନେକ ଅଳଙ୍କାର ଲଗାଇ ମୋର ରଚନା କରିବାକୁ ଲାଗିଲେ ସେ ବି ଏକୁଟିଆ ନୁହେଁ ସମସ୍ତଙ୍କ ସାମ୍ନାରେ। ଯେତେବେଳେ କି ମୁଁ ତ ତାଙ୍କୁ ବେଶି କିଛି କହି ନଥିଲି ହେଲେବି ସେ ମୋତେ ରୋଚକ ବକ୍ତା ବୋଲି ପ୍ରକାଶ କଲେ। ମୁଁ ଚାହିଁଥିଲେ ଗଛ ବାବଦରେ କିଛି ବି କହି ପାରିଥାନ୍ତି କିନ୍ତୁ ମୁଁ ସେପରି କିଛି ବି ନକହି ତାଙ୍କ କଥାକୁ ମନ ଦେଇ ଶୁଣୁଥିଲି କାରଣ ତାଙ୍କ କଥାରେ ମୋତେ ରୁଚି ଥିଲା ଓ ସେ ବି ଏହି କଥାକୁ ଭଲ ଭାବରେ ବୁଝି ପାରୁଥିଲେ ତେଣୁ ମୋତେ ତାଙ୍କ ଅନୁସନ୍ଧାନ, ତାଙ୍କ ପରିଶ୍ରମ କାହାଣୀକୁ କହି ସେ ଖୁସି ହେଉଥିଲେ। କୌଣସି ଲୋକର କଥାକୁ ମନଦେଇ ଶୁଣିବା ପ୍ରତ୍ୟକ୍ଷ ଭାବେ ନହେଲେ ବି ଅପ୍ରତ୍ୟକ୍ଷ ଭାବେ ତାଙ୍କର ପ୍ରଶଂସା କରିବା ଭଳି ଅନୁଭବ କରାଇଥାଏ। 'ଷ୍ଟ୍ରେଞ୍ଜର୍ସ ଇନ୍ ଲଭ୍' ପୁସ୍ତକରେ ଲେଖକ ଜୈକ୍ ବେଡ୍‌ଫୋର୍ଡ୍ ଲେଖିଛନ୍ତି - ଅଧିକାଂଶ ଲୋକେ ଏହି ପରି ମନଦେଇ ଶୁଣିବାର କଳାକୁ ବଡ ଚାଲାକ୍‌ର ସହ କରିଥାନ୍ତି। ମୁଁ ତ ଦୁଇ ପାଦ ଆଗରେ ଥିଲି ମୁଁ ଯାହା ଶୁଣୁଥିଲି ଭଲ ଲାଗିଲେ ଅବଶ୍ୟ ପ୍ରଶଂସା ବି କରୁଥିଲି। ମୁଁ ହୃଦୟ ଖୋଲି ପ୍ରଶଂସା କରୁଥିଲି ବା ମୁକ୍ତ କଣ୍ଠରେ ତାଙ୍କର ଆଦର ଓ ପ୍ରେରଣାଦାୟୀ କଥା ବି କହୁଥିଲି।

ମୁଁ ତାଙ୍କୁ ଏପରି ଅନୁଭବ ବି କରାଇ ଦେଇଥିଲି କି ସେହି ଆଲୋଚନାରୁ ମୋତେ ବହୁତ କିଛି ଶିଖିବାକୁ ମିଳିଲା ଓ ଯଦି ମୋ ପାଖରେ ତାଙ୍କ ପରି ଏତେ ଅଗାଧ ଜ୍ଞାନ ଥାଆନ୍ତା

କି ! ମୁଁ ତାଙ୍କୁ କହିଲି ବଗିଚାରେ ତାଙ୍କ ସହ ବୁଲିବାର ସୁଯୋଗ ମିଳିଲେ ଧନ୍ୟ ହୁଅନ୍ତି କାରଣ ସିଧାସଳଖ ଭାବେ ଚାରା ଗୁଡିକ ବିଷୟରେ ବହୁତ କିଛି ଜାଣିହେବ। ଆଗକୁ ଆଉଥରେ ଭେଟ ହେଲେ ବହୁତ ଭଲ ହୁଅନ୍ତା ବୋଲି ଆଗ୍ରହ ବି କରିଥିଲି। ଥରେ ତାଙ୍କୁ ଭେଟିବାକୁ ଗଲି ମଧ୍ୟ, ଏହିପରି ଭାବେ ସେ ମୋତେ ଏକ ବହୁ ସୁନ୍ଦର ବକ୍ତା ବୋଲି ବିବେଚନା କରିବାକୁ ଲାଗିଲେ। ଯେତେବେଳେ ମୁଁ କେବଳ ଏକ ଭଲ ଶ୍ରୋତା ଥିଲି ଯିଏ କି ତାଙ୍କ ଚର୍ଚ୍ଚା ଶୁଣିବାକୁ ମନର ସହ ପ୍ରୋତ୍ସାହିତ କରୁଥିଲି।

ହାବାର୍ଡ୍‌ର ପୂର୍ବତନ ରାଷ୍ଟ୍ରପତି ଚାର୍ଲ୍ସ ଡବ୍ଲିୟୁ ଇଲିଅଟ୍ ଥରେ ଜଣେ ସଫଳ ବ୍ୟବସାୟୀଙ୍କ ବିଷୟରେ କହିଥିଲେ- 'କୌଣସି ସଫଳ ବ୍ୟବସାୟୀର ରହସ୍ୟ ମାତ୍ର ଏତିକି ଯେ କେହି ଆପଣଙ୍କ ସହ କଥା ହେଲାବେଳେ ଆପଣ ତାଙ୍କ କଥାକୁ ସମ୍ପୂର୍ଣ୍ଣ ଭାବେ ଧ୍ୟାନଦେଇ ଶୁଣନ୍ତୁ। ଏହା ସବୁଠାରୁ ବଡ ଚାଲାକ୍‌ର କାମ ହୋଇଥାଏ। ତେଣୁ ସେ ବହୁତ ଭଲ ଶ୍ରୋତା ଥିଲେ।' ଆମେରିକାର ପ୍ରସିଦ୍ଧ ଉପନ୍ୟାସକାର ହେନେରି ଜେମ୍ସ ତାଙ୍କ ଏକ ସଂସ୍କରଣରେ କହିଥିଲେ- 'ଡା. ଇଲିଏଟ୍ ଲୋକମାନଙ୍କ କଥାକୁ କେବଳ ମୌନ ହୋଇ ଶୁଣୁ ନଥିଲେ ବରଂ ତାହା ଏକ ପ୍ରକାର ଗତିବିଦ୍ଧି ଥିଲା। ସିଧା ଭାବରେ ବସି ରହିବା, କଥା କହୁଥିବା ଲୋକ ଆଡକୁ ଅନାଇବା, ତାଙ୍କ କଥାର ତାଳେ ତାଳେ ସ୍ମିତହାସ୍ୟ ସହ କଥାକୁ ଧ୍ୟାନର ସହ ଗ୍ରହଣ କଲା ପରି ଅନୁଭବ କରାଇବା, ନିଜ ହାତକୁ ବାନ୍ଧି କୋଳରେ ରଖିବା ତଥା ଆଙ୍ଗୁଳି ଗୁଡିକୁ ଗୋଟେ ଅନ୍ୟ ଉପରେ ଚାଳନା କରିବା ଛଡା ଅନ୍ୟ କିଛି ବିଶେଷ ହଲଚଲ ନହୋଇ ଶୁଣିବା ଇତ୍ୟାଦି। ଏପରି ଲାଗୁଥିଲା କି ସେ ବକ୍ତାର କଥାକୁ କାନ ଦ୍ୱାରା ଶୁଣିବା ସଙ୍ଗେ ସଙ୍ଗେ ଆଖି ଦ୍ୱାରା ବି ଶୁଣୁଥିଲେ। ସେ କଥାଗୁଡିକୁ ପୂରା ଭଲ ଭାବରେ ଚିନ୍ତା କରୁଥିଲେ କି ଆପଣଙ୍କୁ ଏହି କ'ଣ ପାଇଁ କହିବାକୁ ପଡୁଅଛି ଏହା ପଛରେ ଆପଣଙ୍କ ଉଦ୍ଦେଶ୍ୟ କ'ଣ ଥାଇପାରେ? ଶେଷରେ କଥା କହୁଥିବା ଲୋକକୁ ଅନୁଭବ କରାଇ ଦେଉଥିଲେ କି ସେ ତାଙ୍କ କଥା ଗୁଡିକୁ ଧ୍ୟାନର ସହ ଶୁଣିଛନ୍ତି।

ଏହି କଳାକୁ ଶିଖିବା ପାଇଁ ଆପଣଙ୍କୁ ହାବାର୍ଡରେ ଚାରିବର୍ଷର ଶିକ୍ଷା ଗ୍ରହଣ କରିବା ଦରକାର ନାହିଁ। ଏହା ତ ଦୈନନ୍ଦିନର ବ୍ୟବହାରରୁ ଆପେ ଆସିଥାଏ। ଆମେମାନେ ଏମିତି ଅନେକ ବ୍ୟାପାରୀମାନଙ୍କୁ ଜାଣନ୍ତି ଯେଉଁମାନେ ସୁପର୍ ମାର୍କେଟ୍ ବା ସପିଙ୍ଗ୍ ମଲ୍ କରୁଛନ୍ତି, ବହୁତ ଭଲ ଓ ମହଙ୍ଗା ଜିନିଷ ରଖିଥାନ୍ତି, ଦୋକାନ ସଜାଇବାରେ ଓ ପ୍ରଚାର ପ୍ରସାରରେ ବହୁତ ଅର୍ଥ ଖର୍ଚ୍ଚ କରିଥାନ୍ତି। ଦୋକାନରେ ଅନେକ ସେଲ୍ସମ୍ୟାନ୍ ବି ଦରମା ଦେଇ ରଖନ୍ତି, କିନ୍ତୁ ଯଦି ଜଣେ ସେଲ୍ସମ୍ୟାନ୍ ଭଲ ଶ୍ରୋତା ନହୋଇ ପାରିଲା ତେବେ କାହାଣୀ ସରିଲା। ସେ ଯଦି ଗ୍ରାହକର ଆଗ୍ରହକୁ ନବୁଝି ତା କଥାକୁ ମଝିରୁ କାଟି ନିଜ କଥା କହିବାକୁ ଚେଷ୍ଟା କଲା ତେବେ ଏପରି କେତେକ ଗ୍ରାହକଙ୍କର ଗୋଡ ରକ୍ତ ମୁଣ୍ଡକୁ ଉଠିଲା ପରି ଲାଗେ। ସେମାନଙ୍କ ଭିତରେ ଏତେ ବିରକ୍ତି ଭରି ଦିଅନ୍ତି ଯେ ସେମାନେ ଦୋକାନ ଛାଡି ପଳାଇବା ପାଇଁ ବାଧ୍ୟ ହୋଇଥାନ୍ତି।

ଚିକାଗୋର ଏକ ବହୁତ ବଡ ଓ ପ୍ରସିଦ୍ଧ ଶପିଙ୍ଗ୍ ମଲର୍ ଜଣେ ସେଲ୍ସମ୍ୟାନ୍ କାରଣରୁ ହିଁ

ପ୍ରତିବର୍ଷ ହଜାର ହଜାର ଡଲାର୍‌ର ଜିନିଷ କିଣୁଥିବା ଏକ ଗ୍ରାହକ ହରାଇ ବସିଲା। ସେହି ଗ୍ରାହକର ନାମ ଥିଲା ହେନେରିଟା ଡଗଲସ୍। ସେ ସେହି ବଡ ଦୋକାନର ସ୍ପେଶାଲ ସେଲ୍‌ରୁ ଏକ କୋଟ୍ କିଣିଥିଲା। ଘରେ ଯାଇ ଦେଖିଲା ସେଥିରୁ କିଛି ସିଲାଇ ଛାଡିଯାଇଛି, ତେଣୁ ସେ ପରଦିନ ସେଠାକୁ ଯାଇ ତାହାକୁ ବଦଳାଇବାକୁ ଲେଡି ସେଲ୍ସମ୍ୟାନକୁ କହିଲା। 'ଆପଣ ଏହାକୁ ସ୍ପେଶାଲ ସେଲ୍‌ରୁ ନେଇଥିଲେ, ସେଠାକାର ଜିନିଷ ଉପରେ କିଛି ଗ୍ୟାରେଣ୍ଟି ନଥାଏ ତେଣୁ ଆପଣ ଏହାକୁ କିଛି ବି କରନ୍ତୁ ଆମର କିଛି ଦାୟିତ୍ୱ ନାହିଁ।' କିନ୍ତୁ ଗ୍ରାହକ କହିଲା, 'ଏହା ତ ଆଗରୁ ହିଁ ଖରାପ ଥିଲା।' 'ସେଲ୍ସ ଲେଡି ଜଣକ ଉତ୍ତର ଦେଲା କି 'ଏହି କଥାରେ ଆମର କିଛି କହିବାରେ ନାହିଁ, ଆଉ ଅଯଥା ଯୁକ୍ତି କରନ୍ତୁ ନାହିଁ।'

ଏବେ ଗ୍ରାହକ ଡଗ୍‌ଲସଙ୍କୁ ବହୁତ ରାଗ ଲାଗିଲା ସେ ଆଉ କିଛି ବି ନକହି ସେଠାରୁ ପଳାଇ ଆସିବାକୁ ବାଧ୍ୟ ହେଲେ। ଠିକ୍ ବାହାରକୁ ଆସୁଥିବାର ଦେଖି ସେଠାକାର ମ୍ୟାନେଜର୍ ଯେକି ଭଲ ଭାବରେ ଏହି ସ୍ଥାୟୀ ଗ୍ରାହକଙ୍କୁ ଜାଣିଥିଲେ ସେଠାକୁ ଧାଇଁ ଧାଇଁ ଆସିଲେ ଓ ଏମିତି ଚାଲିଯିବାର କାରଣ ପଚାରିଲେ। ତେଣୁ ଡଗ୍‌ଲସ ବି ତାଙ୍କୁ ସବୁ କଥା କହିଦେଲେ।

ମ୍ୟାନେଜର୍ ପୂରା ବିବରଣୀ ଧ୍ୟାନ ପୂର୍ବକ ଶୁଣିଲେ ଓ ସେହି କୋଟକୁ ବି ଭଲ ଭାବରେ ଦେଖିଲେ। 'ଦେଖନ୍ତୁ ମ୍ୟାଡମ୍, ଆମେ ପ୍ରତି ବର୍ଷର ଶେଷରେ ଥରେ ଏହି ସେଲ ବାହାର କରିଦେଉ, ପୁରୁଣା କପଡା ସବୁ ବିକ୍ରି କରିଦେବା ଉଦ୍ଦେଶ୍ୟରେ, ଯାହାକୁ ବଦଳାଇବା କିମ୍ବା ଫେରସ୍ତ କରିବା ମନା କରାଯାଇଛି। ହେଲେ ସମସ୍ତେ ସମାନ ନାହାନ୍ତି ଓ ଆପଣ ତ ଆମ ଅନୁଷ୍ଠାନର ଏକ ସ୍ଥାୟୀ ଗ୍ରାହକ, ତେଣୁ ଆପଣ ଚାହିଁଲେ ମୁଁ ଏହାକୁ ସିଲାଇ କରାଇ ଦେବି ବା ଯଦି ଚାହିଁବେ ଅର୍ଥ ବି ଫେରାଇ ଦେବି।' ସେଲ୍ସମ୍ୟାନ୍ ଓ ମ୍ୟାନେଜରଙ୍କ ବ୍ୟବହାରରେ ବହୁତ ଅନ୍ତର ଥିଲା, ସେଦିନ ଯଦି ମ୍ୟାନେଜର୍ ଠିକ୍ ସମୟରେ ଆସି ନଥାନ୍ତେ ତେବେ ଏହି ସ୍ଥାୟୀ ଗ୍ରାହକଙ୍କୁ ସବୁଦିନ ପାଇଁ ହରାଇ ଥାଆନ୍ତେ। ଭଲ ଶ୍ରୋତା ହେବାର ଗୁଣ କେବଳ ବ୍ୟାପାରରେ କାହିଁକି ସବୁ ଜାଗାରେ କାମରେ ଆସେ, ଏପରିକି ନିଜ ଘରେ ବି। ନିୟୁର୍କରେ ମୋର ଏକ ବନ୍ଧୁ ମିଲି ବି ଭଲ ଶ୍ରୋତା ଥିଲା। ଯେତେବେଳେ ତାଙ୍କ ପିଲାମାନେ କିଛି ବି କଥା କହୁଥିଲେ ସେ ତାହାକୁ ମନଦେଇ ଶୁଣୁଥିଲା। ଦିନେ ସଂଧ୍ୟାରେ ନିଜ ବଡପୁଅ ରୋବର୍ଟ ସହ ବଗିଚାରେ ବସିଥିଲେ। ପୁଅ କହିଲା, 'ମାଆ, ମୁଁ ଜାଣିଛି ଆପଣ ମୋତେ ବହୁତ ଭଲ ପାଆନ୍ତି।'

ମିଲିକୁ ଏହା ଶୁଣି ବହୁତ ଖୁସି ଲାଗିଲା ଓ ସେ ପଚାରିଲେ, 'ହଁ, ମୁଁ ତୁମକୁ ବହୁତ ଭଲ ପାଏ କିନ୍ତୁ ଆଜି ଅଚାନକ ଏପରି କଥା ତୁମ ମୁଣ୍ଡକୁ ଆସିବାର କାରଣ ଜାଣି ପାରିଲିନି ?'

ରୋବର୍ଟ କହିଲା କି 'ମାଆ ଏଥିପାଇଁ କି ତୁମେ ମୋ କଥାକୁ ବହୁତ ଭଲ ଭାବରେ ଶୁଣ। ଯେତେବେଳେ ମୁଁ କିଛି ବି କୁହେ ତୁମେ ସବୁ କାମ ଛାଡିକରି ମୋ କଥା ଶୁଣିଥାଅ।'

ଅନେକ ସମୟରେ ଚୁପ୍ ହୋଇ ରହିବା ବଡ ଉପକାର କରିଥାଏ। ଯେତେ ବଡ ନିନ୍ଦୁକ ଲୋକ ହେଉନା କାହିଁକି ଧୈର୍ଯ୍ୟବାନ୍, ଶାନ୍ତ ତଥା ସହାନୁଭୂତିକ ଶ୍ରୋତା ଆଗରେ

ନରମ ପଡିଯାଏ। ଏକ ଭଲ ଶ୍ରୋତା ସେ ହିଁ ହୋଇଥାଏ ଯିଏ ସେହି ସମୟରେ ଚୁପ୍ ରହିଯାଏ ଯେତେବେଳେ ଏକ କ୍ରୋଧୀ ଆଲୋଚକ ନାଗ ସାପ ପରି ନିଜର ବିଷଭରା ଫଣାରେ ଚୋଟ ମାରିବାକୁ ବି ପଛାଉ ନଥାଏ। ଉଦାହରଣ ସ୍ୱରୁପ ନିୟୁର୍କ ଏକ ଟେଲିଫୋନ୍ କମ୍ପାନିକୁ ଏକ ଏପରି ଗ୍ରାହକ ସହ ତା'ର ସମସ୍ୟା ସମାଧାନ କରିବାର ଥିଲା ଯେ କି ଏହି ସେବା ଅଧିକାରୀମାନଙ୍କୁ ବହୁତ ଖରାପ କରି ଗାଳି ଦେଉଥିଲା। ସେ କହୁଥିଲା ଫୋନ୍‌କୁ ତା'ର ତା ସହିତ ଉଠାଇ ଫୋପାଡି ଦେବ ଏପରି ଅନେକ ଓ ମଝିରେ ମଝିରେ ଧମକ ଦେବାକୁ ବି ପଛାଉ ନଥିଲା। କେତେ ଟେଲିଫୋନ୍ ବିଲ୍ ବି ଜମା କଲାନାହିଁ କାରଣ ତା ନଜରରେ ସେହି କମ୍ପାନୀ ଏକ ଜାଲିଆତି ସଂସ୍ଥା ଥିଲା। ଅନେକ ଖବର କାଗଜରେ ଏହି ବିଷୟରେ ବହୁତ ଖରାପ କରି ପତ୍ରମାନ ଛପାଇଦେଲା ଏପରିକି ସେ ଏହି ଟେଲିଫୋନ୍ କମ୍ପାନୀ ବିରୁଦ୍ଧରେ ଅଦାଲତରେ କେତୋଟି ମୋକଦମା ବି କରିଦେଇଥିଲା।

ଶେଷରେ କମ୍ପାନୀ ସବୁଠାରୁ ଯୋଗ୍ୟ ଟ୍ରବୁଲ୍‌ସୁଟର୍ (କମ୍ପାନିର ଯନ୍ତ୍ରାଂଶରେ ଥିବା ଭୁଲ ସୁଧାରୁଥିବା ଗ୍ରାହକ ସେବା ପ୍ରତିନିଧି) ଯେ କି ଜଣେ ଭଲ ଶ୍ରୋତା ଥିଲେ ତାଙ୍କୁ ସେହି ଗ୍ରାହକଙ୍କ ପାଖକୁ ପଠାଇଲା। ସେହି ଟ୍ରବୁଲ୍‌ସୁଟର୍ ଶାନ୍ତ ଚିତ୍ତରେ ଗ୍ରାହକଙ୍କ ସବୁ କଥା ଗୁଡିକୁ ଗୋଟି ଗୋଟି କରି ଶୁଣିଲେ। ମଝିରେ ମଝିରେ ହଁ ମାରୁଥିଲେ ଓ ଗ୍ରାହକଙ୍କ ପ୍ରତି ନିଜ ସହମତି ବି ପ୍ରଦର୍ଶନ କରୁଥାନ୍ତି।

ଟ୍ରବୁଲସୁଟର୍ ତାଙ୍କ ଅନୁଭୁତିକୁ ଆମ ଶ୍ରେଣୀରେ ବ୍ୟାପକ ଭାବେ ବୁଝାଇଲେ – 'ଗ୍ରାହକ ନିଜ ମନର ସମସ୍ତ କ୍ରୋଧକୁ ପ୍ରାୟ ତିନି ଘଣ୍ଟା ଧରି ପରିପ୍ରକାଶ କରୁଥାନ୍ତି ଓ ପୂରା ଚୁପ୍ ଚାପ୍ ତାଙ୍କୁ ଶୁଣୁଥିଲେ। ମୁଁ ତାଙ୍କ ସହ ଚାରିଥର ଭେଟ କରିଥିଲି କିନ୍ତୁ ଚାରିଥର ହେବା ପୂର୍ବରୁ ସେଠାକାର ସଂସ୍ଥାର ଚାର୍ଟର ମେମ୍ବର୍ (ସଂସ୍ଥା ଦ୍ୱାରା ଲିଖିତ ସମ୍ବିଧାନର ସଭ୍ୟ) ହୋଇ ସାରିଥାଏ। ଯାହାକୁ ସେ ହିଁ ଆରମ୍ଭ କରିଥିଲା। 'ଟେଲିଫୋନ୍ ସବସ୍କ୍ରାଇବର୍ସ୍ ପ୍ରୋଟେକ୍ଟିଭ ଆସୋସିଏସନ୍' ର ମୁଁ ଏବେ ବି ସଦସ୍ୟ ଅଛି ବା ଆପଣ କହିପାରିବେ ଦୁନିଆଁରେ ଏପରି ସଦସ୍ୟ ମୁଁ ମାତ୍ର ଜଣେ।'

ଏହି ଚାରିଥର ଭେଟ କରିବା ଭିତରେ ମୁଁ ତାଙ୍କ ପ୍ରତ୍ୟେକ କଥା ଶୁଣିଥିଲି ଓ ସହାନୁଭୁତି ବି ପ୍ରଦର୍ଶନ କରିଥିଲି। ସମ୍ଭବତଃ ଏହା ପୂର୍ବରୁ କେହି ବି ତା'ର କଥାକୁ ସେତେ ଧ୍ୟାନ ପୂର୍ବକ ଶୁଣିନଥିଲେ, ଏଣୁ ସେ ମୋର ମିତ୍ର ହୋଇ ଯାଇଥିଲା। ମୁଁ ମୋର ତା ପାଖକୁ ଆସିବାର କାରଣ ପ୍ରଥମ ଦ୍ୱିତୀୟ ବା ତୃତୀୟ ଭେଟ ବେଳେ ନକହି ଶେଷଥରରେ କହିଲି। ତାପରେ ସେ ସମସ୍ତ ବିଲ୍ ବି ପଇଠ କରିଦେଲା ଓ ସମସ୍ତ ଅଭିଯୋଗକୁ ପ୍ରତ୍ୟାହାର କରିନେଲା।

ନିଃସନ୍ଦେହ ସେହି ଲୋକ ନିଜକୁ ଧର୍ମଯୋଦ୍ଧା ମାନୁଥିଲେ, ଯେ କି ମାନବାଧିକାର ର ରକ୍ଷା ହେତୁ ଲଢୁଥିଲେ, କିନ୍ତୁ ବାସ୍ତବରେ ଏହି ଲଢେଇ କେବଳ ମହତ୍ତ୍ୱର ଥିଲା। ରାଗିକରି ବଡ ପାଟିକରି ଧମକାଇ ଅଭିଯୋଗ କରି ନିଜକୁ ମହତ୍ତ୍ୱପୂର୍ଣ୍ଣ ବୋଲି ପ୍ରମାଣିତ କରୁଥିଲେ।

ଯେତେବେଳେ ଟ୍ରବୁଲସୁଟର୍ ତାଙ୍କୁ ପୂରା ମହତ୍ତ୍ୱ ଦେବାକୁ ଲାଗିଲା ତାର ଅଭିଯୋଗ ମନ୍ତ୍ର କଲା ପରି ଛୁ ହୋଇଗଲା ।

କିଛି ବର୍ଷ ପୂର୍ବର କଥା ଏକ କ୍ରୋଧିତ ଗ୍ରାହକ ସକାଳେ ସକାଳେ ଡେଟମେର୍ ବେଲୁନ୍ କମ୍ପାନୀର ସଂସ୍ଥାପକ ଜୁଲିୟମ୍ ଏଫ୍. ଡେଟୋମରଙ୍କ ଅଫିସ୍‌ରେ ଆସି ପହଞ୍ଚିଲା । ମି. ଡେଟୋମର ମୋତେ କହିଲେ – 'ଏହି ଗ୍ରାହକଙ୍କ ଉପରେ ଆମର କିଛି ଅର୍ଥ ଉଧାର ଥିଲା, କିନ୍ତୁ ସେ ଏହାକୁ ମାନିବାକୁ ପ୍ରସ୍ତୁତ ନଥିଲା । ଆମର ଅର୍ଥ ଆଦାୟକାରୀ ବିଭାଗ ସେହି ଉଧାର ଅର୍ଥକୁ ପଇଠ କରିବା ପାଇଁ ତାଙ୍କୁ ବହୁବାର ପତ୍ର ବି ଲେଖିଥିଲେ । ଯେତେବେଳେ ଏପରି ଅନେକ ପତ୍ର ତା ପାଖରେ ପହଞ୍ଚିଗଲା ସେସବୁ ଚିଠିକୁ ନେଇ ସିଧା ଆସି ଚିକାଗୋରେ । ଗରଗର ହୋଇ ମୋ ଅଫିସ୍‌ରୁମ୍‌ରେ ଆସି ପହଞ୍ଚିଲା ଓ କହିଲା– 'ଏବେ ଆଉ ସେ କୌଣସି ବିଲ୍ ପଇଠ କରିବ ନାହିଁ ଓ ଭବିଷ୍ୟତରେ ଆଉ ଏହି କମ୍ପାନୀରୁ କିଛି ବି ଜିନିଷ କିଣିବ ନାହିଁ ।'

ତାହାର କଥାକୁ ମୁଁ ଧୈର୍ଯ୍ୟପୂର୍ବକ ଶୁଣିଲି । ମନ ତ କହୁଥିଲା କି ତା ଭୁଲ କଥା ଉପରେ ମୁଁ ବି ମୋ ଟିପ୍ପଣୀ ଦେଇଦେବି ମଝିରେ ତାକୁ ଅଟକାଇ କରି କିନ୍ତୁ ଜଣାଥିଲା କି ଏପରି କରିବା ଦ୍ୱାରା ମୋର ହିଁ କ୍ଷତି ହେବ ଓ ମାମଲା ଅଧିକ ବିଗିଡିଯିବ, ତେଣୁ ମୁଁ ଚୁପଚାପ୍ ଶୁଣିଲି । ତା ମନର ସମସ୍ତ କ୍ରୋଧକୁ ବାହାରକୁ ଆସିବାର ମୌକା ଦେଲି । କିଛି ସମୟ ପରେ ତାର କ୍ରୋଧ ଧିରେ ଧିରେ ଥଣ୍ଡା ହେବାକୁ ଲାଗିଲା, ତାପରେ ମୁଁ ତାକୁ ଅତ୍ୟନ୍ତ ଶାନ୍ତ ଭାବରେ କହିଲି – 'ମୁଁ ଆପଣଙ୍କୁ ହୃଦୟର ସହ କୃତଜ୍ଞତା ବ୍ୟକ୍ତ କରୁଛି କି ଆପଣ ଏତେ ଦୂର ଚିକାଗୋ ଆସି ମୋତେ ଏହି ସମସ୍ୟା ବିଷୟରେ ଅବଗତ କରାଇଲେ । ଯଦି ଆମ କମ୍ପାନୀର ଅର୍ଥ ଆଦାୟକାରୀ ବିଭାଗ ଦ୍ୱାରା ଆପଣଙ୍କୁ କିଛି ଅସୁବିଧା ହୋଇଛି ତେବେ ଏପରି ଅସୁବିଧା ହୁଏତ ଆପଣଙ୍କ ପରି ଅନେକ ଗ୍ରାହକଙ୍କୁ ହୋଇପାରେ, ଏହା ଆମ କମ୍ପାନୀ ପାଇଁ ବହୁତ କ୍ଷତିକାରକ ହୋଇପାରେ । ମୋତେ ବିଶ୍ୱାସ କରନ୍ତୁ ମୁଁ ବି ଆପଣଙ୍କ ପରି ପୂରା କଥା ଜାଣିବାକୁ ଆଗ୍ରହୀ ଅଛି ।'

ଏସବୁ ଶୁଣି ତାକୁ ବହୁତ ଆଶ୍ଚର୍ଯ୍ୟ ହେଲା । ସେ ତ ଭାବି ବି ନଥିଲା କି ତା ସହ ଏପରି ବ୍ୟବହାର କରାଯିବ ବୋଲି । ସେ ଏତେ ବାଟରୁ ମୋତେ ବହୁତ ଗାଳି କରିବାକୁ ଆସିଥିଲା ଓ ମୋର ବ୍ୟବହାର ଦେଖି ମୋତେ କିଛି କହି ନପାରିଥିବାରୁ ସେ ଟିକେ ନିରାଶ ବି ଲାଗୁଥିଲା । ଫଳ ତ ଓଲଟା ହେଲା ମୁଁ ତ ଧନ୍ୟବାଦ ଦେଉଥିଲି । ମୁଁ ତାକୁ କହିଲି କି 'ଦେଖ ଆମ ଉଧାରି ଖାତାରୁ ଆପଣଙ୍କ ନାମ କାଟିଦେବି । ଆମକୁ ତ ବହୁତ ଗୁଡିଏ ଖାତା ଦେଖିବାକୁ ପଡୁଛି ତେଣୁ ଆମେ ଭୁଲ କରିଥାଇ ପାରୁ, କିନ୍ତୁ ଆପଣ ତ ମାତ୍ର ଗୋଟିଏ ଖାତା ଦେଖୁଛନ୍ତି ତେଣୁ ଆପଣଙ୍କର ବା ଭୁଲ କିପରି ହେବ ? ଦେଖନ୍ତୁ ମୁଁ ଆପଣଙ୍କ ଭାବନାକୁ ସଠିକ୍ ବୋଲି ଭାବୁଛି କାରଣ ହୁଏତ ସେ ଜାଗାରେ ମୁଁ ଥିଲେ ବି ଏହିପରି ବ୍ୟବହାର କରିଥାନ୍ତି ବୋଧେ ।'

ମୁଁ ତାଙ୍କୁ ଆମ ପରି ଅନେକ ବେଲୁନ୍ କମ୍ପାନୀମାନଙ୍କ ନାମ ବି କହିଦେଲି କାରଣ ସେ ଆମ ସହ ବ୍ୟାପାର କରିବାକୁ ଚାହୁଁ ନଥିଲେ ବୋଲି ଆସିଲା ବେଳେ କହୁଥିଲେ । ଏହା

ପୂର୍ବରୁ ସେହି ଗ୍ରାହକ ଯେତେବେଳେ ବି ଚିକାଗୋ ଆସନ୍ତି ଆମେ ଲଞ୍ଚ୍ ସାଙ୍ଗ ହୋଇ ଖାଉଥିଲୁ, ତେଣୁ ଆଜି ବି ତାଙ୍କୁ ଖାଇବାକୁ ଡାକିଲି। ସେ ଆଗ୍ରହୀ ନଥିଲା ପରି ମୋ କଥାରେ ରାଜି ହୋଇଗଲେ। ସେହି ଭୋଜନ ପରେ ମାନନ୍ତୁ ଯେପରି ଚମତ୍କାର ହୋଇଗଲା, ସେ ଆଗଥରମାନଙ୍କ ଠାରୁ ଆହୁରି ବଡ ଅର୍ଡର ମୋତେ ଧରାଇଲେ ଓ ଏବେ ସେ ବହୁତ ଭଲ ମୁଡ୍‌ରେ ଥିଲା ଭଳି ଲାଗୁଥିଲେ କାରଣ ଭଲ ବ୍ୟବହାରର ଉତ୍ତର ଭଲ ବ୍ୟବହାରରେ ସେ ଦେବାକୁ ଚାହୁଁଥିଲେ। ଘରକୁ ଫେରି ଥଣ୍ଡା ମନରେ ନିଜ ସମସ୍ତ ହିସାବ ପତ୍ର ଦେଖିଲେ ଓ ଏପରି ଏକ ବିଲ୍ ତାଙ୍କୁ ମିଳିଲା ଯାହାର ମୂଲ୍ୟ ପଇଠ କରାଯାଇ ନଥିଲା। ତେଣୁ ସେ କ୍ଷମା ମାଗିବା ସହ ସେହି ବିଲ୍‌ର ରାଶିକୁ ବ୍ୟାଙ୍କ୍ ମାଧ୍ୟମରେ ପଠାଇଦେଲେ। ଏହାପରେ ସେ ମୋ ଉପରେ ଏତେ ବିଶ୍ୱାସ କରିବାକୁ ଲାଗିଲେ କି ତାଙ୍କ ପୁଅର ନାମର ମଝିରେ 'ଡେଟ୍‌ମର' ରଖିଲେ ଓ ସାରାଜୀବନ ଆମର ଗ୍ରାହକ ହୋଇ ରହିଲେ ତଥା ମୋର ବନ୍ଧୁ ହୋଇ।

ଆଉ ଏକ ଛୋଟ ଘଟଣା ଉପରେ ଆସନ୍ତୁ ନଜର ପକାଇବା। ଏକ ନିର୍ଧନ ଓ ଅପ୍ରବାସୀ ଡଚ୍ ଦେଶର ପିଲା ନିଜ ପରିବାରକୁ ପରିଚାଳନା କରିବା ପାଇଁ ଗୋଟେ ଛୋଟିଆ ପାଉଁରୁଟି କାରଖାନାରେ ଝରକା କବାଟ ଗୁଡିକୁ ଧୋଇବାର କାମ କରୁଥିଲା। ଏହା ଛଡା ସେ ଗୋଟେ ବାଲ୍‌ତି ଧରି ଗାଡିମାନଙ୍କରୁ ଖସିପଡିଥିବା କୋଇଲା ଖଣ୍ଡ ମାନଙ୍କୁ ଗୋଟାଉଥିଲା। ଏହି ବାଳକର ନାମ ଥିଲା ଏଡବର୍ଡ୍ ବାର୍କ୍ ସେ ମାତ୍ର ଷଷ୍ଠ ଶ୍ରେଣୀ ପର୍ଯ୍ୟନ୍ତ ପାଠ ପଢିଥିଲା। କିନ୍ତୁ ଏମିତି କଣ ହେଲା ଯେ ସେ ଆମେରିକା ଭଳି ଦେଶରେ ସବୁଠାରୁ କୁଶଳ ମାଗାଜିନ୍ ସମ୍ପାଦକ ଭାବେ ପରିଗଣିତ ହେଲା ? ଏପରି ଚମତ୍କାର କିପରି ହେଲା ? ଏହା ତ ଏକ ଲମ୍ବା କାହାଣୀ ଅଟେ କିନ୍ତୁ ଏହାର ଆରମ୍ଭ କିପରି ହେଲା ବା କେଉଁଠାରୁ ହେଲା ଏହି ବିଷୟରେ ଏହାକୁ ବିଶ୍ଳେଷଣ କରିହେବ। ଏହି ଅଧ୍ୟାୟରେ ଦିଆଯାଇଥିବା ତଥ୍ୟକୁ ଉପଯୋଗ କରିବାରୁ ତାକୁ ପ୍ରଥମ ଅବସର ମିଳିଥିଲା।

ତେର ବର୍ଷ ବେଳକୁ ଏଡବଡ୍ ବାର୍କ ବିଦ୍ୟାଳୟର ଶିକ୍ଷାକୁ ଛାଡି ୱେଷ୍ଟର୍ନ୍ ୟୁନିଅନ୍ ଅଫିସ୍‌ରେ ପିଅନ କାମ ଆରମ୍ଭ କରିଦେଇଥିଲେ କିନ୍ତୁ ଶିକ୍ଷାର ମହତ୍ତ୍ୱ ତାଙ୍କୁ ସବୁବେଳେ ଚିନ୍ତାରେ ପକାଉଥିଲା ଯେ ସେ ଅଧିକା ପାଠ ପଢିପାରିଲେ ନାହିଁ। ତେଣୁ ସେ ନିଜକୁ ଶିକ୍ଷିତ କରିବା ପାଇଁ ଭାବିଲେ। ସେ ଆମେରିକୀୟ ମହାପୁରୁଷ ମାନଙ୍କର ଜୀବନି ପଢିବା ପାଇଁ ନିଜେ କେତେ କେତେ ଦିନ ଖାଦ୍ୟ ନଖାଇ ଓ ନିଜର ଗସ୍ତ ଖର୍ଚ୍ଚରୁ ପଇସା ବଞ୍ଚାଇ ସେ ଏହି ଆଶାକୁ ପୁରଣ କରୁଥିଲେ। ପରେ ପରେ ସେ ଅନେକ ବିଶିଷ୍ଟ ଲୋକମାନଙ୍କ ଠିକଣା ସଂଗ୍ରହ କରି ସେମାନଙ୍କୁ ପତ୍ର ଲେଖିବାକୁ ଆରମ୍ଭ କରିଦେଲେ। ହେ ମହାଭାଗ ଆପଣଙ୍କ ପିଲାଦିନର କାହାଣୀ ମୋ ସହ ବାଣ୍ଟିବାର କୃପା କରନ୍ତୁ। ବାର୍କ୍ ଏକ କୁଶଳ ଶ୍ରୋତା ଥିଲେ, ତେଣୁ ସେ ନିଜ ବିଷୟରେ ନକହି ମହାନ ବ୍ୟକ୍ତିମାନଙ୍କ ଠାରୁ ସେମାନଙ୍କ ଜୀବନ ବିଷୟରେ ଜାଣିବାକୁ ଅନୁରୋଧ କରିଥିଲା। ଜେନେରାଲ୍ ଜୈମ୍ସ ଗାରିଫିଲ୍ଡଙ୍କୁ ପତ୍ର ଲେଖିଲେ ଯିଏ ସେତେବେଳେ

ରାଷ୍ଟ୍ରପତି ପଦ ପାଇଁ ନିଜକୁ ପ୍ରସ୍ତୁତ କରୁଥିଲେ। ତାଙ୍କୁ ପତ୍ର ଲେଖିକରି ସେ ପିଲା ଦିନେ କାଳେ କୌଣସି ଝରଣା ବା ଡ୍ୟାମ୍‌ରେ କିଛି କାମ କରୁଥିଲେ ବୋଲି ପଚାରିଥିଲେ, ଓ ଏହାର ଉତ୍ତର ପାଇଲା ପରେ ସେ ଆଉ ଏକ ଯୁଦ୍ଧ ବିଷୟରେ କିଛି ଜାଣିବାକୁ ଚାହିଁଲେ ତେଣୁ ଗ୍ରାଣ୍ଟ୍ ଏହି ବିଷୟରେ ବୁଝାଇବା ପାଇଁ ଏକ ମାନଚିତ୍ର ପ୍ରସ୍ତୁତ କଲେ ଓ ସେହି ଚଉଦ ବର୍ଷ ବାଳକକୁ ଦିନେ ରାତି ଭୋଜନକୁ ଡାକିଲେ ଓ ସଂଧ୍ୟାବେଳ ସାରା ଅନେକ ପ୍ରସଙ୍ଗ ଉପରେ ଆଲୋଚନା କଲେ।

ୱେଷ୍ଟନ୍ ୟୁନିଅନ୍ ଅଫିସର ସେ ପିଅନ ଆମେରିକୀୟ ମାହାନ ବ୍ୟକ୍ତିତ୍ୱ କାନ୍ଙ୍କ ସହ ପତ୍ରର ଆଦନା ପ୍ରଦାନ କରିବାକୁ ଲାଗିଲା, ଯେଉଁଥିରେ ରାଲ୍ଫ ବୋଲ୍ଡ ଇମର୍ସନ, ଲାଂଗଫେଲୋ, ଓଲିବର୍ ବ୍ରେଣ୍ଡଲ୍, ହୋମ୍ସ, ମିସେସ ଆବ୍ରାହମ୍ ଲିଙ୍କନ୍‌ଙ୍କ ପରି ଅନେକ ଲୋକ ସାମିଲ ଥିଲେ। ସେ ପତ୍ର ବ୍ୟବହାର କରୁ କରୁ ସେମାନଙ୍କ ଘରକୁ ବି ଯିବାକୁ ଲାଗିଲା ଓ ସେମାନେ ମଧ୍ୟ ଏହି ପିଲାକୁ ସ୍ୱାଗତ କରୁଥିଲେ। ଏହି ଅନୁଭବ ତାଙ୍କୁ ଆତ୍ମବିଶ୍ୱାସରେ ଭରି ଦେଇଥିଲା। ସେହି ପ୍ରସିଦ୍ଧ ମାହାନ ବ୍ୟକ୍ତିମାନେ ତା ଠାରେ ବହୁତ ମହତ୍ତ୍ୱଆକାଂକ୍ଷା ଭରିଦେଇଥିଲେ ତେଣୁ ଏହି ପିଲାର ଜୀବନର ପ୍ରତ୍ୟେକ କ୍ଷଣ ଧିରେ ଧିରେ ମାର୍ଜିତ ହୋବାକୁ ଲାଗୁଥିଲା

'ଆଇଜାକ୍ ଏଫ୍ ମାର୍କୋସନ୍' ନାମକ ଏହି ପତ୍ରିକାରେ ବି ଅଗଣିତ ପ୍ରସିଦ୍ଧ ଲୋକମାନଙ୍କର ସାକ୍ଷାତକାର କୁ ସ୍ଥାନ ଦେଇଛନ୍ତି। ତାଙ୍କ ମତ ଥିଲା କି ଅନେକ ଲୋକ ନିଜର ଭଲ ପ୍ରଭାବ ସମାଜ ଉପରେ ପାକାଇ ପାରନ୍ତି ନାହିଁ କାରଣ ସେ ଅନ୍ୟ ମାନଙ୍କ କଥାକୁ ଶୁଣନ୍ତି ନାହିଁ ବାସ୍ କେବଳ ନଜେ କ'ଣ କହିବେ ତାହାହିଁ ଭବୁଥାନ୍ତି। ତେଣୁ ତାଙ୍କ କାନ ପୁରା ଖୋଲ ହୋଇ ରହେନାହିଁ ଅର୍ଥାତ ସେ ଲୋକମାନଙ୍କ କଥାକୁ ଠିକ୍ ଭାବରେ ଶୁଣିପାରନ୍ତି ନାହିଁ। ମହତ୍ତ୍ୱପୂର୍ଣ୍ଣ ବ୍ୟକ୍ତିମାନେ କୁହନ୍ତି କି ଏକ ଭଲ ଶ୍ରୋତା, ବକ୍ତା ଠାରୁ ଅଧିକ ପସନ୍ଦ କରାଯାଇଥାଏ, ଏଣୁ ଶୁଣିବାର କଳା କୌଣସି କଳା ଠାରୁ ଦୁର୍ଲଭ ଅଟେ।

କିନ୍ତୁ ଭଲ ଶ୍ରୋତାମାନଙ୍କୁ ମହତ୍ତ୍ୱପୂର୍ଣ୍ଣ ବ୍ୟକ୍ତିମାନେ ଅଧିକ ପସନ୍ଦ କରନ୍ତି ନାହିଁ କାରଣ ସେ ତ ସାଧାରଣ ଲୋକ ଠାରୁବି ଅଧିକା ପ୍ରଶଂସା ପାଇଥାନ୍ତି। ଥରେ ଏପରି ଏକ ବୋକା ମନ୍ତବ୍ୟ ଦେଇଥିଲେ ଜଣେ ଲୋକ 'ରିଡର୍ସ ଡାଇଜେଟ୍'। ସେ ତ ଥରେ ଏକ ଲେଖା ବି ଛାପିକରି ପ୍ରଚାର କରିଥିଲେ କି 'ଲୋକମାନଙ୍କର ଯେତେବେଳେ ନିଜ ମନର କଥାକୁ ବାହାରକୁ ଆଣିବା ପାଇଁ ଶ୍ରୋତାର ଆବଶ୍ୟକତା ପଡେ ସେମାନେ ଡାକ୍ତରକୁ ଡାକି ନେଇଆସନ୍ତି।'

ଗୃହଯୁଦ୍ଧ ଭଳି ଦୁଃଖଦ ସମୟରେ ଆବ୍ରାହମ୍ ଲିଙ୍କନ୍ ରିଙ୍ଗଫିଲ୍ଡରେ ରହୁଥିବା ନିଜର ଏକ ମିତ୍ରକୁ ଚିଠି ଲେଖି ଆସିବାପାଇଁ ଡାକରା ପଠାଇଲେ। ସେ ସେହି ମିତ୍ର ସହ କିଛି ସମୟ ବସି ବିଚାର ବିମର୍ଷ କରିବାକୁ ଚାହୁଁଥିଲେ। ଯେମିତି ସେ ମିତ୍ର ହ୍ୱାଇଟ୍ ହାଉସ୍ ପହଞ୍ଚିଛନ୍ତି, ଲିଙ୍କନ ତାଙ୍କୁ ଘଣ୍ଟା ଘଣ୍ଟା ଧରି ଦାସତ୍ୱ ପ୍ରଥାରୁ ଲୋକମାନଙ୍କୁ ମୁକ୍ତ କରିବାପାଇଁ, ସେ ତିଆରି କରିଥିବା ନୀତି ନିୟମ ବିଷୟରେ ଓ ଏହାର ପରିଣାମ ବିଷୟରେ ଆଲୋଚନା କରିବାକୁ ଲାଗିଲେ। ସେ ଦାସତ୍ୱ ପ୍ରଥାକୁ ସମ୍ପୂର୍ଣ୍ଣ ଭାବେ ଉଚ୍ଛେଦ କରିବାକୁ ଚାହୁଁଥିଲେ। ତେଣୁ ଏହା

ଦ୍ୱାରା କ'ଣ ଲାଭ ହେବା ବା କ'ଣ କ୍ଷତି ହେବ ସେହି ବିଷୟରେ ନିଜ ମନକୁ ଯାହା ଆସୁଥାଏ କହୁଥାନ୍ତି। ଲିଙ୍କନ୍ କେତେ ପତ୍ରପତ୍ରିକା ପଢିଲେ ଯେଉଁଥିରେ ତାଙ୍କୁ ସମାଲୋଚନା କରାଯାଇ ଥିଲା କାରଣ ଏବେ ସେ ଦାସତ୍ୱ ପ୍ରଥାକୁ ପୂରା ପୂରି ଭାବେ ଉଚ୍ଛେଦ କରିପାରି ନଥିଲେ। କେତେ ତାଙ୍କୁ ଏପରି କରିବାରୁ ନିବୃତ୍ତ ରଖିବା ପାଇଁ ବିପରୀତ ଆଲୋଚନା ବି କରିଥିଲେ। ଘଣ୍ଟା ଘଣ୍ଟା ଧରି ସବୁ କଥା ପୁଙ୍ଖାନୁପୁଙ୍ଖ ଭାବେ କହିସାରିଲା ପରେ ନିଜର ଏହି ମିତ୍ର ସହ ହାତ ମିଳାଇ ଗୁଡ୍ ନାଇଟ୍ କହି ତାଙ୍କ ବିଚାର କ'ଣ ସେ ବିଷୟରେ କିଛି ବି ନ ପଚାରି ତାଙ୍କୁ ତାଙ୍କ ଘରୁକୁ ଫେରି ଯିବାକୁ କହିଲେ। ଲିଙ୍କନ୍ ନିଜ ମିତ୍ରକୁ କିଛି କହିବାର ଅବସର ବି ଦେଇ ନଥିଲେ, ହେଲେ ବି ଏମିତି କରିବା ଦ୍ୱାରା ତାଙ୍କ ବିଚାରଶକ୍ତିରେ ବହୁତ ପରିବର୍ତ୍ତନ ଆସିଯାଇ ଥିଲା। ଏବେ ସେ ଠିକ୍ ଭାବରେ ଚିନ୍ତା କରିପାରୁଥିଲେ। ଏପରି ଲାଗୁଥିଲା କି ଲିଙ୍କନ୍‌ଙ୍କୁ ଏକ ଉପଦେଷ୍ଟା ନୁହେଁ ବରଂ ଏକ ଅନୁଭୂତି ସମ୍ପୂର୍ଣ୍ଣ ଶ୍ରୋତାର ଆବଶ୍ୟକତା ଥିଲା। ଯାହାଙ୍କ ସାମ୍ନାରେ ସେ ଖୋଲା ଖୋଲି ଭାବେ ନିଜ ମନର ସବୁ କଥା କହିପାରିବେ। ଧ୍ୟାନ ଦିଅନ୍ତୁ ଆମକୁ ବି ଏପରି ଲାଗେ ବା ଆମେ ବି ଏପରି ଅନୁଭବ କରନ୍ତି କି କାହା ଆଗରେ ମନର କଷ୍ଟକୁ କହିଦେଲେ ସେଥିରୁ ଏହାର ଉପାୟ ବି ଆପେ ଆପେ ମିଳିଯାଏ କିନ୍ତୁ ସାମ୍ନାଲୋକ କଥାକୁ ଧ୍ୟାନପୂର୍ବକ ଶୁଣିବା ଦରକାର। ଅସନ୍ତୁଷ୍ଟ କର୍ମଚାରୀ, କ୍ରୋଧୀ ଗ୍ରାହକ, ଜିଦିଖୋର ବାଳକ ଓ ଆହତ ମିତ୍ର ସମସ୍ତେ ଏହା ହିଁ ଚାହାଁନ୍ତି।

ସିଗମଣ୍ଡ୍ ଫ୍ରାଏଡ୍‌ଙ୍କ ନାମ ଆଧୁନିକ ସମୟର ସବୁଠାରୁ କୁଶଳ ଶ୍ରୋତାମାନଙ୍କ ତାଲିକାରେ ଆଗଧାଡିରେ ଥାଏ। ଥରେ ଜଣେ ବ୍ୟକ୍ତି ଫ୍ରାଏଡ୍‌ଙ୍କ ସହ କଥା ହେବା ପାଇଁ ତଥା ନିଜ ବ୍ୟକ୍ତିଗତ ସମସ୍ୟା ବିଷୟରେ କିଛି ଆଲୋଚନା କରି ସମାଧାନ କରିବାର ଆଶାରେ ବସି କଥାହେଲେ। ସେହି ବ୍ୟକ୍ତି ସେହି ଆଲୋଚନା ସମୟର ବିବରଣୀ ବିଷୟରେ ଏପରି କହିଥିଲେ– 'ସେ ମୋର କଥାକୁ ଏପରି ଶୁଣିଲେ ଯାହା ଦ୍ୱାରା ମୋ ଉପରେ ଏତେ ଅଧିକ ପ୍ରଭାବ ପଡିଲା କି ମୁଁ ତାହାକୁ କେବେ ବି ଭୁଲି ପାରିବି ନାହିଁ। ତାଙ୍କ ପରି ଗୁଣ ମୁଁ କାହା ଠାରେ ବି ଦେଖି ନଥିଲି। କଥା ହେବା ବେଳେ ସାମ୍ନା ଲୋକ ଉପରେ କେହି ଏତେ ଧ୍ୟାନ ଦେବା ମୁଁ କେବେ ବି ଦେଖି ନଥିଲି ଯେତେବେଳେ କି ମୋ କଥାର ତାଙ୍କ ସହିତ କୌଣସି ସମ୍ପର୍କ ନଥିଲା। ଏଥିରେ ଜାଦୁ କରିବା ପରି କିଛି ବି ନଥିଲା। ତାଙ୍କ ଆଖିଗୁଡିକ ଦୟାଳୁ ଓ ନିର୍ମଳ ଜଣା ପଡୁଥିଲା। କଥାଗୁଡିକରୁ ଯେପରି ମୋତି ଝରି ପଡୁଥାଏ। ସେ କଥା ହେବା ବେଳେ ବହୁତ କମ୍ ମୁଦ୍ରାର ପ୍ରଦର୍ଶନ କରିଥାନ୍ତି। ସେ ମୋ କଥାର ଯେତେ ଧ୍ୟାନ ଦେଲେ ଓ ମୋର ଯେତେ ପ୍ରଶଂସା କଲେ ତାହା ହୁଏତ ଅଦ୍ୱିତୀୟ ବା ଅସାଧାରଣ ଅଟେ। ହୁଏତ ଆପଣ ଜାଣିପାରିବେ କି ନାହିଁ ଏହି ପରି ଧ୍ୟାନ ଦେଇ କଥା ଶୁଣିବାର କି ଲାଭ ବା କି ସୁଫଳ ମିଳେ।'

କିଛି ଲୋକମାନେ ଏପରି ଥାଆନ୍ତି କି ଅନେକ ଲୋକ ତାଙ୍କୁ ଦେଖି ମୁହଁ ବୁଲାଇ ପଳାଇବାକୁ ଚେଷ୍ଟା କରନ୍ତି, ତା ବିଷୟରେ ଅନେକ କଟୁ ଆଲୋଚନା ବି କରନ୍ତି ଓ ଘୃଣା ବି କରନ୍ତି କାରଣ ସେହି ଲୋକ କାହାରି ବି କଥାକୁ ବେଶି ସମୟ ନ ଶୁଣି ମଝିରୁ କଥା କାଟି ନିଜ ମନରେ ଯାହା ଆସେ କହିଯାଏ । ଅନ୍ୟ ଲୋକକୁ କଥା କହିବାର ସୁଯୋଗ ଦିଏ ନାହିଁ ବରଂ ନିଜେ ସବୁ ଜାଣିଥିଲା ପରି ଆଗଭର ହୋଇ ନିଜ କଥା କହି ଚାଲେ ।

କ'ଣ ଆପଣ ଏପରି ଲୋକକୁ ଜାଣିଛନ୍ତି ? ଆମ ଭିତରେ ପ୍ରତ୍ୟେକ ଲୋକ ଏମିତି ବ୍ୟକ୍ତିଙ୍କ ସଂସ୍ପର୍ଶରେ ଆସିଥିବେ । ଏପରି ଲୋକଙ୍କୁ ଲୋକମାନେ ଗର୍ବୀ ବୋଲି କହିଥାନ୍ତି । ସେମାନେ ଅହଂ ଭାବରେ ଏତେ ଅନ୍ଧ ଥାଆନ୍ତି କି ନିଜକୁ ବିଶ୍ୱ ବ୍ରହ୍ମାଣ୍ଡର କେନ୍ଦ୍ର ବିନ୍ଦୁ ପରି ବ୍ୟବହାର କରନ୍ତି । ଯେଉଁମାନେ କେବଳ ନିଜ ବିଷୟରେ କଥା ହୁଅନ୍ତି ପ୍ରକୃତରେ କେବଳ ନିଜ ବିଷୟରେ ହିଁ ଚିନ୍ତା କରନ୍ତି, ଏଣୁ କଲମ୍ବିଆ ବିଶ୍ୱବିଦ୍ୟାଳୟର ଅଧ୍ୟକ୍ଷ ଡି. ନିକୋଲସ୍ ମରେବଟ୍ଲେ ଏଭଳି ଲୋକମାନଙ୍କ ବିଷୟରେ କହିଛନ୍ତି କି 'ଯେଉଁ ଲୋକମାନେ କେବଳ ନିଜ ବିଷୟରେ ଭାବୁଥାନ୍ତି ସେମାନେ ବଡ ଅଶିକ୍ଷିତ, ବରଂ ପ୍ରକୃତରେ ସେମାନେ କେତେ ବି ବିଦ୍ୱାନ ହୋଇ ଥାଆନ୍ତୁ ନା କାହିଁକି ?'

ଯଦି ଆପଣଙ୍କୁ ଭଲ ବକ୍ତା ହେବାର ଇଚ୍ଛା ଥାଏ ତେବେ ପ୍ରଥମେ ଭଲ ଶ୍ରୋତା ହେବାକୁ ଚେଷ୍ଟା କରନ୍ତୁ । ନିଜ ଠାରେ ଯଦି ଅନ୍ୟମାନଙ୍କ ଆଗ୍ରହକୁ ବଢାଇବାକୁ ଚାହୁଁଛନ୍ତି ତେବେ ଆଗେ ଅନ୍ୟମାନଙ୍କ ଆଗ୍ରହରେ ଆଗ୍ରହ ରଖନ୍ତୁ । ଏପରି ପ୍ରଶ୍ନ କରନ୍ତୁ କି ସାମ୍ନାବାଲାର ମନୋରଞ୍ଜନ ହୋଇପାରେ । ତା ବିଷୟରେ ତା'ର ଉପଲବ୍ଧି ବିଷୟ ଇତ୍ୟାଦିରେ କିଛି ପଚାରନ୍ତୁ ।

ମନେରଖନ୍ତୁ ଯେତେ ରୁଚି ଲୋକମାନଙ୍କୁ ଆପଣଙ୍କଠାରେ ବା ଆପଣଙ୍କ ସମସ୍ୟାରେ ଥାଏ ତାର ଶହେ ଗୁଣ ରୁଚି ସେମାନଙ୍କ ନିଜ ଜୀବନ ନିଜ ସମସ୍ୟାରେ ଥାଏ । ଯେପରି ଚୀନ୍‌ରେ ମରୁଡ଼ିରେ ମୃତ୍ୟୁବରଣ କରୁଥିବା ଅଗଣିତ ଲୋକଙ୍କ ଚିନ୍ତା ଅପେକ୍ଷା ନିଜ ଦାନ୍ତରେ ହେଉଥିବା ସାମାନ୍ୟ ବ୍ୟଥାର ଚିନ୍ତା ଲୋକମାନଙ୍କୁ ଅଧିକ ଥାଏ । ଆଫ୍ରିକାର ଭୂମିକମ୍ପ ଅପେକ୍ଷା ନିଜ ଗଳାରେ ହେଉଥିବା ସାମାନ୍ୟ ବ୍ୟଥା ଅଧିକ ମହତ୍ତ୍ୱ ଅଟେ ତେଣୁ ଆଗକୁ କିଛି ଚର୍ଚ୍ଚା କରିବା ପୂର୍ବରୁ ଏହି କଥା ଅବଶ୍ୟ ଧ୍ୟାନରେ ରଖିବାକୁ ଭୁଲନ୍ତୁ ନାହିଁ ।

ସିଦ୍ଧାନ୍ତ - 4

କୁଶଳ ଓ ସହାନୁଭୂତିପୂର୍ଣ୍ଣ ଶ୍ରୋତା ହୁଅନ୍ତୁ । ସାମ୍ନା ଲୋକକୁ ନିଜ ବିଷୟରେ କହିବା ପାଇଁ ପ୍ରୋତ୍ସାହିତ କରିବା ଶିଖନ୍ତୁ ।

5

ଲୋକମାନଙ୍କ ଠାରେ ରୁଚି ବଢାନ୍ତୁ

ହୁଏତ ଏମିତି କେହି ବି ଲୋକ ନଥିବେ ଯେ କି ଥିଓଡର୍ ରଜବେଲ୍ଟଙ୍କ ସହ କିଛି ସମୟ ମିଳାମିଶା କଲାପରେ ତାଙ୍କ ଅପାର ଜ୍ଞାନ ଭଣ୍ଡାରର ଦର୍ଶନ ନପାଇ ଚମତ୍କୃତ ହୋଇନଥିବେ। ସେ ସାମାନ୍ୟ ଚପରାଶୀ ହେଉ କି କେଉଁ ବଡ ସହରର ବଡ ପ୍ରସିଦ୍ଧ ରାଜନେତା ବା କୂଟନୀତିଜ୍ଞ ହେଉ ପଛେ। ଥିଓଡର୍ ରଜବେଲ୍ଟଙ୍କୁ ଭଲ ଭାବରେ ଜଣା ଥିଲା କି କାହାକୁ କିପରି ଓ କ'ଣ କହିବା ଉଚିତ୍। ସେ ତାହା କିପରି ଜାଣୁଥିଲେ ? ଉତ୍ତର ସ୍ପଷ୍ଟ ! ଥିଓଡର୍ ରଜବେଲ୍ଟଙ୍କୁ ଯେତେବେଳେ କାହା ସହ ମିଶିବାର ଥିଲା ତେବେ ସେ ପୂର୍ବଦିନରୁ ହିଁ ସେହି ଲୋକ ବିଷୟରେ, ତା'ର ଗୁଣଗ୍ରାମ, ତା'ର ଉପଲବ୍ଧି ଓ ରୁଚି ବିଷୟରେ ଏପରି କି ପାରିବାରିକ ଜୀବନ ବିଷୟରେ ବି ତଥ୍ୟ ହାସଲ କରୁଥିଲେ।

କିନ୍ତୁ ଥିଓଡର୍ ରଜବେଲ୍ଟ ଏପରି କାହିଁକି କରୁଥିଲେ ? ତାହା ଏଥିପାଇଁ ଯେ, ସେ ଜାଣିଥିଲେ କୌଣସି ଲୋକର ମନ ପର୍ଯ୍ୟନ୍ତ ପହଞ୍ଚିବାକୁ ହେଲେ ତାର ଯେଉଁ ବିଷୟରେ ରୁଚି ଥାଏ ସେହି ବିଷୟ ଆଲୋଚନା କରିବା ଦରକାର। ଇଂରାଜୀ ସାହିତ୍ୟର ପ୍ରସିଦ୍ଧ ସାହିତ୍ୟିକ ଓ ପ୍ରବନ୍ଧକ ପ୍ରଫେସର୍ ୱିଲିୟମ୍ ଲ୍ୟାନ୍ ଫେଲ୍ପସ୍ ୟେଲ୍ ଅତି ପିଲାବେଳରୁ ହିଁ ଏହା ଶିଖି ନେଇଥିଲେ।

ପ୍ରଫେସର୍ ୱିଲିୟମ୍ ଲ୍ୟାନ୍ ଫେଲ୍ପସ୍ ତାଙ୍କର ଏକ 'ନିବନ୍ଧ ହ୍ୟୁମାନ୍ ନେଚର୍'ରେ ଲେଖିଥିଲେ କି – 'ଯେତେବେଳେ ମୁଁ ଆଠ ବର୍ଷର ଥିଲି ଥରେ ଛୁଟି କଟାଇବା ପାଇଁ ମୁଁ ମୋ ଖୁଡିଙ୍କ ଘର ଷ୍ଟେଟଫୋଡ୍‌କୁ ଛୁଟି କଟାଇବାକୁ ଯାଇଥିଲି। ଥରେ ସଂଧ୍ୟା ସମୟରେ ଜଣେ ଲୋକ ମୋ ଖୁଡିଙ୍କୁ ଦେଖା କରିବା ପାଇଁ ସେଠାକୁ ଆସିଥିଲେ। ସେ କିଛି ସମୟ କଥା ହେବାପରେ ମୋ ଆଡକୁ ବଡ ଧ୍ୟାନର ସହ ଦେଖିବାକୁ ଲାଗିଲେ। ସେହି ସମୟରେ ଡଙ୍ଗା ବିଷୟରେ ମୋ ମନରେ ବହୁତ ଜିଜ୍ଞାସା ଥିଲା ଓ ସେହି ଆଗନ୍ତୁକ ଜଣକ ଡଙ୍ଗା ବିଷୟରେ ବହୁତ ଭଲ ଭାବରେ ବିବରଣୀ ଦେଉଥିଲେ, ତେଣୁ ମୋତେ ଆନନ୍ଦ ଆସୁଥିଲା।

ସେ ଚାଲିଗଲା ପରେ ମୁଁ ସେହି ଲୋକର ବହୁତ ପ୍ରଶଂସା କଲି, ସେତେବେଳେ ଖୁଡି କହିଲେ କି ସେହି ଲୋକ ନିୟୁର୍କର ଜଣେ ଓକିଲ ଓ ତାଙ୍କର ଡଙ୍ଗା ବିଷୟରେ ବିଶେଷ କିଛି ରୁଚି ନଥିଲା। କିନ୍ତୁ ସେ ଡଙ୍ଗା ବିଷୟରେ କାହିଁକି କଥା ହେଲେ ?

ଖୁଡି କହିଲେ- 'କାରଣ ସେହି ଲୋକ ବହୁତ ସଭ୍ୟ ଓ ଚତୁର ଥିଲେ। ତାଙ୍କୁ ଜଣାଥିଲା କି ତୁମର ଡଙ୍ଗା ବିଷୟରେ ବହୁତ ରୁଚି ଅଛି, ତେଣୁ ତୁମ ରୁଚିକୁ ଧ୍ୟାନରେ ରଖି ସେ ଏହି ବିଷୟରେ ସମ୍ୟକ ଆଲୋଚନା କଲେ। ଖାସ୍ ଏଥିପାଇଁ ସେ ଲୋକ ତୋତେ ଏତେ ଭଲ ଲାଗିଲେ।'

ୱିଲିୟମ୍ ଲ୍ୟାନ୍ ଫେଲ୍ପସ୍ କହିଲେ- 'ମୁଁ ନିଜ ଖୁଡିଙ୍କ ସେହି କଥାକୁ ଜୀବନରେ କେବେ ବି ଭୁଲି ନାହିଁ।'

ଏହି ଅଧ୍ୟାୟ ଲେଖିଲା ବେଳେ ଏଡବର୍ଡ ଏଲ୍ କୈଲିଫ୍‌ଙ୍କର ଏକ ଚିଠି ମୋ ପାଖରେ ଥିଲା ଯେଉଁଥିରେ ସେ ଲେଖିଥିଲେ- 'ଥରେ ମୋତେ ସାହାଯ୍ୟର ବହୁତ ଆବଶ୍ୟକତା ଥିଲା। ଏକ ବିଶାଳ ସ୍କାଉଟ୍ ଦଳ ଆମେରିକାରୁ ୟୁରୋପ ଯିବାର ଥିଲା। ମୁଁ ଚାହୁଁଥିଲି କି ଆମେରିକାର ଏକ ବଡ ଅନୁଷ୍ଠାନର ମୁଖ୍ୟ ମୋର ମାତ୍ର ଗୋଟିଏ ପିଲାକୁ ପଠାଇବାର ଖର୍ଚ୍ଚ ଉଠାନ୍ତୁ। ଏହାକୁ ଆପଣ ମୋର ସୌଭାଗ୍ୟ କୁହନ୍ତୁ ବା ଅନ୍ୟ କିଛି, ତାଙ୍କୁ ଏହି କଥା କହିବାକୁ ଯିବା ପୂର୍ବରୁ ମୁଁ ଶୁଣିବାକୁ ପାଇଲି କି ସେ ଏହି କାମ ପାଇଁ ଏକ ୧୦,୦୦୦୦୦ ଡଲାରର ଚେକ୍ କାଟିଥିଲା ଓ ଯାହା କ୍ୟାନସେଲ୍ ହୋଇଗଲା ପରେ ସେ ତାକୁ ନିଜ ଟେବୁଲ୍ ଉପରେ ପଡିଥିବା କାଚ ତଳେ ସାଇତି କରି ରଖିଥଲା।

ତାଙ୍କ କାର୍ଯ୍ୟାଳୟରେ ପ୍ରବେଶ କରୁ କରୁ ମୁଁ ପ୍ରଥମେ ସେହି ୧୦,୦୦୦୦୦ ଡଲାରର ଚେକ୍ ବିଷୟରେ ପଚାରିଲି। 'ମୁଁ ଜୀବନରେ କେବେ ବି ଏତେ ବଡ ଚେକ୍ କଟା ହୋଇଥିବାର କେବେ ବି ଦେଖିନାହିଁ ଓ ଏହି କଥା ମୁଁ ମୋର ବନ୍ଧୁ ପରିଜନମାନଙ୍କୁ କହିବାକୁ ଚାହୁଁଛି କି ମୁଁ ମୋ ନିଜ ଆଖିରେ ଏତେ ବଡ ୧୦,୦୦୦୦୦ ଡଲାରର ଚେକ୍ କଟା ହୋଇଥିବା ଦେଖିଅଛି।' ଏହା ଶୁଣି ସେହି ଚେକ୍‌ଟିକୁ ଦେଖାଇବାକୁ ଆଗ୍ରହର ସହ ରାଜି ହୋଇଗଲା। ଏବେ ମୁଁ ତାଙ୍କୁ ପଚାରିଲି ଏହି ଚେକ୍‌ଟି କେବେ ଓ କ'ଣ ପାଇଁ କଟାଯାଇଥିଲା ?

ମି. କୈଲିଫ୍ ବହୁତ ଚତୁରତା ସହ ସେହି ଯୁବକମାନଙ୍କ ସ୍କାଉଟ୍ ଦଳ ୟୁରୋପ ଯିବା କଥା କିଛି ବି କହି ନଥିଲେ। ସେ ତ ଅନ୍ୟ ଜିନିଷରେ ନିଜ ରୁଚି ଦେଖାଉଥିଲେ ଯେଉଁଥିରେ ସାମ୍ନାଲୋକର ରୁଚି ଥିଲା। ତେବେ ଏହିପରି କିଛି ସମୟ ପରେ ଆଲୋଚନା ପରେ ସେହି ଅନୁଷ୍ଠାନର ମୁଖ୍ୟ ମୋତେ ସେଠାକୁ ଆସିବାର ଅଭିପ୍ରାୟ ପଚାରିଲେ।

ମି. କୈଲିଫ୍ ଏବେ କହିଲେ- 'ମୁଁ ଯେପରି ତାଙ୍କ ସାମ୍ନାରେ ମୋର ପୂରା କଥା ଉପସ୍ଥାପନା କଲି, ସେ ତୁରନ୍ତ ମୋ କଥାରେ ଆଗ୍ରହ ପ୍ରକାଶ କଲେ ଓ ମୋର ପ୍ରସ୍ତାବ

ସ୍ୱୀକାର କରିନେଲେ । ମୁଁ ଯେତେ ମାଗିଥିଲି ସେ ତ ତାହାଠାରୁ ବହୁତ ଅଧିକ ଦେଲେ । ମୁଁ ତ ମାତ୍ର ଗୋଟିଏ ପିଲାର ଖର୍ଚ୍ଚ ବହନ କରିବାକୁ କହୁଥିଲି କିନ୍ତୁ ସେ ତ ପାଞ୍ଚଜଣ ପିଲାଙ୍କ ସହ ମୋର ଯିବା ଆସିବାର ସମସ୍ତ ଖର୍ଚ୍ଚ ଓ ବ୍ୟବସ୍ଥା କରିଦେଲେ । ସେ ଆହୁରି ୟୁରୋପରେ ୭ଦିନ ରହିବା ଖାଇବା ପାଇଁ ୧୦୦୦ ଡଲାରର ବନ୍ଦୋବସ୍ତ କରିଦେଲେ । ନିଜ କମ୍ପାନୀର ୟୁରୋପରେ ଥିବା ଶାଖା ପ୍ରବନ୍ଧକଙ୍କୁ ଚିଠି ଲେଖିଲେ କି ଦେଖ ଆମ କମ୍ପାନୀ କିଛି ସ୍କାଉଟ୍ ପିଲାମାନଙ୍କୁ ପଠାଉଛି ସେଠାରେ ସେମାନଙ୍କର ଯେମିତି କିଛି ଅସୁବିଧା ନହୁଏ ସେଥିପ୍ରତି ଧ୍ୟାନ ଦେବ । ସେ ଆମକୁ ପ୍ୟାରିସ ସହର ବି ବୁଲାଇ କରି ଦେଖାଇଲେ । ସେବେ ଠାରୁ ସେ ଅନେକ ଗରିବ ଲୋକଙ୍କୁ ଚାକିରି ଦେଲେଣି ଓ ସେ ଏବେ ବି ଆମ ପାଇଁ ସକ୍ରିୟ ରହିଛନ୍ତି ।

କିନ୍ତୁ ଯଦି ମୁଁ ତାଙ୍କ ରୁଚି ବିଷୟରେ ଆଲୋଚନା ନକରି ମୋ ଆସିବାର କାରଣ କହିଥାନ୍ତି ତେବେ ଯେଉଁ ଲୋକ ଚେକ୍ କାଟି ତାକୁ କାହାରିକୁ ନଦେବାଲାଗି ଟେବୁଲ କାଚ ତଳେ ରଖିଥିଲା ସେ କ'ଣ ମୋ କଥା ମାନିଥାନ୍ତା ? ଏଣୁ ଟିକେ ଭଲଭାବରେ ଚିନ୍ତା କରନ୍ତୁ ତ ଏହି କଥାର ମର୍ଯ୍ୟାଦା ବ୍ୟାପାର ପାଇଁ କେତେ ଆବଶ୍ୟକ ? ଏଥିପାଇଁ ଡୁବରର୍ନାୟ ଏଣ୍ଡ୍ ସନ୍ସର ହେନେରି ବାବୁ (ଯାହାଙ୍କର ନ୍ୟୁୟର୍କରେ ପାଉଁରୁଟି ଫ୍ୟାକ୍ଟ୍ରି ଓ ତାହାର ପାଇକାରୀ ବେପାର ଅଛି) ଡୁବରର୍ନାୟ କାହାଣୀ ଶୁଣୁଥିଲେ ।

ଶ୍ରୀଯୁକ୍ତ ଡୁବରର୍ନାୟ ନ୍ୟୁର୍ୟକର ଏକ ପ୍ରସିଦ୍ଧ ହୋଟେଲକୁ ନିଜ ପାଉଁରୁଟି ବିକ୍ରି କରିବାକୁ ଚାହୁଁଥିଲେ ଏଥିପାଇଁ ସେ ପ୍ରାୟ ଚାରି ବର୍ଷ ହେଲାଣି ଚେଷ୍ଟା କଲେଣି । ସେ ପ୍ରତି ସପ୍ତାହରେ ସେହି ହୋଟେଲ୍ ମ୍ୟାନେଜରଙ୍କୁ ଭେଟ କରିବାକୁ ଯାଉଥିଲେ । ମ୍ୟାନେଜରଙ୍କ ସଂସ୍ପର୍ଶରେ ଆସିବେ ବୋଲି ଅନେକ ସାମାଜିକ ସମାରୋହକୁ ଯାଉଥାନ୍ତି ଯେଉଁଥିରେ ସେହି ମ୍ୟାନେଜର୍ ଯାଉଥିଲେ, ମୋର କହିବାର ଅର୍ଥ ସେ ଏହି କାମକୁ ସଫଳ କରିବା ପାଇଁ ବହୁତ ଚେଷ୍ଟା କରିଥିଲେ । ନିଜ ପାଇଁ ସେ ହୋଟେଲରେ ଏକ ଘର ବି ଭଡାରେ ନେଇଥିଲେ, ହେଲେ ବି କିଛି ଶୁଭ ଫଳ ମିଳୁ ନଥିଲା ।

ଶ୍ରୀଯୁକ୍ତ ଡୁବରର୍ନାୟ ଏବେ କହିଲେ- 'ଏବେ ମୁଁ ମୋର କଥାର ଢଙ୍ଗ ଟିକେ ବଦଳାଇବାର ଚେଷ୍ଟାକଲି । ଚିନ୍ତାକଲି ସେହି ମ୍ୟାନେଜରର ରୁଚି କେଉଁଥିରେ ଅଛି ତାହା ଜାଣିବାକୁ ଚେଷ୍ଟା କଲି । ମୁଁ ଜାଣିବାକୁ ପାଇଲି କି ସେ ଆମେରିକାର ଏକ ହୋଟେଲ୍ ଏକ୍‌ଜିକ୍ୟୁଟିଭ୍ ସୋସାଇଟି ସହ ଯୋଗାଯୋଗ ରଖୁଛନ୍ତି । ଯାହାର ନାମ ହୋଟେଲ ଗ୍ରିଟର୍ସ୍ ଅଫ୍ ଆମେରିକା ଥିଲା । ମୁଁ ସେହି କଥାକୁ ନେଇ ବଡ ଉତ୍ସାହିତ ରହିବାକୁ ଲାଗିଲି କି ସେ ଏହି ସଂସ୍ଥାର ପ୍ରେସିଡେଣ୍ଟ୍ ହୋଇଗଲେ ଓ ପରେ ପରେ ଇଣ୍ଟରନେସନାଲ୍ ସଂସ୍ଥାର ବି ସେ ପ୍ରେସିଡେଣ୍ଟ୍ ହୋଇଗଲେ । ଏବଂ ଏହାର ଯେଉଁଠି କିଛି ସମାରୋହ ହେଉଥିଲା ମୁଁ ନିଶ୍ଚିତ ଯାଉଥିଲି ।

ତାଙ୍କର ଏହି ରୁଚି ବିଷୟର ଜାଣିଲା ପରେ ମୁଁ ପୁଣି ତାଙ୍କ ସହ ଦେଖା କରିବାକୁ ଗଲି ଓ ଯାଉ ଯାଉ ସେ ଗ୍ରିଟ୍ର୍ସ ସଂସ୍ଥା ବିଷୟରେ କଥା ହେବା ଆରମ୍ଭ କରିଦେଲି । ଏହି କଥା ଶୁଣି

ସେ ବହୁତ ଭଲ ଅନୁଭବ କରିବାକୁ ଲାଗିଲା । ସେ ବି ବହୁତ ସମୟ ଧରି ମୋ ସହ ସେହି ସଂସ୍ଥା ବିଷୟରେ କଥା ହେଲା ଏହା ଭିତରେ ମୁଁ ତା'ର ଚେହେରାରେ ଏକ ଅପୂର୍ବ ଆନନ୍ଦ ଦେଖିବାକୁ ପାଇଲି । ମୋତେ ଲାଗିଲା ସେହି ସଂସ୍ଥା ତା ପାଇଁ ମାତ୍ର ଏକ ସମୟ କଟାଇବା ସ୍ଥାନ ନୁହେଁ ବରଂ ତାହା ଜୀବନର ଏକ ପ୍ରମୁଖ ଅଂଶ ଭାବେ ସେ ଗ୍ରହଣ କରିଛନ୍ତି । ତାଙ୍କ ଅଫିସରୁ ବାହାରକୁ ଆସିବା ପୂର୍ବରୁ ମୋର ଆଗ୍ରହ ଦେଖି ସେହି ସଂସ୍ଥାର ସଦସ୍ୟତା ବି କରାଇ ସାରିଥିଲେ ସେ ।

ଏହି ଦେଖା ସାକ୍ଷାତ ଭିତରେ ମୁଁ କେବେ ବି ମୋର ପାଉଁରୁଟି ବିକ୍ରି କରିବା କଥା ତାଙ୍କୁ କହିନାହିଁ, କିନ୍ତୁ କିଛିଦିନ ପରେ ତାଙ୍କ ହୋଟେଲର କିଣାବିକା କରୁଥିବା ଲୋକ ମୋତେ ଫୋନ୍ କରି ମୋର ସବୁଠାରୁ ଭଲ ପାଉଁରୁଟିର ଭେରାଇଟି ସହ ତାର ଦରଦାମ୍ ତାଲିକା ଧରି ତା'ଙ୍କ ହୋଟେଲ୍‌ରେ ପହଞ୍ଚିବାକୁ କହିଲେ । ସେ ଏକଥା ବି କହିଲେ- 'ଆପଣ ମ୍ୟାନେଜର୍‌ଙ୍କ ଉପରେ କି ଯାଦୁ କରିଛନ୍ତି କେଜାଣି ? ସେ କ'ଣ ପାଇଁ ଆପଣଙ୍କ ଉପରେ ବହୁତ ପ୍ରଭାବିତ ? ମୁଁ ତ ବୁଝି ବି ପାରୁନି ।'

ଏବେ ଟିକେ ଭାବନ୍ତୁ ତ ଯାହା ସାଙ୍ଗରେ ବ୍ୟାପାର କରିବାକୁ ମୁଁ ଗତ ଚାରିବର୍ଷ ହେଲା ତାଙ୍କ ଚାରିପାଖରେ ଘୁରି ବୁଲୁଥିଲି, ସେ ମୋତେ ସ୍ୱୟଂ ନିଜେ ଡକାଇଛନ୍ତି ! ହୁଏତ ଆଜି ବି ମୁଁ ସେପରି ତାଙ୍କ ପଛରେ ଧାଇଁଥାନ୍ତି ଯଦି ମୁଁ ମ୍ୟାନେଜର୍‌ଙ୍କ ରୁଚି ଉପରେ ଧ୍ୟାନ ଦେଇ ନଥାନ୍ତି ।

ମୈରିଲ୍ୟାଣ୍ଡରେ ହୈଜର୍ସ ଟାଉନ୍‌ର ଏଡବର୍ଡ ହୈରିମେନ୍ ବାୟୁସେନାର ଚାକିରିରୁ ଅବସର ନେବାପରେ ମୈରିଲ୍ୟାଣ୍ଡର ସୁନ୍ଦର କମ୍ବରଲ୍ୟାଣ୍ଡ୍ ପାର୍ବତ୍ୟ ଉପତ୍ୟକାରେ ରହିବାକୁ ଭାବିଲେ । ସେଠାରେ ବହୁତ କମ ଚାକିରି ମିଳୁଥିଲା । ବହୁତ ଖୋଜାଖୋଜି କଲାପରେ ଜାଣିବାକୁ ପାଇଲି କି ଏକ ବେପାରୀ ଆର. ଜେ. ଫୈକହାଉଜର୍ ସେହି ଇଲାକାର ଅନେକ କମ୍ପାନୀର ସ୍ୱାମୀ ଥିଲେ ବା ଅନ୍ୟ ଅର୍ଥରେ କହିବାକୁ ଗଲେ ଅନେକ କମ୍ପାନୀ ତାର ଅଧିନରେ ଥିଲେ । ସେ ବହୁତ ଗରିବରୁ ବଡ ହୋଇ ଏଠି ଆସି ପହଞ୍ଚିଛନ୍ତି, ଆଉ ଚାକିରି ଖୋଜୁଥିବା ଲୋକ ତାଙ୍କ ପାଖକୁ ପହଞ୍ଚିବା ଏତେ ସରଳ ନଥିଲା । ଏହି କଥାକୁ ହୈରିମେନ୍ ନିଜ ଭାଷାରେ କହିଛନ୍ତି – 'ବହୁତ ଲୋକଙ୍କ ସହ କଥା ହେଲା ପରେ ମୁଁ ଜାଣିବାକୁ ପାଇଲି କି ତାଙ୍କୁ ସବୁଠାରୁ ଧନ ଓ ରାଜନୀତିରେ ସକ୍ରିୟ ହେବାର ଲୋଭ ବହୁତ ଅଛି । ସେ ଏକ କଡା ମିଜାସର ଏକ କଠୋର ହୃଦୟ ବାଲା ସେକ୍ରେଟାରୀ ବି ରଖିଥିଲା, ଯେଉଁଥିପାଇଁ ସେ ଲୋକକୁ ଭେଟ କରିବା ପାଇଁ ସାଧାରଣ ଲୋକଟିଏ ସୁଯୋଗ ପାଉ ନଥିଲା । ଏବେ ମୁଁ ସେହି ସେକ୍ରେଟାରୀର ରୁଚି ବିଷୟରେ ଜାଣିବାକୁ ଚେଷ୍ଟା କଲି । ଦିନେ ସାକ୍ଷାତକାରର କୌଣସି ଅନୁମତି ନନେଇ ସେକ୍ରେଟାରୀ ସହ କଥାହେବାକୁ ପହଞ୍ଚି ଗଲି । ସେକ୍ରେଟାରୀ ତ ଯେପରି ଫୈକହାଉଜର୍‌ର ଛାଇ ପରି ରହିଥାଏ କିନ୍ତୁ ମୁଁ ଯେତେବେଳେ

ତାଙ୍କୁ କହିଲି କି ମୋ ପାଖରେ ଏମିତି ଏକ ପ୍ରସ୍ତାବ ଅଛି ଯେଉଁଥିରେ କି ଫୈକହାଉଜରଙ୍କର ଆର୍ଥିକ ଓ ରାଜନୈତିକ ସ୍ତରରେ ବହୁତ ପରିବର୍ତ୍ତନ ଅଣାଯାଇ ପାରିବ ଏହା ଏକ ବହୁତ ବଢିଆ ପ୍ରସ୍ତାବ ଅଛି ସେ ବହୁତ ଉତ୍ସାହିତ ହେଲାପରି ଲାଗିଲେ । ମୁଁ ତାଙ୍କୁ ଏକଥା ବିଷୟରେ ଧାରଣା ବି ଦେଇଦେଲି କି ଫୈକହାଉଜରଙ୍କ ସଫଳତା ପଛରେ ତା'ର ବି ବହୁତ ହାତ ଅଛି । ବାହାରେ ତା'ର ନାମରେ ବହୁତ ଚର୍ଚ୍ଚା ବି ହୁଏ ଏହି ସଫଳତାକୁ ନେଇ । ତାପରେ ସେ ମୋର ସାକ୍ଷାତ ଫୈକହାଉଜରଙ୍କ ସହ ତୁରନ୍ତ ହିଁ କରାଇଦେଲା ।

ତାଙ୍କର ସେହି ଭବ୍ୟ କାର୍ଯ୍ୟାଳୟରେ ବୁଲୁ ବୁଲୁ ମୁଁ ଭାବି ସାରିଥିଲି କି ମୁଁ ସିଧା ସିଧା ଚାକିରି କଥା କହିବି ନାହିଁ । ସେ ଏକ ବହୁତ ଦାମୀ ଆରାମଦାୟକ ଚୌକି ଉପରେ ବସିଥିଲା ଓ ମୋ ଉପରେ ଗର୍ଜି ଉଠିଲା- 'ଆପଣ ମୋ ସହ କ'ଣ କଥା ହେବାକୁ ଚାହୁଁଛନ୍ତି ? ମୁଁ ଉତ୍ତର ଦେଲି- ମି. ଫୈକହାଉଜର, ମୋତେ ବିଶ୍ୱାସ ଅଛି କି ମୁଁ ଆପଣଙ୍କ ପାଇଁ ଟଙ୍କା ରୋଜଗାର କରିପାରିବି ।' ଏହା ଶୁଣିବା ମାତ୍ରେ ସେ ତୁରନ୍ତ ଉଠିପଡି ମୋତେ ଏକ ବହୁତ ସୁନ୍ଦର ଚୌକି ଉପରେ ବସିବାକୁ ଦେଲା । ତାପରେ ମୁଁ ମୋର ଚିନ୍ତାଧାରାକୁ ସଫା ସଫା ତାଙ୍କ ଆଗରେ ବିସ୍ତାର ପୂର୍ବକ ଉପସ୍ଥାପନା କଲି । ଏହି ବିଚାରକୁ ଫଳପ୍ରଦ କରିବା ପାଇଁ ମୁଁ ମୋର ସମସ୍ତ ଯୋଗ୍ୟତାକୁ ଭଲ ଭାବରେ ବର୍ଣ୍ଣନା କଲି ଓ କି ପ୍ରକାର ଭାବରେ ଏହି ଯୋଜନାକୁ ଫଳପ୍ରଦ କରିପାରିବି । ଏହି ପ୍ରରିପେକ୍ଷୀରେ କି ପ୍ରକାରରେ ତାଙ୍କ ନିଜ ବ୍ୟକ୍ତିଗତ ଜୀବନରେ ସଫଳତା ହାସଲ କରିହେବ । ସେ ମୋତେ ତୁରନ୍ତ ହିଁ ଚାକିରି ଦେଇଦେଲେ । ଏବେ କୋଡିଏ ବର୍ଷରୁ ଅଧିକ ହୋଇଗଲାଣି ମୁଁ ତାଙ୍କ ବ୍ୟବସାୟର ଏକ ମୁଖ୍ୟ ଅଙ୍ଗ ହୋଇ ରହିଅଛି । ମୋତେ ଓ ତାଙ୍କୁ ବହୁତ ଲାଭ ହୋଇଛି ।

ଏହି ଭାବରେ ଏହା ନିଶ୍ଚିତ ଯେ ସାମ୍ନା ଲୋକର ରୁଚି ଅନୁସାରେ କଥାବାର୍ତ୍ତା କରିଲେ ହିଁ ଦୁଇ ପକ୍ଷର ଲାଭ ସିଦ୍ଧ ହୋଇପାରେ । ଏକ କର୍ମ ନିଯୁକ୍ତିଦାତା କେନ୍ଦ୍ରର ମୁଖ୍ୟ ହାର୍ବର୍ଡ ଜେଡ୍ ହାର୍ଜିଗଙ୍କ ଅନୁସାରେ ସଦା ଏହି କଥାକୁ ଆଖି ଆଗରେ ରଖି ବିଚାର କରୁଥିବାରୁ ଏଥିରୁ ସେ ବହୁତ ଲାଭ ପାଇଥିଲେ । ଯେତେବେଳେ କେହି ଜଣେ ତାଙ୍କୁ ପଚାରିଲେ କି ଏଥିରୁ କ'ଣ ଲାଭ ପାଇଛନ୍ତି ? ସେ ତୁରନ୍ତ ଉତ୍ତର ଦେଲେ- ତା'ଠାରୁ, ଯା'ଠାରୁ ବା ପ୍ରତ୍ୟେକ ବ୍ୟକ୍ତି ଠାରୁ ଅଲଗା ଅଲଗା ଲାଭ ନିଶ୍ଚୟ ମିଳିଛି ଓ ନିଜ ବନ୍ଧୁତ୍ୱର ପରିଧି ବହୁତ ବଢିଯାଇଛି ।

ସିଦ୍ଧାନ୍ତ – 5

ସାମ୍ନା ଲୋକର ରୁଚି ବିଷୟରେ ଚର୍ଚ୍ଚା କରନ୍ତୁ ।

6

ଲୋକମାନଙ୍କୁ ତୁରନ୍ତ ପ୍ରଭାବିତ କିପରି କରିବା

ଥରେ ନିୟୁର୍କର ଥର୍ଟି-ଥର୍ଡ ଷ୍ଟ୍ରିଟ୍‌ରେ ଥିବା ଡାକଘରକୁ ରେଜିଷ୍ଟ୍ରି କରିବା ପାଇଁ ଯାଇଥିଲି ତଥା ସେଠି ବହୁତ ଲମ୍ବା ଧାଡିରେ ଲୋକମାନେ ଠିଆ ହୋଇଥିଲେ। ମୋତେ ଲାଗିଲା ସେହି କାର୍ଯ୍ୟାଳୟର କିରାଣୀ ଲଫାପା ଗୁଡିକୁ ଓଜନ କରି କରି ସେଥିରେ ଡାକ ଟିକଟ ଲଗାଇ ଲଗାଇ ପଇସା ଗଣି ଗଣି ଯେପରି ଥକି ଯାଇଥିଲା ବା ଯେପରି ବିରକ୍ତି ଭାବରେ ସେହି କାମକୁ କରୁଥିଲା କହିଲେ ନସରେ। କାରଣ ତାହା ଦୈନନ୍ଦିନର କାମ ଥିଲା। ଏହା ଦେଖି ମୁଁ ସ୍ୱୟଂକୁ କହିଲି - 'ମୁଁ ଆଜି ପୁରା ପ୍ରୟାସ କରିବି କି ସେହି କିରାଣୀ ମୋତେ ପସନ୍ଦ କରିବାକୁ ଲାଗିବ, ତେଣୁ ମୁଁ ନିଜ ବିଷୟରେ କଥା ନହୋଇ ତାଙ୍କ ସୁଖ ଦୁଃଖ ବିଷୟରେ ପଚାରିବି।' ଏବେ ପୁଣି ମୁଁ ଭାବିବାକୁ ଲାଗିଲି କି 'ଏହି ଲୋକଠାରେ ଏପରି କି ଗୁଣ ଅଛି ମୁଁ ଯାହାକୁ ନେଇ ତାଙ୍କୁ ପ୍ରଶଂସା କରିପାରିବି? ଏହି ପ୍ରଶ୍ନର ଉତ୍ତର ପାଇବା ବହୁତ କଠିନ ଥିଲା ତେଣେ ସେ ବି ମୋ ପାଇଁ ପୂରାପୂରି ଅଜଣା ଥିଲେ। କିନ୍ତୁ କିଛି କ୍ଷଣ ତାଙ୍କୁ ନିରୀକ୍ଷଣ କରିବା ପରେ ମୁଁ ଦେଖିଲି ସେ ଟିକେ ଅଲଗା ପ୍ରକାରର ବାଳ ରଖିଛନ୍ତି ଓ ମଝିରେ ମଝିରେ ସେହି ବାଳକୁ ଟିକେ ସଜାଡି ଦେଉଥାନ୍ତି, ମୋତେ ତ ମୋର ପ୍ରଶ୍ନର ଉତ୍ତର ମିଳିଗଲା।

ସେ ଯେତେବେଳେ ମୋର ଲଫାପାକୁ ଓଜନ କଲେ, ମୁଁ ଉତ୍ସାହପୂର୍ବକ ଭାବରେ କହିଲି - 'ମୋର ବି ଆପଣଙ୍କ ପରି ବାଳ ହୋଇଥାନ୍ତା କି!'

ପ୍ରଥମେ ସେ ଟିକେ ଚମକି ପଡିଲା ପରି ମୋତେ ଦେଖିଲେ, କିନ୍ତୁ ସେତେବେଳେ ତାଙ୍କ ମୁହଁରେ ଟିକେ ସ୍ମିତହାସ୍ୟ ଦେଖାଦେଲା। ସେ ବି ବଡ ଶାଳୀନତା ସହ କହିଲେ - 'ଏବେ ତ ଏଗୁଡିକ ସେତେ ଭଲ ବି ନାହାନ୍ତି।' କିନ୍ତୁ ମୁଁ ତାଙ୍କୁ ବିଶ୍ୱାସ କରାଇଦେଲି ଏବେ ବି ତାର ବାଳ ବହୁତ ସୁନ୍ଦର ଓ ଆକର୍ଷକ ଅଛି। ଏହାଶୁଣି ତାଙ୍କର ପ୍ରସନ୍ନତା ବହୁତ

ବଢ଼ିଗଲା । ଏବେ ଆମେ କେତେକ ଛୋଟ ଛୋଟ ତଥ୍ୟ ଉପରେ ଆଲୋଚନା କରିବାକୁ ଲାଗିଲୁ । ପରେ ତାଙ୍କର ଅନ୍ତିମ ଶବ୍ଦ ଥିଲା କି 'ମୋ ବାଳର ପ୍ରଶଂସା ଅନେକ ଲୋକ ଆଗରୁ ମଧ୍ୟ କରିସାରିଛନ୍ତି ।'

ମୁଁ ଏହା ଦୃଢ଼ତାର ସହ କହିପାରିବି କି ତାର ମନ ବହୁତ ପ୍ରଫୁଲ୍ଲିତ ହୋଇ ତାର ପାଦ ତଳେ ନ ଲାଗିଲା ପରି ଅନୁଭବ କରିଥିବ । ସେ ଖରାବେଳର ଖାଦ୍ୟ ବି ବଡ଼ ଖୁସି ମନରେ ଖାଇଥିବ । ଘରକୁ ଫେରିଲା ପରେ ସେ ନିଶ୍ଚିତ ନିଜ ପତ୍ନୀକୁ ଏହି କଥା କହିଥିବ । ସେ ନିଜକୁ କେତେ ଥର ଆଇନାରେ ଦେଖିଥିବ ଓ ନିଜକୁ ନିଜେ କହିଥିବ କି 'ମୋର ବାଳ ତ ସତରେ ବହୁତ ସୁନ୍ଦର ଅଟେ ।'

ଥରେ ଏହି କଥା ମୁଁ କେତେକ ଲୋକଙ୍କୁ ଶୁଣାଇଲି ତ ସେମାନେ କହିବାକୁ ଲାଗିଲେ- 'ଏଥିରୁ ଆପଣ କ'ଣ ପ୍ରାପ୍ତ କରିବାକୁ ଚାହୁଁଛନ୍ତି ?'

ବାସ୍ତବରେ ମୁଁ କ'ଣ ହାସଲ କରିବାକୁ ଚାହୁଁଥିଲି ? କିନ୍ତୁ ଆମେ ସମସ୍ତେ ଯଦି ଅତିରିକ୍ତ ସ୍ୱାର୍ଥୀ ହୋଇ କାହାରି ବି ଟିକେ ପ୍ରଶଂସା ନ କରିବା, ଏତେ ତୁଚ୍ଛମନ୍ୟତା କରି ସାମ୍ନା ଲୋକ ସହ ଟିକେ ପ୍ରେରଣାଭରା ଦୁଇପଦ କଥା ନ କହିପାରିବା ତେବେ ଆମ ଆତ୍ମା ତ ପଚା ସେଓ ପରି ହୋଇଯିବ ଓ ଆମମାନଙ୍କୁ ନିଶ୍ଚିତ ରୂପରେ ଅସଫଳତା ହିଁ ପ୍ରାପ୍ତ ହେବ । ହଁ ମୁଁ ସେଥିରୁ ବହୁତ କିଛି ପ୍ରାପ୍ତ କରିବାକୁ ଚାହୁଁଥିଲି । ମୁଁ ଏକ ଅମୂଲ୍ୟ ବସ୍ତୁ ପାଇବାକୁ ଇଚ୍ଛା କରିଥିଲି ଓ ତାହା ମୋତେ ପ୍ରାପ୍ତ ହୋଇସାରିଥିଲା । ମୁଁ ଚାହୁଁଥିଲି କି ତାକୁ ପ୍ରସନ୍ନ କରିଦେବା ଲାଗି ତା ମନର କୁଣ୍ଠା ଦୂର କରିଦେବା ଲାଗି । କୌଣସି ବି ସ୍ୱାର୍ଥ ନଥାଇ ମୁଁ ତାକୁ ପ୍ରସନ୍ନ କରିଦେଲି ବା ଆନନ୍ଦିତ କରିଦେଲି । ଏହି ଭାବନା ବହୁ ଦିନ ବା ଦିନ ଦିନ ଧରି ତାର ହୃଦୟରେ ସ୍ଥାୟୀ ଭାବରେ ଜାଗ୍ରତ ହୋଇ ରହିବ ଓ ମନରେ ଏକ ମଧୁର ବାଣୀ ଶୁଣାଇଲା ପରି ଲାଗିବ ।

ମାନବୀୟ ବ୍ୟବହାରର ଏକ ଅତି ଆବଶ୍ୟକୀୟ ନିୟମ ଅଛି । ଯଦି ଆମେ ତାହାକୁ ପାଳନ କରିବା ତେବେ କେବେ ବି ଅସୁବିଧାରେ ପଡ଼ିବା ନାହିଁ ବରଂ ଆମ ପାଖରେ ଅଗଣିତ ପ୍ରକୃତ ବନ୍ଧୁ ଆମକୁ ସାହାଯ୍ୟ କରୁଥିବେ ଓ ଆମେ ସଦାସର୍ବଦା ପ୍ରସନ୍ନ ଚିତ୍ତ ହୋଇ ରହିବା । କିନ୍ତୁ ସେହି ନିୟମକୁ ଭାଙ୍ଗିଲେ ଆମେ କଠିନ ସମସ୍ୟାର ସାମ୍ନା କରିବା । ଏହା ହିଁ ନିୟମ- 'ସାମ୍ନା ଲୋକକୁ ସବୁବେଳେ ତାର ମହତ୍ତ୍ୱପଣିଆର ଅନୁଭବ କରାଇବା ଦରକାର ।' ଜର୍ନ ଡୟୁଇ ଆଗରୁ ହିଁ କହି ସାରିଛନ୍ତି – 'ସଂସାରର ପ୍ରତ୍ୟେକ ବ୍ୟକ୍ତି ନିଜକୁ ଅନ୍ୟମାନଙ୍କ ଦୃଷ୍ଟିରେ ମହତ୍ତ୍ୱପୂର୍ଣ୍ଣ ବୋଲି ଦେଖିବାକୁ ଚାହେଁ ।' ୱିଲିୟମ୍ ଜେମ୍ସ ବି ଏହି କଥା ସହ ଏକମତ ଥିଲେ – 'ପ୍ରତ୍ୟେକ ବ୍ୟକ୍ତିର ମନର ଗଭୀରତାରେ ଏକ ଅନୁସନ୍ଧାନ ସବୁବେଳେ ଚାଲିଥାଏ କି ତାକୁ ଟିକେ ପ୍ରଶଂସା ମିଳୁ ।' ଏହି ଲାଳସା ତ ଆମକୁ ପଶୁମାନଙ୍କ ଠାରୁ ଅଲଗା କରିଥାଏ ଏବଂ ଏହି ଆଶା କାରଣରୁ ହିଁ ମାନବ ସଭ୍ୟତାର ବିକାଶ ହୋଇ ପାରିଛି ।

କେତେ ଦଶନ୍ଧି ବିତି ଗଲାଣି ଦାର୍ଶନିକମାନେ ଏହି କଥାକୁ ଚିନ୍ତା କରୁଛନ୍ତି, କିନ୍ତୁ ସବୁବେଳେ କେବଳ ଗୋଟିଏ କଥା ସାମ୍ନାକୁ ଆସିଛି କି ଲୋକମାନଙ୍କ ଭିତରେ ମହତ୍ତ୍ୱପୂର୍ଣ୍ଣ ହେବାର ଇଚ୍ଛା ପିଲାଦିନରୁ ଥାଏ। ଏହି ତଥ୍ୟ କିଛି ନୂଆ ନୁହେଁ ବରଂ ସେତେ ପୁରୁଣା କି ଯେତିକି ଇତିହାସ ହୋଇପାରେ। ୨୫୦୦ ବର୍ଷ ପୂର୍ବରୁ ଜୋରୋଆଷ୍ଟ୍ର ନିଜ ପାଠ୍ୟକ୍ରମରେ ଏହି ବିଷୟ ଶିକ୍ଷା ଦେଉଥିଲେ। ଚୀନ୍‌ରେ କନଫୁସିୟସ୍ ବି ୨୪୦୦ ବର୍ଷ ପୂର୍ବରୁ ଏହାର ଶିକ୍ଷା ଦେଇଥିଲେ।

ମାଓବାଦର ସଂସ୍ଥାପକ ଲାଓ-ସ୍ତେ ବି ହୋନ୍ ଘାଟିରେ ନିଜ ଶିଷ୍ୟମାନଙ୍କୁ ଏହି ସୂତ୍ର ଶିଖାଇଥିଲେ। ଈର୍ଷାର ୫୦୦ ବର୍ଷ ପୂର୍ବରୁ ବୁଦ୍ଧଦେବ ପବିତ୍ର ଗଙ୍ଗା ନଦୀତଟରେ ଏହି ପାଠ ପଢାଇଥିଲେ। ହିନ୍ଦୁ ଧର୍ମଗ୍ରନ୍ଥ ବି ୧୯୦୦୦ ବର୍ଷ ପୂର୍ବରୁ ଏବଂ ବାରମ୍ବାର ଏହି କଥାକୁ ବାଖ୍ୟା କରିଆସିଛି। ଏହି ନିୟମକୁ ଏକ ବିଚାର ରୂପରେ ମହାପୁରୁଷ ମାନେ କହିଛନ୍ତି- 'ଅନ୍ୟମାନଙ୍କ ସହ ସେପରି ଆଚରଣ କରନ୍ତୁ ଯେପରି, ତୁମେ ଚାହୁଁଛ କି ଲୋକମାନେ ତୁମ ସହିତ କରନ୍ତୁ।'

ପ୍ରତ୍ୟେକ ବ୍ୟକ୍ତି ଆପଣଙ୍କୁ ପ୍ରଶଂସା କରୁ କେବଳ ଏତିକି ସମସ୍ତେ ଚାହାଁନ୍ତି। ଆପଣ ଚାହାଁନ୍ତି କି କେହି ବି ଆପଣଙ୍କ ଫଟୋ ଦେଖି ତୁରନ୍ତ ଚିହ୍ନି ପାରନ୍ତୁ। ଆପଣ ଚାହାଁନ୍ତି କି ଏଇ ଛୋଟ ଦୁନିଆଁ ଭିତରେ ଆପଣ ବହୁତ ମହତ୍ତ୍ୱପୂର୍ଣ୍ଣ ବ୍ୟକ୍ତି ହୋଇ ଯାଆନ୍ତେ। ସତ୍ୟତା ଥାଇ ପ୍ରଶଂସା ତ ସମସ୍ତଙ୍କର ଆଶା। ଖାସ୍ ଏଇଥି ପାଇଁ ଚାର୍ଲସ ସବାବ୍ କହିଛନ୍ତି- 'ଆପଣ ଚାହାନ୍ତି କି ଆପଣଙ୍କ ସମସ୍ତ ସହଯୋଗୀ ତଥା ବନ୍ଧୁ ପରିଜନ ମାନେ ଆପଣଙ୍କୁ ହୃଦୟ ଖୋଲି ଆନନ୍ଦ ଭାବରେ ଆପଣଙ୍କ ପ୍ରଶଂସା କରନ୍ତୁ।' ଏଣୁ ଆମ ସମସ୍ତଙ୍କୁ ଏହି ସ୍ୱର୍ଣ୍ଣିମ ନିୟମକୁ ପାଳନ ଅବଶ୍ୟ କରିବା ଦରକାର ସେଥିରେ କିନ୍ତୁ ପରନ୍ତୁ ନରଖି ସ୍ଥାନ କାଳ ପାତ୍ର ନଦେଖି ସମସ୍ତଙ୍କୁ ସଦାସର୍ବଦା ଉତ୍ସାହିତ କରିବା ପରି ବା ପ୍ରେରଣାଦାୟୀ ପ୍ରଶଂସା ନିଶ୍ଚୟ କରନ୍ତୁ।

ବିସ୍କମ୍ୟାନ୍ କେ ଡେବିଡ୍ ସ୍ମିଥ୍ ଆମ ପାଠ୍ୟକ୍ରମରେ ଆସି ସେହି ଶ୍ରେଣୀଗୃହରେ କହିଲେ କି ଯେତେବେଳେ ତାଙ୍କୁ ଏକ ଦାତବ୍ୟ ସଂଗୀତ ସମାରୋହ କାର୍ଯ୍ୟକ୍ରମରେ ଲୋକମାନଙ୍କୁ ଠିକ ମାର୍ଗଦର୍ଶନ କରାଇବା ଓ ଅର୍ଥ ସଂଗ୍ରହ କରିବା ଦାୟିତ୍ୱ ଦିଆଗଲା ସେ ଏହି କଠିନ ପରିସ୍ଥିତିକୁ ହୁସିଆରି ସହ ତୁଲାଇ ଥିଲେ।

ଯେଉଁ ରାତିରେ ସଂଗୀତ ସମାରୋହ ହେବାର ଥିଲା, ସେଦିନ ମୁଁ ସେଠାରେ ପହଞ୍ଚିଲା ବେଳକୁ ଦୁଇ ଜଣ ବୟସ୍କ ମହିଳାମାନେ ମୋ ବୁଥ୍ ପାଖରେ ଭିଡ ଜମାଇ ଥିଲେ ଓ ନିଜକୁ ସେହି କାର୍ଯ୍ୟକ୍ରମର ମୂଖ୍ୟ ପରି ବ୍ୟବହାର କରୁଥିଲେ। ମୁଁ ସେଠି ଠିଆହୋଇ ଚିନ୍ତା କରୁଥାଏ କ'ଣ ଆଉ କିପରି ଏହି କାର୍ଯ୍ୟକ୍ରମକୁ ସଠିକ ଭାବରେ କରିହେବ। ସେତିକିବେଳେ ପ୍ରୟୋଜକ ସମିତିର ଜଣେ ସଦସ୍ୟ ଆସି ସେଠାରେ ପହଞ୍ଚିଲେ ଓ ମୁଁ କରୁଥିବା କାମ (ଅର୍ଥ ଆଦାୟ କରିବା ଓ ଲୋକମାନଙ୍କୁ ସଠିକ ମାର୍ଗଦର୍ଶନ କରିବା) ପାଇଁ ମୋତେ

ଧନ୍ୟବାଦ ଦେଲେ ଓ ସେ ସେହି ଦୁଇଜଣ ମହିଳାଙ୍କୁ ମୋ ସହ ପରିଚୟ କରାଇ ଦେଲେ 'ଏମାନେ ହେଲେ ରୋଜ୍ ଓ ଜୈନ୍, ଏମାନେ ତୁମକୁ ସାହାଯ୍ୟ କରିବେ କହି ଚାଲିଗଲେ।'

ସେଠି ଆମେମାନେ ବହୁ ସମୟ ଧରି ଚୁପ୍‌ଚାପ୍ ରହିଗଲୁ। ମୋତେ ଲାଗିଲା ଏହି ଅର୍ଥ ବାକ୍ତିଟି ସତ୍ତାର ମୂଖ୍ୟ ଅଟେ, ମାନେ ଏହା ଯାହାକୁ ଦେବି ସେ ନିଜକୁ ମହତ୍ତ୍ୱପୂର୍ଣ୍ଣ ଭାବିବ। ଏହା ଭାବି ମୁଁ ସେହି ବାକ୍ତିଟିକୁ ରୋଜ୍‌କୁ ଦେଇ କହିଲି ମୁଁ ପଇସାପତ୍ର ହିସାବ ଭଲ ଭାବରେ ରଖିପାରିବି ନାହିଁ କାରଣ ଅନ୍ୟ କାମ ବି ଦେଖିବାକୁ ପଡିବ, ଯଦି ତୁମେ ଏହାକୁ କରିଦିଅନ୍ତ ତେବେ ମୋତେ ବହୁତ ହାଲୁକା ଲାଗନ୍ତା ଓ ମୁଁ ଟିକେ ପ୍ରସନ୍ନ ରହିପାରନ୍ତି। ଜୈନ୍‌କୁ କହିଲି ତୁମେ ସୋଢା ମେସିନ୍‌କୁ ଭଲ ଭାବରେ ଚଳାଇବା ଶିଖି ନିଅ କାରଣ ତୁମକୁ ଯୁବକମାନର ଧ୍ୟାନ ରଖିବାକୁ ବହୁତ ସହଜ ହେବ।

ତେବେ ପୂରା ସଂଧ୍ୟାଟି ବଡ ଆନନ୍ଦର ସହ କଟି ଯାଇଥିଲା। ରୋଜ୍ ଖୁସିରେ ପଇସା ଗଣୁଥିବା ବେଳେ ଜୈନ୍ କିଶୋରମାନଙ୍କ ମାର୍ଗଦର୍ଶନ କାମରେ ବ୍ୟସ୍ତ ଥିଲା ତଥା ମୁଁ ସେହି ସଂଗୀତ ସମାରୋହର ଆନନ୍ଦ ଅନୁଭବ କରୁଥିଲି।

ପ୍ରଶଂସା ରୂପକ ଯାଦୁ ଚଳାଇବା ପାଇଁ ଆପଣ କୌଣସି ଫ୍ରାନ୍ସର ରାଜଦୂତ କିମ୍ବା କୌଣସି ଅନୁଷ୍ଠାନ ମୂଖ୍ୟ ହେବାର କିଛି ବି ଦରକାର ନାହିଁ। ଏହାର ପ୍ରୟୋଗ ତ ଆପଣ କେବେ ବି କେଉଁଠି ବି କରି ପାରନ୍ତି ବା ପ୍ରତ୍ୟେକ ଦିନ, ପ୍ରତ୍ୟେକ ସ୍ଥାନରେ କରି ପାରିବେ।

ଉଦାହରଣ ସ୍ୱରୂପ ଯଦି କୌଣସି ହୋଟେଲରେ ଖାଇଲା ବେଳେ ଖାଦ୍ୟ ପାଖକୁ ଆଣି ଯୋଗାଇବା ଲୋକଟି ଆପଣଙ୍କୁ ଆଳୁ ବଦଳରେ ବିନ୍ସ ଦେଇଦେଲା ତେବେ ଆପଣ ସେହି ଲୋକକୁ ଗାଳି ନକରି କୁହନ୍ତୁ- 'ମୁଁ ଆପଣଙ୍କୁ ଟିକେ ବି କଷ୍ଟ ଦେବାକୁ ଚାହୁଁ ନାହିଁ ହେଲେ ବିନ୍ସ ମୋର ପସନ୍ଦ ନାହିଁ।' ତେବେ ସେ ପ୍ରସନ୍ନତା ପୂର୍ବକ ଆପଣଙ୍କ ପାଇଁ ଆଳୁ ଆଣିଦେବ, କାରଣ ଆପଣ ତା ପ୍ରତି ଏତେ ସମ୍ମାନ ଯେଉଁ ପ୍ରଦର୍ଶନ କରିଛନ୍ତି।

'ମୁଁ ଆପଣଙ୍କୁ ଟିକେ ବି କଷ୍ଟ ଦେବାକୁ ଚାହୁଁ ନାହିଁ।' ଦୟାକରି ଆପଣ ମୋର ଏହି କାମଟି କରିଦେବେ, 'ଧନ୍ୟବାଦ', ଛୋଟ ଛୋଟ ବାକ୍ୟମାନ ତା ଜୀବନରେ ବହୁତ ମହତ୍ତ୍ୱ ରଖିଥାଏ। ଯେପରି ପୁରୁଣା ରଦି ମେସିନକୁ ତେଲ ଲଗାଇ ଚିକ ଚିକ୍ କରାଯାଇଛି। ଏହି ବାକ୍ୟରୁ ହିଁ ଜଣାପଡେ କି ଆପଣ କେତେ ସଂସ୍କୃତ ବା କେତେ ମିଷ୍ଟଭାଷୀ।

ଏହାର ଆହୁରି ଏକ ଉଦାହରଣ ଏଠି ଦିଆଗଲା। ୨୦୦୦ ମସିହା ଆରମ୍ଭ ଠିକ୍ ପୂର୍ବରୁ ହାଁଲ କୌନ୍‌ଙ୍କର କେତୋଟି ଉପନ୍ୟାସ ଲୋକପ୍ରିୟ ଥିଲା। ଫ୍ରିଶିଚୟନ୍, ଦ ଡିମଷ୍ଟର୍, ଦ ମୈକ୍‌ଦମ୍ୟାନ୍ ଆଦି ତାଙ୍କ ସବୁଠାରୁ ବେଶି ବିକ୍ରି ହେଉଥିବା ପୁସ୍ତକ ଥିଲା। ସେ ଜଣେ କମାରର ପୁଅ ଥିଲେ ଓ ସେ କେବଳ ମାତ୍ର ଆଠ ବର୍ଷ ପର୍ଯ୍ୟନ୍ତ ଶିକ୍ଷା ଗ୍ରହଣ କରି ପାରିଥିଲେ କିନ୍ତୁ ତାଙ୍କ ମୃତ୍ୟୁ ବେଳକୁ ସେ ସବୁଠାରୁ ଧନୀ ସାହିତ୍ୟକାର ଥିଲେ।

ତାଙ୍କ କାହାଣୀଟି କିଛି ଏହି ପ୍ରକାରର ଥିଲା- 'ହାଁଲ୍ କୌନ୍ କୁ ବୈଲେଡ୍ ଓ ସିନେଟ୍

ବହୁତ ପସନ୍ଦ ଥିଲା। ତେଣୁ ସେ ଦାନ୍ତେ ଗୈବ୍ରିଲ୍ସ ରାଁସୋଟିଙ୍କ ସାପ୍ତାହିକର ସମସ୍ତ ଉପଲବ୍ଧି ପାଇଁ ଏକ ପ୍ରଶଂସା ପୂର୍ବକ ଚିଠି ଲେଖିଲେ ଓ ତାହାକୁ ରାଁସୋଟିଙ୍କୁ ପଠାଇଦେଲେ। ରାଁସୋଟି ଏହି ଚିଠି ପଢି ବହୁତ ଆନନ୍ଦ ଅନୁଭବ କଲେ। ରାଁସୋଟି ନିଜେ ନିଜକୁ ନିଶ୍ଚିତ କହିଥିବେ କି ଏହି ବ୍ୟକ୍ତି ମୋ ପ୍ରତିଭାର ପରିଚୟ ପାଇପାରିଛି, ସେ ନିଶ୍ଚିତ ପ୍ରତିଭାଶାଳୀ ହୋଇପାରିବେ। ରାଁସୋଟି ଏବେ ସେହି ଲୋକକୁ ଡାକି ନିଜ ସେକ୍ରେଟାରୀ ରୂପରେ ନିଯୁକ୍ତି କରିଦେଲେ। ଏହି ଘଟଣାରୁ ହାଁଲ୍ କୈନ୍‌ଙ୍କର ପୂରା ଜୀବନ ବଦଳି ଗଲା ଓ କିଛିଟା ସାହାଯ୍ୟ ପାଇ ସେ ତାଙ୍କ ସମୟର ସବୁଠାରୁ ବଡ ସାହିତ୍ୟକାର ହୋଇ ପାରିଥିଲେ।

ଅଏଲ୍ ଅଫ୍ ମ୍ୟାନ୍‌ରେ ତାଙ୍କ ଘର ସଂସାରର ବହୁତ ଲୋକମାନଙ୍କ ପାଇଁ ଏକ ପର୍ଯ୍ୟଟନସ୍ଥଳୀ ବା ମକ୍କା ପରି ହୋଇସାରିଥିଲା ଓ ସେ ଚାଲିଯିବା ପୂର୍ବରୁ କୋଟି କୋଟି ଡଲାରର ସମ୍ପତ୍ତି ଛାଡି ଦେଇ ଯାଇଥିଲେ। ଯଦି ସେ ସେହି ପ୍ରସିଦ୍ଧ ବ୍ୟକ୍ତିଙ୍କର ପ୍ରଶଂସା କରି ନଥାନ୍ତେ ହୁଏତ ଆଜି ବି ସେ ଗରିବମାନଙ୍କ ଗହଣରେ ନିଜକୁ ହଜାଇ ଦେଇଥିବା ପରି ଅନୁଭବ କରିଥାନ୍ତେ। ଏହା ହିଁ ସତରେ ହୃଦୟର ସହ ପ୍ରଶଂସା କରିବାର ପରିଣାମ ହୋଇପାରେ ରାଁସୋଟି ବି ନିଜକୁ ମହତ୍ତ୍ୱପୂର୍ଣ୍ଣ ଭାବୁଥିଲେ ଓ ସେ ବି ସମସ୍ତଙ୍କ ପରି ପ୍ରଶଂସାର ଆଶାୟୀ ଥିଲେ। ଏମିତି ବହୁତ ଲୋକଥାନ୍ତି ଯେଉଁମାନେ ଚାହିଁଲେ ଅନେକ ଲୋକଙ୍କ ଜୀବନ ସୁଧାରି ପାରିବେ ବାସ୍ ସେମାନଙ୍କୁ କେବଳ ତାଙ୍କ ମହତ୍ତ୍ୱପୂର୍ଣ୍ଣତା ବିଷୟରେ ଅବଗତ କରାଇବା ଦରକାର। କାର୍ଲିଫର୍ଣ୍ଣିଆରେ ଆମ ପାଠ୍ୟକ୍ରମର ଶିକ୍ଷକ ରୋନାଲ୍ଡ ଜେ. ଏସ୍ ତାଙ୍କର ଜଣେ ଶିଷ୍ୟ କ୍ରିସ୍ ବାବଦରେ ଆମକୁ କହିଥିଲେ।

କ୍ରିସ୍ ଜଣେ ଅତ୍ୟାଧିକ ଶାନ୍ତ ଓ ଲାଜକୁଳା ଯୁବକ ଥିଲା ଓ ତା ଠାରେ ଆତ୍ମବିଶ୍ୱାସର ଘୋର ଅଭାବ ଥିଲା। ତେଣୁ ଲୋକମାନେ ତା ଉପରେ ଅନ୍ୟମାନଙ୍କ ଅପେକ୍ଷା ଏତେ ଧ୍ୟାନ ଦେଉନଥିଲେ। ମୁଁ ସେଠି ଗୋଟେ ଅତିରିକ୍ତ କ୍ଲାସ ବି କରୁଥିଲି ଯେଉଁଠିକୁ ପହଞ୍ଚିବା ବିଦ୍ୟାର୍ଥୀ ମାନଙ୍କ ପାଇଁ ବଡ ଗର୍ବର କଥା ଥିଲା କାରଣ ସେଠାକୁ ଯିବା ବ୍ୟକ୍ତି ର କିଛି ନା କିଛି ବିଶେଷ ଯୋଗ୍ୟତା ଅବଶ୍ୟ ରହୁଥିଲା।

ଦିନେ କ୍ରିସ୍ ତା ଟେବୁଲରେ ନିଜ କାମରେ ବହୁତ ବ୍ୟତିବ୍ୟସ୍ତ ହୋଇ ଲାଗି ପଡିଥାଏ। ମୋତେ ଅନୁଭବ ହେଲା କି ତା ଭିତରେ କିଛି ଗୋଟେ ମନକୁ ମନ ଆନ୍ଦୋଳିତ ହେଉଛି। ମୁଁ ଏତିକି ବେଳେ ତାକୁ ପଚାରି ଦେଲି, ତୁମେ କଣ ଅତିରିକ୍ତ କ୍ଲାସ୍‌କୁ ଯିବାକୁ ଚାହୁଁଛ ? କ୍ରିସ୍‌ର ମୁହଁରେ ଏକାଥରେ ଏମିତି ଖୁସିର ଭାବ ଦେଖାଦେଲା କି ତାକୁ କଥାରେ ପ୍ରକାଶ କରିବା ମୋ ପାଇଁ କଷ୍ଟକର। ସେହି ଚଉଦ ବର୍ଷୀୟ ଲାଜକୁଳା ବାଳକ ନିଜ ଲୁହକୁ ବହୁତ ରୋକିବାକୁ ଚେଷ୍ଟା କରୁଥିଲା ହେଲେ ବି ରୋକି ପାରୁନଥିଲା।

'ଗୁରୁଜୀ କ'ଣ ପ୍ରକୃତରେ ମୁଁ ଏତେ ଭଲ ଅଟେ ?' ସେ କହି ପକାଇଲା।

'ହଁ କ୍ରିସ୍ ତୁମେ ପ୍ରକୃତରେ ବହୁତ ପ୍ରତିଭାଶାଳୀ ଅଟ।' ମୁଁ ଉତ୍ତର ଦେଲି।

ମୋତେ ମୋର କଥାକୁ ସେହିଠାରେ ରୋକିବାକୁ ପଡିଲା, କାରଣ ମୋ ଆଖିରୁ ବି ଲୁହ ବାହାରୁ ଥିବାର ଦେଖି ସେ ନିଜକୁ ଗର୍ବିତ ହେବା ଭଳି ଅନୁଭବ କରୁଥିଲା। ସେ ତା'ର ନୀଳ ନୀଳ ଅଖିରେ ଅଶ୍ରୁ ଭରି ମୋ ଆଡକୁ ଆଗେଇ ଆସିଲା ମୋତେ ଆତ୍ମବିଶ୍ୱାସର ଦେଖିଲା ଓ କହିଲା 'ସାର୍ ଆପଣଙ୍କୁ ବହୁ ବହୁତ ଧନ୍ୟବାଦ୍।'

କ୍ରିସ୍ ତ ମୋତେ ଏପରି ଏକ ଶିକ୍ଷା ଦେଲା, ଯାହାକୁ ମୁଁ ସଦା ମନେ ରଖିବି କି 'କାହାରିକୁ ବି ତା ନିଜ ମହତ୍ତ୍ୱପୂର୍ଣ୍ଣତା ସହ ପରିଚୟ କରାଇବା ଦରକାର।' ଏହା ପରେ ମୁଁ ବଡ ବଡ କାଗଜରେ 'ଆପଣ ହିଁ ବହୁତ ମହତ୍ତ୍ୱପୂର୍ଣ୍ଣ ଅଟନ୍ତି।' ଲେଖାକୁ ଛପାଇ ଆଣି ମୋ କକ୍ଷର ସାମ୍ନାରେ ଥିବା କାନ୍ଥରେ ଲଗାଇ ଦେଲି। ଯାହା ଫଳରେ ସମସ୍ତ ବିଦ୍ୟାର୍ଥୀମାନେ ନିଜକୁ ମହତ୍ତ୍ୱପୂର୍ଣ୍ଣ ହେବାର ଅନୁଭବ କରିବାକୁ ଲାଗିବେ।

ଏହି କଥାକୁ ଅନ୍ୟ ପ୍ରକାରରେ କହିଲେ, ଆପଣଙ୍କ ସହ ଭେଟ ହେଉଥିବା ସମସ୍ତ ଲୋକମାନେ ନିଜକୁ କୌଣସି ନା କୌଣସି ବିଷୟରେ ଆପଣଙ୍କ ଠାରୁ ଅଧିକ ମହତ୍ତ୍ୱପୂର୍ଣ୍ଣ ବା ଶ୍ରେଷ୍ଠ ବୋଲି ଭାବିଥାନ୍ତି। ତାଙ୍କ ମନ ଜିତିବାର ସବୁଠାରୁ ସହଜ ଉପାୟ ହେଉଛି କି ଆପଣ ତାଙ୍କୁ ଅଧିକ ମହତ୍ତ୍ୱପୂର୍ଣ୍ଣ ହେବାର ଅନୁଭବ କରାଇବା ସହ ତାଙ୍କ ଏହି ଗୁଣକୁ ହୃଦୟର ସହ ସ୍ୱୀକାର କରିବା।

ଇମର୍ସନ୍ କହିଥିଲେ– 'ପ୍ରତ୍ୟେକ ବ୍ୟକ୍ତି କୌଣସି ନା କୌଣସି ଗୁଣ ମୋଠାରୁ ଅଧିକା ଭଲ ଅବଶ୍ୟ ହୋଇଥାଏ। ମୁଁ ତା'ର ଏହି କଥାକୁ ଶୀଘ୍ର ହିଁ ଶିଖି ଯାଇଥାଏ।'

ଅବଶ୍ୟ ଏହି ମାମଲାରେ କିଛି ଏମିତି ବି ଲୋକ ଥାଆନ୍ତି ଯେଉଁ ମାନଙ୍କ ପାଖରେ ସେମିତି କିଛି କାରଣ ନଥାଏ ନିଜକୁ ସର୍ବଶ୍ରେଷ୍ଠ ଭାବିବା ପାଇଁ କିନ୍ତୁ ସେ ନିଜ ଅହଂଭାବକୁ ସନ୍ତୁଷ୍ଟ କରିବାପାଇଁ ବିବାଦର ସୂତ୍ରପାତ କରିଥାନ୍ତି ଯାହା ମନକୁ ବହୁତ ଦୁଃଖ ଦେଇଥାଏ। ସେକ୍ସପିଅର୍ ବି କହିଥିଲେ– 'ଅହଂକାରୀ ବ୍ୟକ୍ତି ଯଦି ସାମାନ୍ୟ ଟିକେ ଉଚ୍ଚ ସମ୍ମାନ ପାଇଯାଏ, ତେବେ ଈଶ୍ୱରଙ୍କ ପାଖରେ ଏମିତି ନାଟକ କରନ୍ତି କି ସ୍ୱୟଂ ଦେବଦୂତମାନେ ନିଜ ନିଜ ଆଖିରୁ ବି ଲୁହ ବାହାରିବା ପାଇଁ ବାଧ ହୋଇଯାନ୍ତି।'

ଏବେ ମୁଁ ଆପଣଙ୍କୁ ଆମ ପାଠ୍ୟକ୍ରମର ବିଦ୍ୟାର୍ଥୀମାନେ କିପରି ନିଜ ଜୀବନରେ ଏହି ସିଦ୍ଧାନ୍ତକୁ ବ୍ୟବହାର କରୁଥିଲେ ସେ ବିଷୟରେ କହୁଛି। କନୌକ୍ଟିକଟ୍‌ର ଜଣେ ଓକିଲଙ୍କର କାହାଣୀ ଅଟେ। ଯିଏ ନିଜ ବନ୍ଧୁମାନଙ୍କ ପାଇଁ ନିଜ ନାମକୁ ଛପାଇବାକୁ କହିଥିଲା।

ଆମ ପାଠ୍ୟକ୍ରମରେ ଭାଗନେବାର କିଛି ଦିନ ପରେ ମି. ଆର୍ ନିଜ ପତ୍ନୀଙ୍କୁ ସାଙ୍ଗରେ ନେଇ ଆଇଲ୍ୟାଣ୍ଡକୁ ପତ୍ନୀଙ୍କ ବନ୍ଧୁମାନଙ୍କ ସହ ଭେଟ କରିବାକୁ ଯାଇଥିଲେ। ତାଙ୍କ ପତ୍ନୀ ନିଜେ ବନ୍ଧୁମାନଙ୍କ ସହ କଥା ହେବାରେ ବ୍ୟସ୍ତ ରହିଗଲା ଓ ଏକ ବୁଢୀ ମହିଳା ସହ କଥା ହେବାକୁ ମି. ଆର୍‌ଙ୍କୁ ବସାଇ ଦେଲେ। ମି. ଆର୍‌ଙ୍କୁ ଆମ ପାଠ୍ୟକ୍ରମରେ ପ୍ରଶଂସା ବଳରେ କି ପ୍ରକାର ସୁଫଳ ମିଳିପାରେ ସେ ବିଷୟରେ କିଛି ଶିକ୍ଷା ଦିଆ ଯାଇଥିଲା। ତେଣୁ ମି. ଆର୍

ସେହି ବୁଢୀ ମହିଳାଙ୍କ ପ୍ରଶଂସା କରିବାକୁ ମନ ବଳାଇଲା ।

ସେ ପଚାରିଲେ – 'ଏହି ଘରଟି ପ୍ରାୟତଃ ୧୯୮୦ ପାଖାପାଖିରେ ତିଆରି କରାଯାଇଛି ?'

'ହଁ ଏହି ଘର ସେହି ବର୍ଷ ତିଆରି ହୋଇଥିଲା ।' ମହିଳା ଉତ୍ତର ଦେଲେ ।

ଏବେ ମି. ଆର୍ କହିବାକୁ ଆରମ୍ଭ କଲେ– 'ଏହି ଘର ମୋତେ ମୋର ଜନ୍ମ ସ୍ଥାନର ସ୍ମରଣ କରାଉଛି । ଏହି ଘରକୁ ବହୁତ ଉତ୍ସାହର ସହ ତିଆରି କରାଯାଇଛି ଓ ଏହା ବାସ୍ତବରେ ବହୁତ ସୁନ୍ଦର ଅଟେ । ଏବେ ଆଉ ଏହି ଘର ପରି ଖୋଲା ଖୋଲା ଘର କେଉଁଠି ବି ଦେଖିବାକୁ ମିଳୁନି !' ସେଠୁ ସେହି ବୁଢୀ ମହିଳା ଜଣକ କହିବାକୁ ଲାଗିଲା– 'ଆପଣ ପୁରା ପୁରି ଠିକ କହିଛନ୍ତି, ଏବେ ଲୋକମାନେ ଆଉ ଏପରି ଘର ତିଆରି କରୁନାହାନ୍ତି । ଏବେ ତ ଛୋଟ ଛୋଟ ଆପାର୍ଟମେଣ୍ଟ୍ କିଣୁଛନ୍ତି ଓ ବାହାରେ ଗାଡି ଧରି ବୁଲି ବୁଲି ବାହାରର ମଜା ନେଉଛନ୍ତି ।'

ସେହି ବୁଢୀ ଲୋକ ଆହୁରି ଆଗକୁ କହିଲା– 'ଏହି ଘର ତ ଆମ ସ୍ୱପ୍ନରୁ ତିଆରି । ଏହାକୁ ମୁଁ ଓ ମୋର ସ୍ୱାମୀ ବହୁତ ଯତ୍ନ ସହକାରେ ତିଆରି କରାଇଥିଲୁ । ବର୍ଷ ବର୍ଷ ଧରି ଆମେ ଏହାର ସ୍ୱପ୍ନ ଦେଖିଲା ପରେ ଏହାକୁ ଆମେ ତିଆରି କରି ପାରିଥିଲୁ । ସବୁଠାରୁ ଆନନ୍ଦର କଥା ହେଲା ଆମେ ଦୁହେଁ ମିଶି ଏହାର ନକ୍ସା ନିଜ ହାତରେ ପ୍ରସ୍ତୁତ କରିଥିଲୁ ।'

ଏହା ପରେ ସେହି ମହିଳା ମି. ଆର୍‌ଙ୍କୁ ପୁରା ଘର ବଡ ଆନନ୍ଦର ସହ ଦେଖାଇଲେ । ଏହା ଭିତରେ ମି. ଆର୍ ବି ତାଙ୍କ ଘରର ସବୁ ପୁରୁଣା ଜିନିଷ ଗୁଡିକୁ ଦେଖି ମନରୁ ପ୍ରଶଂସା କରିବାକୁ ଲାଗିଲେ, ଏହା ତ ବହୁତ ସୁନ୍ଦର ହୋଇଛି, ଏହାକୁ ତ ଆପଣ କିଣିବା ପାଇଁ ବହୁତ ଅର୍ଥ ଖର୍ଚ୍ଚ କରିଥିବେ, ଏପରି ଅନେକ ପ୍ରଶଂସା କରିଥିଲେ ଏମିତିକି ଫ୍ରାନ୍ସର ରାଜମହଲର ସେହି ପରଦାକୁ ଦେଖି ବହୁତ ଆନନ୍ଦରେ ଭୁରି ଭୁରି ପ୍ରଶଂସା କଲେ ।

ପୂରା ଘର ଠିକ୍ ଭାବରେ ଦେଖାଇଲା ପରେ ସେହି ମହିଳା ଜଣକ ମି. ଆର୍‌ଙ୍କୁ ନିଜ ଗ୍ୟାରେଜ (ଗାଡି ରଖିବା ଯାଗା)କୁ ନେଇଗଲେ । ସେଠାରେ ଏକ ଚକ୍‌ମକିଆ ପୈକାର୍ଡ କାର୍ ଭଲ ଭାବରେ ଢଙ୍କା ହୋଇ ଠିଆ ହୋଇଥିଲା । ସେ କାର୍‌କୁ ଦେଖାଇ ମହିଳା ଧିର ସ୍ୱରରେ କହିଲା– 'ମୋ ସ୍ୱାମୀ ତାଙ୍କ ମୃତ୍ୟୁର ମାତ୍ର କିଛି ଦିନ ପୂର୍ବରୁ ଏହି ଗାଡିଟିକୁ ବଡ ସରାଗରେ କିଣିଥିଲେ, କିନ୍ତୁ ତାଙ୍କ ମୃତ୍ୟୁ ପରେ ମୁଁ କେବେ ବି ଏହି ଗାଡିରେ ବସି ନାହିଁ । ତୁମେ ପୁରୁଣା ହେଲେ ବି ଭଲ ଜିନିଷର ଭଲ ଭାବରେ ଯତ୍ନ ନେଉଛ, ଏଣୁ ଏହି କାର୍‌ଟିକୁ ମୁଁ ତୁମକୁ ଉପହାର ଭାବେ ଦେବାକୁ ଚାହୁଁଛି । ମୁଁ ଚାହୁଁଛି ଏଠି ପଡି ପଡି ନଷ୍ଟ ହେବା ଅପେକ୍ଷା ତୁମ ପାଖରେ ରହିଲେ ଏହି ସ୍ମୃତିଟି ବହୁତ ଦିନ ଜୀବିତ ରହିବ ।'

ଏହି ପ୍ରକାରର କଥା ଶୁଣି ମି. ଆର୍ କହିଲେ– 'ଆରେ ମାଉସୀ, ଆପଣ ତ ମୋତେ ଅଭିଭୂତ କରିଦେଲେ । ମୁଁ ଆପଣଙ୍କ ଉଦାରତାର ବହୁତ ସମ୍ମାନ କରୁଛି କିନ୍ତୁ ଏହି କାର୍‌କୁ

ମୁଁ ସ୍ୱୀକାର କରି ପାରିବି ନାହିଁ। ମୁଁ ଆପଣଙ୍କର କୌଣସି ନିକଟତର ବନ୍ଧୁ ବି ନୁହେଁ। ମୋ ପରି ଆପଣଙ୍କର ଅନେକ ନିଜ ବନ୍ଧୁମାନେ ଥିବେ, ଯେ କି ଏହି ଗାଡିଟିକୁ ନେବାକୁ ଚାହୁଁଥିବେ ଓ ମୋ ପାଖରେ ମୋର ନୂଆ କାର୍ ବି ଅଛି।'

'ବନ୍ଧୁ, କିପରି ବନ୍ଧୁ ?' ମହିଳା ଟିକେ ଗମ୍ଭୀର ଗଳାରେ କହିଲେ- 'ମୋର ବନ୍ଧୁମାନେ ତ ମୋ ମରିବାକୁ ଅପେକ୍ଷା କରି ବସିଛନ୍ତି, ତାପରେ ସେମାନେ ମୋର ଏହି କାରକୁ ନେଇ ପାରିବେ। କିନ୍ତୁ ମୁଁ ଏହି କାରଟିକୁ କାହାକୁ ବି ଦେବି ନାହିଁ।'

ମୁଁ ତାଙ୍କୁ କିଛି ଉପାୟ ଦେଲି- 'ଯଦି ଆପଣ ଚାହୁଁନାହାଁନ୍ତି କି କାହାକୁ ଦେବା ପାଇଁ ତେବେ ଆପଣ ଏହାକୁ କୌଣସି ପୁରୁଣା ଗାଡି ବିକା କିଣା କରୁଥିବା ସଂସ୍ଥାକୁ ସହଜରେ ବିକ୍ରି କରିଦେଇ ପାରିବେ।'

ମହିଳା ଜଣକ ଏକାଥରେ ଚିଡି ଉଠିଲେ- 'ବିକ୍ରି କରିଦେବି ? ତୁମକୁ ଲାଗୁଛି କି ମୁଁ ଏହି କାର୍‌କୁ ବିକ୍ରି କରିବି ? ମୁଁ ଏପରି ଭାବି ବି ପାରୁନି। ଏହି କାର୍‌କୁ ମୋର ସ୍ୱାମୀ ମୋ ପାଇଁ ବଡ ସଉକରେ କିଣିଥିଲେ। ମୁଁ ଏହି କାର୍‌କୁ ତୁମକୁ କେବଳ ଏଥିପାଇଁ ଦେଉଛି କି ତୁମେ ପୁରୁଣା ଜିନିଷକୁ ବହୁତ ଯତ୍ନରେ ରଖୁଛ ବୋଲି ମୋର ଅନୁମାନ ହେଉଛି।'

ମୁଁ ବହୁତ ଭାବିଲି କି ଏହି ଉପହାରକୁ ଅସ୍ୱୀକାର କରିଦେବି, କିନ୍ତୁ ସେହି ବୃଦ୍ଧା ମହିଳାଙ୍କ ମନରେ କଷ୍ଟ ନଦେଇ ଏପରି କରି ପାରିବା ଅସମ୍ଭବ ଥିଲା।

ସେହି ବୁଢୀ ମହିଳା ନିଜର ସୁନ୍ଦର ଘରେ ନିଜର ମଖମଲି ସାଲ୍ ତଥା ବିଲାୟତରୁ ଆସିଥିବା ଟି ସାର୍ଟ ସହ ନିଜ ପତିଙ୍କ ସହ ବିତାଇଥିବା ସୁନ୍ଦର ମନୋରମ କ୍ଷଣ ଗୁଡିକୁ ମନରେ ଧରି ଜୀଇଁ ରହିଥିଲେ, ଯାହାଙ୍କୁ କେବଳ ଟିକେ ଆଦର ଟିକେ ପ୍ରଶଂସା ବା ଟିକେ ମହତ୍ତ୍ୱ ଦରକାର ଥିଲା।

ସେ ବି ତ ଦିନେ ଯୁବତୀ ଓ ସୁନ୍ଦର ଥିଲା। ସେ ବି ତ ନିଜ ଘରକୁ ସେତେବେଳେ ବଡ ଆନନ୍ଦର ସହ ସଜାଇଥିଲା ଓ ଏବେ ସେ ତାର ବାର୍ଦ୍ଧକ୍ୟ କଟାଉଥିଲା। ସେ ତ ଖାଲି ଟିକେ ଆଦର ଟିକେ ସ୍ନେହରେ କଥା ଦୁଇପଦ ଓ ଟିକେ ପ୍ରେମ ଦରକାର କରୁଥିଲା। ସମ୍ଭବତଃ ପତିର ମୃତ୍ୟୁ ପରେ ତାକୁ ଏହି ସବୁ କେବେ ବି ମିଳି ନଥିଲା। ଯେତେବେଳେ ମୁଁ ଆଦର ବା ପ୍ରଶଂସା ଓ ତାଙ୍କ କଥାକୁ ଶୁଣିବାର କଷ୍ଟ କରି ତାଙ୍କ ଦୁଃଖି ଆତ୍ମା ଉପରେ ମଲମ ଲଗାଇ ଦେଲି ତେବେ ସେ ମରୁଭୂମିରେ ଝରଣା ପାଇଗଲା ପରି ଅନୁଭବ କଲା। ସେ ତ ମୋତେ ତାଙ୍କ କୃତଜ୍ଞତା ଦେଖାଇବା ପାଇଁ ତାଙ୍କ ଦାମୀ କାରକୁ ମୋତେ ଦେବାକୁ ଚାହୁଁଥିଲେ।

ନ୍ୟୁୟର୍କର ଏକ ବଡ ଆର୍କିଟେକ୍ଟ କମ୍ପାନୀ ଲୁୟିସ୍ ଆଣ୍ଡ ବେଲେଣ୍ଟାଇନ୍‌ରେ ଡୋନାଲ୍ଡ ଏମ. ମୈକ୍ମୋହନ୍ ସୁପରିଟେଣ୍ଡେଣ୍ଟ ଥିଲେ। ସେ ଏହି ଘଟଣା ଆମକୁ ଶୁଣାଇଥିଲେ।

ଆମର ଏହି ପାଠ୍ୟକ୍ରମରେ ଯୋଗଦେଲା ପରେ ସେ ଦିନେ ଏକ ପ୍ରସିଦ୍ଧ ଜଜ୍‌ଙ୍କ

ସମ୍ପତ୍ତିକୁ ଲ୍ୟାଣ୍ଡସ୍କେପ୍ କରୁଥିଲେ। ବାହାରକୁ ଆସି ଜଜ୍ ତାଙ୍କୁ କହିଲେ 'ଛୋଟ ଛୋଟ ଚାରା ଓ ଫୁଲଗଛ ଗୁଡିକ କେଉଁଠି ଲଗାହେବ।'

ମୁଁ ସେହି ଜଜ୍‌ଙ୍କୁ କହିଲି- 'ଆପଣଙ୍କ ରୁଚିଗୁଡିକ ବହୁତ ସୁନ୍ଦର ଅଟେ। ଆପଣ ବହୁତଗୁଡିଏ କୁକୁର ବି ପାଳିଛନ୍ତି। ମୋତେ ପୁରା ବିଶ୍ୱାସ ଅଛି ଆପଣ ପ୍ରତିବର୍ଷ ମୈଡିସନ୍ ସ୍କେବେୟାର୍ ଗାର୍ଡେନ୍‌ର ପଶୁମାନଙ୍କ ଏହି ପ୍ରତିଯୋଗିତାରେ ଅନେକ ନୀଳ ରିବନ୍ ନିଶ୍ଚିତ ଜିତୁଥିବେ।'

ଏହି ଛୋଟ ପ୍ରଶଂସାର ପ୍ରଭାବ ବହୁତ ଅଦ୍‌ଭୁତ ଥିଲା। ଜଜ୍ ତୁରନ୍ତ ଉତ୍ତର ଦେଲେ- 'ହଁ ବହୁତ୍, ଆସନ୍ତୁ ଆପଣଙ୍କୁ ମୁଁ ମୋର କୁକୁରମାନଙ୍କୁ ରଖିଥିବା ଘରକୁ ନେଇଯିବି।'

ସେଇ ଲୋକ ମୋତେ ସେ ଜିତିଥିବା ପୁରସ୍କାର ଦେଖାଇବା ସହ ବହୁତ ସମୟ ଧରି କୁକୁର ବିଷୟରେ ଅନେକ କଥା ଜଣାଇଲେ। ଏହା ପରେ ସେ କୁକୁରମାନଙ୍କ ବଂଶଗତ ଇତିହାସ ବିଷୟରେ କହିଲେ। କିପରି ଏହି ଶୁଦ୍ଧ ଜାତୀୟ ରକ୍ତ ପାଇଁ ସେମାନେ ସଠିକ ଚାଲାଖ୍ ଓ ଏତେ ସୁନ୍ଦର ହୋଇପାରିଛନ୍ତି।

ଏତେ ସବୁ କଥାହେଲା ପରେ ସେ ମୋ ଆଡକୁ ମୁହଁ ବୁଲାଇ ପଚାରିଲେ- 'କ'ଣ ଆପଣଙ୍କର କେହି ଛୋଟ ପିଲା ଅଛି ?'

ମୁଁ କହିଲି- 'ହଁ, ମୋର ଏକ ଛୋଟ ପୁଅ ଅଛି।' ଜଜ୍ ପୁଣି ପଚାରିଲେ 'ସେ କୁକୁର ଛୁଆ ସହ ଖେଳିବାକୁ ଭଲ ପାଏ କି?' ମୁଁ ତୁରନ୍ତ ଉତ୍ତର ଦେଲି 'ହଁ ସେ ତ ଖୁସିରେ ପାଗଳ ପରି ହୋଇଯିବ।'

'ତେବେ ମୁଁ ତୁମକୁ ଗୋଟେ ସୁନ୍ଦରିଆ କୁକୁର ଛୁଆ ଉପହାରରେ ଦେଉଛି।' ଜଜ୍ କହିଲେ। ତା ପରେ ମୋତେ ସେହି କୁକୁର ଛୁଆର ଖାଦ୍ୟପେୟ ଓ ଅନ୍ୟ ଅଭ୍ୟାସ ବିଷୟରେ କହିଲେ। ସେହି କୁକୁରର ଦିନମାନର ପୂରା ଆବଶ୍ୟକତା, ଯେତେ ପ୍ରକାରର ଯତ୍ନ ଓ ସମୟ ସାରଣୀ ମୋତେ ଲେଖି କରି ଦେଲେ। ଟିକେ ଭାବନ୍ତୁ ତ ସେହି ଜଜ୍ ହଜାର ଡଲାରର ଏତେ ଭଲ ପ୍ରଜାତିର ଏହି ବହୁମୂଲ୍ୟ କୁକୁରଛୁଆ ଓ ତାଙ୍କର ବହୁମୂଲ୍ୟ ସମୟ ବି ମୋତେ କାହିଁକି ଦେଲେ? କାରଣ ଖାଲି ଏତିକି କି ମୁଁ ତାଙ୍କ ରୁଚି ଓ ତାଙ୍କ ଦ୍ୱାରା କରାଯାଇଥିବା ଉପଲବ୍ଧିଗୁଡିକର ଖୋଲା ମନରେ ସ୍ୱତଃ ଭାବରେ ପ୍ରଶଂସା କରିଥିଲି।

କୋଡକ୍ ଫେମ୍ ଜାର୍ଜ୍ ପାରଦର୍ଶୀ ଜରି ଯାହା କ୍ୟାମେରାରେ ବ୍ୟବହାର କରି ଫଟୋ ଏବଂ ଗତିଶୀଳ ଫିଲ୍ମ ତିଆରି କରାଯାଇ ପାରିଲା, ସେହି ଜରିକୁ ଆବିଷ୍କାର କରିଥିଲେ। ସେ ସଂସାରର ଖୁବ୍ ପ୍ରସିଦ୍ଧ ବ୍ୟାପାରୀମାନଙ୍କ ମଧ୍ୟରେ ଗୋଟିଏ ଥିଲେ। ତାଙ୍କ ପାଖରେ କୋଟି କୋଟି ଡଲାର୍‌ର ସମ୍ପତ୍ତି ଥିଲା ସେ ବି ନିଜ ଉପଲବ୍ଧିର ପ୍ରଶଂସା ଶୁଣିବାକୁ ସେତିକି ଇଚ୍ଛୁକ ରହୁଥିଲେ ଯେତେ କି ଜଣେ ସାମାନ୍ୟ ଡ୍ରାଇଭର୍ ବା ଏକ ଘର ଜଗୁଆଳ।

ଏକ ଉଦାହରଣ ନେବା ଯେଉଁଥିରେ- ଇଷ୍ଟମୈନ୍ ର୍ଗାସୋସ୍ଟର୍ ସହରରେ ଏକ କଳାବିକାଶ କେନ୍ଦ୍ର ତଥା ଏକ ସୁନ୍ଦର ଅତ୍ୟାଧୁନିକ କଳାପ୍ରଦର୍ଶନ କେନ୍ଦ୍ର ତିଆରି କରାଉଥିଲେ।

ଏହି ବଡ ହଲ୍‌ରେ ସୁନ୍ଦର ଆକର୍ଷକ ଓ ଆରାମଦାୟକ ଚୌକିମାନ ଲଗାଇବାକୁ ଚାହୁଁଥିଲେ। ଏହି ଚୌକି ଯୋଗାଇ ଦେବାକୁ ସୁପରିଅର୍ ସେଟିଙ୍ଗ୍ କମ୍ପାନୀର ମ୍ୟାନେଜର୍ ବହୁତ ଆଗ୍ରହୀ ଥିଲେ ତେଣୁ ଏଠାରୁ ଏକ କାର୍ଯ୍ୟାଦେଶ ହାତେଇବାର ଅଭିଳାଷା ଥିଲା। ମି. ଏଡମସନ୍ ସେହିଠାରେ କାମ କରୁଥିବା ଆର୍କିଟେକ୍ଟକୁ ଫୋନ କରି ଇଷ୍ଟମୈନ୍‌ଙ୍କ ସହ ଭେଟ କରିବାର ସମୟ ଧାର୍ଯ୍ୟ କରିନେଲେ। ଯେତେବେଳେ ମି. ଏଡମନ୍ ସେଠାରେ ପହଞ୍ଚିଲେ ସେ ଆର୍କିଟେକ୍ଟ ତାଙ୍କୁ ତୁରନ୍ତ ଜଣାଇଦେଲା କି 'ମୁଁ ଜାଣିଛି ତୁମେ ଏଠାରେ ତୁମ କମ୍ପାନୀର ଚୌକି ଲଗାଇବା ଆଶାରେ ଆସିଛ କିନ୍ତୁ ଦେଖ ଭାଇ ତୁମେ ଜମା ପାଞ୍ଚ ମିନିଟ୍ ଭିତରେ ତୁମ କଥା ସାରିଦେବ ନଚେତ ତୁମ ସହ କିଛି ବିପରୀତ ସ୍ଥିତି ହୋଇପାରେ। ସମ୍ଭବତଃ ଆପଣଙ୍କୁ ସେହି କାର୍ଯ୍ୟାଦେଶ ନମିଳିପାରେ କାରଣ ଇଷ୍ଟମୈନ୍ ବହୁତ ଅନୁଶାସନ ପ୍ରିୟ ବ୍ୟକ୍ତି, ସେ ଚାହାଁନ୍ତି କେହି ବି ତାଙ୍କ ସମୟ ନଷ୍ଟ ନକରୁ। ତେଣୁ ଶୀଘ୍ର ଶୀଘ୍ର ନିଜ କଥା କହି ଚାଲି ଆସିବ।'

ମି. ଇଷ୍ଟମୈନ୍‌ଙ୍କ ଅଫିସରେ ପଶିବା ପୂର୍ବରୁ ମି. ଏଡସନ୍ ଦେଖିଲା କି ମି. ଇଷ୍ଟମୈନ୍ ନିଜ ଟେବୁଲ ଉପରେ ରଖା ଯାଇଥିବା ଗଦା ଗଦା କାଗଜକୁ ଓଲଟ ପାଲଟ କରୁଥିଲେ। କିଛି ସମୟପରେ ମି. ଇଷ୍ଟମୈନ୍ ମୁଣ୍ଡ ଉଠାଇ ଚଷମା ଓହ୍ଲାଇଲେ ତଥା ମି. ଏଡମନ୍ ଏବଂ ଆର୍କିଟେକ୍ଟଙ୍କୁ କହିଲେ- 'ଗୁଡ୍ ମର୍ଣ୍ଣିଙ୍ଗ୍, କୁହନ୍ତୁ ଆପଣ କ'ଣ ଚାହାଁନ୍ତି।'

ଏବେ ସେହି ଆର୍କିଟେକ୍ଟର୍ ତାଙ୍କ ପରିଚୟ କରାଇ ଦେବାରୁ ମି. ଏଡମନସ୍ କହିଲେ- 'ମୁଁ ଯେତେବେଳେ ଆପଣଙ୍କ ଅପେକ୍ଷାରେ ବାହାରେ ଥିଲି ମୁଁ ମନେ ମନେ ଆପଣଙ୍କ ଏହି ଅଫିସ୍‌ର ସୁନ୍ଦରତାକୁ ପ୍ରଶଂସା କରୁଥିଲି। ଏପରି ଅଫିସରେ କାମ କରିବାକୁ ସମସ୍ତଙ୍କର ଇଚ୍ଛା ହେବ। ମୁଁ ଅନେକ ବର୍ଷ ହେଲା ଏହି ଇଣ୍ଟେରିଅର୍ ବେପାର ସହ ଜଡିତ ଅଛି କିନ୍ତୁ ଏପରି ସୁନ୍ଦର ଅଫିସ୍ ଆଜି ପର୍ଯ୍ୟନ୍ତ ଦେଖି ନଥିଲି।'

ଏହି କଥାରେ ମି. ଇଷ୍ଟମୈନ୍ ତୁରନ୍ତ ଉତ୍ତର ଦେଲେ- 'ଯେଉଁ କଥାକୁ ମୁଁ ପୂରାପୂରି ଭୁଲି ଯାଇଥିଲି ଆପଣ ସେକଥା ପୁଣି ମନେପକାଇ ଦେଲେ। କ'ଣ ବାସ୍ତବରେ ମୋ ଅଫିସ୍ ସୁନ୍ଦର? ସୁନ୍ଦର ନା? ଯେତେବେଳେ ମୁଁ ଏହାକୁ ତିଆରି କରିଥିଲି, ସେତେବେଳେ ପ୍ରଥମେ ପ୍ରଥମେ ମୋତେ ଏହା ବହୁତ ସୁନ୍ଦର ଲାଗୁଥିଲା, କିନ୍ତୁ ଏବେ ତ ମୋର ମସ୍ତିଷ୍କ ଅନ୍ୟ ସମସ୍ୟାରେ ବ୍ୟସ୍ତ ରହୁଛି, ବେଳେବେଳେ ତ ମୁଁ ସପ୍ତାହ ସପ୍ତାହ ଧରି ଅଫିସରେ ଥିବା ନିଜ କୋଠରୀକୁ ଦେଖିବାକୁ ପାଉନି।' ମି. ଏଡମନସ୍ ଏବେ ପୁଣି ଉଠି ପଡିଲେ ଓ ସେହି ଅଫିସର ଏକ ସୁନ୍ଦର କାଠ ତିଆରି ଘରସଜା ଉପକରଣକୁ ହାତ ଲଗାଇ କହିଲେ ଏହା ତ ଇଂଲଣ୍ଡର ଓକେ କାଠରେ ତିଆରି ପରି ଲାଗୁଛି। ଏହା ତ ଇଟାଲିୟନ୍ ଓକେ ଠାରୁ ବହୁତ ସୁନ୍ଦର ଲାଗୁଛି। ମି. ଇଷ୍ଟମୈନ୍ ବଡ ଗର୍ବର ସହ କହିଲେ- 'ହଁ, ଏହାକୁ ମୋର ମିତ୍ର ବିଶେଷ ରୂପେ ବାଛି ବାଛି ମୋ ପାଇଁ ଆଣିଥିଲେ। ତାଙ୍କୁ କାଠ ବାଛିବାର ବହୁତ ଭଲ ଅନୁଭୂତି ଓ ଜ୍ଞାନ ଥିଲା।'

ତାପରେ ମି. ଇଷ୍ଟମୈନ୍ ମି. ଏଡମନସ୍‌ଙ୍କୁ ନିଜ ପୂରା ଘର ବୁଲାଇ ବୁଲାଇ ଦେଖାଇଲେ। ସେଗୁଡିକର ଆକାର ରଙ୍ଗ ତିଆରି କୌଶଳ ଏପରି ଅନେକ ଟିପ୍ପଣୀ ଦେଉଥିଲେ ଯାହା ତିଆରି ସମୟରେ ସବୁ କରିଥିଲେ। ବୁଲୁବୁଲୁ ଏକ ବଡ ଝରକା ପାଖରେ ଅଟକି ଗଲେ ଓ ସେ କରୁଥିବା ମାନବସେବା କାମର ବିଶେଷ ବିବରଣୀ ଦେଲେ ଯେ ସେ କିପରି ଅସୁବିଧା ସହି ବି ଲୋକମାନଙ୍କ ସେବାରେ ଲାଗି ରହିଛନ୍ତି। ଏକଥାକୁ ମି. ଏଡମନସ୍ ମନ ଦେଇ ଶୁଣୁଥାନ୍ତି ଓ ମଝିରେ ମଝିରେ ଭଲ ଉତ୍କୃଷ୍ଟ କାମ ପାଇଁ ଖୁବ୍ ପ୍ରଶଂସା ବି କରୁଥିଲେ। ଏହାପରେ ସେ ଏକ କାଚ ଡବାକୁ ଖୋଲି ସେଥିରେ ଥିବା ଏକ ପୁରୁଣା କ୍ୟାମେରାକୁ ବାହାର କରି ଦେଖାଇଲେ ଓ କହିଲେ ଏହା ଏକ ବହୁତ ବଢିଆ ଆବିଷ୍କାର ଯାହାକୁ ସେ ଏକ ଇଂଲଣ୍ଡର ଲୋକ ଠାରୁ କିଣିଥିଲେ।

ଏବେ ଏତେ ସବୁ କଥା ଜାଣିଲା ପରେ ମି. ଏଡମନସ୍ ପଚାରିଲେ- 'ଆପଣଙ୍କ ସଫଳତାର ରହସ୍ୟ କ'ଣ ବା ତାହା ପଛରେ କାହାର ହାତ ଅଛି, କୃପା କରି କୁହନ୍ତୁ, ମୋର ଜାଣିବାକୁ ବହୁତ ଇଚ୍ଛା ହେଉଛି। ଏଠି ପହଞ୍ଚିବା ପାଇଁ କେଉଁ କେଉଁ ସମସ୍ୟା ଦେଇ ଗତି କରିବାକୁ ପଡିଥିଲା ସେ ବିଷୟରେ କିଛି କୁହନ୍ତୁ। ଏକଥା ଶୁଣି ମି. ଇଷ୍ଟମୈନ୍ ନିଜ ପିଲା ଦିନର କାହାଣୀ ଠାରୁ କହିବା ଆରମ୍ଭ କଲେ। ସେ ବହୁତ ଗରିବ ଥିଲେ। ପିଲାଦିନରୁ ତାଙ୍କ ବାପା ମରି ଯାଇଥିଲେ ତାଙ୍କ ବିଧବା ମାଆ ଓ ସେ ମିଶି ଏକ ବୋର୍ଡିଙ୍ଗ ହାଉସ୍ ଚଳାଉ ଥିଲେ ଓ ସେ ଏକ ବୀମା ଅଫିସ୍‌ରେ କିରାଣୀ କାମ କରୁଥିଲେ। ଦାରିଦ୍ର୍ୟତା ସବୁବେଳେ ଯେପରି ତାଙ୍କ ଉପରେ ବୋଝ ପରି ରହିଥିଲା। ସେ ଏଥିରୁ ମୁକ୍ତି ପାଇବା ପାଇଁ ଶପଥ ନେଲେ କି ସେ ଏତେ ଅର୍ଥ ରୋଜଗାର କରିବେ କି ତାଙ୍କ ମାଆକୁ କାମ କରିବାକୁ ପଡିବନି। ଏହିପରି ଭାବରେ ମି. ଇଷ୍ଟମୈନ୍ ମି. ଏଡମନସ୍‌ଙ୍କ ଗୋଟି ଗୋଟି ସବୁ ପ୍ରଶ୍ନର ଉତ୍ତର ଦେଉଥିଲେ ଓ ମି. ଏଡମନସ୍ ମନ ଧ୍ୟାନ ଦେଇ ସେ ସବୁକୁ ଶୁଣୁଥିଲେ। ସେ କିପରି ଡ୍ରାଇ ଫଟୋଗ୍ରାଫି ପ୍ଲେଟ୍ ସହ ନୂଆ ନୂଆ ଅନ୍ୱେଷଣ କରୁଥିଲେ। କିପରି ଭାବରେ ସେ ପୂରା ରାତି ଅନିଦ୍ରା ହୋଇ ସେହି ଅନ୍ୱେଷଣ ଗୃହରେ କାମ କରୁଥିଲେ। ସେଠାରେ ବସି ବସି ଶୋଇ ଯାଉଥିଲେ ସେତେବେଳେ ରାସାୟନିକ ପଦାର୍ଥଗୁଡିକ ନିଜ କାମ ନିଜେ କରୁଥିଲେ। ବେଳେ ବେଳେ ତ ତିନି ଚାରି ଦିନ ପର୍ଯ୍ୟନ୍ତ ନିଜ କପଡା ବଦଳାଇ ପାରୁ ନଥିଲେ, ସେହିପରି କାମ କରୁଥିଲେ ଓ ସେହିଥିରେ ହିଁ ଶୋଇ ଯାଉଥିଲେ।

ମି. ଇଷ୍ଟମୈନ୍‌ଙ୍କ ଅଫିସକୁ ଆସିବା ପୂର୍ବରୁ ମି. ଏଡମନସ୍‌ଙ୍କୁ ଚେତାବନୀ ଦିଆ ଯାଇଥିଲା ବେଶୀ ସମୟ ଧରି କଥା ନ ହେବାକୁ କିନ୍ତୁ ସେମାନଙ୍କ କଥା ତ ଆଦୌ ସରୁ ନଥିଲା।

ଶେଷରେ ମି. ଇଷ୍ଟମୈନ୍ ମି. ଏଡମନସ୍‌ଙ୍କୁ କହିଲେ- 'ଗତ ବର୍ଷ ମୁଁ ଜାପାନରୁ କିଛି ଚୌକି ମଗାଇଥିଲି, କିନ୍ତୁ ଟିକେ ଖରା ପଡୁଥିବା ଜାଗାରେ ଥିବାରୁ ସେଗୁଡିକ ବେରଙ୍ଗ ହୋଇଯାଇଥିଲା, ତେଣୁ ଦେଖନ୍ତୁ ସେଗୁଡିକୁ ମୁଁ ମୋ ନିଜ ହାତରେ ଆଉଥରେ ରଙ୍ଗ କରିଛି। ଚାଲନ୍ତୁ ଆଜି ମଧ୍ୟାହ୍ନ ଭୋଜନ ଆମ ଘରେ ସାଙ୍ଗ ହୋଇ କରିବା।'

ଖାଇବା ପରେ ମି. ଈଷ୍ଟମୈନ୍ ମି. ଏଡମନସ୍ଙ୍କୁ ପୁର୍ନବାର ନିଜ ହାତରେ ରଙ୍ଗ କରିଥିବା ଚୌକିଗୁଡ଼ିକୁ ଦେଖାଇଲେ । ସେଗୁଡ଼ିକର ମୂଲ୍ୟ ମୋତେ ସେତେ ଅଧିକା ଲାଗୁ ନଥିଲା । କିନ୍ତୁ ସେହି କୋଟିପତି ଲୋକକୁ ଏଥିପାଇଁ ଗର୍ବ ଅନୁଭବ ହେଉଥିଲା କି ତାହାକୁ ସେ ନିଜ ହାତରେ ରଙ୍ଗ କରିଛନ୍ତି ।

ଏଥିରୁ ଏହା ସ୍ପଷ୍ଟ ହେଉଛି କି ସେହି ୯୦,୦୦୦ ଡଲାରର ଚୌକି ଯୋଗାଇବାର ଆଦେଶ ତ ତାଙ୍କୁ ହିଁ ମିଳିଥିବ ନା ଅନ୍ୟ କେହି ପ୍ରତିଯୋଗୀକୁ ? ଏହି ଘଟଣା ପରେ ସେ ଦୁହେଁ ପୂରା ମିତ୍ର ପାଲଟିଗଲେ ଏବଂ ଏହି ମିତ୍ରତା ମୃତ୍ୟୁ ପର୍ଯ୍ୟନ୍ତ ଅତୁଟ ରହିଲା ।

ଆଉ ଏକ ଉଦାହରଣ- ଫ୍ରାନସ୍‌ର ଏକ ଭୋଜନାଳୟର ମାଲିକ କ୍ଲାଡ୍ ମାରିସ୍ ଏହି ସିଦ୍ଧାନ୍ତକୁ ଆଖି ଆଗରେ ରଖି କିପରି ଜଣେ କୁଶଳ କର୍ମଚାରୀକୁ କାମ ଛାଡି ଅନ୍ୟତ୍ର ଯିବାରୁ ନିବୃତ୍ତ କରି ପାରିଥିଲେ ? ସେହି ମହିଳା କର୍ମଚାରୀକୁ ସେଠି କାମ କରିବାର ପାଞ୍ଚବର୍ଷ ହୋଇ ସାରିଥିଲା । ତାହା ସେଠାକାର ମାଲିକ ଓ କର୍ମଚାରୀଙ୍କ ପାଇଁ ଏକ ମହତ୍ତ୍ୱପୂର୍ଣ୍ଣ ସମୟ ଥିଲା । ସେହି ମହିଳାର ତ୍ୟାଗ ପତ୍ର ଦେଖି ମାଲିକ କ୍ଲାଡ୍ ମାରିସ୍ ମହା ସଙ୍କଟରେ ପଡିଯାଇଥିଲେ । ତାଙ୍କ କହିବା କଥା ସେ ବହୁତ ନିରାଶ, ଆଶ୍ଚର୍ଯ୍ୟଚକିତ ବି ହୋଇପଡିଥିଲେ । କାରଣ ମୁଁ ତ ତାର ସବୁ ଆବଶ୍ୟକତାର ଧ୍ୟାନ ବି ରଖିଥିଲି । ସେ ମୋର କର୍ମଚାରୀ ଓ ଏକ ଭଲ ବାନ୍ଧବୀ ବି ଥିଲା ଏଣୁ ମୁଁ ତା ଠାରୁ ବହୁତ ଅଧିକ ଆଶା କରୁଥିଲି । ସମ୍ଭବତଃ ଏହି କାରଣରୁ ତା ଉପରେ କିଛି ଆନ୍ତରିକ ମାନସିକ ଚାପ ପଡିଯାଇଥିଲା ।

ମୁଁ ପୂରା କଥା ଜାଣିବାକୁ ଚାହୁଁଥିଲି । ମୁଁ ତାକୁ ଡାକି କରି କହିଲି- 'ମୁଁ ତୁମର ତ୍ୟାଗ ପତ୍ର କେବେ ବି ସ୍ୱୀକାର କରିବି ନାହିଁ । ତୁମେ ଆମ କମ୍ପାନୀ ପାଇଁ ବହୁତ ମହତ୍ତ୍ୱପୂର୍ଣ୍ଣ ଅଟ । ଏହି ଭୋଜନାଳୟ ପାଇଁ ମୋର ଯେତିକି ଯୋଗଦାନ ଅଛି ତୁମର ବି ସେତିକି ଅଛି ।'

ଏହା ମୁଁ ତାକୁ ସମସ୍ତ କର୍ମଚାରୀଙ୍କ ଆଗରେ କହିଲି, ପୁଣି ତାକୁ ନିଜ ଘରକୁ ନିମନ୍ତ୍ରଣ କଲି ତଥା ମୋ ପରିବାର ଲୋକଙ୍କ ଆଗରେ ବି ସେହି କଥା କହିଲି । ତାପରେ ତ ସେ ତାର ତ୍ୟାଗପତ୍ର ଫେରସ୍ତ କରିନେଲା । ସେ ଏବେ ମୋ ଉପରେ ଆଗ ଅପେକ୍ଷା ଅଧିକ ବିଶ୍ୱାସ କରୁଛି । ସେହି ଦିନ ଠାରୁ ତା କାମର ପ୍ରଶଂସା ମଝିରେ ମଝିରେ କରୁଅଛି ଓ ଅନୁଭବ କରାଇଥାଏ କି ସେ ଆମ ପାଇଁ କେତେ ମହତ୍ତ୍ୱପୂର୍ଣ୍ଣ ଅଟେ ।

ବ୍ରିଟିଶ୍ ସାମ୍ରାଜ୍ୟର ସବୁଠାରୁ ବୁଦ୍ଧିମାନ ଶାସକ ଡିଜରାଇଲ୍ କହୁଥିଲେ- 'ଲୋକମାନଙ୍କ ସହ ତାଙ୍କ ବିଷୟରେ କଥା ହୁଅନ୍ତୁ, ଏପରି କଲେ ସେମାନେ ତୁମ ସହ ଘଣ୍ଟା ଘଣ୍ଟା ଧରି କଥାହେବେ ।'

ସିଦ୍ଧାନ୍ତ – 6

ପୂରା ବିଶ୍ୱାସ ଓ ସତ୍ୟତାର ସହ ସାମ୍ନା ଲୋକକୁ ଅନୁଭବ କରାନ୍ତୁ କି ସେ ବହୁତ ମହତ୍ତ୍ୱପୂର୍ଣ୍ଣ ଅଟେ ।

ଭାଗ – ତିନି

କ'ଣ କରିବେ ଯେପରି ଅନ୍ୟମାନେ ଆପଣଙ୍କ କଥା ମାନିନେବେ

1

ଯୁକ୍ତିତର୍କ ଦ୍ୱାରା କାହାର ଲାଭ ହୁଏ ନାହିଁ

ପ୍ରଥମ ବିଶ୍ୱଯୁଦ୍ଧର ଶେଷ ହେବାର କିଛି ସମୟ ପରେ ମୁଁ ଗୋଟେ ରାତିରେ ଲଣ୍ଡନ୍‌ରେ ଏକ ବହୁତ ମୂଲ୍ୟବାନ ପାଠ ଶିଖିବାକୁ ପାଇଲି । ସେ ସମୟରେ ମୁଁ ରାସ ସ୍ମିଥ୍‌ଙ୍କର ମ୍ୟାନେଜର୍ ଥିଲି । ପାଲେସ୍ତେନିଆରେ ଅଷ୍ଟ୍ରେଲିଆ ସରକାରଙ୍କର ଖାସ୍ ଲୋକ ଭାବେ ପରିଚିତ ଥିଲେ । ଯୁଦ୍ଧ ପରେ ସେ ସାରା ସଂସାରର ପ୍ରାୟ ଅଧା ଉଡାଜାହାଜ ମାଧ୍ୟମରେ ବୁଲି ସମସ୍ତଙ୍କୁ ଚକିତ କରିଦେଇଥିଲେ । ଏହି ଅଦ୍‌ଭୂତ ଚେଷ୍ଟା ପାଇଁ ସେ ସାରା ସଂସାରରେ ବହୁତ ଚକିତ ହୋଇ ସାରିଥିଲେ କାରଣ ଏପରି କାମ ତାଙ୍କ ଆଗରୁ କେହି ବି କରି ନଥିଲେ ଓ ଖାସ୍ ସେଥିପାଇଁ ଇଂଲଣ୍ଡର ସମ୍ରାଟ ତାଙ୍କୁ 'ନାଇଟ୍' ବୋଲି ଏକ ଉପାଧିରେ ଅଭିଷିକ୍ତ କରାଇ ଦେଲେ । ସେ ତ ବ୍ରିଟିଶ୍ ସରକାରଙ୍କର ଖାସ୍ ଲୋକ ହୋଇ ସାରିଥିଲେ । ରାସ୍ ସ୍ମିଥ୍‌ଙ୍କ ପାଇଁ ସେଠାରେ ଆୟୋଜିତ କରାଯାଇଥିବା ଏକ ପଂକ୍ତି ଭୋଜନକୁ ମୁଁ ମଧ୍ୟ ନିମନ୍ତ୍ରିତ ହୋଇଥିଲି । ରାତ୍ରିଭୋଜନର କିଛି ସମୟ ପୂର୍ବରୁ ଆମେ ବସିଥିବା ବେଳେ ଏକ ମଜାଳିଆ ଲୋକ ଏକ ମଜା କଥା କହିଲେ, 'କୌଣସି ଦୈବୀକ ଶକ୍ତି ଆମ ଭାଗ୍ୟକୁ ନିୟନ୍ତ୍ରିତ କରୁଛି, ଆମେ ଯେତେ ବି ଚେଷ୍ଟା କଲେ ତା ବିନା କିଛି ବି କରିବା ସମ୍ଭବ ନୁହେଁ ।' ମୁଖ୍ୟତଃ ସେ ଏହି କଥାକୁ ନେଇ କହିଥିଲେ ।

କାହାଣୀ ଶୁଣାଇଲା ବାଲା ଲୋକ କହିବାକୁ ଲାଗିଲା କି ଏହା ବାଇବେଲ୍‌ରୁ ଉଦ୍ଧୃତ ହୋଇଅଛି । ଏହା ଯେ ଭୁଲ ମୋତେ ଭଲ ଭାବରେ ଜଣା ଥିଲା ଓ ମୁଁ ଏହି କଥାରେ ନିଃସନ୍ଦେହ ବି ଥିଲି । ସେତେବେଳେ ମୁଁ ମହତ୍ତ୍ୱପୂର୍ଣ୍ଣ ହେବାର ଆଶାରେ ବା ସେଠାରେ ସର୍ବଶ୍ରେଷ୍ଠ ହେବାର ଆଶାରେ ନିଜକୁ ଯେପରି ସୁଧାରକ କମିଟିର ଅଧ୍ୟକ୍ଷ ଭାବେ ମନେ କରିଥିଲି । ସେହି ବ୍ୟକ୍ତି ନିଜ କଥାରୁ ଟିକେ ବି ଏପଟ ସେପଟ ହେଉ ନଥିଲା ସେହି ଲୋକ କହିଲା କ'ଣ ସେକ୍ସପିଅର୍‌ଙ୍କ ଲେଖାରୁ ଆସିଛି ? ମିଛ ବହୁତ ଭୁଲ୍ ଏହା ମୁଁ ନିଶ୍ଚିତ ଯେ ବାଇବେଲ୍‌ରୁ ହିଁ ଆସିଛି । ସେ ତ ନିଜକୁ ହିଁ ଠିକ୍ ବୋଲି ଭାବୁଥିଲା ।

ମନଗଢା କଥା କହୁଥିବା ସେହି ଲୋକ ମୋ ଡାହାଣ ପଟରେ ବସିଥିଲା ଓ ବାମ ପଟରେ ମୋର ପୁରୁଣା ମିତ୍ର ଫ୍ରେଙ୍କ୍ ଗୈମଣ୍ଡ ବସିଥିଲେ। ଗୈମଣ୍ଡ ସେକ୍ସପିଅରଙ୍କ କାହାଣୀ ଖୁବ୍ ପଢିଥିଲେ ତେଣୁ ମୋତେ ଲାଗୁଥିଲା କି ସେ ହିଁ ଏହି କାହାଣୀର ଅନ୍ତ କରିଦେଇ ପାରିବେ।

ଗୈମଣ୍ଡ ପୂରା କାହାଣୀକୁ ମନଦେଇ ଧ୍ୟାନପୂର୍ବକ ଶୁଣିଲେ ଓ ଟେବୁଲ୍ ତଳ ବାଟେ ମୋ ଗୋଡକୁ ଆଘାତ କରି ମୋତେ କହିଲେ କି 'ମିତ୍ର ତୁମେ ଠିକ୍ ନାହଁ, ବରଂ ସେହି ଲୋକ ହିଁ ଠିକ ଅଛି। ଏହି ବାକ୍ୟ ସତରେ ବାଇବେଲର୍ ହିଁ ଅଟେ।' ରାତିରେ ଘରକୁ ଫେରିବା ବେଳେ ମୁଁ ଗୈମଣ୍ଡଙ୍କୁ ପଚାରିଲି ତୁମେ ଏପରି କ'ଣ ପାଇଁ କଲ? ତୁମେ ଭଲ ଭାବେ ଜାଣୁ ଜାଣୁ ଏହି କଥା ବାଇବେଲର୍ ନୁହେଁ, ମିଛ କାହିଁକି କହିଲ?'

ଏହି କଥାର ଉତ୍ତରରେ ଫ୍ରେଙ୍କ୍ ବଡ ଶାନ୍ତ ଭାବରେ କହିଲେ- 'ହଁ ହଁ ତୁମେ ଠିକ୍ କହୁଛ। ଏହି ବାକ୍ୟଟି 'ହେମଲେଟ୍' ନାଟକର ଅଙ୍କ ପାଞ୍ଚର ଦ୍ୱିତୀୟ ଦୃଶ୍ୟରେ ଥିଲା କିନ୍ତୁ ମିତ୍ର ଆମେ ସେହି ଭୋଜିରେ ଅତିଥି ହୋଇ ଯାଇଥିଲେ। କୌଣସି ବି ଲୋକକୁ ଭୁଲ୍ ପ୍ରମାଣିତ କରି ଆମକୁ କ'ଣ ଲାଭ ମିଳିବ? ଏଥିରୁ ସେହି ଲୋକ ଆମ ଦୁଇଜଣଙ୍କୁ ନାପସନ୍ଦ କରିବାକୁ ଲାଗିବ କାରଣ ତାର ଇଜ୍ଜତ ସମସ୍ତଙ୍କ ଆଗରେ ଖରାପ ହେବ। ସେ ତ ତୁମର ମତ ବା ଉପଦେଶ ତ ମାଗିନଥିଲା? ସେ ତ ନିଜ କଥାକୁ ପରିପ୍ରକାଶ କରିଥିଲା। ତେବେ ଅଯଥା ଯୁକ୍ତି କରି ଲାଭ କ'ଣ? କଟୁ ସମାଲୋଚନା ବା ଅଯଥା ଯୁକ୍ତିରୁ ସଦା ସର୍ବଦା ଦୂରେଇ ରହିବା ଦରକାର।'

ଆଗରୁ ଯୁକ୍ତି କରିବା ଲୋକମାନଙ୍କ କଥାକୁ ଭୁଲ ପ୍ରମାଣିତ କରିବା ମୋର ପ୍ରିୟ ସଉକ୍ ଥିଲା, ତେଣୁ ମୋତେ ଏପରି ଶିକ୍ଷାର ବହୁତ ଆବଶ୍ୟକତା ଥିଲା। ନିଜର ଯୁବକ ଅବସ୍ଥାରେ ମୁଁ କୌଣସି ବି କଥାରେ ଯୁକ୍ତି କରିବାପାଇଁ ପୂରା ପ୍ରସ୍ତୁତ ରହୁଥିଲି। କଲେଜରେ ବି ମୁଁ ତର୍କ ସାହିତ୍ୟ ଉପରେ ଅଧ୍ୟୟନ କରିଥିଲି ଓ ବାଦ ବିବାଦ ପ୍ରତିଯୋଗିତାରେ ବହୁତ ଭାଗ ବି ନେଉଥିଲି। ସମ୍ଭବତଃ ଲୋକମାନଙ୍କର ଏହା ଅଭ୍ୟାସ କହିଲେ ଅତ୍ୟୁକ୍ତି ହେବନାହିଁ। ଓ ମୁଁ ତ ସେଇଠି ଜନ୍ମ ନେଇଥିଲି। ମୁଁ ତ ସଂସାରକୁ ଦେଖାଇ ଦେବାକୁ ଚାହୁଁଥିଲି କି ମୁଁ କ'ଣ? ଏହି ବାଦ ବିବାଦ କରି ଗର୍ବ ଅନୁଭବ କରିବାର ଶିକ୍ଷା ତ ମୋତେ ନିୟୁର୍କ ସହରରୁ ମିଳିଥିଲା। ଥରେ ତ ଏହି ବିଷୟକୁ ନେଇ ଏକ ବହି ଲେଖିବାକୁ ବି ଭାବି ନେଇଥିଲି, କିନ୍ତୁ ଏବେ ସେହି କଥା ସବୁ ଭାବି ନିଜକୁ ଲାଜ ଲାଗୁଛି। ମୁଁ ସେତେବେଳ ପର୍ଯ୍ୟନ୍ତ ଅଗଣିତ ଯୁକ୍ତିରେ ଭାଗ ନେଇ ସାରିଥିଲି। ସେଗୁଡିକୁ ଦେଖିବା ଶୁଣିବା ପରେ ହିଁ ମୁଁ ଏହି ସିଦ୍ଧାନ୍ତରେ ଉପନୀତ ହେଲି ଯେ ଈଶ୍ୱରଙ୍କ ଏହି ରଚନାରେ ଆମେ ଯୁକ୍ତିରୁ କେବଳ ଗୋଟିଏ ଉପାୟରେ ବଞ୍ଚି ପାରିବା ଆଉ ତାହା ହେଉଛି କି ଏହି ଅଯଥା ଯୁକ୍ତି

ଠାରୁ ଦୂରେଇଯିବା ଯେପରି ଭୂକମ୍ପ ବା କୌଣସି ସାପ ଦେଖିଲେ ଆମେ ଦୌଡିବାକୁ ଆରମ୍ଭ କରିଥାନ୍ତି ସେପରି କରିବା ଦରକାର। ୧୦୦ ରୁ ୯୦ ଥର କିଛି ବି ଲାଭ ହୁଏ ନାହିଁ, କାରଣ ଦୁଇ ପକ୍ଷ ଯାକ ଜିତିବା ପାଇଁ ପୂରା ଚେଷ୍ଟା କରିଥାନ୍ତି।

ଯୁକ୍ତି ଦ୍ୱାରା କାହାର ବି ବିଜୟ ହୁଏ ନାହିଁ। ପରାଜିତ ହେଲେ ବି ଆପଣ ହାରି ଯାଆନ୍ତି ଏବଂ ଯଦି ଆପଣ ଜିତିଥାନ୍ତି ତେବେ ବି ଆପଣ ହାରିଥାନ୍ତି। ଧରିନିଅନ୍ତୁ ଆପଣ ପୂରା ଚେଷ୍ଟା କରି ସାମ୍ନା ଲୋକକୁ ଭୁଲ ବୋଲି ପ୍ରମାଣିତ ବି କରିଦେଲେ, ତେବେ ଏହାର ଅର୍ଥ ହେଲା ଯେ ସାମ୍ନା ଲୋକର ଯୁକ୍ତିରେ ସେତେ ଦମ୍ ନଥିଲା ଓ ଆପଣ ତାର ସବୁ ଯୁକ୍ତିକୁ ହରାଇ ଦେଲେ, ପରନ୍ତୁ ଏହା ପରେ ବି କ'ଣ ହେବ ? ଆପଣଙ୍କୁ ଭଲ ଲାଗିଛି କି ଆପଣ ତାକୁ ସମସ୍ତଙ୍କ ଆଗରେ ହରାଇ ଦେଇଛନ୍ତି, ଅପମାନିତ କରି ଦେଇଛନ୍ତି। ଆପଣ ତାହାର ଗର୍ବ, ଅହଂକାରକୁ ଆଘାତ କରିଛନ୍ତି। ସେ ତ ଆପଣଙ୍କ ଜିତିବାକୁ ନେଇ ବହୁ ଦୁଃଖରେ ଥିବ, ସେ ତ ଆପଣଙ୍କ ଉପରେ ମନେ ମନେ ରାଗୁଥିବ। ଏହି ଯୁକ୍ତି ପୂର୍ବରୁ ସେହି ବ୍ୟକ୍ତିର ଯାହା ଚିନ୍ତାଧାରା ଥିଲା ତାହା ଏବେ ବି ଅଛି ତେବେ ଆପଣଙ୍କ ହାର ବା ଜିତରେ କେବଳ ହାର ଆପଣଙ୍କର ହିଁ ହୋଇଥାଏ।

କେତେ ବର୍ଷ ପୂର୍ବର କଥା, ସେତେବେଳେ ଜେ. ଓ. ହେୟର୍ ନାମରେ ମୋର ଜଣେ ଛାତ୍ର ଥିଲେ। ତାକୁ ଯୁକ୍ତି କରିବାରେ ବହୁତ ଆନନ୍ଦ ମିଳୁଥିଲା। ଅବଶ୍ୟ ତା'ର ଶିକ୍ଷା ବହୁତ କମ୍ ଥିଲା। ଏହା ପୂର୍ବରୁ ସେ ଦଲାଲୀ କାମ ବି କରି ସାରିଥିଲା। ସେ ଏହି କାମରେ ମୋ ପାଖକୁ ଆସିଥିଲା କାରଣ ସେ ଟ୍ରକ୍ ବିକ୍ରି କରିବାର ଧନ୍ଦା କରୁଥିଲା ଓ ତାହାର ଏହି ଧନ୍ଦା ବନ୍ଦ ହୋଇଯାଇଥିଲା। ମୋ ସହ ଅଳ୍ପ କଥା ହେବା ପରେ ଏହି କଥା ସ୍ପଷ୍ଟ ହୋଇଯାଇଥିଲା କି ତାର ଧନ୍ଦା କ'ଣ ପାଇଁ ବନ୍ଦ ହୋଇଯାଇ ଥିଲା, କାରଣ ସେ ଗରାଖଙ୍କ ପାଖକୁ ଯାଉ ତ ଥିଲା କିନ୍ତୁ ଟିକେ କଥାରେ ସେ ଜବରଦସ୍ତ ଯୁକ୍ତି କରିବାକୁ ଲାଗୁଥିଲା ତେଣୁ ଲୋକମାନେ ତାଠାରୁ କିଛି କିଣୁ ନଥିଲେ। କେହି ଯଦି ଭୁଲ ବଶତଃ ତାଙ୍କ ଟ୍ରକ୍‌ର କିଛି ଖୁଣ କହି ଦେଉଥିଲେ ତେବେ ହେୟର୍ ତାଙ୍କ ମୁଣ୍ଡ ଉପରେ ଚଢି ଯାଉଥିଲା। ପୈଟ୍ ମୋତେ କହିଲେ ସେ କି ପ୍ରକାର ଭାବେ ଏମିତି ଅନେକ ଯୁକ୍ତିରେ ସେ ଜିତିଛନ୍ତି। ପ୍ରାୟତଃ ଗ୍ରାହକମାନଙ୍କ ଅଫିସରୁ ବାହାରକୁ ଆସିଲା ବେଳେ ନିଜେ ମନେ ମନେ କହୁଥିଲି କି ଆଜି ଯାଙ୍କୁ ଭଲ କରି ଶିକ୍ଷା ଦେଇଛି। ସେ ତ ସମସ୍ତଙ୍କୁ ଶିଖାଇ ଦେଉଥିଲା କିନ୍ତୁ ସେ ଗାଡି ବିକ୍ରି କରିପାରୁ ନଥିଲା।

ମୋତେ ସମସ୍ୟା ନଥିଲା କି ପୈଟ୍‌କୁ କିପରି ଠିକ୍ ଠିକ୍ କହିବା ଶିଖାଇବି ବରଂ ତାଙ୍କୁ କିପରି ଅଧିକ କହିବା, ଅଯଥା ଯୁକ୍ତି କରିବାରୁ ନିବୃତ୍ତ କରିହେବ ଏହା ମୋର ଚିନ୍ତାର କାରଣ ଥିଲା।

କିଛି ଦିନ ଆମ ସହ ରହିଲା ପରେ ପୌଟିକ୍ 'ଓ ହେୟର ହ୍ୱାଇଟ' ମୋଟର କମ୍ପାନୀରେ ଏକ କୁଶଳ ସେଲ୍ସମ୍ୟାନ୍ ପାଲଟି ଯାଇଥିଲା। ଏହା ସବୁ କିପରି ସଫଳ ହେଲା ତାଙ୍କରି କଥା ଶୁଣନ୍ତୁ- 'ଏବେ ଯେତେବେଳେ କୌଣସି ଗ୍ରାହକଙ୍କ ଅଫିସ୍‌କୁ ଯାଉଛି ଓ ଯଦି ସେ କହନ୍ତି କି 'କ'ଣ ହ୍ୱାଇଟ୍ କମ୍ପାନୀ ଗୋଟେ କମ୍ପାନୀ ଏକ୍ ଦମ୍ ଫାଲତୁ ସେଇଟା। ମୁଁ ତ ତାକୁ ମାଗଣାରେ ବି କିଣିବି ନାହିଁ, ମୁଁ ତ ହୁଜ ଇଟ୍ କମ୍ପାନୀର ଟ୍ରକ୍ କିଣିବି, କାରଣ ସେହି ଟ୍ରକ୍ ଗୁଡିକ ବହୁତ ଦମ୍‌ଦାର। ସେହି କଥାର ଉତ୍ତରରେ ମୁଁ କହୁଛି କି ଏହି କମ୍ପାନୀର ଟ୍ରକ୍ କିଣିଲା ପରେ ଆପଣଙ୍କୁ କେବେ ବି ପଶ୍ଚାତାପ ହେବ ନାହିଁ, ଏହି କମ୍ପାନୀର ତ ସେଲ୍ସମ୍ୟାନ୍ ବି ବହୁତ ଭଲ।'

ଏହା ଶୁଣିଲା ପରେ ଗ୍ରାହକ ତ ମୋତେ ଖାଲି ଦେଖି ଦେଖି ରହିଯାନ୍ତି। ତେଣୁ ଯୁକ୍ତିର କୌଣସି ସମ୍ଭାବନା ହିଁ ନଥାଏ। ଯଦି କେହି କହେ କି ସେ ଅମୁକ କମ୍ପାନୀର ଟ୍ରକ୍ ବହୁତ ଭଲ ତେବେ ମୁଁ ଆଉ ଯୁକ୍ତି ନକରି ମାନି ନେଇଥାଏ। ତେବେ ପୂରା ଦୁଇପ୍ରହର ସମୟଟି ସେହି କମ୍ପାନୀର ଭଲ ଗୁଣକୁ ବଖାଣିବାରେ ବିତିଯାଏ ଓ ଧିରେ ଧିରେ ମୋ କମ୍ପାନିର ଗାଡି ସହ ତୁଳନା କରିନେଇଥାଏ। କିନ୍ତୁ ପୂର୍ବରୁ ଏହାର ଠିକ୍ ବିପରୀତ କରୁଥିଲି। ଯଦି କେହି ମୋ କମ୍ପାନୀ ବିଷୟରେ କିଛି କହୁଥିଲା ତେବେ ତାହାର କୁଶଳ ନଥିଲା ବହୁତ କିଛି ଶୁଣିବାକୁ ପଡୁଥିଲା। ମୁଁ ତ ରାଗରେ ସେହି ହୁଜଇଟ୍ କମ୍ପାନୀ ବିରୁଦ୍ଧରେ ବହୁତ କିଛି କହୁଥିଲି। ମୋର ଗ୍ରାହକମାନେ ମୋ ସହ ଯୁକ୍ତି କରିବାକୁ ଯାଇ ସେହି କମ୍ପାନୀ ସପକ୍ଷରେ ବହୁତ କହିଥାନ୍ତି ଓ ମୁଁ ବି ତା ବିରୁଦ୍ଧରେ କହେ ଏମିତି ହେଲା ପରେ ସେ ଗ୍ରାହକ ସେହି କମ୍ପାନୀର ଗାଡି କିଣିବାକୁ ମନସ୍ଥ କରିନେଇଥାଏ।

'ପଛକୁ ମୋଡି ମୁଁ ଯେତେବେଳେ ମୋର ଜୀବନକୁ ଦେଖୁଛି ତେବେ ମୋତେ ବହୁତ ଲାଜ ଲାଗୁଛି ମୁଁ କିପରି ଏମିତି ବ୍ୟବହାର କରୁଥିଲି ଓ ଏବେ ମୁଁ କେତେ ଗାଡି ବିକ୍ରି କରିପାରୁଛି। ଏହି ଅଯଥା ଯୁକ୍ତି ପାଇଁ ଜୀବନର ବହୁତ ବର୍ଷ ନଷ୍ଟ ହୋଇଗଲା। କିନ୍ତୁ ଏବେ ତ ମୁଁ ମୋର ମୁହଁ ଚୁପ୍ ରଖୁଛି ଏଥିରୁ ମୋତେ ବହୁତ ଲାଭ ମିଳୁଛି।'

ବେନ୍ ଫ୍ରେଙ୍କଲିନ୍ ବି ଥରେ ଏହି କଥା କହିଥିଲେ- 'ଯେତେବେଳେ ଆପଣ ବଳପୂର୍ବକ ଯୁକ୍ତି କରି ସାମ୍ନାବାଲା ଲୋକର ବିରୋଧ କରନ୍ତି, ଅନେକ ଥର ଆପଣ ଜିତିବାରେ ସଫଳ ବି ହୋଇଥାନ୍ତି, କିନ୍ତୁ ସେହି ଜିତିବାଟା ପୁରା ନିରର୍ଥକ ହୋଇଥାଏ କାରଣ ଏଥିରୁ ସାମ୍ନାଲୋକର ସଦ୍ଭାବନା ପ୍ରାପ୍ତ ନହୋଇ ବରଂ ଶତ୍ରୁତା ବଢିପାରେ ମନାନ୍ତର ବଢିପାରେ।' ଏବେ ଏହା ଆପଣଙ୍କ ଉପରେ ନିର୍ଭର କରୁଛି କି ଆପଣ କି ପ୍ରକାର ବିଜୟ ଚାହୁଁଛନ୍ତି ଶବ୍ଦ କଟାକଟି ହୋଇ ନିଜେ ଜିତିବାକୁ ଚାହାନ୍ତି କି ସଦ୍ଭାବନା ପ୍ରାପ୍ତ କରିବାକୁ ଚାହାଁନ୍ତି, ଦୁଇଟି ଯାକ କଦାପି ଏକ ସଙ୍ଗେ ପାଇ ହୁଏନାହିଁ।

ଏକ ପ୍ରସିଦ୍ଧ ମାଗାଜିନରେ ଥରେ କିଛି ମହତ୍ତ୍ୱପୂର୍ଣ୍ଣ ପଂକ୍ତିଟିଏ ପ୍ରକାଶିତ ହୋଇଥିଲା– ‘ଏଠି ବିଲିୟମ୍ ଜେ. ଙ୍କର ମର ଶରୀରଟିକୁ ଶୁଆଇ ଦିଆଯାଇଛି, ଯିଏ ମରିଯାଇଛି, ସେ କେବଳ ଠିକ ରାସ୍ତାରେ ଗାଡି ଚଳାଇବା ସମୟରେ ସେ ବିଲକୁଲ୍ ଠିକ୍ ଥିଲେ, ପୂର୍ଣ୍ଣତଃ ଠିକ୍, କିନ୍ତୁ ସେତିକି ହିଁ ମର ଶରୀର ଏହି କ୍ଷଣି, ଯେପରି ଭୁଲ୍ ତାଙ୍କର ହିଁ ଥିଲା।’

ଏହି କଥାଟି ଆପଣଙ୍କ ଉପରେ ବି ଚରିତାର୍ଥ କରିଥାଏ। ଯେତେବେଳେ ବି ଆପଣ ଏହି ଯୁକ୍ତିର ଗାଡିକୁ ବହୁତ ଅଧିକ ବେଗରେ ଚଳାଇଥାନ୍ତି, ତ ହୋଇ ପାରେ, କି ଆପଣ ପୁରାପୁରି ଭାବେ ଠିକ୍ ଥିବେ, କିନ୍ତୁ ଯେତେବେଳେ ପ୍ରଶ୍ନ ସାମ୍ନାଲୋକର ମାନସିକତାକୁ ବଦଳାଇବାର ଥାଏ, ତେବେ ଆପଣଙ୍କ ସାରା ଚେଷ୍ଟା ବେକାର ବ୍ୟର୍ଥ ହିଁ ହେବ, କାରଣ ଆପଣ ସାମ୍ନା ଲୋକକୁ କେବେ ବି ଭୁଲ୍ ବୋଲି ପ୍ରମାଣିତ କରିପାରିବେ ନାହିଁ।

ଫ୍ରୈଡରିକ୍ ଏସ୍. ପାର୍ସନ୍ସ ଏକ ଆୟକର ଉପଦେଷ୍ଟା ଥିଲେ। ଥରେ ଜଣେ ସରକାରୀ ଟ୍ୟାକ୍ସ ଇନିସ୍ପେକ୍ଟରଙ୍କ ସହ ଘଣ୍ଟା ଘଣ୍ଟା ଧରି ଯୁକ୍ତି କରୁଥିଲେ। ପ୍ରଶ୍ନ ୯୦୦୦ ଡଲାର୍‌ର ଥିଲା। ପାର୍ସନ୍ସ କହୁଥିଲେ କି ଏହି ରାଶି ଏକ ଏପରି କରଜ ଥିଲା ଯାହାର ଆଦାୟ ହେବାର କୌଣସି ଆଶା ନଥିଲା ତେଣୁ ଏହା ଉପରେ ଟ୍ୟାକ୍ସ ଲାଗିବା କଥାନୁହେଁ। ଇନିସ୍ପେକ୍ଟର ଉତ୍ତର ଦେଲେ– ‘କରଜ ! ପ୍ରଶ୍ନ ହିଁ ଉଠୁନାହିଁ। ଏହା ଉପରେ ଟ୍ୟାକ୍ସ ଅବଶ୍ୟ ଲାଗିବ।’

ମି. ପାର୍ସନ୍ସ ତ ଏହି କାହାଣୀ ଆମ ଶ୍ରେଣୀରେ ହିଁ କହିଥିଲେ। ଇନିସ୍ପେକ୍ଟର୍ ଟିକେ ଚିଡଚିଡା, ହୃଦୟ ବିହୀନ ଓ ଜିଦିଖୋର ଭଳି ଲାଗୁଥିଲା। ତର୍କର ତା ଉପରେ କୌଣସି ପ୍ରଭାବ ନଥିଲା। ତଥ୍ୟକୁ ବି ସେ ମାନିବାକୁ ପ୍ରସ୍ତୁତ ନଥିଲା। ମୁଁ ଯେତେ ଅଧିକ ଯୁକ୍ତି କରୁଥିଲି ସେ ସେତିକି ଅଧିକା ସେହି ଗୋଟିଏ କଥାକୁ ଅଡ଼ି ବସୁଥିଲା। ଏଣୁ ସେଥିରୁ ବାହାରି ଟିକେ ଚର୍ଚ୍ଚାର ବିଷୟ ବଦଳାଇ ଦେଲି ଯୁକ୍ତି କରିବା ପୂରା ଭୁଲିଗଲି ଓ ଏହା ପରିବର୍ତ୍ତେ ତାର ଚରିତ୍ରର ସତ୍ୟାସତ୍ୟକୁ ଆଧାର କରି ପ୍ରଶଂସା କରିବାକୁ ଲାଗିଲି। ମୋତେ ଲାଗୁଛି କି ଏହା ତ ବହୁତ ଛୋଟ ଧନ ରାଶି ଯାହା ଆପଣଙ୍କ ପାଇଁ ସେତେ ବେଶି ମହତ୍ତ୍ୱ ରଖୁନଥିବ, କାରଣ ଆପଣଙ୍କୁ ଏହା ଠାରୁ ବହୁତ ବଡ ବଡ ଧନ ରାଶିର ଅନେକ ଅସଜଡା ବିଷମ ସମସ୍ୟା ଥାଇ କେତେ ବଡ ବଡ ଘଟଣା ସବୁକୁ ସମାଧାନ କରିବାକୁ ପଡୁଛି। ମୁଁ ବି ଆୟକର ବିଷୟରେ ବହୁତ କିଛି ପଢିଛି ହେଲେ ମୋର ଜ୍ଞାନ ମାତ୍ର ପୁସ୍ତକୀୟ ହୋଇ ରହିଛି କିନ୍ତୁ ଆପଣ ତ ଏହି ଧାରାରେ ବର୍ଷ ବର୍ଷ ଧରି କାମ କରିସାରିଛନ୍ତି। ଆପଣ ଏହି କ୍ଷେତ୍ରରେ ବହୁତ ଅନୁଭବୀ। ଯଦି ମୋର ବି ସେତିକି ଜ୍ଞାନ ଥାଆନ୍ତା ନା ! ତେବେ ମୁଁ ବହୁତ କିଛି ପ୍ରାପ୍ତ କରିପାରିଥାନ୍ତି।’ ମୁଁ ତାଙ୍କର ମିଛ ପ୍ରଶଂସା ବି କରିନାହିଁ, ମୁଁ ତ ତାଙ୍କ ଚରିତ୍ରର ସକରାତ୍ମକ କାର୍ଯ୍ୟ ଗୁଡିକୁ ଦେଖିବାକୁ ଚେଷ୍ଟା କରିଥିଲି।

ତାପରେ ସେହି ଇନିସ୍ପେକ୍ଟର ନିଜ ଚୌକିରେ ବସି ପଡିଲେ ଓ ଘଣ୍ଟାରୁ ଅଧିକ ସମୟ ଧରି ତାଙ୍କ ଅତୀତର କେତେକ ଅବସ୍ଥା କଥା ଶୁଣାଇବାକୁ ଲାଗିଲେ। ପରେ ପରେ ସେ ମୋ ସହିତ ମିତ୍ର ପରି ବ୍ୟବହାର କଲେ ଓ ମୋ ପିଲାଙ୍କ କଥା ପଚାରି ନିଜ ପିଲାଙ୍କ କଥା ବି କହିଲେ। ଏହି ସବୁ କଥା ହେବା ଭିତରେ ସେ ଆପେ ଆପେ କହିଲେ- 'ମୁଁ ତୁମ ସମସ୍ୟା ବିଷୟରେ ଟିକେ ଭଲକରି ଚିନ୍ତା କରିବି ଦୁଇ ତିନି ଦିନ ପରେ କହିବି କ'ଣ କଲେ ଭଲହେବ।' ତିନି ଦିନ ପରେ ସେ ମୋ ଅଫିସ୍‌କୁ ନିଜେ ଆସିଲେ ଓ କହିଲେ 'ତୁମେ ଯେପରି କହୁଥିଲ ସେହି ପରି ଟ୍ୟାକ୍ସ ରିଟର୍ଣ୍ଣ ସ୍ୱୀକାର କରାଯାଇଛି।'

ଜଣେ ଏତେ ବଡ ଟ୍ୟାକ୍ସ ଇନିସ୍ପେକ୍ଟର୍ ବି ଅତି ସାଧାରଣ ମାନବୀୟ ଦୁର୍ବଳତା ପ୍ରଦର୍ଶନ କରୁଥିଲା। ତାଙ୍କୁ ବି ସାଧାରଣ ଲୋକ ପରି ମହତ୍ତ୍ୱପୂର୍ଣ୍ଣ ହେବାର ଇଚ୍ଛା ଥିଲା। ପ୍ରଥମେ ସେ ମି. ପାର୍ସନ୍ସଙ୍କୁ ଯୁକ୍ତିରେ ହରାଇ ମହତ୍ତ୍ୱପୂର୍ଣ୍ଣ ହେବାକୁ ଚାହୁଁଥିଲା। କିନ୍ତୁ ଯେତେବେଳେ ମି. ପାର୍ସନ୍ସ ତାଙ୍କ ମହତ୍ତ୍ୱକୁ ବୁଝିପାରି ସେଥିରୁ ଓହରି ଗଲେ ସେତେବେଳେ ସେହି ଜିଦିଖୋର ଲୋକ ଏକ ମହତ୍ତ୍ୱପୂର୍ଣ୍ଣ ତଥା ଦୟାଳୁ ବ୍ୟକ୍ତିତ୍ୱରେ ପରିବର୍ତ୍ତନ ହୋଇ ଯାଇଥିଲା।

ବୁଦ୍ଧଦେବ କେତେ ନିଚ୍ଛକ ସତ୍ୟ କହି ଯାଇଛନ୍ତି- 'ଘୃଣା ବା ବଳପୂର୍ବକ କାହାକୁ ଜିତି ହେବ ନାହିଁ, ବରଂ ତାହା ଅତି ସରଳ ଉପାୟରେ ସ୍ନେହ ଓ ପ୍ରେମ ଦ୍ୱାରା ଜିତି ହେବ।' ଦ୍ୱନ୍ଦ କିମ୍ବା ଝଗଡା କରି କଥା କଟାକଟି କରି ନୁହେଁ ବରଂ ବୁଦ୍ଧିମାନୀ, ସଦ୍‌ଭାବନା କୂଟନୀତି ତଥା ଅନ୍ୟର ଗୁଣକୁ ବୁଝି ବା ଚିହ୍ନିପାରିଲେ ତାହାକୁ ସମାପ୍ତ କରାଯାଇ ପାରିବ।'

ଥରେ ଆବ୍ରାହମ୍ ଲିଙ୍କନ୍ ଜଣେ ଯୁବ ସୈନିକଙ୍କୁ ନିଜ ସହଯୋଗୀ ସହ ଯୁକ୍ତି କରୁଥିବାର ଦେଖିଲେ ଓ ଏହା ଦେଖି ସେ ସେହି ଦୁଇଜଣଙ୍କୁ ଗାଳି କଲେ ଓ ବହୁତ ବୁଝାଇଲେ। ଲିଙ୍କନ୍ କହିଲେ- 'ଯେଉଁମାନେ ନିଜ ଜୀବନକୁ ବାଜି ଲଗାଇବାକୁ ସବୁବେଳେ ସଙ୍କଳ୍ପବଦ୍ଧ ସେମାନେ ନିଜ ନିଜ ଭିତରେ ଏମିତି ସାଧାରଣ କଥାରେ ଯୁକ୍ତି କରିବା ଆଦୌ ଶୋଭା ପାଉନି। ଏଥିପାଇଁ ସେମାନେ ଅତିରିକ୍ତ ପରିଣାମକୁ ଅଣଦେଖା କରିଦେଉଛନ୍ତି, ଯେତେବେଳେ କି ଆପଣଙ୍କ ଅଧିକାର ଅନ୍ୟକୁ ଜିତିବା ହୋଇଥାଏ। ଏହା ସହ ସେହି ବିଷୟକୁ ବି ଭୁଲି ଯାଆନ୍ତି ଯାହା ଉପରେ ଆପଣଙ୍କର ଅଧିକାର ନାହିଁ। ଉଦାହରଣ ସ୍ୱରୂପ କୌଣସି ଏକ କୁକୁର ଆପଣଙ୍କ ରାସ୍ତା ଉପରକୁ ଆସିଯାଏ ତେବେ ସେହି କୁକୁରକୁ ଆଘାତ ନକରି ତାକୁ ରାସ୍ତାରୁ ନ ଘଉଡାଇ ନିଜେ ଟିକେ ସେହି କୁକୁରକୁ ବାଟ ଛାଡିଦେବା ଉଚିତ୍। ଯଦି କୁକୁର ଆପଣଙ୍କୁ କାମୁଡି ଦେଇଥାନ୍ତା ତେବେ କ୍ଷତି ତ ଆପଣଙ୍କର ହିଁ ହୋଇଥାନ୍ତା ଏଥିପାଇଁ ହୁଏତ ଆପଣ ସେହି କୁକୁରକୁ ଜୀବନରୁ ମାରି ଦେଇଥାନ୍ତେ।

'ବିଟ୍ସ ଏଣ୍ଡ୍ ପିସେସ୍' ନାମକ ଏକ ପତ୍ରିକାରେ ଥରେ, 'କୌଣସି କଥାର ବାସ୍ତବତା

କିପରି ଅଯଥା ଯୁକ୍ତିରେ ପରିବର୍ତ୍ତନ ହେବା ପୂର୍ବରୁ ରୋକାଯାଇ ପାରିବ’ ସେ ବିଷୟରେ କେତେକ ସହଜ ଉପାୟ ମାନ ଛାପିଥିଲେ।

ବାସ୍ତବତାକୁ ସଦା ସର୍ବଦା ସ୍ୱାଗତ କରନ୍ତୁ। ମନେରଖନ୍ତୁ ‘ଯଦି ଦୁଇ ପକ୍ଷ ଯାକ ବାସ୍ତବତାକୁ ଅନୁଭବ କରି ସହମତ ହୋଇଯାଆନ୍ତି, ତେବେ ସେମାନଙ୍କ ଭିତରୁ ଜଣଙ୍କର ଆବଶ୍ୟକତା ଆଗେ ପଡିଥାଏ, ଯାହା ଆପଣ କେବେ ଭାବି ନଥିଲେ। ଏହି କଥାପାଇଁ ସେହି ଲୋକର କୃତଜ୍ଞତା ଜ୍ଞାପନ କରିବା ଉଚିତ୍। ହୋଇପାରେ ଏହା ସତ୍ୟତାର ସୁଅବସର ହୋଇ ଥାଇପାରେ, ଯେଉଁ କାରଣରୁ ଆପଣ ଭୁଲ କରିବା ପୂର୍ବରୁ ନିଜକୁ ସୁଧାରି ପାରିବେ।’

ନିଜର ପ୍ରଥମ ଭାବନା ଉପରେ ଭରସା କରନ୍ତୁ ନାହିଁ। ଯେମିତି ଆମ ଉପରେ କୌଣସି ସଙ୍କଟ ଆସେ, ଆମେ ନିଜକୁ ସୁରକ୍ଷିତ କରିବାକୁ ଚାହାଁନ୍ତି। ସାବଧାନ ହୋଇ ଥଣ୍ଡା ମନରେ ଚିନ୍ତା କରିବା ଦରକାର। ଏମିତି ବି ହୋଇପାରେ ଆପଣଙ୍କ ନିଜ ମନର ଅବସ୍ଥା ଓ ଆପଣଙ୍କ ସ୍ଥିତି ସେହି ସମୟରେ ସର୍ବଶ୍ରେଷ୍ଠ ନହୋଇ ନିକୃଷ୍ଟ ରୂପରେ ଥାଇପାରେ। କୌଣସି ବ୍ୟକ୍ତିର ମାପ, ସେହି ଲୋକକୁ କେଉଁ କେଉଁ କଥାରେ କ୍ରୋଧ ଆସୁଛି, ଜାଣିଲା ପରେ ହିଁ କରାଯାଏ। ତେଣୁ ନିଜ କ୍ରୋଧ ଉପରେ କାବୁ କରିବା ଶିଖନ୍ତୁ।

ପ୍ରଥମେ କଥାକୁ ପୁରା ଧ୍ୟାନ ପୂର୍ବକ ଶୁଣି ନିଅନ୍ତୁ। ବିରୋଧୀମାନଙ୍କୁ ତାଙ୍କ କଥା କହିବାର ପୁରା ଅବସର ଦିଅନ୍ତୁ। ସେ କଥା କହିଲା ବେଳେ ତାଙ୍କ ସହ ଯୁକ୍ତି କରନ୍ତୁ ନାହିଁ କିମ୍ବା ସେହି କଥାରୁ ନିଜକୁ ବଞ୍ଚାଇବାକୁ ଚେଷ୍ଟା ବି କରନ୍ତୁ ନାହିଁ। ଏପରି କଲେ ଦୁହିଁଙ୍କ ଭିତରେ କେବେବି ନ ହଟିବା ଭଳି ପ୍ରାଚୀର ଠିଆ ହୋଇଯାଏ। ବରଂ ତା ବଦଳରେ ଏକ ସୁଦୃଢ ସେତୁ ତିଆରି କରିବାକୁ ପୁରା ଚେଷ୍ଟା କରନ୍ତୁ। ସହମତି ପାଇବାକୁ ପ୍ରୟାସ କରନ୍ତୁ। ବିରୋଧୀମାନଙ୍କ ପୁରା କଥା ଶୁଣିଲା ପରେ, ନିଜ କଥାକୁ ସେହିଠାରୁ ଆରମ୍ଭ କରନ୍ତୁ, ଯେଉଁଠାରୁ ଆପଣ ବିରୋଧୀଙ୍କ ସହ ଏକମତ ଥିଲେ।

ସର୍ବଦା ବିଶ୍ୱସ୍ତ ହୋଇ ରୁହନ୍ତୁ। ନିଜ ଦ୍ୱାରା ହୋଇଥିବା ଭୁଲ ତଥ୍ୟମାନଙ୍କୁ ଖୋଜନ୍ତୁ ଯାହା ପାଇଁ ଆପଣ ଭୁଲ୍ ମାଗିପାରିବେ ! ନିଜ ଭୁଲ୍ ସ୍ୱୀକାର କରିବାରେ ବିଳମ୍ବ କରନ୍ତୁ ନାହିଁ ଏହା ଦ୍ୱାରା ଆପଣଙ୍କ ବିରୋଧୀ ଶାନ୍ତ ହୋଇଯିବେ।

ନିଜେ ନିଜ ସହ ଏକ ଚୁକ୍ତି କରି ନିଅନ୍ତୁ କି ଆପଣ ବିରୋଧୀମାନଙ୍କ ବିଚାରକୁ ଧ୍ୟାନ ପୂର୍ବକ ଚିନ୍ତା କରିବେ। ହୁଏତ ଆପଣଙ୍କ ବିଚାର ଠିକ୍ ଥାଇପାରେ କିନ୍ତୁ ଏହି ସମୟରେ ଆପଣ ତାଙ୍କ କଥାକୁ ପୁରା ହୃଦୟର ସହ ଚିନ୍ତା କରନ୍ତୁ। ନିଜେ ଅତିଶୀଘ୍ର ଆଗକୁ ବଢିଯାଆନ୍ତୁ ନାହିଁ ଯାହା ଫଳରେ ଏପରି କୌଣସି ଭୁଲ କରିବସନ୍ତି ଯେଉଁଥିପାଇଁ ବିରୋଧିମାନେ କହି ପାରିବେ କି ‘ଆମେ ତ ଆପଣଙ୍କୁ କହିଥିଲୁ ହେଲେ ଆପଣ ତ ଆମ କଥାକୁ ଧ୍ୟାନ ବି ଦେଲେନାହିଁ।’

ସମସ୍ୟାରେ ରୁଚି ରଖିବା ପାଇଁ ନିଜ ବିରୋଧୀମାନଙ୍କର ମୁକ୍ତ କଣ୍ଠରେ ପ୍ରଶଂସା କରନ୍ତୁ। ଯେଉଁ ବ୍ୟକ୍ତିକୁ ଆପଣଙ୍କ ତର୍କରେ ରୁଚି ଅଛି ମାନେ ତାର ରୁଚି ଏହି ବିଷୟରେ ମଧ୍ୟ ଅଛି, ତାକୁ ନିଜ ସହାୟକ ଭାବନ୍ତୁ, କାରଣ ସେହି ବିରୋଧୀ ଆପଣଙ୍କ ମିତ୍ର ହୋଇପାରେ।

ଦୁଇଟିଯାକ କଥା ବିଷୟରେ ଚିନ୍ତା କରିବା ପରେ କାମ ଆରମ୍ଭ କରନ୍ତୁ। ଆପଣ ବିରୋଧୀଙ୍କ ଠାରୁ ସମୟ ନେଇ ଶୀଘ୍ର ପୁନଃବିଚାର କରିବା ପାଇଁ ସେହି ଦିନ ଟିକେ ବିଳମ୍ବରେ କିମ୍ବା ଆରଦିନକୁ ସମୟ ନିଅନ୍ତୁ, ଯଦ୍ୱାରା ସବୁ ତଥ୍ୟ ଉପରେ ଆଉଥରେ ବିଚାର କରାଯାଇ ପାରିବ। ଏହି ଭେଟ ପୂର୍ବରୁ ନିଜେ ନିଜକୁ କେତୋଟି କଠିନ ପ୍ରଶ୍ନ ନିଶ୍ଚିତ ପଚାରନ୍ତୁ।

ଏହା ସମ୍ଭବ କି ମୋର ବିରୋଧୀ ଠିକ୍ ଥାଇ ପାରନ୍ତି ବା କିଛି ସୀମା ପର୍ଯ୍ୟନ୍ତ ଠିକ୍ ଅଛନ୍ତି ? କ'ଣ ତାଙ୍କ ଯୁକ୍ତିରେ କୌଣସି ସତ୍ୟତା ଅଛି ? ପ୍ରକୃତରେ ମୁଁ କୌଣସି ସମସ୍ୟାକୁ ଦୂର କରିବାକୁ ଚାହୁଁଛି ନା ଖାଲି ଏମିତି ନିଜ ଅହଂକୁ ଶାନ୍ତ କରିବାକୁ ଚାହୁଁଛି ? ମୋର ଏହି ଯୁକ୍ତି କାରଣରୁ ମୋ ବିରୋଧୀମାନେ ମୋ ଠାରୁ ଦୂରେଇ ଯାଉଛନ୍ତି ନା ! ମୋର ନିକଟତର ହେଉଛନ୍ତି। ମୁଁ ଯେଉଁ କାମ କରିବାକୁ ଯାଉଛି କ'ଣ ତଦ୍ୱାରା ମୋର ପ୍ରତିଷ୍ଠାରେ କୌଣସି ଉନ୍ନତି ଆସିବ ? ଏହାଦ୍ୱାରା ମୁଁ ଜିତିପାରିବି କି ପରାଜୟ ହୋଇରହିବି ? ଯଦି ମୁଁ ଜିତିଯିବି, ତେବେ ମୋତେ ଏହି ଜିତିବାର ମୂଲ୍ୟ କେତେ ଦେବାକୁ ପଡିବ ? ଯଦି ମୁଁ ଏହି ବିଷୟରେ ଶାନ୍ତ ରହିବି ତେବେ କ'ଣ ଏହି ଯୁକ୍ତିର ବାତାବରଣ ସମାପ୍ତ ହୋଇଯିବ ?

ଅପେରା ଷ୍ଟାର୍ ଜୈନ୍ ପିୟର୍ସ ନିଜ ୫୦ ବର୍ଷର ବୈବାହିକ ଜୀବନର ରହସ୍ୟ ବିଷୟରେ କ'ଣ କହିଥିଲେ ଆସନ୍ତୁ ଶୁଣିବା- 'ମୋର ପତ୍ନୀ ଓ ମୁଁ ଆମେ ଦୁହେଁ ଏକ ଚୁକ୍ତି ନିଜ ଭିତରେ କରିନେଇଥିଲୁ, ଆମେ ଜଣେ ଅନ୍ୟ ଜଣଙ୍କ ଉପରେ କେତେ ବି କ୍ରୋଧିତ ହେଲେ ବି ଆର ଜଣଙ୍କ ସ୍ଥିର ଚିତ୍ତରେ ବା ଶାନ୍ତି ଭାବରେ ବସି ତାର କଥା ଶୁଣିବ। ଆମେ କେବେବି ଏହି ଚୁକ୍ତିକୁ ଭାଙ୍ଗିବା ନାହିଁ। କାରଣ ଆମେ ଯଦି ଜଣେ ଅନ୍ୟ ଜଣଙ୍କୁ କହିବାକୁ ଲାଗିବା ତେବେ କାହାର ବି କଥା ପୂରା ହୋଇପାରିବ ନାହିଁ ଓ ନିଜ ଘର ଭିତରେ ଅଯଥା କଳହ ବାଦବିବାଦ ପାଟିତୁଣ୍ଡ ପରି ପରିସ୍ଥିତି ସୃଷ୍ଟି ହେବ।'

ସିଦ୍ଧାନ୍ତ - 1

ଅଯଥା ଯୁକ୍ତି କରି କିଛି ଲାଭ ନାହିଁ ବରଂ ଏହା ଠାରୁ ଦୂରେଇ ଯିବା ଦରକାର।

2

ନିଜ ଶତ୍ରୁମାନଙ୍କୁ ଜାଣନ୍ତୁ ଓ ବୁଝନ୍ତୁ

ହ୍ୱାଇଟ୍ ହାଉସ୍‌ରେ ଥିଲାବେଳେ ଥିଓଡ୍‌ର ରଜ୍‌ବେଲ୍ଟ ନିଜ ଅନୁଭୁତିରୁ କହିଥିଲେ କି 'ଯଦି ସେ ୧୦୦ ରୁ ୭୫ ଅବସରରେ ଠିକ୍ ପ୍ରମାଣିତ ହୋଇ ପାରିବେ, ତେବେ ତାଙ୍କ ସଫଳତାର ପଥରେ କୌଣସି ବାଧା ଆସିବ ନାହିଁ। ଯଦି ବିଂଶ ଶତାବ୍ଦୀରେ ଜଣେ ଲୋକର ଏହି ବିଚାର ଅଛି, ତେବେ ଆପଣଙ୍କର ବା ମୋ କଥାକୁ କ'ଣ ବିଚାରକୁ ନେବା ?'

୫୫ ପ୍ରତିଶତ ଅବସରରେ ଯଦି ଆପଣ ଠିକ୍ ହୁଅନ୍ତି, ତେବେ ବି ଆାପଣ ର୍ବାଲ୍ ଷ୍ଟ୍ରିଟ୍ ଯାଇ ଏକ ଦିନରେ ଲକ୍ଷ ଲକ୍ଷ ଡଲାର ରୋଜଗାର କରିପାରିବେ, କିନ୍ତୁ ଯଦି ଆପଣ ୫୫ ପ୍ରତିଶତ ଅବସରରେ ଠିକ୍ ହୋଇ ନପାରିଲେ, ତେବେ ଆପଣ କାହାରି ଭୁଲ୍ ଉପରେ ଟିପ୍ପଣୀ ଦେବାର କିଛି ବି ଅଧିକାର ହେଉନାହିଁ।

କାହାର କଥା ଯଦି ଠିକ୍ ନାହିଁ ତେବେ ଅନ୍ୟମାନଙ୍କୁ ଏହା ଜଣାଇବା ପାଇଁ ନିଜ ସ୍ୱରର ଢଙ୍ଗ ବଦଳାଇ ନିଜ ହାବଭାବ ଦ୍ୱାରା ବି ଆପଣ ଜଣାଇଦେଇ ପାରିବେ କି ସେ ଠିକ୍ ନାହାନ୍ତି। ଯଦି ଆପଣ କାହାକୁ ଭୁଲ୍ ବୋଲି ପ୍ରମାଣିତ କରି ଦେଉଛନ୍ତି ତେବେ କ'ଣ ସାମ୍ନା ଲୋକ ଆପଣଙ୍କ କଥାରେ ସହମତ ହୋଇପାରିବ କି? କ'ଣ ସେ ନିଜ ଭୁଲ୍ ସ୍ୱୀକାର କରିବ କି ? ନା ! କେବେ ନୁହେଁ ! କାରଣ ଆପଣ ତ ସିଧା ତା'ର ଆତ୍ମସମ୍ମାନ ଉପରେ ଆଘାତ କରିଛନ୍ତି। କେହିବି ଲୋକ ଅନ୍ୟର ବିଚାରକୁ ଏମିତି ଭାବରେ ଗ୍ରହଣ କରେନାହିଁ କି କାହାପାଇଁ ନିଜ ଚିନ୍ତାଧାରାକୁ ପରିବର୍ତ୍ତନ କରେ ନାହିଁ। ଯଦି ଇମାନୁଅଲ୍ କାଣ୍ଟ୍ ବା ପ୍ଲେଟୋର ସବୁ ତର୍କକୁ ତା ଆଗରେ ବଖାଣି ଦିଅନ୍ତି ତେବେ ବି ନିଜ ବିଚାରକୁ ବଦଳାଇବ ନାହିଁ, କାହିଁକି ନା ଆପଣ ତାଙ୍କ ଭାବନାକୁ ଆଘାତ କରିସାରିଛନ୍ତି।

'ମୁଁ ଆପଣଙ୍କ ଆଗରେ ଗୋଟେ କଥା ସ୍ପଷ୍ଟ ଭାବରେ ସାବ୍ୟସ୍ତ କରିବାକୁ ଚାହୁଁଛି।' ଏହି ପରି ଭାବରେ କେବେ ବି ନିଜ କଥାର ଆରମ୍ଭ କରନ୍ତୁ ନାହିଁ। ଏମିତି କହି ଆପଣ ସାମ୍ନାଲୋକକୁ ଦର୍ଶାଉଛନ୍ତି କି ଆପଣ ବେଶି ଚାଲାଖ ଅଟନ୍ତି। ମୁଁ ଆପଣଙ୍କୁ କିଛି ଏପରି

କଥା କହିବାକୁ ଚାହୁଁଛି ଯାହା ଆପଣଙ୍କ ବିଚାରକୁ ବଦଳାଇ ଦେବ।' ଏହା ତ ଏକ ପ୍ରକାର ଦ୍ୱନ୍ଦଯୁଦ୍ଧ ସ୍ୱୀକାର କରିବା ପରି କଥା। ଏପରି କଥା ଶୁଣି ସାମ୍ନାଲୋକର ଆତ୍ମାରେ ବାଧା ଆସେ ତେଣୁ ସେ ଯୁଦ୍ଧ ପାଇଁ ପ୍ରସ୍ତୁତ ହୋଇଯାଏ। ପରିସ୍ଥିତି ଅନୁକୂଳ ହେଉ କିମ୍ବା ପ୍ରତିକୂଳ, ବ୍ୟକ୍ତି ନିଜ ବିଚାରଧାରାକୁ ପରିବର୍ତ୍ତନ କରିପାରିବା ବହୁତ କଠିନ ହୋଇଥାଏ। ତେବେ ଏହାକୁ ଆହୁରି କଠିନ କାହିଁକି କରିବା ? ଓ ନିଜକୁ ଅଧିକ ଦୁର୍ବଳ କରିଦେବା କାହିଁକି ?

ଯଦି ଆପଣ କିଛି ପ୍ରମାଣିତ କରିବାକୁ ଚାହୁଁଛନ୍ତି, ତେବେ ଏପରି ବ୍ୟବହାର କରନ୍ତୁ କି ଏହି କଥା ଯେପରି କେହି ବି ଜାଣି ନ ପାରନ୍ତି। ଏହି ସ୍ଥିତିକୁ ବହୁତ ଚତୁରତା ସହ କୁଶଳତା ପୂର୍ବକ ସମ୍ଭାଳିବାକୁ ଚେଷ୍ଟା କରନ୍ତୁ। ଏହି ବିଚାରକୁ ଆଲେକଜାଣ୍ଡାର୍ ପୋପ୍ ସଂକ୍ଷିପ୍ତ ରୂପରେ ନିମ୍ନ ଭାବରେ କହିଥିଲେ - 'ଲୋକମାନଙ୍କୁ ଉଚିତ୍ ଶିକ୍ଷା ଦେବା ସମୟରେ ପୁରା ସତର୍କତା ସହ ଏହାକୁ କରିବାକୁ ପଡିଥାଏ ତାଙ୍କୁ ଏକଥା ଧାରଣା ବି ହେବା ଉଚିତ୍ ନୁହେଁ କି ଆପଣ ତାଙ୍କୁ କିଛି ଶିକ୍ଷା ଦେବାକୁ ଚାହୁଁଛନ୍ତି।' ନୂତନ ବିଚାରକୁ ଏପରି ଭାବରେ ଉପସ୍ଥାପନା କରନ୍ତୁ କି ନିଜ ପୁରୁଣା ବିଚାର ଭଲ ଭାବରେ ସ୍ମରଣ ଅଛି। ୩୦୦ ବର୍ଷ ପୂର୍ବରୁ ଗାଲିଲିଓ କହିଥିଲେ- 'ଆପଣ କୌଣସି ବ୍ୟକ୍ତିକୁ କିଛି ଶିଖାଇ ପାରିବେ ନାହିଁ। ହଁ, ଆପଣ ତାକୁ ନିଜ ମନ ଧ୍ୟାନ ଦେଇ ଶିଖିବାରେ ସହୟତା କରିପାରନ୍ତି।'

ଏହି କଥା ଲର୍ଡ ଚେଷ୍ଟରଫିଲ୍ଡ ନିଜ ପୁଅକୁ କହିଥିଲେ - 'ନିଜକୁ ଅନ୍ୟମାନଙ୍କ ଠାରୁ ବହୁତ ଅଧିକ ବୁଦ୍ଧିମାନ ହେବାକୁ ଚେଷ୍ଟା କରନ୍ତୁ, କିନ୍ତୁ ଏହି କଥା ସେମାନଙ୍କୁ କେବେ ବି କୁହନ୍ତୁ ନାହିଁ।'

ସୁକରାତ୍ ଏଥେନ୍ସରେ ନିଜ ଅନୁଗାମୀମାନଙ୍କୁ ବାରମ୍ବାର ଗୋଟିଏ କଥା କହୁଥିଲେ- 'ମୁଁ କେବଳ ଏତିକି କଥା ଜାଣିଛି, ତାହା ହେଲା କି ମୁଁ କିଛି ବି ଜାଣିନାହିଁ।'

ଏବେ ମୁଁ ସୁକୁରାତଙ୍କ ଠାରୁ ଅଧିକ ବୁଦ୍ଧିମାନ ବୋଲି ବି କହିପାରିବି ନାହିଁ, ଏଣୁ ମୁଁ ଅନ୍ୟମାନଙ୍କୁ ଭୁଲ୍ ପ୍ରମାଣିତ କରିବା ଛାଡି ଦେଇଛି ଓ ଏହି କଥାରୁ ମୋତେ ଲାଭ ହୋଇଛି। ଯେତେବେଳେ କେହି ଏପରି କଥା କହୁଥାଏ, ଯାହା ଆପଣଙ୍କ ଦୃଷ୍ଟିରେ ଠିକ୍ ନୁହେଁ ଓ ଆପଣ ପୂର୍ଣ୍ଣ ବିଶ୍ୱାସର ସହ ଜାଣିଛନ୍ତି ଏହା ଭୁଲ ଅଟେ, ତେବେ ବି କିଛି ଏହି ପ୍ରକାର କହିବା ଦରକାର -

'ମୋତେ ଲାଗୁଛି କି ମୋର ରାୟ ଆପଣଙ୍କ ଠାରୁ କିଛି ଭିନ୍ନ, ହୁଏତ ମୁଁ ଭୁଲ୍ ବି ହୋଇପାରେ ! ଏମିତି କେତେଥର ବି ହୋଇ ସାରିଲାଣି ଓ ଯଦି ଏଥର ବି ଭୁଲ୍ ପ୍ରମାଣିତ ହୋଇଯିବି ତେଣୁ ଏଥର ନିଜ ଭୁଲକୁ ସୁଧାରିବା ପାଇଁ ପୂରା ଚେଷ୍ଟା କରିବି। ଆମେ ଚାଲ ମିଶି କରି ତଥ୍ୟ ଗୁଡିକର ବାଖ୍ୟା କରିନେବା।'

ଏହି ପ୍ରକାରର ବାକ୍ୟରେ ଜାଦୁ ଥାଏ। କେହି ବି ବ୍ୟକ୍ତି ଏତେ ନିଷ୍ଠୁର ନୁହଁନ୍ତି ଯିଏ ଏପରି ବାକ୍ୟ ଶୁଣି କ୍ରୋଧିତ ହେବ !

ଆମ ଶ୍ରେଣୀର ଏକ ପିଲା ମୋଣ୍ଟାନାର କାର୍ ଡିଲର ହେିରେଲ୍ଡ୍ ରେଙ୍କ୍ ନିଜ ଗ୍ରାହକଙ୍କ ସହ ଏହି ପ୍ରକ୍ରିୟାର ପ୍ରୟୋଗ କରିଥିଲା । ତା'ର କହିବା କଥା- କାର୍ ବ୍ୟାପାରରେ ବ୍ୟସ୍ତ ବିବ୍ରତ ବାତାବରଣରେ ପ୍ରାୟତଃ ଗ୍ରାହକଙ୍କ ଇଚ୍ଛା ଉପରେ ଏତେ ଧ୍ୟାନ ଦେଇପାରୁ ନଥିଲେ ଓ ଉଦାସୀନ ରହୁଥିଲେ । ଏହି କାରଣରୁ ବ୍ୟାପାରରେ ବହୁତ କ୍ଷତି ହେବାରେ ଲାଗିଥିଲା । ଗ୍ରାହକ ବି ସନ୍ତୁଷ୍ଟ ନଥିଲେ ବା କ୍ରୋଧିତ ରହୁଥିଲେ ତଥା ପୂରା ବାତାବରଣ ବିଗିଡି ଯିବାରେ ଲାଗିଥାଏ ।

ସେ ଆମ ଶ୍ରେଣୀରେ କହିଲେ- 'ଏବେ ମୁଁ ଅନୁଭବ କରୁଥିଲି କି ମୋର କଥାବାର୍ତ୍ତା ଇତ୍ୟାଦି ସମସ୍ତ ଶୈଳୀରେ ପରିବର୍ତ୍ତନ ଆଣିବାକୁ ହେବ । ମୁଁ ଆମ ଗ୍ରାହକମାନଙ୍କୁ ଏପରି କହିବାକୁ ଆରମ୍ଭ କରିଦେଲି- 'ଆମ ଡିଲରଶିପ୍‌ରେ ଏତେ ଭୁଲ ସବୁ ହୋଇଛି କି ପ୍ରାୟତଃ ମୋତେ ଲଜ୍ଜିତ ହେବାକୁ ପଡିଛି । ଆପଣଙ୍କ ସହ ଯଦି ସେପରି କିଛି ତ୍ରୁଟି ହୋଇଥାଏ ଦୟାକରି ଏଥର ମୋତେ ଟିକେ ବିସ୍ତାର ପୂର୍ବକ କୁହନ୍ତୁ ।'

'ଏହି ଶୈଳୀ ତ ଗ୍ରାହକଙ୍କ ରାଗକୁ ଏକଦମ୍ ଥଣ୍ଡା କରି ଦେଉଥିଲା ଓ ସେମାନେ ନିଜ କଥା ବା ଗୁହାରିଗୁଡିକୁ ତର୍କପୂର୍ଣ୍ଣ ଢଙ୍ଗରେ କହୁଥିଲେ । ଅନେକ ଗ୍ରାହକ ବି ମୋତେ ଧନ୍ୟବାଦ ବି କହିଥିଲେ, କାରଣ ମୁଁ ସେମାନଙ୍କ କଥାକୁ ଧ୍ୟାନ ଦେଇ ଶୁଣୁଥିଲି । କେତେକ ଗ୍ରାହକ ବି ସେମାନଙ୍କ ମିତ୍ର ବା ପରିଚୟ ଲୋକଙ୍କୁ ଏଠାକୁ ନେଇ କରି ଆସିଲେ କାରଣ ଥିଲା କି ସେମାନେ ବି ଭଲ ସେବା ପ୍ରାପ୍ତ କରିପାରିବେ । ଆଜିର ଯୁଗ ପ୍ରତିଯୋଗିତାରେ ଭରପୁର ଥିଲାବେଳେ ଆମ ଗ୍ରାହକମାନଙ୍କୁ ଜଣେ ସେବା ପ୍ରଦାନକାରୀ ବ୍ୟକ୍ତି ଯେ କି ତାଙ୍କ କଥାକୁ ଟିକେ ଧ୍ୟାନ ଦେବ ସେତିକି ଦରକାର । ଯଦି ଆପଣ ଗ୍ରାହକଙ୍କ କଥାକୁ ଧ୍ୟାନପୂର୍ବକ ଶୁଣି ତାଙ୍କ ବିଚାରକୁ ସମ୍ମାନ ଦେଖାଇ କୂଟନୀତି ତଥା ଶିଷ୍ଟାଚାର ସହ ବ୍ୟବହାର କରିବେ ତେବେ ନିଶ୍ଚିତ ଭାବରେ ଆପଣଙ୍କ ପ୍ରତିଯୋଗୀଙ୍କ ଠାରୁ ବ୍ୟବସାୟରେ ଆଗେଇ ଯିବେ ।

ଯଦି ଆପଣ ଏହା ଭାବି ନିଅନ୍ତି କି ମୁଁ ବି ଭୁଲ୍ ହୋଇଥାଇ ପାରେ, ତେବେ କୌଣସି କଠିନ ପରିସ୍ଥିତିରେ ଆପଣ ଫସିବେ ନାହିଁ । ଏହାଦ୍ୱାରା ଲଢାଇ ଝଗଡା ହେବ ନାହିଁ ଏବଂ ସାମ୍ନା ଲୋକ ବି ଆପଣଙ୍କ ପରି ସୁବ୍ୟବହାର କରି ନିରପେକ୍ଷ ଓ ବିଶାଳ ହୃଦୟର ପ୍ରଦର୍ଶନ କରିବ । ଏମିତି ବି ହୋଇପାରେ ସେ କହିପାରେ କି ସେ ବି ଭୁଲ୍ ହୋଇଥାଇ ପାରେ !

ଯଦି ଆପଣଙ୍କୁ ପୂରା ବିଶ୍ୱାସ ଅଛି କି ଆପଣଙ୍କ ବିରୋଧୀ ହିଁ ଭୁଲ ବାଟରେ ଅଛନ୍ତି ଓ ଆପଣ ଏହି କଥାକୁ ସ୍ପଷ୍ଟ ରୂପରେ ତାଙ୍କୁ କହି ଦିଅନ୍ତୁ, ଏବେ ଭାବନ୍ତୁ ତ କ'ଣ ହେବ ? ଏହାର ଏକ ଉଦାହରଣ ଏଠି ପ୍ରସ୍ତୁତ ଅଛି –

'ମି.ଏସ୍. ନିୟୁର୍କର ଜଣେ ଯୁବ ଓକିଲ ଥିଲେ । ସେ ଥରେ ୟୁନାଇଟେଡ୍ ଷ୍ଟେଟ୍ ସୁପ୍ରିମ୍ କୋର୍ଟରେ ଲଷ୍ଟଗାର୍ଡେନ୍ ବନାମ କର୍ପୋରେସନ୍ ୨୮୦ ଅଫ୍ ୟୁଏସ୍ ୩୨୦ ଏକ

ମହତ୍ତ୍ୱପୂର୍ଣ୍ଣ ମକଦ୍ଦମା ପାଇଁ ଯୁକ୍ତି ପ୍ରସ୍ତୁତ କରୁଥିଲେ। ଏହି ମକଦମାରେ ବହୁତ ଧନ ବାଜି ଲାଗିଥାଏ, ଏଥି ସହ ସେଠାକାର ଆଇନ୍ ବ୍ୟବସ୍ଥାର ଏକ ବଡ ପ୍ରଶ୍ନ ମଧ୍ୟ ଉତ୍ତରର ଅପେକ୍ଷାରେ ଥାଏ। ଏହି ଯୁକ୍ତି ଚାଲିଥିବା ବେଳେ ଜଜ୍ ତାଙ୍କୁ ପଚାରିଲେ କି 'ଆଡମିରାଲ୍ଟି ଆଇନ୍‌ରେ ସମୟସୀମା ଛଅ ବର୍ଷ ଥାଏ ନାଁ?'

ତେବେ ମିଷ୍ଟର୍ ଏସ୍. ଟିକେ ରହି ସ୍ପଷ୍ଟ ଭାବରେ କହିଦେଲେ- 'ୟୋର୍ ଅନର! ଆଡମିରାଲ୍ଟି ଆଇନ୍‌ରେ ସେମିତି କିଛି ସମୟସୀମା ନଥାଏ।'

ତାପରର କାହାଣୀ ସେହି ଓକିଲ ମହାଶୟ ଆମ ଶ୍ରେଣୀରେ କହିଥିଲେ- 'କୋର୍ଟର ସେହି ଗୃହଟି ଯେପରି ନିଶବ୍ଦ ହୋଇଗଲା ଏପରି ଲାଗିଲା ଯେପରି ସେଠାରେ ତାପମାତ୍ରା ଶୂନ୍ୟ ଡିଗ୍ରୀରୁ ବି ଖସି ଯାଇଛି। ମୁଁ ନିଜର କଥାକୁ ଠିକ୍ କହି ଓ ଜର୍ଜଙ୍କ କଥାକୁ ଭୁଲ ବୋଲି କହି ମୁଁ ବହୁତ ପ୍ରସନ୍ନ ଥିଲି, କିନ୍ତୁ କ'ଣ ଏହି କଥା ପରେ ଆମ ବ୍ୟବହାର ମିତ୍ରତାପୂର୍ଣ୍ଣ ହୋଇଥାନ୍ତା? ନା! ମୋତେ ବହୁତ ବିଶ୍ୱାସ ଥିଲା କି ସେହି ମକଦ୍ଦମା ମୁଁ ହିଁ ଜିତିଥାନ୍ତି। ଏହା ପୂର୍ବରୁ ମୁଁ କେବେ ବି ଏତେ ଭଲ ଯୁକ୍ତି କରି ନଥିଲି କିନ୍ତୁ ନିଜକୁ ପ୍ରମାଣିତ କରି ବି ମୋ କଥାକୁ ତାଙ୍କୁ ମନେଇ ପାରିଲି ନାହିଁ ଓ ମୁଁ ସେହି ମକଦ୍ଦମା ହାରିଗଲି। ମୋର ଭୁଲ୍ କେବଳ ଏତିକି ଥିଲା କି ମୁଁ ଏକ ବୁଦ୍ଧିମାନ ତଥା ପ୍ରସିଦ୍ଧ ଜଜ୍‌ଙ୍କୁ ଭୁଲ୍ ପ୍ରମାଣିତ କରିବାର ଦୁଃସାହସ କରିଥିଲି।

ବହୁତ କମ୍ ଲୋକଙ୍କୁ ତର୍କସଙ୍ଗତ ଲୋକମାନେ ପସନ୍ଦ ଆସନ୍ତି। ଆମ ଭିତରୁ ଅନେକ ଲୋକ ଯାହା ପୂର୍ବରୁ ଚାଲି ଆସୁଥିବା କଥାରେ ହିଁ ନିଜର ଆଗ୍ରହ ରଖିଥାନ୍ତି। ଯୁଗ ଯୁଗ ଧରି ଚାଲି ଆସୁଥିବା କଥାଗୁଡିକରେ ବିଶ୍ୱାସ ରଖିଥାନ୍ତି। ଆମ ଭିତରେ ଈର୍ଷା, ଡର, ଶଙ୍କା ଓ ଅହଂକାର ପରି ଅନେକ ଦୁର୍ଗୁଣ ଭରି ହୋଇ ରହିଥାଏ। ଆମ ଭିତରୁ ଅନେକ ଲୋକ ନିଜ ବିଚାରକୁ ଆଦୌ ବଦଳାଇବାକୁ ଚାହାଁନ୍ତି ନାହିଁ, ତେଣିକି ଏହା ତାଙ୍କ ଚୁଟି କଟା, ଚାଲିଚଳଣ, ଧର୍ମ ସମ୍ବନ୍ଧିତ ହେଉ ବା ନିଜ ପ୍ରିୟ ନାୟିକାଙ୍କ ବିଷୟ ହେଉ ପଛେ। ଏଣୁ ଯଦି ଏହି ସଂସାରର ବିଚାରମାନଙ୍କୁ ବଦଳାଇବାର ବା ଅନ୍ୟମାନଙ୍କ ଭୁଲ୍ ବାହାର କରିବା ପାଇଁ ନିଶ୍ଚିତ କରିଛନ୍ତି ତେବେ ଦୈନିକ ସକାଳେ ଜଳଖିଆ ଖାଇବା ବେଳେ ତଳେ ଲେଖା ଯାଇଥିବା ଉକ୍ତି ଗୁଡିକୁ ନିଜ ମସ୍ତିଷ୍କରେ ଅବଶ୍ୟ ଭରି ଦିଅନ୍ତୁ। ଏହି ପଂକ୍ତି ଗୁଡିକ 'ଦି ମାଇଣ୍ଡ୍ ଇନ୍ ଦି ମେକିଙ୍ଗ୍' ପୁସ୍ତକରୁ ଆସିଅଛି।

ଏମିତିରେ ଆମେ ପ୍ରାୟତଃ ନିଜ ବିଚାରକୁ ବିନା ପ୍ରତିରୋଧରେ ଅନେକ ଥର ପରିବର୍ତ୍ତନ କରିଥାନ୍ତି, କିନ୍ତୁ ଯଦି କେହି ଆମକୁ ଭୁଲ୍ ବୋଲି ପ୍ରମାଣିତ କରି ଆମ ବିଚାରକୁ ବଦଳାଇବାକୁ କହିଥାଏ ତେବେ ଆମେ ତା ଉପରେ ଚିଡି ଉଠୁ ଓ ସେହି ଲୋକ ପ୍ରତି ଆମ ମନରେ ଘୃଣା ଭାବ ଜାଗ୍ରତ କରି ନେଇଥାଉ। ଯଦି ଠିକ୍‌ରେ ଦେଖାଯାଏ ଆମେ ଆମ ବିଚାରଧାରାର ବିଲକୁଲ ଚିନ୍ତା କରନ୍ତି ନାହିଁ କିନ୍ତୁ ଯଦି କୌଣସି ବ୍ୟକ୍ତି ସେହି

ବିଚାରକୁ ଭୁଲ ବୋଲି ପ୍ରମାଣିତ କରିବାକୁ ଚେଷ୍ଟା କରେ ତେବେ ନିଜ ବିଚାର ପ୍ରତି ଆମେ ବହୁତ ଆସକ୍ତ ହୋଇଯାନ୍ତି। ଆମକୁ ଆମ ବିଚାର ଏତେ ପ୍ରିୟ ନୁହେଁ ଯେତେକି ଆମ ଆତ୍ମବିଶ୍ୱାସ ପ୍ରିୟ ଥାଏ। ମାନବୀୟ କ୍ଷେତ୍ରରେ ସବୁଠାରୁ ମହତ୍ତ୍ୱପୂର୍ଣ୍ଣ ଶବ୍ଦ ହେଲା 'ମୋର'। ବୁଦ୍ଧିମାନ ଲୋକମାନେ ଏହାକୁ ଚତୁରତାର ସହ କହିଥାନ୍ତି। ଏହି ଶବ୍ଦ 'ମୋର'ରେ ଶକ୍ତି ଏକା ପରି ଥାଏ ଯେପରି ମୋର ରାତ୍ରି ଖାଦ୍ୟ, ମୋ ଖାଦ୍ୟ, ମୋ କୁକୁର, ମୋ ଘର, ମୋ ବାପା, ମୋ ଦେଶ, ମୋ ଈଶ୍ୱର – ଏସବୁରେ ମୋ ଶବ୍ଦର ଶକ୍ତି ଏକା ପରି ଅଟେ। ଆମକୁ ଏହି କଥା ଉପରେ ବହୁତ ବିରକ୍ତି ଆସିଥାଏ କି ଆମ ଘଡିରେ ସମୟ ଠିକ୍ ନାହିଁ ବା ଆମର କାର୍ ବହୁତ ଖରାପ ଅଛି ବା କେହି ଯଦି କହେ କି ମଙ୍ଗଳ ଗ୍ରହର ଜଳାଶୟ ବା 'ଏପିକ୍ଟଟସ୍' ଶବ୍ଦର ଉଚ୍ଚାରଣ ଭୁଲ ହେଉଛି ବା ଅମୁକ ଚିକିତ୍ସା ବିଷୟରେ ତୁମ ବିଚାର ଠିକ୍ ନାହିଁ କିମ୍ବା ବିଶ୍ୱଯୁଦ୍ଧର ତାରିଖ ଠିକ୍‌ରେ ସ୍ମରଣ ନାହିଁ। ଆମେ ତ ପ୍ରତ୍ୟେକ ସ୍ଥିତିରେ ନିଜ କଥାକୁ ସତ୍ୟ ମାନିବାକୁ ଚାହାଁନ୍ତି। ଯେତେବେଳେ କେହି ଅନ୍ୟ ଲୋକ ଆମେ ଠିକ୍ ଭାବୁଥିବା କଥାରେ ସନ୍ଦେହ କରିଥାଏ କି କିଛି ପ୍ରଶ୍ନ ଚିହ୍ନ ଲଗାଇଥାଏ ତେବେ ଆମର ସବୁ ଇନ୍ଦ୍ରିୟମାନ ଉତ୍ତେଜିତ ହୋଇଯାଏ ଓ ଆମେ ନିଜ କଥା ନିଜ ମତ ସହ ଜଡିତ ରହିବାକୁ କେତେ କେତେ ନୂଆ ନୂଆ ବାହାନାମାନ ଖୋଜିଥାନ୍ତି। ପରିଣାମରେ ଆମ ତର୍କ ଶକ୍ତି ନିଜ ବର୍ତ୍ତମାନ ଭାବୁଥିବା କଥା ଉପରେ ତର୍କ ଖୋଜିବା ପାଇଁ ପୂରା ଶକ୍ତିର ସହ ଲାଗି ପଡେ।'

'ଅନ୍ ବିକମିଙ୍ଗ୍ ଏ ପର୍ଶନ' ନାମକ ବହିରେ ପ୍ରସିଦ୍ଧ ମନୋବୈଜ୍ଞାନିକ କାର୍ଲ ରାଜର୍ସ ଲେଖିଥିଲେ – 'ଏହି କଥାକୁ ମୁଁ ବହୁତ ମହତ୍ତ୍ୱ ଦେଉଛି କି ନିଜେ ନିଜକୁ ସାମ୍ନା ଲୋକର ଦୃଷ୍ଟିକୋଣ ବୁଝିବା ପାଇଁ ଅନୁମତି ଦେଇଦେବି, ଏହି ବାକ୍ୟ ଆପଣଙ୍କୁ କିଛି ବିଚିତ୍ର ପରି ଲାଗୁଥିବ ! ତେବେ କ'ଣ ଯାର ମାନେ– କ'ଣ ଅନ୍ୟମାନଙ୍କୁ ବୁଝିବା ପାଇଁ ଆଗେ ନିଜକୁ ବୁଝିବାକୁ ପଡିଥାଏ। ମୋତେ ତ ଏହା ହିଁ ଠିକ୍ ପରି ଲାଗୁଛି। ଅଧିକାଂଶ କ୍ଷେତ୍ରରେ ଅନ୍ୟର କଥା ଉପରେ ଆମର ପ୍ରଥମ ପ୍ରତିକ୍ରିୟା ବା ଏହି କଥାର ମୂଲ୍ୟାଙ୍କନ ଆମେ ବହୁତ ନିକୃଷ୍ଟ ରୂପରେ କରିଥାଉ, ଅର୍ଥାତ ଆମେ ଅନ୍ୟମାନଙ୍କ କଥାକୁ ବୁଝିବାକୁ ଚେଷ୍ଟା କରନ୍ତି ନାହିଁ। ଯେତେବେଳେ କୌଣସି ବ୍ୟକ୍ତି କୌଣସି ଭାବନା, ବିଚାର ବା କିଛି ବିଶ୍ୱାସର ବ୍ୟକ୍ତ କରୁଥାଏ, ସେତେବେଳେ ଆମର ପ୍ରବୃତ୍ତି ତୁରନ୍ତ ଏପରି ଅନୁଭବ କରିବାକୁ ଲାଗିଥାଏ– 'ଏହି କଥାଟି ମୂର୍ଖତାପୂର୍ଣ୍ଣ ଅଟେ', 'ଏହା ଠିକ୍ ନୁହେଁ', 'ଏହି କଥା ତର୍କସଙ୍ଗତ ନୁହେଁ', 'ଏହା ଅନୁଚିତ୍ ଅଟେ', କିନ୍ତୁ ବେଳେବେଳେ ଆମେ ନିଜେ ନିଜକୁ ଏହି କଥାର ଆଜ୍ଞା ଦେଇଥାନ୍ତି କି ଆମେ ସାମ୍ନାଲୋକର ପୂରା କଥାକୁ ଧ୍ୟାନପୂର୍ବକ ଶୁଣି ବୁଝିବାକୁ ଚେଷ୍ଟା କରି ଓ ପୁଣି ତା'ର ଦୃଷ୍ଟିକୋଣକୁ ବୁଝି ପାରିବା।'

ଥରେ ମୁଁ ଜଣେ ଘର ସଜା-ସଜି କରୁଥିବା ସଂସ୍ଥାକୁ ମୋର ଘର ସଜେଇବା ଦାୟିତ୍ୱ

ଦେଲି, କିନ୍ତୁ ସେମାନଙ୍କ ଦ୍ୱାରା ଦିଆଯାଇଥିବା ବିଲ୍‌କୁ ଦେଖି ମୋତେ ତ ଚକ୍କର ଆସିଗଲା, କିନ୍ତୁ କିଛି ଦିନ ପରେ ଥରେ ଜଣେ ମିତ୍ର ମୋର ଘରକୁ ଆସିଥିଲେ ସେ ଘରେ ଲାଗିଥିବା ପରଦାକୁ ଦେଖି ମୋତେ ତାହାର ଦାମ୍ ପଚାରିଲେ, ମୁଁ ତାଙ୍କୁ ଦାମ୍ କହିବାରୁ ସେ ମୋତେ କହିଲେ 'ଏତେ ମହଙ୍ଗା ପରଦା ! ତୁମକୁ ତ ସେ ଠିକ୍ ଦେଇଛି ।'

କ'ଣ ଏହି କଥା ଠିକ୍ ଥିଲା ? ବିଲ୍‌କୁଲ୍, ସେ ତ ମୋତେ ସତ୍ୟ ହିଁ କହିଥିଲା, କିନ୍ତୁ ବହୁତ କମ୍ ଲୋକ ଏପରି ବହୁତ କମ୍ ଲୋକ ଥାଆନ୍ତି ଯେଉଁମାନେ ସ୍ୱୀକାର କରିନେଇଥାନ୍ତି କି ତାଙ୍କୁ କେହି ଠକି ନେଇଛି ବା ମୂର୍ଖ ବନାଇ ଚାଲିଯାଇଛି । ଏଣୁ ମାନବ-ସ୍ୱଭାବର ବଶୀଭୂତ ହୋଇ ମୁଁ ବି ନିଜ ରକ୍ଷା କରିବାକୁ ଯାଇ ଦଶ ବାହାନା କରିବା ଆରମ୍ଭ କରିଦେଲି । ଯେମିତି କ୍ୱାଲିଟି ଜିନିଷ ତ ମହଙ୍ଗା ହିଁ ହୋଇଥାଏ, ସୁନ୍ଦର ତଥା କଳାତ୍ମକ ବସ୍ତୁ ମାନ ବଡ ବଡ ଶୋରୁମରେ ମିଳେ, ରାସ୍ତାକଡରେ ମିଳୁଥିବା ଦୋକାନରେ ନୁହେଁ । ଆଉଥରେ ଅନ୍ୟ ଜଣେ ମିତ୍ର ମୋର ଘରକୁ ଆସିଥିଲେ ସେ ଘରେ ଲାଗିଥିବା ପରଦାକୁ ଦେଖି ବହୁତ ପ୍ରଶଂସା କରୁଥିଲେ । ସେ କହିବାକୁ ଲାଗିଲେ- ମୋ ଘରେ ମୁଁ ଏମିତି ପରଦା ଲଗାଇ ପାରନ୍ତି କି ! ଏଥର ମୋର ପ୍ରତିକ୍ରିୟା ପ୍ରଥମ ଥରଠୁ ଟିକେ ଅଲଗା ଥିଲା- 'ଏମିତିରେ ତ ସେହି ପରଦାର ମୂଲ୍ୟ ମୁଁ କିଛି ଅଧିକ ଦେଇ ଦେଇଛି, ଏବେ ତ ମୁଁ ସେଥିପାଇଁ ପଶ୍ଚାତାପ କରୁଛି କି ମୁଁ ଏତେ ବଡ ଶୋରୁମକୁ ଯାଉଥିଲି କ'ଣ ପାଇଁ ?'

ଏହି କଥାର ଅର୍ଥ ଏଇଯା ହେଲା ଯେ ଯେତେବେଳେ ଆମେ ଭୁଲ୍ ହୋଇଥାନ୍ତି, ଆମେ ମନକୁ ମନ ନିଜ ଭୁଲ ମାନି ନିଅନ୍ତି ବେଳେ ବେଳେ ସେହି ଭୁଲକୁ ବି ଆମେ ଅନ୍ୟମାନଙ୍କ ଆଗରେ ପରିପ୍ରକାଶ କରିନିଅନ୍ତି । ଏଥିରୁ ଆମେ ନିଜ ଉଦାରତା ଓ ଖୋଲାପଣକୁ ପରିପ୍ରକାଶ କରିଥାନ୍ତି । ଜଣେ ମିତ୍ର ମୋର ଘରକୁ ଆସିଥିଲେ ସେ ଘରେ ଲାଗିଥିବା ପରଦାକୁ ଦେଖି ଲୋକ ବୋଲି ପରିଚୟ ଦେବାକୁ ଚାହିଁଥାନ୍ତି, କିନ୍ତୁ ଯଦି କେହି ସେହି ଭୁଲ୍‌କୁ ତା ନିଜ ତରଫରୁ ଆମକୁ ଭୁଲ୍ ବୋଲି ପ୍ରମାଣିତ କରିବାକୁ ଚାହେଁ ତେବେ ଆମେ ଯୁକ୍ତି କରିବାକୁ ପୁରା ସାମର୍ଥ୍ୟ ସହ ଲାଗିପଡନ୍ତି କାରଣ ନିଜ ଅହଂକୁ ତଳେ ପଡିଯିବାକୁ ଦେବା ବା କିପରି ?

ଗୃହଯୁଦ୍ଧ ସମୟରେ ହୋରେସ୍ ଗ୍ରିଲେ ଆମେରିକାର ସବୁଠାରୁ ପ୍ରସିଦ୍ଧ ସମ୍ପାଦକ ଥିଲେ । ସେ ଲିଙ୍କନ୍‌ଙ୍କ ନୀତିର ପୂରା ବିରୋଧୀ ଥିଲେ । ତାଙ୍କୁ ବିଶ୍ୱାସ ଥିଲା କି ସେ ତର୍କ ବିତର୍କରେ ଅପମାନ ଦେଇ ବା ତାଙ୍କ ନୀତିର ସମାଜ ଆଗରେ ହସ ବା ଥଟ୍ଟାର ବିଷୟ ବନାଇ ଲିଙ୍କନ୍‌ଙ୍କୁ ନିଜ ପକ୍ଷରେ ସାମିଲ୍ କରିନେବେ । ଏହି ଅଭିଯାନ ଦିନକୁ ଦିନ ଆହୁରି ବଳବାନ ହେବାକୁ ଲାଗିଲା । ଯେଉଁ ରାତିରେ ବୁଥ୍ ଲିଙ୍କନ୍‌ଙ୍କ ଉପରକୁ ଗୁଳି କରିଥିଲେ, ସେ ରାତିରେ ବି ଗ୍ରିଲେ ଲିଙ୍କନଙ୍କ ପାଇଁ ବହୁତ କଟୁ କ୍ରୁର ଆଲୋଚନାତ୍ମକ ତଥା ବ୍ୟକ୍ତିଗତ ଆଘାତ ପହଞ୍ଚାଇବା ଭଳି ସମ୍ପାଦକୀୟ ଲେଖିଥିଲେ । କିନ୍ତୁ କ'ଣ ଲିଙ୍କନ୍ କେବେ ବି

ଗ୍ରିଲେଙ୍କ ସହ ଏକମତ ହେଲେ? ପ୍ରଶ୍ନ ହିଁ ଉଠୁ ନଥିଲା। ଅପମାନ ଓ ଉପହାସ କରି ଆପଣ କାହାକୁ ବି ନିଜ ସହ ସହମତ କରାଇ ପାରିବେ ନାହିଁ।

ତେବେ ଯଦି ଆପଣ ଏମିତି କିଛି ଉପାୟ ଚାହୁଁଛନ୍ତି, ଯାହାଦ୍ୱାରା ଆପଣଙ୍କ ସମ୍ବନ୍ଧ ଅନ୍ୟମାନଙ୍କ ସହ ମଧୁର ହୋଇଯିବ, ଯଦି ଆପଣଙ୍କୁ ବି ନିଜ ବ୍ୟକ୍ତିତ୍ୱକୁ ଆକର୍ଷଣୀୟ କରିବାକୁ ଚାହୁଁଛନ୍ତି, ତେବେ ବେଞ୍ଜାମିନ୍ ଫ୍ରେଙ୍କ୍‌ଲିନ୍‌ଙ୍କ ଆତ୍ମକଥା ପଢିବା ଦରକାର। ଏହା ସବୁଠାରୁ ଉତ୍ତମ ଜୀବନଗାଥା ହୋଇଥିବା ସହିତ ଆମେରିକା ସାହିତ୍ୟର ଏକ ଅମର ପୁସ୍ତକ ଅଟେ। ଏଥିରେ ଫ୍ରେଙ୍କ୍‌ଲିନ୍ କହିଥିଲେ କିପରି ସେ ନିଜର ଯୁକ୍ତିକରିବା ଅଭ୍ୟାସକୁ ନିୟନ୍ତ୍ରଣ କରିଥିଲେ ଓ କେମିତି ନିଜକୁ ଆମେରିକା ଇତିହାସର ସବୁଠାରୁ ବୁଦ୍ଧିମାନ, ସଭ୍ୟ, କୁଶଳ ତଥା କୂଟନୀତିଜ୍ଞ ଭାବେ ସ୍ଥାପିତ କରିପାରିଥିଲେ।

ନିଜ ଯୁବକ ଅବସ୍ଥାରେ ବେନ୍ ଆବଶ୍ୟକତା ଠାରୁ ଅଧିକ ଯୁକ୍ତି କରୁଥିଲେ। ଥରେ ତାଙ୍କ ପୁରୁଣା ମିତ୍ର କ୍ୱେକର୍ ତାଙ୍କ ଉପରେ ସତ୍ୟତାର ଚାବୁକ୍ ମାରିବାକୁ ଲାଗିଲେ। ସେ ବେନ୍‌ଙ୍କୁ କହିଲେ- 'ବେନ୍ ତୁମର ସ୍ୱଭାବକୁ କେହି ବି ସୁଧାରି ପାରିବେ ନାହିଁ। ତୁମ ବିଚାର ଗୁଡିକ ବିରୋଧିମାନଙ୍କୁ ହାତୁଡିରେ ପିଟିଲା ପରି ଲାଗୁଛି। ଜାଣିଛ ତୁମ ଆକ୍ରମକ ବିଚାରର ଚିନ୍ତା କାହାରି ନାହିଁ ସେମାନେ ତ ଖାଲି ନିଜେ କିପରି ତୁମଠାରୁ ବଞ୍ଚିବେ ସେହି ଚିନ୍ତାରେ ଥାଆନ୍ତି। ତୁମ ଭିତରେ ଏତେ ଅଧିକ ଜ୍ଞାନ ଅଛି, ତ କାହାକୁ ବି କିଛି ବି କହିବାର ଆବଶ୍ୟକତା ନାହିଁ। କେହି ଲୋକ ଏତେ ପରିଶ୍ରମ କାହିଁକି କରିବ କି ତୁମ ଭଳି ଜଣେ ବିଦ୍ୱାନ ଲୋକକୁ କିଛି ବୁଝାଇ ପାରିବ। ଏଣୁ ତୁମ ପାଖରେ ଯେତିକି ଜ୍ଞାନ ଅଛି ବାସ୍ ସେତିକି ହିଁ ରହିବ କାରଣ ଅନ୍ୟମାନଙ୍କ ଠାରୁ ତୁମେ କିଛି ବି ଶିଖି ପାରିବ ନାହିଁ ଏଥିରେ ହାନୀ ତୁମର ହିଁ ହେବ।' ଏହି କଥା ପାଇଁ ବେନ୍ ଫ୍ରେଙ୍କ୍‌ଲିନ୍ ପ୍ରଶଂସାର ପାତ୍ର କି ସେ ଏହି ଅପମାନଜନକ ଆଲୋଚନାକୁ ବହୁତ ଭଲ ଭାବରେ ନେଇଥିଲେ। ଏଠି ବି ନିଜ ମହାନତା ଓ ବୁଦ୍ଧିମାନୀର ପରିଚୟ ଦେଇ ସେହି ଆଲୋଚନା ପଛରେ ଥିବା ସତ୍ୟତାକୁ ବୁଝିନେଇଥିଲେ। ସେ ଜାଣି ପାରିଥିଲେ କି ଯଦି ନିଜ ବିଚାର ଓ ନିଜକୁ ବଦଳାଇବେ ନାହିଁ ତେବେ ସେ ଅସଫଳତା ତଥା ସାମାଜିକ ବିନାଶର ଖାଲରେ ପଡି ରହିବେ। ସେ ନିଜ ଭୁଲ୍ ସ୍ୱୀକାର କରି ନିଜ ଭିତରୁ ଆଲୋଚନା ଓ ଯୁକ୍ତି କରିବାର ପ୍ରବୃତ୍ତିକୁ ବାହାର କରି ଫିଙ୍ଗିଦେଲେ।

ଫ୍ରେଙ୍କ୍‌ଲିନ୍ ନିଜ ଜୀବନୀରେ ଆଗରୁ କହିଥିଲେ- 'ମୁଁ ତ ସେହି ଘଟଣା ପରେ ଏକ ନିୟମ କରି ନେଇଥିଲି କି ଆଗକୁ କେବେ ବି ଅନ୍ୟର ଭାବନା ଉପରେ ସିଧା ଭାବରେ ପ୍ରହାର କରିବି ନାହିଁ। ନିଜ କଥାକୁ ମଧ୍ୟ ଆକ୍ରମକ ଶୈଳୀରେ ଉପସ୍ଥାପନା କରିବି ନାହିଁ। ଏବେ ମୋର ଭାଷାରେ 'ନିଶ୍ଚିତ ଭାବରେ', 'ନିସନ୍ଦେହ' ପରି ଶବ୍ଦର ପ୍ରୟୋଗ କରିବି ନାହିଁ ବରଂ ଏହା ବଦଳରେ 'ମୋତେ ଲାଗୁଛି', ଏହି କ୍ଷଣରେ ମୋତେ ଏପରି ଅନୁଭବ ବା ଅନୁମାନ ହେଉଛି', 'ମୁଁ ଭାବୁଛି' ଇତ୍ୟାଦି ଶବ୍ଦର ପ୍ରୟୋଗ କରିବି। ଏବେ ଯଦି

କେହି ଅତର୍କିତ ଭାବେ କିଛି କଥା କହୁଥିଲା ଓ ମୁଁ ଜାଣିଥିଲି କି ସେ ଭୁଲ୍ କହୁଛି, ତେବେ ବି ମୁଁ ତାର ବିରୋଧ ସିଧା-ସିଧି ଭାବେ କରୁନାହିଁ। ଯଦି ମୋତେ ଭୁଲଟି କହିଦେବାର ବି ହେଉଥିଲା ତେବେ ମୁଁ ଏକ କୂଟନୀତିଜ୍ଞ ରୂପରେ କହୁଥିଲି, ଯେପରି- 'ଅନେକ ମାମଲା ବା ପରିସ୍ଥିତିରେ ସାମ୍ନାଲୋକର କଥା ଠିକ୍ ହୋଇ ପାରିଥାଏ, କିନ୍ତୁ ମୋତେ ଏପରି ଅନୁମାନ ହେଉଥିଲା କି ଏହି ମାମଲାରେ ସେ ଠିକ୍ ହେବ ନାହିଁ। ମୋତେ ନିଜର ଶୈଳୀ ବଦଳେଇବାରୁ ବହୁତ ଲାଭ ହେଲା। ଏବେ ମୋର ଚର୍ଚ୍ଚାଗୁଡିକ ଶାନ୍ତିପୂର୍ଣ୍ଣ ହେବାରେ ଲାଗିଥିଲା। ଏବେ ମୁଁ ମୋର ବିଚାରକୁ ବଡ ଶାଳୀନତା ସହ ଅନ୍ୟମାନଙ୍କ ସମକ୍ଷ ଉପସ୍ଥାପିତ କରୁଥିଲି, ତେଣୁ ସେମାନେ ବି ମୋ କଥାରେ ପ୍ରସନ୍ନତାପୂର୍ବକ ରାଜି ହେଉଥିଲେ। ଯଦି ମୁଁ ଭୁଲ ବି ହେଉଥିଲି ତେବେ ମୋତେ ଘୋର ଅପମାନର ସାମ୍ନା କରିବାକୁ ପଡୁନଥିଲା, କାରଣ ସବୁ ଜିନିଷ ଗୁଡିକ ଆମ ପାଖକୁ ସେହି ରୂପରେ ଫେରିଆସେ ଯେଉଁ ରୂପରେ ଆମେ ଏହାକୁ ଉପସ୍ଥାପିତ କରିଥାଉ। ଯେତେବେଳେ ମୁଁ ଠିକ୍‌ରେ ଥାଏ ମୋର ବିରୋଧି ବି ମୋ କଥାରେ ରାଜି ହେଉଥିଲେ। ସେମାନେ ବି ତ ମୋରି ନୀତିରେ ଚାଲୁଥିଲେ। ପ୍ରଥମେ ପ୍ରଥମେ ଏହି ପ୍ରକ୍ରିୟାରେ ଚାଲିବାକୁ ମୋତେ ବହୁତ କଷ୍ଟ ହେଉଥିଲା ଅର୍ଥାତ୍ ମୋର ନିଜ ଇଚ୍ଛାକୁ ମାରି ନୀତି ଅନୁସାରେ ଚାଲିବାକୁ ପଡୁଥିଲା ସେ ବି ବିନା ଯୁକ୍ତିତର୍କ କରି, କିନ୍ତୁ ପରେ ଏହି ଉପାୟ ମୋ ପାଇଁ ସହଜ ହୋଇଗଲା ଓ ମୋର ଏହା ଅଭ୍ୟାସରେ ପଡିଗଲା। ଏହି ଅଭ୍ୟାସ ପାଇଁ ମୁଁ ମୋର ମିତ୍ର ଓ ସହଯୋଗୀମାନଙ୍କ ମଧ୍ୟରେ ବହୁତ ଲୋକପ୍ରିୟ ହେବାରେ ଲାଗିଲି, ଫଳତଃ ମୁଁ ଯଦି କୌଣସି ନୂଆ ସଂସ୍ଥାର ପ୍ରସ୍ତାବ ରଖୁଥିଲି ବା ପୁରୁଣା ସଂସ୍ଥାରେ କିଛି ପରିବର୍ତ୍ତନ କରିବାକୁ ଚାହୁଁଥିଲି ତେବେ ସେମାନେ ଏହି ଉପାୟ ପାଇଁ ମୋ କଥାରେ ଅତି ସହଜରେ ରାଜି ହୋଇଯାଉଥିଲେ। ରାଜନୈତିକ କ୍ଷେତ୍ରରେ ପାଇଥିବା ସଫଳତା ପଛରେ ବି ଏହି ରହସ୍ୟର ହାତ ଥିଲା। ମୁଁ ତ ଆଦୌ ଭଲ ବକ୍ତା ନଥିଲି, କଥା କହିବାର କଳାରେ ବି ମୁଁ ବିଲକୁଲ୍ କୁଶଳ ନଥିଲି, ମୋର ଶବ୍ଦମାନ ବି ଏତେ ମନଲୋଭା ନଥିଲା ହେଲେବି ମୁଁ ମୋର କଥା ଅନ୍ୟ ମାନଙ୍କୁ ମନେଇ ନେଉଥିଲି। ତେବେ କ'ଣ ଫ୍ରେଙ୍କ୍‌ଲିନ୍‌ଙ୍କ ଏହି କଥା ବ୍ୟପାର ପାଇଁ ବି କାମ କରିବ? ଏହି କଥାକୁ ପ୍ରମାଣିତ କରୁଛି ତଳେ ଲିଖିତ ଏକ ଉଦାହରଣ-

ଦକ୍ଷିଣ କୈରୋଲିନାର କିଙ୍ଗସ୍ ମାଉଣ୍ଟେନ୍‌ରେ ରହୁଥିବା କୈଥୋରିନ୍ ଏ. ଅଲ୍ଫ୍ରେଡ୍ ଏକ ସୂତା କାରଖାନାରେ ସେହି କାରଖାନକୁ ଚଳାଉଥିବା ଇଞ୍ଜିନିୟରମାନଙ୍କର ସୁପରଭାଇଜର ଥିଲେ। ସେ ଆମ କ୍ଲାସରେ କହିଥିଲେ କିପରି ଭାବେ ଆମ ଠାରୁ ଟ୍ରେନିଙ୍ଗ୍ ନେବା ଆଗରୁ ଓ ପରେ କିପରି ଏକ ସମ୍ବେଦନଶୀଳ ସମସ୍ୟାର ସାମ୍ନା କରିଥିଲେ। ତାଙ୍କ ଅନୁସାରେ- 'ମୋର ସବୁଠାରୁ ବଡ ଦାୟିତ୍ୱ ଥିଲା କି ଆମ ଅପରେଟର୍‌ମାନଙ୍କୁ ପ୍ରୋତ୍ସାହିତ କରି ଏକ ସୁପରିଚାଳନାର ବାତାବରଣ ତିଆରି କରି ଅଧିକରୁ ଅଧିକ ସୂତା ଉତ୍ପାଦନ କରି

ବହୁତ ଅର୍ଥ ଅର୍ଜନ କରିପାରିବି। ଆଗେ ଆମ ପାଖରେ ମାତ୍ର ଦୁଇ ତିନି ପ୍ରକାରର ସୂତା ଥିଲା ସେତେବେଳେ ତ ସବୁ ଠିକ୍ ଠାକ୍ ଥିଲା। କିନ୍ତୁ ଏବେ କିଛି ଦିନ ପୂର୍ବରୁ ଆମେ ନିଜ କାରଖାନାରେ ଟିକେ ଅଧିକ ପ୍ରକାରର ଅର୍ଥାତ୍ ୧୨ ପ୍ରକାରର ସୂତା ଉତ୍ପାଦନ କରିବାକୁ ଚାହିଁଲୁ। କାମ ବଢି ଯାଇଥିବା କାରଣରୁ ଆମେ ଅପରେଟର୍ ମାନଙ୍କୁ ଅଧିକା ବେତନ ବି ଦେଇ ପାରୁନଥିଲୁ କିମ୍ବା ସେମାନଙ୍କୁ ସେତେ ଭଲ ଭାବରେ ପ୍ରୋତ୍ସାହିତ ବି କରିପାରୁନଥିଲୁ। ଠିକ୍ ସେହି ସମୟରେ ମୁଁ ଏକ ନୂଆ ଉପାୟ କରିବାକୁ ନିର୍ଣ୍ଣୟ ନେଲି, ଯେଉଁଥିରେ ଆମେ ସୂତାର ପ୍ରକାର ଭେଦ ଅନୁସାରେ ଅପରେଟର ମାନଙ୍କୁ ଭାଗ କରିଦେଲୁ ଯେପରି ଆଗରୁ ସେମାନେ ଭାଗ କରାଯାଇ ଥିଲା। ଏହି ଯୋଜନାକୁ ହାତରେ ନେଇ ମୁଁ କାମ କରୁଥିଲି, ଏହି ବାବଦରେ ମୁଁ ଗୋଟେ ମିଟିଙ୍ଗ୍ ଡକାଇଲି। ନିଜର ଏହି ଯୋଜନାକୁ ମ୍ୟାନେଜ୍‌ମେଣ୍ଟ ଆଗରେ ସଠିକ୍ ପ୍ରମାଣିତ କରିବାକୁ ଚାହୁଁଥିଲି। ମୁଁ ତାଙ୍କୁ ଏହି ଯୋଜନା ବିଷୟରେ ବିସ୍ତୃତ ଆଲୋଚନା କରିଥିଲି ଓ ଦର୍ଶାଇ ଦେଇଥିଲି କି ସେ କେଉଁଠାରେ ଭୁଲ୍ ଥିଲା। ମୋ ଯୋଜନାରେ କାମ ହେଲେ କି ପ୍ରକାର ଭାବେ ସବୁ କିଛି ଠିକ୍ କରାଯାଇ ପାରିବ, କିନ୍ତୁ ଏହା ସଫଳ ହୋଇପାରିଲା ନାହିଁ। ନୂଆ ଯୋଜନାରେ ମୁଁ ଏତେ ବ୍ୟସ୍ତ ରହିଲି କି ସେଥିପାଇଁ ପୁରୁଣା ଯୋଜନା ସମ୍ବନ୍ଧିତ ସମସ୍ୟାଗୁଡିକୁ ଦେଖିବା ମୋ ପାଇଁ ବିଲକୁଲ୍ ସମ୍ଭବ ହେଲାନାହିଁ, ଏହି କାରଣରୁ ସେହି ପୁରୁଣା ବିଷୟ ଅଧାରେ ଅଟକି ଗଲା।

'ଏହି ପାଠ୍ୟକ୍ରମରୁ ବହୁତ କିଛି ଶିଖିଲି ଓ ଏହାପରେ ମୋତେ ମୋର ଭୁଲ୍‌ର ଧାରଣା ହୋଇଗଲା। ମୁଁ ଆଉଥରେ ପୁଣି ମିଟିଙ୍ଗ୍ ଡାକିଲି, ଏଥର କିନ୍ତୁ ମୁଁ ସେମାନଙ୍କୁ ପଚାରିଲି କି ସେମାନଙ୍କ ଅନୁସାରେ ସମସ୍ୟା ଗୁଡିକ କେଉଁ କେଉଁ କାରଣରୁ ଉତ୍ପତ୍ତି ହେଉଛି ? ଏପରି କ'ଣ ଉପାୟ କଲେ ସେହି ସମସ୍ୟାମାନଙ୍କର ଆପେ ଆପେ ବା ଅଳ୍ପକେ ସମାଧାନ କରାଯାଇ ପାରିବ ? ମଝିରେ ମଝିରେ ମୁଁ ବି ଅତି ବିନମ୍ର ଭାବରେ ନିଜର କିଛି ମତାମତ ଦେଉଥିଲି। ସେମାନଙ୍କୁ ପୂରା ପ୍ରକ୍ରିୟାର ପ୍ରସ୍ତୁତି କରିବାର ଦାୟିତ୍ୱ ଦେଇଦେଲି। ମିଟିଙ୍ଗ୍‌ର ଶେଷରେ ଯେତେବେଳେ ମୁଁ ମୋର ବିଚାରକୁ ସେମାନଙ୍କ ଆଗରେ ଉପସ୍ଥାପନା କଲି, ସେତେବେଳେ ସେମାନେ ପୂରା ଆଗ୍ରହ ସହକାରେ ତାହାକୁ ସ୍ୱୀକାର କରିନେଲେ।

ଏବେ ମୋତେ ଏହି କଥାର ପୂରା ବିଶ୍ୱାସ ହୋଇ ସାରିଥିଲା କି ଯଦି କୌଣସି ଲୋକକୁ ସ୍ପଷ୍ଟ ରୂପରେ ଭୁଲ୍ ବୋଲି ପ୍ରମାଣିତ କରି ଦିଆଯାଏ ତେବେ ଲାଭ ଅପେକ୍ଷା ହାନୀ ଅଧିକ ହୋଇଥାଏ। ଏମିତି କରିବା ଦ୍ୱାରା ଆପଣ ତାଙ୍କ ସ୍ୱାଭିମାନ ଉପରେ ଆଘାତ କରିଥାନ୍ତି ଓ ନିଜକୁ ତାଙ୍କ ଦୃଷ୍ଟିରେ ଖରାପ କରିଦେଇଥାନ୍ତି।

ଏଠି ଆଉ ଏକ ଉଦାହରଣ ଦିଆଯାଇଛି ଯାହାକୁ ହଜାରରୁ ଅଧିକ ଲୋକେ ଅନୁଭବ କରିଛନ୍ତି - ନିୟୁର୍କର ଏକ ଲମ୍ବର (ଅନାବଶ୍ୟକ ରଦି ଜିନିଷ) କମ୍ପାନୀର ସେଲ୍ସମ୍ୟାନ ଆର. ବି. କ୍ରାଉଲେ ବର୍ଷରୁ ଅଧିକ ସମୟ ଧରି ଜଣେ ଲମ୍ବର ଇନିସ୍ପେକ୍ଟର ଏହା କହିବାକୁ

ଲାଗିଲା କି ସେ କୌଣସି ବାଦରେ ଭୁଲ ଥିଲେ । କିପରି ବି ହେଉ ମୁଁ ତ ସେହି ଯୁକ୍ତିରେ ଜିତିଗଲି, କିନ୍ତୁ ଏଥିରୁ କିଛି ଲାଭ ହେଲା ନାହିଁ । କ୍ରାଉଲେ କହୁଥିଲେ- 'ଲମ୍ବର ଇନିସ୍ପେକ୍ଟର ବେସ୍ ବଲ ପ୍ରତିଯୋଗିତାର ଅମ୍ପେୟାର ପରି ବ୍ୟବହାର କରୁଥିଲେ । ଯଦି ସେ ଥରେ କୌଣସି ନିର୍ଣ୍ଣୟ ନେଉଥିଲେ ତେବେ ଏହା ଶିରୋଧାର୍ଯ୍ୟ ଥିଲା ।'

ଏହା ପରେ ମି. କ୍ରାଉଲେ ନିଜେ ନିଜେ ଗଣିତ କଷିବାକୁ ଲାଗିଲେ କି ଏପରି ଯୁକ୍ତିରେ ଜିତିବା ଦ୍ୱାରା ମଧ୍ୟ ତାଙ୍କୁ ହଜାର ଡଲାରରୁ ଅଧିକ କ୍ଷତି ସହିବାକୁ ପଡିଲାଣି । ସେତେବେଳେ ସେ ଆମ ପାଠ୍ୟକ୍ରମରେ ଭାଗନେବାକୁ ଅସିଲେ ଓ ଯୁକ୍ତି କରିବା ଛାଡିଦେଲେ । ଏହାର ପରିଣାମ କ'ଣ ହେଲା ବା କିପରି ହେଲା ? ଏହା ପରର କାହାଣୀକୁ ସେ ନିଜେ ଆମ ଶ୍ରେଣୀରେ କହିଥିଲେ -

ଦିନେ ସକାଳୁ ସକାଳୁ ମୋର ଟେଲିଫୋନ୍ ଘଣ୍ଟି ବାଜି ଉଠିଲା । ଆଉ ସେପଟରୁ ଜଣେ କ୍ରୋଧୀ ଲୋକ କିଛି ଚିନ୍ତିତ ଥାଇ କଥା ହେଲା ପରି ଅନୁଭବ ହେଲା । ସେ କହୁଥିଲେ କି ଆମେ ତାଙ୍କୁ ଯେଉଁ ମାଲ୍ ପଠାଇଛୁ ତାହା ନିହାତି ନିକୃଷ୍ଟ ଗୁଣ ବିଶିଷ୍ଟ । ତାଙ୍କ କମ୍ପାନୀ ସେହି ମାଲ୍‌କୁ ଟ୍ରକ ମାନଙ୍କରୁ ପ୍ରାୟ ୨୫ ଭାଗ ଖାଲି କଲା ପରେ ସେମାନଙ୍କର ଲମ୍ବର୍ ଇନିସ୍ପେକ୍ଟର ଏହା ଜାଣିପାରିଲେ । ସେ ମୋତେ କହିଲେ କି ଆମ ଟ୍ରକ ଗୁଡିକୁ ତୁରନ୍ତ ଫେରାଇ ନେବାପାଇଁ କାରଣ ଏହାର ଗୁଣାତ୍ମକ ମାନ ହାରାହାରି ୫୫ ପ୍ରତିଶତ କମ୍ ଥିଲା ।

ଏହି କଥା ଶୁଣିଲା ପରେ ମୁଁ ତୁରନ୍ତ ସେହି କାରଖାନାକୁ ଯାଇ ସେଠାକାର ସ୍ଥିତି ସମ୍ଭାଳିବାର ଯୋଜନା ବନାଇଲି । ବାଟସାରା ସେଠି କିପରି ରଣନୀତି ହେବା ଦରକାର ସେହି କଥା ଚିନ୍ତା କରୁଥିଲି । ଏହି ପାଠ୍ୟକ୍ରମରେ ଆସିବା ପୂର୍ବରୁ ଯଦି ଏପରି ହୋଇଥାନ୍ତା ତେବେ ମୁଁ ସେଠାକୁ ଯାଇ ଏପରି ବଡ ବଡ କଥା କହି ସେହି ଇନିସ୍ପେକ୍ଟରକୁ ବୋକା କରିଦେଇଥାନ୍ତି ଓ ତାକୁ କହିଦେଇଥାନ୍ତି କି ଆମ ମାଲ୍ ଠିକ୍ ଅଛି ତାର ଗୁଣାତ୍ମକ ମାନ ନିର୍ଣ୍ଣୟ କରିବାରେ ଭୁଲ ହୋଇଛି । ତାର ମସ୍ତିଷ୍କକୁ ମୋ ସହ କାମ କରିବାକୁ ବାଧ କରିଥାନ୍ତି, କିନ୍ତୁ ଏଥର ମୁଁ ସେପରି ଆଦୌ କଲିନାହିଁ । ଏହି ପାଠରୁ ଶିଖିବା ଅନୁସାରେ ସବୁ ନିୟମର ପାଳନ କରିବାକୁ ଚେଷ୍ଟା କରିବି ସ୍ଥିର କଲି ।

ଯେମିତି ମୁଁ ସେହି କାରଖାନାରେ ପହଞ୍ଚିଛି, ମୁଁ ଦେଖିଲି କି ସେଠି ତାଙ୍କ ମ୍ୟାନେଜର ଓ ଲମ୍ବର ଇନିସ୍ପେକ୍ଟର ପୁରା ଯୁକ୍ତି ଓ ଝଗଡା କରିବାର ମୁଡ୍‌ରେ ଥଲେ । ମୁଁ ସେହି ଟ୍ରକ ପାଖକୁ ଗଲି ଯେଉଁ ଟ୍ରକରୁ ମାଲ୍ ଖାଲି ହେଉଥିଲା । ମୁଁ ସେମାନଙ୍କୁ ଗାଡି ଖାଲି କରିବାକୁ କହିଲି । ସବୁ ଯାକ ମାଲ୍ ଖାଲି କରନ୍ତୁ ମୁଁ ଭଲ ଭାବରେ ଏମାନଙ୍କ ଗୁଣାତ୍ମକ ମାନ ପରୀକ୍ଷା କରିବାକୁ ଚାହୁଁଛି । ଏବେ ସେହି ଇନିସ୍ପେକ୍ଟରକୁ କହିଲି କି ଆପଣ ଯେମିତି ମୋ ଆସିବା ଆଗରୁ (ଆପଣଙ୍କ ହିସାବରେ) ଭଲ ମାଲ୍‌କୁ ଗୋଟେ ପାଖରେ ରଖୁଥିଲେ ଓ ଖରାପ ମାଲ୍‌କୁ ଗୋଟେ ପାଖରେ ରଖୁଥିଲେ ସେପରି ରଖି ଚାଲନ୍ତୁ ।

'କିଛି ସମୟ ଧରି ମୁଁ ତାକୁ ଦେଖିଲା ପରେ ବୁଝି ପାରିଥିଲି କି ସେ ନିୟମ ଗୁଡିକର ପ୍ରୟୋଗ ବହୁତ ଭୁଲ ଭାବରେ କରୁଥିଲା । ଜିନିଷଗୁଡିକର ପରୀକ୍ଷା ନିରୀକ୍ଷା ବି ବଡ ନିଷ୍ଠୁର ଭାବେ କରୁଥିଲା । ମୋତେ ଏହା ଭଲ ଭାବରେ ମାଲୁମ୍ ଥିଲା କି ସେହି ଇନିସ୍ପେକ୍ଟରକୁ ଅତି ଟାଣ କାଠ ବିଷୟରେ ବହୁତ ଭଲ ଭାବେ ଜଣାଥିଲା କିନ୍ତୁ ସେ ଧଳା ଦେଖା ଯାଉଥିବା ପାଇନ୍ କାଠ ବିଷୟରେ ସେମିତି କିଛି ଜାଣି ନଥିଲା । ଏବଂ ଏହି ଲମ୍ବର ଧଳା ପାଇନ୍‌ର ହିଁ ଥିଲା, ଏଥି ସହିତ ଏହି କାଠ ବିଷୟରେ ମୁଁ ତ ବିଶେଷଜ୍ଞ ଥିଲି, ହେଲେ ବି ତାର ଜ୍ଞାନ ଉପରେ ମୁଁ କୌଣସି ଟିପ୍ପଣୀ ଦେଲି ନାହିଁ । ମୁଁ କେବଳ ଚୁପ୍‌ଚାପ୍ ବସିଥିଲି ଓ ଯେଉଁ କାଠ ଗୁଡିକୁ ଖରାପ କାଠ କହି ସେ ଅଲଗା ରଖୁଥିଲା କେବଳ ସେହି କାଠମାନଙ୍କ ବିଷୟରେ କ'ଣ ଖରାପ ଅଛି ବୋଲି ପଚାରି ନେଉଥିଲି । ମୁଁ ଥରେ ବି ସେହି ଇନିସ୍ପେକ୍ଟରକୁ ଅନୁଭବ ହେବାକୁ ଦେଲି ନାହିଁ କି ସେ ଭୁଲ କରୁଛନ୍ତି । ବାରମ୍ବାର ମୁଁ ପଚାରିବାର କାରଣ ଆଗଥରକୁ ସେପରି ନାପସନ୍ଦ କାଠକୁ ତାଙ୍କ ପାଇଁ ପଠାଇବି ନାହିଁ ।

'ମୁଁ ବାରମ୍ବାର କହୁଥିଲି କି ଯେଉଁ କାଠ ଖଣ୍ଡ ଗୁଡିକରେ ସେ ଖୁସି ନୁହନ୍ତି ସେ ସେଗୁଡିକୁ ଅଲଗା ରଖି ଯାଆନ୍ତୁ । ତେଣୁ ଏହି କଥାରୁ ଆମ ଭିତରର ଯେଉଁ ଶତ୍ରୁତାର ବାତାବରଣ ସେମାନେ ତିଆରି କରିଥିଲେ ତାହା ଧିରେ ଧିରେ କମ୍ ହେବାରେ ଲାଗିଲା । କଥା କଥାରେ ମୁଁ ସେମାନଙ୍କୁ କହିଲି ଯେ ସେମାନେ ହୁଏତ ଟିକେ ଅଧିକ ଦାମୀ ମାଲ୍ କିଣିବାକୁ ଚାହୁଁଥିଲେ । ମୋଟା ମୋଟି ସେ ଏହା ଠାରୁ ଭଲ ମାଲ୍ ଚାହୁଁଥିଲେ । ଏହା ଦ୍ୱାରା ସେମାନଙ୍କ ମସ୍ତିଷ୍କରେ ଏ କଥା ଆସି ଯାଇଥିଲା କି ସେମାନେ ଯେଉଁ ଅର୍ଡର ଦେଇଥିଲେ ସେଥିରେ ଏମିତି ଛୋଟ ଛୋଟ ଟୁକୁଡା କାଠ ମିଳେ । କାରଖାନାର ମ୍ୟାନେଜର ବି ଏହି କଥାକୁ ସ୍ୱୀକାର କରିଦେଲେ କି ସେମାନେ ପ୍ରକୃତରେ ଭଲ ଓ ଦାମୀ କିସମର ମାଲ୍ ଚାହୁଁଥିଲେ । ମୁଁ ବହୁତ ସତର୍କ ଥିଲି କାରଣ ସେ ଏହା ନ ଭାବୁ ଯେ ମୁଁ ଏହି ବିଷୟକୁ ଦେଖୁ ଦେଖୁ ଅସଲ ବିଷୟକୁ ଭୁଲି ଯାଇଛି ।

'ଏମିତି କିଛି କ୍ଷଣ ଚାଲିଲା ପରେ ସେହି ଇନିସ୍ପେକ୍ଟରର ଦୃଷ୍ଟିକୋଣ ବଦଳିବାରେ ଲାଗିଲା । ସେହି ଇନିସ୍ପେକ୍ଟର ଏବେ ନିଜେ ମାନିଲା କି ତାକୁ ଧଳା ପାଇନ୍ କାଠ ବିଷୟରେ ଏତେ ଜ୍ଞାନ ନାହିଁ ଓ ପରେ ପରେ ମୋ ଠାରୁ ସେହି କାଠ ବିଷୟରେ ଅଧିକ ଜାଣିବାକୁ ଲାଗିଲା । ମୁଁ ବି ତାକୁ ପୁରା ବୁଝାଇ କହୁଥିଲି । ମଝିରେ ମଝିରେ କହୁଥିଲି ଯଦି ତାକୁ କେଉଁ ଛୋଟିଆ କାଠ ଖଣ୍ଡମାନ ପସନ୍ଦ ନାହିଁ ତେବେ ତାକୁ ଅଲଗା ରଖିଦେଉ । ଅନ୍ତତଃ ସେ କୌଣସି କାଠକୁ ଖରାପ କହିବାକୁ ଲଜ୍ୟା ବୋଧକଲା ବା ଅପରାଧ କଲାପରି ଅନୁଭବ କଲା । ସେ ଅନୁଭବ କଲା କି ସେ ସେହି ଗୁଣର ଦାମୀ ମାଲ୍‌ର ଅର୍ଡର କରି ନଥିଲା ଯେପରି ତାକୁ ଦରକାର ଥିଲା । ଏହାର ପରିଣାମ ସ୍ୱରୁପ, ମୁଁ ସେଠାରୁ ଫେରିଲା ପରେ ସେ ସେହି ଟ୍ରକ୍‌ର ପୂରା ମାଲ୍‌କୁ ଆଉ ଥରେ ପରୀକ୍ଷା କଲା ଓ ସେ ସବୁତକ ମାଲ୍‌କୁ ରଖିନେଇ ମୋତେ ତାହାର ମୂଲ୍ୟ ଚେକ୍ ଆକାରରେ ପଠାଇଦେଲା । ତେବେ ଏପରି ଏକ

ଉଦାହରଣ, ଟିକେ ବ୍ୟବହାର କୁଶଳତାରୁ ଓ ଟିକେ ବୁଦ୍ଧି ଖଟାଇ ସାମ୍ନା ଲୋକର ଭୁଲକୁ ଛପାଇ ହେଲା, ଯାହାଫଳରେ ଆମ କମ୍ପାନୀକୁ ଦୁଇଗୁଣ ଲାଭ ହେବା ସହ ସଭାବନା ବି ପ୍ରାପ୍ତ ହେଲା ଯାହା ବାସ୍ତବରେ ବହୁ ମୂଲ୍ୟବାନ ଅଟେ ଓ ଏତେ ସହଜରେ ପ୍ରାପ୍ତ ହୁଏ ନାହିଁ।

ଥରେ ମାର୍ଟିନ୍ ଲୁଥର୍ କିଙ୍ଗ୍‌ଙ୍କୁ କେହି ଜଣେ ପଚାରି ଦେଲେ, କି ଆପଣ ତ ଶାନ୍ତିର ପକ୍ଷରେ ସବୁବେଳେ ଥାଆନ୍ତି, ହେଲେ ବି ଦେଶର ସବୁଠାରୁ ବଡ ସେନା ଅଧିକାରୀ ଏୟାରଫୋର୍ସ ଜେନେରାଲ୍ ଡେନିୟଲ୍ ଚୈପି ଜେମ୍ସଙ୍କର ଏତେ ବଡ ପ୍ରଶଂସକ କିପରି ହୋଇପାରିଛନ୍ତି ? ସେ ତତ୍‌କାଳ ଉତ୍ତର ଦେଲେ - 'ମୁଁ ଲୋକମାନଙ୍କୁ ନିଜ ସିଦ୍ଧାନ୍ତ ଦ୍ୱାରା ଓଜନ ନକରି ତାଙ୍କରି ସିଦ୍ଧାନ୍ତର ତରାଜୁରେ ଓଜନ କରିଥାଏ।'

ଥରେ ଏହିପରି ଭାବରେ ଜେନେରାଲ୍ ରବର୍ଟ ଈ. ଲି. କାନ୍‌ଫେଡେରିସର ରାଷ୍ଟ୍ରମୂଖ୍ୟ ଜାଫରସନ୍ ଡେଭିସଙ୍କ ଆଗରେ ନିଜ ଅଧିନସ୍ଥ ଏକ ବିଭାଗ ଅଧିକାରୀଙ୍କର ବହୁତ ପ୍ରଶଂସା କରିଲେ। ତାଙ୍କ ପାଖରେ ଠିଆ ହୋଇଥିବା ଅନ୍ୟ ଜଣେ ଅଧିକାରୀ ଏହା ସବୁ ଶୁଣି ପୂରା ଅବାକ୍ ହୋଇଗଲେ ଓ କହିଲେ ଜେନେରାଲ୍ ସାର୍ ଆପଣ ଯାହା ବିଷୟରେ ଏତେ ପ୍ରଶଂସା କରୁଛନ୍ତି ଯେପରି ହୃଦୟର ସହ ତାଙ୍କ ଗୁଣକୁ ବହୁତ ଭଲ ବୋଲି ଦର୍ଶାଉଛନ୍ତି ସେ ତ ଆପଣଙ୍କ ବିଷୟରେ ତା ମନରେ ବହୁତ ମଇଳା ରଖିଛି। ଟିକେ ଅବସର ମିଳିଲେ ସେ ଆପଣଙ୍କ ଆଲୋଚନା କରିବାକୁ ପଛାଏ ନାହିଁ। ଏହି କଥାର ଉତ୍ତରରେ ଜେନେରାଲ୍ କହିଲେ- 'ମୋତେ ସବୁ ଜ୍ଞାତ ଅଛି, କିନ୍ତୁ ପ୍ରେସିଡେଣ୍ଟ୍ ତ ତାଙ୍କ ବିଷୟରେ ମୋ ବିଚାର ଜାଣିବାକୁ ଚାହିଁଥିଲେ, ମୋ ବିଷୟରେ ତା'ର ବିଚାର ପଚାରି ନଥିଲେ।'

ଏମିତି ବି ମୁଁ ଏହି ଅଧ୍ୟାୟରେ ଯାହା କହିଛି ତାହା କିଛି ନୂଆ ନୁହେଁ। ଏହି କଥାଗୁଡିକୁ ଈସା ମସିହ ୨୦୦୦ ବର୍ଷ ପୂର୍ବରୁ କହିଥିଲେ- 'ନିଜ ବିରୋଧୀମାନଙ୍କ ସହ ଏକାଥରେ ଏକମତ ହୋଇ ଯାଆନ୍ତୁ।' ୨୨୦୦ ବର୍ଷ ପୂର୍ବରୁ ମିଶର ଦେଶର ସମ୍ରାଟ ଅଖ୍‌ତାଇ ନିଜ ପୁଅକୁ ଏହି ଶିକ୍ଷା ଦେଇଥିଲେ- 'ସର୍ବଦା କୂଟନୈତିକ ହେବାର ପ୍ରୟାସ କର। ଏଥିପାଇଁ ଲୋକମାନେ ତୁମ କଥା ଶୀଘ୍ର ମାନିନେବେ ଓ ଏଥିରୁ ତୁମର ବହୁତ ଲାଭ ହେବ।'

ଏହାକୁ ଅନ୍ୟ ପ୍ରକାରରେ କହିଲେ ଏହାର ଅର୍ଥ ହେବ କି କେବେ ବି ନିଜ ଗ୍ରାହକ ହୁଅନ୍ତୁ, ନିଜ ପତ୍ନୀ ହୁଅନ୍ତୁ କିମ୍ବା ନିଜ ବିରୋଧୀ, କାହାରି ସହ କିଛି ବି ଯୁକ୍ତି କରନ୍ତୁ ନାହିଁ। ସେମାନଙ୍କୁ ଭୁଲ ପ୍ରମାଣିତ କରିବା ପାଇଁ ଚେଷ୍ଟା କରନ୍ତୁ ନାହିଁ। ହଁ ଅଛ କୂଟନୀତିର ପ୍ରୟୋଗ ଅବଶ୍ୟ କରନ୍ତୁ।

ସିଦ୍ଧାନ୍ତ - 2

ସଦା ସର୍ବଦା ଅନ୍ୟଲୋକର ବିଚାରର ସମ୍ମାନ କରନ୍ତୁ। ଭୁଲରେ ବି ଥରେ କୁହନ୍ତୁ ନାହିଁ - 'ଆପଣଙ୍କ କଥା ଭୁଲ୍ ଅଟେ।'

3

ନିଜ ଭୁଲକୁ ସ୍ୱୀକାର କରିବାକୁ କୁଣ୍ଠାବୋଧ କରନ୍ତୁ ନାହିଁ

ମୋ ଘର ପାଖରେ ଏକ ବହୁତ ଘନ ଜଙ୍ଗଲ ଥିଲା । ସେହି ଜଙ୍ଗଲରେ ବହୁତ ଉଚ୍ଚ ଉଚ୍ଚ ଗଛମାନ ଥିଲା । ବସନ୍ତ ଋତୁରେ ସେଠି ବ୍ଲାକବେରୀର ଛୋଟ ଛୋଟ ଗଛ ସବୁ ଚାରିଆଡେ ଉଠିଯାଇ ଖୁବ୍ ସୁନ୍ଦର ସବୁଜିମାରେ ଭରିଯାଏ । ଏଠାରେ ବହୁତ ଲମ୍ବା ଲମ୍ବା ବହୁ ପ୍ରକାରର ଘାସ ସବୁ ଅଙ୍କୁରିତ ହୋଇଥାଏ ଓ ଏଠାରେ ବହୁତ ଛୋଟ ଛୋଟ ଚଢେଇ ସବୁ ନିଜ ବସା ତିଆରି କରି ନେଇଥାନ୍ତି । ଏହି ଜଙ୍ଗଲର ନାମ ଫରେଷ୍ଟ ପାର୍କ ଥିଲା । ଏହା ସେହି ବସନ୍ତ ଋତୁର ନୀଳ ଚାଦର ଘୋଡାଇ ହୋଇ ଏକ ନବ ବଧୂ ପରି ଦେଖା ଯାଉଥିଲା । ସେହି ସମୟରେ କଲମ୍ବସ୍ ଆମେରିକାକୁ ଖୋଜି ବାହାର କରିଥଲେ । ମୁଁ ସେହି ସୁନ୍ଦର ଜଙ୍ଗଲରେ ମୋର ଓ୍ୱେଷ୍ଟନ ବୁଲ୍ ପ୍ରଜାତିର କୁକୁର ରେକ୍ସ କୁ ବୁଲାଇବାକୁ ନେଇଯାଉଥିଲି । ରେକ୍ସ ବହୁତ ଉତ୍ତମ ସ୍ୱଭାବର ଥିଲା । ଏହା ଏକ ଏପରି କୁକୁର ଥିଲା ଯିଏ କାହାରିକୁ କିଛି ବି କ୍ଷତି ପହଞ୍ଚାଉ ନଥିଲା । ଏଣୁ ମୁଁ ତାକୁ ସେହି ଜଙ୍ଗଲରେ ଖୋଲା ଛାଡି ଦେଇଥାଏ କାହିଁକି ନା ଆମ ଦୁଇଜଣଙ୍କ ବ୍ୟତୀତ ସେଠାରେ ଆଉ କେହି ବି ନଥାନ୍ତି ।

ଦିନେ ସେ ଜଙ୍ଗଲରେ ଆମକୁ ଅଚାନକ ଏକ ପୁଲିସ୍ ବାଲା ମିଳିଗଲା, ଯିଏ କି ନିଜର ବିଶେଷତ୍ୱକୁ କିଛି ବିଶେଷ ଭାବରେ ଆମ ଆଗରେ ଦେଖାଇବାକୁ ଚାହୁଁଥିଲେ । ଆମକୁ ଦେଖି ତାକୁ ଯେପରି ଏକ ଉଚିତ୍ ଅବସର ମିଳିଗଲା । ମୋତେ ବଡ ବିରକ୍ତି ଭାବରେ ରାଗିକରି କହିଲା- 'ତୁମେ କୁକୁରକୁ କାହିଁକି ଖୋଲା ଛାଡିଅଛ ? ଏହାକୁ ଚେନ୍‌ରେ କାହିଁକି ବାନ୍ଧିନାହଁ ? କ'ଣ ଆପଣ ଜାଣିନାହାଁନ୍ତି କି ଏହା ଆଇନ ବିରୁଦ୍ଧ ଅଟେ ?'

ମୁଁ ଧିର ଶବ୍ଦରେ କହିଲି 'ହଁ ମୋତେ ତ ମାଲୁମ୍ ଅଛି, କିନ୍ତୁ ମୋତେ ଜଣା ଅଛି ଏ

କୁକୁର ଏଠି କାହାକୁ କିଛି ବି କ୍ଷତି ପହଞ୍ଚାଇବ ନାହିଁ।' ପୋଲିସ ବାଲା ବି ଯେପରି ଏହି ଅବସରକୁ ଖୋଜୁଥିଲା। ସେ ମୋ ଉପରେ ଗାଳି ବର୍ଷା କରିବାକୁ ଲାଗିଲା – 'ଆପଣଙ୍କୁ ଏପରି ଲାଗୁଛି, ଆପଣଙ୍କୁ ସେପରି ଲାଗୁଛି ! କିନ୍ତୁ ଆଇନକୁ ଏହି କଥାରେ କ'ଣ ଦରକାର ? ଆପଣଙ୍କୁ କଣ ଲାଗୁଛି ଏଇଟା ଗୋଟେ ନିରୀହ କୁକୁର, ଏ କାହାରିକୁ ବି କ୍ଷତି ପହଞ୍ଚାଇ ପାରିବ ନାହିଁ, ଯାହାହେଲେ ବି ଏଇଟା ଗୋଟେ ପଶୁ, କେତେବେଳେ କିଛି ବି ହୋଇପାରେ, ସେ ହୁଏତ ଛୋଟ ପିଲାଙ୍କୁ କାମୁଡି ଦେଇପାରେ କିମ୍ବା ସେ ଏହି ଜଙ୍ଗଲର ଛୋଟ ଛୋଟ ଜୀବଜନ୍ତୁ ମାନଙ୍କୁ ମାରିଦେଇପାରେ। ଏହି ଥର ମୁଁ ଆପଣଙ୍କୁ ଛାଡି ଦେଉଛି ହେଲେ ଯଦି ଆଗକୁ କେବେ ଏପରି ହୁଏ ତାହେଲେ ମୁଁ ତୁମକୁ ଓ ତୁମ କୁକୁରକୁ ଦୁଇଜଣଙ୍କୁ ଅଦାଲତକୁ ନିଶ୍ଚୟ ନେଇଯିବି। ମୁଁ ବି ଆଗକୁ ଏପରି କେବେ ବି ହେବ ନାହିଁ ବୋଲି ବିଶ୍ୱାସ ଦେଲି।

ମୁଁ ବହୁତ ଦିନ ପର୍ଯ୍ୟନ୍ତ ମୋର କଥାକୁ ରଖି କୁକୁରକୁ ଚେନ୍‌ରେ ବାନ୍ଧି ରଖିଲି। କିନ୍ତୁ ଅଭ୍ୟାସ ଦୃଷ୍ଟିରୁ ସେ କୁକୁର ଚେନ୍‌ରେ ବନ୍ଧା ହୋଇ ରହିବାକୁ ଚାହୁଁ ନଥିଲା ଓ ମୁଁ ବି ମୋର ପ୍ରିୟ କୁକୁରର ମନ ଦୁଃଖ କରିବାକୁ ଚାହୁଁ ନଥିଲି। ଏଣୁ କ'ଣ କରିବା ଉଚିତ୍ ହେବ ଭାବି କିଛି ବି ସ୍ଥିର କରିପାରିଲୁ ନାହିଁ, ତେଣୁ ଭାଗ୍ୟ ଉପରେ ଛାଡିଦେଲୁ। ବହୁତ ଦିନ ପର୍ଯ୍ୟନ୍ତ ସବୁ ଠିକ୍ ଠାକ୍ ଚାଲିଲା। ଦୁହେଁ ସ୍ୱତନ୍ତ୍ର ଭାବେ ବୁଲିବାକୁ ଲାଗିଥାଉ। ଏମିତି ଦିନେ ରେକ୍ସ ଓ ମୁଁ ଗୋଟେ ପାହାଡ ଉପରେ ଦୌଡୁଥାଉ। ଠିକ୍ ସେତିକି ବେଳେ ମୋର ଦୃଷ୍ଟି ସେହି ପୋଲିସ୍ ବାଲା ଉପରେ ପଡିଲା। ରେକ୍ସ ବି ଠିକ୍ ସେହି ଦିଗରେ ଦୌଡୁଥିଲା ଯେଉଁ ଦିଗରୁ ସେହି ପୋଲିସ୍ ବାଲା ଆସୁଥିଲା।

ମୋତେ ଜଣା ପଡିଗଲା କି ମୁଁ ପୁରା ଫଶି ଯାଇଛି। ଏଣୁ ପୁଲିସ୍ ବାଲା କିଛି କହିବା ପୂର୍ବରୁ ମୁଁ କହିବା ଆରମ୍ଭ କରିଦେଲି– 'ମୁଁ ବହୁତ ଦୁଃଖିତ ସାର୍, ଆପଣ ତ ମୋତେ ଭୁଲ୍ କରୁଥବା ସମୟରେ ଧରି ପକାଇଲେ। ମୁଁ ମୋର ଅପରାଧ ସ୍ୱୀକାର କରୁଛି। କୌଣସି ବାହାନା କରିବାକୁ ଚାହୁଁ ନାହିଁ। କାରଣ ଆପଣ ତ ମୋତେ ଆଗରୁ ଚେତାବନୀ ଦେଇଥିଲେ, କିନ୍ତୁ ଆପଣଙ୍କ କଥା ନମାନି ଭୁଲ୍ ମୋର ହିଁ ହୋଇଛି।'

ଉତ୍ତରରେ ସେହି ପୋଲିସ୍ ବାଲା ଧିର ସ୍ୱରରେ କହିଲେ– 'ମୋତେ ଭଲ ଭାବରେ ଜଣା ଅଛି କି ସମସ୍ତେ ନିଜ କୁକୁରକୁ ଖୋଲାରେ ଟିକେ ବୁଲାଇବାକୁ ଚାହାଁନ୍ତି ବିଶେଷ ଭାବେ ସେଠି ଯେଉଁଠି ସାଧାରଣତଃ କେହି ନଥାନ୍ତି।'

ମୁଁ ବି ଉତ୍ତର ଦେଲି– 'ସାର୍ ଭଲ ଲାଗିଲେ କ'ଣ ହେବ ? ମୁଁ ଆଇନ ବିରୁଦ୍ଧ କାମ ତ କରିସାରିଛି।'

'କିନ୍ତୁ ଏତେ ଛୋଟିଆ ସୁନ୍ଦରିଆ କୁକୁରଟି କାହାର ବା କ'ଣ କ୍ଷତି କରି ପକାଇବ ? ସେହି ପୋଲିସ୍ ବାଲା କହିଲା।'

'କିନ୍ତୁ ସାର, ଏ ତ ଛୋଟ ଛୋଟ ଚଢେଇଙ୍କୁ ମାରି ପାରିବ, ଯେଉଁମାନେ ମାଟିରେ ଘର କରି ରୁହନ୍ତି।' ଏହା ଶୁଣି ସେହି ପୋଲିସ୍ ବାଲା କହିଲା - 'ଆପଣ ମୋର କଥାକୁ ହୁଏତ ବହୁତ ଗମ୍ଭୀରତା ସହ ଗ୍ରହଣ କରିଛନ୍ତି। କୁକୁରକୁ ମୋ ଠାରୁ ଦୂରକୁ ନେଇ ଗଲା ପରେ ଆମେ ଦୁହେଁ ଏହି କଥାକୁ ଭୁଲିଯିବା ଦରକାର।'

ଏବେ ଆପଣ ବୁଝିପାରିଲେ କି ପୋଲିସ୍ ବାଲା ବି ମଣିଷ ଅଟନ୍ତି। ସେ ତ ମୋ ଉପରେ ନିଜ ପଦ ମର୍ଯ୍ୟାଦା ଦେଖାଇ ନିଜ ଶକ୍ତିକୁ ପ୍ରମାଣିତ କରିବାକୁ ଚାହୁଁଥିଲେ, କିନ୍ତୁ ମୁଁ ଯେତେବେଳେ ନିଜ ଦୋଷ ମାନି ନେଲି, ତ ସେ ବି ନିଜ ଆତ୍ମସମ୍ମାନ ଦର୍ଶାଇବାକୁ ଯାଇ ମୋ ଆଗରେ ଉଦାର ଓ ଦୟାଳୁ ହୋଇ ଯାଇଥିଲେ। ଯଦି ମୁଁ ଯୁକ୍ତି କରିଥାନ୍ତି, ନିଜ କଥା ଠିକ୍ ହେଉ କି ଭୁଲ୍ ହେଉ, ବାସ୍ ସେହି କଥାକୁ ଧରି ବସିଥାନ୍ତି ତେବେ ଏହାର ପରିଣାମ ନିଶ୍ଚିତ ଅଲଗା ହୋଇଥାନ୍ତା। ଏମିତି ବି ପୋଲିସ୍ ବାଲାଙ୍କ ସହ ଯୁକ୍ତିରେ କେହି କେବେ ଜିତି ପାରିବନି। ତାଙ୍କ ସହ କଥା କଟା କଟି କରିବା ବଦଳରେ ମୁଁ ମୋ ନିଜ ଦୋଷକୁ ତୁରନ୍ତ ମାନିନେଲି।

ଖାସ୍ ଏଥିପାଇଁ ସେ ମୋ ପଟ ନେଇ କଥା କହୁଥିଲା ଓ ମୁଁ ତା ପଟ ନେଇ କଥା କହୁଥିଲି। ଏହିପରି ଭାବେ ସବୁ ସମସ୍ୟାର ସମାଧାନ ହୋଇଗଲା, ସେ ମୋତେ ଓ ମୋର କୁକୁରକୁ ବି କ୍ଷମା କରିଦେବା ସଙ୍ଗେ ସଙ୍ଗେ ଆମ ପ୍ରତି ଟିକେ ଅଧିକା ଉଦାରତା ପ୍ରଦର୍ଶନ କରିଲା ପରି ଲାଗୁଥିଲା ଯେତେବେଳେ କି ସେ ଆମକୁ ଅଦାଲତକୁ ନେଇଯିବ ବୋଲି ଚେତାବନୀ ଦେଇଥିଲା।

ଆପଣ ବି ଏହି ଉପାୟର ପ୍ରୟୋଗ କରି ଦେଖନ୍ତୁ। ଯଦି କେହି ଲୋକ ଆପଣଙ୍କ ଭୁଲ୍ ଉପରେ ଆପଣଙ୍କୁ ଗାଳି ବା ଆକଟ କରିବାର ଅଛି, ତେବେ ଭଲ ଏହା ହେବ କି ଆପଣ ତା ପୂର୍ବରୁ ନିଜ ଭୁଲ୍ ମାନି ନିଅନ୍ତୁ। ନିଜର ଭୁଲ୍ କାମର ବିସ୍ତୃତ ବର୍ଣ୍ଣନା କରି ଦିଅନ୍ତୁ। ଆପଣଙ୍କ ସାମ୍ନା ଲୋକ କିଛି କହିବା ପୂର୍ବରୁ ଏହା ଆରମ୍ଭ କରିବା ନିହାତି ଜରୁରୀ ଅଟେ। ଆପଣଙ୍କ ଦ୍ୱାରା ହୋଇଥିବା ସମସ୍ତ ଭୁଲକୁ ସ୍ୱୀକାର କରି ନିଅନ୍ତୁ ତେବେ ସାମ୍ନା ଲୋକ ଆପଣଙ୍କ ପ୍ରତି ନିଜର ଉଦାରତା ଭାବ ପ୍ରକାଶ କରିବ, ଯେମିତି ସେହି ପୋଲିସ୍ ବାଲା କରିଥିଲା। ଏମିତି କରିବା ଦ୍ୱାରା ୧୦୦ ରୁ ୯୦ ଭାଗ ଉଦାରତା ପ୍ରାପ୍ତ ହୋଇଥାଏ।

ଏକ ଟିଙ୍ଗା ଓ ଚିଡ଼୍ ଚିଡ଼ା ଗ୍ରାହକ ସାମ୍ନାରେ ଜଣେ ପେଶାଦାର ଚିତ୍ରଶିଳ୍ପୀ ଫର୍ଡିନେଣ୍ଡ ଇ. ବୋରନ୍ ବି ଏହି କଳାର ପ୍ରୟୋଗ କରିଥିଲା। ମି. ବୋରନ୍ ଏହି କାହାଣୀଟିକୁ ଏହି ପ୍ରକାରର କହିଥିଲେ - ପ୍ରକାଶନ ବା ବିଜ୍ଞାପନ ପାଇଁ ଚିତ୍ର କରିବା ସମୟରେ ଏକଦମ୍ ହୁସିଆର ରହି କାମ କରିବାକୁ ପଡେ, କାରଣ ସେହି ସମୟରେ ଛୋଟ ଛୋଟ ଭୁଲ୍ ହୋଇଯାଏ ଯେତେବେଳେ କି କେଉଁ ଏଡିଟର୍ ଏହି କାମକୁ ଅଧିକ ଶୀଘ୍ର କରିବାକୁ

କହିଥାଏ। ମୋ ଦୃଷ୍ଟିରେ ଏମିତି ଏକ ଏଡିଟର୍ ଅଛି ଯାହାକୁ ଅନ୍ୟର ଭୁଲ୍ ବାହାର କରିବାରେ ଅଧିକା ଆନନ୍ଦ ଆସେ। ଏଣୁ ଯେତେବେଳେ ମୁଁ ତାର ଅଫିସ୍‌ରୁ ଫେରୁଥାଏ ମୋର ମୁଡ୍ ବହୁତ ଖରାପ ହୋଇଯାଇଥାଏ। କାରଣ ଆଲୋଚନା ତାର ଯେପରି ଆକ୍ରମଣ କଲା ପରି ହୋଇଥାଏ। ଏବେ କିଛି ସମୟ ପୁର୍ବରୁ ହିଁ ମୁଁ ଏକ କାମକୁ ତତ୍‌କାଳରେ କରି ଦେଇ ଆସିଛି। ଏଣୁ ସେହି କାରଣରୁ ସେହି ଏଡିଟର୍ ମୋତେ ତା'ର ଆଫିସ୍‌କୁ ଡକାଇଲାଣି। ସେ ତ ଫୋନ୍‌ରେ ହିଁ ମୋତେ ମୋର ଭୁଲ୍ ବିଷୟରେ ସୂଚନା ଦେଇ ସାରିଲାଣି। ମୋର ବହୁତ ଭୁଲ୍ ହୋଇଥିଲା। ଯେମିତି ମୁଁ ଭାବିଥିଲି ବିଲକୁଲ୍ ସେମିତି ହେଲା। ମୁଁ ତାର ଅଫିସ୍‌ରେ ପହଞ୍ଚିଲା ବେଳକୁ ସେ ତ ପୂରା ଶତ୍ରୁତା କରିବା ପରି ଅପେକ୍ଷା କରି ବସିଥିଲା। ବୋଧହୁଏ ସେ ଭାବୁଥିଲା କି ନିନ୍ଦା କରିବାର ଆଉ ଏକ ଅବସର ମିଳିଗଲା। ସେ ମୋ ଉପରେ ପ୍ରଶ୍ନ ବାଣ ବର୍ଷାଇବାକୁ ଲାଗିଲା, ମୁଁ ଏମିତି କାହିଁକି କଲି ? କାହାକୁ ପଚାରି ଏପରି କଲି ଇତ୍ୟାଦି ଇତ୍ୟାଦି। ତା କଥା ଶୁଣି ମୁଁ ଭାବିଲି କି ଆପଣଙ୍କ ପାଠ୍ୟକ୍ରମରେ ଶିଖିଥିବା ଆତ୍ମ-ଆଲୋଚନା ପାଠକୁ ଆଜି ପ୍ରୟୋଗ କରି ନିଶ୍ଚିତ ଦେଖିବି। ମୁଁ ତାକୁ କହିଲି – 'ଆପଣ ପୂରା ଠିକ୍ କହୁଛନ୍ତି ଭୁଲ୍ ମୁଁ ହିଁ କରିଛି ଓ ସେଥିପାଇଁ ମୁଁ କୌଣସି ବାହାନା କରିବାକୁ ଚାହୁଁନାହିଁ। ମୁଁ ବହୁତ ଦିନରୁ ଚିତ୍ର ଆଙ୍କିବା କାମ କରୁଛି ହେଲେ ବି ମୋର ଭୁଲ୍ ହେଉଛି ଏମିତି ହେବା କଥା ନୁହେଁ ବାସ୍ତବରେ ମୋତେ ଭାରି ଲାଜ ଲାଗୁଛି।'

ସେ ଆଶ୍ଚର୍ଯ୍ୟଜନକ ଭାବରେ ଓଲଟା ମୋ ପକ୍ଷ ନେଇ କଥା କହିବାକୁ ଲାଗିଲା- 'ହଁ ଆପଣ ଠିକ୍ କହୁଛନ୍ତି, କିନ୍ତୁ ଭୁଲ୍ ଏତେ ଗମ୍ଭୀର ବି ନୁହେଁ। ଏହା ତ ଖାଲି ବାସ୍...।'

ପୁଣି ମୁଁ ତାକୁ କଥା ମଝିରୁ ଅଟକାଇ କହିଲି- 'କୌଣସି ବି ଭୁଲ୍ କାରଣରୁ ବିରକ୍ତି ତ ଲାଗେ ଓ ଭୁଲ୍ ତ ଯାହାହେଲେ ବି ଭୁଲ୍ ହିଁ ହୋଇଥାଏ ତେଣିକି ତାହା ଛୋଟ ହେଉ କିମ୍ବା ବଡ଼। ବେଳେବେଳେ କ୍ଷୁଦ୍ରରୁ କ୍ଷୁଦ୍ରତର ଭୁଲ୍ ପାଇଁ ବି ବହୁତ କିଛି ହରାଇବାକୁ ପଡିଥାଏ ବା ଭୋଗିବାକୁ ପଡିଥାଏ।'

'ସେ ପୁଣି କିଛି କହିବାକୁ ଚାହୁଁଥିଲା ହେଲେ ମୁଁ ତାକୁ କହିବାକୁ ଦେଲିନାହିଁ। ମୁଁ ତ ଜୀବନରେ ପ୍ରଥମ ଥର ପାଇଁ ନିଜେ ନିଜର ଆଲୋଚନା କରୁଥିଲି ତେଣୁ ମୋତେ ବହୁତ ଆନନ୍ଦ ଲାଗୁଥିଲା।'

ମୁଁ ଆଗକୁ କହିଲି- 'ଆପଣ ମୋତେ ଏତେ କାମ ଦେଉଛନ୍ତି, ତେଣୁ ଆପଣଙ୍କ କାମକୁ ବହୁତ ସାବଧାନପୂର୍ଣ୍ଣ ଭାବରେ କରିବା ଦରକାର ଥିଲା। ତେଣୁ ମୋର ଦଣ୍ଡ ହେଉ କି ମୁଁ ଆଉଥରେ ଏହି ଚିତ୍ରକୁ ଆଙ୍କିକରି ଦେବି ଓ ସର୍ବଶ୍ରେଷ୍ଠ ହେବା ଦରକାର।'

ସେ ବିରୋଧ କଲା- 'ନାଁ ନାଁ, ଆଉଥରେ କରିବାର କୌଣସି ଦରକାର ନାହିଁ।' ତା ପରେ ସେ ମୋର କାମର ପ୍ରଶଂସା କରିବାକୁ ଲାଗିଲା ଓ କହିଲା ମୋତେ ଅଧିକ ବ୍ୟସ୍ତ

ହେବାର କିଛି ଦରକାର ନାହିଁ। ସେଥିରେ ମାତ୍ର ଟିକେ ସୁଧାରିବା ଦରକାର ଆଉ ତାହା ନହେଲେ ବି କୌଣସି ବେଶି କ୍ଷତି ସହିବାକୁ ପଡିବ ନାହିଁ ତା କମ୍ପାନୀ ଏଥିପାଇଁ ସେମିତି କିଛି ଫରକ୍ ଅନୁଭୂତ ହେବ ନାହିଁ।'

ମୁଁ ନିଜ ଭୁଲ୍‌କୁ ସ୍ୱୀକାର କରିବା ଓ ନିଜର ଦୋଷଗୁଡିକୁ ଦର୍ଶାଇଦେବା ଦ୍ୱାରା ତାର ରାଗ ଶାନ୍ତି ହୋଇଗଲା। ସେ ମୋତେ ଖାଇବା ପାଇଁ ଡାକିନେଲା, ଗଲାବେଳେ ମୋର ପୂରା ପାଉଣା ଚେକ୍ ଆକାରରେ ଦେଲା ଓ ନୂଆ କାମର ବିବରଣୀ ବି। ଏମିତି ନିଜର ଭୁଲ୍ ଦର୍ଶାଇ ବା ଆତ୍ମ-ଆଲୋଚନା କରିବା ପାଇଁ ବଡ଼ ହୃଦୟର ଆବଶ୍ୟକତା ରହିଛି। ଏପରି କରିପାରିଲେ ମଣିଷକୁ ବହୁତ ଆତ୍ମ-ସନ୍ତୁଷ୍ଟି ବି ମିଳିଥାଏ। ଏମିତିରେ ନିଜ ଭିତରୁ ଅପରାଧବୋଧ ଓ ସୁରକ୍ଷାତ୍ମକତା ସମାପ୍ତ ହୋଇଥାଏ। ଏଥିସହ ଏହି ଭୁଲ୍ କାରଣରୁ ଉତ୍ପନ୍ନ ହେଉଥିବା ସମସ୍ୟାର ସରଳ ସମାଧାନ ହୋଇଥାଏ।

ଥରେ ଆଲ୍‌ବର୍କି ନିୟୁ ମେକ୍ସିକୋରେ ଥିବା ଏକ କମ୍ପାନୀର ସଦସ୍ୟ ବ୍ରୁସ୍ ହର୍ବ୍ ଜଣେ କର୍ମଚାରୀକୁ ଛୁଟିରେ ଗଲାବେଳେ ଭୁଲ୍‌ରେ ଅଧିକା ବେତନ ଦେଇଦେଲେ। ଯେତେବେଳେ ସେ ନିଜ ଭୁଲ୍ ଜାଣି ପାରିଲେ ସେ ସେହି କର୍ମଚାରୀକୁ ଡାକି କହିଲେ ଦେଖ, ତୁମକୁ ମୁଁ ଅଧିକ ଦରମା ଦେଇ ଦେଇଛି ତେଣୁ ଆସନ୍ତା ମାସରେ ଅଧିକ ନେଇଥିବା ଧନରାଶିକୁ କାଟିଦେବି। ଏହା ଶୁଣି କର୍ମଚାରୀ ଜଣକ ଏକାଥରେ ନ କାଟି କିସ୍ତିରେ କାଟିବାକୁ ଅନୁରୋଧ କଲା। ଏପରି କଲେ ସେ ବହୁତ ବଡ଼ ଆର୍ଥିକ ସଙ୍କଟରେ ପଡିଯିବ। ଏଣୁ ସେହି ଅର୍ଥକୁ କିସ୍ତିରେ କାଟିଲେ ବହୁତ ଭଲ ହେବ। ଏମିତି କରିବା ପାଇଁ ମି. ହର୍ବ୍‌କୁ ତାହାର ଉପର ଅଧିକାରୀଙ୍କ ଠାରୁ ଅନୁମତି ନେବାକୁ ପଡିବ, ସେ ବହୁତ କ୍ରୋଧିତ ହୋଇଯିବ। ସେତିକି ବେଳେ ମି. ହର୍ବ୍ ନିଶ୍ଚିତ କରିନେଲା କି ନିଜ ଭୁଲ୍ ପାଇଁ ଏସବୁ ସମସ୍ୟା ଉତ୍ପନ୍ନ ହୋଇଛି, ତେଣୁ ସେ ନିଜ ଭୁଲ୍‌କୁ ଉପର ଅଧିକାରୀଙ୍କ ସାମ୍ନାରେ ମାନିନେବ।

'ମୁଁ ସୁପରଭାଇଜରଙ୍କ ଅଫିସ୍‌ରେ ଯାଇ ତାଙ୍କୁ କହିଲି କି ମୋ ଦ୍ୱାରା ଏକ ବଡ ଭୁଲ୍ ହୋଇଯାଇଛି ଓ ମୁଁ ପୁରା କାହାଣୀ ଶୁଣାଇଦେଲି। ସୁପରଭାଇଜ୍‌ର କ୍ରୋଧରେ କହିଲେ ଏହା ମୋର ନୁହେଁ ବରଂ ପର୍ସନାଲ୍ ଡିପାର୍ଟମେଣ୍ଟର ଭୁଲ୍ ଅଟେ। ପୁଣି ମୁଁ ଦୋହୋରାଇଲି ନା ମୋର ହିଁ ଭୁଲ୍ ପାଇଁ ଏପରି ହୋଇଛି। ପୁଣିଥରେ ସୁପରଭାଇଜ୍‌ର ସେହି ଭୁଲ୍‌କୁ ଆଉ ଦୁଇଜଣଙ୍କ ଉପରେ ନ୍ୟସ୍ତ କରିଦେଲେ କିନ୍ତୁ ମୁଁ ବାରମ୍ବାର କହୁଥିଲି ନା ଏହା ମୋର ଭୁଲ ଥିଲା। ଶେଷରେ ବଡ ଅଧିକାରୀ ମୋ କଥାରେ ରାଜି ହୋଇ କହିଲେ- 'ଚାଲ ଠିକ୍ ଅଛି, ଭୁଲ୍ ତୁମର ହିଁ ଥିଲା ତେବେ ତୁମେ ଯାଇ ତାହାକୁ ସୁଧାରି ଦିଅ।' ତାପରେ ଯେପରି ମୋର ସବୁ ଅସୁବିଧା ସୁଧୁରି ଗଲା, ମୁଁ ବହୁତ ପ୍ରସନ୍ନ ଥିଲି କି ମୁଁ ଏତେ ବଡ ସମସ୍ୟାକୁ

ଅତି ସରଳତାର ସହ ସମାଧାନ କରିଦେଇ ପାରିଲି । ଏହି ଘଟଣା ପରେ ସୁପରଭାଇଜର୍ର ମୋର ଅଧିକ ସମ୍ମାନ କରିବାକୁ ଲାଗିଲେ ଓ ମୁଁ ବି ମଧ୍ୟ ତାଙ୍କୁ ଅଧିକ ସମ୍ମାନ ଦେଲି ।'

ପ୍ରତ୍ୟେକ ମୂର୍ଖ ଲୋକ ନିଜ ଭୁଲ୍ ସୁଧାରିବା ବଦଳରେ ତାକୁ ଲୁଚାଇବା ପାଇଁ ଅନେକ ବାହାନା କରିଥାଏ । ଏପରି କି ଆମମାନଙ୍କ ମଧ୍ୟରେ ଅନେକ ବ୍ୟକ୍ତି ବି ଏହି ପ୍ରକାର ବ୍ୟବହାର କରିଥାନ୍ତି, କିନ୍ତୁ ଯଦି ନିଜ ଭୁଲ୍କୁ ସ୍ୱୀକାର କରି ନିଅନ୍ତି ତେବେ ଆପଣ ସାମ୍ନାଲୋକର ଦୃଷ୍ଟିରେ ଅଧିକ ଉପରକୁ ଉଠି ଯାଇଥାନ୍ତି ତଥା ଏଥିରୁ ଆପଣଙ୍କୁ ଆନନ୍ଦ ଓ ପ୍ରତିଷ୍ଠାର ଅନୁଭୂତି ବି ମିଳିଥାଏ । ଉଦାହରଣ ପାଇଁ ଇତିହାସର ପୃଷ୍ଠାକୁ ଓଲଟାଇବେ ତେବେ ଦେଖିବା କିପରି ଭାବରେ ରବର୍ଟ ଇ. ଲି. ବିଷୟରେ ସବୁଠାରୁ ଭଲ କଥା ଥିଲା ସେ କିପରି ନିଜକୁ ଗେଟିସ୍‌ବର୍ଗ ଯୁଦ୍ଧରେ ପିକେଟ୍‌ର ଆକ୍ରମଣ ପରେ ହୋଇଥିବା ହାର୍ ପାଇଁ ନିଜକୁ ଦୋଷୀ ଘୋଷିତ କରିଥିଲେ ।

ନିସଃନ୍ଦେହ ପିକେଟ୍‌ର ଆକ୍ରମଣ ସେତେବେଳେ ପଶ୍ଚିମାଞ୍ଚଳ ଅଧିବାସୀଙ୍କ ପାଇଁ ଏକ ଦେଖିଲା ଭଳି ଉଚ୍ଚକୋଟିର ଆକ୍ରମଣ ଥିଲା । ଜେନେରାଲ୍ ଜର୍ଜ ଇ ପିକେଟ୍ ନିଜେ ମଧ୍ୟ ବହୁତ ଦର୍ଶନୀୟ ଥିଲେ । ତାଙ୍କ ବାଳଗୁଡିକ କାନ୍ଧ ପର୍ଯ୍ୟନ୍ତ ଲମ୍ବି ଥିଲା । ସେ ବି ନେପୋଲିୟନ୍‌ଙ୍କ ପରି ଯୁଦ୍ଧ ସମୟରେ ଦୈନିକ ପ୍ରେମପତ୍ର ଲେଖୁଥିଲେ । ତାଙ୍କ ସୈନିକମାନେ ସେହି ଦୁଃଖଦାୟୀ ଭୟାତୁର ଜୁଲାଇ ମାସର ସେହି ଦିନରେ ଦୁଇ ପ୍ରହର ବେଳକୁ ପିକେଟ୍‌ଙ୍କର ଜୟଧ୍ୱନୀ କରିଥିଲେ ଫଳରେ ତାଙ୍କ ସାହସ ଅଧିକ ବଢି ଯାଇଥିଲା । ତେଣୁ ପିକେଟ୍ ୟୁନିଅନ୍ ଲାଇୟନ୍‌ଙ୍କ ଆଡକୁ ବହୁତ ତୀବ୍ରତାର ସହ ମାଡି ଚାଲିଲା, ତଥା ତା'ର ସେନା ବି ତାଙ୍କ ସହ ମାଡି ଚାଲିଲା । ଏହି ଦୃଶ୍ୟ ବାସ୍ତବରେ ବହୁତ ଦେଖିଲା ଭଳି ଆଶ୍ଚର୍ଯ୍ୟ ଓ ସାହସିକତାର କଥା ଦେଖିବାକୁ ମିଳିଥିଲା । ଯେ ବି ଏହାକୁ ଦେଖିଥିଲେ ସେ ପିକେଟ୍‌ଙ୍କର ବିଶେଷ ପ୍ରଶଂସା କରିଥିଲେ ।

ପିକେଟ୍‌ଙ୍କ ସେନା ସହଜରେ ଆଗକୁ ବଢି ଚାଲିଲେ । ପୂରା ସମୟ ଶତ୍ରୁ ସେନାର ତୋପ ଆଗରେ ରହି ବିନା ଭୟରେ ଆଗକୁ ବଢି ଚାଲୁଥିଲେ ଠିକ୍ ସେତିକି ବେଳେ ସିମେଟ୍ରୀ ରିଜର୍ ପଥର କାନ୍ଥ ପଛରୁ ସନ୍ଧିୟ ସେନା ଅଚାନକ ପିକେଟ୍‌ଙ୍କ ସେନା ଉପରକୁ ତୋପ ସାହାଯ୍ୟରେ ଆକ୍ରମଣ କରିବା ଆରମ୍ଭ କରିଦେଲେ । ଏହି ସମୟରେ ପାହାଡର ଉପରି ଭାଗ ଯେପରି ଜ୍ୱାଳାମୁଖୀ ପରି ଲାଗୁଥିଲା ଚାରିଆଡେ ଗୋଳା ବାରୁଦର ଆକ୍ରମଣ ପାଇଁ ଏବଂ କିଛି କ୍ଷଣରେ ହିଁ ପିକେଟ୍‌ଙ୍କ ସବୁ ସେନାପତି ସେନାଧକ୍ଷ ମାନଙ୍କ ସହ ବହୁ ସୈନ୍ୟମାନେ ଧରାଶାୟୀ ହୋଇଗଲେ । ତାଙ୍କର ୫୦୦୦ ସୈନ୍ୟମାନଙ୍କ ମଧ୍ୟରୁ ମାତ୍ର ୧୦୦୦ ସୈନ୍ୟ ଜୀବିତ ଥିଲେ । ଚାରିଆଡେ ମୃତ୍ୟୁର ତାଣ୍ଡବ ଚାଲିଥିଲା ।

ଜେନେରାଲ୍ ଲୁଇସ୍ ଏ. ଆର୍ମଷ୍ଟିଡ୍ ଶେଷ ଆକ୍ରମଣ ପାଇଁ ସୈନିକମାନଙ୍କ ନେତୃତ୍ୱ ନେଲେ। ସେ ଆଗକୁ ବଢି ଯାଇ ପଥର କାନ୍ଥ ଉପରେ ଚଢିଗଲେ ଓ ନିଜ ଖଡ୍ଗ ମୁନରେ ନିଜ ଟୋପି ବା ମୁକୁଟକୁ ଉଚ୍ଚକୁ ଉଠାଇ ବଡ ପାଟି କରି କହିଲେ 'ମୋର ପ୍ରିୟ ଜବାନ୍‌ମାନେ, ଆମେମାନେ ସେମାନଙ୍କୁ ଭଲ ଭାବରେ ମଜା ଚଖାଇ ସାରିଲା ପରେ ଆରାମରେ ନିଶ୍ୱାସ ନେବା।'

ସୈନିକମାନେ ବି ତାଙ୍କ ଆଜ୍ଞାର ପାଳନ କଲେ। ପଥର ନିର୍ମିତ କାନ୍ଥକୁ ପାର କରି ସମସ୍ତେ ଶତ୍ରୁ ଉପରେ ଏକକାଳୀନ ଆକ୍ରମଣ କରିଦେଲେ ତଥା ସିମେଟ୍ରୀ ରିଜ ଉପରେ ଦକ୍ଷିଣାତ୍ୟ ପତାକା ଲଗାଇବାରେ ସଫଳ ହୋଇଗଲେ। ଏହି ଅଳ୍ପକ୍ଷଣର ସାହସିକ ଯୁଦ୍ଧ ପାଇଁ ସେ ଇତିହାସ ପୃଷ୍ଠାରେ ଏକ ଅଦମ୍ୟ ସାହସିକ ବୀର ଭାବରେ ପରିଗଣିତ ହୋଇଗଲେ। ଲି. ଅସଫଳ ହୋଇ ଯାଇଥିଲେ ଓ ପିକେଟ୍‌ଙ୍କ ଆକ୍ରମଣ ଅଦ୍ଭୁତ ତଥା ସାହସିକ ହେବା ସହିତ ଶେଷ ପର୍ଯ୍ୟନ୍ତ ଯେପରି ଆରମ୍ଭ କରୁଥିବା ପରି ମନୋବଳ ଥିଲା। ଲାଗୁଥିଲା ଯେପରି ସେ ଏବେ ଏବେ ଯୁଦ୍ଧ ଆରମ୍ଭ କରୁଛନ୍ତି।

ଏହା ଦେଖି ଲି. ଙ୍କ ମନରେ ବହୁତ ବଡ ଆଘାତ ଲାଗିଲା। ସେ ବହୁତ ଦୁଃଖି ଥିଲେ ଏବଂ ଏଥିପାଇଁ ସେ ନିଜର ତ୍ୟାଗପତ୍ର ପଠାଇ ଦେଲେ। ସଂଘର ପ୍ରେସିଡେଣ୍ଟଙ୍କୁ କହିଲେ କି ସେ ତାଙ୍କ ସ୍ଥାନରେ ଆଉ ଜଣେ ଅଧିକ ପରାକ୍ରମୀ ବୀର ଜବାନ୍‌ଙ୍କୁ ରଖିଦିଅନ୍ତୁ। ଯଦି ଲି. ଚାହିଁଥାନ୍ତେ ତେବେ ଏହି ପରାଜୟର କାରଣ ଅନ୍ୟ କାହା ମୁଣ୍ଡରେ ଲଦିଦେଇ ପାରିଥାନ୍ତେ ବା କିଛି ବାହାନା କରିଦେଇ ପାରିଥାନ୍ତେ। ବାସ୍ତବରେ ଭୁଲ୍ ବି ତାଙ୍କ ସୈନିକମାନଙ୍କ ଦ୍ୱାରା ହିଁ ହୋଇଥିଲା। ତାଙ୍କର କେତେ ଜଣ ମହାରଥୀମାନେ ତାଙ୍କ ସହ ବିଶ୍ୱାସଘାତ କରିଥିଲେ।

କିନ୍ତୁ ଲି. ନିଜ ମହାନତାକୁ ପ୍ରମାଣିତ କରିବାକୁ ଯାଇ ସବୁତକ ଦୋଷ ନିଜ ଉପରେ ନେଇଗଲେ। ସୈନ୍ୟମାନେ ଯେତେବେଳେ ରକ୍ତ ଜୁଡୁବୁଡୁ ହୋଇ ଫେରୁଥିଲେ ସେତେବେଳେ ଜେନେରାଲ୍ ଲି. ସେମାନଙ୍କୁ ଭେଟ କରି କହିଥିଲେ 'ଏ ପରାଜୟ କେବଳ ମୋ ପାଇଁ ହୋଇଛି, ମୁଁ ହିଁ କେବଳ ଏଥିପାଇଁ ଦାୟୀ।'

ପୂରା ଇତିହାସରେ ହୁଏତ କେହି ଏତେ ବିଶାଳ ହୃଦୟ ବାଲା ବ୍ୟକ୍ତି ଏତେ ଦୃଢ ଚାରିତ୍ରିକ ବିଶେଷତାର ପରିଚୟ ଦେଇଥିବେ କି ନାହିଁ!

ଆମ ଏହି ପାଠ୍ୟକ୍ରମ ହଂକଙ୍ଗ୍‌ରେ ଚାଲୁଥିଲା ବେଳେ ଏଠାରେ ମାଇକେଲ୍ ଚ୍ୟାଙ୍ଗ୍ ନାମକ ଜଣେ ବ୍ୟକ୍ତି ଶିକ୍ଷା ପ୍ରଦାନ କରୁଥିଲେ। ସେ ଆମକୁ କହିଲେ କିଭଳି ଭାବରେ ଚୀନ୍ ଦେଶର ପୁରାତନ ପରମ୍ପରା ପାଇଁ ଅନେକ ଥର ନୂତନ ସମସ୍ୟାମାନ ସୃଷ୍ଟି ହୋଇଥାଏ

ଓ କି ପ୍ରକାର ନୂଆ ନୂଆ ସିଦ୍ଧାନ୍ତମାନଙ୍କୁ ଆପଣେଇ ସେଥିରୁ ଲାଭ ମିଳିଥାଏ। ତାଙ୍କ ଶ୍ରେଣୀରେ ଜଣେ ଏମିତି ସଦସ୍ୟ ଥିଲା ଯାହାର କି ନିଜ ପୁଅ ସହ ବହୁତ ଦିନରୁ ମନ ମନାନ୍ତର ଲାଗି ରହିଥିଲା। ପିତା ଆଗରୁ ଅଫିମ ଖାଇବାର ଅଭ୍ୟସ୍ତ ଥିଲା, କିନ୍ତୁ ସେ ଏବେ ସେହି ପୁରୁଣା ଅଭ୍ୟାସକୁ ଛାଡି ସାରିଥିଲେ। ଚୀନ୍‌ର ଏକ ପ୍ରାଚୀନ ପରମ୍ପରା ଅନୁସାରେ ପିତା କେବେ ବି ନିଜ ପୁତ୍ରକୁ କ୍ଷମା ମାଗେ ନାହିଁ। ଏଣୁ ପିତା ଚାହୁଁଥିଲେ କି ପ୍ରଥମେ ପୁତ୍ର ଆସି କ୍ଷମା କରିବାକୁ କହିବା ଉଚିତ୍ ବା ସେ ହିଁ ଆଗେ କ୍ଷମା ମାଗୁ। ସେ କହୁଥିଲେ ସେ ଏବେ ପର୍ଯ୍ୟନ୍ତ ନିଜ ନାତି ନାତୁଣି ମାନଙ୍କୁ ଦେଖିନାହାନ୍ତି ଓ ସେ ଏଥି ପାଇଁ ବହୁତ ଦୁଃଖରେ ଅଛନ୍ତି। ତେଣୁ ସେ ଚାହୁଁଥିଲେ କି ତାଙ୍କ ପୁଅ ଓ ତାଙ୍କ ମଧ୍ୟରେ କିଛି ଗୋଟେ ଆପୋଷ ବୁଝାମଣା ହୋଇଯାଉ। ସେହି ଶ୍ରେଣୀର ସମସ୍ତ ସଦସ୍ୟ ଚୀନ୍ ବାସିନ୍ଦା ଥିଲେ ତେଣୁ ସେମାନେ ଭଲ ଭାବରେ ଏହି ପରିସ୍ଥିତିକୁ ହୃଦୟଙ୍ଗମ କରିପାରୁଥିଲେ କି ଆଦିମ କାଳରୁ ଚାଲି ଆସୁଥିବା ପରମ୍ପରା ଓ ତାଙ୍କ ଇଚ୍ଛା ଭିତରେ କେତେ ସଙ୍ଘର୍ଷ ହେଉଥିବ। ପିତା ଭାବୁଥିଲେ କି ସେ ତ ବଡ ଓ ବୟସ୍କ ତେଣେ ତାଙ୍କ ପୁଅ ବି ଚୀନ୍ ଦେଶର ପରମ୍ପରା ବାବଦରେ ଭଲ ଭାବରେ ଜାଣିଛି କି କିପରି ଭାବରେ ଏଠାରେ ବୟୋଜ୍ୟେଷ୍ଠ ମାନଙ୍କୁ ସମ୍ମାନ କରାଯାଇଥାଏ। ସେଥିପାଇଁ ତାଙ୍କର ପୂରା ବିଶ୍ୱାସ ଥିଲା କି ତାଙ୍କ ପୁଅ ଦିନେ ନା ଦିନେ ଆସିବ ଓ ନିଜ ଭୁଲ୍ ପାଇଁ କ୍ଷମା ମାଗିବ।

ଏହି କଥା ଗୁଡିକ ସେଠାରେ ପାଠ୍ୟକ୍ରମ ଆରମ୍ଭ କରିବାର ଦିନମାନଙ୍କରେ ଥିଲା। ଶେଷରେ ଥରେ ସେହି ପିତାଜଣକ ପୂରା ଶ୍ରେଣୀକୁ ସମ୍ବୋଧିତ କରି କହିଲା – 'ମୁଁ ଡେଲ୍ କାର୍ଣ୍ଣେଗୀଙ୍କ ପାଠରୁ ଶିଖିଛି ଯେ ଯଦି ଭୁଲ୍ ଆପଣଙ୍କର ଅଛି ତେବେ ତାକୁ ତୁରନ୍ତ ସ୍ୱୀକାର କରିବା ଦରକାର। ଏମିତିରେ ମୋତେ ମୋର ଭୁଲ୍ ସ୍ୱୀକାର କରିବା ପାଇଁ ବହୁତ ଡେରି ହୋଇ ସାରିଛି ହେଲେ ବି ମୁଁ ମୋର ଭୁଲ୍ ମାନିବାକୁ ପ୍ରସ୍ତୁତ ଅଛି। ମୋ ଦ୍ୱାରା ହିଁ ମୋ ପୁଅ ପ୍ରତି ଅନ୍ୟାୟ ହୋଇଛି। ଭୁଲ୍ ମୋ ଠାରୁ ହିଁ ହୋଇଛି। ସେଥିରେ ତା'ର କିଛି ଦୋଷ ନାହିଁ। ଏମିତି ତ ଆମ ପରମ୍ପରାରେ ପୁଅକୁ କ୍ଷମା ମାଗିବା ଅନୁଚିତ୍, କିନ୍ତୁ ଭୁଲ୍ ଯଦି ମୋ ଠାରୁ ହୋଇଛି ତେବେ ମୁଁ ସେହି ଭୁଲ୍ ସ୍ୱୀକାର କରିବାରେ କି ଲଜ୍ୟା ଆଉ କିପରି ଏ ପରମ୍ପରା ? ଶ୍ରେଣୀର ସମସ୍ତ ଲୋକମାନେ ତାଙ୍କ ମହାନତା ଆଗରେ ନତମସ୍ତକ ହୋଇପଡିଲେ। ସମସ୍ତେ ବହୁତ ତାଳି ମାରିଲେ ଓ ତାଙ୍କର ସମର୍ଥନ କଲେ। ସେ କହିଲେ କିପରି ଭାବରେ ନିଜ ପୁଅର ଘରକୁ ଗଲେ ଓ ତାଙ୍କ ସମ୍ପର୍କରେ ବହୁତ ସୁଧାର ଆସିଗଲା ଓ ମଧୁରତା ଭରିଗଲା। ଏବେ ତାର ବହୁ ଓ ନାତି ନାତୁଣିଙ୍କୁ ଦେଖିବାର ସ୍ୱପ୍ନ ବି ସତ୍ୟ ହୋଇ ସାରିଥିଲା।

'ଆଲ୍‌ବର୍ଟ ହାବାର୍ଡ୍' ଦେଶର ବହୁତ ପ୍ରସିଦ୍ଧ ତଥା ସମ୍ମାନିତ ଲେଖକ ଥିଲେ। କେବେ କେବେ ତାଙ୍କ କଥା ରୂପକ ବାଣରେ ଲୋକମାନଙ୍କ ଭାବନା ବିଗିଡି ଯାଉଥିଲା। କିନ୍ତୁ ହାବାର୍ଡ୍‌ଙ୍କ ଭିତରେ ଲୋକ ବ୍ୟବହାରର କଳା ଭରପୁର ଥିଲା, ଏହି କାରଣରୁ ତାଙ୍କ ଶତ୍ରୁ ବି ମିତ୍ର ପାଲଟି ଯାଉଥିଲେ। ମନେକରନ୍ତୁ ଯଦି କେହି ପାଠକ ତାଙ୍କର କୌଣସି ଲେଖାକୁ ପଢି ଚିଡ଼ି ଉଠୁଥିଲା ଓ ଲେଖୁଥିଲା କି ମୁଁ ଆପଣଙ୍କ ଏହି ବିଚାରରେ ଆଦୌ ସହମତ ନୁହେଁ ଓ ଶେଷରେ ଲେଖକଙ୍କ ଭୁଲ୍ ସବୁ ବାଛିବାକୁ ଲାଗୁଥିଲା ତେବେ ସେହି ପତ୍ରର ଉତ୍ତର ହାବାର୍ଡ୍ ଏହି ଭଳି ଭାବେ ଦେଉଥିଲେ-

'ଯଦି ଧ୍ୟାନ ପୂର୍ବକ ଦେଖାଯାଏ ତ ଆଜିର ତାରିଖରେ ମୁଁ ବି ସେହି ଲେଖା ସହ ପୂର୍ଣ୍ଣ ସହମତ ନୁହେଁ। ଏପରି ଅନେକ ଥର ହୁଏ ଆଜି ମୁଁ ଯାହା ଲେଖୁଛି ତାହା କାଲିକୁ ମୋତେ ଭଲ ଲାଗି ନପାରେ। ମୁଁ ହୃଦୟର ସହ ଆପଣଙ୍କର କୃତଜ୍ଞତାକୁ ସ୍ୱୀକାର କରୁଛି କି ଆପଣ ନିଜ ବିଚାର ମୋତେ ଲେଖି କରି ପଠାଇଲେ। ମୋତେ ବହୁତ ପ୍ରସନ୍ନତା ହେବ ଯଦି କେବେ ଆପଣ ମୋ ସହ ଏହି ବିଷୟରେ ବିସ୍ତୃତ ଆଲୋଚନା କରିବାକୁ ଆସନ୍ତେ। ଏବେ ମୁଁ ଆପଣଙ୍କୁ ଦୂରରୁ ରହି ପ୍ରଣାମ ଜଣାଉ ଅଛି।'

ଏବେ ଆପଣ ନିଜେ ଭାବନ୍ତୁ ଏହି ପ୍ରକାର ଉତ୍ତର ପାଇଲା ପରେ କେହି ବି କେବେ ତାଙ୍କ ବିଷୟରେ ଖରାପ ଚିନ୍ତା କରିପାରିବ କି ?

ତେବେ ଏହି ଅଧ୍ୟାୟର ସାରାଂଶ ଆମେ ପାଇଲେ କି ଯେତେବେଳେ ଆମେ ପୂରା ପୂରି ଠିକ୍ ଥାଆନ୍ତି ତେବେ ନିଜ କଥା ଅନ୍ୟମାନଙ୍କ ଦ୍ୱାରା ମନାଇବାକୁ ହେଲେ କଥାକୁ ଅତି ଧିରେ କରି କୂଟନୈତିକ ଭାବରେ ଅନ୍ୟମାନଙ୍କ ସାମ୍ନାରେ ବୁଲାଇ ବଙ୍କାଇ ପ୍ରକାଶ କରନ୍ତୁ, ଯେପରି ସେ ଜାଣି ପାରିବେ ନାହିଁ କି ପ୍ରକୃତରେ ଆପଣ କ'ଣ ଚାହୁଁଛନ୍ତି ? କିନ୍ତୁ ଯେତେବେଳେ ଆମେ ଭୁଲ୍ ହୋଇଥାନ୍ତି ତେବେ ଆମେ ନିଜ ଦୋଷକୁ ତୁରନ୍ତ ଉତ୍ସାହ ଓ ବିଶ୍ୱାସର ସହ ସ୍ୱୀକାର କରିନେବା ଦରକାର। ଏହି ଉପାୟର ପ୍ରୟୋଗ କଲେ ଆପଣଙ୍କୁ ଆତ୍ମ ସନ୍ତୁଷ୍ଟି ମିଳିବା ସହ ସୁଖଦାୟୀ ପରିଣାମ ବି ମିଳିବ। ଗୋଟେ ପୁରୁଣା ଲୋକକଥାକୁ ସଦା ସର୍ବଦା ମନରେ ରଖନ୍ତୁ- 'ଝଗଡାରୁ କେବେ ମାନ ଚାହୁଁଥିବା ଭଳି ସମାଧାନ ମିଳେ ନାହିଁ, କିନ୍ତୁ ହାର ମାନିନେଲେ ଆଶା ଠାରୁ ବି ଅଧିକ ମିଳିଥାଏ।'

ସିଦ୍ଧାନ୍ତ - 3

ଭୁଲ୍ ହୋଇଗଲେ ତାକୁ ତୁରନ୍ତ ସ୍ୱୀକାର କରନ୍ତୁ।

4

ମହୁର ଏକ ବୁନ୍ଦା ହିଁ ଯଥେଷ୍ଟ

ଯେତେବେଳେ ଆପଣ ଖୁବ୍ ରାଗରେ ବା କ୍ରୋଧରେ ଥାଆନ୍ତି ତେବେ ଆପଣ ସାମ୍ନା ଲୋକକୁ ବହୁତ କିଛି କହି ଦିଅନ୍ତି, ହୁଏତ ଏଥିରୁ ଆପଣଙ୍କ ମନରୁ କିଛିଟା କ୍ରୋଧ ହୋଇଥାଏ ବା ଟିକେ ଆଶ୍ୱସ୍ତ ହେଲା ପରି ଲାଗେ କିନ୍ତୁ କେବେ ଭାବିଛନ୍ତି କି ସେହି ଲୋକ ଉପରେ ଏହାର ପ୍ରଭାବ କିପରି ହୋଇଥିବ। ସେ ଆପଣଙ୍କ ବିଷୟରେ କ'ଣ ଭାବୁଥିବ? ଆଉ ସବୁଠାରୁ କାମର କଥା ସେ କ'ଣ ଆପଣ କହିଥିବା କାମକୁ ଅତି ସହଜରେ ନିର୍ଭୁଲ୍ ଭାବେ କରିପାରିବ? ବୁଡ୍‌ରୋ ୱିଲିୟମ୍ସ ବି କହିଥିଲେ - 'ଯଦି ଆପଣ ମୋ ଆଡକୁ ମୁଥା ବା ବିଧା ମାରିବା ପରି ହାତକୁ କରି ଚାଲିବେ ତେବେ ମୁଁ ବି ତ ଆପଣଙ୍କ ଆଡକୁ ସେପରି କରି ଚାଲି ପାରିବି। ଯଦି ଆପଣ ଶାନ୍ତି ପୂର୍ବକ ମୋତେ କହିବେ କି ଆସ ଏହି ସମସ୍ୟାକୁ ଦୁହେଁ ବସି ମେଣ୍ଟାଇବାକୁ ଚେଷ୍ଟା କରିବା, ନିଜ ମନରେ ଥିବା ମନାନ୍ତର ଓ ମତାନ୍ତରକୁ ଦୂର କରିବା ତେବେ ଏଥିରୁ ସୁଖଦାୟୀ ପରିଣାମ ମିଳିପାରେ। ଅନେକ ବିଷୟରେ ଦୁହିଁଙ୍କର ବିଚାର ସମାନ ହେବ ଓ ଯେଉଁଠି ଅସାମାନ୍ୟତା ଦେଖା ଦେବ ସେଠି ଧୈର୍ଯ୍ୟର ସହ କାମ କଲେ କୌଣସି ନା କୌଣସି ସମାଧାନ ନିଶ୍ଚିତ ବାହାରି ଆସିବ।'

ଜନ୍ ଡି. ରାକ୍‌ଫେଲର୍ ଜୁନିୟର ଏହି କଥାର ଜ୍ୱଳନ୍ତ ଉଦାହରଣ। ୧୯୧୫ ମସିହାରେ ଲୋକମାନେ ରାକ୍‌ଫେଲର୍‌ଙ୍କୁ ସେଠାକାର ଲୋକମାନେ ବହୁତ ଘୃଣା କରୁଥିଲେ। ଦୁଇ ବର୍ଷ ହେଲା ରାକ୍‌ଫେଲର୍‌ଙ୍କ କମ୍ପାନୀରେ ଧର୍ମଘଟ ଚାଲିଥିଲା। ଆମେରିକା ଇତିହାସରେ ତାହା ହୁଏତ ସବୁଠାରୁ ଭୟାନକ ହରତାଳ ଥିଲା। କ୍ରୋଧରେ ଜର୍ଜରିତ ଶ୍ରମିକ ମାନେ କାର୍ଲୋରେଡେ ପିପୁଲ୍ସ ଆଣ୍ଡ୍ ଆଇରନ୍ କମ୍ପାନୀ ଠାରୁ ଅଧିକା ବେତନ ପାଇଁ ଦାବି କରି ଆସୁଥିଲେ। ସେହି କମ୍ପାନୀର ସବୁ ତକ ମୁଖ୍ୟ ଦାୟିତ୍ୱ ରାକ୍‌ଫେଲର୍‌ଙ୍କ ହାତରେ ଥିଲା। ଶ୍ରମିକମାନେ ଚାରିଆଡେ ଭଙ୍ଗାରୁଜା ଆରମ୍ଭ କରି ଦେଇଥିଲେ। ସେଥିପାଇଁ ପୋଲିସ ବାହିନୀର ସହାୟତା ଆବଶ୍ୟକ ହୋଇ ପଡିଲା। ବହୁତ ଧନ ଜୀବନର କ୍ଷତିହେଲା। ଗୁଳିଗୋଳାରେ ବହୁତ ଶ୍ରମିକ ବି ମୃତ୍ୟୁ ମୁଖରେ ପଡିଲେ।

ଏହି ଘୃଣାଭାବ ମଧ୍ୟରେ ବି ରାକଫଲେର୍ ଧର୍ମଘଟ କରୁଥିବା ଲୋକମାନଙ୍କୁ ନିଜ କଥାରେ ରାଜି କରାଇବାକୁ ଚାହୁଁଥିଲେ ଓ ଏପରି କରିବାରେ ସକ୍ଷମ ହେଲେ ମଧ୍ୟ, କିନ୍ତୁ କେମିତି ? ଆସନ୍ତୁ ଜାଣିବା ଏହା ବାବଦରେ ସଂପୂର୍ଣ୍ଣ କଥା –

ଅନେକ ସପ୍ତାହ ରାକଫେଲର୍ କେବଳ ବନ୍ଧୁତ୍ୱ ବଢାଇବାରେ ବିତାଇଦେଲେ, ତାପରେ ଦିନେ ସେହି ଧର୍ମଘଟ କରୁଥିବା ଲୋକମାନଙ୍କ ପ୍ରତିନିଧିମାନଙ୍କୁ ସମ୍ବୋଧିତ କଲେ । ତାଙ୍କର ସେ ଦିନର ସେହି ଅଦ୍ଭୁତ ଭାଷଣର ଆଶ୍ଚର୍ଯ୍ୟଜନକ ପରିଣାମ ଦେଖିବାକୁ ମିଳିଲା । ଏହି ଭାଷଣ ଦ୍ୱାରା ସମସ୍ତଙ୍କ ମନରୁ ଘୃଣାର ନାମ ମାତ୍ର ବି ରହିଲାନି, ବରଂ ରାକଫେଲରଙ୍କ ପ୍ରଶଂସକଙ୍କ ସଂଖ୍ୟା ବଢିଯାଇଥିଲା । ସମସ୍ତ ତଥ୍ୟକୁ ବୁଝିଲା ପରେ ଶ୍ରମିକମାନେ ଧର୍ମଘଟ ସମାପ୍ତ କରିଦେଲେ ଓ କାମରେ ପୁର୍ନବାର ଯୋଗ ଦେବାକୁ ସ୍ଥିର କଲେ ଓ ସବୁଠାରୁ ବଡ କଥା ହେଲା ସେମାନେ ଯେଉଁ କଥାକୁ ନେଇ ଏତେ ସବୁ ନାରଖାର କରିଥିଲେ ଅର୍ଥାତ୍ ସେମାନଙ୍କ ଦରମା ବଢାଇବାର ଦାବୀ ସେ କଥା ତ ରାକଫେଲର୍ ବିଲକୁଲ୍ ନ ଉଠାଇ ସବୁ ସମାଧାନ କରିଦେଇ ପାରିଲେ ।

ଏହି ଭାଷଣରେ କେବଳ ତାଙ୍କର ମିତ୍ରତା ହିଁ ଦେଖିବାକୁ ମିଳିଥିଲା । ରାକ୍‌ଫେଲର୍ ସେହିମାନଙ୍କୁ ସମ୍ବୋଧିତ କରୁଥିଲେ, ଯେଉଁମାନେ ତାଙ୍କୁ ମାରିଦେବାକୁ ଚାହୁଁଥିଲେ, କିନ୍ତୁ ସେ ଏତେ ମିତ୍ରତାପୂର୍ଣ୍ଣ ଭାବରେ ନିଜର ବାଣୀକୁ ଉପସ୍ଥାପନା କଲେ କି ଯେପରି କୌଣସି ମେଡିକାଲ୍ ୱାର୍ଡରେ ରୋଗୀମାନଙ୍କ ସହ କଥା ହେଉଛନ୍ତି । ସେ ତାଙ୍କ ଭାଷଣରେ ଏହି ପ୍ରକାରର ବାକ୍ୟର ବ୍ୟବହାର କରିଥିଲେ– 'ମୋତେ ଏଠାକୁ ଆସି ବହୁତ ଗର୍ବ ଓ ପ୍ରସନ୍ନତାର ଅନୁଭୂତି ହେଉଛି । ମୁଁ ଆପଣମାନଙ୍କ ଘରକୁ ଯାଇଥିଲି ତଥା ଆପଣମାନଙ୍କ ପତ୍ନୀ ଓ ଅନ୍ୟ ସଦସ୍ୟଙ୍କ ସହ କଥା ହୋଇ ସାରିଛି । ଆମେମାନେ କୌଣସି ଅଜଣା ଲୋକ ନୁହନ୍ତି ବରଂ ଆମେମାନେ ପରସ୍ପରର ମିତ୍ର ଅଟନ୍ତି...'

ରାକ୍‌ଫେଲର୍ ନିଜ ଭାଷଣକୁ କିଛି ଏହି ପ୍ରକାର ଭାବରେ ଆରମ୍ଭ କରିଥିଲେ– 'ଆଜି ମୋ ଜୀବନର ଗୋଟେ ମହତ୍ତ୍ୱପୂର୍ଣ୍ଣ ଦିନ ଅଟେ । ପ୍ରଥମ ଥର ମୋତେ ଏହି କମ୍ପାନୀର କର୍ମଚାରୀମାନଙ୍କ ପ୍ରତିନିଧିମାନଙ୍କ ସହ କଥା ହେବାର ସୌଭାଗ୍ୟ ପ୍ରାପ୍ତ ହୋଇଛି । ଆଜିର ଏହି ବୈଠକକୁ ମୁଁ ସାରା ଜୀବନ ମନେ ରଖିବି, ଏକ ଅଭୁଲା ସ୍ମୃତି ପରି । ଗତ ସପ୍ତାହରେ ମୁଁ ଦକ୍ଷିଣ କୋୟେଲା କ୍ଷେତ୍ରର ସାରା ଅସ୍ଥାୟୀ ଓ ସ୍ଥାୟୀ ଶିବିର ମାନ ବୁଲି ଦେଖି ସାରିଛି ଏବଂ ମୁଁ ଆପଣମାନଙ୍କ ଘରକୁ ଯାଇ ଘରର ସମସ୍ତ ସଦସ୍ୟମାନଙ୍କୁ ବ୍ୟକ୍ତିଗତ ଭାବରେ ଭେଟ କରି ଆସି ସାରିଛି । ତେଣୁ ଆମର ଏହି ବୈଠକ କୌଣସି ଅଜଣା ଲୋକ ସହ ନୁହେଁ ବରଂ ପରସ୍ପର ମିତ୍ର ଭାବରେ ଆଜି ଏଠାରେ ଏକତ୍ରିତ ହୋଇଛନ୍ତି । ଏଣୁ ମୁଁ ଆପଣମାନଙ୍କର ଓ ମୋର ହିତ ଯାହା ହୋଇପାରିବ ସେହି ବିଷୟରେ କିଛି କଥା ହେବାକୁ ଚାହୁଁଛି ।'

ତେବେ କ'ଣ ଏହି ଉଦାହରଣ ଏକ ପ୍ରମାଣ ନୁହେଁ କି ଶତ୍ରୁମାନଙ୍କୁ ମିତ୍ର କିପରି କରିହେବ । ଆସନ୍ତୁ ଟିକେ ଅଲଗା ଭାବରେ ଚିନ୍ତା କରି ଦେଖିବା । ରାକ୍‌ଫେଲର୍ ଯଦି

ଅନ୍ୟ ଶୈଳୀରେ କଥା କହିଥାନ୍ତେ ତେବେ କିପରି ହୋଇଥାନ୍ତା ? ସବୁ ଦୋଷକୁ ଯଦି ସେହି ଧର୍ମଘଟ କଲାବାଲାଙ୍କ ଉପରେ ନ୍ୟସ୍ତ କରି ଦେଇଥାନ୍ତେ, ସେମାନଙ୍କ ବିନାଶକାରୀ ତଥ୍ୟକୁ ବଢାଇ ଚଢାଇ କହିଥାନ୍ତା ଓ ସେମାନଙ୍କୁ ଧମକ ଦେଇଥାନ୍ତା କି ଯେଉଁମାନେ ଏପରି କରିଛନ୍ତି ସେମାନଙ୍କୁ ବହୁତ ଦଣ୍ଡ ଦିଆଯିବ, ତେବେ କ'ଣ ହୋଇଥାନ୍ତା ? ମାନି ନିଅନ୍ତୁ କି ସେ ସବୁ ତଥ୍ୟଗୁଡିକୁ ଯୋଡି ଯଦି ସେହି ଶ୍ରମିକମାନଙ୍କୁ ଦୋଷୀ ପ୍ରମାଣିତ କରିଦେଇ ଥାଆନ୍ତେ ତେବେ କ'ଣ କାହାରି ଭଲ ହୋଇପାରି ଥାଆନ୍ତା ? ନା ! ବରଂ ଦୁଃଖଦାୟକ ପରିସ୍ଥିତି ଆଉ ଥରେ ଉତ୍ପନ୍ନ ହୋଇଥାନ୍ତା। ପ୍ରଥମେ ଦୁଇପକ୍ଷ ମଧ୍ୟରେ ଘୃଣାଭାବ ଓ ପରେ କଳହ ବା ବିଦ୍ରୋହ ତେଜି ଉଠିଥାନ୍ତା।

ତର୍କଶାସ୍ତ୍ର ମାଧ୍ୟମରେ ଆପଣ କାହାରି ମନର ଜମି ରହିଥିବା ମଇଳାକୁ ସଫା କରି ପାରିବେ ନାହିଁ। ଗାଳି କରିଲା ବାଲା ଅଫିସ୍‌ର ବଡ ଅଧିକାରୀ, ଟାଣ କଥା କହି ଆକଟ କରୁଥିବା ବାପମାଆ, ସବୁବେଳେ ଚିଡୁଥିବା ପତି-ପତ୍ନୀ ଏହି କଥାକୁ ସବୁବେଳେ ମନେରଖନ୍ତୁ କି ଲୋକମାନେ କେବେ ବି ନିଜ ବିଚାରକୁ ବଦଳାଇ ନଥାନ୍ତି। ଶକ୍ତି ପ୍ରଦର୍ଶନ କରି ଆପଣ କେବେ ବି କାହାକୁ ବଦଳାଇ ପାରିବେ ନାହିଁ। ହଁ, ଯଦି ଆପଣ ତାଙ୍କ ସହ ମିତ୍ରତାପୂର୍ଣ୍ଣ ବ୍ୟବହାର କରି ବିନମ୍ରତା ସହ କୌଣସି କାମ କରିବାକୁ କହିବେ ତେବେ ସେହି କାମକୁ ଅବଶ୍ୟ କରିଦେଇ ପାରିବେ।

ଏହି କଥାକୁ ଆବ୍ରାହମ୍ ଲିଙ୍କନ୍ ବହୁ ଦିନ ପୂର୍ବରୁ କହିଥିଲେ- 'ଏକ ସତ୍ୟ ଓ ପୁରୁଣା ଲୋକକଥା ଅଛି- ଗୋଟେ ବୁନ୍ଦା ମହୁକୁ ଯେତେ ମାଛି ଧରି ପାରିବେ ଏକ ଗିଲାନ ସିରକାକୁ ନୁହେଁ। ଠିକ୍ ସେହିପରି ଭାବରେ ଯଦି ଆପଣ କାହାରି ମନ ଉପରେ ରାଜତ୍ୱ ବିସ୍ତାର କରିବାକୁ ଚାହୁଁଛନ୍ତି ତେବେ ତାହାଙ୍କୁ ଅନୁଭୂତି କରାନ୍ତୁ କି ଆପଣ ତାଙ୍କ ଶତ୍ରୁ ନୁହଁ ବରଂ ମିତ୍ର ଅଟନ୍ତି। ଏହା ହିଁ ତ ସେହି ମଧୁର ଏକ ବୁନ୍ଦା, ଯିଏ ତାଙ୍କୁ ଆପଣଙ୍କ ବନ୍ଧନରେ ବାନ୍ଧି ରଖିବ ଓ ତାହା ହିଁ ହେଉଛି ସେହି ଅସାମାନ୍ୟ ବାଟ, ଯାହା ଦ୍ୱାରା ଆପଣ କାହାକୁ ନିଜର ବୋଲି ଅନୁଭବ କରାଇ ପାରିବେ ବା ନିଜ ବିଚାର ସହ ସହମତ କରାଇ ପାରିବେ।

ଏବେ ବ୍ୟବସାୟିକ ସଂସ୍ଥାପକମାନେ ଏହି କଥାକୁ ବୁଝି ସାରିଲେଣି କି, ଧର୍ମଘଟକାରୀଙ୍କ ପ୍ରତି ମିତ୍ରତାପୂର୍ଣ୍ଣ ବ୍ୟବହାର କରିବା ଦ୍ୱାରା ହିଁ ବହୁତ ଲାଭ ମିଳିଥାଏ। ଖାସ୍ ସେଇଥି ପାଇଁ ତ, ହ୍ୱାଇଟ୍ ମୋଟର କମ୍ପାନୀର ୨୫୦୦ ରୁ ଅଧିକା କର୍ମଚାରୀ ଯେତେବେଳେ ଅଧିକା ବେତନର ଦାବୀ କରି ଧର୍ମଘଟ କରିବାକୁ ଆରମ୍ଭ କଲେ ସେତେବେଳେ କମ୍ପାନୀର ପ୍ରେସିଡେଣ୍ଟ୍ ରୋବର୍ଟ୍ ଏଫ୍. ବ୍ଲେକ୍ ନିଜ ଉପରୁ ନିୟନ୍ତ୍ରଣ ହରାଇ ନଥିଲେ। ସେ ଶ୍ରମିକମାନଙ୍କର ନିନ୍ଦା କଲେନାହିଁ କି ସେମାନଙ୍କୁ ଡରାଇ ଧମକାଇ ସାମ୍ୟବାଦର ଉଦାହରଣ ହେବାକୁ ଚାହିଁଲେ ନାହିଁ। ବରଂ ତା ବଦଳରେ ସେ ସେମାନଙ୍କର ପ୍ରଶଂସା କରିଥିଲେ। ସେମାନେ ଶାନ୍ତିପୂର୍ଣ୍ଣ ଭାବରେ ଧର୍ମଘଟ କରୁଥିବାରୁ ସବୁ ଦୈନିକ ସମାଚାର ପତ୍ରରେ ସେମାନଙ୍କ ପ୍ରତି ନିଜ ଭାବନାକୁ ବ୍ୟକ୍ତ କରି ଏକ ବିଜ୍ଞାପନ ଛପାଇଥିଲେ।

ଧର୍ମଘଟକାରୀଙ୍କ ସମୟ କାଟିବା ପାଇଁ ସେ ସେମାନଙ୍କୁ ବେସବଲ୍ ବ୍ୟାଟ୍ ତଥା ଅନ୍ୟ ଉପକରଣମାନ କିଣି ଆଣି ଦେଇଥିଲେ ଓ ଖାଲି ଜାଗା ଦେଖି ଏହି ଖେଳ ଖେଳି ସମୟ କାଟିବାକୁ ଅନୁରୋଧ କରିଥିଲେ ।

ବ୍ଲେକ୍‌ଙ୍କ ମିତ୍ରତାପୂର୍ଣ୍ଣ ବ୍ୟବହାର ପାଇଁ ଶ୍ରମିକମାନେ ବି ସେହିଭଳି ମିତ୍ରତାପୂର୍ଣ୍ଣ ଉତ୍ତର ଦେଲେ । ଶ୍ରମିକମାନେ ନିଜେ ନିଜେ ଯାଇ କାରଖାନାର ଚାରିପାଖରେ ଥିବା ଅଳିଆ ସବୁକୁ ସଫା କରିଦେଲେ । କଳ୍ପନା କରନ୍ତୁ ସେମାନେ ସେହି କର୍ମଚାରୀ ଥିଲେ ଯେଉଁମାନେ ଅଧିକ ଦରମା ପାଇବା ପାଇଁ ଧର୍ମଘଟ କରୁଥିଲେ । ଏପରି ଘଟଣା ଆମେରିକୀୟ ଔଦ୍ୟୋଗିକ ଧର୍ମଘଟମାନଙ୍କ ଭିତରେ ଏକ ଲମ୍ବା ତଥା ଦମଦାର୍ ଇତିହାସ ସୃଷ୍ଟି କରିଥିଲା । ଏହି ଧର୍ମଘଟ ବିନା କୌଣସି ଅପ୍ରୀତିକର ପରିସ୍ଥିତିରେ ସହଜରେ ମାତ୍ର ଗୋଟିଏ ସପ୍ତାହରେ ଶେଷ ହୋଇ ଯାଇଥିଲା ।

ସଂସାରର ମହାନତମ ଓକିଲମାନଙ୍କ ମଧ୍ୟରେ ଡେନିମଲ୍ ବେବଷ୍ଟର୍ ଈଶ୍ୱରଙ୍କ ପରି ଦେଖା ଯାଉଥିଲେ ତଥା ଦେବଦୂତ ପରି କଥା କହୁଥିଲେ । ସେ ନିଜ ସଶକ୍ତ ତର୍କଗୁଡ଼ିକୁ ଏହି ଶୈଳୀରେ ପ୍ରସ୍ତୁତ କରୁଥିଲେ- 'ଏହି କଥାରେ ନିଶ୍ଚିତ ଧ୍ୟାନ ଦେବା ଦରକାର ।' ଏଥିରୁ ସମ୍ଭବତଃ ଏମିତି ଲାଗେ ଯେପରି ଆପଣ ଏହାକୁ ମନେ ରଖିବା ଦରକାର', ଆପଣଙ୍କ ପରି ଗୁଣୀଲୋକ ଏହି ତଥ୍ୟକୁ ସରଳତାର ସହ ବୁଝିପାରିବେ । ଇତ୍ୟାଦି ଇତ୍ୟାଦି । ନା କୌଣସି ଆକ୍ରମକତା, ନା କୌଣସି ଚାପ, ନା ନିଜ ବିଚାରକୁ ଅନ୍ୟ ଉପରେ ଲଦି ଦେବାର ଇଚ୍ଛା । ନିଜର ଏହି ଶାନ୍ତ ସରଳ ମିତ୍ରତାପୂର୍ଣ୍ଣ ଓ ମୃଦୁ ମୃଦୁ କଥା କହିବାର ଶୈଳୀର କାରଣରୁ ସେ ଏତେ ବଡ ସଫଳ ଓ ମହାନ ଓକିଲ ହୋଇପାରିଲେ । ଆବଶ୍ୟକ ନୁହେଁ କି ଆପଣଙ୍କୁ ବି କୌଣସି ଧର୍ମଘଟକୁ ସମାପ୍ତ କରିବାକୁ ପଡିବ ବା କୌଣସି ଲୋକର ମୋକଦ୍ଦମା ଲଢିବାକୁ ପଡିବ, କିନ୍ତୁ ଆପଣଙ୍କୁ ତ ନିଜ ଘରଭଡା କମ୍ କରିବାକୁ ପଡିପାରେ, ସେତେବେଳେ ଆପଣଙ୍କର ଏହି ବନ୍ଧୁତ୍ୱ ଭରା ଶୈଳୀ ବହୁତ କାମରେ ଆସିବ ।

ଓ. ଏଲ୍. ସ୍ଟ୍ରାବ୍ ନାମକ ଜଣେ ଇଂଜିନିୟର ରହୁଥିବା ଭଡା ଘରର ଭଡାର ପରିମାଣ ହ୍ରାସ କରାଇବାକୁ ଚାହୁଁଥିଲେ, କିନ୍ତୁ ସେ ଜାଣିଥିଲେ କି ତାଙ୍କ ଘରମାଲିକ ଜଣେ କୃପଣ ଓ ଟିଙ୍ଗା ସ୍ୱଭାବର ଲୋକ ଥିଲେ । ସେ ଆମ ଶ୍ରେଣୀରେ କହିଲେ- ' ମୁଁ ଘରବାଲାକୁ ଚିଠି ଲେଖି ଦେଇଥିଲି କି କଥା ହୋଇଥିବା ଅବଧି ଶେଷ ହୋଇଗଲେ ମୁଁ ଘର ଛାଡି ଦେବାକୁ ଚାହୁଁଛି, କିନ୍ତୁ ସତରେ ମୁଁ ସେପରି ଚାହୁଁ ନଥିଲି । ମୁଁ ତ ପ୍ରସନ୍ନତା ପୂର୍ବକ ସେଠି ରହିଥାନ୍ତି ଯଦି ସେ ମୋ ପାଇଁ ଭଡା କିଛି କମ୍ କରିଦେଇ ଥାଆନ୍ତା । ଅନ୍ୟମାନେ ଯେଉଁମାନେ ସେଠାକାର ଅନ୍ୟ ଘର ମାନଙ୍କରେ ରହୁଥିଲେ ସେମାନେ ମୋ ପୂର୍ବରୁ ଚେଷ୍ଟା କରି ବିଫଳ ହୋଇ ସାରିଥିଲେ । ସେତେବେଳେ ମୁଁ ମନେ ମନେ ଚିନ୍ତା କଲି ମୁଁ ତ ଲୋକ ବ୍ୟବହାର ପାଠ ପଢୁଛି ତେଣୁ ମୁଁ ସେହି ସିଦ୍ଧାନ୍ତ ଗୁଡିକୁ ଏଠି କାମରେ ଲଗାଇବି ଦେଖିବି କି ପ୍ରକାର ଫଳ ମିଳୁଛି ?'

ଚିଠି ପାଇଲାପରେ ସେ ତାର ସେକ୍ରେଟାରୀ ସହ ମୋ ପାଖରେ ଆସି ପହଞ୍ଚିଲା । ମୁଁ

ଗେଟ ପାଖରୁ ତାଙ୍କୁ ମିତ୍ରତାପୂର୍ଣ୍ଣ ଅଭିନନ୍ଦନ କଲି ତଥା ଘର ଭିତରକୁ ଆସିବାକୁ ଅନୁରୋଧ କଲି । ମୋ ବ୍ୟବହାରରେ ସଦ୍ଭାବ ଓ ଉତ୍ସାହ ଖୁବ୍ ସ୍ପଷ୍ଟ ବାରି ହୋଇ ପଡୁଥାଏ । ମୁଁ ଘରର ଭଡା ଅଧିକା କହିବା ବଦଳରେ ବରଂ ତାଙ୍କ ଘରର ପ୍ରଶଂସା କରିବାକୁ ଲାଗିଲି । ମୁଁ ପୁରା ଖୋଲା ମନ ସହକାରେ ତାଙ୍କ ଘରର ପ୍ରଶଂସା କଲି । ତାଙ୍କୁ କହିଲି ଆପଣ ସଠିକ୍ ଭାବରେ ନିଜ ଘରର ଦେଖାଶୁଣା କରିଛନ୍ତି । ତାପରେ ମୁଁ କହିଲି ମୁଁ ଏହି ପରି ଘରେ ବହୁ ବର୍ଷ ପର୍ଯ୍ୟନ୍ତ ରହିବାକୁ ଚାହିଁବି, କିନ୍ତୁ ଏତେ ଅଧିକ ଭଡା ଦେବା ମୋ ପକ୍ଷରେ ଆଦୌ ସମ୍ଭବ ନୁହେଁ ।'

ଏପରି ଲାଗୁଥିଲା କି ତାଙ୍କୁ ଏପରି କଥା କେହି କେବେ ଆଗରୁ କହି ନଥିଲା । ଏବେ ସେହି ଘରମାଲିକ ନିଜେ ଚିନ୍ତା କରିପାରୁ ନଥିଲା କି ତା'ର ଏବେ କ'ଣ କରିବା ଉଚିତ । ତାପରେ ସେ ମୋତେ କହିଲେ କି ଭଡାରେ ରହିଥିବା ଲୋକେ କିପରି ଭଡା କମାଇବାକୁ କହି କହି ବିରକ୍ତ କରି ଦେଉଛନ୍ତି । ଏପରିକି ଜଣେ ତ ବହୁତ ଅଶିଷ୍ଟତାଭରା ଚିଠି ବି ଲେଖିଥିଲେ, ଯାହାକୁ ସେ ଆଜି ବି ରଖିଛନ୍ତି । ସେ ମୋତେ କହିଲା ଆପଣଙ୍କ ପରି ହସ ହସ ମୁଖ କରି କଥା ହେଉଥିବା ଜଣେ ସନ୍ତୁଷ୍ଟ ଗ୍ରାହକକୁ କିଏ ବା ନିଜ ଘରେ ରଖିବାକୁ ନ ଚାହିଁବ ? ଏପରି କହି ସେ ଆପେ ମୋର ଭଡା କମ୍ କରିଦେଲା । ଯେତେବେଳେ ସେ ସେଠାରୁ ଯିବାକୁ ବାହାରିଲେ ମୁଁ ତାଙ୍କୁ ପଚାରିଲି କି ଆପଣ ନିଜ ଘରକୁ କି ପ୍ରକାର ସଜାଇବାକୁ ଚାହିଁବେ ?

ଯଦି ମୁଁ ଅନ୍ୟମାନଙ୍କ ପରି ବହୁତ ଗୁଡିଏ ଭଲ ଖରାପ କରି କହି ଯୋର ଜବରଦସ୍ତି କରି ଭଡା କମ୍ କରିବାକୁ କହିଥାନ୍ତି ତେବେ ମୁଁ କ'ଣ ସଫଳ ହୋଇପାରିଥାନ୍ତି ? ନା ! ବରଂ ମିତ୍ରତାପୂର୍ଣ୍ଣ, ପ୍ରଶଂସାତ୍ମକ ତଥା ସହାନୁଭୂତିପୂର୍ଣ୍ଣ ବ୍ୟବହାରରେ ସବୁକିଛି ସମ୍ଭବ ହୋଇଥାଏ ।

ଡିନ୍ ବୁଡ୍‌କାର୍କ୍ ଯେତେବେଳେ ପେନସିଲ୍‌ଭାନିଆର ପିଟ୍ସବର୍ଗରେ ରହୁଥିଲେ ସେତେବେଳର କଥା । ସେ ଏକ ଆଞ୍ଚଳିକ କମ୍ପାନୀର ଏକ ଡିପାର୍ଟମେଣ୍ଟର ମୁଖ୍ୟ ଭାବେ କାମ କରୁଥାନ୍ତି, ତାଙ୍କ ଅଧିନରେ ଥିବା କର୍ମଚାରୀମାନଙ୍କୁ ଏକ ବଡ ସୁଉଚ୍ଚ ଖମ୍ବର ଉପରି ଭାଗରେ ଲାଗିଥିବା କିଛି ଉପକରଣର ମରାମତି କରିବାର କାମ ମିଳିଥିଲା । ସେହି ପ୍ରକାରର କାମ କମ୍ପାନୀର ଅନ୍ୟ ଡିପାର୍ଟମେଣ୍ଟର ଥିଲା କିନ୍ତୁ ଏଥର ଏମାନଙ୍କୁ ପ୍ରଥମ କରି ଦିଆଗଲା କି ଏମାନେ ସେହି କାମକୁ ସଠିକ୍ ଭାବେ କରି ପାରୁଛନ୍ତି କି ନାହିଁ ! ବୁଡ୍‌କାର୍କ୍‌ଙ୍କ କର୍ମଚାରୀମାନେ ସେହି କାମର ପ୍ରଶିକ୍ଷଣ ତ ନେଇଥିଲେ କିନ୍ତୁ କେବେ କାମ କରି ନଥିଲେ ଏହା ହିଁ ପ୍ରଥମ ଅବସର ଥିଲା । ସମସ୍ତେ ଉତ୍କଣ୍ଠାରେ ଥିଲେ କି ଏମାନେ ସେହି କାମକୁ କିପରି ଭାବରେ କରି ପାରୁଛନ୍ତି କି ନା ? ସେଠାରେ ଏହି କାମକୁ ଦେଖିବା ପାଇଁ ଅନେକ ଟ୍ରକ୍‌ବାଲା ଓ କାର୍ ବାଲାମାନେ ଥିଲେ । ବହୁତ ଲୋକ ସେଠାରେ ଏହି ଦୁଇଜଣ ଚଢିଥିବା ଖମ୍ବକୁ ନିରୀକ୍ଷଣ କରୁଥିଲେ ।

ଠିକ୍ ସେତିକି ବେଳେ ବୁଡ୍‌କାର୍କ୍ ଦେଖିଲେ ଜଣେ ଲୋକ ଏକ କାର୍ ଭିତରୁ ବାହାରକୁ ଆସୁଥିଲେ ଓ ହାତରେ ଏକ ଛବି ଉତ୍ତୋଳନକାରୀ ଯନ୍ତ୍ର ଧରିଥିଲେ । ତାଙ୍କ କମ୍ପାନୀ ନିଜର

ସାର୍ବଜନୀନ ଛବି ଖରାପ କରିବାକୁ ଚାହୁଁ ନଥିଲା। ବୁଡ୍‌କାର୍କ୍ ଭାବିଲେ ଏ ବୋଧେ ଦୁଇ ଜଣ ଲୋକଙ୍କ କାମ ପାଇଁ ଏତେ ଲୋକ ରୁଣ୍ଡ ହୋଇଥିବାର ଦୃଶ୍ୟକୁ ଉତ୍ତୋଳନ କରି ଆମକୁ ବଦନାମ କରିପାରେ, ତେଣୁ ସେ ସେହି ଲୋକ ପାଖକୁ ଗଲେ ଓ କହିଲେ ସମ୍ଭବତଃ ଆପଣଙ୍କୁ ଏହି ପରି କାମରେ ଅଧିକା ରୁଚି ଅଛି ? ସେହି ଲୋକ ଉତ୍ତର ଦେଲା, ହଁ ବିଲକୁଲ୍, ମୋର ମାଆ ଏହି କମ୍ପାନୀରେ କାମ କରୁଛି ତେଣୁ ସେ ବି ଏଥିରେ ଅଧିକା ରୁଚି ନେବେ। ଏଥିରୁ ତାଙ୍କର ଆଖି ଖୋଲିଯିବ। ମୁଁ ତ ପ୍ରଥମରୁ ହିଁ ତାଙ୍କୁ କହିଥିଲି କି ଏହି କମ୍ପାନୀ ସହ ସମ୍ପର୍କ ନ ରଖୁ, କିନ୍ତୁ ଏବେ କ'ଣ ଲାଭ ? ଦୈନିକ ସମ୍ବାଦ ପତ୍ର ବାଲା ବି ଏହାକୁ ଦେଖି ବହୁତ ଖୁସି ହେବେ।'

'ଆପଣ ବିଲକୁଲ୍ ଠିକ୍ କହୁଛନ୍ତି। ଆପଣଙ୍କ ଯାଗାରେ ଯଦି ମୁଁ ଥାଆନ୍ତି ତେବେ ହୁଏତ ମୁଁ ବି ସେହିପରି ଭାବିଥାନ୍ତି, କିନ୍ତୁ ଏହା ଏକ ବିଶେଷ ପରିସ୍ଥିତି।' ବୁଡ୍‌କାର୍କ୍ ତାଙ୍କୁ କହିଲେ ଯେ ତାହା ତାଙ୍କ ବିଭାଗର ପ୍ରଥମ କାମ। ତେଣୁ କମ୍ପାନୀର ଏତେ ସବୁ ଲୋକ ନିରୀକ୍ଷଣ କରୁଛନ୍ତି କି କାମର ଶୈଳୀ କିପରି ରହୁଛି। ସେଥିପାଇଁ ଏତେ ସବୁ ଲୋକେ ଏହି କାମରେ ରୁଚି ନେଉଛନ୍ତି, ନଚେତ ସାଧାରଣତଃ ଏପରି କାମକୁ ମାତ୍ର ଦୁଇ ଜଣ କରିଥାନ୍ତି ଏପରିକି ପାଖରେ ଚାଲି ଯାଉଥିବା ଲୋକେ ବି ଜାଣି ପାରିନ୍ତିନି। ଏହା ଶୁଣି ସେହି ଲୋକ ଶାନ୍ତ ହୋଇଗଲା, ମୋ ସହ ହାତ ମିଳାଇ କହିଲା ଆପଣଙ୍କୁ ଧନ୍ୟବାଦ। ଆପଣ ମୋତେ ବହୁତ ବଢିଆ ଭାବରେ ବୁଝାଇ ଦେଲେ, ଏତେ ଛୋଟ କଥାଟିକୁ ମୁଁ ବିଶେଷ ଲମ୍ବା କରୁଥିଲି। ଡିନ୍ ବୁଡ୍‌କାର୍କଙ୍କ ଏହି ମିତ୍ର ଭାବନା ଓ ତାଙ୍କ ବିଶେଷ ଶୈଳୀ ପାଇଁ କମ୍ପାନୀର ମର୍ଯ୍ୟାଦା ରକ୍ଷା ହୋଇଗଲା।

ଆମ ଶ୍ରେଣୀର ଅନ୍ୟ ଏକ ସଦସ୍ୟ ନିୟୁ ହେମ୍ପସାୟରର୍ ଜେରାଲ୍ଡ ଏଚ୍. ବିନ୍ କିପରି ଭାବରେ ନିଜ ମିତ୍ରତା ଭରା ବ୍ୟବହାର ପାଇଁ ଏକ ନଷ୍ଟ ହୋଇଥିବା ଜିନିଷର ସନ୍ତୋଷଜନକ ମୂଲ୍ୟ ଫେରି ପାଇଲେ। ସେ ଆମକୁ କହିଲେ- 'ବସନ୍ତ ଋତୁର ପ୍ରାରମ୍ଭରେ ପୃଥିବୀ ଯେତେବେଳେ ବରଫରେ ଢାଙ୍କି ହୋଇଥିଲା ସେତେବେଳେ ଏକ ଅଦିନିଆ ବର୍ଷାରେ ଚାରିଆଡ ପାଣି ଭରିଗଲା କାରଣ ନାଳିଗୁଡିକ ବରଫରେ ଭର୍ତ୍ତି ହୋଇ ରହିଥିଲା। କିଛି ଦିନ ପୂର୍ବରୁ ମୁଁ ଏକ ଘର ତିଆରି କରିଥାଏ। ପାଣି ବାହାରକୁ ବାହାରିବାର କୌଣସି ବାଟ ନଥିବା କାରଣରୁ ଘରର ନିଅଁ ଉପରେ ଚାପ ସୃଷ୍ଟି ହେଲା ଓ କଂକ୍ରିଟ ଢଳାଇ ହୋଇଥିବା ବେସମେଣ୍ଟ୍ ପିଲାର୍‌କୁ ଭାଙ୍ଗି ଘର ଭିତରକୁ ପାଣି ପଶି ଆସିଲା। ଏଥିରେ ମୋର ବହୁତ କ୍ଷତି ହେଲା ଓ ଏହାକୁ ପୁନଃନିର୍ମାଣ କରିବାକୁ ମୋତେ ୨୦୦୦ ହଜାର ଡଲାରର ଆବଶ୍ୟକତା ଥିଲା କିନ୍ତୁ ମୋ ପାଖରେ ଏମିତି ହାନୀକୁ ଭରଣା କରିବାପାଇଁ କୌଣସି ବୀମା ବି ନଥିଲା।'

'କିନ୍ତୁ ଅଳ୍ପ ସମୟ ଭିତରେ ମୋତେ ଜଣା ପଡିଗଲା କି ଏହି ଅଞ୍ଚଳର ଯିଏ ମୁଖ୍ୟ ବିଭାଗୀୟ ଲୋକ ସେମାନେ ଏଠି ଆପାତକାଳୀନ ନାଳି (ଯାହା ବାତ୍ୟା ବନ୍ୟା ସ୍ଥିତିରେ କାମରେ ଲାଗେ) ତିଆରି କରି ନଥିବାରୁ ଏଠାରେ ବନ୍ୟା ପରି ପରିସ୍ଥିତି ସୃଷ୍ଟି ହୋଇଥିଲା।

ଏଣୁ ମୁଁ ତାଙ୍କ ସହ ଭେଟ କରିବାର ସମୟ ନିର୍ଦ୍ଧାରିତ କରି ଭେଟିବାକୁ ବାହାରିଲି । ଗଲାବେଳେ ରାସ୍ତାରେ ଯୋଜନା ପ୍ରସ୍ତୁତ କଲି କିପରି ଭାବରେ ସେମାନଙ୍କ ଉପରେ ନ ରାଗି ଆମ ପାଠ୍ୟକ୍ରମରେ ଶିଖାଯାଇଥିବା ଶୈଳୀ ଓ ନିୟମକୁ ପାଳନ କରି ସମସ୍ୟାର ସମାଧାନ କରିହେବ ତାହା ସ୍ଥିର କଲି । ଯେତେବେଳେ ମୁଁ ସେଠି ପହଞ୍ଚିଲି ପ୍ରଥମେ ପୂରା ଶାନ୍ତ ରହିଲି ଓ ତାଙ୍କ ଓ୍ୱେଷ୍ଟେଣ୍ଡିଜ୍ ଗସ୍ତ ବିଷୟରେ ଜାଣିବାକୁ ଚେଷ୍ଟା କଲି । ଏମିତି କିଛି କ୍ଷଣ କଥୋପକଥନ ପରେ ମୁଁ ତାଙ୍କୁ କହିଲି କି ବର୍ଷା ପାଣି ପାଇଁ ମୋର ଅଞ୍ଚ ବହୁତେ କ୍ଷତି ହୋଇଛି । ସେ ତୁରନ୍ତ ମାନିଗଲେ କି ଏହି ସମସ୍ୟାକୁ ସମାଧାନ କରିବା ପାଇଁ ବା କ୍ଷୟ କ୍ଷତି ଭରଣା କରିବା ପାଇଁ ସେ ସମସ୍ତ ସହଯୋଗ କରିବେ । ସେହି ଲୋକ ଅଞ୍ଚ କିଛି ଦିନ ପରେ ଆସିଲେ ଓ କହିଲେ ଆଗେ ଆମେ ଏହି ଆପାତକାଳୀନ ନାଳିର ବ୍ୟବସ୍ଥା କରିବୁ ଓ ସେହି ସମୟରେ ଆପଣଙ୍କର କ୍ଷତିର ଭରଣା ବି କରିଦେବୁ ।

ଏମିତି ତ ଭୁଲ୍ ସେମାନଙ୍କର ଥିଲା ହେଲେ ବି ଯଦି ମୁଁ ଯାଇ ତାଙ୍କୁ ଆଗେ ରାଗିକରି କହିଥାନ୍ତି ଓ ତାଙ୍କର ଦୋଷକୁ ବର୍ଣ୍ଣନା କରିଥାନ୍ତି ତେବେ କ'ଣ ସେ ଏତେ ସହଜରେ ମାନିଥାନ୍ତେ ବରଂ ମୋର ଦୋଷ ଦୁର୍ବଳତା ଖୋଜି ବାହାର କରିଥାନ୍ତେ ହୁଏତ ମୁଁ ଭରଣା ବିଲକୁଲ୍ ହିଁ ପାଇ ନଥାନ୍ତି । କିନ୍ତୁ ମୋର ମଧୁର ବ୍ୟବହାର ପାଇଁ ଏହା ସହଜରେ ହୋଇଗଲା ।

ମୋ ପିଲାବେଳର କଥା, ଯେତେବେଳେ ଉତ୍ତର-ପଶ୍ଚିମ ମିସୋରିରେ ପଢ଼ିବାକୁ ଯାଉଥିବା ଗାଉଁଲିଆ ପିଲାଙ୍କ ପରି ମୁଁ ବି ଖାଲି ପାଦରେ ଜଙ୍ଗଲରେ ପଶି ବିଦ୍ୟାଳୟକୁ ଯିବା ଆସିବା କରୁଥିଲି, ସେତେବେଳେ ମୁଁ ପବନ ଓ ସୂର୍ଯ୍ୟଙ୍କ ନୀତିକଥା ପଢ଼ିଥିଲି । ଦୁହିଁଙ୍କ ଭିତରେ ଦ୍ୱନ୍ଦ ଏହି କଥାକୁ ନେଇ ଚାଲିଥାଏ କି ସେମାନଙ୍କ ଭିତରେ ବଡ଼ କିଏ ? ବା ଶକ୍ତିଶାଳୀ କିଏ ? ପବନ କହିଲା– 'ମୁଁ ମୋ ଶକ୍ତିକୁ ସରଳତାର ସହ ପ୍ରମାଣିତ କରିଦେଇ ପାରିବି । ଏହି ବ୍ୟକ୍ତି ଯେଉଁ କୋର୍ଟ ପିନ୍ଧି ଯାଉଅଛି ମୁଁ ତାକୁ ତୁମ ଠାରୁ ଶୀଘ୍ର ଖୋଲି ଦେଇ ପାରିବି ।'

ପବନ ଯୋରରେ ବହିବାକୁ ଲାଗିଲା ବେଳକୁ ସୂର୍ଯ୍ୟ ବାଦଲ ପଛରେ ଛପି ଗଲେ ଫଳରେ ଯେତେ ବାତ୍ୟା ପରି ପବନ ହେଲେ ବି ସେହି ଲୋକ ଆହୁରି ନିଜ କୋର୍ଟକୁ ପିନ୍ଧି କରି ଜାବୁଡ଼ି ଧରୁଥାଏ । ଶେଷରେ ପବନ ହାର ମାନି ସ୍ଥିର ହେଲା ବେଳକୁ ସୂର୍ଯ୍ୟ ବି ବାହାରକୁ ଆସିଗଲେ । ସେହି ବ୍ୟକ୍ତି ଉପରେ ଦୟା ଦେଖାଇ ଦୁହେଁ ହସିଲେ । ସେହି ଲୋକ ନିଜ ଝାଳ ପୋଛି ପୋଛି କୋଟ୍‌କୁ ଉତାରି ହାତରେ ଧରିଲା । ତେବେ ସୂର୍ଯ୍ୟଦେବ ପବନଦେବଙ୍କୁ କହିଲେ କ୍ରୋଧ ଓ ବଳ ପରିବର୍ତ୍ତେ ମିତ୍ରତା ବା ଦୟାଭାବ ଦେଖାଇ କୌଣସି କାମକୁ ସରଳତାରେ କରି ଦିଆଯାଇ ପାରେ ।

ଯେଉଁ ଲୋକମାନେ ଏ କଥାକୁ ବୁଝି ସାରିଛନ୍ତି କି 'ଏକ ଗିଲାନ ସିରକା ଠାରୁ ଅଧିକ ଶକ୍ତି ବୁନ୍ଦେ ମହୁର ଅଛି, ଏକ ବୁନ୍ଦା ମହୁ ତ ଅଗଣିତ ମାଛି ମାନଙ୍କୁ ନିଜ ଆଡକୁ ଆକର୍ଷିତ କରି ପାରିଥାଏ,' ସେମାନେ ନିଶ୍ଚିତ ଭାବରେ ବିନମ୍ର ଓ ମିତ୍ରତାପୂର୍ଣ୍ଣ ଶୈଳୀର ବ୍ୟବହାର କରିଥାନ୍ତି ।

ଥରେ ଲୁଥରବେଲି, ମେରିଲ୍ୟାଣ୍ଡରେ ରହୁଥିବା ଏଫ. ଗେଲ୍. କାଁନର୍ ନିଜ ଚାରି ପାଞ୍ଚ ମାସ ପୁରୁଣା କାର୍‌କୁ ମରାମତି କରିବାପାଇଁ ତୃତୀୟ ଥର ପାଇଁ ନେଇ କରି ଯାଇଥିଲେ ସେ ବି ସେତେବେଳେ ଏହି ଉପାୟ ଅନୁସରଣ କରିଥିଲେ। ସେ ଆମ ଆଗରେ ତାଙ୍କ ଅନୁଭୂତି ଏହିପରି ଭାବରେ ବ୍ୟକ୍ତ କରିଥିଲେ- 'ଏହା ନିଶ୍ଚିତ ଥିଲା ଯେ ମୁଁ ସେଠାକାର ମୁଖ୍ୟ ଇଂଜିନିୟର ଉପରେ ପାଟି କଲେ ତର୍କ ବିତର୍କ କଲେ କିଛି ବି ଲାଭ ହୋଇ ନଥାନ୍ତା। ମୁଁ ତାଙ୍କ ମାଲିକଙ୍କ ସହ ଦେଖା କରିବାକୁ ଚେଷ୍ଟା କଲି। ବହୁତ ସମୟ ଅପେକ୍ଷା କରିବା ପରେ ମୋତେ ତାଙ୍କ ଅଫିସରୁ ଡାକରା ଆସିଲା। ମୁଁ ତାଙ୍କୁ କହିଲି କି ମୋର ଯେତେ ବି ବନ୍ଧୁ ଏଠାରୁ ଗାଡି ନେଇଛନ୍ତି ସମସ୍ତେ ମୋତେ କହିଛନ୍ତି କି ଏହି ଠାରୁ ହିଁ କିଣିବା ପାଇଁ, କାରଣ ଏଠାରେ ଠକିବାର ବ୍ୟବସ୍ଥା ବିଲକୁଲ୍ ନାହିଁ, ଉପଯୁକ୍ତ ଦର୍ ସାଙ୍ଗକୁ ସେବାରେ କୌଣସି ତ୍ରୁଟି ବା ବିଳମ୍ବ ଦେଖାଯାଏ ନାହିଁ।' ମୋର ଏତକି କଥାରେ ମି. ହ୍ୱାଇଟ୍‌ଙ୍କ ଆଖି ଉଜ୍ୱଳ ଦେଖାଗଲା ଓ ଚେହେରା ପଦ୍ମ ଫୁଲ ପରି ଦିଶିଲା। ତାପରେ ମୁଁ ମୋର ସମସ୍ୟା ତାଙ୍କ ସାମ୍ନାରେ ରଖିଲି- 'ମୋତେ ଲାଗୁଛି ଆପଣ ନିଶ୍ଚୟ ଏପରି ସ୍ଥିତିକୁ ଜାଣିବାକୁ ଚାହିଁବେ, ଯାହା ଆପଣଙ୍କ ଏତେବଡ ପ୍ରତଷ୍ଠାକୁ କଳଙ୍କିତ କରିଦେଇ ପାରେ। ମୋତେ ଏହି କଥାରେ ସେ ଧନ୍ୟବାଦ ଦେଇ କହିଲେ ମୁଁ ନିଶ୍ଚିତ ଏପରି ସମସ୍ୟାରୁ ମୁକୁଳିବାର ବାଟ ବାହାର କରିବାରେ ସାହାଯ୍ୟ କରିବି। ସେ ମୋ କଥାରେ ଏତେ ପ୍ରଭାବିତ ହେଲେ ଯେ ମୋତେ ତାଙ୍କ କାର୍ ଉଧାରି ଦେଇ କହିଲେ ଆପଣ ଆପଣଙ୍କ କାମ କରିବାରେ ଯଦି କିଛି ବିଳମ୍ବ ହେଉଥାଏ ତେବେ ମୋର କାର୍‌କୁ ନେଇ ଯାଇପାରନ୍ତି, ସେହି ସମୟ ମଧ୍ୟରେ ମୁଁ ଆପଣଙ୍କ କାର୍‌କୁ ଭଲ ଭାବରେ ନିରୀକ୍ଷଣ କରାଇ ମରାମତି କରାଇଦେବି କି ଆଗକୁ ଆପଣ ଅସୁବିଧାରେ ପଡିବେ ନାହିଁ।'

ଇସପ୍ ଜଣେ ଗ୍ରୀକ୍‌ର ଦାର୍ଶନିକ ଥିଲେ ତଥା ସେ କାର୍ସିୟାନ୍‌ଙ୍କ ଦରବାରରେ ରହୁଥିଲେ। ସେ ଈସା ମସିହାଙ୍କ ଠାରୁ ୬୦୦ ବର୍ଷ ପୂର୍ବରୁ ନିଜ ଅମର କାହାଣୀମାନ ଲେଖିଥିଲେ। ମାନବ-ସ୍ୱଭାବର ଯେଉଁ ସତ୍ୟତାକୁ ସେ ଖ୍ରୀଷ୍ଟ ୨୬ ପୂର୍ବରୁ ଏଥେନ୍ସରେ ଲେଖିଥିଲେ ତାହା ଆଜି ବି ଜନମାନସରେ ପ୍ରତିଫଳିତ ହେଉଅଛି। ପବନ ବଦଳରେ ସୂର୍ଯ୍ୟର କୋଟ୍ ଓହ୍ଲାଇବାର ଶକ୍ତି ଅଧିକ ଅଛି, ଏମିତି ବି କ୍ରୋଧ ଓ ନିନ୍ଦା ବଦଳରେ ଦୟାଳୁ, ମିତ୍ରତାପୂର୍ଣ୍ଣତା ଶୈଳୀ ଓ ପ୍ରଶଂସାତ୍ମକ ବ୍ୟବହାର ଦ୍ୱାରା ଲୋକମାନଙ୍କର ମାନସିକତାକୁ ଅଧିକ ଶିଘ୍ର ପରିବର୍ତ୍ତନ କରିହେବ। ଖାସ୍ ସେଇଥି ପାଇଁ ତ ଲିଙ୍କନ୍ କହିଥିଲେ- 'ଗୋଟେ ବୁନ୍ଦା ମହୁକୁ ଯେତେ ମାଛି ଧରି ପାରିବେ ଏକ ଗିଲାନ ସିରକାକୁ ନୁହେଁ।'

ସିଦ୍ଧାନ୍ତ - 4

କୌଣସି କଥା ମିତ୍ରତାପୂର୍ଣ୍ଣ ବ୍ୟବହାର ସହ ଆରମ୍ଭ କରନ୍ତୁ।

5

ସୁକରାତଙ୍କ ରହସ୍ୟ

କୌଣସି ଲୋକସହ କଥା ହେଲା ବେଳେ ଆରମ୍ଭରୁ ନିଜ ନିଜ ଭିତରର ମତଭେଦକୁ ଉଠାନ୍ତୁ ନାହିଁ। ପ୍ରଥମେ ସେହି କଥା ଉପରେ ଅଧିକ ଗୁରୁତ୍ୱ ଦିଅନ୍ତୁ ଯେଉଁ କଥାରେ ଦୁହେଁ ଏକମତ ଅଛନ୍ତି। ଯେତେ ପର୍ଯ୍ୟନ୍ତ ସମ୍ଭବ ଏହି କଥା ଉପରେ ଜୋର ଦିଅନ୍ତୁ କି ଆପଣ ଦୁଇଜଣଙ୍କ ଲକ୍ଷ୍ୟ ଏକ ବା ସମାନ ଅଟେ। ଫରକ କେବଳ ସେହି ସାଧନର ଯାହା ମାଧ୍ୟମରେ ଆପଣ ଦୁହେଁ ଲକ୍ଷ୍ୟ ପର୍ଯ୍ୟନ୍ତ ପହଞ୍ଚିବାକୁ ଚାହୁଁଛନ୍ତି। ଅତଃ ଆରମ୍ଭରୁ ହିଁ ସାମ୍ନାଲୋକକୁ ହଁ ହଁ କହିବାକୁ ବାଧ୍ୟ କରି ଦିଅନ୍ତୁ। ଏମିତି ସ୍ଥିତି ଆସିବାକୁ ଦିଅନ୍ତୁ ନାହିଁ କି ସାମ୍ନା ଲୋକ ଥରେ ବି 'ନାଁ' କହିପାରେ। ପ୍ରଫେସର୍ ଓବରଷ୍ଟ୍ରିଟ୍‌ଙ୍କ ଅନୁସାରେ- 'ଯଦି ସାମ୍ନା ଲୋକ ଥରେ ବି 'ନାହିଁ' କରିଦିଏ ତେବେ ତାର 'ନାଁ' କୁ 'ହଁ' ରେ ପରିବର୍ତ୍ତନ କରିବା ବହୁତ କଷ୍ଟକର ହୋଇଥାଏ ନତୁବା ଆଦୌ ସମ୍ଭବ ହୋଇ ନଥାଏ। କାରଣ ସାମ୍ନା ଲୋକ ବି ନିଜ ଆତ୍ମବିଶ୍ୱାସକୁ ବଞ୍ଚାଇବାକୁ ଚାହୁଁଥାଏ। ଏପରି ଆପଣଙ୍କୁ ନିଜ 'ନାଁ' ଭୁଲ୍ ଲାଗୁଥାଇ ପାରେ କିନ୍ତୁ ନିଜ ଅହଂ କାରଣରୁ ଆପଣ ସେହି ଭୁଲକୁ ସ୍ୱୀକାର କରିବାକୁ ଚାହିଁବେ ନାହିଁ। ପ୍ରତ୍ୟେକ ଲୋକ ନିଜେ କହିଥିବା କଥା ଉପରେ ଅଡି ରହିବାକୁ ଚାହିଁଥାଏ। ଏଣୁ କଥାବାର୍ତ୍ତାର ଆରମ୍ଭ କେବଳ ହଁ ଠାରୁ ହିଁ କରନ୍ତୁ। ବୁଦ୍ଧିମାନ ବକ୍ତା ଆରମ୍ଭରୁ ହିଁ ନିଜ ଶ୍ରୋତାଙ୍କ ଠାରୁ 'ହଁ' ନିଜ କଥାରେ ହଁ କୁହାଇ କୁହାଇ ନେଇଥାଏ। ସେ ନିଜ ଶ୍ରୋତାଙ୍କ ମନକୁ ସକରାତ୍ମକତାର ଦିଗରେ ନେଇ ଯାଇଥାଏ। ଏହି ଚିନ୍ତାଧାରା କୌଣସି ବିଲିୟର୍ଡର ପେଣ୍ଡୁର ଗତି ପରି ହୋଇଥାଏ। ପେଣ୍ଡୁର ଗତି ପରି ଏହାର ଦିଗକୁ ବଦଳାଇବା ବହୁତ କଠିନ କାମ ହୋଇଥାଏ।

ଏହି କଥାର ମନୋବୈଜ୍ଞାନିକ ତଥ୍ୟ ହେଉଛି ଯେତେବେଳେ କେହି ବ୍ୟକ୍ତି 'ନାଁ' କହିଥାଏ, ତେବେ ସେ ପ୍ରକୃତରେ ହିଁ ନକରାତ୍ମକ ହୋଇଥାଏ। ତାହାର ପୂରା ଶରୀର,

ସବୁ ଇନ୍ଦ୍ରୀୟ ଓ ମାଂସପେଶୀ ପର୍ଯ୍ୟନ୍ତ ସବୁ ନକରାତ୍ମକ ହୋଇ ଉଠନ୍ତି ତେଣୁ ସତ୍ୟକୁ ଜାଣିବାକୁ ସେ ବିଫଳ ହୋଇଥାଏ। ଏହାର ବିପରୀତ ଯଦି କେହି ବ୍ୟକ୍ତି 'ହଁ' କହିଥାଏ, ତେବେ ତା ଠାରୁ ନକରାତ୍ମକ ଶକ୍ତି ହ୍ରାସ ପାଇ ପୂରା କାୟ-ମନ-ବାକ୍ୟରେ ସେ ସତ୍ୟକୁ ସ୍ୱୀକାର କରିବାକୁ ସକ୍ଷମ ହୋଇଥାଏ। ଏଣୁ ସାମ୍ନା ଲୋକକୁ ଆରମ୍ଭରୁ ଯେତେଥର 'ହଁ' ପ୍ରକାଶ କରାଇଥାନ୍ତି ଆମକୁ ଅନ୍ତିମ କଥାରେ ରାଜି କରିବାକୁ ସେତେ ସହଜ ହୋଇଥାଏ ବା ଆମେ ସଫଳ ହୋଇଥାନ୍ତି।

'ହଁ' କୁହାଇବାର ଏହି ଉପାୟ ଅଧିକ କଠିନ ନୁହେଁ, ହେଲେ ବି ଅଧିକାଂଶ ଲୋକେ ଏହାକୁ କେବଳ ଏଥିପାଇଁ ଉପେକ୍ଷିତ କରି ଦିଅନ୍ତି କାହିଁକି ନା ସେ ଆରମ୍ଭରୁ ହିଁ ବିରୋଧ ପ୍ରଦର୍ଶନ କରି ନିଜର ମହତ୍ତ୍ୱ ପ୍ରମାଣିତ କରିବାକୁ ଚାହାଁନ୍ତି। ଯେବେ ବି କୌଣସି ବାଳକ, ପତି, ପତ୍ନୀ, ମାଆ ବା ବିଦ୍ୟାର୍ଥୀ କିମ୍ବା କୌଣସି ଅନ୍ୟ ଲୋକ ପ୍ରଥମେ 'ନାଁ' କହିଦିଏ ତେବେ ତା ଠାରୁ ହଁ ଶୁଣିବା ପାଇଁ ଦେବତାମାନଙ୍କ ପରି ବୁଦ୍ଧି ତଥା ମହାନ ଧୈର୍ଯ୍ୟର ଆବଶ୍ୟକତା ହୋଇଥାଏ। 'ହଁ' କୁହାଇବାର ଏହି କଳାର କାରଣରୁ ନିୟୁର୍କରେ ଗ୍ରୀନବିଚ୍ ବ୍ୟାଙ୍କର ଟେଲର୍ ଜେମ୍ସ ଏବରସନ୍ ଏକ ଗ୍ରାହକକୁ ନିଜ ବ୍ୟାଙ୍କ୍‌ରେ ଜମା ଖାତା ଖୋଲିବାରେ ସକ୍ଷମ ହୋଇ ପାରିଥିଲେ।

ମି. ଏବର୍ସନ୍ ଆମକୁ କହିଲେ- ସେହି ବ୍ୟକ୍ତି ଆମରି ବ୍ୟାଙ୍କରେ ଖାତା ଖୋଲିବାକୁ ଚାହୁଁଥିଲା। ମୁଁ ତାଙ୍କୁ ଗୋଟେ ଫର୍ମ ଭରିବାକୁ କହିଲି। ସେ କିଛି ପ୍ରଶ୍ନର ଉତ୍ତର ପ୍ରସନ୍ନତାପୂର୍ବକ ଦେଲେ ଓ କିଛି ପ୍ରଶ୍ନର ଉତ୍ତର ଦେବାକୁ ବିଲକୁଲ୍ ମନା କରିଦେଲେ। ଏହି ପାଠ୍ୟକ୍ରମରେ ଭାଗନେବା ପୂର୍ବରୁ ଯଦି ଏପରି ହୋଇଥାନ୍ତା ତେବେ ମୁଁ ତାକୁ କହି ଦେଇଥାନ୍ତି କି 'ଯଦି ତୁମେ ଏହି ପ୍ରଶ୍ନର ଉତ୍ତର ନଦେବ ତେବେ ଖାତା ଖୋଲିବା ସମ୍ଭବ ହେବ ନାହିଁ।' ଏବେ ମୋତେ କହିବାକୁ ଲଜ୍ୟା ଲାଗୁଛି କି ମୁଁ ଏପରି ଉତ୍ତର କେତେ ଜଣଙ୍କୁ ଦେଇ ସାରିଛି। ହଁ ସେତେବେଳେ ଏହି କଥା କହି ମୁଁ ବହୁତ ସନ୍ତୁଷ୍ଟ ରହୁଥିଲି। କେହି ବି ହେଉ ନା କାହିଁକି ମୁଁ କହି ଦେଉଥିଲି କି ବ୍ୟାଙ୍କ୍‌ର ନିୟମର ଉଲ୍ଲଙ୍ଘନ କରାଯାଇ ନପାରେ। ତେବେ ସେହି ଲୋକକୁ ଏପରି ବ୍ୟବହାରରେ ତାର ନିଜର ମହତ୍ୱ ପ୍ରତିପାଦନ ହେଉ ନଥିଲା ବା ସେ ଏପରି କିଛି ଅନୁଭବ କରିପାରୁ ନଥିଲା।

କିନ୍ତୁ ଏଥର ମୁଁ ମୋର ବୁଦ୍ଧିର ପ୍ରୟୋଗ କରିବାର ନିର୍ଣ୍ଣୟ କଲି। ମୁଁ ଚିନ୍ତା କଲି କି ଗ୍ରାହକକୁ କହିବି ନାହିଁ କି ବ୍ୟାଙ୍କ୍ କ'ଣ ଦରକାର କରୁଛି ବରଂ ସେହି କଥାକୁ ବଦଳାଇ କହିବି କି ସେ ପ୍ରଶ୍ନର ଉତ୍ତର କେବଳ ଗ୍ରାହକର ପକ୍ଷରେ ହିଁ ହୋଇଥାଏ। ତେଣୁ ମୁଁ ତାକୁ ପ୍ରଥମରୁ ଏପରି କଥାବାର୍ତ୍ତା କଲି କି ସେ ବାଧ୍ୟ ହୋଇ ମୋ କଥାରେ 'ହଁ' 'ହଁ' କରି

ଚାଲିବ। ମୁଁ ତାକୁ କହିଦେଲି କି ଯଦି ସେ କୌଣସି ପ୍ରଶ୍ନର ଉତ୍ତର ନ ଦିଏ ତେବେ ବ୍ୟାଙ୍କର କୌଣସି ଅସୁବିଧା ହେବ ନାହିଁ। ଏବେ ଆଉ ଥରେ କହିଲି 'ଯଦି କାଲି ଆପଣଙ୍କୁ କିଛି ହୋଇଯାଏ ତେବେ କ'ଣ ଆପଣ ଚାହିଁବେ ଆପଣଙ୍କ ସାରା ଜମା ଅର୍ଥ ସରକାରୀ ଖାତାକୁ ଦିଆଯାଉ ନା ଆପଣଙ୍କ ଉତ୍ତରାଧିକାରୀକୁ ଦିଆଯାଉ ?'

'ନିଶ୍ଚିତ ଭାବରେ ମୁଁ ଚାହିଁବି ଯେ ତାହା ମୋ ଉତ୍ତରାଧିକାରୀକୁ ଦିଆଯାଉ' - ସେ ତୁରନ୍ତ ଉତ୍ତର ଦେଲା।

ମୁଁ କହିଲି- 'କ'ଣ ଆପଣଙ୍କୁ ଲାଗୁନାହିଁ କି ଆପଣ ନିଜ ଉତ୍ତରାଧିକାରୀ ନାମ କହିବା ଉଚିତ୍ ଯାହା ଫଳରେ ଆମେ ଆପଣଙ୍କ ମୃତ୍ୟୁ ପରେ ଏହି ଧନକୁ ତାକୁ ସହଜରେ ଓ ଶୀଘ୍ର ଦେଇପାରିବୁ ?'

'ହଁ ହଁ ବିଲକୁଲ୍' ସେ ତୁରନ୍ତ ଉତ୍ତର ଦେଲା।

'ଏବେ ପର୍ଯ୍ୟନ୍ତ ସେହି ଲୋକର ମନ ବଦଳି ଯାଇଥିଲା, କାରଣ ଏବେ ସେ ଜାଣି ସାରିଥିଲା କି ସେହି ସବୁ ତଥ୍ୟ ବ୍ୟାଙ୍କ ପାଇଁ ଦରକାରୀ ହେଉ କି ନହେଉ ତା ନିଜ ଭଲ ପାଇଁ ନିହାତି ଦରକାରୀ। ବ୍ୟାଙ୍କ୍‌କୁ ଯିବା ପୂର୍ବରୁ ସେ ମୋତେ ସବୁ ତଥ୍ୟ ସଠିକ୍ ଭାବରେ ଦେଲା ଓ ମୋ କହିବାରୁ ତା'ର ମାଆଙ୍କ ନାମରେ ବୟସ୍କ ମହିଳାଙ୍କ ପାଇଁ ଉଦ୍ଦିଷ୍ଟ ଖାତା ବି ଗୋଟେ ଖୋଲିଲା। ମାଆଙ୍କର ବି ସବୁ ତଥ୍ୟ ଉତ୍କଣ୍ଠାର ସହ ଦେଲା। ମୁଁ ଏପରି ଲକ୍ଷ୍ୟ କଲି ଯେ ପ୍ରାରମ୍ଭରୁ ହିଁ ହଁ ହଁ କରିବାରୁ ସେ ମୂଳ ବିଷୟରୁ ଆପେ ଦୂରେଇ ଯାଇଥିଲା କି ତାକୁ ସେପରି ବେଶି କିଛି ନିଜ ତଥ୍ୟ ଦେବାର ନଥିଲା ବୋଲି କହିଥିଲା। ମୋର ଉପଦେଶ ମାନି ସେ ସବୁଥିରେ ରାଜି ହୋଇ ଯାଇଥିଲା।'

ଜୋସେଫ୍ ଏଲିସନ୍ ଗୋଟେ ଇଲେକ୍ଟ୍ରିକ୍ କମ୍ପାନୀରେ ବିକ୍ରେତା କର୍ମଚାରୀ ଭାବରେ କାମ କରୁଥିଲେ। ସେ ଆମକୁ ତାଙ୍କର କାହାଣୀ କହିଥିଲେ- 'ମୁଁ କାମ କରୁଥିବା ବିଭାଗ ଜଣେ ବ୍ୟକ୍ତିକୁ ଆମ କମ୍ପାନୀ କିଛି ଜିନିଷ ବିକ୍ରି କରିବାକୁ ଚାହୁଁଥିଲା। ମୋ ପୂର୍ବରୁ ଆଉ ଜଣେ ବିକ୍ରେତା କର୍ମଚାରୀ ଦଶ ବର୍ଷ ପର୍ଯ୍ୟନ୍ତ ଚେଷ୍ଟା କରି ଆସୁଥିଲା। କିନ୍ତୁ ସେ ସଫଳ ହୋଇନଥିଲା। ମୁଁ ଏହି କ୍ଷେତ୍ର ସମ୍ଭାଳିଲା ପର ଠାରୁ ତିନି ବର୍ଷ ପର୍ଯ୍ୟନ୍ତ ଚେଷ୍ଟା କରି ସାରିଥାଏ ହେଲେ ବି ମୋତେ କୌଣସି ଅର୍ଡର ମିଳି ନଥିଲା। ଶେଷରେ ତେର ବର୍ଷ ପର୍ଯ୍ୟନ୍ତ ଚେଷ୍ଟା କରିବା ପରେ ତାକୁ କିଛି ମୋଟର୍ ବିକ୍ରି କରି ପାରିଥିଲୁ। ମୋତେ ପୂରା ବିଶ୍ୱାସ ଥିଲା କି ଆମ ମୋଟର୍ ତାକୁ ଭଲ ଲାଗିବ, ତେବେ ସେ ଆମ ଠାରୁ ବହୁତ ମୋଟର କିଣିବ।

ମୁଁ ପୂରା ବିଶ୍ୱାସର ସହ ତିନି ଚାରି ସପ୍ତାହ ପରେ ତା ପାଖକୁ ଗଲି ଓ ମନେ ମନେ

ଭାବୁଥିଲି କି ସେ ନିଶ୍ଚିତ ଆମ ମୋଟର ଦେଖି ଖୁସି ହୋଇଥିବ। ତା ପାଖରେ ପହଞ୍ଚିଲା ବେଳକୁ ସେ ବହୁତ ଭଲ ମନରେ ପ୍ରଫୁଲ୍ଲିତ ବଦନରେ ବସିଥିଲା ହେଲେ ସେହି ମୁଖ୍ୟ ଇଞ୍ଜିନିୟର ମୋତେ ରୋକ ଠୋକ କହିଦେଲା କି ସେ ଆମ ଠାରୁ ଆଉ ମୋଟର କିଣିବାକୁ ଚାହୁଁନାହିଁ। ମୁଁ ପୂରା ବିଚଳିତ ହୋଇଗଲି ଓ ପଚାରିଲି, 'କ'ଣ ପାଇଁ ଆପଣ ଏପରି କହୁଛନ୍ତି ?'

ସେ ଉତ୍ତର ଦେଲା- 'କାହିଁକି ନା ଆପଣଙ୍କ ମୋଟର ଏତେ ଗରମ ହୋଇଯାଉଛି କି ମୁଁ ତାହାକୁ ଛୁଇଁ ବି ପାରୁନାହିଁ।'

ଆଗରୁ ଏମିତି ପ୍ରଶ୍ନ ବାଣ ମୁଁ ଅନେକ ଥର ଶୁଣିଛି। ଏଣୁ ମୋତେ ମାଲୁମ୍ ଥିଲା କି ଯୁକ୍ତି କରିବା ଦ୍ୱାରା କୌଣସି ଲାଭ ହେବ ନାହିଁ। ତେଣୁ ସେଠୁ ମୁଁ ତାଠାରୁ ଯେପରି 'ହଁ' 'ହଁ' ଶୁଣିବାକୁ ପାଇବି ସେପରି ଉପାୟ ପାଞ୍ଚି କଥା ଆରମ୍ଭ କରିଦେଲି।

ମୁଁ କହିଲି- 'ମିଷ୍ଟର୍ ସ୍ମିଥ୍, ଆପଣ ବିଲକୁଲ୍ ଠିକ୍ କହୁଛନ୍ତି। ବାସ୍ତବରେ ଆମ ମୋଟର ଅଧିକା ଗରମ ହୋଇ ଯାଉଛି, ତେଣୁ ଆପଣଙ୍କୁ ସେହି ମୋଟର କିଣିବା ଦରକାର ଯେଉଁଗୁଡିକ ଦେଶର ନିର୍ଦ୍ଧାରିତ ଉତ୍ପାଦନ ନିୟମାବଳୀରେ ଉଲ୍ଲେଖ ଥିବା ତାପ ଠାରୁ ଅଧିକ ଗରମ ହେଉ ନଥିବ।'

ସେ ମୋ ସହ ସହମତ ହୋଇଗଲା ଓ ମୋତେ ପ୍ରଥମ ହଁ ମିଳିଗଲା।

'ଦେଶର ନିର୍ଦ୍ଧାରିତ ବୈଦ୍ୟୁତିକ ଉତ୍ପାଦନ ନିୟମାନୁସାରେ ମୋଟରର ତାପମାତ୍ରା ମୋଟର କାର୍ଯ୍ୟରତ ଥିବା ଘରର ତାପ ଠାରୁ ୭୨ ଡିଗ୍ରୀ ଫାରେନହାଇଟରୁ ଅଧିକ ନହେବା ଦରକାର। ଏକଥା କ'ଣ ସତ୍ୟ ?'

ସେ ଉତ୍ତର ଦେଲା 'ହଁ ପାଖାପାଖି ୭୫ ଡିଗ୍ରୀ ଫାରେନହାଇଟ ହେଲେ ବି ଚଳିବ।' ଏହି କଥାରୁ ମୁଁ କହିଲି- 'ଯଦି ସେହି ଘରର ତାପମାତ୍ରା ୭୫ ଡିଗ୍ରୀ ଥିବ ତେବେ ଆହୁରି ୭୨ ଡିଗ୍ରୀ ମିଶିଯିବ ତେବେ ମୋଟାମୋଟି ୧୪୭ ଡିଗ୍ରୀ ହୋଇଯିବ। ଏବେ ଆପଣ ଯଦି ୧୪୭ ଡିଗ୍ରୀ ତାପରେ ଫୁଟୁଥିବା ପାଣିରେ ହାତ ମାରିବେ ତେବେ ହାତ ଫୋଟକା ହୋଇ ଯିବନି କି ?'

ଏଥର ବି ତାକୁ ହଁ ହିଁ କହିବାକୁ ପଡିଲା।

ତେବେ ଆପଣଙ୍କ ମନରେ ଭାବନ୍ତୁ କି ଆପଣ ସେଥିରେ ଗରମ ଅବସ୍ଥାରେ ହାତ ଲଗାଇବା ଜରୁରୀ ଅଛି କି ?

ସେ କହିଲା - 'ଆପଣ ଠିକ୍ ହିଁ କହୁଛନ୍ତି।' ଏବେ ସେ ନିଜ ସେକ୍ରେଟାରୀକୁ ଡାକି ଆଗ ମାସ ପାଇଁ ଆମଠାରୁ ୩୫୦୦୦ ଡଲାର୍‌ର ମୋଟର୍ କିଣିବାର ଅର୍ଡର୍ ଟାଇପ୍

କରାଇ ଦେଲା । ଯୁକ୍ତି କରିବା ଦ୍ୱାରା କୌଣସି ଲାଭ ହୁଏ ନାହିଁ । ଏହି ପାଠକୁ ବେପାରରେ ୧୦୦୦ ଡଲାର୍ କ୍ଷତି ସହିଲା ପରେ ଶିଖିଥିଲି । ସେହି ଲୋକ ଶୀଘ୍ର ସଫଳ ହୋଇଯାଏ ଯିଏ ସାମ୍ନାଲୋକର ଦୃଷ୍ଟିକୋଣକୁ ବୁଝିପାରି ତାଠାରୁ 'ହଁ-ହଁ' ଶୁଣିବା ପରି କଥା କହିପାରେ । ଏପରି ସ୍ଥିତି ଆଣି ପାରିଲେ ଶୀଘ୍ର ସଫଳତା ମିଳିଥାଏ ବା ଲାଭଦାୟକ ପ୍ରମାଣିତ ହୋଇଥାଏ ।

କାର୍ଲିଫର୍ଣ୍ଣିଆରେ ଆମ ପାଠ୍ୟକ୍ରମକୁ ଏଡ୍ଡି ସ୍ନୋ ଓକଲେଣ୍ଡ୍ ନାମକ ଜଣେ ବ୍ୟକ୍ତି ପ୍ରଯୋଜନା କରୁଥିଲେ । ସେ ଆମକୁ କହିଲେ କି ଏକ ଦୋକାନର ମାଲିକ ତାଙ୍କୁ 'ହଁ-ହଁ' କହିବା ପାଇଁ କିପରି ବାଧ୍ୟ କରି ଦେଇଥିଲା ଓ ଖାସ ସେଇଥି ପାଇଁ ସେ ସେହି ଦୋକାନର ଏକ ଭଲ ଗ୍ରାହକ ପାଲଟି ଯାଇଥିଲେ । ଏଡ୍ଡିଙ୍କୁ ଧନୁତୀର ଧରି ଶିକାର କରିବାକୁ ବହୁତ ରୁଚି ଥିଲା ତେଣୁ ସେ ଏଥିପାଇଁ ବେଳେ ବେଳେ ବହୁତ ଅର୍ଥ ଖର୍ଚ୍ଚ କରି ଦେଉଥିଲେ । ଥରେ ତାଙ୍କ ଭାଇ ତାଙ୍କୁ ଦେଖା କରିବା ପାଇଁ ଆସିଲେ । ସେତେବେଳେ ସେ ତାଙ୍କ ଭାଇକୁ ଏକ ଧନୁ ଭଡାରେ ଆଣି ଦେବାକୁ ଚାହୁଁଥିଲେ । ଏଡ୍ଡି ଏପରି ଏକ ଦୋକାନକୁ ଫୋନ୍ କଲେ, କିନ୍ତୁ ସେଠାରୁ ଉତ୍ତର ଆସିଲା ନା ! ସେମାନେ ଧନୁ ଭଡାରେ ଦେଉ ନାହାନ୍ତି । ତେଣୁ ସେ ଆଉ ଏକ ଦୋଲାନ ସହ ଯୋଗାଯୋଗ କରିବାରୁ ସେ ବି ମନା କଲେ ।

ଆଉ ଜଣେ ବହୁତ ଖୁସି ମିଜାସର ଲୋକ ଉତ୍ତର ଦେଲା- 'ଆମେ ଦୁଃଖିତ କି ଆମେ ଆପଣଙ୍କୁ ଧନୁ ଭଡାରେ ଦେଇ ପାରୁନାହୁଁ ।' ଏବେ ସେ ପଚାରିବା ଆରମ୍ଭ କଲା କି 'କ'ଣ ମୁଁ କେବେ ଆଗରୁ ଧନୁ ଭଡାରେ ନେଇଛି ?' ମୁଁ ଉତ୍ତର ଦେଲି 'ହଁ, କିନ୍ତୁ ବହୁତ ବର୍ଷ ପୂର୍ବରୁ ।' ଏହା ପରେ ସେ ମୋତେ ସ୍ମରଣ କରାଇ ଦେଲା କି ସେଥିପାଇଁ ମୋତେ ହୁଏତ ୨୫ ବା ୩୦ ଡଲାର ଖର୍ଚ୍ଚ କରିବାକୁ ପଡିଥିବ ! ଏଥର ମୁଁ ଉତ୍ତର ଦେଲି 'ହଁ' । ସେ ପୁଣି ପଚାରିଲା କି 'ମୁଁ କ'ଣ ପଇସା ବଞ୍ଚାଇବାକୁ ଚାହୁଁଛି ?' ସଫା କଥା ଏହି କଥାର ଉତ୍ତର ହଁ ହିଁ ଥିଲା । ଏହି କଥା ଉପରେ ସେ କହିଲା କି ତା ଦୋକାନରେ ଏପରି ଏକ ଧନୁତୀର ସେଟ୍ ଅଛି ଯେଉଁଥିରେ ସମସ୍ତ ଉପକରଣମାନ ମହଜୁଦ୍ ଅଛି ଓ ତାହାର ମୂଲ୍ୟ ମାତ୍ର ୩୪.୯୫ ଡଲାର୍ ପାଖାପାଖି ହେବ । ଯେତେ ପଇସା ମୁଁ ଭଡାରେ ଆଣି ବ୍ୟର୍ଥ କରିଥାନ୍ତି ତାଠାରୁ ମାତ୍ର ୪.୯୫ ଡଲାର୍ ଅଧିକ ଦେଇ ନିଜର ଧନୁ ତୀର ସେଟ୍ କିଣିପାରିବି । ସେ ଏକଥା ବି କହିଲା କି ଏହି ସବୁ କାରଣରୁ ସେ ଆଉ ସେସବୁ ଜିନିଷକୁ ଭଡାରେ ଦେଉନାହାନ୍ତି । ଏବେ ସେ ହସି ହସି ପଚାରିଲା 'କ'ଣ ତାର ତର୍କ ଠିକ୍ ବା ଉଚିତ୍ ଲାଗିଲା ?' ମୁଁ ଉତ୍ତର ଦେଲି 'ହଁ' ଓ ସେହି ସେଟ୍‌କୁ କିଣି ଆଣିଲି ଓ ତା ସହ ଆହୁରି ଅନେକ ଜିନିଷ ସେହି ଦୋକାନରୁ କିଣି ଆଣିଲି । ସେବେଠାରୁ ମୁଁ ସେହି ଦୋକାନର ନିୟମିତ ଗ୍ରାହକ ହୋଇ ଯାଇଛି ।

ଏଥେନ୍ସରେ ରହୁଥିବା ସୁକରାତ୍ ନିଶ୍ଚିତ ଭାବେ ପୂରା ସଂସାରର ମହାନତମ ଦାର୍ଶନିକମାନଙ୍କ ଭିତରୁ ଜଣେ ଥିଲେ। ସେ ଏପରି କିଛି କରି ଯାଇଛନ୍ତି ଯାହା ଆମ ଭିତରୁ ବହୁତ କମ୍ ଲୋକ କରି ପାରିଥିବେ। ସେ ତ ମାନବ ଚିନ୍ତନର ଶୈଳୀକୁ ବଦଳାଇ ଦେଉଥିଲେ। ତାଙ୍କର ମୃତ୍ୟୁ ବହୁତ ବର୍ଷ ହେଲା ହେଲାଣି ହେଲେ ଆଜି ବି ସେ ସର୍ବଶ୍ରେଷ୍ଠ ବାଦବିବାଦ କରି ପାରୁଥିବା ବ୍ୟକ୍ତି ଭାବରେ ଗଣା ଯାଆନ୍ତି। ସେ ଲୋକଙ୍କୁ ନିଜ କଥାରେ ମନେଇବା କଳାରେ ନିପୂଣ ଥିଲେ। ତେବେ କ'ଣ ଥିଲା ସୁକରାତଙ୍କ ପ୍ରଣାଳି ? କ'ଣ ସେ ଲୋକମାନଙ୍କୁ କହୁଥିଲେ କି ସେମାନେ ଭୁଲ୍ ଅଟନ୍ତି ବୋଲି ? ନାଁ ସେପରି କରିବାର ପ୍ରଶ୍ନ ଉଠୁନାହିଁ! ସେ ବହୁତ ଚତୁର ଥିଲେ। ସୁକୁରାତ୍‌ଙ୍କ ପ୍ରଣାଳୀ ତ 'ହଁ-ହଁ' ର ଉତ୍ତର ପ୍ରାପ୍ତ କରିବାର କଳା ଥିଲା। ସେ ସାମ୍ନା ଲୋକକୁ ଏମିତି ଏମିତି ପ୍ରଶ୍ନ ପଚାରୁଥିଲେ କି ସେ ବାଧ୍ୟ ହୋଇ ସହମତି ସହ 'ହଁ' କହୁଥିଲା। ସେ ତ ତାଙ୍କ କଥାକୁ ବାରମ୍ବାର ସହମତି କରିବାକୁ ବାଧ୍ୟ କରି ଦେଉଥିଲେ। ସେ ଲଗାତାର ଏପରି ପ୍ରଶ୍ନ ସାମ୍ନାକୁ ଆଣୁଥିଲେ କି ବିରୋଧୀମାନେ ବି ଏପରି ସ୍ଥିତିରେ ପଡି ଯାଉଥିଲେ କି ସୁକୁରାତ୍‌ଙ୍କ କଥାରେ ସହମତ ହେବାକୁ ପଡୁଥିଲା।

ତେବେ ଆଗକୁ ଯେବେ ଆପଣଙ୍କ ଇଚ୍ଛା ଏହା କହିବାକୁ ହେବ କି ଆପଣ ଠିକ୍ ଓ ସେମାନେ ଭୁଲ୍ ତେବେ ସେହି ବିଦ୍ୱାନ ସୁକୁରାତଙ୍କୁ ଅବଶ୍ୟ ସ୍ମରଣ କରିନେବେ ଓ ଅତି ବିନମ୍ର ଭାବରେ ଏକ ଏପରି ପ୍ରଶ୍ନ ପଚାରନ୍ତୁ ଯାହାର ଉତ୍ତର କେବଳ 'ହଁ' ହିଁ ହୋଇଥିବ।

ଚୀନ୍ ଦେଶରେ ଏକ ଲୋକକଥା ଅଛି, ଯାହା ଭିତରେ ପୂର୍ବର ସବୁ ପୁରୁଣା ବୁଦ୍ଧିମତାର ସାରାଂଶ ଛପି ରହିଥାଏ- 'ଧିର ଧିର ପାଦରେ ଚାଲିଲା ବାଲା ବ୍ୟକ୍ତି ବହୁତ ଦୂର ପର୍ଯ୍ୟନ୍ତ ଯାଇଥାଏ।'

ସିଦ୍ଧାନ୍ତ - 5

ସାମ୍ନା ଲୋକକୁ ତୁରନ୍ତ 'ହଁ-ହଁ' କହିବାକୁ ବାଧ୍ୟ କରି ଦିଅନ୍ତୁ।

6

ଅଭିଯୋଗରୁ ମୁକ୍ତି

ଆମ ଭିତରେ ଅଧିକାଂଶ ଲୋକମାନଙ୍କର ସ୍ୱଭାବ ହେଉଛି କି ଯେତେବେଳେ ଆମେ କାହାଠାରୁ କିଛି କଥା ଆଦାୟ କରିବାକୁ ହେଉ ବା କେଉଁ କଥା ସହ ସହମତି କରାଇବାକୁ ଚାହୁଁଥାନ୍ତି,ତେବେ ସେତେବେଳେ ଆମେ ଅଧିକ କଥା କହିଥାନ୍ତି। ଏହା ବଦଳରେ ବରଂ ସାମ୍ନାଲୋକକୁ ଅଧିକରୁ ଅଧିକ କହିବାର ସୁଅବସର ଦେବା ଉଚିତ୍। ସେମାନଙ୍କୁ ତାଙ୍କ ବ୍ୟବସାୟ ବା ନିଜ ସମସ୍ୟା ବିଷୟରେ ଅଧିକ ଜଣାଥାଏ। ଏଣୁ ଆମକୁ କେବଳ ପ୍ରଶ୍ନ ପଚାରୁଥିବା ଦରକାର ଓ ତାଙ୍କୁ ସନ୍ତୁଷ୍ଟ ହେଲା ଭଳି ଉତ୍ତର ଦେବା ଦରକାର।

ଯଦି ଆପଣ ସାମ୍ନାଲୋକ ସହ ସହମତି ନୁହଁନ୍ତି, ଏବଂ ଆପଣଙ୍କ ମନ କରୁଛି କି ଆପଣ କଥା ମଝିରୁ ଅଟକାଇ ଦେବେ ଓ କିଛି କହିଦେବେ, କିନ୍ତୁ ଏପରି କରିବା ଆଦୌ ଉଚିତ୍ ନୁହେଁ। ଏହା ବହୁତ ଖରାପ ସ୍ୱଭାବ ଅଟେ। ତାଙ୍କ ମୁଣ୍ଡରେ ଏକା ସାଙ୍ଗରେ ଅନେକ ବିଚାର ଘୁରି ବୁଲୁଥାଏ ତେଣୁ ସେ ଆପଣଙ୍କ କଥାକୁ ହୁଏତ ବିଲକୁଲ୍ ଶୁଣି ନପାରେ ବା ଆପଣଙ୍କ କଥାରେ ଧ୍ୟାନ ଦେବ ନାହିଁ। ଏଣୁ ସବୁଠାରୁ ଭଲ ହେଉଛି ଆପଣ ସାମ୍ନାଲୋକକୁ ଭଲ ଭାବରେ ଶୁଣନ୍ତୁ। ତାକୁ ନିଜ ବିଚାରକୁ ବା ଘଟଣାବଳୀକୁ ପୂର୍ଣ୍ଣତାର ସହ ବ୍ୟକ୍ତ କରିବାକୁ ଦିଅନ୍ତୁ।

ଏହିପରି ବ୍ୟବହାର ବ୍ୟବସାୟୀମାନଙ୍କ ପାଇଁ ବି ଅତ୍ୟନ୍ତ ଉତ୍ତମ ସିଦ୍ଧ ହୋଇଥାଏ। ଏହାର ଏକ ଉଦାହରଣ ଅଛି। ସେହି ସେଲ୍ସମ୍ୟାନ୍‌ର କାହାଣୀ ଯାହାକୁ କି ବାଧ୍ୟତାମୂଳକ ଭାବେ ଶାନ୍ତ ରହିବାକୁ ପଡିଥିଲା -

ଆମେରିକାର ଏକ ବହୁତ ବଡ ଅଟୋମୋବାଇଲ୍ସ ନିର୍ମାତାକୁ ପୂରା ବର୍ଷକ ପାଇଁ କୌଣସି ଏକ ମୋଟା ତନ୍ତୁ ବାଲା ଟିସୁ କପଡାର ଆବଶ୍ୟକତା ଥିଲା। ତିନୋଟି ଅତ୍ୟନ୍ତ ଭଲ କମ୍ପାନୀଙ୍କ ଠାରୁ ନମୁନା ମଗା ଗଲା। ଭଲ ଭାବରେ ପରଖିବା ପରେ ସେହି କମ୍ପାନୀମାନଙ୍କୁ ପତ୍ର ଦ୍ୱାରା ଜଣାଇ ଦିଆଗଲା କି ସେମାନେ ନିର୍ଦ୍ଧାରିତ ଦିନ ଠିକ ସମୟରେ ଆସି ସେମାନଙ୍କ ଅନ୍ତିମ ତଥ୍ୟ ସବୁ ପ୍ରଦାନ କରିବେ।

ତେବେ ନିର୍ଦ୍ଧାରିତ ଦିନ ସେହି ତିନି କମ୍ପାନୀର ନିର୍ମାତା ପ୍ରତିନିଧିମାନେ ତାଙ୍କ ବିସ୍ତୃତ ବିବରଣୀ ଦେବାକୁ ଆସି ପହଞ୍ଚିଗଲେ । ଦୁର୍ଭାଗ୍ୟବଶତଃ ଜି.ବି.ଆର୍ ନାମକ ଜଣେ ପ୍ରତିନିଧିଙ୍କର ଶରୀର ଏମିତି ଅସୁସ୍ଥ ହୋଇଗଲା ଯେ ତାଙ୍କ ଗଳା ଏକଦମ୍ ଖରାପ ହୋଇଗଲା ।

ମି. ଜି.ବି.ଆର୍ ଆମ ଆଗରେ ସେହି ଘଟଣାକୁ ପ୍ରକାଶ କଲେ, 'ଯେତେବେଳେ ସେହି ବ୍ୟବସ୍ଥା କରାଯାଇଥିବା କୋଠରୀରେ ମୁଖ୍ୟ ପ୍ରବନ୍ଧକଙ୍କ ସାମ୍ନାରେ ମୋ କଥା ଉପସ୍ଥାପନା ବେଳ ଆସିଲା ତ ମୋ ଗଳାରୁ ଶବ୍ଦ ବାହାରୁ ନଥିଲା, ତେଣୁ ମୋତେ ଆଉ ଗୋଟେ ଘରକୁ ନେଇ ଗଲେ, ଯେଉଁଠି ଟେକ୍ସଟାଇଲ୍ ଇଞ୍ଜିନିୟର, ପର୍ଚେଜିଙ୍ଗ୍ ଏଜେଣ୍ଟ, ସେଲ୍ସ ଡାଇରେକ୍ଟର୍ ଓ କମ୍ପାନୀର ପ୍ରେସିଡେଣ୍ଟ୍ ସମସ୍ତେ ପ୍ରଥମରୁ ସେଠାରେ ବସିଥିଲେ । ମୁଁ କିଛି କହିବାକୁ ଚାହୁଁଥିଲି, ବହୁତ ଚେଷ୍ଟା କଲି କିନ୍ତୁ ମାତ୍ର କିଛି ଶବ୍ଦ ଠାରୁ ଅଧିକ କହି ପାରିଲି ନାହିଁ ।

ସମସ୍ତେ ଏକ ଗୋଲାକାର ମେଜ ସହ ବସିଥିଲେ । ମୁଁ ଗୋଟେ କାଗଜରେ ଲେଖିଲି, 'ମୋର ଗଳା ହଠାତ ଖରାପ ହୋଇଯାଇଛି ତେଣୁ ବିଲକୁଲ୍ କିଛି ବି କହି ପାରୁନି ।'

ସେତିକି ବେଳେ ପ୍ରେସିଡେଣ୍ଟ୍ କହିଲେ- 'ଚିନ୍ତା କରନ୍ତୁ ନାହିଁ ଆପଣଙ୍କ ତରଫରୁ ମୁଁ କହିବି ।' ପୁଣି ସେ କହିବାକୁ ଲାଗିଲେ । ସେ ମୋର ସାମ୍ପୁଲ୍‌କୁ ଦେଖି ତାର ବିଶେଷତା ଗୁଡ଼ିକୁ ଗଣିବାକୁ ଆରମ୍ଭ କରିଦେଲେ । ମୋ ଜିନିଷର ଗୁଣାତ୍ମକ ମାନ ଉପରେ ଏକ ତର୍କ ଆରମ୍ଭ ହୋଇଗଲା । ପ୍ରେସିଡେଣ୍ଟ୍ ବାରମ୍ବାର ମୋ ପକ୍ଷ ନେଇ କହୁଥିଲେ । ସେ ଏହି ଚର୍ଚ୍ଚାରେ ମୋର ପ୍ରତିନିଧିତ୍ୱ କରୁଥିଲେ । ମୋର ଭୂମିକା କେବଳ ମୁଣ୍ଡ ହଲାଇବା, ସ୍ମିତହାସ୍ୟ କରିବା ଓ ଚେହେରାର ହାବଭାବ ପର୍ଯ୍ୟନ୍ତ ସୀମିତ ଥିଲା ।

'ଏହି ଅଦ୍ଭୁତ ବୈଠକର ଫଳ ସ୍ୱରୂପ ମୋତେ ୫ ଲକ୍ଷ ମିଟର (କାର୍ ପାଇଁ ଗଦି ସିଲାଇ) କପଡାର ଅର୍ଡର ମିଳିଗଲା । ଯାହାର ଦାମ ପ୍ରାୟ ୧୬୦୦୦୦୦ ଡଲାର୍ ଥିଲା । ଏହା ମୋର ଏବେ ପର୍ଯ୍ୟନ୍ତର ସବୁଠାରୁ ବଡ ଅର୍ଡର୍ ଥିଲା ।'

ମୋର ଗଳା ଯଦି ଖରାପ ନ ହୋଇଥାନ୍ତା ତେବେ ହୁଏତ ମୋତେ ଏହି ଅର୍ଡର୍ କେବେ ବି ମିଳି ନଥାନ୍ତା । ମୁଁ ଏହି ଠାରୁ ଶିକ୍ଷା ପାଇଲି କି ବେଳେବେଳେ ଅନ୍ୟ ଲୋକ ଆମ ପାଇଁ କହିଲେ ଆମର ବହୁତ ଫାଇଦା ହୋଇପାରେ । ବେଳେବେଳେ ପାରିବାରିକ ମାମଲାରେ ବି କମ୍ କହିବା ଦ୍ୱାରା ଅଧିକ ଲାଭ ମିଳିଥାଏ । ବାର୍‌ବରା ୱିଲସନ୍‌ଙ୍କର ନିଜ ଝିଅ ସହ ସମ୍ବନ୍ଧ ବିଗିଡିବାରେ ଲାଗିଥିଲା । ଝିଅ ଲୋରି ଆଗେ ବହୁତ ଶାନ୍ତ ଥିଲା କିନ୍ତୁ ସେ ଏବେ ବହୁତ ଚିଡ଼୍‌ଚିଡା ହୋଇଯାଇଛି କି କାହାରି ସହ ଠିକ୍‌ରେ କଥାବର୍ତ୍ତାରେ ତାଳ ମେଳ ରଖିପାରୁନି । ବାର୍‌ବରା ତାକୁ ଗାଳି କରି ବହୁତ ପ୍ରକାରରେ ବୁଝାଇବାକୁ ଚେଷ୍ଟା କଲା, ହେଲେ ବି କିଛି ସୁଫଳ ମିଳିଲା ନାହିଁ ।

ମିସେସ୍ ବାର୍‌ବରା ୱିଲସନ୍ ଆମ ଶ୍ରେଣୀରେ କହିଲେ କି- 'ଥରେ ମୁଁ ହାର ମାନିଗଲି । ସେ ତା ମନ ଅନୁସାରେ କାମ କରୁଥିଲା । ମୋତେ ନ ପଚାରି ନିଜ ସାଙ୍ଗ ଘରକୁ ଚାଲିଗଲା । ଯେତେବେଳେ ସେ ଘରକୁ ଫେରିଲା ମୁଁ ତାକୁ ଗାଳି କରିବା କଥା, କିନ୍ତୁ ମୋ ଦେହରେ

ସେଥିପାଇଁ ଶକ୍ତି ନଥିଲା। ମୁଁ କେବଳ ଦୁଃଖରେ ତା ଆଡକୁ ଦେଖି କରି କହିଲି- 'କ'ଣ ପାଇଁ ଲୋରି ?' ଲୋରି ମୋର ଅବସ୍ଥା ବୁଝିକରି ଶାନ୍ତ ସ୍ୱରରେ କହିଲା, ସତରେ କ'ଣ ତୁମେ ଜାଣିବାକୁ ଚାହୁଁଛ ? ମୁଁ ତୁରନ୍ତ ମୁଣ୍ଡ ହଲାଇ ଦେଲି। ପୁଣି ଲୋରି କଥା ଅରମ୍ଭ କରୁ କରୁ ତା ହୃଦୟର ସବୁ ବେଦନାକୁ ବାହାର କରିଦେଲା। ପ୍ରାୟ ଭୁଲ୍ ମୋର ହିଁ ଥିଲା। ମୁଁ ତାକୁ କହିବାର ମୌକା କେବେ ବି ଦେଉ ନଥିଲି। ବରଂ କଥା ମଝିରେ ମୁଁ ତାକୁ ଚୁପ୍ କରାଇ ଦେଉଥିଲି। ମୋତେ ଜଣା ପଡିଗଲା କି ଝିଅ ମୋଠାରୁ ଜଣେ ବାନ୍ଧବୀ ପରି ବ୍ୟବହାରର ଆଶା କରୁଛି, ଯେତେବେଳେ କି ମୁଁ ତାକୁ ଗାଳି କରୁଥିଲି, ହୁକୁମ କରୁଥିଲି ବା ଏହି ଭଳି ବ୍ୟବହାର କରୁଥିଲି। ସେ କିଶୋରୀ ଅବସ୍ଥାର ଯାତନା ଦେଇ ଗତି କରୁଥିଲା ଓ ନିଜ ହୃଦୟ ଖୋଲି କଥା ହୋଇ ମନ ହାଲୁକା କରିବାକୁ ଚାହୁଁଥିଲା। ବରଂ ସବୁବେଳେ ମୁଁ ହିଁ କହୁଥିଲି ଆଉ ତାକୁ କହିବାର ଅବସର ଦେଉ ନଥିଲି, କିନ୍ତୁ ଏବେ ମୋତେ ମୋର ଭୁଲ୍ ର ଅନୁଭବ ହୋଇ ସାରିଥିଲା।

'ସେବେଠାରୁ ମୁଁ ତାର ପ୍ରତ୍ୟେକ କଥାକୁ ମନ ଦେଇ ଶୁଣୁଛି। ଏବେ ଆମର ସମ୍ବନ୍ଧ ବି ବହୁତ ଭଲ ହୋଇ ଗଲାଣି ଓ ସେ ବି ଭଲ ଝିଅ ହୋଇ ଗଲାଣି।'

ନିୟୁର୍କର ଏକ ସମାଚାର ପତ୍ରରେ ଏକ ବିଜ୍ଞାପନ ଛପିଥିଲା, ଯେଉଁଥିରେ ଚାକିରି ପାଇଁ ଯୋଗ୍ୟ ଓ ଅନୁଭବୀ ପ୍ରାର୍ଥୀର ଆବଶ୍ୟକତା ଥିଲା। ଚାର୍ଲ୍ସ ଟି. କ୍ୟୁବେଲିସ୍ ଆବେଦନ କରିଦେଲେ। ତାଙ୍କୁ ସାକ୍ଷାତକାର କରିବାକୁ ଡକାଗଲା। ସେ ୱାର୍ଲ ଷ୍ଟ୍ରିଟ୍ ଯାଇ କମ୍ପାନୀ ବିଷୟରେ ବହୁତ କିଛି ଜାଣିବାକୁ ଚେଷ୍ଟା କଲା। ସାକ୍ଷାତକାରରେ ସେ କହିଲା ମୋତେ ଆପଣଙ୍କ କମ୍ପାନୀର ସହଯୋଗୀ କଲେ ମୁଁ ବହୁତ ଗର୍ବିତ ଅନୁଭବ କରିବି। କାରଣ ଏହି କମ୍ପାନୀର ସମ୍ମାନ ବହୁତ ଉଚ୍ଚରେ ଅଛି। ମୋ ହିସାବରେ ଆପଣ ପ୍ରାୟ ୨୮ ବର୍ଷ ପୂର୍ବରୁ ଏକ ଡେସ୍କ ରୁମ୍ ତଥା ଜଣେ ଷ୍ଟେନୋଗ୍ରାଫର୍ ସହ ବ୍ୟବସାୟ ଆରମ୍ଭ କରିଥିଲେ। କ'ଣ ମୁଁ ଠିକ୍ କହୁଛି ନା ?'

ପ୍ରତ୍ୟେକ ସଫଳ ବ୍ୟକ୍ତି ଚାହେଁ କି କେହି ତାର ସଂଘର୍ଷ ଦିନର କଥା କୁହେ ବା ସେ ଭିତ୍ତିକ ପ୍ରଶଂସା କରେ। ସେ ବି ସେପରି ଚାହୁଁଥିଲେ। ସେ ବହୁତ ସମୟ ଧରି ତାର ସେହି ପୁରୁଣା ଦିନ କଥା ଶୁଣାଇବାକୁ ଲାଗିଲେ କି ସେ କିପରି ଭାବରେ ୪୫୦ ଡଲାର୍ ଓ ଏକ ସୁନ୍ଦର ସ୍ୱପ୍ନର ସହ ନିଜ ବ୍ୟବସାୟ ଆରମ୍ଭ କରିଥିଲେ। ଲୋକମାନେ ତାଙ୍କର ବହୁତ ଚୁଗୁଲି କରିଥିଲେ, ଥଟ୍ଟା କରିଥିଲେ ଓ ତାଙ୍କୁ ବହୁତ ନିରୁତ୍ସାହିତ ବି କରିଥିଲେ, କିନ୍ତୁ ସେ ସାହସର ସହ ନିଜ କାମ କରି ଦେଖାଇଲେ।

ପ୍ରଥମେ ପ୍ରଥମେ ସେ ଦିନକୁ ୧୬ ଘଣ୍ଟା କରି କାମ କରୁଥିଲେ। ନା ଛୁଟି ନା ଆରାମ୍, ଖାଲି କାମ ହିଁ କାମ। ପରିଶ୍ରମ ଦ୍ୱାରା ସେ ବିଜୟ ପ୍ରାପ୍ତ କରିଥିଲେ ଓ ଆଜି ଏତେ ଉଚ୍ଚରେ ପହଞ୍ଚି ପାରିଛନ୍ତି କି ସେହି ସହରର ବଡ ବଡ କମ୍ପାନୀ ମାନେ ତାଙ୍କ ପାଖକୁ ପରାମର୍ଶ ପାଇଁ ଆସୁଛନ୍ତି। ନିଜ ବିଷୟରେ କହୁଥିଲା ବେଳେ ସେ ନିଜେ ଗର୍ବ ଅନୁଭବ କରୁଥିଲେ। ଅନେକ

ଏପରି କଥା ଶୁଣାଇଲା ପରେ ସେ ମୋ ବିଷୟରେ ଜାଣିବାକୁ ଚାହିଁଲେ ଓ ଠିକ୍ ପରେ ପରେ ତାଙ୍କ ମୁଖ୍ୟ ଅଧିନସ୍ଥ କର୍ମଚାରୀଙ୍କୁ ଡାକି କହିଲେ– 'ମୋତେ ପୂରା ବିଶ୍ୱାସ ଅଛି କି ଏହି ପରି ବ୍ୟକ୍ତିର ଆମକୁ ଆବଶ୍ୟକତା ଥିଲା।'

ମି. କ୍ୟୁବେଲ୍ସଙ୍କୁ ସଫଳତା ମିଳିଲା, କାରଣ ସେ କାମ କରିବା ପାଇଁ ଚାହୁଁଥିବା ମାଲିକଙ୍କ ବିଷୟରେ ବହୁତ ତଥ୍ୟ ହାସଲ କରିଥିଲେ। ମୁଖ୍ୟ କଥା ହେଲା ସାମ୍ନା ଲୋକକୁ କଥା କହିବାର ସୁଅବସର ଦେବା ସଙ୍ଗେ ସଙ୍ଗେ ତାଙ୍କ ସଫଳତାରେ ରୁଚି ପ୍ରଦର୍ଶନ କରିଥିଲେ।

କାର୍ଲିଫର୍ଣ୍ଣିଆର ମି. ରାୟ୍ ଜି ବିଡ୍ଲେଙ୍କ ସମସ୍ୟା ତାଙ୍କ ଠାରୁ ଓଲଟା ଥିଲା। ଜଣେ ଲୋକ ବିଡ୍ଲେଙ୍କ କମ୍ପାନୀରେ କାମ କରିବାକୁ ଆସିଲା, ସେ ତାହାର କଥାକୁ ପୂରା ଶୁଣିଲେ। ରାୟ୍ ଆମ ଶ୍ରେଣୀରେ ସେହି କଥାକୁ ଶୁଣାଇଲେ।

'ଆମ କମ୍ପାନୀ କର୍ମଚାରୀମାନଙ୍କୁ ଅତିରିକ୍ତ ଲାଭ, ଯେପରି ମେଡିକାଲ ଇନ୍‌ସୁରାନ୍ସ, ପେନସନ ବା ବାହାରକୁ ଗଲେ ଗସ୍ତ ଖର୍ଚ୍ଚ ଦେଉ ନଥିଲା, କାରଣ ଏହା ଏକ ଛୋଟ ଦଲାଲୀ କମ୍ପାନୀ ଥିଲା ଯାହା ଦୁଇ ପାର୍ଟି ମଧ୍ୟରେ କିଣା ବିକା କରାଇ ମଝିରେ କିଛି ଲାଭାଂଶ ଅର୍ଜନ କରୁଥିଲା। ଆମେ ସବୁ ଗ୍ରାହକଙ୍କୁ ଲିଡ୍ ବି ଦେଉ ନଥିଲୁ, କାରଣ ବିଜ୍ଞାପନର ଖର୍ଚ୍ଚ ଉଠାଇ ପାରୁ ନଥିଲୁ ଯେପରି ଆମ ଠାରୁ ବଡ଼ ପ୍ରତିଦ୍ୱନ୍ଦୀ ମାନେ କରୁଥିଲେ।'

'ରିଚର୍ଡ ପ୍ରାୟରଙ୍କ ଠାରେ ସେହି ଗୁଣ ଥିଲା ଯାହା ଆମକୁ ଦରକାର ଥିଲା। ମୋର ଆସିଷ୍ଟାଣ୍ଟ ଆମ କାମର ସମସ୍ତ ନକରାତ୍ମକ କଥାଗୁଡିକୁ ସାକ୍ଷାତ ସମୟରେ ତାଙ୍କୁ କହିଦେଲେ। ସେ ନିରାଶ ହୋଇଗଲା ପରି ଲାଗିଲେ। ମୁଁ ତାଙ୍କୁ ଆମ କମ୍ପାନୀ ସହ କାମ କଲେ କି କି ଲାଭ ମିଳି ପାରିବ ତାହା ବର୍ଣ୍ଣନା କରିଦେଲି। ସେ ଆମ ଫାର୍ମର ଗୋଟେ ସ୍ୱତନ୍ତ୍ର ଠିକାଦାର ହୋଇ ପାରିଥାନ୍ତେ ଓ ଅନ୍ୟ ଭାବରେ ସେ ସେଲ୍ଫ ଏମ୍ପ୍ଲଏଡ୍ ହୋଇଥାନ୍ତେ।

ସାକ୍ଷାତକାରରେ ଆସିଲା ବେଳେ ତାଙ୍କ ମନରେ ବହୁତ ନକରାତ୍ମକ କଥା ଥିଲା, କିନ୍ତୁ ଲାଭ ବିଷୟରେ କଥା ହେବା ଆରମ୍ଭ କରିବାରୁ ସବୁ ନକରାତ୍ମକ ବିଚାର ଦୂର ହେବାକୁ ଲାଗିଲା। ଲାଗୁଥିଲା ଯେପରି ସେ ନିଜ ସହ କଥା ହେଉଛନ୍ତି। ମୁଁ ବି ମନକୁ ମନ ଭାବିଲି ତାଙ୍କ ମନରେ ଚାଲୁଥିବା ବିଚାରଗୁଡିକୁ ସ୍ପଷ୍ଟ କରାଇ ଦେବି କି ନା! ହେଲେ ବି ଚୁପ୍ ରହିଗଲି। ସାକ୍ଷାତକାର ଶେଷ ହୋଇଗଲା। ହେଲେ ବି ମୋତେ ଲାଗୁଥାଏ, ସେ ଆମ କମ୍ପାନୀରେ କାମ ନିଶ୍ଚିତ କରିବେ।

'ମୁଁ ଜଣେ ଭଲ ଚୁପ୍ ରହି ଅନ୍ୟ ଲୋକର କଥା ଶୁଣିଲା ବାଲା ଲୋକ ଥିଲି, ମୋ ପାଖରେ ବହୁତ ଧୈର୍ଯ୍ୟ ଥିଲା, ତେଣୁ ଡିକ୍‌ଙ୍କୁ କହିବା ପାଇଁ ଅଧିକା ସମୟ ଓ ଅବସର ଦେଲି। ସେ ସକରାତ୍ମକ ଓ ନକରାତ୍ମକ ଦୁଇଟିଯାକ ବିଷୟରେ ଚିନ୍ତା କଲା ପରେ ସକରାତ୍ମକ ତଥ୍ୟଗୁଡିକୁ ନିଜର କରି ଚିନ୍ତା କଲା ଓ ଆମ କମ୍ପାନୀର ଚାକିରିକୁ ଏକ ପ୍ରତିଦ୍ୱନ୍ଦିତା ଭାବରେ ଗ୍ରହଣ କଲା। ଆଜି ସେ ଏହି କମ୍ପାନୀର ସ୍ଥାୟୀ ପ୍ରତିନିଧି ଅଟେ। ମନେ ରଖନ୍ତୁ କି ଆମ ବନ୍ଧୁମାନେ ବି ନିଜ ଅପେକ୍ଷା ଆମର ଉପଲବ୍ଧିକୁ ଏତେ ଭଲ ଭାବରେ ଜାଣନ୍ତି

ନାହିଁ ବା ସେତେ ମହତ୍ତ୍ୱ ଦିଅନ୍ତି ନାହିଁ ବା ଅନ୍ୟ ଅର୍ଥରେ ସମସ୍ତେ ନିଜ ଅପେକ୍ଷା କାହାରି କଥା ବେଶି ଚିନ୍ତା କରନ୍ତି ନାହିଁ।

ଫ୍ରାନ୍ସ ଦେଶର ପ୍ରସିଦ୍ଧ ଦାର୍ଶନିକ ଲା ରେଶ୍‌ଫୁକେ କହିଥିଲେ- 'ଯଦି ଆପଣ ଶତ୍ରୁ ତିଆରି କରିବାକୁ ଚାହୁଁଛନ୍ତି ତେବେ ମିତ୍ର ମାନଙ୍କ ଠାରୁ କୌଣସି ନା କୌଣସି ବିଷୟରେ ଆଗକୁ ଚାଲି ଯାଆନ୍ତୁ, କିନ୍ତୁ ଯଦି ମିତ୍ର ବନାଇବାକୁ ଚାହୁଁଥାନ୍ତି ତେବେ ମିତ୍ରମାନଙ୍କୁ ନିଜ ଠାରୁ ଆଗକୁ ଯିବାର ଅବସର ଦେଇ ଦିଅନ୍ତୁ।'

ଏହି କଥାଟି ଶତ ପ୍ରତିଶତ ସତ୍ୟ କାରଣ ଯଦି ମିତ୍ରମାନେ ଆପଣଙ୍କ ଠାରୁ ଆଗକୁ ଚାଲିଯାନ୍ତି ତେବେ ସେ ନିଜକୁ ବେଶି ମହତ୍ତ୍ୱପୂର୍ଣ୍ଣ ବୋଲି ଭାବିଥାନ୍ତି, ତେଣୁ ଈର୍ଷା ଦ୍ୱେଷର ପ୍ରଶ୍ନ ହିଁ ଉଠେ ନାହିଁ। ଯଦି ଏହାର ବିପରୀତ ଆପଣ ଆଗକୁ ବଢିଯାନ୍ତି ତେବେ କେବଳ ସେମାନଙ୍କ ମନରେ ଈର୍ଷା ହିଁ ରହିଯାଏ ଯାହା ପରବର୍ତ୍ତୀ ସମୟରେ ଶତ୍ରୁତାରେ ପରିଣତ ହୋଇଥାଏ।

ନିୟୁର୍କର ଏକ ମିଡ୍‌ଟାଉନ୍ ପର୍ସନାଲ ଏଜେନ୍ସିର ଲୋକପ୍ରିୟ ପ୍ଲେସ୍‌ମେଣ୍ଟ୍ କାଉନସିଲର ଥିଲେ ହେନେରିଟା ଜି। କିନ୍ତୁ ସେ ପ୍ରଥମରୁ ଏପରି ନଥିଲେ। ଚାକିରିର ଆରମ୍ଭ ବେଳେ ତାଙ୍କର କାହା ସହ ମିତ୍ରତା ନଥିଲା କାରଣ ସେ ସବୁବେଳେ ନିଜ ଉପଲବ୍ଧିର କାହାଣୀ ସମସ୍ତଙ୍କ ଆଗରେ କହି ହେଉଥିଲେ।

ହେନେରିଟା ତାଙ୍କ ଅନୁଭୁତି ଆମ ମାନଙ୍କୁ ଶୁଣାଇ ଥିଲେ, 'ମୋତେ ନିଜ ଉପରେ ଓ ନିଜ କାମ ଉପରେ ବହୁତ ଗର୍ବ ଥିଲା। କାରଣ ମୁଁ ମୋର କାମକୁ ପୂରା ହୃଦୟର ସହକାରେ କରୁଥିଲି, କିନ୍ତୁ ମୋର ସହକର୍ମୀମାନେ ମୋର ସଫଳତାରେ କେହି ବି ଖୁସି ନଥିଲେ ବରଂ ସେମାନେ ବହୁତ ଚିଡି ଯାଉଥିଲେ। ମୁଁ କିନ୍ତୁ ଚାହୁଁଥିଲି ସେମାନେ ମୋତେ ପସନ୍ଦ କରନ୍ତୁ ଓ ମୋତେ ପ୍ରଶଂସା କରନ୍ତୁ। ମୁଁ ପ୍ରକୃତରେ ବନ୍ଧୁ ହୋଇ ରହିବାକୁ ଚାହୁଁଥିଲି ଏଣୁ ଏହି ପାଠରେ କୁହା ଯାଇଥିବା ନିୟମକୁ ମାନି ମୁଁ ନିଜ ବିଷୟରେ କହିବା ବନ୍ଦ କରିଦେଲି। ମୋର ସହକର୍ମୀମାନେ ବି ସେମାନଙ୍କ ବିଷୟରେ କହିବାକୁ ଚାହୁଁଥିଲେ ତେଣୁ ନିଜ କଥା ବହୁତ କମ୍ କହି ସେମାନଙ୍କ କଥା ଶୁଣିବାକୁ ଲାଗିଲି। ଏବେ ଯେତେବେଳେ ବି ସମୟ ମିଳେ ଆମେ ଏକାଠି ବସୁ ମୁଁ ସେମାନଙ୍କର ଆଜିର ଦିନଟି କେମିତି କଟିଲା ବା ସେମାନଙ୍କ ବିଷୟରେ ଅନ୍ୟ କଥାମାନ ପଚାରି ବସେ, ପରିଣାମ ସେମାନେ ମୋର ଭଲ ବନ୍ଧୁ ହୋଇ ଯାଇଛନ୍ତି।'

ସିଦ୍ଧାନ୍ତ - 6

ସାମ୍ନାଲୋକକୁ ଅଧିକ କହିବାର ଅବସର ଦିଅନ୍ତୁ।

7

ଅନ୍ୟମାନଙ୍କ ସହଯୋଗ କିପରି ହାସଲ କରିବେ

ବ୍ୟକ୍ତି ନିଜ ଉପରେ ଯେତେ ବିଶ୍ୱାସ କରିଥାଏ ଆଉ କାହା ଉପରେ ଏତେ କରେ ନାହିଁ। ଅନ୍ୟ ଲୋକକୁ ନିଜ କଥା ମାନିବାକୁ ବାଧ୍ୟ କରିବା କୌଣସି ବୁଦ୍ଧିମାନର କଥା ନୁହେଁ। ବରଂ ଏହା ବଦଳରେ ଅନ୍ୟ ଲୋକକୁ ଭାବିବାର ଅବସର ଦେବା ଦରକାର କି କାହାର ବିଚାର ଠିକ୍।

ଥରେ ଆମର ଜଣେ ବିଦ୍ୟାର୍ଥୀ ଯିଏ କି ଏକ ବଡ ଅଟୋମୋବାଇଲ୍ସ ଶୋରୁମ୍‌ର ସେଲ୍ସ ମ୍ୟାନେଜର୍ ସେଲ୍ଟଜ୍‌ଙ୍କ ସାମ୍ନାରେ ଏକ ସମସ୍ୟା ଉପନୀତ ହେଲା କି ତାଙ୍କୁ ନିଜ ଅଧିନରେ ଥିବା ସେଲ୍ସମ୍ୟାନ୍ ମାନଙ୍କ ମନରେ ଉତ୍ସାହ ଆଗ୍ରହ ଉତ୍ପନ୍ନ କରିବାର ଥିଲା। ସେ ଏକ ବୈଠକ ଡାକି ସମସ୍ତଙ୍କୁ ପଚାରିଲେ କି, 'ସେମାନେ କମ୍ପାନୀ ଠାରୁ କ'ଣ କ'ଣ ସବୁ ଆଶା କରୁଛନ୍ତି ?' ସେମାନଙ୍କ କଥା ଶୁଣିବା ସମୟରେ ସେମାନଙ୍କ ଇଚ୍ଛାଗୁଡିକୁ କଳାପଟାରେ ଲେଖିଦେଲେ ଓ କହିଲେ ଆପଣମାନଙ୍କୁ ଏଗୁଡିକ ମିଳିବ ହେଲେ ବଦଳରେ କମ୍ପାନୀକୁ ଆପଣମାନେ କ'ଣ ଦେବେ ବା କମ୍ପାନୀ କ'ଣ ଆଶା କରିବ ? ତୁରନ୍ତ ମିଳିତ ଭାବରେ ଜବାବ ଦେଲେ, 'ବିଶ୍ୱାସନୀୟତା, ସଚ୍ଚୋଟତା ଦୈନିକ ୮ ଘଣ୍ଟା ମନ ଲଗାଇ କାମ କରିବା, ସଙ୍ଗବଦ୍ଧତା, ଆଗ୍ରହ ଓ ଉତ୍ସାହର ସହ କାମ କରିବା ଇତ୍ୟାଦି।' ବୈଠକ ବହୁତ ଉତ୍ସାହ ଉଦ୍ଦୀପନା ସହ ସମାପ୍ତ ହେଲା। ଜଣେ ସେଲ୍ସମ୍ୟାନ୍ ତ ୧୪ ଘଣ୍ଟା ପର୍ଯ୍ୟନ୍ତ କାମ କରିବା ପାଇଁ କଥା ଦେଲା। ତାଙ୍କ କମ୍ପାନୀର ବିକ୍ରି ବହୁତ ବଢିଗଲା।

ମି. ସେଲ୍ଟେଜ୍ ଆଉ ମଧ୍ୟ କହିଲେ, 'ଏହି ଲୋକମାନଙ୍କ ସହ ମୋର ଏକ ପ୍ରକାରର ନୈତିକ ସମ୍ବନ୍ଧ ହୋଇଯାଇ ଥିଲା। ଯଦି ନିଜ କଥାକୁ ମୁଁ ଠିକ୍ ଠିକ୍ ପାଳନ କରିବି ତେବେ ସେମାନେ ମଧ୍ୟ ନିଜ କଥା ପାଳନ କରିବେ। ସେମାନଙ୍କ ଇଚ୍ଛା ବିଷୟରେ ପଚାରିବା କୌଣସି ଯାଦୁ କରିବା ଠାରୁ କମ୍ ନଥିଲା ଯାହା ସମସ୍ତଙ୍କୁ ଚକିତ କରିଦେଲା।'

ସମସ୍ତଙ୍କୁ ଭଲ ଲାଗେ ନିଜ ମନ ଅନୁସାରେ କାମ କରିବା । ନିଜର କଥା ଭାବିବା, ନିଜ ମନର କଥା ଶୁଣିବା, ତେଣୁ ଯଦି ତାକୁ କେହି କିଛି କହେ ବା ବୁଝାଇ ଦେବାକୁ ଚେଷ୍ଟାକରେ ତାହେଲେ ସେ ତାହାକୁ ପସନ୍ଦ କରେ ନାହିଁ ।

ୟୁଜିନ୍ ବେସନ୍ ଏହି କଥା ଜାଣିଲା ବେଳକୁ ହଜାର ଡଲାରରୁ ଅଧିକ କମିଶନ୍ ହରାଇ ସାରିଥିଲା । ମି. ବେସନ୍ ଷ୍ଟାଇଲିଷ୍ଟସ୍ ତଥା ସୁନ୍ଦର କପଡା ନିର୍ମାତାମାନଙ୍କୁ ସ୍କେଚ୍ ବିକ୍ରି କରିବାର କାମ କରୁଥିଲେ । ସେ ନିୟୁର୍କର ଏକ ଷ୍ଟାଇଲିଷ୍ଟ ପାଖକୁ ପ୍ରାୟ ତିନି ବର୍ଷ ହେଲା ପ୍ରତି ସପ୍ତାହରେ ଯାଉଥିଲେ ହେଲେ ସେ କେବେ ବି ବେସନ୍‌ଙ୍କ ଠାରୁ କୌଣସି ସ୍କେଚ୍ କିଣି ନଥିଲେ । ସେ ପ୍ରତିଥର ସ୍କେଚ୍ ଦେଖୁଥିଲେ, ପ୍ରଶଂସା କରୁଥିଲା ଏବଂ ପରେ କହୁଥିଲେ କି ଏଗୁଡିକ ମୋର କାମରେ ଆସିବ ନାହିଁ ।

ବେସନ୍ ପ୍ରାୟ ୧୫୦ ଥରରୁ ଅଧିକ ଅସଫଳ ହେଲା ପରେ ଅନୁଭବ କଲେ କି ସେ ହୁଏତ ଠିକ୍ ଭାବରେ କାମ କରି ପାରୁନାହିଁ । ସେତେବେଳେ ସେ 'ଲୋକ ବ୍ୟବହାର' ପାଠ୍ୟକ୍ରମରେ ମାତ୍ର ଏକ ସପ୍ତାହ ପାଇଁ ଯୋଗ ଦେଲେ, କାଳେ କିଛି ନୂଆ ବିଚାର ହାସଲ ହେବ ତଥା ଉତ୍ସାହ ବଢିବାର ସକରାତ୍ମକ ବାଟ ମିଳିଯିବ ।

ସେ ଏହି ପାଠ୍ୟକ୍ରମରୁ ଶିଖିଥିବା ଏକ ନୂଆ ଉପାୟକୁ ପ୍ରୟୋଗ କରିଲେ । ସେ ପ୍ରାୟ ଛଅଟି ଅଧା ଅଧା କାମ ହୋଇଥିବା ସ୍କେଚ୍ ନେଇ କରି ସେ ସେହି ଷ୍ଟାଇଲିଷ୍ଟ ପାଖକୁ ଗଲେ ଓ ତାଙ୍କୁ କହିଲେ ମୋତେ ଆପଣଙ୍କ ସହାୟତା ଦରକାର । ଆପଣ ଯଦି ଟିକେ ସହାୟତା କରନ୍ତେ, ତେବେ ଆପଣଙ୍କ କାମରେ ଲାଗିଲା ଭଳି ସୁନ୍ଦର ସୁନ୍ଦର ଡିଜାଇନ୍‌ର ସ୍କେଚ୍ ତିଆରି କରିପାରନ୍ତି ।

ସେ ଗ୍ରାହକ ଓଲଟା ଓଲଟି କରି ସେହି ସ୍କେଚ୍ ଗୁଡିକୁ ଦେଖିଲା ଓ କହିଲା, 'ଏମିତି କରନ୍ତୁ ଆପଣ ଏଗୁଡିକୁ ଏଠି ଛାଡିଦେଇ ଯାଆନ୍ତୁ, କିଛିଦିନ ପରେ ଆସିଲେ ଦେଖିବା ।' ବେସନ୍ ଚାରିଦିନ ପରେ ପୁଣି ସେଠାକୁ ଗଲେ । ଏଥର ସେ ତାଙ୍କ ଦରକାର ଅନୁଯାୟୀ ସ୍କେଚ୍‌ଗୁଡିକୁ ତିଆରି କରାଇ ନେଲେ, ଫଳତଃ ସବୁଯାକ ସ୍କେଚ୍ ସେ ମଞ୍ଜୁର କରିନେଲେ ।

ସେହି ଗ୍ରାହକ ବି ଅନ୍ୟ ସ୍କେଚ୍ ର ଅର୍ଡର ମି. ବେସନ୍‌ଙ୍କୁ ଦେଲେ ଏବଂ ଏଥି ସହିତ ସେଗୁଡିକ କିପରି ହେବା ଦରକାର ସେ ବିଷୟରେ ସବିଶେଷ ବିବରଣୀ ଦେଇଦେଲେ । ମି. ବେସନ୍ ନିଜ ଅସଫଳତାର ରହସ୍ୟକୁ ଆମ ଆଗରେ ବଖାଣିଲା ବେଳେ କହିଲେ- 'ମୋର ଅସଫଳତାର କାରଣ ଥିଲା କି ମୁଁ ମୋର ଇଚ୍ଛାରେ ସ୍କେଚ୍ ପ୍ରସ୍ତୁତ କରି ବିକ୍ରି କରିବାକୁ ଚେଷ୍ଟା କରୁଥିଲି, କିନ୍ତୁ ପରେ ମୋର ଶୈଳୀକୁ ପୂରା ପରିବର୍ତ୍ତନ କରି ଦେଇଥିଲି । ମୁଁ ତାଙ୍କ ବିଚାର ପଚାରି ବୁଝିଲି, ଯାହା ଫଳରେ ସେ ଅନୁଭବ କରୁଥିଲେ କି ଯେପରି ସେ ନିଜେ ସ୍କେଚ୍ ତିଆରି କରୁଛନ୍ତି, ତେଣୁ ସେ ନିଜ ଇଚ୍ଛାରେ ସ୍କେଚ୍ କିଣିଥିଲେ ।

ସାମ୍ନାଲୋକକୁ ବେଶି ମହତ୍ତ୍ୱପୂର୍ଣ୍ଣ ପ୍ରମାଣିତ କରିବା ବହୁତ ଚମତ୍କାର ପରି କାମ କରେ କାରଣ ତାଙ୍କ ବିଚାରକୁ ନେଇ ଆପଣ କରୁଛନ୍ତି । ଏହା ବେପାରରେ, ରାଜନୀତିରେ, ପରିବାର ମଧ୍ୟରେ ବା ମିତ୍ର ଓ ସମ୍ପର୍କରେ ସମସ୍ତଙ୍କ ପାଇଁ ବହୁତ ଚମତ୍କାର ଉପାୟ ହୋଇଥାଏ ।

ଓକଲାହାମାର ପାର୍ଲ୍ ଏମ୍. ଡେବିସ୍ ଆମକୁ ତାଙ୍କ ଅନୁଭବ ବିଷୟରେ କହିଥିଲେ, ଯେ ସେ କିଛି ଦିନ ପୂର୍ବରୁ ସପରିବାର ଏକ ସୁନ୍ଦର ଗ୍ରୀଷ୍ମକାଳୀନ ଛୁଟି କାଟି ବହୁ ଆନନ୍ଦିତ ହୋଇ ଫେରିଥିଲେ। ମୋର ଗୋଟେ ସ୍ୱପ୍ନ ଥିଲା କି ଐତିହାସିକ ସ୍ଥାନମାନଙ୍କ ଭିତରୁ ଗେଟିସ୍‌ବର୍ଗର ମାଟି ଫିଲାଡେଲ୍ଫିୟାର 'ସ୍ୱାଧିନତା ଗୃହ' ତଥା ଦେଶର ରାଜଧାନୀ ଆଦି ଯାଇ ଦେଖିବା ପାଇଁ।

'ଦିନେ ମୋର ପତ୍ନୀ ନ୍ୟାନସୀ କହିଲେ କି ସେ ଖରାଦିନ ଛୁଟିରେ ନିୟୁ ମେକ୍ସିକୋ, ଏରିଜୋନା ନେବାଦା, କାର୍ଲିଫର୍ଣ୍ଣିଆ ଆଦି ପଶ୍ଚିମ ରାଜ୍ୟମାନଙ୍କୁ ବୁଲିବା ପାଇଁ ଚାହୁଁଛନ୍ତି। ସେ ବହୁତ ଦିନରୁ ଏମିତିକା ଗସ୍ତରେ ଯିବାକୁ ଚାହୁଁଥିଲେ, କିନ୍ତୁ ଦୁଇଟି ଯାକ ଗସ୍ତ ଏକା ସମୟରେ ସମ୍ଭବ କିପରି ହେବ ?'

'ମୋ ଝିଅ ଏନ୍ ହାଇସ୍କୁଲରେ ଆମେରିକା ଇତିହାସ ଉପରେ ଏକ ପାଠ ଏବେ ଏବେ ସାରିଥିଲା, ତଥା ତାର ରୁଚି ଥିଲା କି ଦେଶର ବିକାଶକୁ ସାକାର କରିପାରିଥିବା ସ୍ଥାନ ଗୁଡିକୁ ବୁଲି ଦେଖିବା ପାଇଁ। ମୁଁ ତାକୁ ପଚାରିଲି ତୁମେ ତୁମ ବହିରେ ପଢିଥିବା ସ୍ଥାନ ଗୁଡିକୁ ବୁଲିଯିବାକୁ ଇଚ୍ଛା ଅଛି କି ? ସେ ଏହା ଶୁଣି ବହୁତ ଖୁସି ହୋଇଗଲା।'

'ଏହା ପରେ ପ୍ରାୟ ଏକ ସପ୍ତାହ ପରେ ଦିନେ ଆମେ ସମସ୍ତେ ଖାଇବା ଟେବୁଲ୍‌ରେ ବସିଥାଉ, ସେତିକି ବେଳେ ନ୍ୟାନସୀ କହିଲା- 'ଯଦି ସମସ୍ତେ ସହମତ ତେବେ, ଖରାଦିନ ଛୁଟିରେ ପୂର୍ବ ରାଜ୍ୟମାନଙ୍କରେ ଭ୍ରମଣ କରିବା, ଏହି ଯାତ୍ରା 'ଏନ୍' ପାଇଁ ବହୁତ ରୋମାଞ୍ଚକର ହେବ ତଥା ଆମକୁ ବି ବହୁତ ମଜା ଅନୁଭବ ହେବ। ସମସ୍ତେ ସହମତ ହୋଇଗଲେ।'

ଏହି ମନୋବୈଜ୍ଞାନିକ ଉପାୟକୁ ଜଣେ ଏକ୍ସରେ ନିର୍ମାତା ବି ଆପଣେଇ ଥିଲେ। ବ୍ରୁକିଲିନ୍‌ର ଏକ ଡାକ୍ତରଖାନାରେ ଏକ୍ସରେ ମେସିନ୍‌ର ଆବଶ୍ୟକତା ଥିଲା ଏବଂ ସେମାନେ ଭଲ ଜିନିଷ, ସୁଲଭ ଦର ଓ ଆଧୁନିକତମ ମେସିନ୍ ଦରକାର କରୁଥିଲେ। ଡା. ଏଲ୍. ଏକ୍ସରେ ବିଭାଗର ଦାୟିତ୍ୱରେ ଥିଲେ, ତାଙ୍କ ପାଖକୁ ଅନେକ କମ୍ପାନୀର ସେଲ୍ସମ୍ୟାନ୍ ମାନେ ଆସି ସାରିଥିଲେ। ସେମାନେ ନିଜ ନିଜ ମେସିନ୍ ବାବଦରେ ବହୁ ପ୍ରଶଂସା କରୁଥିଲେ। ସେମାନଙ୍କ ମଧ୍ୟରୁ ଜଣେ ବହୁତ ହୁସିଆର୍ ଥିଲା। ତାକୁ ମାନବ ବ୍ୟବହାରର କୌଶଳ ବହୁତ ଭଲ ଭାବେ ଜଣାଥିଲା। ସେ ଡା. ଏଲ୍. ଙ୍କୁ ଏକ ପତ୍ର ଏହି ଭଳି ଭାବରେ ଲେଖିଥିଲା-

'ଆମ କମ୍ପାନୀ ଏବେ ଏକ ନୂଆ ଏକ୍ସରେ ମେସିନ୍ ତିଆରି କରିଛି। ଆମେ ଜାଣିଛୁ ଏହି ମେସିନ୍‌ରେ କୌଣସି ନା କୌଣସି ଗୁଣର ଅଭାବ ଥାଇପାରେ ତେଣୁ ଏହାକୁ ଭଲ ଭାବେ ପରୀକ୍ଷା କରିବା ପାଇଁ। ଏହି ପରି ମେସିନ୍‌କୁ କାର୍ଯ୍ୟକାରୀ କରୁଥିବା ଜଣେ ଅନୁଭବୀ ଲୋକ ଆବଶ୍ୟକ। ଏବଂ ମୁଁ ଭାବୁଛି ଆପଣଙ୍କ ଠାରୁ ଅଧିକ ଭଲ ଏହାକୁ କେହି ପରୀକ୍ଷା କରିବା ମୋ ନଜରରେ ହୁଏତ କେହି ନାହିଁ। ମୁଁ ଜାଣେ ଆପଣ ବହୁତ ବ୍ୟସ୍ତ ରହୁଛନ୍ତି, ତେଣୁ କେତେବେଳେ ଆସି ପାରିବେ ସମୟ କହିଦେଲେ ମୁଁ କାର୍ ପଠାଇଦେବି।'

ଡା. ଏଲ୍ ଆମ ଶ୍ରେଣୀରେ କହିଲେ, 'ଏହି ପତ୍ରଟି ପାଇ ମୁଁ ବହୁତ ଚକିତ ହୋଇଗଲି। ଏହା ପୂର୍ବରୁ ପତ୍ର ଲେଖି କେହି ବି କେବେ ମୋର ରାୟ ପଚାରି ନଥିଲେ, ମୋତେ ଲାଗୁଥିଲା କି ମୁଁ ବହୁତ ମହତ୍ତ୍ୱପୂର୍ଣ୍ଣ ଥିଲି। ମୁଁ ତାଙ୍କୁ ଆସିବା ପାଇଁ ସମୟ ଦେଇଦେଲି। ସେଠାକୁ ଯାଇ ମେସିନ୍‌କୁ ଭଲ ଭାବରେ ପରଖି ଦେଖିଲି। ମୋତେ ତାହା ବହୁତ ଉପଯୋଗୀ ଲାଗିଲା।'

'କୌଣସି ଲୋକ ଚେଷ୍ଟା କରି ନଥିଲେ କି ମୁଁ ଜୋର ଜବରଦସ୍ତ ତାଙ୍କ ଠାରୁ ମେସିନ୍ କିଣେ। ମୁଁ ଅନୁଭବ କଲି କି ଏହି ମେସିନ୍ ଆମ ପାଇଁ ବହୁତ ଉପଯୋଗୀ ହୋଇପାରେ, ତେଣୁ ମୁଁ ସେହି ମେସିନ୍‌କୁ କିଣି ଆଣିଲି।'

ଯେତେବେଳେ ଉଡ୍ରୋ ୱିଲ୍‌ସନ୍ ହ୍ୱାଇଟ୍ ହାଉସ୍‌ରେ ଥିଲେ, ସେତେବେଳେ କର୍ନେଲ୍ ଏଡ୍‌ୱର୍ଡ୍ ଏମ୍. ହାଉସ୍ ରାଷ୍ଟ୍ରୀୟ ଏବଂ ଅନ୍ତଃରାଷ୍ଟ୍ରୀୟ ବିଷୟରେ ବହୁତ ଜ୍ଞାନ ରଖିଥିଲେ। ତାଙ୍କ ଉପଦେଶ ଉପରେ ଯେତେ ବିଶ୍ୱାସ କରାଯାଉ ଥିଲା ଓ କାମରେ ପ୍ରୟୋଗ କରାଯାଉ ଥିଲା ସେତେଟା ଭରସା କୌଣସି ମନ୍ତ୍ରୀମାନଙ୍କ ଉପରେ ବି କରାଯାଉ ନଥିଲା।

ରାଷ୍ଟ୍ରପତିଙ୍କୁ ପ୍ରଭାବିତ କରିବା ପାଇଁ କର୍ନେଲ୍ କେଉଁ ଉପାୟ ପ୍ରୟୋଗ କରୁଥିଲେ ? ଏହା ଜଣା ଅଛି, କାରଣ ହାଉସ୍ ଏହି କଥା ଲେଖକ ଡି. ହାଉସ୍ ସ୍ମିଥ୍‌ଙ୍କୁ କହିଥିଲେ, ସେ ଏହାକୁ ନିଜ ଲିଖିତ ପୁସ୍ତକ 'ଦି ସଟର୍ ଡେ ଇଭ୍‌ନିଙ୍ଗ୍ ପୋଷ୍ଟ୍' ରେ ପ୍ରକାଶିତ କରିଥିଲେ।

ହାଉସ୍ କହିଥିଲେ, 'ମୁଁ ସର୍ବ ପ୍ରଥମେ ରାଷ୍ଟ୍ରପତିଙ୍କ ବିଷୟରେ ଜାଣି ନେଲି କି ତାଙ୍କୁ କୌଣସି କଥା ମନାଇବାକୁ ସବୁଠାରୁ ଭଲ ଉପାୟ କ'ଣ ? କୌଣସି ବିଚାରକୁ ହାଲୁକା ଭାବରେ ତାଙ୍କ ସାମ୍ନାରେ ପ୍ରସ୍ତୁତ କରିବା, ଯାହା ଫଳରେ ମନରେ ସେହି ବିଚାର ପ୍ରତି ରୁଚି ଜାଗ୍ରତ ହେବ ଓ ପରେ ସେ ହିଁ ଏହି ବିଚାର ବାବଦରେ ଭାବିବାକୁ ଲାଗିବେ। ପ୍ରଥମ ଥର ଏପରି ମାତ୍ର ଏକ ସଂଯୋଗରୁ ହୋଇ ଯାଇଥିଲା। ମୁଁ ହ୍ୱାଇଟ୍ ହାଉସ୍ ଗଲି ଓ ତାଙ୍କ ସାମ୍ନାରେ ଏକ ନୀତି ଉପରେ କିଛି ବିଚାର ରଖିଲି, ଯାହା ଉପରେ ସେ ସେହି ସମୟରେ ବିଲ୍‌କୁଲ୍ ସହମତ ନଥିଲେ। କିଛି ଦିନ ପରେ ସେହି କଥାକୁ ସେ ବଦଳାଇ ମୋ ସାମ୍ନାରେ ରଖିଲେ, ଯେପରି ସେହି ବିଚାର ତାଙ୍କର ହିଁ ଥିଲା। ହାଉସ୍ କଥା ମଝିରେ ଅଟକାଇ କହିଲେ 'ଏହି ବିଚାର ଆପଣଙ୍କର ନୁହେଁ ଏହା ତ ମୋର ବିଚାର ଥିଲା।' ସେ ଉତ୍ତର ଦେଲେ ପ୍ରାୟ ନୁହେଁ! ସେ ବହୁତ ବୁଦ୍ଧିମାନ ଥିଲେ ତେଣୁ ସେ ଏହି କଥାକୁ ନେଇ ସାବାସୀ ନେବାକୁ ଚାହୁଁ ନଥିଲେ। ତାଙ୍କୁ କେବଳ ଭଲ ପରିଣାମର ଚିନ୍ତା ଥିଲା। ତେଣୁ ୱିଲ୍‌ସନ୍‌ଙ୍କୁ ଏହା ଅନୁଭବ କରାଇ ଦେଲେ କି ବିଚାର ଯେପରି ତାଙ୍କର ହିଁ ଅଟେ। ହାଉସ୍ ବି ସାର୍ବଜାନିକ ଭାବେ ୱିଲସନ୍‌ଙ୍କୁ ଏଥିପାଇଁ ବହୁତ ଧନ୍ୟବାଦ ଦେଇ ସାରା ଶ୍ରେୟ ପ୍ରଦାନ କଲେ।

ଏହି କଥାର ସ୍ମରଣ ରଖିବା ନିହାତି ଦରକାର କି ଯେଉଁ ଲୋକଙ୍କ ସମ୍ପର୍କରେ ଆମେ ଆସନ୍ତି, ସେ ବି ଉଡ୍ରୋ ୱିଲ୍‌ସନ୍‌ଙ୍କ ପରି ହିଁ ହୋଇଥାନ୍ତି, ଏଣୁ ଆମକୁ ତାଙ୍କ ଉପରେ କର୍ନେଲ୍ ହାଉସ୍‌ଙ୍କ ଉପାୟ ପ୍ରୟୋଗ କରିବା ଦରକାର।

ଥରେ ଏହି ପ୍ରଦ୍ଧତିର ପ୍ରୟୋଗ ନିୟୁ ବ୍ରନ୍ସବିକ୍‌ର ସୁନ୍ଦର କାନାଡାର ଏକ ଲୋକ ମୋ ଉପରେ କରିଥିଲେ ଓ ମୋତେ ତାଙ୍କର ଗ୍ରାହକ କରି ନେଇଥିଲେ। ଥରେ ନିୟୁ ବ୍ରନ୍ସ ବିକରରେ ମାଛ ଧରିବା ଓ କିଛି ଜଳକ୍ରୀଡା କରିବାର ଯୋଜନା ପ୍ରସ୍ତୁତ କରୁଥିଲି। ଏଣୁ ମୁଁ ପର୍ଯ୍ୟଟନ ବିଭାଗର ଅଫିସ୍‌କୁ ଯାଇ କିଛି ଅନୁସନ୍ଧାନ କରିବାକୁ ଚାହିଁଲି। ମୋର ନାମ ଠିକଣା ସେଠି ଲେଖା କରାଇଲି। ତାପରେ ସେହି କ୍ୟାମ୍ପରୁ ମୋ ପାଇଁ ଚିଠି ଓ ବିବରଣୀ ପୁସ୍ତକ ଆଦି ଆସିଲା। ମୁଁ ଠିକ୍‌ରେ ବୁଝି ପାରୁନଥିଲି କି କ'ଣ କରିବା ଦରକାର ଓ କ'ଣ ନୁହେଁ? ସେତେବେଳେ ଜଣେ କ୍ୟାମ୍ପ ମାଲିକ ଚାଲାଖି ଦେଖାଇଲେ, ସେ ନିୟୁର୍କର କେତେକ ଲୋକଙ୍କ ନାମ ଓ ଟେଲିଫୋନ୍ ନମ୍ବର ମୋ ପାଖକୁ ପଠାଇଦେଲେ। କହିଲେ ଆପଣ ଏମାନଙ୍କୁ ପଚାରି ବୁଝି ନିଅନ୍ତୁ କି ଆମ କ୍ୟାମ୍ପ୍‌ର ବ୍ୟବସ୍ଥା କିପରି ?

ସଂଯୋଗବଶତଃ ଏହି ଚିଠା ମଧ୍ୟରୁ ଜଣକୁ ମୁଁ ଜାଣିଥିଲି। ମୁଁ ତାକୁ ତାହାର ଅନୁଭବ ପଚାରିଲି ଓ ସେହି କ୍ୟାମ୍ପ୍ ମାଲିକକୁ ପହଞ୍ଚିବାର ଖବର ପଠାଇ ଦେଲି। ଉତ୍ତର ଏଠି ବି ସେଇଆ ଥିଲା। ଅନ୍ୟ ଲୋକମାନେ ମୋତେ ସେମାନଙ୍କ ସେବା ବିକ୍ରି କରିବାକୁ ଚେଷ୍ଟା କରୁଥିଲା ବେଳେ ଏହି କ୍ୟାମ୍ପ୍ ବାଲା ମୋତେ ତାହାର ସେବା କିଣିବା ପାଇଁ ବାଧ୍ୟ କରି ଦେଇଥିଲା। ତେଣୁ ସେ ଜିତିଗଲା।

ପାଖାପାଖି ୨୫୦୦ ବର୍ଷ ପୂର୍ବରୁ ଜଣେ ଚୀନ୍ ଦେଶର ଦାର୍ଶନିକ ଲାଓସ୍ତେ ଏହି ପରି କଥା କହିଥିଲେ, ଯାହା ଉପରେ ପ୍ରତ୍ୟେକ ଲୋକକୁ ଚିନ୍ତା କରି କାର୍ଯ୍ୟରେ ବ୍ୟବହାର କରିବା ଦରକାର, 'ସମୁଦ୍ର ତଥା ନଦୀଗୁଡିକ ହଜାର ହଜାର ପାହାଡରୁ ବାହାରି ଥିଲେ ବି ଝରଣା ପାଣିକୁ ଏଥି ପାଇଁ ଗ୍ରହଣ କରିଥାନ୍ତି, କାରଣ ସେ ସଦା ସର୍ବଦା ନଦୀକୁ ତାଙ୍କ ଠାରୁ ତଳେ ରଖିଥାନ୍ତି।'

ଏହି କାରଣରୁ ପାହାଡ ଝରଣା ଉପରେ ଶାସନ କରିଥାଏ। ଏହି ଭଳି ସନ୍ଥ-ସାଧୁ ବି ନିଜକୁ ବ୍ୟକ୍ତି ଠାରୁ ତଳେ ରଖିଥାନ୍ତି, କାରଣ ତାଠାରୁ ଉପରକୁ ଉଠି ପାରିବେ, ତାଙ୍କୁ ପଛରେ ରଖିଥାନ୍ତି, ଯାହା ଫଳରେ ସେ ତାଙ୍କ ଠାରୁ ଆଗରେ ରହି ପାରିବେ।

ଏଣୁ ସନ୍ଥମାନେ ସାଧାରଣ ଲୋକଠାରୁ ଉପରେ ଥାଏ, ହେଲେ ବି ଲୋକମାନଙ୍କୁ କୌଣସି ଅସୁବିଧା ହୁଏନାହିଁ।

ସିଦ୍ଧାନ୍ତ – 7

ସାମ୍ନା ଲୋକକୁ ଏପରି ଅନୁଭବ କରାଇ ଦିଅନ୍ତୁ ଯେପରି ଏହି ବିଚାର ତାଙ୍କର ହିଁ ଅଟେ।

୪

ଉତ୍ତମ କୌଶଳ ଚମତ୍କାର କରିପାରେ

ଗୋଟେ କଥା ସଦାସର୍ବଦା ମନେରଖି ଥାଆନ୍ତୁ ଯେ କୌଣସି ବ୍ୟକ୍ତି ସଂପୂର୍ଣ୍ଣ ରୂପେ ଭୁଲ୍ ବି ହୋଇପାରନ୍ତି, କିନ୍ତୁ ସେ ନିଜେ ନିଜ ନଜରରେ ଠିକ୍ ଥାଆନ୍ତି। ଏଣୁ ସେମାନଙ୍କ ନିନ୍ଦା ବା ସମାଲୋଚନା କରନ୍ତୁ ନାହିଁ। କେହି ବି ମୁର୍ଖ ଲୋକ ଏପରି କରିପାରେ। ସେମାନଙ୍କୁ ବୁଝିବା ପାଇଁ ଚେଷ୍ଟା କରନ୍ତୁ। କେବଳ ଯୋଗ୍ୟ ଲୋକ ହିଁ ଏପରି କାମ କରିବାର ପ୍ରୟାସ କରିପାରନ୍ତି।

ସାମ୍ନା ଲୋକ ଏପରି ଆଚରଣ କରୁଛି କ'ଣ ପାଇଁ? ସେ ଏପରି କାହିଁକି ଚିନ୍ତା କରୁଛି ? ଏହାର ପଛରେ କୌଣସି କାରଣ ଅବଶ୍ୟ ଥାଏ। ଏହି କାରଣର ମୂଳକୁ ଖୋଜିବାର ଚେଷ୍ଟା କରନ୍ତୁ, ତେବେ ଆପଣଙ୍କ ହାତକୁ ତାଙ୍କ ସବୁ କ୍ରିୟାର ଚାବି ଆସିଯିବ।

ତା ପରେ ପୂରା ବିଶ୍ୱାସର ସହ ନିଜକୁ ତାଙ୍କ ଜାଗାରେ ରଖି ସମସ୍ତ ସ୍ଥିତିକୁ ମିଶ୍ରିତ କରିନିଅନ୍ତୁ। ଏବେ ନିଜକୁ ପ୍ରଶ୍ନ କରନ୍ତୁ, ଯଦି ମୁଁ ତାଙ୍କ ଜାଗାରେ ଥାଆନ୍ତି ତେବେ କିପରି ଅନୁଭବ କରୁଥାନ୍ତି ? ଯଦି ଆପଣ ଏପରି କରନ୍ତି ତେବେ ଆଖି ପିଛୁଳାକେ ସାରା ସମସ୍ୟାର ସମାଧାନ ହୋଇଯିବ। ଆପଣଙ୍କର ମିତ୍ରତା କରିବାର କଳା ଅଧିକ ସୁଦୃଢ ହୋଇଯିବ।

'ହାଓ ଟୁ ଟର୍ନ ପିପୁଲ୍ ଇଣ୍ଟୁ ଗୋଲ୍ଡ' ପୁସ୍ତକରେ କେନେଲ୍ ଏମ୍. ଗୁଡ୍ ଲେଖିଛନ୍ତି, 'ଟିକେ ସମୟ ଧରି କୌଣସି କଥାକୁ ଭାବନ୍ତୁ। ଆପଣଙ୍କର ନିଜ ଠାରେ ବହୁତ ରୁଚି ଥାଏ, କିନ୍ତୁ ଅନ୍ୟମାନଙ୍କ ଠାରେ ରୁଚି ବହୁତ କମ୍ ଥାଏ। ପ୍ରତ୍ୟେକ ଲୋକ ଏପରି ଭାବନ୍ତି। ଆପଣ ବି ଏହି କଥାକୁ ଜାଣିନେବେ ତେବେ ଆପଣ ବି ରୁଜବେଲ୍ଟ ତଥା ଲିଙ୍କନଙ୍କ ପରି ମାନବୀୟ ସୁସମ୍ପର୍କ ବିଷୟର ଏକ ମାତ୍ର ଗୁଢ ରହସ୍ୟକୁ ବୁଝି ପାରିବେ। ଲୋକମାନଙ୍କୁ ପ୍ରଭାବିତ କରିବାକୁ ହେଲେ ଆପଣଙ୍କୁ ସାମ୍ନା ଲୋକର ଦୃଷ୍ଟିକୋଣରୁ ହିଁ ଚିନ୍ତା କରିବାକୁ ପଡିବ।'

ହେମ୍ପେଟେଡ୍, ନିୟୁର୍କର ସେମ୍ ଡଗଲସ୍‌ଙ୍କ ପତ୍ନୀ ଅନେକ ସମୟରେ ବାହାର ଛାତକୁ

ସଫା କରୁଥିଲେ, କିନ୍ତୁ ସୈମ୍‌କୁ ଲାଗୁଥିଲା କି ସେ ବେକାର୍ ସମୟକୁ ନଷ୍ଟ କରୁଛନ୍ତି । ସେ ଛାତକୁ ଭଲ ଭାବରେ ଝାଡୁ ପୋଛା କରି ସଫା କରୁଥଲେ । ଏତେ ପରିଶ୍ରମ କଲାପରେ ବି ସୈନ୍ କହୁଥଲେ କି ଛାତଟା ଅପରିଷ୍କାର ଦେଖାଯାଉଛି । ତାଙ୍କ କଥା ଶୁଣି ଶ୍ରୀମତି ସୈନ୍‌ଙ୍କୁ ବହୁତ କଷ୍ଟ ଲାଗୁଥିଲା ସେ ଚିଡି ଉଠୁଥିଲେ, ଏପରିକି ପୂରା ସଂଧ୍ୟାବେଳଟା ଯେପରି ନଷ୍ଟ ହୋଇଗଲା ପରି ଅନୁଭବ କରୁଥିଲେ ।

ଡଗଲସ୍ ଆମ ପାଠ୍ୟକ୍ରମରେ ଭାଗନେଲା ପରେ ଅନୁଭବ କଲେ କି ଏତେ ବର୍ଷ ହେଲାଣି ସେ କି ପ୍ରକାର ମୂର୍ଖତାପୂର୍ଣ୍ଣ ଆଚରଣ କରୁଥଲେ । ସେ ଭାବି ବି ନଥିଲେ କି ପତ୍ନୀ ନିଜ ମନର ଖୁସି ପାଇଁ ଏତେ ପରିଶ୍ରମ କରୁଥିଲେ ଓ ସେଥିପାଇଁ ପ୍ରଶଂସା ପାଇବାକୁ ଇଚ୍ଛା କରୁଥିଲେ ।

ଦିନେ ଖାଦ୍ୟ ଗ୍ରହଣ କଲାପରେ ପତ୍ନୀ କହିଲେ କି ସେ ଏବେ ବାହାର ଛାତକୁ ସଫା କରିବାକୁ ଚାହୁଁଛନ୍ତି । ସେଦିନ ମି. ସୈମ୍‌ଙ୍କୁ ସଫା କାମରେ ସାହାଯ୍ୟ କରିବାକୁ ଅନୁରୋଧ କଲେ । ପ୍ରଥମେ ସୈମ୍ ମନା କରୁଥିଲେ ଓ ପରେ କିଛି ସମୟ ପରେ ସେଠାକୁ ଗଲେ ଓ ପତ୍ନୀଙ୍କ ସହ ବାହାର ଛାତକୁ ସଫା କରିବାକୁ ଲାଗିଲେ । ପତ୍ନୀ ବହୁତ ଖୁସି ହୋଇଗଲେ, ଦୁହେଁ ମିଶି କଥାବାର୍ତ୍ତା କରୁ କରୁ ମାତ୍ର ଏକ ଘଣ୍ଟାରେ ବାହାର ଛାତ ଟିକୁ ସଫା କରିଦେଲେ, ବେଶି କଷ୍ଟ ଲାଗିଲାନି, ଅଚିରେ ସଫା ହୋଇଗଲା ।

ଏବେ ମି. ସୈମ୍ ପ୍ରାୟ ସମୟ ପତ୍ନୀଙ୍କୁ ବଗିଚା ଇତ୍ୟାଦି କାମରେ ସାହାଯ୍ୟ କରିବାକୁ ଲାଗିଲେ ତଥା ପତ୍ନୀଙ୍କୁ ପ୍ରଶଂସା ବି କରୁଥିଲେ କି ସେହି ପରିଶ୍ରମ କାରଣରୁ ସିମେଣ୍ଟ କଂକ୍ରିଟ ଶକ୍ତ ଚଟାଣ ବି କେତେ ସୁନ୍ଦର ଓ ସଫା ରହିଛି ଫୁଲ କୁଣ୍ଡ ମାନ ବି ବହୁତ ସଜା ସଜି ହୋଇ ମନମୁଗ୍ଧକର ଦେଖା ଯାଉଛି । ଏହା ଫଳରେ ସେମାନଙ୍କ ବୈବାହିକ ଜୀବନ ସୁଖଦ ହେବାକୁ ଲାଗିଲା ।

'ଗେଟିଙ୍ଗ୍ ଟୁ ପିପୁଲ୍' ବହିରେ ଡା. ଜେରାଲ୍ଡ ଏସ୍. ନିରେନ୍‌ବର୍ଗ୍ ଲେଖିଛନ୍ତି କି, କୌଣସି ଚର୍ଚ୍ଚା ସମୟରେ ଆପଣ ଅନ୍ୟ ଲୋକର ସହମତି ବା ସହଯୋଗ ପାଇବାକୁ ହେଲେ ଆପଣଙ୍କୁ ସେମାନଙ୍କ ମନୋଭାବ ଓ ବିଚାରଗୁଡିକୁ ନିଜ ବିଚାରମାନଙ୍କ ପରି ମହତ୍ତ୍ୱ ଦେବାକୁ ପଡିବ । ଯଦି ଆପଣ ଚାହୁଁଛନ୍ତି କି ଶୁଣୁଥିବା ଲୋକମାନେ ଆପଣଙ୍କ ବିଚାରକୁ ପସନ୍ଦ କରନ୍ତୁ ଓ ସହମତ ହୁଅନ୍ତୁ, ତେବେ ଆପଣଙ୍କ ଚର୍ଚ୍ଚା ଏଭଳି ହେବା ଦରକାର କି, ସାମ୍ନାଲୋକ ଆପଣଙ୍କ ଚର୍ଚ୍ଚାର ଦିଗକୁ ଭଲ ଭାବରେ ବୁଝି ପାରିବ । ବିଚାର ବ୍ୟକ୍ତ କରିବା ପୂର୍ବରୁ ଆପଣ ନିଜେ ଜଣେ ଶ୍ରୋତା ଭାବରେ ରଖି ଏହି ବିଚାରକୁ ଶୁଣିବାକୁ ପସନ୍ଦ କରିବେ କି ନାହିଁ ଟିକେ ଚିନ୍ତା କରି ନିଅନ୍ତୁ । ଯଦି ଆପଣ ଶ୍ରୋତାର ଦୃଷ୍ଟିକୋଣକୁ ବୁଝି ପାରିବେ, ଶ୍ରୋତା ବି ଆପେ ଆପେ ଆପଣଙ୍କ ଦୃଷ୍ଟିକୋଣକୁ ଭଲ ଭାବରେ ବୁଝିପାରିବ ।

ମୋତେ ମୋ ଘର ପାଖ ପାର୍କରେ ଘୋଡା ଚଢି ବୁଲିବାକୁ ଭଲ ଲାଗେ। ଗୋଟେ ଗଛ ହେଉଛି ଓକ୍ ଯାହା ପ୍ରତି ମୋର ଟିକେ ବେଶି ଆନ୍ତରିକତା ଥାଏ। ଦୁଃଖ ବି ହୁଏ କାରଣ ପ୍ରତି ବର୍ଷ ବହୁତ ଗଛରେ ନିଆଁ ଲାଗି ଯାଇ ପୋଡି ଜଳି ନଷ୍ଟ ହୋଇଯାଏ। ନିଆଁ ଆପେ ଆପେ ଲାଗେ ନାହିଁ କି କୌଣସି ସିଗାରେଟ୍ ର ନିଆଁ ଝୁଲ ରୁ ବରଂ ଜଙ୍ଗଲରେ ବଣଭୋଜି କରୁଥିବା ଲୋକମାନଙ୍କ ପାଇଁ ଲାଗିଥାଏ। ବେଳେବେଳେ ନିଆଁ ଏତେ ଭୟାନକ ହୋଇଥାଏ ଯେ ଦମକଳ ବାହିନୀ ଆସି ବି ନିଆଁ ଲିଭାଇବା କଷ୍ଟକର ହୋଇପଡେ।

ସେଠାରେ ଏକ ସୂଚନା ଫଳକ ବି ଲାଗିଛି, ଯେଉଁଥିରେ ଲେଖା ଅଛି 'ଏଠାରେ ନିଆଁ ଲଗାଇଲେ ଆଇନତଃ ଦଣ୍ଡବିଧାନ କରାଯିବ। ଏହା ଏକ କୋଣ ଯାଗାରେ ଥିବାରୁ ଲୋକଙ୍କ ନଜରକୁ ପ୍ରାୟତଃ ଆସେ ନାହିଁ। ସୁରକ୍ଷା ପାଇଁ ସେଠାରେ ଜଣେ ବନ କର୍ମଚାରୀ ବି ରହୁଥିଲା, କିନ୍ତୁ ସେ ଅତ୍ୟନ୍ତ ଦାୟିତ୍ୱହୀନ ଥିଲା ଯାହା ଫଳରେ ଯାହାର ଯାହା ଇଚ୍ଛା ସେ ତାହା କରୁଥିଲା। ଥରେ ତ ମୁଁ ସେହି ବନ କର୍ମଚାରୀକୁ କହିଲି କି ବଣରେ ନିଆଁ ଲାଗିଛି, ସେ ତୁରନ୍ତ ଉତ୍ତର ଦେଲା ସେହି ଜାଗା ମୋର ଦାୟିତ୍ୱାଧିନ ଅଞ୍ଚଳ ନୁହେଁ ଏଣୁ କୌଣସି ଦମକଳ ବାହିନୀକୁ ଫୋନ୍ କରିବି ନାହିଁ। ବାଧ୍ୟ ହୋଇ ମୋତେ ହିଁ ସୁରକ୍ଷାର ଦାୟିତ୍ୱ ନିଜ ହାତରେ ସମ୍ପୂର୍ଣ୍ଣ କରିବାକୁ ହେଲା। ପ୍ରଥମେ ପ୍ରଥମେ ମୁଁ ଅନ୍ୟ କାହାରି ଦୃଷ୍ଟିକୋଣକୁ ବୁଝିବାକୁ ଚାହୁଁ ନଥିଲି। ଯେତେବେଳେ କେହି ନିଆଁ ଲଗାଇବାର ଦେଖୁଥିଲି, ଦୁଃଖୀ ହୋଇ ଯାଉଥିଲି। ପାର୍କକୁ ଜୀବନ୍ତ ରଖିବା ପାଇଁ ମୁଁ ବହୁତ ବ୍ୟସ୍ତ ହୋଇ ଉଠୁଥିଲି। ନିଜ ଘୋଡାରେ ବସି ସେମାନଙ୍କ ପାଖକୁ ଯାଇ ଧମକ ଦେଲାପରି କହୁଥିଲି କି ଯଦି ସେମାନେ ଏକ ମିନିଟ୍ ଭିତରେ ନିଆଁ ନ ଲିଭାନ୍ତି ତେବେ ମୁଁ ପୋଲିସକୁ ଖବର ଦେଇଦେବି ଆଉ ଜୋରିମାନା ବି ଦେବାକୁ ପଡିବ। ଅନ୍ୟମାନଙ୍କ ମନର କଥା ନ ବୁଝି ନିଜ ମନର ରାଗକୁ ବାହାର କରି ଦେଉଥିଲି।

ପରିଣାମ ସ୍ୱରୂପ ସେମାନେ ପୋଲିସ୍‌ର ଡରରେ ସେହି କ୍ଷଣି ନିଆଁ ତ ଲିଭାଇ ଦେଉଥିଲେ କିନ୍ତୁ ମନ ଭିତରେ ମୋ ଉପରେ ବହୁତ ଚିଡ୍ଡୁ ଥିଲେ। ମୁଁ ସେଠାରୁ ଆସି ସାରିଲା ପରେ ସେମାନେ ଆଉ ଥରେ ନିଆଁ ଲଗାଉ ଥିଲେ ଓ କହୁଥିଲେ ଭଲ ହେଲା ସାରା ଜଙ୍ଗଲରେ ନିଆଁ ଲାଗୁ।

ବହୁତ ବର୍ଷ ବିତିଗଲା ପରେ ମୋତେ ମାନବୀୟ ସମ୍ବନ୍ଧ ବିଷୟରେ କିଛି ଜ୍ଞାନ ପ୍ରାପ୍ତ ହେଲା। ମୁଁ ନିଜ ସାମ୍ନା ଲୋକର ମନୋଭାବକୁ ବୁଝିବାର କଳାକୁ ଶିଖି କୂଟନୀତି ପୂର୍ବକ ବ୍ୟବହାର କରିବାକୁ ଲାଗିଲି। ଆଦେଶ ଦେବା ପରିବର୍ତ୍ତେ ମୁଁ ଏହି ପ୍ରକାର କହୁଥିଲି- 'ବାଃ, କେଡେ ମଜା କଥା ! ଖୁବ୍ ମଜାରେ ରୁହ, ଆରେ ପିଲାଏ କ'ଣ କ'ଣ ସବୁ ଖାଦ୍ୟ

ଆଜି ପ୍ରସ୍ତୁତ କରୁଛ ? ଯେତେବେଳେ ମୁଁ ତୁମର ପରି ଥିଲି ମୋତେ ବି ନିଆଁ ଲଗାଇବାରେ ବହୁତ ଆନନ୍ଦ ଆସୁଥିଲା । ସତ କହିବାକୁ ଗଲେ ମୋତେ ଆଜି ବି ପସନ୍ଦ ଅଛି । ଜଙ୍ଗଲରେ ନିଆଁ ଲଗାଇ ଖାଦ୍ୟ ପ୍ରସ୍ତୁତ କରିବା, କିନ୍ତୁ ଆପଣମାନେ ହୁଏତ ଜାଣି ନଥିବେ କି ଜଙ୍ଗଲରେ ନିଆଁ ଲଗାଇବା ବହୁତ ଭୟାନକ ବି ହୋଇଥାଏ । ଆପଣମାନେ ତ ବୁଝିଲା ସୁଝିଲା ପରି ଲାଗୁଛନ୍ତି କିନ୍ତୁ ସମସ୍ତ ପିଲାଏ ଏକା ପରି ହୋଇ ନଥାନ୍ତି । ସେମାନେ ନିଆଁ ଲଗାନ୍ତି, ନିଜ ଖାଦ୍ୟ ପ୍ରସ୍ତୁତ କରି ମଜା ନିଅନ୍ତି କିନ୍ତୁ ଯିବା ସମୟରେ ସେହି ନିଆଁକୁ ଲିଭାଇବାକୁ ଭୁଲିଯାନ୍ତି । ଏହି ନିଆଁ ଶୁଖିଲା ପତ୍ରରେ ଲାଗୁ ଲାଗୁ ବଡ ବଡ ଗଛରେ ଲାଗି ବହୁତ ଭୟଙ୍କର ହୋଇଯାଏ । ଜଙ୍ଗଲରେ ନିଆଁ ଲଗାଇବା ଆଇନତଃ ଅପରାଧ ଅଟେ । ଏଥିପାଇଁ ଆପଣଙ୍କୁ ଦଣ୍ଡ ବି ମିଳିପାରେ । ମୁଁ ଆପଣଙ୍କୁ ଆଦେଶ ଦେଉନାହିଁ କି ଆନନ୍ଦରେ ବାଧା ଦେବାକୁ ବି ଚାହୁଁନି । ଭଲ ଏହା ହେବ ଯେ ଆପଣମାନେ ଭୋଜି ସାରିଲା ପରେ ଭଲ ଭାବରେ ନିଆଁକୁ ଲିଭାଇ ତାହା ଉପରେ ଧୂଳି ଢାଳି ଦେଇଯିବେ । ଆଗକୁ କେବେ ଭୋଜି କରିବାର ଥିଲେ ବନ ବିଭାଗ ଦ୍ୱାରା ନିର୍ମିତ ଚୁଲିରେ ରୋଷେଇ କରିବେ ଯାହା ଫଳରେ କୌଣସି ଅଘଟଣର ଆଶଙ୍କା ରହିବ ନାହିଁ । ଧନ୍ୟବାଦ୍ ପିଲାମାନେ, ମୋତେ ଏତେ ସମୟ ଧରି ଶୁଣୁଥିବାରୁ, ମୁଁ ଏବେ ଆସୁଛି ।'

ଟିକେ ଚିନ୍ତା କରନ୍ତୁ ଦୁଇ ଥର ଯାକ କଥା କେବଳ ଗୋଟିଏ ଉଦ୍ଦେଶ୍ୟକୁ ପ୍ରମାଣିତ କରୁଥିଲା କିନ୍ତୁ ଦୁହିଁଙ୍କ ଭିତରେ ଆକାଶ ପାତାଳ ଫରକ ଥିଲା । ଏହି ଭାବରେ ପିଲାମାନଙ୍କ ଭିତରେ ସହଯୋଗର ଭାବନା ଉତ୍ପନ୍ନ ହେଉଥିଲା, ସେମାନେ ମୋ ଉପରେ ମନେ ମନେ ଚିଡୁ ନଥିଲେ କାରଣ ସେମାନଙ୍କୁ କୌଣସି ଆଦେଶର ପାଳନ କରିବାକୁ ପଡୁ ନଥିଲା ବରଂ ସେମାନଙ୍କୁ ଜଙ୍ଗଲକୁ ବଞ୍ଚାଇବାର ଶିକ୍ଷା ଦିଆହେଲା ।

ଯେତେବେଳେ ଆମେ ସାମ୍ନା ଲୋକର ଦୃଷ୍ଟିକୋଣରୁ କେଉଁ ଜିନିଷକୁ ଦେଖନ୍ତି, ଆମର ବ୍ୟକ୍ତିଗତ ସମସ୍ୟା ତଥା ଚିନ୍ତା ବି ବହୁତ କମିଯାଏ । ଥରେ ନିୟୁ ସାଉଥ୍ ୱେଲ୍ସ ଅଷ୍ଟ୍ରେଲିଆର ଏଲିଜାବେଥ୍ ନୋବାକ୍ ନିଜ ଟ୍ୟାକ୍ସର କିସ୍ତି ଜମା କରିବାରେ ୬ ସପ୍ତାହ ବିଳମ୍ବ ହୋଇ ଯାଇଥିଲେ ।

ସେ ଆମକୁ କହିଲେ- 'ଶୁକ୍ରବାରକୁ ଏକାଉଟାଣ୍ଟ ଫୋନ୍ କଲା କି ଯଦି ସୋମବାର ସୁଦ୍ଧା ୧୨୨ ଡଲାର୍ ଜମା ନ ହୋଇଛି ତେବେ କମ୍ପାନୀ ଆଇନଗତ କାର୍ଯ୍ୟ କରିବ । କିନ୍ତୁ ସୋମବାର ପର୍ଯ୍ୟନ୍ତ ଅର୍ଥ ଯୋଗାଡ ହୋଇ ପାରିଲା ନାହିଁ । ଯେତେବେଳେ ସୋମବାରକୁ ସେହି ଲୋକର ଫୋନ୍ ଆସିଲା, ମୁଁ ଖରାପ ପରିଣାମ ବିଷୟରେ ଭାବିବାକୁ ଲାଗିଲି । ମୁଁ ବିଚଳିତ ହେଲି ନାହିଁ ବରଂ ତାହାର ଦୃଷ୍ଟିକୋଣରୁ ଘଟଣାଟିକୁ ଦେଖିବାକୁ ଚେଷ୍ଟା କଲି ।

ମୁଁ ଅସୁବିଧା ପାଇଁ କ୍ଷମା ମାଗିନେଲି। ଏହା ବି କହିଲି ପ୍ରାୟ ମୋ ପାଇଁ ତାଙ୍କୁ ଅଧିକ କଷ୍ଟ ସହିବାକୁ ପଡୁଛି। କାରଣ ସବୁବେଳେ କିସ୍ତି ଦେବାରେ ବିଳମ୍ବ ହୋଇଯାଉଛି। ଏପରି କଥା ଶୁଣି ତାହାର କଣ୍ଠସ୍ୱର ଏକଦମ୍ ବଦଳି ଗଲା ଓ ସେ କହିଲା କି ନା ! ଏପରି କିଛି କଥା ନାହିଁ, କେତେ ଲୋକ ତ ୟାଠାରୁ ବି ବିଳମ୍ବରେ କିସ୍ତି ଦେଉଛନ୍ତି ଓ ଖରାପ ଭାଷା ବି ବ୍ୟବହାର କରୁଛନ୍ତି। ମିଛ କୁହନ୍ତି ଓ ୧୦୦ ମିଛ ବାହାନା କରନ୍ତି। ମୁଁ କିଛି ବି ନକହି ତା'ର ସମସ୍ୟା ବିଷୟରେ କହିବା ପାଇଁ ପୂରା ଅବସର ଦେଲି। ପରେ ପରେ ସେ କହିଲା କି ଯଦି ମୁଁ ତୁରନ୍ତ ସମସ୍ତ କିସ୍ତି ପଇଠ ନକରି ପାରିଲି ତେବେ କିଛି କଥା ନାହିଁ। ବାସ୍ ଏହି ମାସର ଶେଷ ସୁଦ୍ଧା ୨୦ ଡଲାର ଜମା କରିବାକୁ ହେବ, ବାକି ଅର୍ଥ ସୁବିଧାନୁସାରେ ଜମା କରିବାକୁ କହିଦେଲା।

ଆଗକୁ ଯଦି କାହାକୁ ନିଆଁ ଲଗାଇବାରୁ ନିବୃତ୍ତ ରଖିବା ପାଇଁ ହୁଏ, କିଛି ଜିନିଷ କିଣିବାର ହେଉ ବା କୌଣସି ଜାଗାରେ ଅର୍ଥ ଜମା କରିବାକୁ ହୁଏ ତେବେ ଟିକେ ରହିଯାନ୍ତୁ ! କିଛି କ୍ଷଣପାଇଁ ଆଖି ବନ୍ଦ କରି ସାମ୍ନାଲୋକର ଦୃଷ୍ଟିକୋଣକୁ ଭାବିବାକୁ ଚେଷ୍ଟା କରନ୍ତୁ। ନିଜକୁ ପ୍ରଶ୍ନ କରନ୍ତୁ, ସାମ୍ନାବାଲା ଲୋକ କାହିଁକି ଏପରି କରିବାକୁ ଚାହୁଁଛି ? ଏଥିରେ ସମୟ ତ ନଷ୍ଟ ହେବ କିନ୍ତୁ ପରିଣାମ ଭଲ ହେବ, ଆପଣଙ୍କ ଶତ୍ରୁମାନଙ୍କ ସଂଖ୍ୟା ନବଢି ଚିନ୍ତାମୁକ୍ତ ଭାବେ ନିଜ ଇଚ୍ଛାରେ କାମ ହୋଇଯିବ।

ଜଣେ ଲୁହା ବ୍ୟବସାୟୀଙ୍କ ମତରେ- 'ମୁଁ କୌଣସି ଅଫିସ୍‌ରେ କାହାକୁ ଭେଟ କରିବାକୁ ଯିବା ପୂର୍ବରୁ ସେହି ଅଫିସ୍ ଆଗରେ ଦୁଇ ତିନି ଘଣ୍ଟା ବୁଲିବା ପସନ୍ଦ କରିବି। ସେହି ଲୋକ ବିଷୟରେ ସବୁ କିଛି ଜାଣିବାକୁ ଚାହିଁବି। ଯେପରି ସେ କିପରି ଲୋକ, ସେ କ'ଣ କରିବାକୁ ଭଲ ପାଆନ୍ତି, ତାଙ୍କର ଉପଲବ୍ଧି ଗୁଡିକ କ'ଣ ତଥା ତାଙ୍କର ଲକ୍ଷ୍ୟ କ'ଣ, ଏପରି ବହୁତ କିଛି। ଏହାପରେ ନିଜେ କି ପ୍ରକାର ଉତ୍ତର ଦେବାକୁ ହେବ ତାହା ସ୍ଥିର କରିବି।'

ଏବେ ଏହି ବହିର କେବଳ ମାତ୍ର ଗୋଟିଏ ଶିକ୍ଷା ଗ୍ରହଣ କରନ୍ତୁ କି ନିଜ ଦୃଷ୍ଟିକୋଣ ସହ ସାମ୍ନାଲୋକର ଦୃଷ୍ଟିକୋଣକୁ ବି ଭାବନ୍ତୁ ଓ ଦେଖନ୍ତୁ ଏପରି କଲେ ଆପଣଙ୍କର ଜୀବନରେ ବହୁତ ଉନ୍ନତି ହୋଇପାରେ।

ସିଦ୍ଧାନ୍ତ - ୪

ସଙ୍କୋଚତା ସହ ସାମ୍ନାଲୋକର ଦୃଷ୍ଟିକୋଣକୁ ବୁଝିବାକୁ ଚେଷ୍ଟା କରନ୍ତୁ।

୨

ମନୁଷ୍ୟ କ'ଣ ଚାହେଁ ?

କ'ଣ ଆପଣ ଚମତ୍କାର କରିପାରୁଥିବା କଥା କହିବାର କୌଶଳ ଜାଣିବାକୁ ଚାହୁଁଛନ୍ତି କି ? ଯାହା ଯୁକ୍ତିତର୍କକୁ ଶେଷ କରିଦିଏ, ସଦ୍‌ଭାବନା ଓ ମୈତ୍ରୀ ଭାବକୁ ବଜାୟ ରଖେ ତଥା ସାମ୍ନା ଲୋକ ଆପଣଙ୍କ କଥାକୁ ଧ୍ୟାନର ସହ ଶୁଣିବାକୁ ବାଧ୍ୟ କରି ଦେଇଥାଏ।

ସେହି ଚମତ୍କାର ବାକ୍ୟଟି ଏହି ପ୍ରକାରର ଅଟେ। 'ମୁଁ ଆପଣଙ୍କୁ ଆଦୌ ଦୋଷ ଦେବାକୁ ଚାହୁଁନାହିଁ। ଯଦି ଆପଣଙ୍କ ସ୍ଥାନରେ ଥାଆନ୍ତି ତେବେ ମୁଁ ବି ଏହିଭଳି କରିଥାନ୍ତି ବା ଭାବିଥାନ୍ତି।'

ଏହି ପ୍ରକାର ବାକ୍ୟ ଶୁଣି ଯେତେ କଠୋର ସମାଲୋଚନା କରୁଥିବା ଲୋକ ଆପେ ନରମ ବ୍ୟବହାର କରିଥାଏ। ଯେତେବେଳେ ଆପଣ ଏପରି କହିଥାନ୍ତି, ତେବେ ପୂରା ଠିକ୍ କହିଥାନ୍ତି। ଚାଲନ୍ତୁ ଅଲ୍ କେପୋନ୍‌ଙ୍କ ଉଦାହରଣ ନେବା। ଯଦି ଆପଣଙ୍କ ପାଖରେ ତାଙ୍କ ପରି ଶରୀର, ଚିନ୍ତାଧାରା ବା ସ୍ୱଭାବ ଥାଆନ୍ତା, ତାଙ୍କ ପରି ବାତାବରଣ, ଅନୁଭବ ମିଳିଥାନ୍ତା ତେବେ ଆପଣ ନିଶ୍ଚିତ ରୂପରେ ତାଙ୍କ ପରି ହୋଇଥାନ୍ତେ। ଏହି ସବୁ କାରଣରୁ ସେ ଅଲ୍ କେପୋନ୍ ହୋଇ ଯାଇଥିଲେ। ଅନ୍ୟ ଏକ ଉଦାହରଣ ନେବା, ଯଦି ଆପଣ ସାପ କିମ୍ବା କୁମ୍ଭୀର ନୁହଁନ୍ତି ତାହାର କେବଳ ଗୋଟିଏ ମାତ୍ର କାରଣ ହେଲା ଆପଣଙ୍କ ବାପାମାଆ ସେ ଜାତିର ନୁହଁନ୍ତି। ମନୁଷ୍ୟ ଥିଲେ ତେଣୁ ଆପଣଙ୍କୁ ବି ମଣିଷ ହେବାର ଥିଲା।

ଏବେ ଆପଣ ଯାହା ବି କିଛି ଅଛନ୍ତି, ତାହାର ଶ୍ରେୟ ଆପଣଙ୍କୁ ବିଲକୁଲ୍ ନାହିଁ ବରାବର ଯାଏ। ଲୋକେ ଅସଭ୍ୟ, ଚିଡ଼୍‌ଚିଡ଼ା, ଟିଙ୍ଗା ପ୍ରକୃତିର ହୋଇଥାନ୍ତି, ଏଥିରେ ସେମାନଙ୍କ ଦୋଷ ବହୁତ କମ୍ ହୋଇଥାଏ। ଆମକୁ ସେହି ଦୁର୍ଭାଗ୍ୟଶାଳୀ ବାକ୍ୟଗୁଡ଼ିକ ପ୍ରତି ସହାନୁଭୂତି ରଖିବା ଦରକାର। ନିଜକୁ କୁହନ୍ତୁ- 'ଈଶ୍ୱରଙ୍କୁ ବହୁତ ଧନ୍ୟବାଦ କି ମୁଁ ସେପରି ଯାଗାରେ ରହି ନାହିଁ।'

ଆପଣ ଯେତେ ଲୋକଙ୍କ ସହ ମିଶିଥାନ୍ତି, ସେମାନଙ୍କ ଭିତରୁ ଅଧିକାଂଶ ଲୋକ ସହାନୁଭୂତି, ପ୍ରେମ ଓ ପ୍ରଶଂସା ପାଇବା ପାଇଁ ଆଗ୍ରହୀ ଥାଆନ୍ତି। ଥରେ ମୁଁ 'ଲିଟିଲ୍ ୱିମେନ୍' ର ଲେଖିକା ଲୁଇସାଙ୍କ ଉପରେ ରେଡିଓ ମାଧ୍ୟମରେ ଏକ ବାର୍ତ୍ତାର ପ୍ରସାରଣ କରୁଥିଲି। ମୋତେ ଜଣା ଥିଲା କି ସେ ମୈସେଚ୍ୟୁଟ୍ସ ସହରର କାନକୋଡ୍ ରେ ରହୁଥିଲେ। ସେଠାରେ ଥିଲା ବେଳେ ସେ ଏହି ପୁସ୍ତକ ଲେଖିବା କାମ ବି କରିଥିଲେ। କିଛି ଚିନ୍ତା ନକରି ମୁଁ ମୈସେଚ୍ୟୁଟ୍ସ ବଦଳରେ ହୈମ୍ପୋସାୟରର କାନକୋଡ୍ ବୋଲି କହି ଦେଇଥିଲି। ସେହି କାର୍ଯ୍ୟକ୍ରମ ଭିତରେ ପ୍ରାୟ ଦୁଇ ତିନି ଥର ଏହି ଭୁଲ କଥାକୁ କହିଥିଲି। ଏହାପରେ ମୋ ପାଖକୁ ଢେର୍ ଟେଲିଗ୍ରାମ୍ ଓ ପତ୍ର ଆଦି ଆସିଗଲା। ଯେଉଁଥିରେ ମୋର ଭୁଲ୍ ପାଇଁ ବହୁତ ଖରାପ କରି ଲେଖାଥିଲା। କାଲୋନିୟଲ୍ ଡେମ୍ ନାମକ ମହିଳା ଯିଏ କାନକୋଡ୍ ରେ ହିଁ ରହୁଥିଲେ ସେ ତ ମୋ ଉପରକୁ ଯେପରି ତୀର ମାରି ଦେଇଥିଲେ ନିଜ ରାଗ ଓ ଅସହିଷ୍ଣୁତାର। ମୁଁ ତ ସେହି ଲେଖିକାଙ୍କୁ ନରଭକ୍ଷୀ ବୋଲି କହିଥିଲେ ହୁଏତ ଲୋକେ ମୋତେ ଏତେ ଗାଳି କରି ନଥାନ୍ତେ। ସେହି ମହିଳାଙ୍କ ଚିଠି ପଢିଲା ପରେ ଈଶ୍ୱରଙ୍କୁ ଧନ୍ୟବାଦ ଦେଲି କି ମୁଁ ବହୁତ ଭାଗ୍ୟଶାଳୀ କି ମୋର ବିବାହ ତା ସହିତ ହୋଇନାହିଁ। ମୋର ମନ କହୁଥିଲା କି ମୁଁ ତାକୁ କହିଦେବି କି ମୁଁ ତ କେବଳ ମାତ୍ର ଭୂଗୋଳ ସମ୍ବନ୍ଧରେ ହିଁ ଭୁଲ୍ କରିଛି ହେଲେ ତୁମେ ତ ପୂରା ମାନବୀୟ ସମ୍ବନ୍ଧ ବିଷୟରେ କିଛି ବି ଜାଣିନାହଁ। କିନ୍ତୁ ମୁଁ ଏପରି କଲି ନାହିଁ, ନିଜ ଉପରେ ନିୟନ୍ତ୍ରଣ ରଖିଲି, ଅନୁଭବ କଲି କି କେହି ବି ମୂର୍ଖ ଏପରି କରିପାରେ। ଅଧିକାଂଶ ମୂର୍ଖ ତ ଏପରି କରିଥାନ୍ତି, ଜଣେ ଅନ୍ୟ ଜଣଙ୍କର ବଦଗୁଣ ବଖାଣୁଥାନ୍ତି।

ମୋତେ ମୂର୍ଖମାନଙ୍କ ଶ୍ରେଣୀରୁ ଉପରକୁ ଉଠିବାର ଥିଲା ତେଣୁ ତାଙ୍କ ଶତ୍ରୁତାକୁ ମିତ୍ରତାରେ ପରିବର୍ତ୍ତନ କରିବାକୁ ନିଶ୍ଚିତ କରିନେଲି। ଏହା ମୋ ପାଇଁ ଏକ ପ୍ରତିଯୋଗିତା ଭରା ଖେଳ ଥିଲା। ମୁଁ ନିଜକୁ କହିଲି- 'ତା ଭଳି ପରିସ୍ଥିତିରେ ହୁଏତ ମୁଁ ବି ସେପରି ଚିଠି ଲେଖିଥାନ୍ତି।' ମୁଁ ତାଙ୍କ ଚିନ୍ତାଧାରା ପ୍ରତି ବିଶେଷ ମହତ୍ତ୍ୱ ଦେବାକୁ ଚେଷ୍ଟା କଲି। ଆଗଥର ମୁଁ ଯେତେବେଳେ ତାଙ୍କ ସହରକୁ ଗଲି, ସେତେବେଳେ ମୁଁ ତାକୁ ଫୋନ୍ କଲି, ଆମର କଥାବାର୍ତ୍ତା ଏହି ପ୍ରକାରର ହେଲା-

ମୁଁ କହିଲି- 'ଶ୍ରୀମତୀ ଡେମ୍, କିଛି ସପ୍ତାହ ପୂର୍ବରୁ ଆପଣ ମୋତେ ଏକ ପତ୍ର ଲେଖିଥିଲେ, ସେଥିପାଇଁ ମୁଁ ଆପଣଙ୍କୁ ଧନ୍ୟବାଦ ଦେବାକୁ ଚାହୁଁଛି।'

ସେ କହିଲେ- (ଶାଳୀନତା ଭରା ଶୈଳୀରେ) 'ଆପଣ କିଏ କହୁଛନ୍ତି ?'

ମୁଁ କହିଲି- 'ଆପଣଙ୍କ ପାଇଁ ଏକ ଅଜଣା ଲୋକ। ମୋର ପୂରା ନାମ ଡେଲ୍ କାର୍ନେଗୀ। କିଛି ଦିନ ପୂର୍ବରୁ ମୋର ଏକ ରେଡିଓ ବାର୍ତ୍ତା ପ୍ରସାରିତ ହୋଇଥିଲା ଯେଉଁଥିରେ ଲେଖିକା ଲୁଇସାଙ୍କ ଉପରେ କଥା ହେଉଥିଲୁ ସେଥିରେ ମୁଁ ତାଙ୍କ ବାସସ୍ଥାନକୁ ଭୁଲ ଭାବରେ ଅନ୍ୟ ଏକ ଜାଗାରେ କହି ଦେଇଥିଲି। ତାହା ସତରେ ଏକ ବଡ ଭୁଲ୍ ଥିଲା।

ତେଣୁ ମୁଁ ହୃଦୟର ସହ କ୍ଷମା ମାଗିବାକୁ ଚାହୁଁଛି। ସମୟ ନଷ୍ଟ କରି ମୋର ଭୁଲଟିକୁ ଦର୍ଶାଇଥିବାରୁ ମୁଁ କୃତଜ୍ଞତା ପ୍ରକାଶ କରୁଛି।'

ସେ କହିଲେ- 'ମି. କାର୍‌ନେଗି, ଏତେ କଡା କରି ପତ୍ର ଲେଖିଥିବାରୁ ମୁଁ ବହୁତ ଲଜ୍ଜିତ ଅଟେ। ମୁଁ ନିଜେ ଆପଣଙ୍କ ଠାରୁ କ୍ଷମା ଚାହୁଁଛି। ମୁଁ ସେଦିନ ବହୁତ ଅଧିକ ରାଗି ଯାଇଥିଲି।'

ମୁଁ କହିଲି- 'ଆରେ ନା! ଆପଣ କ'ଣ କହୁଛନ୍ତି? କ୍ଷମା ତ ମୋତେ ମାଗିବା ଉଚିତ୍। ଯେ କୌଣସି ସ୍କୁଲର ପିଲାକୁ ଜଣାଥିବ। ତେଣୁ ସେହି ବାର୍ତ୍ତା ପ୍ରସାରିତ ହେବାର ପର ରବିବାର ଦିନ ମୁଁ ମୋର ଭୁଲ୍ ପାଇଁ କ୍ଷମା ମାଗି ନେଇଥିଲି, କିନ୍ତୁ ବ୍ୟକ୍ତିଗତ ଭାବରେ ଆପଣଙ୍କ ଠାରୁ କ୍ଷମା ମାଗିବାକୁ ଚାହୁଁଛି, ତେଣୁ ଫୋନ୍ କରିଛି।'

ସେ କହିଲେ- 'ମୋର ଜନ୍ମ ସେହିଠାରେ ହୋଇଥିଲା ଯେଉଁଠାରେ ସେହି ଲେଖିକା ରହୁଥିଲେ। ମୋର ପରିବାର ସେଠାରେ ଏକ ମହତ୍ତ୍ୱପୂର୍ଣ୍ଣ ପରିବାର ଭାବରେ ବହୁ ବର୍ଷ ଧରି ରହିଥିଲେ। ତେଣୁ ମୋର ଜନ୍ମମାଟିର ଗର୍ବକୁ କ୍ଷୁର୍ଣ୍ଣ କରିଥିବା କାରଣରୁ ମୁଁ ବହୁତ ରାଗି ଯାଇ ଏପରି ବହୁତ ଖରାପ କରି ଲେଖି ଦେଇଥିଲି କିନ୍ତୁ ସେଥିପାଇଁ ବହୁତ ଲଜ୍ଜାବୋଧ କରୁଛି।'

ମୁଁ କହିଲି- 'ଯେତିକି ଲଜ୍ଜା ଆପଣ ଅନୁଭବ କରୁଛନ୍ତି, ତାଠାରୁ କେତେ ଗୁଣ ଅଧିକ ମୁଁ ଅନୁଭବ କରୁଛି। ଆପଣଙ୍କ ପରି ସୁସଂସ୍କୃତ ଲୋକମାନେ ରେଡିଓରେ କହିବା ଲୋକ ପାଇଁ ବି ସମୟ ବାହାର କରନ୍ତି ତ ଆମ ପରି ଲୋକେ ଧନ୍ୟ ହୋଇ ଯାଆନ୍ତେ, ମୁଁ ଆଶା କରିବି ଆଗକୁ ଏପରି ଭୁଲ ହେଲେ ଆପଣ ନିଶ୍ଚିତ ଭୁଲ୍‌କୁ ଅବଗତ କରିବାର କଷ୍ଟ କରିବେ।'

ସେ କହିଲେ- 'ଯେପରି ଭାବରେ ଆପଣ ନିଜ ସମାଲୋଚନାକୁ ଗ୍ରହଣ କରିଛନ୍ତି ମୁଁ ନିଜକୁ ଧନ୍ୟ ମନେ କରୁଛି କି ଆପଣଙ୍କ ପରି ଲୋକ ସହ କଥା ହେବାର ସୁଅବସର ମିଳିଲା। ମୋର ଇଚ୍ଛା ଆପଣଙ୍କ ପରି ସୁନ୍ଦର ହୃଦୟବାନ ଲୋକ ସହ ଥରେ ଭେଟ କରିବି।'

ମୁଁ ସେହି ମହିଳାର ଚିନ୍ତାଧାରାକୁ ସମ୍ମାନ ପ୍ରକଟ କରି ତାହାଙ୍କୁ କ୍ଷମା ମାଗିବାରୁ ସେ ବି ମୋର ଦୃଷ୍ଟିକୋଣ ପ୍ରତି ସମ୍ମାନ ଦେଖାଇ ମୋତେ କ୍ଷମା ମାଗିଲେ। ମୁଁ କ୍ରୋଧ ଉପରେ କାବୁ ରଖି ସନ୍ତୋଷ ପାଇଲି ତଥା ଅପମାନ ବଦଳରେ ଦୟା ଦେଖାଇବାର ସୁଖ ବି ପ୍ରାପ୍ତ ହେଲା। ତାକୁ ଆତ୍ମହତ୍ୟା କରିବାର ଉପଦେଶ ଦେବା ବଦଳରେ ମୋତେ ମୋର ପ୍ରଶଂସକ କରିଦେବାରେ ଅଧିକ ଅନୁଭୁତି ହେଲା।

ହ୍ୱାଇଟ୍ ହାଉସ୍‌ରେ ରହୁଥିବା ସମସ୍ତ ପ୍ରେସିଡେଣ୍ଟ୍ ମାନଙ୍କୁ ଦୈନିକ ମାନବୀୟ ସମ୍ବନ୍ଧକୁ ବୁଝିବା ପାଇଁ ବହୁତ ଦୁଃଖଦାୟୀ ସମସ୍ୟାମାନ ଆସିଥାଏ। ପ୍ରେସିଡେଣ୍ଟ୍ ଟୈଫ୍ଟଙ୍କ ସାମ୍ନାରେ ବି ଏମିତି ସମସ୍ୟା କେତେ ଥର ଆସିଛି। ଅନୁଭୁତି ହିଁ କଟୁ ଭାବନା ଗୁଡିକୁ କିପରି ସହାନୁଭୁତି ଦ୍ୱାରା ମୂଲ୍ୟହୀନ କରାଯାଇଥାଏ ତାହାର ଶିକ୍ଷା ଦେଇଥିଲା। ଏହି ପୁସ୍ତକରେ ଟୈଫ୍ଟ କହିଛନ୍ତି କିପରି ସେ ଏକ ନିରାଶା ଓ ମହତ୍ତ୍ୱାକାଂକ୍ଷୀ ମାଆର ରାଗକୁ ଶାନ୍ତ କରିଥିଲେ।

ଟୈପ୍ଟ କହିଲେ- 'ୱାସିଙ୍ଗ୍‌ଟନ୍‌ର ଜଣେ ମହିଳା ଲଗାତାର ମୋ ପାଖକୁ ଛଅ ସପ୍ତାହ ଧରି ଆସି ମୋତେ ତାଙ୍କ ପୁଅକୁ ଏକ ମହତ୍ତ୍ୱପୂର୍ଣ୍ଣ କାମ ପାଇଁ ନିଯୁକ୍ତି ଦେଇଦେବାକୁ ଅନୁରୋଧ କରୁଥିଲେ। ତାଙ୍କ ସ୍ୱାମୀ ବୋଧେ ରାଜନୀତି ସହ ସଂଶ୍ଳିଷ୍ଟ ଥିଲେ। ଏଥିପାଇଁ ସେ କେତେକ ମନ୍ତ୍ରୀ ଓ ସାଂସଦମାନଙ୍କୁ ଏକଜୁଟ କରିଥିଲେ କି ଦରକାର ପଡିଲେ ସେମାନେ ତାଙ୍କ ପୁଅକୁ ସେହି ପଦବୀରେ ନିଯୁକ୍ତି କରିବା ପାଇଁ ସୁପାରିସ୍ କରିବେ। ମୁଁ କିନ୍ତୁ ଅନ୍ୟ ଏକ ଯୋଗ୍ୟ ବ୍ୟକ୍ତିଙ୍କୁ ସେହି କାମରେ ରଖି ଦେଇଥିଲି। କାରଣ ସେହି କାମରେ ଯୋଗ୍ୟତାର ବହୁତ ଆବଶ୍ୟକତା ଥିଲା। ମୁଁ ସେହି କାମ ପାଇଁ ସମସ୍ତ ସର୍ତ୍ତାବଳୀକୁ ଧ୍ୟାନରେ ରଖି ସବୁ କାମ କରିଥିଲି। ତାପରେ ସେହି ମହିଳା ଜଣକ ଗୋଟେ ପତ୍ର ଲେଖିଲେ, ଯେଉଁଥିରେ କହିଥିଲେ କି ମୁଁ ବହୁତ କୃତଘ୍ନ ଓ ତାର ଖୁସିକୁ ବି ଛଡାଇ ନେଇଛି। ଅଭିଯୋଗ କରିଥିଲା କି ସେ ତାର ରାଜ୍ୟର ଡେଲିଗେସନ୍‌ଙ୍କ ସହ ମିଶି ବହୁ ପରିଶ୍ରମ କରି ଏକ ପ୍ରଶାସନିକ ବିଧାୟକଙ୍କ ପାଇଁ ସାରା ଭୋଟ୍ ଜୁଟାଇ ଦେଇଥିଲେ ଯେଉଁଥିପାଇଁ ନିଜେ ଟୈପ୍ଟ ବହୁତ ଆଗ୍ରହୀ ଥିଲେ। ତାହାର ପ୍ରତିବଦଳରେ ତୁମେ ମୋତେ ଏହି ପ୍ରକାରର ପୁରସ୍କାର ଦେଲ, ଏପରି ଅନେକ ଲେଖି ମୋର ସମାଲୋଚନା ଓ ଗାଳି ମଧ୍ୟ କରିଥିଲା।

ଯେମିତି ଆପଣ ଏହି ପରି ଚିଠି ପାଇଥାନ୍ତି, ତ ସବୁଠାରୁ ଆଗରେ ନିଜ ମନରେ ଏହି କଥା ଆସେ କି ଆପଣ ଏହି ଲୋକ ସହ କି ପ୍ରକାର ବ୍ୟବହାର କରିବେ, ଯିଏ ଆପଣଙ୍କ ସହ ଏତେ ଖରାପ ବ୍ୟବହାର କରିଥାଏ। ତୁରନ୍ତ କାଗଜ କଲମ ନେଇ ଜବାବ ଦେବାରେ ଲାଗିପଡନ୍ତି, ଯଦି ଆପଣ ବୁଦ୍ଧିମାନ ତେବେ ଏହି ଚିଠିକୁ ଆଲମାରୀରେ ବନ୍ଦ କରି ରଖିଦିଅନ୍ତି। ତିନି ଚାରି ଦିନ ପରେ ଯେତେବେଳେ ଆପଣ ସେହି ପତ୍ରକୁ ପଢନ୍ତି ସେତେବେଳକୁ ସବୁ ରାଗ ଥଣ୍ଡା ହୋଇଯାଇଥାଏ। ବୁଦ୍ଧିମାନ ଲୋକକୁ ଏପରି କରିବା ଦରକାର। ମୁଁ ବି ଏହି ରାସ୍ତା ଧରିଥିଲି। ମୁଁ ଏକ ଚିଠି ଲେଖିଲି କି ଜଣେ ମାଆ ହେବା ଦୃଷ୍ଟିରୁ ଆପଣ ମନରେ କି ପ୍ରକାର ଅବସ୍ଥା ହୋଇଥିବ ତାହା ମୁଁ ଅନୁଭବ କରିପାରୁଛି, କିନ୍ତୁ ମୋର ବ୍ୟକ୍ତିଗତ କାରଣ କିଛିବି ସେହି ନିଯୁକ୍ତି ପଛରେ ନଥିଲା। ଏବଂ ମୁଁ ଆଶା କରୁଛି କି ସେ ବର୍ତ୍ତମାନ ଯେଉଁ ପଦରେ ଅଛି ସେଠାରେ ରହି କରି ଉଚ୍ଚ ଉପଲବ୍ଧି ହାସଲ କରିପାରୁ। ସେହି ମହିଳାର ରାଗ ଶାନ୍ତ ହୋଇଗଲା, ଓ ସେ ଆଉ ଏକ ପତ୍ର ଲେଖି ମୋତେ କ୍ଷମା ମାଗିଲା।

କିନ୍ତୁ ଯେଉଁ ନିଯୁକ୍ତି ମୁଁ ଦେଇଥିଲି ତାହାକୁ ସଂସଦରେ ମଞ୍ଜୁର ହେବା ଲାଗି ଆଉ କିଛି ସମୟ ଲାଗିଗଲା। ମୋତେ ଆଉ ଏକ ପତ୍ର ତାଙ୍କ ସ୍ୱାମୀ ଠାରୁ ପ୍ରାପ୍ତ ହେଲା। ତାଙ୍କ ଲେଖା ବି ସେହି ମହିଳାଙ୍କ ଲେଖା ଭଳି ଥିଲା। ଏଥିରେ ଲେଖାଥିଲା କି ମହିଳା ଏତେ ନିରାଶ ହୋଇ ଯାଇଥିଲା କି ରୋଗରେ ପଡିଗଲା। ତାକୁ ଆମାଶୟ କ୍ୟାନ୍‌ସର ହୋଇଯିବାରୁ ସେ ବିଛଣାରେ ପଡିରହିଲା। ଆପଣ ନିଯୁକ୍ତି କରିଥିବା ଲୋକର ନାମକୁ ବରଖାସ୍ତ କରି ଆମ ପୁଅର ନାମକୁ

ସେଠାରେ ନିଯୁକ୍ତ କରି ଆପଣ କ'ଣ ଏହି ରୋଗିଣା ମହିଳାକୁ ସୁସ୍ଥ କରିବାକୁ ଚାହିଁବେନି ? ମୁଁ ଆଉ ଏକ ପତ୍ର ଲେଖିଲି। ଏଥର ଚିଠି ତାର ସ୍ୱାମୀଙ୍କୁ ଲେଖିଥିଲି କି, ଯଦି ସବୁ ଟେଷ୍ଟ୍ ପରେ ତାଙ୍କର କ୍ୟାନ୍‌ସର ନ ବାହାରନ୍ତା ତେବେ ସବୁଠାରୁ ବେଶି ଖୁସି ମୁଁ ହିଁ ହୁଅନ୍ତି। ମୁଁ ସହାନୁଭୁତି ବ୍ୟକ୍ତ କରି ଲେଖିଲି କି, ଭଗବାନଙ୍କ ପାଖରେ ପ୍ରାର୍ଥନା କରୁଛି ତାଙ୍କୁ ଶୀଘ୍ର ଭଲ କରି ଦିଅନ୍ତୁ। କିନ୍ତୁ ମୋ ଦ୍ୱାରା ନିଯୁକ୍ତି ପାଇଥିବା ପିଲାର ନାମ ସଂସଦରେ ସୁପାରିସ୍ ହୋଇ ସାରିଛି। ପତ୍ର ମିଳିବାର ଦୁଇ ଦିନ ପରେ ଆମେ ହ୍ୱାଇଟ୍ ହାଉସ୍ ରେ ଏକ ସଂଗୀତ ସମାରୋହ ରଖିଥିଲୁ। ସବୁଠାରୁ ପ୍ରଥମେ ଯେଉଁମାନେ ଆମ ପତି ପତ୍ନୀଙ୍କୁ ସ୍ୱାଗତ କରିଥିଲେ, ସେମାନେ ହିଁ ଥିଲେ ଚିଠି ଲେଖିଥିବା ପତି ପତ୍ନୀ, ଆଉ ଆଜି ଦେଖ ସେହି ମହିଳା ଏବେ ବହୁତ ଗମ୍ଭୀର ରୋଗରେ ପୀଡିତ ହୋଇ ରୋଗରେ ପଡିଛନ୍ତି।

ଜିମ୍ ମୈଗନମ ଓକ୍ଲାହାମାର ଟୁଲସାରେ ଲିଫ୍ଟ ମେଣ୍ଟେନାନ୍ସ କମ୍ପାନୀର ପ୍ରତିନିଧି ଥିଲେ। ତାଙ୍କ ପାଖରେ ସେହି ସହରର ଏକ ବଡ ହୋଟେଲ୍‌ର ଲିଫ୍ଟ ମେଣ୍ଟେନାନ୍ସର କଣ୍ଟ୍ରାକ୍ଟ ଥିଲା। ମ୍ୟାନେଜ୍‌ର ଚାହୁଁଥିଲା କି ହୋଟେଲ୍‌ର ଲିଫ୍ଟ ଦୁଇ ଘଣ୍ଟାରୁ ବେଶି ସମୟ ବନ୍ଦ ନରହୁ କି ଗ୍ରାହକଙ୍କୁ କଷ୍ଟ ନହେଉ। ଲିଫ୍ଟରେ କାମ କରିବାକୁ ପ୍ରାୟ ୮ ଘଣ୍ଟା ଲାଗିଥାନ୍ତା। ଲିଫ୍ଟ ମେଣ୍ଟେନାନ୍ସ କମ୍ପାନୀର ବିଶେଷ ପ୍ରଶିକ୍ଷିତ ବ୍ୟକ୍ତି ସବୁବେଳେ ହୋଟେଲ୍‌ର ସୁବିଧା ଅନୁସାରେ ଉପସ୍ଥିତ ରହିପାରୁ ନଥିଲା।

ମି. ମୈଗନମ୍ ଜଣେ କୁଶଳ ମିସ୍ତ୍ରୀ ଯୋଗାଡ କରିଦେଲେ ଓ ହୋଟେଲ୍ ମ୍ୟାନେଜର୍‌କୁ ଫୋନ୍ କରିଦେଲେ ଓ ତାଙ୍କ ସହ ଇଚ୍ଛାନୁସାରେ ସମୟ ମାଗିବା ବଦଳରେ କହିଲେ- 'ରିକ୍, ମୋତେ ଜଣା ଥିଲା କି ଆପଣଙ୍କ ହୋଟେଲ୍ ସବୁବେଳେ ବେଶି ବ୍ୟସ୍ତ ରହୁଛି। ଆପଣ ଚାହୁଁଛନ୍ତି ଲିଫ୍ଟ ବେଶୀ ସମୟ ବନ୍ଦ ରହି ଗ୍ରାହକ ମାନେ ଅସୁବିଧାରେ ନ ପଡନ୍ତୁ। ମୁଁ ଆପଣଙ୍କ ବ୍ୟଗ୍ରତାକୁ ବୁଝିପାରୁଛି ହେଲେ ଲିଫ୍ଟ ଯଦି ଏବେ ଠିକ୍ କରା ନଯାଇଛି ତେବେ ଆଗକୁ ବେଶୀ ଅସୁବିଧା ହେବ ଓ ଅଧିକ ସମୟ ଲାଗିପାରେ। ଆପଣ କେବେ ବି ଚାହିଁବେନି କି ଆପଣଙ୍କ ଗ୍ରାହକ କେତେ ଦିନ ପାଇଁ ଏପରି ଅସୁବିଧା ଭୋଗ କରନ୍ତୁ। ମ୍ୟାନେଜର୍ ବୁଝିଗଲା କି କେତେ ଦିନର ଅସୁବିଧା ଅପେକ୍ଷା ଅଳ୍ପ କେତେ ଘଣ୍ଟାର ବିଳମ୍ବ ବରଂ ଭଲ। ଗ୍ରାହକଙ୍କୁ ଖୁସି ରଖିବାର ଇଚ୍ଛା ସହିତ ସହାନୁଭୁତି ଦର୍ଶାଇ ମି. ମୈଗନମ୍ ହୋଟେଲ୍‌ର ମ୍ୟାନେଜ୍‌ର ସହ ବିନା କୌଣସି କଟୁତା ବା ଯୁକ୍ତି ତର୍କରେ ନିଜ କଥାକୁ ମନାଇ ନେଇଥିଲେ।

ମିସୁରିର ସେଣ୍ଟ୍ ଲୁଇରେ ରହୁଥିବା ପିଆନୋ ଶିକ୍ଷିକା ଜାୟର୍ସ ନାରିସ୍ ଆମକୁ ନିଜ ଅନୁଭୁତି ଶୁଣାଇଥିଲେ ସେ କେଉଁ ଭାବରେ ସେ କିଶୋରୀମାନଙ୍କ ସମସ୍ୟାଗୁଡିକୁ ସମାଧାନ କରିଥିଲେ। ତାଙ୍କ କ୍ଲାସ୍‌ରେ ଜଣେ 'ବୈବେଟ୍' ନାମକ ନାରୀ ଥିଲେ, ଯାହାର ନଖ ବହୁତ ଲମ୍ୱା ଥିଲା। ପିଆନୋ ବଜାଇବାର ସଠିକ୍ ପ୍ରଶିକ୍ଷଣ ନେବାରେ ଲମ୍ୱା ନଖ ବହୁତ

ବାଧା ଉତ୍ପନ୍ନ କରୁଥିଲା । ଶ୍ରୀମତି ନାରିସ୍ କହିଲେ- 'ମୋତେ ଜଣାଥିଲା କି ଲମ୍ବା ନଖ ପିଆନୋ ବଜାଇବାରେ ବହୁତ ବାଧକ ହୋଇଥାଏ । ସେହି ଝିଅ ବି କୁଶଳ ପିଆନୋ ବାଦକ ହେବାକୁ ଚାହୁଁଥିଲା । ପ୍ରଥମେ ମୁଁ ତା ନଖ ବିଷୟରେ କିଛି ବି କଥା କହିଲି ନାହିଁ କାରଣ ମୁଁ ଜାଣିଥିଲି ସେ କେବେ ବି ନିଜ ନଖ କାଟିବାକୁ ଚାହିଁବ ନାହିଁ ଯିଏ ଏତେ ଯତ୍ନରେ ନଖକୁ ବଢାଇ ଅଛି ।'

ମୋତେ ଲାଗିଲା କି ଏବେ ଚର୍ଚ୍ଚା କରିବାର ସମୟ ଆସିଗଲାଣି । ତେଣୁ ତାକୁ କହିଲି- 'ବୈବେଟ୍, ତୁମର ହାତ ବହୁତ ଆକର୍ଷକ ଅଟେ ଓ ନଖଗୁଡିକ ଆହୁରି ସୁନ୍ଦର ଦେଖାଯାଉଛି । କିନ୍ତୁ ଯଦି ନଖର ଲମ୍ବା ଆଉ ଟିକେ କମ୍ ଥାନ୍ତା ତେବେ ତୁମେ ଖୁବ୍ ଭଲ ଭାବରେ ପିଆନୋ ବଜାଇ ପାରନ୍ତ । ଏହି ବିଷୟରେ ନିଶ୍ଚିତ ଚିନ୍ତା କରିବ ।' ତା ଚେହେରାରେ ନିରାଶା ବାରି ହୋଇଯାଉଥାଏ । ସେହି ନଖ ବିଷୟରେ ମୁଁ ତା'ର ମାଆ ସହ ବି କଥା ହେଲି, ହେଲେ ସେଠୁ ବି କିଛି ଭଲ ପ୍ରତିକ୍ରିୟା ମିଳିଲା ନାହିଁ । ଏଥିରୁ ଜଣା ପଡୁଥାଏ କି ତାର ନଖ ବହୁତ ମହତ୍ତ୍ୱପୂର୍ଣ୍ଣ ଅଟେ ଯେପରି କୌଣସି ଅମୂଲ୍ୟ ସମ୍ପଦ ।

ଆଗ ସପ୍ତାହ ଯେତେବେଳେ ବୈବେଟ୍ ବାଦ୍ୟ ପ୍ରଶିକ୍ଷଣ ନେବାକୁ ଆସିଲେ, ତାର ଛୋଟ ନଖ ଦେଖି ମୁଁ ଚକିତ ହୋଇଗଲି । ମୁଁ ତାର ପ୍ରଶଂସା କଲି କି ସତରେ ଏତେ ପସନ୍ଦର ଜିନିଷକୁ ହରାଇ ବହୁତ ତ୍ୟାଗର କାମ କରିଛି । ମୁଁ ତା'ର ମାଆକୁ ଏହି କାମ କରିବା ପାଇଁ ଝିଅକୁ ପ୍ରେରଣା ଦେଇଥିବାରୁ ଧନ୍ୟବାଦ୍ ଦେଲି । ତା ମାଆର ଉତ୍ତର ଥିଲା 'ଆରେ ନା ନା ସେ ତ ନିଜ ଇଚ୍ଛାରେ କାଟିଛି । ଏପରି ସେ କେବେ ବି କାହାରି କହିବାରେ କରି ନଥିଲା ଏହା ହିଁ ପ୍ରଥମ ଥର ସେ ନିଜ ନଖକୁ କାଟି ଛୋଟ କରିଦେଇଛି ।'

ଶ୍ରୀମତି ନାରିସ୍ ତାକୁ ଧମକାଇ ନଥିଲେ କିମ୍ବା କହି ନଥିଲେ କି ଲମ୍ବା ନଖ ଥିଲେ ପିଆନୋ ବଜାଇ ହେବ ନାହିଁ । ସେ ବୈବେଟ୍‌କୁ କହିଥିଲେ କି ତାର ନଖ ବହୁତ ସୁନ୍ଦର ଅଟେ । ସେ ତାକୁ କାଟି ବହୁତ ବଡ ତ୍ୟାଗର କାମ କରିଛି ।

ସାଲ୍ ହୁରାକ୍ ଆମେରିକାର ମନୋରଞ୍ଜନ କାର୍ଯ୍ୟକ୍ରମ କରାଉଥିବା ଜଣେ ଆଗ ଧାଡିର ପ୍ରଯୋଜକ ଥିଲେ । ବହୁ ବର୍ଷ ଧରି ତାଙ୍କର ସମ୍ପର୍କ ଏମିତି ନାମକରା କଳାକାର ମାନଙ୍କ ସହ ଥିଲା ଯେଉଁଥିରେ ଚାଲିୟାପିନ୍, ଇସାଡେରା ଡଂକନ ତଥା ପାଭ୍ଲୋବାଙ୍କ ପରି ପ୍ରସିଦ୍ଧ କଳାକାରଙ୍କ ନାମ ଥିଲା । ଏପରି ସଂଗୀତ ସମ୍ବନ୍ଧୀୟ କଳାକାର କଳାକାରମାନଙ୍କ ସହ କିପରି ବ୍ୟବହାର କରିହୁଏ ସେ କିଛି କିଛି ଶିଖିଗଲେ ଓ ତାହା ହେଉଛି ସେମାନଙ୍କ ସହ ସହାନୁଭୁତିର ବ୍ୟବହାର କରିବା ଦରକାର ।

ତିନି ବର୍ଷ ପର୍ଯ୍ୟନ୍ତ ସେ ଚାଲିୟାପିନ୍‌ଙ୍କର ସମସ୍ତ କାର୍ଯ୍ୟକ୍ରମର ପ୍ରଯୋଜକ ଥିଲେ, ଯିଏ ନିଜ ସଂଗୀତ ଦ୍ୱାରା ସାରା ଦୁନିଆକୁ ରୋମାଞ୍ଚିତ କରିଦେଉଥିଲେ । କିନ୍ତୁ ସେ ବେଳେ

ବେଳେ ଛୋଟ ପିଲାଙ୍କ ପରି ବ୍ୟବହାର କରୁଥିଲେ। ଏହା ମୋ ପାଇଁ ବଡ ସମସ୍ୟା ଥିଲା। ମି. ହୁରାକ୍‌ଙ୍କ ଅନୁସାରେ, 'ସେ କୌଣସି ବାତ୍ୟା ଠାରୁ କମ୍ ନଥିଲେ।'

ଉଦାହରଣ ସ୍ୱରୂପ ଚାଲିୟାପିନ୍ ସଂଗୀତ କାର୍ଯ୍ୟକ୍ରମ ହେବା ଦିନ ଦୁଇପହରକୁ ମି. ହୁରାକଙ୍କୁ ଡାକି କହିଲେ- 'ସାର୍ଲ୍, ମୋର ଦେହ ଖରାପ ଅଛି ଓ ଗଳା ବରଫ ପାଲଟି ଯାଇଥିବା ବର୍ଗର ପରି ହୋଇଯାଇଛି। ମୋତେ ଲାଗୁଛି କି ଆଜି ରାତିର କାର୍ଯ୍ୟକ୍ରମରେ ଗାଇ ପାରିବି ନାହିଁ।' ତେବେ କ'ଣ ମି. ହୁରାକ୍ ତାଙ୍କ ସହ ଯୁକ୍ତି କରିଥାନ୍ତେ ? ସେମିତି କରିବାର କିଛି ମାନେ ନଥିଲା। ସେ ଜାଣିଥିଲେ କି କଳାକାରମାନଙ୍କ ସହ କିପରି ବ୍ୟବହାର କରିବା ଦରକାର। ସେ ଚାଲିୟାପିନ୍‌ଙ୍କ ହୋଟେଲ୍‌ରେ ପହଞ୍ଚି ସହାନୁଭୂତି ସହ ମନ ଦୁଃଖ କରି କହିଲେ- 'ବଡ ଦୁଃଖର କଥା କି ଆପଣ ରାତିକୁ ଗାଇ ପାରିବେ ନାହିଁ। ମୁଁ ତୁରନ୍ତ ଏହି କାର୍ଯ୍ୟକ୍ରମକୁ ରଦ୍ଦ କରିଦେଉଛି। ଆପଣଙ୍କୁ ମାତ୍ର ୨୦୦୦ ଡଲାରର କ୍ଷତି ହେବ, କିନ୍ତୁ ଆପଣଙ୍କ ପ୍ରତିଷ୍ଠା ତିଷ୍ଠି ରହିବ।'

ଚାଲିୟାପିନ୍ ଦୀର୍ଘ ନିଶ୍ୱାସ ଛାଡି କହିଲେ- 'ଦେଖ, ସଂଧ୍ୟା ପର୍ଯ୍ୟନ୍ତ ରହିଯାଅ। ୫.୦୦ - ୫.୩୦ ବେଳକୁ ଆସ ହୁଏତ ମୋର ଅବସ୍ଥାରେ କିଛି ସୁଧାର ଆସି ଯାଇଥିବ।' ତାପରେ ସେହି ମହାନ ଗାୟକ ଏହି ସର୍ତ୍ତରେ ରାଜି ହେଲେ ଦରକାର ପଡିଲେ ପ୍ରଯୋଜକ ନିଜେ ମଞ୍ଚ ଉପରେ ସମସ୍ତଙ୍କ ଆଗରେ କହିଦେବେ କି ଗାୟକଙ୍କୁ ଥଣ୍ଡା ଧରିଗଲାଣି ଓ ତାଙ୍କ ଗଳା ବି ବସି ଗଲାଣି ତେଣୁ ସେ ଆଉ ଗାଇ ପାରିବେ ନାହିଁ। ଏଣେ ମି. ହୁରାକ୍ ବି ତାଙ୍କ ହଁ ରେ ହଁ ମିଶାଉଥିଲେ, କାହିଁକି ନା ସେ ଜାଣନ୍ତି ଏହି ପ୍ରକାର କଳାକାରଙ୍କ ଠାରୁ ନୂଆ ନୂଆ ଉପାୟ ପ୍ରୟୋଗ କରି କିପରି ସଂଗୀତ ଗାଇବା ପାଇଁ ରାଜି କରାଯାଇ ପାରିବ।

ଆଇ. ଗେଟ୍ସ ନିଜ ବହୁଚର୍ଚ୍ଚିତ ପୁସ୍ତକ 'ଏଜୁକେସ୍ନାଲ ସାଇକ୍‌ଲୋଜି' ରେ ଲେଖିଥିଲେ- 'ପୁରା ମନୁଷ୍ୟ ଜାତି ସହାନୁଭୂତିର ଭୋକିଲା ଅଟେ। ପିଲାମାନେ ନିଜ ଦେହରେ ହୋଇଥିବା କ୍ଷତ ଜାଗାକୁ ବାରମ୍ବାର ଦେଖାଇଥାଏ, ସମସ୍ତଙ୍କ ସହାନୁଭୂତି ପାଇବା ପାଇଁ ବେଳେ ବେଳେ ନିଜ ଦେହରେ କ୍ଷତ ବି ସୃଷ୍ଟି କରିଦେଇଥାନ୍ତି। ବୟସ୍କ ମାନେ ବି ନିଜ ଦେହରେ ଲାଗିଥିବା ଆଘାତକୁ ଦେଖାଇଥାନ୍ତି, ଦୁର୍ଘଟଣାର କାହାଣୀ ସମସ୍ତଙ୍କୁ କହିଥାନ୍ତି, ନିଜ କାଳ୍ପନିକ ବା ବାସ୍ତବିକ କଷ୍ଟ ପାଇଁ 'ଆତ୍ମ-ଦୟା' ପାଇବା ସବୁ ମଣିଷଙ୍କ ସ୍ୱଭାବ ହୋଇଥାଏ। ଯଦି ଆପଣ ନିଜ କଥାକୁ ମନାଇବାକୁ ଚାହୁଁଛନ୍ତି, ତେବେ ଏହି ଉପାୟକୁ ନିଶ୍ଚିତ ଆପଣାଇ ଦେଖନ୍ତୁ।

ସିଦ୍ଧାନ୍ତ - 9

ସାମ୍ନା ଲୋକର ବିଚାର ଓ ଇଚ୍ଛା ପ୍ରତି ସହାନୁଭୂତି ନିଶ୍ଚିତ ଦେଖାନ୍ତୁ।

10

ଯାହା ସମସ୍ତେ ପସନ୍ଦ କରନ୍ତି

ମୁଁ ମିସୋରି ରେ ଜେସି ଜେମ୍ସଙ୍କ ଇଲାକରେ ବଡ ହୋଇଥିଲି । ମିସୋରିର ଜେମ୍ସ କାରଖାନାକୁ ଗଲି, ଯେଉଁଠି ଜେସି ଜେମ୍ସଙ୍କ ପୁଅ ରହୁଥିଲା । ତାଙ୍କ ପତ୍ନୀ କେତେକ ଘଟଣା ମୋତେ କହିଲେ, କିପରି ଭାବର ଜେସି, ରେଲଗାଡି ତଥା ବ୍ୟାଙ୍କ ଗୁଡ଼ିକୁ ଲୁଟି ସେହି ପଇସା ଆଣି ଗରିବମାନଙ୍କ ଭିତରେ ବାଣ୍ଟି ଦେଉଥିଲେ, ଯାହା ଫଳରେ ସେମାନେ ବନ୍ଧକ ରଖିଥିବା ନିଜ ନିଜ ବ୍ୟବହାର୍ଯ୍ୟ ଜିନିଷଗୁଡିକୁ ମହାଜନ ଠାରୁ ମୁକୁଳାଇ ପାରିବେ ।

ଯେପରି ଅନ୍ୟ ଲୋକମାନେ ଯଥା 'ଡଚ୍ ସୁଲ୍ଟେଜ୍', 'ଦୁନାଳି ବନ୍ଧୁକ', 'କ୍ରାଲ୍', 'ଅଲ୍ କୋପନ୍' ବା ଅନ୍ୟ 'ଗଡଫାଦର୍' ନିଜକୁ ଭାବିଥାନ୍ତି ସେପରି ଜେସି ବି ନିଜକୁ ପରୋପକାରୀ ଭାବୁଥିଲା । ଏହା ସତ୍ୟ ଯେ ପ୍ରତ୍ୟେକ ଲୋକ ନିଜକୁ ସମସ୍ତଙ୍କ ଠାରୁ ଭଲ, ବିଶ୍ୱସ୍ତ ତଥା ନିସ୍ୱାର୍ଥପର ବୋଲି ଭାବିଥାଏ ।

ଜେ. ପିୟର୍‌ପୋଂଟ୍ ମାରଗନ୍ ଥରେ କହିଥିଲେ କି ପ୍ରତ୍ୟେକ କାମ କରିବା ପଛରେ ବ୍ୟକ୍ତି ପାଖରେ ଦୁଇଟି କାରଣ ଅବଶ୍ୟ ଥାଏ । ପ୍ରଥମଟି ହେଲା ବାସ୍ତବିକତାର ବହୁ ପାଖରେ ଥାଏ ଓ ଆରଟି ହେଲା କହିବା-ଶୁଣିବାରେ ବହୁତ ରୁଚିକର ଲାଗୁଥାଏ ।

ଏହା କହିବାର ଆବଶ୍ୟକତା ନାହିଁ କି ପ୍ରତ୍ୟେକ ଲୋକ ବାସ୍ତବିକ କାରଣ ନିଶ୍ଚିତ ଜାଣିଥାଏ । ଆମେ ସମସ୍ତେ ହୃଦୟରୁ ଆଦର୍ଶବାଦୀ ହୋଇଥାନ୍ତି, ତେଣୁ ଯେଉଁ କାରଣ ଶୁଣିବାକୁ ଭଲ ଲାଗେ ସେଭଳି କାରଣ ବିଷୟରେ ଚିନ୍ତା କରିବାକୁ ପସନ୍ଦ କରିଥାନ୍ତି । ତେଣୁ ଆପଣଙ୍କୁ ଆଦର୍ଶବାଦୀ କାରଣଗୁଡିକର ସାହାଯ୍ୟ ନେଇ ଲୋକମାଙ୍କୁ ବଦଳାଇବାର ଚେଷ୍ଟା କରିବା ଦରକାର ।

ଏହି ଆଦର୍ଶବାଦୀ ଉପାୟ ବ୍ୟପାର ଜଗତରେ ବହୁତ କାମର ଜିନିଷ ପ୍ରମାଣିତ ହୋଇଥାଏ । ଏହାକୁ ପ୍ରମାଣିତ କରିବା ପଇଁ ପେନ୍ସିଲ୍‌ଭାନିୟା ରେ ଫୈରେଲ୍-ମିଶୋଲ୍

କମ୍ପାନିର ହେମିଲ୍ଟନ୍ ଜେ. ଫୈରୋଲାଙ୍କ ଉଦାହରଣ ନେବା। ଫୈରେଲାଙ୍କୁ ରାଗି ସ୍ୱଭାବର ଜଣେ ଭଡାଦାର ଘର ଖାଲି କରି ଛାଡି ଚାଲିଯିବାର ଧମକ ଦେଇ ଦେଲେ। ଏମିତିରେ କାଗଜ ପତ୍ର ଅନୁସାରେ ସେ ଆଉ ଚାରି ମାସ ସେଠାରେ ରହିଥାନ୍ତା। ହେଲେବି ସେ ନୋଟିସ୍ ଲଗାଇ ଦେଲା କି ସେ ଘର ଶୀଘ୍ର ଛାଡି ଦେବାକୁ ଚାହୁଁଥିଲା।

ଫୈରେଲ ଆଗକୁ ଆଉରି କହିଲେ, 'ସେହି ଘରେ ଶୀତ ଦିନ ବଡ ଆରାମରେ କାଟି ସାରିଥିଲେ ଆଉ ଏହି ଦିନରେ ଘରଭଡା ଅଧିକା ହୋଇଥାଏ। କୌଣସି ନୂଆ ଭଡାଦାର ବି ଆଉଏକ ଶୀତ ଋତୁ ପୂର୍ବରୁ ମିଳିବା ସମ୍ଭବ ନୁହେଁ। ମୋତେ କେବଳ କ୍ଷତି ହିଁ ଦେଖାଯାଉଥିଲା। ମୁଁ ପୂରା ପାଗଳଙ୍କ ପରି ଅନୁଭବ କରୁଥିଲି।'

'ଏମିତି ବି ମୁଁ ତା ପାଖକୁ ଯାଇ ବହୁତ କିଛି ଗାଳି ଗୁଲଜ କରିପାରିଥାନ୍ତି ଓ କହି ପାରିଥାନ୍ତି କି ଯଦି ଆମ ଭିତରେ ହୋଇଥିବା ଲିଖିତ ଚୁକ୍ତିକୁ ନମାନେ ତେବେ ମୁଁ ଆଇନର ଶରଣରେ ଯିବି। କ'ଣ ହେବ ? ଯୁକ୍ତି ତର୍କ କରି ବାଦ ବିବାଦ କରି କିଛି ବି ଲାଭ ହେବ ନାହିଁ। ତେଣୁ ମୁଁ ଅନ୍ୟ ଉପାୟ ରେ କାମ କରିବାକୁ ଚେଷ୍ଟାକଲି।' ମୁଁ ତାକୁ କହିଲି ଦେଖ ଶ୍ରୀମାନ, 'ମୁଁ ବର୍ଷ ବର୍ଷ ଧରି ଘର ଭଡାରେ ଦେଇ ଆସୁଅଛି ଏଣୁ ମାନବ ସ୍ୱଭାବର ଅନେକ ଗୁଣ ମୋତେ ଜଣା ଅଛି, ମୁଁ ଥରେ ଦେଖିଲେ କହି ଦେଇପାରେ କେଉଁ ଲୋକ କିପରି ? ଆପଣ ଯେତେବେଳେ ମୋ ପାଖକୁ ଆସିଥିଲେ ମୁଁ ଆପଣଙ୍କୁ ଦେଖି ଜାଣି ନେଇଥିଲି କି ଆପଣ ନିଜ କଥାରେ ପକ୍କା ଅଟନ୍ତି। ମୁଁ ଭାବୁଛି ଆପଣ ଏବେ ବି ସେପରି ଅଛନ୍ତି, ତେଣୁ ମୁଁ ଏକ ପ୍ରସ୍ତାବ ଦେଉଛି। ଏହି ପ୍ରସ୍ତାବ ଉପରେ କିଛି ଦିନ ବିଚାର କରି ଉତ୍ତର ଦେବେ। ଯଦି ଆପଣ ପହିଲା ତାରିଖ ପର୍ଯ୍ୟନ୍ତ ଘର ଖାଲି କରିବାକୁ କହିବେ ତେବେ ମୁଁ ମାନିନେବି ଏହା ହିଁ ଆପଣଙ୍କ ଅନ୍ତିମ ନିର୍ଣ୍ଣୟ। ମୁଁ ମାନି ନେବି କି ଆପଣଙ୍କ ବିଷୟରେ ମୋର ଚିନ୍ତାଧାରା ଭୁଲ୍ ଥିଲା ବୋଲି। କିନ୍ତୁ ମୋତେ ଏବେ ବି ବିଶ୍ୱାସ ଅଛି ଆପଣ ନିଜ ପ୍ରତିଜ୍ଞା ନିଶ୍ଚୟ ପୂରା କରିବେ, ପ୍ରତ୍ୟେକ ମାନବ ମନୁଷ୍ୟ ହୋଇଥାଏ ନଚେତ ବାନର। ତେଣୁ ଆପଣ ହିଁ ଚିନ୍ତା କରନ୍ତୁ କି ଆମେମାନେ କ'ଣ ବାଛିବା। ଏହା ଆମ ହାତରେ ଅଛି।'

'ପର ମାସରେ ସେ ଆସି ଭଡା ଦେଲାବେଳେ କହିଲା କି 'ମୁଁ ଓ ମୋର ପତ୍ନୀ ଏହି ସ୍ଥିର କଲୁ କି ଆମେ ନିଜ କଥାକୁ ରଖିବା ପାଇଁ ବା ଆତ୍ମସମ୍ମାନର ରକ୍ଷା ହେତୁ ଆମକୁ ପ୍ରତିଜ୍ଞା ପାଳନ କରିବା ଦରକାର।'

ଥରେ ଲର୍ଡ ନାର୍ଥକିଲ୍ଫ ଚାହୁଁଥିଲେ କି ତାଙ୍କର ଏକ ଫଟୋ ଖବର କାଗଜରେ ଛପା ନଯାଉ। ତେଣୁ ସଂମ୍ପାଦକଙ୍କୁ ଏକ ଚିଠି ଲେଖିଲେ କି 'ଦୟାକରି ମୋର ସେହି ଫଟୋ ଛାପିବେ ନାହିଁ, କାରଣ ସେହି ଫଟୋଟି ମୋର ମାଆକୁ ବିଲକୁଲ୍ ପସନ୍ଦ ନୁହେଁ।' ଯଦି

ସେ ସଫା ଲେଖି ଦେଇଥାନ୍ତେ କି ତାହା ମୋତେ ବିଲକୁଲ୍ ଭଲ ଲାଗେନି ତେଣୁ ଏହାକୁ ଛାପିବେ ନାହିଁ, ତେବେ କ'ଣ ସେହି ସମ୍ପାଦକ ତାଙ୍କ କଥା ମାନିଥାନ୍ତା ? ପ୍ରାୟ ନୁହେଁ ? କିନ୍ତୁ ସେ ଜଣେ ଆଦର୍ଶବାଦୀ ବ୍ୟକ୍ତିଙ୍କ ପରି ମାତୃ-ପ୍ରେମ ବା ସମ୍ମାନ ପରି ଭାବନାର ସାହାଯ୍ୟ ନେଇଥିଲେ।

ଜର୍ନ ଡି. ରାକ୍‌ଫଲେର୍ ଜୁନିୟର୍ ଚାହୁଁଥିଲେ କି ସମ୍ବାଦ ପତ୍ର ବାଲା ତାଙ୍କ ପିଲାଙ୍କ ଫଟୋ ନ ନିଅନ୍ତୁ। ସେ ସିଧାସଳଖ ତାଙ୍କୁ ମନା କରିବା ବଦଳରେ କହିଲେ- 'ଆପଣଙ୍କର ବି ପିଲା ଥିବେ ଓ ଆପଣ ଭଲ ଭାବରେ ଜାଣିଛନ୍ତି କି ପିଲାମାନଙ୍କୁ ଏତେ କମ୍ ବୟସରୁ ଏତେ ବିଜ୍ଞାପିତ କରାଇବା ଆଦୌ ଉଚିତ ନୁହେଁ, ସେମାନଙ୍କ ଭବିଷ୍ୟତ ଉପରେ ଏହା ଖରାପ ପ୍ରଭାବ ପକାଇଥାଏ।'

ମୈନ୍‌ର ଧନହୀନ ଯୁବକ ସାଇରସ ଏଚ୍. କେ. କାର୍ଟ୍ସ ନିଜ ପ୍ରାରମ୍ଭିକ ରୋଜଗାର ଜୀବନରେ ଲେଖକମାନଙ୍କୁ ସେତେ ଅର୍ଥ ରାଶି ଦେଇ ପାରୁ ନଥିଲେ ଯେତେ ଅନ୍ୟ ପ୍ରତିଦ୍ୱନ୍ଦୀ ଦେଉଥିଲେ। ସେ କେବଳ ପଇସା ପାଇଁ ପ୍ରସିଦ୍ଧ ଲେଖକଙ୍କ ଲେଖାକୁ ଛପାଇ ପାରୁ ନଥିଲେ। ତେଣୁ ସେ ଆଦର୍ଶବାଦୀତାର ସାହାଯ୍ୟ ନେଲେ। ଉଦାହରଣ ପାଇଁ 'ଲିଟିଲ୍ ଓ୍ୱିମେନ୍' ର ଲେଖିକା ଲୁଇସା ମେ. ଆଲର୍କାଟକୁ ବି ଖବର କାଗଜ ପାଇଁ ଲେଖିବାକୁ ରାଜି କରାଇ ଦେଲେ। ସେହି ସମୟରେ ଏହି ଲେଖିକା ପ୍ରସିଦ୍ଧିର ଉଚ୍ଚତମ ଶିଖରରେ ଥାଆନ୍ତି। ଏଥିପାଇଁ ସେ ୧୦୦୦ ଡଲାରର ଚେକ୍ ନିଜ ନାମରେ ନୁହେଁ ବରଂ ତାଙ୍କ ପସନ୍ଦରେ ଦାନ ଆକାରରେ କୌଣସି ସଂସ୍ଥାକୁ ଦିଆ ଯାଇଥିଲା।

କୌଣସି ସନ୍ଦେହୀ ଲୋକ କହିପାରେ, 'ଏହି କଥା ରାକଫେଲର୍‌ଙ୍କ ପରି କେତେକ ଭାବୁକ ଉପନ୍ୟାସ ଲେଖକଙ୍କ ପାଇଁ ଠିକ୍ ହୋଇପାରେ, କିନ୍ତୁ ମୁଁ ତ ଦେଖିବାକୁ ଚାହିଁବି କି କ'ଣ ଏହି କଥା କଠୋର ହୃଦୟ ବାଲା ଲୋକଙ୍କ ଉପରେ ସଠିକ୍ ପ୍ରମାଣିତ ହେବ, ଯେଉଁଥିରେ ମୋତେ ବହୁତ ଗୁଡିଏ ଅର୍ଥ ଆଦାୟ କରିବାର ଅଛି।'

ଆପଣଙ୍କ କଥା ଠିକ୍ ଅଟେ। କୌଣସି ସିଦ୍ଧାନ୍ତ ସମସ୍ତଙ୍କ ଉପରେ ସମାନ ଭାବରେ କାମ କରି ନଥାଏ। ଯଦି ଆପଣ ସେହି ପରିଣାମରେ ସନ୍ତୁଷ୍ଟ ଅଛନ୍ତି ଯାହା ଆପଣଙ୍କୁ ମିଳୁଛି, ବଦଳାଇବାକୁ କାହିଁକି ଚାହୁଁଛନ୍ତି ? ଯଦି ସନ୍ତୁଷ୍ଟ ନାହାଁନ୍ତି, ତେବେ ପ୍ରୟୋଗ କରି ଦେଖିବାରେ କ'ଣ ଅସୁବିଧା ଅଛି ?

ଏଥିପାଇଁ ମୋର ପୂର୍ବତନ ବିଦ୍ୟାର୍ଥୀ ଜେମ୍ସ ଏଲ୍. ଥୋମାର୍ସଙ୍କ ଏହି ସତ୍ୟ ଘଟଣା ବିଷୟରେ ପଢିବାକୁ ବହୁତ ମଜା ଆସିବ-

ଏକ ଆଟୋମୋବାଇଲ୍ସ କମ୍ପାନୀର ଛଅ ଜଣ ଗ୍ରାହକ ସର୍ଭିସ୍ ବିଲ୍ ପଇଠ କରିବାକୁ ମନା କରିଦେଲେ। ସେ ସମସ୍ତଙ୍କୁ କିଛି ନା କିଛି ହଇରାଣ ହେବାକୁ ପଡିଥିଲା ବା ଅସୁବିଧା

ଥିଲା। କିନ୍ତୁ ବିଲ୍ କାର୍ଡ୍ ଉପରେ ଗ୍ରାହକଙ୍କ ସ୍ୱାକ୍ଷର ହୋଇଥିବା କାରଣରୁ କମ୍ପାନୀକୁ ଜଣା ଥିଲା କି ସେମାନେ ପଇସା ପାଇବାକୁ ହକଦାର୍। କମ୍ପାନୀର ପ୍ରଥମ ଭୁଲ ଥିଲା କି ସେ ଏହି କଥା ଗ୍ରାହକମାନଙ୍କୁ ଚିଠି ଲେଖି ପଠାଇ ଦେଇଥିଲେ। କ'ଣ ଆପଣଙ୍କୁ ଲାଗୁଛି କମ୍ପାନୀର କ୍ରେଡିଟ୍ ବିଭାଗ ତରଫରୁ ନିଆଯାଇଥିବା ପଦକ୍ଷେପ ଠିକ୍ ଥିଲା ?

(୧) କମ୍ପାନୀର ଏଜେଣ୍ଟ୍ ପ୍ରତ୍ୟେକ ଗ୍ରାହକଙ୍କ ଘରକୁ ଯାଇ ସଫା ସଫା କହିଦେଲେ କି ସେମାନେ ବିଲ୍ ଆଦାୟ କରିବାକୁ ଆସିଛନ୍ତି, ଯାହା ସେମାନେ ଲମ୍ବା ସମୟ ଧରି ଅଟକାଇ ରଖିଛନ୍ତି।

(୨) ସେ ଏହା ସ୍ପଷ୍ଟ କରିଦେଲେ ଯେ ଗ୍ରାହକମାନେ ଭୁଲ୍ ଥିଲେ କିନ୍ତୁ କମ୍ପାନୀ ପୂରା ଠିକ୍ ଥିଲା।

(୩) ଏକଥା ବି କହିଲେ କି ଅଟୋମୋବାଇଲ୍ସ ବିଷୟରେ କମ୍ପାନୀର କର୍ମଚାରୀମାନେ ଯେତେ ଜାଣିଛନ୍ତି ଗ୍ରାହକମାନେ ଜାଣିନାହାନ୍ତି ତେଣୁ ଅଯଥା ଯୁକ୍ତି କରିବା ଉଚିତ୍ ନୁହେଁ।

(୪) ପରିଣାମସ୍ୱରୂପ ଯୁକ୍ତିତର୍କ ଘଣ୍ଟା ଘଣ୍ଟା ଧରି ଚାଲିବାକୁ ଲାଗିଲା।

କ'ଣ ଆପଣ ଭାବୁଛନ୍ତି କେହି ଗ୍ରାହକ ବିଲ ପଇଠ କରିବା ପାଇଁ ମାନି ଯାଇଥିବେ ? ଏହାର ଜବାବ ନିଜକୁ ପଚାରି ଦେଖନ୍ତୁ କି ଏପରି ସ୍ଥିତିରେ ଆପଣ ଥିଲେ କ'ଣ କରିଥାନ୍ତେ ? ଏପରି ସ୍ଥିତିରେ କ୍ରେଡିଟ୍ ମ୍ୟାନେଜର୍ ଆଇନର ଶରଣ ନେବାକୁ ମନ ବଳାଇ ଥିଲା। ସେହି ସମୟରେ ଏହି ଘଟଣା ଜେନେରାଲ୍ ମ୍ୟାନେଜରଙ୍କ ନଜରକୁ ଆସିଗଲା। ମ୍ୟାନେଜର୍ ଗ୍ରାହକମାନଙ୍କ ସହ କଥାହେଲା ପରେ ଜାଣିପାରିଲେ କି ସାଧାରଣତଃ ଗ୍ରାହକମାନେ ତୁରନ୍ତ ବିଲ୍ ପଇଠ କରି ଦେଉଥିଲେ, ଏଣୁ ହୁଏତ ଆଦାୟ ପ୍ରକ୍ରିୟାରେ କୌଣସି ଭୁଲ୍ ଭଟକା ଥାଇପାରେ। ସେହି ଜେନେରାଲ୍ ମ୍ୟାନେଜର୍ ଜେମ୍ସ ଏଲ୍. ଥାର୍ମ୍ସଙ୍କୁ ଡାକି ଏହି ଆନାଦେୟ ବିଲ୍ ର ଦାୟିତ୍ୱ ଦେଲେ।

ମି. ଜେମ୍ସ ଦ୍ୱାରା କି ପ୍ରକାର ଭାବରେ ସେହି କାର୍ଯ୍ୟକୁ ସମ୍ପାଦନ କରାଗଲା ତାଙ୍କ ଠାରୁ ଶୁଣନ୍ତୁ -

(୧) ପ୍ରତ୍ୟେକ ଗ୍ରାହକଙ୍କ ପାଖକୁ ଏକ ପୁରୁଣା ବିଲ୍ ଆଦାୟ କରିବାକୁ ଗଲି, ଏକ ଏପରି ବିଲ୍ ଯେଉଁଥିରେ କମ୍ପାନୀର କୌଣସି ଭୁଲ୍ ନଥିଲା, ହେଲେ ବି ମୁଁ ସେ ବିଷୟରେ ଗୋଟେ ପଦ କଥା କହିଲି ନାହିଁ ବରଂ କହିଲି ମୁଁ କେବଳ ଜାଣିବାକୁ ଚାହୁଁଛି କି କମ୍ପାନୀ ସେଥିପାଇଁ କିଛି କଲା କି ନାହିଁ।

(୨) ମୁଁ ମନେ ମନେ ନିଶ୍ଚିତ କରିଦେଲି କି ଗ୍ରାହକର ପୂରା କଥା ଶୁଣିଲା ପରେ ହିଁ ନିଜର କିଛି ମତ ଦେବି। କହିଦେଲି କି କମ୍ପାନୀ ବି ବେଳେ ବେଳେ ଭୁଲ୍ ହୋଇପାରେ।

(୩) ମୁଁ ତାଙ୍କୁ କହିଲି କି ମୋର ଉତ୍ସାହ କେବଳ ତାଙ୍କ କାର୍ ରେ ଥିଲା। ନିଜ କାର୍ ବାବଦରେ ସେ ଯେତେ ଜାଣିଥିଲା ସେତିକି କେହି ବି ଜାଣି ନଥିବେ। ନିଜ କାର୍ ର ସେ ସବୁଠାରୁ ବଡ ବିଶେଷଜ୍ଞ ଥିଲେ।

(୪) ସେ କହିବାକୁ ଲାଗିଲେ ଓ ମୁଁ ଖାଲି ଶୁଣିଲି ଯେପରି ତାଙ୍କୁ ଲାଗିବ ଯେ ମୁଁ ଆଗ୍ରହ ସହକାରେ ଶୁଣୁଛି। ସେ ଏହା ହିଁ ଚାହୁଁଥିଲେ।

(୫) ଶେଷରେ ପରିବେଶ ବନ୍ଧୁତ୍ୱପୂର୍ଣ୍ଣ ହୋଇଗଲା। ସେତେବେଳେ ମୁଁ ଏହି ବିଷୟକୁ ତାଙ୍କ ବିବେକ ବା ଅନ୍ତରାତ୍ମା ଉପରେ ଛାଡିଦେଲି। ମୁଁ କହିଲି– 'ସର୍ବ ପ୍ରଥମେ ମୁଁ ଆପଣଙ୍କୁ କହି ଦେବାକୁ ଚାହୁଁଛି କି ଏହି ମାମଲାକୁ ଠିକ୍ ଭାବରେ ସମ୍ଭାଳିଲେ ନାହିଁ। ଏଣୁ ଏତେ ଅସୁବିଧାର ସାମ୍ନା କରିବାକୁ ପଡିଲା। ଏଣୁ ମୁଁ ଦୁଃଖିତ ଓ ଆପଣଙ୍କ ଠାରୁ କ୍ଷମା ଚାହୁଁଛି। ଆପଣଙ୍କ ସହ କଥା ହେବା ପରେ ଜାଣି ସାରିଲିଣି ଆପଣଙ୍କର ବହୁତ ସହିବାର ଶକ୍ତି ଅଛି ତେଣୁ ଏକ ସାହାଯ୍ୟର ଆଶା କରୁଛି, ଯାହା ଅନ୍ୟ କେହି କରି ପାରିବେ ନାହିଁ। ଏଇଠି ଆପଣଙ୍କ ବିଲ୍ ଅଛି ଓ ମୁଁ ଆପଣଙ୍କ ଉପରେ ଛାଡି ଦେଉଛି, ଆପଣ ଯେତେ ପରିମାଣର ବିଲ୍ ପଇଠ କରିବାକୁ ଚାହିଁବେ ତାହା ଆମ ଦ୍ୱାରା ମାନ୍ୟ ହେବ।

ଏମିତି ହୋଇପାରିବ ନାହିଁ କି ସେହି ଗ୍ରାହକ ବିଲ୍ ପରିଶୋଧ କରି ନଥିବ। ସେ ବିଲ୍ ର ପଇସା ଦେଇଦେଲା ତଥା ରୋମାଞ୍ଚିତ ହୋଇଗଲା। ରାଶିର ପରିମାଣ ୧୫୦ ଡଲାରରୁ ୪୦୦ ଡଲାର ମଧ୍ୟରେ ଥିଲା। ଜଣେ ଗ୍ରାହକ ସ୍ୱାର୍ଥପୂର୍ଣ୍ଣ ବ୍ୟବହାର କଲା ତ ଜଣେ ବିବାଦିତ ପରିମାଣ ଦେବାକୁ ମନା କଲା। କିନ୍ତୁ ଅନ୍ୟ ସମସ୍ତେ ପୂରା ବିଲ୍ ର ପରିମାଣ ପଇଠ କରିଦେଲେ। ଏଥିରୁ ମହତ୍ତ୍ୱପୂର୍ଣ୍ଣ କଥା ହେଲା କି ସେମାନେ ପୂର୍ବ ପରି ସନ୍ତୁଷ୍ଟ ହୋଇଗଲେ ଫଳରେ ସେମାନେ ନୂଆ କାର୍ ବି ଆମରି କମ୍ପାନୀରୁ କିଣିଲେ।

ଜେମ୍ସଙ୍କ ଅନୁସାରେ, 'ମୋର ଅନୁଭବ କହୁଛି କି ଆପଣ ଯଦି କୌଣସି ଗ୍ରାହକକୁ ପୂରା ଜାଣି ନାହାଁନ୍ତି ତେବେ ତାଙ୍କୁ ଏକ ଭଲ ବିଶ୍ୱସ୍ତ ଓ ବିଲ୍ ର ପୂରା ପଇଠ କଲାବାଲା ଗ୍ରାହକ ବୋଲି ମାନିନେବା ଉଚିତ୍। ସାଧାରଣତଃ ସବୁ ଗ୍ରାହକ ବିଶ୍ୱସ୍ତ ତଥା ପଇସା ନେବା ଦେବାରେ ଭଲ ବ୍ୟବହାର କରିଥାନ୍ତି। ଏହି ନିୟମର କିଛି ଅପବାଦ ବି ଥାଇପାରେ କିନ୍ତୁ ତାହା ବହୁତ କମ୍। ଏପରି ବ୍ୟକ୍ତିମାନଙ୍କୁ ଆପଣ ବିଶ୍ୱାସ କରାଇ ଦିଅନ୍ତୁ କି ଆପଣ ତାଙ୍କୁ ବିଶ୍ୱସ୍ତ ଭାବୁଛନ୍ତି ତେବେ ସେମାନେ ବି ବିଶ୍ୱାସଭରା ବ୍ୟବହାର କରିବେ।'

ସିଦ୍ଧାନ୍ତ - 10

ଆଦର୍ଶବାଦୀ ସିଦ୍ଧାନ୍ତ ଗୁଡିକର ଆଶ୍ରୟ ନେଇ ଚାଲନ୍ତୁ।

11

ଯଦି ଚଳଚ୍ଚିତ୍ରରେ ହୋଇପାରୁଛି ତେବେ ବାସ୍ତବରେ କାହିଁକି ନୁହେଁ

କିଛି ବର୍ଷ ପୂର୍ବରୁ ଫିଲ୍ଡେଲଫିଲିୟାର ଖବର କାଗଜ 'ଇଭନିଙ୍ଗ୍ ବୁଲେଟିନ୍'ର ବିରୁଦ୍ଧରେ ଏକ ଦୁଃଖଦାୟୀ ଗୁଜବ ପ୍ରଚାର କରାଯାଉଥିଲା। ବିଜ୍ଞାପନ ଦେଉଥିବା ଲୋକମାନଙ୍କୁ ସଚେତନ କରାଯାଉଥିଲା କି ପାଠକମାନେ ଏହି ଖବର କାଗଜରେ ଆଉ ସେତେ ରୁଚି ନେଉନାହାନ୍ତି, କାରଣ ଏଥିରେ ବିଜ୍ଞାପନ ବହୁତ ଭରି ରହିଥାଏ ଓ ପଢିବାର ବିଷୟ ବହୁତ କମ୍ ଥାଏ। ଏହି ଗୁଜବକୁ ରୋକିବା ତୁରନ୍ତ ଆବଶ୍ୟକତା ଥିଲା, କିନ୍ତୁ ତାହା କେମିତି ? ଖବରକାଗଜ ସମ୍ପାଦକ ସେହି ଗୁଜବର ଜବାବ ଏହି ପ୍ରକାର ଦେଲେ-

'ଇଭନିଙ୍ଗ ବୁଲେଟିନ୍'ର ଦିନକର ଖବରକୁ ସବୁ କାଟି ଅଲଗା କଲେ ସେଗୁଡିକୁ ଚାରିକୋଣିଆ ଓ ସମ ଆକାରର କରିଦେଲେ ତଥା ଏହାକୁ ଏକ ପୁସ୍ତକ ଭାବରେ ପ୍ରକାଶିତ କରିଦେଲେ। ଏହାର ନାମ ରଖିଲେ 'ୱାନ୍ ଡେ'। ୩୦୭ ପୃଷ୍ଠା କାଗଜର ବହିଟି ଯେପରି ଭଲ କଭର ବାଲା ବହି ପରି ଲାଗୁଥିଲା। ଏହାକୁ ଯଦି ପୁସ୍ତକ ଭାବରେ ବିକ୍ରି କରାଯାଏ ତେବେ ଏହାର ମୂଲ୍ୟ ଡଲାର୍ ନୁହେଁ ବରଂ ସେଣ୍ଟ୍ ରେ ହୋଇଥାନ୍ତା।

ଏହି ପୁସ୍ତକରୁ ଏହି ତଥ୍ୟ ସାମ୍ନାକୁ ଆସିଲା କି 'ଇଭନିଙ୍ଗ୍ ବୁଲେଟିନ୍' ନିଜ ପାଠକମାନଙ୍କ ବହୁତ ରୁଚିକର ଓ ଜାଣିବାର ବିଷୟ ଛାପିଥାଏ। ଏଥିରୁ ପାଠକମାନଙ୍କୁ ଅଧିକ ରୋଚକ ଓ ସୁପ୍ରଭାବ ପଡିଲା। ଅନ୍ୟ କିଛି ସାକ୍ଷୀ ଦେଇଥିଲେ ହୁଏତ ଏପରି ସୁନ୍ଦର ଭାବରେ ପାଠକ ମାନଙ୍କୁ ପ୍ରଭାବିତ କରିପାରି ନଥାନ୍ତା।

ଆଜିକାଲିର ଏହି ନାଟକୀୟତାର ଯୁଗରେ କେବଳ ପାଟିରେ କହିଦେଲେ ସନ୍ତୁଷ୍ଟତା ଆସୁନାହିଁ। ଏହି ଦୁନିଆଁ ତ ଏବେ ଦେଖାଇ ହେବା ଉପରେ ବେଶୀ ବିଶ୍ୱାସ କରୁଛି। ଯାହା ସବୁ ଟିଭିରେ ସିନେମାରେ ହେଉଛି ତାକୁ ଲୋକେ ସେପରି ବାସ୍ତବିକ ଜୀବନରେ ଚାହୁଁଛନ୍ତି।

ବିଣ୍ଟୋ ଡିସ୍କଲେର୍ ବିଶେଷଜ୍ଞ ନାଟକୀୟତାର ଏହି ଅଦ୍ଭୁତ ଶକ୍ତିକୁ ଭଲ ଭାବରେ ଜାଣିଥିଲେ। ଉଦାହରଣ ପାଇଁ ଏକ ନୂଆ ମୂଷାମରା ଔଷଧର ନିର୍ମାତାମାନେ ନିଜ ଡିଲରମାନଙ୍କୁ ବିଣ୍ଟୋ ଡିସ୍କଲେର୍ ଜିନିଷ ସହିତ ଦୁଇଟି ଜିଅନ୍ତା ମୂଷାକୁ ପଠାଇ ଦେଇଥିଲେ। ଯେଉଁ ସପ୍ତାହରୁ ମୂଷାକୁ ଆଣି ଶୋ କେଶ୍‌ରେ ରଖାଗଲା, ବିକ୍ରି ବହୁଗୁଣିତ ହୋଇଗଲା।

ଟିଭିରେ ଦେଖାଉଥିବା ବିଜ୍ଞାପନର ନାଟକୀୟତାକୁ ଆପଣ ଭଲ ଭାବରେ ଜାଣିଛନ୍ତି। ଥରେ ଟିଭି ସାମ୍ନାରେ ଶାନ୍ତିରେ ବସି ଦେଖନ୍ତୁ କି, କିପରି ଭାବରେ କମ୍ପାନୀମାନେ ନିଜ ଜିନିଷଗୁଡିକୁ ବିକ୍ରି କରିବା ପାଇଁ ନୂଆ ନୂଆ ଉପାୟରେ ବିଜ୍ଞାପନ ପ୍ରସାରଣ କରୁଛନ୍ତି। ଏକ ମାମୁଲି ମାର୍କା ବାଲା ସାବୁନ୍ କିପ୍ରକାର ଭାବରେ ମଳିକୁ ଧୋଇଦେଲା, ଦିଶୁଥିବା କପଡାରୁ ମଳି ବାହାର କରି ନୂଆ କରିଦେବା ପରି ଦେଖାଇଥାଏ, ଯେତେବେଳେ କି ଅନ୍ୟ ମାର୍କା ମରା ସାବୁନରେ କପଡାର ଝାଳର ଦାଗ ବା ହଳଦି ରଙ୍ଗ ରହି ଯାଇଥାଏ। ଏହି ନାଟକ ଲୋକମାନଙ୍କୁ ଆନନ୍ଦିତ କରି ଜିନିଷଗୁଡିକୁ କିଣିବାରେ ସାହାଯ୍ୟ କରିଥାଏ।

ଆମେ ଆମ ବିଚାରକୁ ବ୍ୟବସାୟରେ ବା ଜୀବନରେ ଅନେକ ପ୍ରକାର ନାଟକୀୟତା ସହ ପରିବେଷଣ କରିପାରିବା। ଏହି ଉପାୟ ବହୁତ ସରଳ ଅଟେ। ଜିମ୍ ନାମକ ଜଣେ ଲୋକ ବର୍ଜିନିୟାର ନେଶନାଲ୍ କ୍ୟାଶ୍ ରେଜିଷ୍ଟର୍ କମ୍ପାନୀର କୁଶଳ ସେଲ୍ସମ୍ୟାନ୍ ଥିଲେ। ସେ ଏହି ବିଷୟରେ ନିଜ ଅନୁଭୂତି ପ୍ରକାଶ କରିଥିଲେ-

'ଗତ ସପ୍ତାହରେ ମୁଁ ନିଜ ପଡୋଶୀଙ୍କ ଭୁସାମାଲ ଦୋକାନକୁ ଯାଇଥିଲି। ମୁଁ ଦେଖିଲି କି ଦୋକାନର ମାଲିକ କାଉଣ୍ଟରମାନଙ୍କରେ ଯେଉଁ ଟଙ୍କା ଗଣା ମେସିନ୍ ବ୍ୟବହାର କରୁଥିଲା ସେଗୁଡିକ ବହୁତ ପୁରୁଣା ହୋଇ ସାରିଥିଲା। ମୁଁ ମାଲିକକୁ କହିଲି- 'ପ୍ରତ୍ୟେକ ଥର କାରବାର କଲାବେଳେ ଆପଣ କିଛି ପଇସା ତଳେ ପକାଇ ଦେଉଛନ୍ତି। ମୁଁ ବି ଜାଣି ଜାଣି କିଛି ପଇସା ତଳକୁ ପକାଇ ଦେଲି। ମାଲିକ ମୋର କଥାକୁ ଧ୍ୟାନ ଦେଇ ଶୁଣିବାକୁ ଲାଗିଲା। ମୁଁ କେବଳ ଶବ୍ଦ ମାଧ୍ୟମରେ ହିଁ ତାଙ୍କ ମନରେ ଆଗ୍ରହ ସୃଷ୍ଟି କରି ପାରିଥାନ୍ତି, କିନ୍ତୁ ଚଟାଣରେ ପଇସା ପଡିବାର ଶବ୍ଦ ତାକୁ ପୂରା ବଶ କରିନେଲା। ଶେଷରେ ସେ ସବୁତକ ପୁରୁଣା ମେସିନ୍ ବଦଳାଇବାକୁ ମୋତେ ଅର୍ଡର ଦେଇଦେଲା।'

ଏହି ଉପାୟ ଘର ସଂସାର ବା ଗୃହସ୍ଥ ଜୀବନରେ ବହୁତ କାମିକା ବୋଲି ପ୍ରମାଣିତ। ପ୍ରଷ୍ଟାତ୍ୟ ଦେଶମାନଙ୍କରେ ପୁରୁଣା କାଳରେ ପ୍ରେମୀ ଯୁଗଳ ମାନେ ନିଜ ପ୍ରେମକୁ ପରିପ୍ରକାଶ କରିବା ସମୟରେ ପ୍ରେମିକ ପ୍ରେମିକା ଆଗରେ ଆଣ୍ଠୁ ମାଡି ବସି କରି ନିଜ ପ୍ରେମ ନିବେଦନ କରୁଥିଲା ଯାହାକୁ ଦେଖି ପ୍ରେମିକାର ମନରେ ଦୁର୍ବଳତା ଜାଗ୍ରତ ହେଉଥିଲା ଓ ପ୍ରାୟତଃ ସେମାନେ ସ୍ୱୀକୃତି ଦେଇ ଦେଉଥିଲେ। ନୂଆ ଯୁଗରେ ଏବେ ହୁଏତ ପ୍ରେମୀ ସେପରି ନକରି ପରିବେଶକୁ ଏତେ ପରିବର୍ତ୍ତନ କରିଦେଉଛି କି ପ୍ରେମିକା ଆପେ ମହମ ପରି ନରମି ଯାଇ ନିବେଦନକୁ ସ୍ୱୀକୃତି ଦେଉଛି।

ନାଟକୀୟ ଭାବରେ କୌଣସି କଥାକୁ ଉପସ୍ଥାପନା କଲେ ପିଲାମାନେ ବି ମାନିଯାନ୍ତି। ବମିଂଧମ୍ ଅଲାବାମାର ଜେ. ବି. ଫୈଟ୍ ଜୁନିୟରକୁ ପିଲାମାନଙ୍କ ଠାରୁ କିଛି ସମସ୍ୟା

ଆସୁଥିଲା । ତାଙ୍କର ଜଣେ ୫ ବର୍ଷୀୟ ପୁଅ ଓ ୩ ବର୍ଷୀୟା ଝିଅ ଥିଲେ । ସେମାନେ ନିଜ ଖେଳଣା ଗୁଡିକୁ ବାରମ୍ବାର ଘରେ ପକ୍କା ଉପରେ ଛାଡି ଦେଉଥିଲେ । ବାପା ଏକ ଟ୍ରେନ୍ ତିଆରି କରିଦେଲେ । ପୁଅ ସେହି ଟ୍ରେନର ଇଞ୍ଜିନିୟର ପାଲଟି ଗଲା ତ ଝିଅ ଡବା । ଦୁହେଁ ସଂଧ୍ୟାରେ ସେହି ଡବାରେ କୋଇଲା ଭରି ଘର ସାରା ବୁଲି ବୁଲି ଖେଳୁଥିଲେ ଯାହାପାଇଁ ସେମାନେ ଘରକୁ ଆପେ ସଫା କରି ନେଉଥିଲେ । ଏହି କାମ ପାଇଁ ତାଙ୍କୁ ନା ଗାଳି କରିବାକୁ ପଡିଲା ନା ଧମକ ।

ମିଶାବାକା, ଇଣ୍ଡିୟାନାର ମୈରି କୈଥୋରିନ୍ ବୁଲ୍ଟଙ୍କୁ ନିଜ ଚାକିରୀରେ କିଛି ଅସୁବିଧା ଆସୁଥିଲା । ସେ ନିଜ ମାଲିକଙ୍କ ସହ କଥା ହେବାକୁ ନିଶ୍ଚିତ କରିଦେଲା । ସୋମବାର ଦିନ ସକାଳେ ମାଲିକଙ୍କ ସହ ଦେଖା କରିବାକୁ ଆପଏଣ୍ଟମେଣ୍ଟ ମାଗିବାରୁ ଉତ୍ତର ଆସିଲା ମାଲିକ ଏବେ ଖାଲି ନାହାନ୍ତି । ସେ ଅନ୍ୟ କେଉଁ ଦିନ ପରିମିଶନ ନେବାକୁ କହିବାରୁ ସେକ୍ରେଟାରୀ କହିଲା ସେ ଏବେ ବହୁତ ବ୍ୟସ୍ତ ରହୁଛନ୍ତି, ମୁଁ ବହୁତ ଚେଷ୍ଟା କରିବି ମାଲିକଙ୍କ ସହ କଥା କରାଇ ଦେବା ପାଇଁ । ଏହା ଆଗକୁ ଥିବା କାହାଣୀକୁ ମିସ୍ ବୁଲ୍ଟଙ୍କ ଭାଷାରେ-

'ସପ୍ତାହ ସାରା ଭିତରେ ସେକ୍ରେଟାରୀଙ୍କ ଠାରୁ କୌଣସି ଉତ୍ତର ମିଳିଲା ନାହିଁ । ଯେତେବେଳେ ପଚାରିଲେ ସେ କୌଣସି କାମର ବାହାନା କରି ମନା କରି ଦେଉଥିଲା । ଏମିତିରେ ଶୁକ୍ରବାର ଆସିଗଲା ଓ କୌଣସି ସଠିକ୍ ଉତ୍ତର ମିଳିଲା ନାହିଁ । ମୁଁ ଶନିବାର ସୁଦ୍ଧା ମାଲିକଙ୍କ ସହ ନିଜ ସମସ୍ୟାର ଆଲୋଚନା କରିବାକୁ ଚାହୁଁଥିଲି । ଏବେ ମୁଁ ମୋ ନିଜକୁ ପଚାରିଲି କି ମୁଁ ଏପରି କ'ଣ କରିବି ଯେ ସେ ନିଜେ ମୋତେ କଥା ହେବା ପାଇଁ ଡାକିବେ ।'

ମୁଁ ମାଲିକଙ୍କୁ ଏକ ଔପଚାରିକତା ଭରା ଚିଠି ଲେଖିଲି, ସେଥିରେ ମୁଁ ଲେଖିଲି କି ମୁଁ ତାଙ୍କ ବ୍ୟବସ୍ଥା ସହ ପରିଚିତ ଅଛି କିନ୍ତୁ ମୋତେ ଏକ ବହୁତ ଜରୁରୀ କାମରେ ତାଙ୍କ ସହ ଦେଖା କରିବାରେ ଅଛି । ଚିଠିରେ ନିଜର ଠିକଣା ଲେଖି ଲଫାପା ବି ରଖିଦେଲି, ସେଥିରେ ଏକ ଫର୍ମ ବି ରଖିଲି ଯାହାକୁ ସେ ସେକ୍ରେଟାରୀଙ୍କ ଠାରୁ ଭରାଇ ଦେଇ ପାରିଥାନ୍ତେ । ଫର୍ମରେ ମୁଁ ଲେଖିଥିଲି- 'ମିସ୍ ବୁଲ୍ଟ, ମୁଁ ଆପଣଙ୍କ ସହ କଥାବାର୍ତ୍ତା ପାଇଁ ... ରୁ ... ସମୟ ପ୍ରଦାନ କରିବାକୁ କଥା ଦେଲି ।'

ପତ୍ରଟିକୁ ମୁଁ ୧୧ଟା ବେଳେ ମାଲିକଙ୍କ ପାଖକୁ ପଠାଇ ଥିଲି ଓ ୨ଟା ବେଳେ ମୁଁ ମୋର ମେଲ୍ ବକ୍ସ ଦେଖିଲି । ସେଥରେ ଏକ ପତ୍ର ଥିଲା ଲଫାପା ବି ସେଇଟା ଥିଲା । ସେ ନିଜେ ତାହାକୁ ଭରି ମୋ ପାଖକୁ ପଠାଇ ଥିଲେ ସେଥିରେ ସୂଚିତ ସମୟ ୨.୧୦ ମିନିଟ ଥିଲା ଓ ୧୦ ମିନିଟ ପର୍ଯ୍ୟନ୍ତ କଥା ହେବାକୁ କହିଥିଲେ । ମୁଁ ତାଙ୍କୁ ଭେଟ କଲି ଓ ସେହି ସମସ୍ୟା ବିଷୟରେ କଥା ହେବା ଆରମ୍ଭ କଲି । କିନ୍ତୁ ଆଶ୍ଚର୍ଯ୍ୟର କଥା ଯେ ସେ ଏଥି ପାଇଁ ଘଣ୍ଟାଏ ଠାରୁ ବି ଅଧିକ ସମୟ ପ୍ରଦାନ କଲେ ଏବଂ ସେହି ସମସ୍ୟାକୁ ସୁଚାରୁ ରୂପେ ସମାଧାନ ମଧ୍ୟ କରିଦେଲେ । ଯଦି ମୁଁ ଏଭଳି ନାଟକୀୟ ଶୈଳୀରେ ତାଙ୍କୁ ଭେଟିବାର କଥା ନ ଲେଖିଥାନ୍ତି ତେବେ ଏବେ ବି ଆପଏଣ୍ଟମେଣ୍ଟ ପାଇଁ ଅପେକ୍ଷା କରି ବସିଥାନ୍ତି ।

ଜେମ୍ସ ବି. ବ୍ରାୟଣ୍ଟନ୍‌ଙ୍କ କମ୍ପାନୀ କୋଲ୍ଡ କ୍ରିମ୍‌ର ଏକ ଉଚ୍ଚତମ ବ୍ରାଣ୍ଡ୍ ର ବହୁତ ଅଧ୍ୟୟନ କରିଥିଲେ। ସେମାନଙ୍କୁ ଏକ ଲମ୍ବା ଚିଠା ଦେବାର ଥିଲା। ଏହି ବ୍ୟବସାୟରେ ପ୍ରତିଯୋଗିତାର ସମସ୍ତ ସ୍ତମ୍ଭ ର ରିପୋର୍ଟ ତୁରନ୍ତ ଦରକାର ଥିଲା। ସମ୍ଭାବିତ ଗ୍ରାହକ ବିଜ୍ଞାପନ ଜଗତର ଏକ ବଡ ପ୍ରସିଦ୍ଧ ବ୍ୟକ୍ତି ଥିଲା।

ମି. ବ୍ରାୟଣ୍ଟନ୍ କହିଲେ- 'ମୁଁ ସେହି ବ୍ୟକ୍ତି ସହ ପ୍ରଥମ ଥର ଭେଟ କରିବାକୁ ଯାଇଥିଲି। ଆମେ ଅନୁସନ୍ଧାନର ଉପାୟ ଉପରେ ନିରର୍ଥକ ଯୁକ୍ତି ଘଣ୍ଟାଏ କାଳ କଲୁ। ନା ସେ ହାର ମାନିବାକୁ ପ୍ରସ୍ତୁତ ଥିଲା ନା ମୁଁ । ସେ ମୋତେ ଭୁଲ ପ୍ରମାଣିତ କରିବାକୁ ଲାଗିଲା ବେଳେ ମୁଁ ନିଜକୁ ଠିକ୍ ବୋଲି ପ୍ରମାଣିତ କରିବାକୁ ଲାଗୁଥିଲି। ଶେଷରେ ଯୁକ୍ତିରେ ମୁଁ ଜିତିଲି ଏବଂ ସେଥିପାଇଁ ମୁଁ ବହୁତ ଖୁସି ଥିଲି, କିନ୍ତୁ ସେହି ସାକ୍ଷାତକାରର ସାରା ସମୟ ନଷ୍ଟ ହୋଇଗଲା କାରଣ ମୁଁ ମୋର ଉଦ୍ଦେଶ୍ୟରେ ସଫଳ ହୋଇ ପାରି ନଥିଲି। କିନ୍ତୁ ଅନ୍ୟ ଏକ ସାକ୍ଷାତକାରରେ ମୁଁ କୌଣସି ଗାଣିତିକ କଥା ହେଲି ନାହିଁ, ବରଂ ତଥ୍ୟଗୁଡିକୁ ବଡ ନାଟକୀୟ ଢଙ୍ଗରେ ଉପସ୍ଥାପନା କଲି।'

'ଯେତେବେଳେ ମୁଁ ତାଙ୍କ ଅଫିସରେ ପ୍ରବେଶ କଲି, ସେ ଫୋନ୍‌ରେ କଥା ହେଉଥିଲେ। ମୁଁ ନିଜ ସୁଟକେସ୍ ରୁ କୋଲ୍ଡ କ୍ରିମ୍ ର ୩୨ ଟି ଡବା ବାହାର କରି ତାଙ୍କ ଟେବୁଲ୍ ଉପରେ ରଖିଦେଲି। ସେ ବହୁତ କମ୍ପାନୀ ବିଷୟରେ ଜାଣିଥିଲେ, କାରଣ ସେ ସବୁ କମ୍ପାନୀମାନେ ତାର ପ୍ରତିଦ୍ୱନ୍ଦୀ ଥିଲେ।'

ପ୍ରତ୍ୟେକ ଡବାରେ ଏକ ବିବରଣୀ ସୂତା ଲଗା ଯାଇଥିଲା ଓ ଏଥିରେ ସେହି ଜିନିଷ ବିଷୟରେ ଅନେକ କିଛି ତଥ୍ୟ ବଡ ନାଟକୀୟ ଶୈଳୀରେ ଲେଖା ଯାଇଥିଲା। ମୁଁ ସେଗୁଡିକୁ ବଡ ନାଟକୀୟ ଭାବରେ କହିବାକୁ ଲାଗିଲି।'

'ତା ପରେ କ'ଣ ହେଲା ?'

'ଏବେ ଯୁକ୍ତିର କୌଣସି ପ୍ରଶ୍ନ ହିଁ ନଥିଲା। ଶୈଳୀ ଏକଦମ୍ ନୂଆ ଓ ଭିନ୍ନ ଥିଲା। ସେ ସବୁ ଡବାରେ ଲଗାଥିବା ଟ୍ୟାଗ୍‌କୁ ପଢିନେଲେ। ତା ପରେ କଥାବାର୍ତ୍ତା ଆରମ୍ଭ ହୋଇଗଲା। ସେ ମୋତେ କେତେ ପ୍ରଶ୍ନ ପଚାରିଲେ, ମୁଁ ଜାଣିଗଲି କି ମୋ କଥାରେ ରୁଚି ନେବାକୁ ଲାଗିଛନ୍ତି। ପ୍ରଥମ ଥର ସେ ସର୍ତ୍ତ ରଖିଥିଲେ କି ସମସ୍ତ ତଥ୍ୟକୁ ମାତ୍ର ୧୦ ମିନିଟ୍ ମଧ୍ୟରେ ରଖିବାକୁ, କିନ୍ତୁ ଏବେ ସମୟ ଜଣା ହିଁ ପଡିଲା ନାହିଁ କି କେତେବେଳେ ପ୍ରାୟ ଦେଢ ଦୁଇ ଘଣ୍ଟା କଟି ଗଲାଣି। ଏଥର ବି ମୁଁ ସେହି ତଥ୍ୟ କୁ ହିଁ ଉପସ୍ଥାପନା କରିଥିଲି, କିନ୍ତୁ ଏଥର ଏହାକୁ ପ୍ରକାଶ କରିବାର ଶୈଳୀ ମୋର ନାଟକୀୟ ଥିଲା। ମୁଁ ଦେଖେଇହେବା ଗୁଣକୁ ବ୍ୟବହାର କରିଥିଲି ତେଣୁ ଫରକ ଆପଣଙ୍କ ସାମ୍ନାରେ।'

ସିଦ୍ଧାନ୍ତ - 11

ନିଜ କଥାକୁ ନାଟକୀୟ ଶୈଳୀରେ ଉପସ୍ଥାପନା କରନ୍ତୁ।

12

ଯଦି କାମ ନହୁଏ, ତେବେ ଏପରି କରନ୍ତୁ

ଚାର୍ଲ୍ସ ସବାବ୍ ନାମକ ଜଣେ କାରଖାନା ମାଲିକ ଥିଲେ, ସେହି ମିଲ୍‌ରେ ଜଣେ ଦକ୍ଷ ମ୍ୟାନେଜର୍ ଥାଉ ଥାଉ ବି ସେଠାକାର ଉତ୍ପାଦନ ବହୁତ କମ୍ ହେଉଥିଲା ।

ସବାବ୍ ମ୍ୟାନେଜରଙ୍କୁ ପଚାରିଲେ 'ଆପଣଙ୍କ ପରି ଜଣେ ଦକ୍ଷ କୁଶଳ ଓ ଯୋଗ୍ୟ ମ୍ୟାନେଜର ଥାଉ ଥାଉ ମୁଁ ବୁଝିପାରୁନି ଉତ୍ପାଦନ ହ୍ରାସ ହେଉଛି କ'ଣ ପାଇଁ ?'

ମ୍ୟାନେଜର୍ ବଡ ନିରାଶ ହୋଇ କହିଲେ- 'ମୁଁ ତ ନିଜେ ବି ବୁଝିପାରୁନି ଯେ ପ୍ରକୃତ କାରଣ କ'ଣ ? ମୁଁ ଶ୍ରମିକମାନଙ୍କୁ ବିଭିନ୍ନ ଭାବରେ ବୁଝାଇଲି, ଅର୍ଥର ଲୋଭ ଦେଖାଇଲି, ବହୁତ ପ୍ରୋତ୍ସାହିତ କଲି, କିଛି ବି ହେଲାନି, ତାପରେ ଧମକ ଦେଲି ଚାକିରିରୁ ବାହାର କରିଦେବି, କିନ୍ତୁ ତାଙ୍କ ଉପରେ କିଛି ବି ପ୍ରଭାବ ପଡିଲା ନାହିଁ ।'

ଏହି କଥାବାର୍ତ୍ତା ସଂଧ୍ୟା ବେଳେ ହେଉଥିଲା ଓ ରାତ୍ରୀବାଲା ଶିଫ୍ଟ ର ଶ୍ରମିକମାନେ ଆସିବାର ଥିଲେ । ସବାବ୍ ମ୍ୟାନେଜରଙ୍କୁ ଏକ ଚକ୍ ଖଡି ଆଣିବାକୁ କହିଲେ, ଏହା ପରେ ପାଖରେ ଥିବା ଜଣେ ଶ୍ରମିକଙ୍କୁ ପଚାରିଲେ କି 'ଆଜି ତୁମ ଶିଫ୍ଟ ରେ କେତେ ହିଟ୍ସ ପୂରା କଲ ?'

'୬' ଶ୍ରମିକ ଜଣକ ଉତ୍ତର ଦେଲା ।

ସବାବ୍ ସେହି ସାମ୍ନା ମାଟିରେ ଗୋଟେ ବଡ ଆକାରର '୬' ଲେଖିଦେଲେ ଏବଂ ସେହିଠାରୁ ଚାଲିଗଲେ । ରାତ୍ରୀ ଶିଫ୍ଟ ବାଲା ଶ୍ରମିକମାନେ ଆସିଲେ । ଆସୁ ଆସୁ ପଚାରିଲେ ଏହି '୬'ର ମାନେ କ'ଣ ? ଦିନ ଶିଫ୍ଟ ବାଲା ଲୋକ କହିଲା, ଆଜି ଆମର ବଡ ମାଲିକ ଆସିଥିଲେ । ସେ ମୋତେ ପଚାରିଲେ କି ଆଜି ଦିନଶିଫ୍ଟ ରେ କେତେ ହିଟ୍ସ କଲ ? ମୁଁ '୬' କହିଦେଲି, ତ ସେ ଏହିଠାରେ '୬' ଲେଖିଦେଇ ଯାଇଛନ୍ତି । ସମସ୍ତେ ଦେଖିଲେ ସକାଳ ହେବା ପୂର୍ବରୁ ରାତ୍ରୀ ଶିଫ୍ଟ ବାଲାମାନେ '୬' କୁ ଲିଭାଇ '୭' ଲେଖି ଦେଇଗଲେ ।

ଯେତେବେଳେ ସକାଳ ଶିଫ୍ଟ ଲୋକମାନେ ଜାଣିଲେ କି ରାତ୍ରୀ ବାଲା ଅଧିକ ଭଲ ଦେଖାଇ ହେବା ପାଇଁ ୭ ହିଟ୍ସ କରି '୭' ଲେଖିଛନ୍ତି । ଆଚ୍ଛା, ସେମାନଙ୍କୁ ଭଲ କରି ପାନେ ଦେବା କହି ସମସ୍ତେ ମନ ଲଗାଇ କଠିନ ପରିଶ୍ରମ କରିବାକୁ ଲାଗିଲେ ଓ ସଂଧ୍ୟା

ପୂର୍ବରୁ ସେମାନେ '୧୦' ବଡ ଅକ୍ଷରରେ ଲେଖିଦେଲେ। କାମ ପୂରା ଶୀଘ୍ର ଶୀଘ୍ର ହେଉଥିଲା ସତେ ଯେପରି ଶ୍ରମିକମାନେ ପୂରା ଗରମ ଯୋଶ୍ ସହ କାମ କରୁଥିଲେ। କିଛି ସମୟ ପୂର୍ବରୁ ଯେଉଁଠି ଉତ୍ପାଦନ କମ୍ ହେଉଥିଲା, ସେଠି ଏବେ ଏତେ ଶୀଘ୍ରତା କିପରି ?

ଆପଣ ଏହି ଘଟଣାରୁ କ'ଣ ଶିକ୍ଷା ନେଇପାରିବେ ? ସବାବ୍ ହିଁ ଏହି କଥାକୁ ବେଶି ଭଲ ଭାବରେ ବାଖ୍ୟା କରି ପାରିବେ, 'କାମ କରିବାର ସବୁଠାରୁ ଭଲ ଉପାୟ ହେଉଛି, ପ୍ରତିଯୋଗିତା ପାଇଁ ପ୍ରେରିତ କରିବା। ଏଠି ମୋ କହିବାର ଅର୍ଥ ପଇସା ରୋଜଗାର କରିବା ଭଳି ଖରାପ ପ୍ରତିଯୋଗିତା ନୁହେଁ, ବରଂ ଶ୍ରେଷ୍ଠତମ କାମ କରାଇବାର ଅଭିଳାଷା ଅଟେ।'

ଶ୍ରେଷ୍ଠତମ ହେବାର ଅଭିଳାଷା ! ପ୍ରତିଦ୍ୱନ୍ଦିତା ! ଉତ୍ସାହୀ ଲୋକମାନଙ୍କୁ ପ୍ରେରିତ କରିବାର ସବୁଠାରୁ ଭଲ ଉପାୟ ଅଟେ।

ଥିଓଡର୍ ରୁଜବେଲ୍ଟ କେବେବି ଆମେରିକାର ରାଷ୍ଟ୍ରପତି ହୋଇପାରି ନଥାନ୍ତେ ଯଦି ସେ ସେଦିନର ପ୍ରତିଦ୍ୱନ୍ଦିତା ବା ବାଜିକୁ ସ୍ୱୀକାର କରି ନଥାନ୍ତେ। କ୍ୟୁବାରୁ ଫେରିଲା ପରେ ତାଙ୍କୁ ନିୟୁର୍କର ରାଷ୍ଟ୍ରପତି ପଦ ପାଇଁ ପ୍ରାର୍ଥୀ କରାଇ ଦିଆଗଲା। କୌଣସି ପ୍ରକାରରେ ବିପକ୍ଷ ପାର୍ଟିମାନେ ଜାଣି ପାରିଲେ କି ସେ ସେହି ରାଜ୍ୟର ମୂଳ ବାସିନ୍ଦା ନୁହଁନ୍ତି ତେଣୁ ସେମାନେ ହାଲ୍ଲା କରିବାକୁ ଲାଗିଲେ। ଏହା ଦେଖି ରୁଜବେଲ୍ଟ ସେହି ନିର୍ବାଚନରୁ ନିଜ ନାମକୁ ବିରତ କରିବାକୁ ଚାହିଁଲେ। କିନ୍ତୁ ଠିକ୍ ସେତିକି ବେଳେ ଆମେରିକାର ପ୍ରସିଦ୍ଧ ସିନେଷ୍ଟାର୍ ଥର୍ମସ୍ କାର୍ଲିୟର୍ ପ୍ଲେଟ୍ ତାଙ୍କ ସାମ୍ନାରେ ଏକ ଏପରି କଥା ବଡ ଦମ୍ଭର ସହ କହିଲେ, 'ମୋତେ ଲାଗୁଛି, ସାନ୍ ଜୁଆନ୍ ହିଲ୍ ର ହିରୋ ଡରୁଆ ତଥା କମ୍‌ଜୋର ଥିଲା।' ଏହା ଶୁଣିଲା ପରେ ରୁଜବେଲ୍ଟ ଆଉ ସେହି ନିର୍ବାଚନରୁ ଓହରିଲେ ନାହିଁ, ବାକି ଇତିହାସ ସାକ୍ଷୀ ଅଛି। ଏହି କଥା ପଦକ ତାଙ୍କ ମନରେ ଏକ ପ୍ରତିଯୋଗିତା ସୃଷ୍ଟି କଲା। ଏପରିକି ଦେଶର ଭବିଷ୍ୟତ ଉପରେ ପ୍ରଭାବ ପକାଇ ପାରିଲେ।

ପ୍ରାଚୀନ ଗ୍ରୀସ୍‌ରେ କିଙ୍ଗସ୍ ଗାର୍ଡର ଆଦର୍ଶବାକ୍ୟ ଥିଲା- 'ଡର ସମସ୍ତଙ୍କୁ ଲାଗେ ହେଲେ ବାହାଦୂର୍ ଲୋକମାନେ ଡରକୁ ଗୋଟେ ପଟେ ରଖି ଆଗକୁ ମାଡି ଯାଆନ୍ତି। କେତେଥର ମରିବି ଯାଆନ୍ତି କିନ୍ତୁ ସର୍ବଦା ନିର୍ଭୀକ ମାନେହିଁ ଜିତନ୍ତି। ଏହା ଠାରୁ ବଡ କ'ଣ ହୋଇପାରେ ଯେ ସେ ନିଜ ଡର ଉପରେ ବିଜୟ ପ୍ରାପ୍ତ କରିନେଲେ।

ଅଲ୍ ସ୍ମିଥ୍ ଯେତେବେଳେ ନିୟୁର୍କର ରାଷ୍ଟ୍ରପତି ଥିଲେ, ସେତେବେଳେ ସେ ପ୍ରତିଦ୍ୱନ୍ଦିତା କରାଇବାକୁ ଭାବିଲେ। ସେହି ସମୟର ସବୁଠାରୁ କୁଖ୍ୟାତ ଜେଲ୍ ସିଙ୍ଗ୍ ସିଙ୍ଗ୍ ରେ କେହି ଜେଲର୍ ନଥିଲେ। ସେହି ଜେଲ୍ ବିଷୟରେ ବହୁତ ଖରାପ ଉଡା ଖବର ପ୍ରଚାରିତ ହେଉଥିଲା। ସେହି ସିଙ୍ଗ୍ ସିଙ୍ଗ୍ ଜେଲ ପାଇଁ ସ୍ମିଥ୍‌ଙ୍କୁ ଏକ ଦାମ୍ଭିକ ଓ ନିର୍ଭୀକ ଲୋକର ଆବଶ୍ୟକତା ଥିଲା। କିନ୍ତୁ କିଏ ? ସେ ବହୁତ ଚିନ୍ତା କଲାପରେ ନିୟୁ ହେମ୍ପଟନ୍‌ର ଲୁଇସ୍ ଆର୍ ଲାର୍ଜ୍‌ଙ୍କୁ ଡକାଇଲେ।

ସେ ଲୁଇସ୍‌ଙ୍କୁ ପଚାରିଲେ- 'ସିଙ୍ଗ-ସିଙ୍ଗ୍ ଜେଲର ଜେଲର୍ ହେବାପାଇଁ ତୁମର ରାୟ କ'ଣ ? ସେଠି କୌଣସି କୁଶଳ ଏବଂ ଅନୁଭବୀ ବ୍ୟକ୍ତିର ଆବଶ୍ୟକତା ଅଛି।'

ଲୁଇସ୍ ତ ଏହା ଶୁଣି ନିର୍ବାକ ହୋଇଗଲା। ସେହି ଜେଲର ବିପଦ ବିଷୟରେ ତାଙ୍କୁ ଜଣାଥିଲା। ଏହା ଏକ ରାଜନୈତିକ ନିଯୁକ୍ତି ଥିଲା ତଥା ରାଜନୀତି ଉପରେ ପୂରା ନିର୍ଭର କରୁଥିଲା। କେତେ ଜେଲର୍ ଆସିଲେ ଚାଲିଗଲେ। ଜଣେ ଜେଲର୍ ତ ମାତ୍ର ଦୁଇ ତିନି ସପ୍ତାହ ହିଁ ରହିଥିଲା। ସେ ନିଜ ଚାକିରିକୁ ନେଇ ବହୁତ ଚିନ୍ତିତ ଥିଲା। ପ୍ରାୟ ବିପଦକୁ ବରଣ କରିବାକୁ ଚାହୁଁ ନଥିଲା।

ସ୍ମିଥ୍ ବୁଝିଗଲେ କି ସେ କୁଣ୍ଠାବୋଧ କରୁଥିଲା। ସେ ଚୌକି ଉପରେ ଆରାମରେ ବସି ରହିଲା, ତେଣୁ କହିଲେ- 'ମୁଁ ଭାବୁଛି ତୁମର ଡରିବାର କାରଣ କ'ଣ ? ପ୍ରକୃତରେ କାମ ବହୁତ କଠିନ ଅଟେ। କାମ କରିବା ଲୋକର ଦାମ୍ଭିକତା ଏବଂ ନିର୍ଭୀକତା ଭଳି ଗୁଣ ଥିବା ଦରକାର, ଡରୁଆ ଲୋକ ଏପରି କାମ କରିବା ସମ୍ଭବ ନୁହେଁ।' ଏପରି କଥା ଶୁଣି ଲୁଇସ୍ ଜିଦ୍ ଧରିଲା ପରି ସେଠାକୁ ଗଲା ବା ପ୍ରତିଦ୍ୱନ୍ଦିତା କଲା ପରି ସେଠାକୁ ଗଲା ଓ ନିଜ ସମୟର ସବୁଠାରୁ ପ୍ରସିଦ୍ଧ ଜେଲର ପାଲଟି ଗଲା। ତାଙ୍କ ଉପରେ ଲିଖିତ ପୁସ୍ତକ '୨୦,୦୦୦ ଇୟର୍ସ ଇନ୍ ସିଙ୍ଗ ସିଙ୍ଗ' ଲକ୍ଷ ଲକ୍ଷ ସଂଖ୍ୟାରେ ବିକ୍ରିହେଲା। ତାଙ୍କ ଦ୍ୱାରା ଦିଆ ଯାଇଥିବା ରେଡିଓ ବାର୍ତ୍ତା ଓ ନିଜ ଜୀବନ କାହାଣୀ ବହୁ ଫିଲ୍ମ ତିଆରି କରିବାକୁ ପ୍ରେରଣା ଦେଇଥିଲା। ଅପରାଧୀମାନଙ୍କ 'ମାନବୀକରଣ' ର ନୂଆ ଅଭ୍ୟାସ ଜେଲ ସୁଧାରିବା କ୍ଷେତ୍ରରେ ଚମତ୍କାରୀ ପ୍ରମାଣିତ ହୋଇଥିଲା।

ପ୍ରସିଦ୍ଧ 'ଫାୟାରଷ୍ଟୋନ୍ ଟାୟାର୍ ଏଣ୍ଡ୍ ରବର୍ କମ୍ପାନୀ'ର ମାଲିକ ଫାୟାରଷ୍ଟୋନ୍ କହିଥିଲେ- 'ମୋର ମାନିବା କଥା ଏପରି ଯେ କେବଳ ଭଲ ଦରମା ଦେଇ ଆମ କମ୍ପାନୀ ପାଇଁ ଭଲ ଲୋକ ରଖିହେବ ନାହିଁ। ମୋ ଅନୁସାରେ ଅସଲ ଆକର୍ଷଣ ତ କାମର ପ୍ରକୃତି ହିଁ ହୋଇଥାଏ।'

ମହାନ ଏବଂ ପ୍ରସିଦ୍ଧ ବ୍ୟବହାରିକ ବିଜ୍ଞାନୀ ଫ୍ରେଡରିକ୍ ହଜ୍‌ବର୍ଗ୍ ବି ଏହି କଥା ସହ ସହମତ ଥିଲେ। ସେ କାରଖାନର ମାମୁଲି ଶ୍ରମିକ ଠାରୁ ଆରମ୍ଭ କରି ବଡ ବଡ ଅଧିକାରୀମାନଙ୍କ କାମକୁ ଭଲ ଭାବରେ ଅନୁଧ୍ୟାନ କରୁଥିଲେ। ଆପଣଙ୍କୁ କ'ଣ ଲାଗୁଛି ତାଙ୍କ ଅନୁସନ୍ଧାନରେ କେଉଁ ଜିନିଷ ସବୁ ଠାରୁ ବେଶୀ ପ୍ରେରଣାଦାୟୀ ହୋଇଥିବ ? ଅର୍ଥ ? କାମ କରିବାର ଭଲ ବାତାବରଣ ? ଅଗଣିତ ସୁବିଧା ସୁଯୋଗ ? ନା, ସବୁଠାରୁ ଅମୂଲ୍ୟ ତତ୍ତ୍ୱ ଯେଉଁଥିରୁ ଲୋକମାନଙ୍କୁ ପ୍ରେରଣା ମିଳିଥାଏ, ତାହା ହେଲା କାମ କରିବାର ପ୍ରକୃତି। ଯଦି କାମଟି ପ୍ରତିଯୋଗିତା ମୂଳକ ତଥା ରୁଚିକର ହୋଇଥାଏ ତେବେ ଲୋକେ ଏହାକୁ କରିବାକୁ ଆଗ୍ରହୀ ହେବେ ଓ ଭଲ ଭାବରେ କରିବାକୁ ପ୍ରେରିତ ବି ହେବେ। ପ୍ରତ୍ୟେକ ସଫଳ ବ୍ୟକ୍ତିକୁ ପ୍ରତିଯୋଗିତା ପସନ୍ଦ ହୋଇଥାଏ। ସେ ଚାହେଁ କି ତାକୁ ଆତ୍ମ-ଅଭିବ୍ୟକ୍ତ କରିବାର ମୌକା ମିଳୁ। ଯଦ୍ୱାରା ସେ ନିଜ ମହତ୍ତ୍ୱ ଓ ଶ୍ରେଷ୍ଠତା ପ୍ରମାଣିତ କରିପାରିବ ଓ ଲୋକମାନଙ୍କୁ ଜିତିକରି ଦେଖାଇ ପାରିବ। ପ୍ରତ୍ୟେକ ଲୋକ ଶ୍ରେଷ୍ଠ ହେବାକୁ ଚାହିଁଥାଏ ଓ ମହତ୍ତ୍ୱପୂର୍ଣ୍ଣ ହେବାର ଆକାଂକ୍ଷା ରଖିଥାଏ।

ସିଦ୍ଧାନ୍ତ - 12

ପ୍ରତିଯୋଗିତା କରାନ୍ତୁ।

ଭାଗ – ଚାରି

କଷ୍ଟ ନ ଦେଇ ଲୋକମାନଙ୍କୁ କିପରି ବଦଳାଇ ହେବ

1

ଭୁଲ୍ ଗୁଡିକୁ ଜାଣିବେ କିପରି

କେଲଭ୍ୱିନ୍ କୁଲିଜ୍ ରାଷ୍ଟ୍ରପତି ଥିଲା ବେଳେ ମୋର ଜଣେ ମିତ୍ର ହ୍ୱାଇଟ୍ ହାଉସ୍‌ରେ ବନ୍ଧୁ ଭାବରେ ନିମନ୍ତ୍ରିତ ହୋଇ ଯାଇଥିଲା। ସେ ରାଷ୍ଟ୍ରପତିଙ୍କ ବ୍ୟକ୍ତିଗତ ଅଫିସ୍ ଭିତରକୁ ପ୍ରବେଶ କରିବାକୁ ଯାଉଯାଉ ଶୁଣିଲା– 'ତୁମେ ଆଜି ବହୁତ ସୁନ୍ଦର ବସ୍ତ୍ର ପିନ୍ଧିଛ, ତେଣୁ ଏହି ବସ୍ତ୍ରରେ ତୁମେ ବହୁତ ସୁନ୍ଦର ଦେଖାଯାଉଛ' ଏପରି ଭାବେ କୁଲିଜ୍ ନିଜ ସେକ୍ରେଟାରୀର ପ୍ରଶଂସା କରୁଥିଲେ।

ମାପିଚୁପି କଥା କହୁଥିବା କୁଲିଜ୍ ଆଗରୁ ଏପରି କୌଣସି ସେକ୍ରେଟାରୀ ର ଏତେ ଅଧିକା ପ୍ରଶଂସା କରି ନଥିଲେ। ପ୍ରଶଂସା ଶୁଣି ସେକ୍ରେଟାରୀ ଲଜ୍ୟା ଅନୁଭବ କଲା କାରଣ ସେ ଏପରି କଥା କେବେ ଆଶା କରିନଥିଲା। ପୁଣି କୁଲିଜ୍ କହିଲେ, 'ଖୁସିରେ ବେଶି ଫୁଲିବାର ଦରକାର ନାହିଁ। ମୋତେ ତୁମକୁ ଆହୁରି ଅନ୍ୟ କଥା କହିବାର ଅଛି। ତୁମ ଲିଖିତ ପତ୍ରରେ ବିରାମ ଚିହ୍ନ ର ବହୁତ ଭୁଲ୍ ହେଉଛି। ମୁଁ ଚାହୁଁଛି କି ଏପରି ଭୁଲ୍ ଆଉ କରନାହିଁ।'

ସେ ବହୁତ ସ୍ପଷ୍ଟ ଭାବରେ କଥା କହିଥିଲେ, କିନ୍ତୁ ତାଙ୍କ ମନୋବିଜ୍ଞାନ ବହୁତ ସୁନ୍ଦର ଥିଲା। ଯଦି ଆମେ ଆଗେ ନିଜର ପ୍ରଶଂସା ଶୁଣି ନିଅନ୍ତି ତେବେ ପରେ କିଛି ଖରାପ ଶୁଣିବା ସହଜ ହୋଇଥାଏ।

ଦାଢି ମାରିବା ପୂର୍ବରୁ ବି ବାରିକ କ୍ରିମ୍ ଲଗାଇ ଥାଏ। ବିଲକୁଲ୍ ଏହି ଉପାୟ ମେକିନ୍‌ଲେ ୧୮୯୬ ମସିହାରେ ରାଷ୍ଟ୍ରପତି ନିର୍ବାଚନ ଲଢିବା ସମୟରେ ଅବଲମ୍ବନ କରିଥିଲେ। ବିଶିଷ୍ଟ ରିପବ୍ଲିକାନ୍ ନେତା ଜଣକ ଏକ ନିର୍ବାଚନୀ ଭାଷଣ ପ୍ରସ୍ତୁତ କଲେ, ଯାହା ତାଙ୍କ ଅନୁସାରେ ସିସରୋ, ଡେନିୟଲ୍ ୱେବଷ୍ଟର ଏବଂ ପେଟ୍ରାକ୍ ହେନେରିଙ୍କ ଭାଷଣ ଠାରୁ ଅନେକ ଗୁଣ ଭଲ ଥିଲା। ସେହି ବ୍ୟକ୍ତି ପୁରା ଉତ୍ସାହ ଓ ଯୋଶ୍ ର ସହ ସେହି ଭାଷଣକୁ

ମେକିନ୍‌ଲେ ଙ୍କ ଆଗରେ ପଢିକରି ଶୁଣାଇଲା । ଭାଷଣରେ କିଛି ଭଲ କଥା ନିଶ୍ଚିତ ଥିଲା, କିନ୍ତୁ ସେହି ସମୟ ପାଇଁ ତାହା ଏତେ ଉଚିତ୍ ନଥିଲା । ମେକିନ୍‌ଲେ ତା' ଭାବନାକୁ ଆହତ କରିବାକୁ ଚାହୁଁ ନଥିଲେ, କିନ୍ତୁ ନା ତ କହିବାର ହିଁ ଥିଲା, ତେଣୁ ସେ କୂଟନୀତି ଦ୍ୱାରା କାମ ହାସଲ କରିବାକୁ ଚାହିଁଲେ ।

ମୋର ପ୍ରିୟ ମିତ୍ର ଏହା ପ୍ରକୃତରେ ଏକ ବହୁତ ବଢିଆ ଭାଷଣ । ଖୁବ୍ ସୁନ୍ଦର ଭାବରେ ଏହାକୁ ଲେଖାଯାଇଛି ହୁଏତ ଆଉ କେହି ଏପରି କରି ପାରିବେ କି ନାହିଁ । ଏହା ଅନ୍ୟ ସ୍ଥିତିରେ ବହୁତ ଭଲ ହୋଇଥାନ୍ତା, ପ୍ରାୟ ଏହି ସ୍ଥିତି ପାଇଁ ନୁହଁ । ଆପଣ ଗୋଟେ କାମ କରନ୍ତୁ ମୁଁ କହି ଦେଉଛି କିପରି ଶୈଳୀରେ ଲେଖିବାର ଅଛି । ଏହି ଭାଷଣଟିକୁ ସେପରି ଭାବରେ ଲେଖି ଗୋଟେ ଲେଖା ମୋ ପାଖକୁ ପଠାଇ ଦିଅନ୍ତୁ । ସେ ଠିକ୍ ସେହିପରି କଲା । ମେକିନ୍‌ଲେ ଙ୍କ ମାର୍ଗଦର୍ଶନ ଏବଂ ସଂଶୋଧନ ଉପରେ ଧ୍ୟାନ ଦେଇ ଆଉଥରେ ଭାଷଣ ଲେଖିଲା । ତେଣୁ ସେ ଏହି ଅଭିଯାନର କୁଶଳ ଓ ପ୍ରଭାବୀ ବକ୍ତା ପାଲଟି ଗଲା ।

ଏଠି ଆବ୍ରାହମ୍ ଲିଙ୍କନ୍‌ଙ୍କ ଦ୍ୱାରା ଲେଖା ଯାଇଥିବା ସୁପ୍ରସିଦ୍ଧ ଚିଠିକୁ ଉପସ୍ଥାପନା କରାଗଲା । ପ୍ରଥମ ସବୁଠାରୁ ବେଶି ପ୍ରସିଦ୍ଧ ପତ୍ର ଶ୍ରୀମତି ବିକ୍ସବିଙ୍କୁ ଲେଖା ଯାଇଥିଲା, ଯେଉଁଥିରେ ଯୁଦ୍ଧରେ ପ୍ରାଣ ହରାଇଥିବା ତାଙ୍କ ପାଞ୍ଚ ପୁଅଙ୍କ ପାଇଁ ଗଭୀର ଶୋକ ପ୍ରକଟ କରିଥିଲେ । ହୁଏତ ଲିଙ୍କନଙ୍କୁ ଏହି ପତ୍ରଟି ଲେଖିବାକୁ ପାଞ୍ଚ ମିନିଟ ସମୟ ଲାଗି ଥାଇପାରେ କିନ୍ତୁ ୧୯୨୬ ମସିହାରେ ସର୍ବସାଧାରଣ ନିଲାମୀ ବେଳେ ଏହାକୁ ୧୨୦୦୦ ଡଲାର ରେ ବିକ୍ରି କରା ଯାଇଥିଲା । ଆର୍ଶ୍ଚଯ୍ୟଜନକ କଥା ହେଉଛି ଯେ ସେ ତାଙ୍କ ଜୀବନର ୫୦ ବର୍ଷରେ ଯେତିକି ପୁଞ୍ଜି ଜମା କରି ପାରିଥିଲେ ଏହି ରାଶି ତାଠାରୁ ଅଧିକ ଥିଲା । ଏହି ଚିଠିଟି ୨୬ ଏପ୍ରିଲ୍ ୧୮୬୩ ମସିହାରେ ଗୃହଯୁଦ୍ଧର ନିରାଶାଜନକ ସମୟରେ ଜେନେରାଲ୍ ଜୋସକ୍ ହୁକର୍ କୁ ଲେଖା ଯାଇଥିଲା । ଲିଙ୍କନ୍‌ଙ୍କ ସୈନ୍ୟମାନେ ଲଗାତାର ୧୮ ମାସ ଧରି ଗୋଟିଏ ପରେ ଗୋଟିଏ ସୋପାନ ହାରି ହାରି ଯାଉଥିଲେ । ସମସ୍ତ ପ୍ରୟାସ ବ୍ୟର୍ଥ ଯାଉଥିଲା ବେଳେ କେତେ ଯେ ସୈନିକଙ୍କ ମୃତ୍ୟୁ ହୋଇ ସାରିଥିଲା ତାହାର ହିସାବ ନଥିଲା । ପୁରା ଦେଶ ଅନୁଶୋଚନାରେ ପଡି ଯାଇଥାଏ । କଥା ଏତେ ବଢି ଯାଇଥାଏ ଯେ ରିପବ୍ଲିକାନ୍ ପାର୍ଟିର ସଦସ୍ୟମାନେ ବି ବିଦ୍ରୋହ କରିବାକୁ ବାହାରି ପଡିଥିଲେ ଓ ଲିଙ୍କନ୍‌ଙ୍କୁ ହ୍ୱାଇଟ୍ ହାଉସ୍‌ରୁ ବାହାର କରିବାକୁ ଚାହୁଁଥିଲେ । ଲିଙ୍କନ୍ କହିଲେ- 'ନିଶ୍ଚିତ କଥା ଯେ ଆମେ ଆଜି ବିନାଶର ଶେଷ ଅବଧିରେ ପହଞ୍ଚି ସାରିଛନ୍ତି । ଈଶ୍ୱର ଆମ ବିପକ୍ଷରେ ଅଛନ୍ତି । ମୋତେ ଆଶାର ଛୋଟିଆ କିରଣଟିଏ ବି ଦିଶୁନାହିଁ ।'

ଯେଉଁ ପତ୍ର ମୁଁ ଏଠି ପ୍ରକାଶ କରୁଅଛି, ସେଥିରୁ ଜଣା ପଡୁଛି କିପରି ଭାବରେ ଲିଙ୍କନ୍

ଜଣେ ନିଷ୍ଠୁର ଜେନେରାଲ୍‌କୁ ବଦଳାଇବାର ଚେଷ୍ଟା କରିଥିଲା ଯେତେବେଳେ କି ସାରା ଦେଶର ଭାଗ୍ୟ ତାର କାର୍ଯ୍ୟକଳାପ ଉପରେ ନିର୍ଭର କରୁଥିଲା ।

ରାଷ୍ଟ୍ରପତି ହେବାପରେ ଏହି ଚିଠିଟି ସବୁଠାରୁ କଡା ଥିଲା ତାଙ୍କର । ହେଲେ ବି ଏହି ଚିଠିରେ ଦେଖା ଯାଇଥିଲା କି ସେ ଜେନେରାଲ ହୁକର୍‌ଙ୍କ କଡା ନିନ୍ଦା କରିବା ପୂର୍ବରୁ ତାଙ୍କର ପ୍ରଶଂସା ବି କରିଥିଲେ ।

ଭୁଲ୍‌ଗୁଡିକ ବାସ୍ତବରେ ବହୁତ ଗମ୍ଭୀର ଥିଲା, କିନ୍ତୁ ଲିଙ୍କନ୍ ଏପରି କଥା ସଫା ସଫା କହିଲେ ନାହିଁ, ବରଂ ସେହି କଥାକୁ ବଦଳାଇ, 'କିଛି ଏପରି କଥା ଅଛି ଯେଉଁଥିରେ ମୁଁ ସମ୍ପୂର୍ଣ୍ଣ ଭାବରେ ସହମତ ନୁହେଁ ।' ପ୍ରକୃତରେ ସେ ଜଣେ ବଡ କୂଟନୀତିଜ୍ଞ ଥିଲେ ।

ଏଇଟି ହେଉଛି ସେହି ପତ୍ର ଯାହାକୁ ଲିଙ୍କନ୍ ହୁକର୍ ପାଖକୁ ପଠାଇଥିଲେ-

'ମୁଁ ହିଁ ଆପଣଙ୍କୁ ପୋଟାମେକ୍‌ର ସେନାଧକ୍ଷ ନିଯୁକ୍ତି କରିଥିଲି ଓ ଏପରି କରିବା ପଛରେ କାରଣ ବି ଅଛି, ହେଲେବି କିଛି କଥା ଏପରି ଅଛି ଯେଉଁଥିରେ ମୁଁ ଆପଣଙ୍କ ସହ ପୂରା ସନ୍ତୁଷ୍ଟ ନୁହେଁ ।'

'ମୁଁ ଆପଣଙ୍କ କୁଶଳତା ଏବଂ ସାହସିକତାକୁ ହୃଦୟର ସହ ପ୍ରଶଂସା କରୁଛି । ମୋତେ ଜଣା ଅଛି କି ଆପଣ ନିଜ ରାଜନୈତିକ ଜୀବନ ଓ ପେଶା କୁ ସଂମ୍ପୂର୍ଣ୍ଣ ରୂପେ ଅଲଗା ଅଲଗା ରଖିଥାନ୍ତି । ଏପରି କରିବା ବିଲକୁଲ୍ ଠିକ୍ ଅଟେ । ଆପଣଙ୍କ ଭିତରେ ବହୁତ ଆତ୍ମବିଶ୍ୱାସ ଅଛି ଯାହା ବହୁମୂଲ୍ୟ ଅଟେ ।'

'ଆପଣ ମହତ୍ତ୍ୱାକାଂକ୍ଷୀ ଅଟନ୍ତି ଯାହା କିଛି ମାତ୍ରାରେ ଠିକ ଅଟେ, କିନ୍ତୁ ମୋତେ ଲାଗୁଛି କି ଜେନେରାଲ୍ ବର୍ଣ୍ଣସାଇଡ୍‌ଙ୍କ କମାଣରେ ଆପଣ ଆବଶ୍ୟକତା ଠାରୁ କିଛି ଅଧିକା ହିଁ ମହତ୍ତ୍ୱପୂର୍ଣ୍ଣତା ର ପରିଚୟ ଦେଇଛନ୍ତି ତଥା ତାଙ୍କ ସହ ଯଥାସମ୍ଭବ ଅସହଯୋଗ କରିଛନ୍ତି । ଏପରି କରି ଆପଣ ନିଜ ଦେଶ ସହ ନ୍ୟାୟ କରିନାହାନ୍ତି ତଥା ଏକ କୁଶଳ ଓ ସମ୍ମାନିତ ସୈନିକ ସାଥୀଙ୍କ ସହ ବି ।

ମୁଁ ଅତି ବିଶ୍ୱସ୍ତ ସୂତ୍ରରୁ ଶୁଣିବାକୁ ପାଇଛି ଯେ,ଏବେ କିଛି ଦିନ ଆଗରୁ ଆପଣ କହିଥିଲେ କି ସେନା ଓ ସରକାରଙ୍କୁ ନିଜ ମନପସନ୍ଦର କାମ କରିବାର ସ୍ୱାଧିନତା ଦେବା ଦରକାର । କଥା ସ୍ପଷ୍ଟ ଅଟେ , ମୁଁ ଆପଣଙ୍କୁ ଏହି କାରଣରୁ ନୁହେଁ ବରଂ ଏହା ବ୍ୟତୀତ ମୁଁ ଆପଣଙ୍କୁ ସେନାର କମାଣ ଧରେଇ ଦେଇଛି ।

ଏହି କଥା ସତ୍ୟ ଯେ ସେହି ଜେନେରାଲ୍ କେବଳ ନିଜର ମନ ଅନୁସାରେ କାମ କରିପାରନ୍ତି, ଯିଏ ସଫଳତାର ଶିଖର ଉପରେ ପହଞ୍ଚିଥାନ୍ତି । ଏବେ ଆପଣଙ୍କ ଠାରୁ ମୁଁ ସୈନିକ ସଫଳତା ଚାହୁଁଛି ଓ ମନ ଅନୁସାରେ କାମ କରିବାର ବିପଦକୁ ମୁଁ ସ୍ୱୀକାର କରୁଅଛି ।

'ସରକାର ନିଜ ଅନ୍ୟ ସେନାପତି ମାନଙ୍କ ପରି ଆପଣଙ୍କୁ ବି ପୂରା ସମର୍ଥନ ଦେବ। ମୋତେ ଡର ଲାଗୁଛି କି ଆପଣ ନିଜ ସୈନ୍ୟ ମାନଙ୍କ ମଧ୍ୟରେ କେତେକ ଭୁଲ ଓ ଖରାପ ଭାବନା ର ବିସ୍ତାର କରାଇଛନ୍ତି। ନିଜ ସୈନ୍ୟମାନଙ୍କ ସମାଲୋଚନା କରିବା ତଥା ଅବିଶ୍ୱାସ କରିବାର ଅଭ୍ୟାସକୁ ଏବେ ଆପଣଙ୍କୁ ସହିବାକୁ ପଡିବ। ଆପଣଙ୍କ ଏହି ଅଭ୍ୟାସକୁ ଦୂର କରିବା ପାଇଁ ମୁଁ ପୂରା ସହଯୋଗ କରିବି।

ଯଦି ସେନାର ମନୋବଳ ଏହି ପ୍ରକାରର ରହିବ, ତେବେ ଆପଣ ଏହି ସେନାଠାରୁ ବଡ ସଫଳତା ହାସଲ କରିପାରିବେ। ସର୍ବଦା ତରବରିଆ ଗୁଣ ଠାରୁ ଦୂରେଇ ରୁହ। ନିଜର ସମସ୍ତ ଶକ୍ତି ଓ ସତର୍କତା ସହ ଆଗକୁ ବଢି ଚାଲ ଓ ଆମକୁ ବିଜୟ ଦିଅ।'

ଆପଣ ମେକିନ୍‌ଲେ କୁଲିଜ୍ ବା ଲିଙ୍କନ୍ ନୁହଁନ୍ତି। କ'ଣ ଆପଣ ଜାଣନ୍ତି ଯେ ଏହି ଦାର୍ଶନିକତା ଆପଣଙ୍କ ଦୈନନ୍ଦିନ ଜୀବନରେ ଆପଣଙ୍କ ସାହାଯ୍ୟ କରିବ ବୋଲି ? ଆସନ୍ତୁ ଫିଲାଡେଲଫିଆର ବାର୍କ କମ୍ପାନୀର ଡବ୍ଲୁ ପି ଗାଓଁ ଙ୍କର ଉଦାହରଣ ନେବା-

ଥରେ ବାର୍କ କମ୍ପାନିକୁ ଫିଲାଡେଲଫିଆରେ ଏକ ନିଶ୍ଚିତ ତାରିଖ ଭିତରେ ଅଫିସ୍‌ର ନିର୍ମାଣ କରିବାର ଥିଲା। ସବୁ ଠିକ୍ ଠାକ୍ ଚାଲୁଥିଲା, ଅଚାନକ ଏହି ଭବନର ବାହାରେ କାମ କରୁଥିବା ବ୍ରାଞ୍ଜ୍ ପେଟି ଠିକାଦାର କହିଦେଲା କି ସେ ଏହି ତାରିଖ ଭିତରେ ସବୁ ମାଲ୍ ପଠାଇ ପାରିବ ନାହିଁ। ଏମିତି ହେଲେ ତ କୋଠାର କାମ ଅଟକି ଯିବ ସେଥିପାଇଁ ବହୁତ ଜୋରିମାନା ବି ହେବ ଓ ଏତେସବୁ କ୍ଷତି କେବଳ ଗୋଟେ ଲୋକ ପାଇଁ ହିଁ ହେବ।

ଯୁକ୍ତି ତଥା ଟେଲିଫୋନରେ କଥାହେଇ କିଛି ଭଲ ପରିଣାମ ବାହାରିଲା ନାହିଁ। ତେଣୁ ମିଷ୍ଟର ଗାଓଁ ଙ୍କୁ ସେହି ପେଟି ଠିକାଦାର ପାଖକୁ କଥାହେବାକୁ ପଠାଗଲା ଯାହା ଫଳରେ ସେ ନିଜେ ତାଙ୍କ ସହ କଥା ହୋଇ ପାରିବେ।

ସେହି ଠିକାଦରଙ୍କ ସହ ଭେଟ ହେବା କ୍ଷଣି ମିଷ୍ଟର ଗାଓଁ କହିଲେ- 'ଆପଣ ଜାଣନ୍ତି କି ପୁରା ବ୍ରୁକଲିନ ରେ ଆପଣ ନିଜ ନାମର ଏକ ମାତ୍ର ବ୍ୟକ୍ତି ଅଟନ୍ତି ବୋଲି ?'

ଠିକାଦାର ସ୍ତବ୍ଧ ହୋଇଗଲା, 'ନା ! ମୋତେ ଜଣାନଥିଲା।'

ମିଷ୍ଟର ଗାଓଁ ଆଗକୁ କହିଲେ- 'ମୋତେ ବି ଜଣା ନଥିଲା, କିନ୍ତୁ ମୁଁ ଆଜି ସକାଳୁ ଟ୍ରେନ୍‌ରୁ ଓହ୍ଲାଇ ଆପଣଙ୍କ ଠିକଣା ଜାଣିବାକୁ ଟେଲିଫୋନ୍ ଡାଇରେକ୍ଟୋରି ଦେଖିଲା ବେଳେ ମୋତେ ଏହା ଜଣା ପଡିଗଲା କି ଆପଣ ଏହି ସହରର ଏହି ନାମଧାରୀ ଏକୁଟିଆ ଲୋକ।'

ଠିକାଦାର କହିଲା ମୋତେ ଏକଥା ବିଲକୁଲ୍ ମାଲୁମ ନଥିଲା। ସେ ବଡ ସନ୍ତର୍ପଣରେ ସେହି ଟେଲିଫୋନ୍ ଡାଇରେକ୍ଟୋରୀ କୁ ବାରମ୍ବାର ଏପଟ ସେପଟ ଓଲଟାଇ ଦେଖିନେଲେ ତାପରେ ଗର୍ବର ସହିତ କହିଲେ- 'ଏହା ଏମିତି ସେମିତି ନାମ ନୁହେଁ। ୨୦୦ବର୍ଷ ପୂର୍ବରୁ

ମୋର ପୂର୍ବଜ ମାନେ ହଲାଣ୍ଡରୁ ଆସି ଏଠି ନିୟୁର୍କରେ ରହି ଯାଇଛନ୍ତି। ସେ ଏମିତି ଭାବରେ ନିଜ ପରିବାର ଓ ପୂର୍ବଜ ମାନଙ୍କ ବିଷୟରେ ୧୦-୧୫ ମିନିଟ କେତେ କଥା ଶୁଣାଇବାକୁ ଲାଗିଲେ। ତାଙ୍କ କଥା ସରୁ ସରୁ ମିଷ୍ଟର ଗାଓଁ ସେହି କାରଖାନାର ପ୍ରଶଂସା କରି କହିଲେ ପ୍ରକୃତରେ ଏହି କାରଖାନା ଅନ୍ୟ କାରଖାନା ମାନଙ୍କଠାରୁ ଖୁବ ଭଲ ଓ ସୁନ୍ଦର ଜଣା ପଡୁଛି। ଏତେ ସଫା ସୁତରା ଥାଇ ଏପରି ଏତେବଡ କାରଖାନା ମୁଁ ଆଗରୁ କେବେ ଦେଖିନଥିଲି।

ଠିକାଦାର ବଡ ଦମ୍ଭର ସହ କହିଲା, 'ମୁଁ ଏହାକୁ ଗଢିବା ପାଇଁ ମୋର ଜୀବନ ବାଜି ଲଗାଇ ଦେଇଛି। ଏହାର ସଫଳତାରେ ମୁଁ ଗର୍ବିତ। ଆପଣ ମୋ ଫ୍ୟାକ୍ଟରୀ ଦେଖିବାକୁ ଚାହିଁବେ ?'

ମିଷ୍ଟର ଗାଓଁ କାରଖାନା ବୁଲି ବୁଲି ଦେଖୁ ଦେଖୁ ନିର୍ମାଣ ସମ୍ବନ୍ଧିତ ଅନେକ ତଥ୍ୟର ପ୍ରଶଂସା କଲେ ତଥା କେତେକ ନୂଆ ମେସିନ୍‌କୁ ଦେଖି କହିଲେ ମୁଁ ଏପରି ଭଲ କାମ କରୁଥିବା ମେସିନ୍ ଅନ୍ୟ କେଉଁ କାରଖାନାରେ ଦେଖିନାହିଁ ହୁଏତ ସେଥିପାଇଁ ଆପଣ ଅଧିକା ଉତ୍ପାଦନ କରିପାରୁଛନ୍ତି। ଏହି ମେସିନ୍ ବିଷୟରେ ରୁଚି ଦେଖି ଠିକାଦାର କହିଲେ ଏହି ମେସିନ୍‌ଗୁଡିକୁ ସେ ନିଜେ ପ୍ରସ୍ତୁତ କରିଛନ୍ତି ତେଣୁ ବଜାରରେ ଦେଖିବାକୁ ମିଳିବ କିପରି, ଏହା କହି ସେହି ମେସିନର କାର୍ଯ୍ୟଶୈଳୀକୁ ଭଲ ଭାବରେ ବୁଝାଇଲେ କେତେ ଭଲ ଭାବରେ ସେଠି କାମ କରାଯାଉଛି। ଏହା ପରେ ସେ ମିଷ୍ଟର ଗାଓଁ ଙ୍କୁ ଦୁଇ ପହରର ଖାଇବାକୁ ନିମନ୍ତ୍ରଣ କଲେ। ଏବେ ପର୍ଯ୍ୟନ୍ତ ମିଷ୍ଟର ଗାଓଁ ନିଜ ଆସିବାର କାରଣ ତାଙ୍କ ଆଗରେ ପ୍ରକାଶ କରି ନଥିଲେ।

ଖାଇ ସାରିବା ପରେ ପୁଣି ଅଫିସ୍‌ରେ ବସିଲେ। ଏବେ ଠିକାଦାର କହିଲା, 'ମୁଁ ଜାଣିଛି ଆପଣ ଏଠାକୁ କାହିଁକି ଆସିଛନ୍ତି। ମୁଁ ଭାବି ବି ନଥିଲି କି ଆମ ସାକ୍ଷାତ ଏତେ ସୁନ୍ଦର ରହିବ ବୋଲି। ଏବେ ଆପଣ ଚିନ୍ତାମୁକ୍ତ ହୋଇ ପ୍ରସ୍ଥାନ କରିପାରନ୍ତି। ମୁଁ ଆପଣଙ୍କୁ ବିଶ୍ୱାସ ଦେଉଛି ଆପଣଙ୍କ ମାଲ୍ ଠିକ୍ ସମୟ ପୂର୍ବରୁ ଆପଣଙ୍କ ପାଖରେ ପହଞ୍ଚିଯିବ ବରଂ ମୁଁ ଅନ୍ୟ ସବୁ ପାର୍ଟିମାନଙ୍କର କାମ ଟିକେ ଟିକେ ବିଳମ୍ବ କରାଇଦେବି।'

ମିଷ୍ଟର ଗାଓଁ ଙ୍କୁ ତ ଯେପରି ବିନା ତପସ୍ୟାରେ ବର ମିଳି ଯାଇଥିଲା। ସବୁ ଜିନିଷ ଠିକ୍ ଟାଇମରେ ପହଞ୍ଚିଗଲା ତେଣୁ ଭବନର କାମ ଠିକ୍ ସମୟରେ ହୋଇଗଲା।

ଯଦି ମିଷ୍ଟର ଗାଓଁ ବି ଅନ୍ୟ ଲୋକଙ୍କ ପରି ହାତୁଡି ବା ବୋମାର ବ୍ୟବହାର କରିଥାନ୍ତେ ତେବେ କ'ଣ ଏହି କାମ ସମ୍ଭବ ହୋଇପାରିଥାନ୍ତା !

ଫୋର୍ଟ ମାଂନମାଉଥରେ ଫେଡେରାଲ କ୍ରେଡିଟ ୟୁନିଅନ୍‌ର ଏକ ଶାଖା ପରିଚାଳକ କହିଲେ ସେ କିପରି ଭାବରେ ଜଣେ ସହକର୍ମୀଙ୍କୁ କୁଶଳ ହେବାରେ ସାହାଯ୍ୟ କରିଥଲେ।

'ମୁଁ ଏକ ଝିଅପିଲାଟିକୁ ଟ୍ରେଲର୍ କାଉଣ୍ଟର୍ ରେ ଟ୍ରେନିଂ ରେ ରଖିଥିଲି । ସେ ଦିନଯାକ ସବୁ କାମ ଠିକରେ କରିପାରୁଥିଲା କାରଣ ସେ ଗ୍ରାହକଙ୍କ ସହ ଖୁବ ଭଲ ସମ୍ପର୍କ ରଖିଥିଲା, କିନ୍ତୁ ସଂଧ୍ୟାରେ ଗଚ୍ଛିତ ଅର୍ଥ ହିସାବ କରିବାକୁ ବହୁତ ବିଳମ୍ବ କରି ଦେଉଥିଲା ।'

'ହେଡ୍ ଟେଲର୍ ସଫା ସଫା କହିଦେଲା କି ଏହି ଝିଅଟିକୁ କାମରୁ ବାହାର କରିଦେବା ଦରକାର । ଯାର କାମ ବହୁତ ଧିମା ଓ ତାହାରି ପାଇଁ ସମସ୍ତଙ୍କୁ ବିଳମ୍ବ ହୋଇଯାଉଛି । ମୁଁ ତାକୁ କେତେଥର ବୁଝାଇଲି ହେଲେ ବି ବୁଝୁନାହିଁ । ତାକୁ କାମରୁ ବାହାର କରିବାକୁ ହିଁ ପଡିବ ।'

ଆର ଦିନ ସକାଳେ ମୁଁ ତାକୁ କାମ କରୁଥିବାର ଦେଖିଲି ତାର ବ୍ୟବହାର ଗ୍ରାହକଙ୍କ ପ୍ରତି ବହୁତ ମଧୁର ଥିଲା । ଆଜି କାମରେ ଟିକେ ଶୀଘ୍ରତା ବି ପ୍ରକାଶ ପାଉଥିଲା ।

'ଦିନର ଶେଷ ଭାଗରେ ମୁଁ ତାକୁ ବାଲାନ୍ସ ମିଳାଉ ଥିବାର ଦେଖିଲି, ତେଣୁ ମୁଁ ଜାଣିପାରିଲି କି ସେ କ'ଣ ପାଇଁ ଏହି କାମକୁ ଏତେ ବିଳମ୍ବରେ କରୁଥିଲା । ଅଫିସ୍ ବନ୍ଦ ହେବାପରେ ମୁଁ ତାକୁ ଦେଖା କରିବାକୁ ଗଲି । ସେ ବହୁତ ଦୁଃଖୀ ତଥା ଅସୁବିଧାରେ ପଡିଥିବା ପରି ଲାଗୁଥିଲା । ମୁଁ ଗ୍ରାହକଙ୍କ ପ୍ରତି ତାର ବ୍ୟବହାରକୁ ନେଇ ଖୁବ୍ ପ୍ରଶଂସା କଲି ତଥା କାମରେ ଶୀଘ୍ରତା ଦେଖାଇ ପାରିଥିବାରୁ ମଧ ଧନ୍ୟବାଦ ଦେଲି । ତା ପରେ ମୁଁ ତାକୁ କ୍ୟାସ୍ ବାଲାନ୍ସ ମିଳାଇବାର ଏକ ସହଜ ଉପାୟ ତାକୁ ଶିଖାଇ ଦେଲି । ମୁଁ ତାକୁ ବିଶ୍ୱାସ କରାଇଦେଲି କି ମୋର ତା ଉପରେ ବହୁତ ଭରସା ଅଛି । ମୁଁ କହିଥିବା ଉପାୟକୁ ଶୀଘ୍ରରେ କାମରେ ଲଗାଇବାକୁ ଆରମ୍ଭ କରିଦେଲା ତେଣୁ ତା ପରେ ତାକୁ ନେଇ ଆଉ କାହାରି କିଛି ଅସୁବିଧା ରହିଲା ନାହିଁ । ସେ ଏବେ ଖୁସି ରହୁଛି ।

ପ୍ରଶଂସା ଦ୍ୱାରା ନିଜ କଥାର ଆରମ୍ଭ କରନ୍ତୁ, ଦାନ୍ତ ଡାକ୍ତର ଭଳି ଯିଏ କାମର ଆରମ୍ଭ ଯନ୍ତ୍ରଣା ନିବାରକ ଔଷଧରୁ ହିଁ କରିଥାଏ । ରୋଗୀର ଦାନ୍ତ ତ ନିଶ୍ଚିତ ଓପାଡି ଥାଏ, କିନ୍ତୁ ଯନ୍ତ୍ରଣା ନିବାରକ ଔଷଧ କାରଣରୁ ରୋଗୀକୁ ବ୍ୟଥା କମ୍ ହୋଇଥାଏ ।

ତେଣୁ ପ୍ରତ୍ୟେକ ଲିଡର୍ ମାନଙ୍କୁ ଏହି ସିଦ୍ଧାନ୍ତକୁ ପାଳନ କରିବା ଦରକାର ।

ସିଦ୍ଧାନ୍ତ - 1

ସର୍ବଦା ନିଜ କଥାର ଆରମ୍ଭ ସତ୍ୟ ଉପରେ ଅଧାରିତ ପ୍ରଶଂସାରୁ ହିଁ କରନ୍ତୁ ।

2

ରୋଗୀକୁ ବଞ୍ଚାଇବାକୁ ଆଲୋଚନା କରନ୍ତୁ

ଦିନେ ଚାର୍ଲ୍ସ ସବାବ୍ ନିଜ ଷ୍ଟିଲ୍ କମ୍ପାନୀରେ ବୁଲୁଥିଲା ବେଳେ ଦେଖିଲେ କିଛି କର୍ମଚାରୀ ସିଗାରେଟ୍ ପିଉଥିଲେ। ସେଠାରେ ଠିକ୍ ତାଙ୍କ ସାମ୍ନାରେ ଏକ ବୋର୍ଡ ଲଗା ଯାଇଥିଲା ଓ ଲେଖାଥିଲା 'ଏଠାରେ ଧୂମପାନ କରିବା ମନା'। କ'ଣ ସବାବ୍ ତାଙ୍କୁ ଗାଳିକରି କହିଥିବେ, 'କ'ଣ ତୁମେ ଏହି ବୋର୍ଡକୁ ପଢି ପାରୁନାହଁ ?' ବିଲକୁଲ୍ ନୁହେଁ, ସବାବ୍‌ଙ୍କର ବିଲକୁଲ୍ ଏହି ପଦ୍ଧତି ନଥିଲା। ସବାବ୍ ସେହି କର୍ମଚାରୀମାନଙ୍କ ପାଖକୁ ଗଲେ। ସେମାନଙ୍କୁ ନେଇ ଏକ ସିଗାରେଟ୍ ଦେଲେ ଓ କହିଲେ ମୁଁ ଚାହୁଁଛି ଆପଣମାନେ ଏହାକୁ ନେଇ ବାହାରେ ପିଇକରି ଆସନ୍ତୁ। ସେମାନେ ବୁଝିଗଲେ କି ସବାବ୍ ସେମାନଙ୍କୁ ସିଗାରେଟ୍ ପିଉଥିବାର ଦେଖି ଦେଇଛନ୍ତି। ସେମାନେ ସମସ୍ତେ ସବାବ୍‌ଙ୍କ ଦ୍ୱାରା ପ୍ରଭାବିତ ଥିଲେ କାରଣ ସବାବ୍ ତାଙ୍କୁ ଛୋଟ ଉପହାର ଦେଇଥିଲେ। ସେ ତାଙ୍କୁ ଗାଳି କଲେନାହିଁ କି ଅପମାନିତ କଲେ ନାହିଁ ବରଂ ଖାଲି ସେହି କଥାର ମହତ୍ତ୍ୱ ଅନୁଭବ କରାଇଥିଲେ। ଭଲା ଏପରି ବ୍ୟକ୍ତିକୁ କିଏ ନାପସନ୍ଦ କରିବ ?

ଏହି ଶୈଳୀର ପ୍ରୟୋଗ ଜନ୍ ବାନାମେକର୍ ବି କରିଥିଲେ। ସେ ଫିଲାଡେଲଫିଆ ରେ ଥିବା ନିଜ ବଡ ଷ୍ଟୋର୍ ରେ ଗୋଟେ ଦିନରେ ଅନେକ ଥର ଘୁରି ଘୁରି ସମ୍ପୂର୍ଣ୍ଣ ବ୍ୟବସାୟର ଦେଖାରଖା କରିଥାନ୍ତି। ଥରେ ସେ ଦେଖିଲେ ଜଣେ ଗ୍ରାହକ ମୁଖ୍ୟ କାଉଣ୍ଟର୍ ପାଖରେ ଠିଆ ହୋଇ ଅପେକ୍ଷା କରୁଥିଲା, ହେଲେ କେହି ବି ସେଲ୍ସମ୍ୟାନ୍ ଗ୍ରାହକଙ୍କ ଆଡକୁ ଧ୍ୟାନ ଦେଉ ନଥିଲେ ବରଂ ସେମାନେ ଏକ କଣରେ ଠିଆ ହୋଇ ଗପସପରେ ମାତିଥିଲେ। ବାନାମେକର୍ କାହାରିକୁ କିଛି ବି କହିଲେ ନାହିଁ। ସେ ନିଜେ ଯାଇ ସେହି ଗ୍ରାହକକୁ ଆବଶ୍ୟକୀୟ ଜିନିଷପତ୍ର ଦେଇଦେଲେ ତଥା ଯିବା ସମୟରେ ସେଲ୍ସମ୍ୟାନ୍‌କୁ ପ୍ୟାକ୍ କରିଦେବାକୁ କହିଗଲେ।

ସାଧାରଣତଃ ବ୍ୟକ୍ତି ସରକାରୀ ଅଧିକାରୀଙ୍କ ସହ ସହଜରେ ଦେଖା କରିପାରନ୍ତି ନାହିଁ। ସେମାନେ ବହୁତ ବ୍ୟସ୍ତ ରହିଥାନ୍ତି। ତେଣୁ କେବେ କେବେ ନିଜ ବଡ ଅଧିକାରୀ ମାନଙ୍କ ସହ ଦେଖା କରିବାରୁ ବ୍ୟକ୍ତିମାନଙ୍କୁ ରୋକି ନିଅନ୍ତି ତଳିଆ କର୍ମଚାରୀମାନେ। କିନ୍ତୁ ଆରଲେଂଡୋ, ଫ୍ଲୋରିଡା ସହରର ମେୟର୍ ନିଜ ତଳିଆ କର୍ମଚାରୀ ମାନଙ୍କୁ କଡା ନିର୍ଦ୍ଦେଶ ଦେଇଥିଲେ କି ସାଧାରଣ ନାଗରିକମାନେ କେହି ଦେଖା କରିବାକୁ ଆସିଲେ ସେମାନଙ୍କୁ ଅଟକାଇବେ ନାହିଁ। ସେ 'ସମସ୍ତଙ୍କ ପାଇଁ ଦ୍ୱାର ଖୋଲା ନୀତିର ପାଳନ କରୁଥିଲେ।' ହେଲେ ବି ବେଳେ ବେଳେ ତାଙ୍କୁ ଭେଟିବାକୁ ଆସୁଥିବା ନାଗରିକମାନଙ୍କୁ ଅଟକାଇ ଦିଆ ଯାଉଥିଲା।

ମେୟର୍ ଲେଂଗଫୋର୍ଡ ଏହି ସମସ୍ୟାର ସାମାଧାନ ଖୋଜି ବାହାର କରିଦେଲେ। ସେ ନିଜ ଅଫିସର କବାଟକୁ ଖୋଲି ବାହାର କରିଦେଲେ। ସେତେବେଳେ ଷ୍ଟାଫ୍‌ମାନଙ୍କୁ ଧାରଣା ଆସିଲା ଯେ ମେୟର୍ ଏବେ ସଠିକ୍ ପ୍ରଶାସନ ଦେବାକୁ ଚାହୁଁଛନ୍ତି। ସେମାନେ ବି ଖୋଲା ଦ୍ୱାର ନୀତିର ଅନୁସରଣ କରିବାକୁ ଲାଗିଲେ।

ଏମିତି କେତେଥର ହୋଇଥାଏ ଯଦି ଆମେ ତିନି ଅକ୍ଷରର ଏକ ଶବ୍ଦକୁ ବଦଳାଇ ଦିଅନ୍ତି ତେବେ ବହୁତ ତଫାତ ହୋଇଯାଏ କଥାର ମର୍ମରେ। କେବଳ ଏକ ଶବ୍ଦର ବଦଳା ବଦଳିରେ ଆପଣଙ୍କ ସଫଳତା ବା ଅସଫଳତାରେ ବି ପରିବର୍ତ୍ତନ ଆସିପାରେ। ପିଲାମାନଙ୍କ ପାଠପଢାକୁ ନେଇ ପ୍ରୋତ୍ସାହିତ କରିବାକୁ ଥିଲେ ଆମେ ସାଧାରଣତଃ ଏହି ପ୍ରକାର ରେ କହିଥାନ୍ତି- 'ଆମେ ତୁମ ଉପରେ ବହୁତ ଗର୍ବିତ କି ତୁମେ ପରୀକ୍ଷାରେ ବହୁତ ଭଲ ନମ୍ବର୍ ରଖି ପାସ୍ କରିଛ, କିନ୍ତୁ ଯଦି ଗଣିତରେ ଆଉ ଟିକେ ଅଧିକା ପରିଶ୍ରମ କରିଥାନ୍ତୁ ତେବେ ଏହା ଠାରୁ ଆହୁରି ଭଲ ନମ୍ବର୍ ରଖି ପାସ୍ କରିଥାନ୍ତୁ।'

ଏହି ପ୍ରକାରର କଥା ଶୁଣି ପିଲା କେବଳ ସେହି ପର୍ଯ୍ୟନ୍ତ ଉତ୍ସାହିତ ରହିଥାଏ ଯେତେବେଳ ପର୍ଯ୍ୟନ୍ତ ସେ କିନ୍ତୁ ଶୁଣି ନଥାଏ। ସେ ଆମର କଥା ହେବାର ଶୈଳୀକୁ ସନ୍ଦେହ ଭାବରେ ଦେଖିଥାଏ। ମନେ ମନେ ଭାବୁଥାଏ କି ଏହି ପ୍ରଶଂସା ପଛରେ ତାହାର ଅସଫଳତାର ଇଙ୍ଗିତ ବି ଥାଏ। ଏହି ପରି ଭାବରେ ଦେଖିଲେ ଆମର ବିଶ୍ୱସନୀୟତା ଶେଷ ହୋଇ ଯାଇଥାଏ, ଅନ୍ୟ ପକ୍ଷରେ ପିଲାର ପାଠ ପ୍ରତି ଆଗ୍ରହ ବଢାଇବାରେ ଆମେ ସକ୍ଷମ ହୋଇପାରିବୁ ନାହିଁ।

'କିନ୍ତୁ- ପରନ୍ତୁ' ର ସ୍ଥାନରେ ଯଦି ଆମେ 'ଓ- ଏବଂ'ର ବ୍ୟବହାର କଲେ ବହୁତ ଅଲଗା ଅର୍ଥ ହୋଇଥାଏ। ଯେପରି କି, 'ମୋତେ ତୁମ ଉପରେ ବହୁତ ଗର୍ବ ହେଉଛି କି ତୁମେ ଏତେ ଭଲ ନମ୍ବର୍ ରଖି ପରୀକ୍ଷାରେ ପାସ୍ କରିଛୁ, ତୁମେ ଆଗକୁ ଏପରି ପରିଶ୍ରମ କରୁଥିବ, ଦେଖିବ ବାକି ବିଷୟ ସହିତ ବି ଗଣିତରେ ବହୁତ ଭଲ ନମ୍ବର୍ ରଖିପାରିବ।'

ଏମିତି କହିଲେ ପିଲା ନିଜ ପ୍ରଶଂସାକୁ ହୃଦୟର ସହ ଗ୍ରହଣ କରିବ, କାରଣ ଏଥିରେ ଅସଫଳତାର ମିଶ୍ରଣ କେଉଁଠି ବି ହୋଇନାହିଁ। ବରଂ ଅପ୍ରତ୍ୟକ୍ଷ ଭାବରେ ତାକୁ ଅନୁଭବ କରାଇ ଦିଆଗଲା କି ଆମେ ତାଠାରୁ କି ପ୍ରକାର ପରିବର୍ତ୍ତନ ଚାହୁଁଛନ୍ତି।

ଅପ୍ରତ୍ୟକ୍ଷ ଭାବରେ କାହାର ସମାଲୋଚନା କରାଯାଇ ପାରେ, ଯେତେବେଳେ କି ବ୍ୟକ୍ତି ସିଧା ସିଧା ଆଲୋଚନା ବା କଟୁ କଥାରେ ବହୁତ ଚିଡି ଯିବାର ଭୟ ଥାଏ।

ବୁନସାକେଟ୍ ରୋଡ୍‌ର ଆଇଲ୍ୟାଣ୍ଡ୍‌ର ମାର୍ଜ୍ ଜୈକବ୍ ଆମ ଶ୍ରେଣୀରେ କହିଥିଲେ କିପରି ଭାବେ ସେ ବହୁତ ଖରାପ ବ୍ୟବହାର କରୁଥିବା ବେପରୁଆ ଭଳି ରହୁଥିବା ମଜୁରିଆଙ୍କ ଦ୍ୱାରା ସଫେଇ କାମ କରାଇଲେ, ଯେତେବେଳେ ସେ ନିଜ ଘରେ ଏକ ଅତିରିକ୍ତ ଘର ତିଆରି କରାଉଥିଲେ। ପ୍ରାରମ୍ଭିକ ଦିନରେ ଯେତେବେଳେ ଶ୍ରୀମତି ଜୈକବ୍ ଅଫିସ୍‌ରୁ ଫେରନ୍ତି ସେ ଦେଖନ୍ତି କି ବଗିଚାର ସାରା ଘାସ ଗାଲିଚାରେ ଅଳିଆ ଆବର୍ଜନା ପଡି ରହୁଥିଲା। ସେ ବହୁତ ରାଗି ଯାଉଥିଲେ, କିନ୍ତୁ ସେ ନିର୍ମାତା କିମ୍ବା ମଜୁରିଆ ମାନଙ୍କୁ ଗାଳିକରି ଅଶାନ୍ତି କରିବାକୁ ଚାହୁଁ ନଥିଲେ କାରଣ ସେମାନେ କାମରେ ବହୁତ ଭଲ ଥିଲେ।

ଯେତେବେଳେ ସେହି ଲୋକମାନେ କାମ କରି ଫେରି ଯାଉଥିଲେ, ସେ ଓ ତାଙ୍କ ପିଲାମାନେ ମିଶି ଆବର୍ଜନା ଗୁଡିକୁ ଏକ କୋଣରେ ଜମା କରିଦେଉଥିଲେ। ଏମିତି କିଛି ଦିନ ଚାଲିଲା ପରେ ସେ ଶ୍ରମିକମାନଙ୍କ ମୁଖ୍ୟ ଲୋକକୁ କହିଲେ- 'ଏହା ଦେଖି ବହୁତ ଖୁସି ହେଲା କି ଆପଣ କାଲି ଗଲା ବେଳେ ବଗିଚା କୁ ସଫାକରି ଦେଇଥିଲେ। ଏହା ଏକ ବହୁତ ସୁନ୍ଦର ବଗିଚା ହୋଇଥିବାରୁ ପଡୋଶୀ ମାନଙ୍କୁ ବି କିଛି ଅସୁବିଧା ହୁଏନାହିଁ।' ସେହି ଦିନ ଠାରୁ ମଜୁରିଆ ମାନେ କେବେ ବି ସେହି ବଗିଚାକୁ ସଫା କରିବାକୁ ଭୁଲୁ ନଥିଲେ। ମଜୁରିଆ ମାନଙ୍କ ମୁଖ୍ୟ ବି ପ୍ରତିଦିନ ପ୍ରଶଂସା ଶୁଣିବାକୁ ଚାଲି ଆସୁଥିଲା।

ସୈନ୍ୟ ବିଭାଗରେ ଯୋଗ ଦେବାକୁ ଆସିଥିବା ଲୋକ ଏବଂ ପ୍ରଶିକ୍ଷକଙ୍କ ଭିତରେ ସବୁବେଳେ ବାଦ ବିବାଦ ଲାଗି ରହିଥାଏ। ସେବାକାରୀ ମାନେ ପ୍ରାୟତଃ ସାଧାରଣ ନାଗରିକ ରହୁଥିଲେ ଯେଉଁମାନେ ନିଜ ବାଳ କାଟି ସୈନ୍ୟଙ୍କ ପରି କରିବାକୁ ଚାହୁଁ ନଥିଲେ।

୫୪୨ରେ ୟୁ.ଏସ୍.ଏଆର୍. ବିଦ୍ୟାଳୟର ଶିକ୍ଷକ ସାର୍ଜେଣ୍ଟ୍ ହାର୍ଲ୍ କେସର୍ ଯେତେବେଳେ ରିଜର୍ଵ ନାନ୍ କମିଶନ୍ ଅଫିସର୍‌ମାନଙ୍କ ଏକ ବିଶେଷ ଦଳ ସହ କାମ କରୁଥିଲେ ସେତେବେଳେ ସେ ଏହି ସମସ୍ୟାର ସାମ୍ନା କରିଥିଲେ। ଏମିତିରେ ତ ସେ ସୈନ୍ୟମାନଙ୍କ ମାଷ୍ଟର୍ ସାର୍ଜେଣ୍ଟ୍ ଥିଲେ, ଏଣୁ ସେ ଏହି ଲୋକମାନଙ୍କୁ ଗାଳି ବି କରିପାରିଥାନ୍ତେ, କିନ୍ତୁ ଏହି ସ୍ଥାନ ରେ ସେ ନିଜ କଥାକୁ ଅପ୍ରତ୍ୟକ୍ଷ ଭାବରେ କହିବାର ନିର୍ଣ୍ଣୟ କଲେ।

ସେ କହିଲେ- 'ବନ୍ଧୁ ମାନେ ମିତ୍ରମାନେ! ଆପଣମାନେ ସମସ୍ତେ ଜଣେ ଜଣେ ସେନାର ନେତୃତ୍ୱ ନେବା ଭଳି ଦକ୍ଷ ଅଟନ୍ତି। ଆପଣଙ୍କ ପ୍ରଭାବ ସୈନ୍ୟମାନଙ୍କ ଭିତରେ ଆହୁରି ବଢିବ, ଯେତେବେଳେ ଆପଣମାନେ ସେମାନଙ୍କ ସାମ୍ନାରେ ଏକ ଉଦାହରଣ ପରି ନିଜକୁ ପ୍ରସ୍ତୁତ କରିବେ ଫଳରେ ସେ ଆପଣଙ୍କ ଅନୁସରଣ କରିବା ପାଇଁ ବାଧ୍ୟ ହୋଇଯିବେ। ଆପଣମାନେ ସମସ୍ତେ ସେନାର ନିୟମ ବିଷୟରେ ଭଲ ଭାବରେ ଜାଣିଛନ୍ତି। ମୁଁ ତ ଆଜି

ବି ବାଳ କଟାଉଅଛି, ଯେତେବେଳେ କି ମୋର ବାଳ ଆପଣମାନଙ୍କ ଠାରୁ ବହୁତ ଛୋଟ ଅଛି। ଆପଣମାନେ ନିଜ ବାଳକୁ ଆଇନାରେ ଦେଖିନିଅନ୍ତୁ ଓ ପୁଣି ବାଳ କାଟିବାକୁ ଇଚ୍ଛା କଲେ ମୁଁ ଭଲ ବାରିକର ବ୍ୟବସ୍ଥା କରାଇ ଦେବି।'

ପରିଣାମ ବି ଆଶାନୁରୁପ ମିଳିଲା। ଆଗେ କିଛି ଲୋକ ବାରିକ ଦୋକାନକୁ ଯାଇ ନିୟମ ଅନୁସାରେ ନିଜ ବାଳ କଟାଇଦେଲେ ଓ ପର ଦିନ ସକାଳେ ସାର୍ଜେଣ୍ଟ୍ କେସ୍‌ର ଦେଖିଲେ କି ବହୁତ ଲୋକଙ୍କ ଭିତରେ ସେନାର ନେତୃତ୍ୱ ନେବା ଭଳି ଦକ୍ଷତା ପ୍ରତିଫଳିତ ହେଉଥିଲା

୮ ମାର୍ଚ୍ଚ୍ ୧୮୮୭ ମସିହାରେ ହେନେରି ବାର୍ଡ୍ ବିଚରଙ୍କ ମୃତ୍ୟୁ ହୋଇଯାଇଥିଲା। ପର ରବିବାର ଦିନ ଏକ ଚର୍ଚ୍ଚ୍‌ରେ ଶୋକସଭା ର ଆୟୋଜନ କରାଯାଇଥିଲା ଯେଉଁଥିରେ ଲାଇମୈନ୍ ଏବଟ୍‌ଙ୍କୁ ବିଚରଙ୍କ ବିଷୟରେ କିଛି କହିବାକୁ ଦାୟିତ୍ୱ ଦିଆଯାଇଥିଲା। ସେ ସେଠାରେ ନିଜର ସବୁଠାରୁ ଭଲ ପ୍ରଦର୍ଶନ କରିବାକୁ ଚାହୁଁଥିଲେ। ନିଜ ଭାଷଣକୁ ସେ ନିଜ ପତ୍ନୀଙ୍କୁ ପଢିକରି ଶୁଣାଇଲେ। ପତ୍ନୀ ଜାଣିପାରିଲେ କି ସେଥିରେ ସେମିତି କିଛି ଦମ୍ ନଥିଲା। ଯଦି ସେ କମ୍ ବୁଦ୍ଧିମତି ହୋଇଥାନ୍ତେ ତେବେ ହୁଏତ ସଫାସଫା କହିଦେଇଥାନ୍ତେ- 'କ'ଣ ଲାଇମୈନ୍ ତୁମେ ତ ଏକଦମ୍ କଦର୍ଯ୍ୟ ଭାଷଣ ଲେଖିଛ। ଲୋକେ ଏହାକୁ ଶୁଣି ଶୋଇପଡିବେ। ଏହା ଭାଷଣ ନୁହେଁ ବରଂ କିଛି ବୃତ୍ତାନ୍ତ ପରି ଲାଗୁଛି। ତୁମର ଏତେ ଅନୁଭୁତି ଥାଉଁ ଥାଉଁ ଏତେ ଖରାପ ଭାଷଣ କାହିଁକି ଲେଖିଛ ? କାହିଁକି ସମ୍ଭାବିତ ଶୈଳୀର ପ୍ରୟୋଗ କଲେନାହିଁ ? ଏହା ଏକଦମ୍ ମନ ଗଢା ପରି ଲାଗୁଛି। ଯଦି ଏହି ଭାଷଣକୁ ପଢିଦେଲ, ତେବେ ସମସ୍ତେ ତୁମ ଭାଷଣକୁ ହସରେ ଉଡ଼ାଇ ଦେବେ, ତୁମର ନାମ ମାଟିରେ ମିଶିଯିବ।'

ସେ ଚାହିଁଥିଲେ ଏମିତି କିଛି କହିପାରିଥାନ୍ତେ, କିନ୍ତୁ ଟିକେ ଭାବନ୍ତୁ, ଏହାର ପରିଣାମ କ'ଣ ହୋଇଥାନ୍ତା, ଏହି କାରଣରୁ ସେ କେବଳ ଏତିକି କହିଲେ, ନର୍ଥ ଆମେରିକା ରିଭ୍ୟୁ ପାଇଁ ଏହା ବହୁତ ଭଲ ଲେଖା ଅଟେ।' ଅନ୍ୟ ଭାଷାରେ ତାଙ୍କ ପ୍ରଶଂସା କରିଦେଲେ ତଥା ଏହା ବି ଅନୁଭବ କରାଇ ଦେଲେ କି ଏହି ପରିସ୍ଥିତିରେ ଏହି ଭାଷଣ ଠିକ୍ ନୁହେଁ। ଲାଇମୈନ୍ ଏବଟ୍ ସେହି ସଙ୍କେତକୁ ସହଜରେ ଗ୍ରହଣ କରିନେଲେ। ସେ ସେହି ଲିଖିତ ଭାଷଣକୁ ଚିରିଦେଲେ ଓ ବିନା ଲେଖାରେ ହିଁ ଭାଷଣ ଦେଲେ।

ଅନ୍ୟମାନଙ୍କ ଭୁଲ୍ କୁ ସୁଧାରିବାର ସବୁଠାରୁ ଉତ୍ତମ ଉପାୟ ଏହା ହିଁ ଅଟେ।

ସିଦ୍ଧାନ୍ତ – 2

ଲୋକମାନଙ୍କୁ ସେମାନଙ୍କ ଭୁଲ୍ ସିଧା ସଳଖ ଭାବରେ ଦର୍ଶାଇବାର ଭୁଲ୍ କରନ୍ତୁ ନାହିଁ।

3

ଅନ୍ୟର ଭୁଲ ଦର୍ଶାଇବା ପୂର୍ବରୁ ନିଜର ଭୁଲ୍ କହି ଦିଅନ୍ତୁ

ମୋର ଝିଅରି ଜୋସେଫାଇନ୍ କାର୍ଣ୍ଣେଗି, ମୋର ସେକ୍ରେଟାରି ହେବାପାଇଁ ମାତ୍ର ୧୯ ବର୍ଷ ବୟସରେ ଅର୍ଥାତ ମ୍ୟାଟ୍ରିକ୍ ପାସ୍ କରିବାର ତିନି ବର୍ଷ ପରେ ନିୟୁର୍କକୁ ଆସିଲା। ଏସବୁ ବିଷୟରେ ତା'ର ଟିକେ ବି ଅନୁଭୂତି ନଥିଲା, କିନ୍ତୁ କିଛି ଦିନରେ ସେ ଆମେରିକାର ସବୁଠାରୁ କୁଶଳ ସେକ୍ରେଟାରି ମାନଙ୍କ ମଧ୍ୟରେ ଜଣେ ହୋଇପାରିଲା। ପ୍ରଥମେ ପ୍ରଥମେ ତାର ବ୍ୟବହାରରେ ବହୁତ ସୁଧାର କରିବାକୁ ପଡିଥିଲା। ଦିନେ ମୁଁ ଏମିତି କିଛି ଆଲୋଚନା କରିବା ସମୟରେ ମୋତେ ଅଚାନକ ଲାଗିଲା କି ମୁଁ ବହୁତ ଭୁଲ୍ ଭାବୁଛି- 'ମୁଁ ମୋ ନିଜକୁ କହିଲି ଟିକେ ଏକ ମିନିଟ୍ ରହ ଡେଲ୍, ତୋର ବୟସ ତ ତୋ ଝିଅରିର ବୟସ ଠାରୁ ଆପତତଃ ଦୁଇ ଗୁଣ ହେବ। ତୋ ପାଖରେ ବ୍ୟପାରର ୧୦ ଗୁଣ ଅନୁଭୂତି ଅଛି। ତେଣୁ ତୁ କେମିତି ଭାବୁଛୁ କି ସେ ତୋ ପରି ବ୍ୟବହାର କୁଶଳ ହେବ ତୋ ପରି ବୃହତ ଚିନ୍ତାଧାରା କେଉଁଠୁ ପାଇବ ? ଯେତେବେଳେ ତୁ ୧୯ ବର୍ଷର ଥିଲୁ ସେତେବେଳେ କେତେ ଯୋଗ୍ୟ ଥିଲୁ ? ମନେ ପକା ତ ସେ ସମୟରେ କେତେ ଭୁଲ୍ କରୁଥିଲୁ ଗୋଟେ ଦୁଇଟି ନା ଅଗଣିତ।'

ନିରପେକ୍ଷ ଓ ବିଶ୍ୱସ୍ତ ଭାବରେ ଚିନ୍ତା କଲା ପରେ ମୁଁ ଏହା ସ୍ଥିର କଲି କି ଜୋସେଫାଇନ୍ ର ଆଲୋଚନା କରିବା ଆଦୌ ଉଚିତ୍ ନୁହେଁ, କାରଣ ୧୯ ବର୍ଷ ବୟସରେ ମୁଁ ତା ଠାରୁ ବହୁତ ଅଧିକ ମୂର୍ଖାମୀ କରୁଥିଲି। ଏମିତିରେ ଏହା ତା ପାଇଁ କୌଣସି ପ୍ରଶଂସାର ବିଷୟ ନଥିଲା।

ଏବେ ଯେତେବେଳେ ବି ଜୋସେଫାଇନ୍ କୌଣସି ଭୁଲ୍ କରୁଥିଲା, ତ ମୁଁ ନିଜ କଥାକୁ ଏହି ପରି ଭାବରେ ଆରମ୍ଭ କରୁଥିଲି-

'ତୁମ ଦ୍ୱାରା ଏହି ଭୁଲ୍ ହୋଇଛି ଜୋସେଫାଇନ୍, କିନ୍ତୁ ଈଶ୍ୱର ଏହି କଥାର ସାକ୍ଷୀ

ଅଛନ୍ତି କି ମୁଁ ଏହା ଠାରୁ ଅଧିକ ଭୁଲ୍ କରିସାରିଛି । କୌଣସି ଲୋକ ସମସ୍ତ ଜ୍ଞାନ ସହ ଜନ୍ମ ହୋଇନଥାଏ । କାମ କରିବା ସହିତ ତାହାର ବୁଦ୍ଧିର ବିକାଶ ହୋଇଥାଏ । ଏମିତିରେ ତୁମେ ତ ନିଜ ବୟସ ତୁଳନାରେ ଅଧିକ ବୁଦ୍ଧିମତୀ ଅଟ । ମୁଁ ଏତେ ଭୁଲ୍ କରିଛି ଯେ ଅନ୍ୟ କାହାରି ଭୁଲ୍ ଦର୍ଶାଇବା ମୋ ପକ୍ଷରେ ଆଦୌ ସମ୍ଭବ ନୁହେଁ । ହେଲେବି ତୁମକୁ କ'ଣ ଏପରି ଲାଗୁନି କି ଯଦି କାମଟିକୁ ଏମିତି ନକରି ଅନ୍ୟ ପ୍ରକାରରେ କରିଥିଲେ ଅଧିକା ଭଲ ହୋଇଥାନ୍ତା ।'

ପ୍ରାୟତଃ ପ୍ରତ୍ୟେକ ଲୋକ ନିଜ ସମାଲୋଚନା ବା ନିନ୍ଦାକୁ ଅତି ସହଜରେ ହଜମ କରି ଦିଅନ୍ତି, ଯଦି ସାମ୍ନାଲୋକ କଥାର ଆରମ୍ଭରୁ ବିନମ୍ରତା ସହ ଅନୁଭବ କରାଇ ଦେଇଥାଏ କି ଭୁଲ୍ ସେ ବି କରିଛି ଓ ସମସ୍ତେ ବି ଭୁଲ୍ କରିଥାନ୍ତି ।

ଡିଲିସ୍ଟୋନ୍, କାନାଡାର ର ବ୍ରାଂଡନ୍ ମୌନିଟୋବାରେ ଇଞ୍ଜିନିୟର୍ ଥିଲେ । ସେ ତାଙ୍କ ନୂଆ ସେକ୍ରେଟାରିର କାମରେ ବହୁତ ଅସୁବିଧାରେ ପଡୁଥିଲେ । ସେ ଯେଉଁ ଚିଠିଟି ବାହାର କରୁଥିଲେ ସେଥିରେ ସେହି ସେକ୍ରେଟାରି ତିନି ଚାରିଟି ଭୁଲ୍ କରିଦେଉଥିଲା । ଡିଲିସ୍ଟୋନ୍ ଏହି ପରିସ୍ଥିତିର ସମାଧାନ କିଛି ଏପରି ଭାବରେ କରିଥିଲେ–

'ଅଧିକାଂଶ ଇଞ୍ଜିନିୟରଙ୍କ ପରି ମୋର ଇଂରାଜୀ ବି ଏତେ ଭଲ ନୁହେଁ । ବହୁତ ଦିନରୁ ମୁଁ ପାଖରେ ଏକ ନୋଟ୍ ବୁକ୍ ରଖିଛି ଯେଉଁଥିରେ ମୁଁ ବାରମ୍ବାର ଭୁଲ୍ କରୁଥିବା ଶବ୍ଦ ଗୁଡିକୁ ଲେଖି ରଖିଥାଏ । ଯେତେବେଳେ କି ଏହା ସ୍ପଷ୍ଟ ଯେ ମୁଁ ଯଦି ତାଙ୍କୁ କେବଳ ଭୁଲ୍‌କୁ ଦର୍ଶାଇଥାନ୍ତି ତେବେ ସେ ନା ଶବ୍ଦକୋଷ ବହି ଦେଖିଥାନ୍ତା ନା ହିଁ ତାହାକୁ ମନେ ରଖିଥାନ୍ତା । ଅନ୍ତତଃ ମୁଁ କୌଣସି ଅନ୍ୟ ଉପାୟ ଆପଣେଇବାକୁ ଚିନ୍ତା କଲି । ଆଗକୁ ଯେତେବେଳେ ଚିଠି ମୋ ସାମ୍ନାକୁ ଆସିଲା ଯେଉଁଥିରେ ବହୁତ ଭୁଲ୍ ଭରି ରହିଥିଲା, ତ ମୁଁ ଟାଇପିଷ୍ଟ ପାଖକୁ ଯାଇ ବସିଗଲି ଓ କହିଲି–

'ମୋତେ ଏପରି ଲାଗୁଛି କି ଏହି ଶବ୍ଦ ଭୁଲ୍ ଅଛି । ଏହା ସେହି ଶବ୍ଦ ଯେଉଁଥିରେ ମୋତେ ବାରମ୍ବାର ଭୁଲ୍ ହୋଇଥାଏ । ଏଣୁ ମୁଁ ନିଜ ସହ ଏକ ଛୋଟ ଶବ୍ଦକୋଷ ବହି ରଖିଥାଏ । ଏହା କହି ମୁଁ ମୋର ବହି ବାହାର କରି ସେହି ଶବ୍ଦକୁ ଖୋଜିନେଲି ଓ କହିଲି ମୁଁ ଏହି ଶବ୍ଦ ଗୁଡିକର ଏତେ ଧ୍ୟାନ ଏଥିପାଇଁ ରଖିଥାଏ କି କିଛି ଲୋକ ଏଗୁଡିକୁ ପଢି ଆମ ବିଷୟରେ ନିଜର ରାୟ ମନେ ମନେ ଭାବି ନିଅନ୍ତି । ଯାହା ଫଳରେ ଆମ ବ୍ୟବସାୟିକ ଛବି ଉପରେ ପୂରା ଖରାପ ପ୍ରଭାବ ହୋଇଯାଏ ।'

'ମୋତେ ଜଣା ନାହିଁ କି ସେ ମୋ ପଦ୍ଧତିର ଅନୁସରଣ କଲା କି ନାହିଁ, କିନ୍ତୁ ଏବେ ଚିଠିଗୁଡିକରେ ଭୁଲ୍ ବହୁତ କମ୍ ହେଉଛି ।'

୧୯୦୯ ମସିହାରେ ସଂସ୍କୃତ ପ୍ରିନ୍ସ ବର୍ନହାଡ୍ ବାନ୍ ବି କିଛି ଏହି ପରି ଶିକ୍ଷା ଦେଇଥିଲେ । ସେ ସମୟରେ ବାନ୍ ବୁଲୋ ଜର୍ମାନୀରେ ଇମ୍ପେରିଆଲ ଚାଂସେଲର ଥିଲେ ଓ ବିଲହେମ୍ ଦ୍ୱିତୀୟ ସିଂହାସନରେ ଅଧିଷ୍ଠିତ ଥିଲେ । ବିଲହେମ୍ ଜଣେ ବେପରୁଆ କାହାରିକୁ ଖାତିରି ନକରିବା ଭଳି ମିଜାଜର ଲୋକ ଯେ କି ଜର୍ମାନ୍‌ର ଶେଷ ଜର୍ମାନ୍ କୈସର୍ ଥିଲେ । ସେ ଏପରି ସେନା ଓ ନୌସେନାର ନିର୍ମାଣ କରୁଥିଲେ ଯିଏ କାହାରିକୁ ବି ହରାଇ ଦେବ ବୋଲି ତାଙ୍କ ମନରେ ବହୁତ ଗର୍ବ ଥିଲା ।

ସେହି ସମୟରେ ଏକ ଆର୍ଶ୍ଚର୍ଯ୍ୟଜନକ ଘଟଣା ଘଟିଗଲା କୈସର୍ କିଛି ଅତି ଅବିଶ୍ୱସନୀୟ କଥା କହିଦେଲେ, ଯାହା ପାଇଁ ପୁରା ମହାଦ୍ୱୀପରେ ମହାବାତ୍ୟା ଆସିଗଲା ତଥା ସାରା ସଂସାରର କ୍ରୋଧ ବିସ୍ଫୋରଣ ର ରୂପ ନେଇଗଲା । ସେତେବେଳେ କୈସର୍ ସ୍ଥିତିକୁ ଆହୁରି ଅଧିକ ଖରାପ କରିଲା ଭଳି ସାର୍ବଜନିକ ଭାବେ ମୂର୍ଖତାପୂର୍ଣ୍ଣ ତଥା ଅତି ଅସହ୍ୟ ବକ୍ତବ୍ୟ ଦେଲେ । ଏହି ସମୟରେ ସେ ଇଂଲଣ୍ଡରେ ଅତିଥି ହୋଇ ଯାଇଥିଲେ ଓ ଏହି ବକ୍ତବ୍ୟକୁ ଛାପିବା ପାଇଁ ଦୈନିକ ଟେଲିଗ୍ରାଫ୍ ନାମକ ଏକ ଖବର କାଗଜକୁ ଅନୁମତି ଦେଇଦେଲେ । ଉଦାହରଣ ପାଇଁ ସେ ଘୋଷଣା କେରିଦେଲେ କି, ପୁରା ଜର୍ମାନ୍‌ରେ ସେ ହିଁ ଏକ ମାତ୍ର ଲୋକ ଯିଏ ଇଂରେଜମାନଙ୍କ ପ୍ରତି ମିତ୍ରତାପୂର୍ଣ୍ଣ ବ୍ୟବହାର କରୁଛନ୍ତି । କାରଣ ସେ ଜାପାନ୍‌ର ବିପଦକୁ ଆଖି ଆଗରେ ରଖି ନୌସେନା ପ୍ରସ୍ତୁତ କରୁଛନ୍ତି, ଏବଂ କେବଳ ସେ ହିଁ ଇଂଲଣ୍ଡକୁ ଋଷ୍ ତଥା ଫ୍ରାନ୍ସ ଠାରୁ ରକ୍ଷା କରିଅଛନ୍ତି । ତାଙ୍କର ଯୁଦ୍ଧ ଯୋଜନାର କାରଣରୁ ଇଂଲଣ୍ଡର ଲର୍ଡ୍ ରୋବଟର୍ସ୍ ଦକ୍ଷିଣ ଆଫ୍ରିକାରେ ବୋଅର୍ସ୍‌କୁ ପରାଜିତ କରିଥିଲେ ଇତ୍ୟାଦି ଏହିପରି ଅନେକ କଥା କହିଗଲେ ।

୧୦୦ବର୍ଷର ଇତିହାସରେ କୌଣସି ୟୁରୋପୀୟ ସମ୍ରାଟ ଏପରି ଆର୍ଶ୍ଚର୍ଯ୍ୟଜନକ ଶବ୍ଦ କହିନଥିଲେ, ସେ ବି ଶାନ୍ତି ସମୟରେ । ପୂରା ମହାଦ୍ୱୀପ ପାଗଳ ହୋଇଗଲା ଓ ଇଂଲଣ୍ଡ ଦେହରେ ଯେପରି ନିଆଁ ଲାଗିଗଲା । ଜର୍ମାନର ରାଜନେତା ମାନେ ଆକାବାକା ହୋଇଗଲେ । ନିଜେ କୈସର୍ ଏହି ପରିଣାମକୁ ଦେଖି ଏତେ ଡରିଯାଇଥିଲା କି ସେ ନିଜ ଇମ୍ପେରିଆଲ୍ ଚାନ୍ସେଲର୍ ପ୍ରିନ୍ସ ବାନ୍ ବୁଲୋ କୁ କହିଲେ- ଏହି ଭୁଲ୍ ର ସାରା ଦୋଷ ନିଜ ମୁଣ୍ଡକୁ ନେଇନିଅନ୍ତୁ ନଚେତ ଅନର୍ଥ ହୋଇଯିବ । ସେ ଚାହୁଁଥିଲେ କି ବାନ୍ ବୁଲୋ ଏହି ଘୋଷଣା ସାର୍ବଜନିକ ଭାବେ କରିଦିଅନ୍ତୁ କି ଏହି ସବୁ ପଛରେ ତାଙ୍କର ଗୁପ୍ତ ମନ୍ତ୍ରଣା ଥିଲା ଏଣୁ ଏହି ସବୁ ପାଇଁ ସେ ଦାୟୀ ଅଟନ୍ତି । ତାଙ୍କ କଥା ଉପରେ ସମ୍ରାଟ୍ ଏତେ ବଡ କଥା କହିଛନ୍ତି ।

ବାନ୍ ବୁଲୋ ପ୍ରତିରୋଧ କରି କହିଲେ 'କିନ୍ତୁ ମହାରାଜ୍ ଇଂଲଣ୍ଡ କିମ୍ବା ଜର୍ମାନ୍‌ରେ କେହି ବି ବିଶ୍ୱାସ କରିପାରିବେ ନାହିଁ କି, ମୁଁ ଏପରି କହିବା ପାଇଁ ଆପଣଙ୍କୁ ବାଧ୍ୟ କରିଛି ବୋଲି ।'

ଯେମିତି ହିଁ ବାନ୍ ବୁଲୋ କହିବାକୁ ଆରମ୍ଭ କରିଛି କୈସର୍ ବୁଝିଗଲା କି ସେ ଏକ ଗମ୍ଭିର ଭୁଲ୍ କରିଛି। କୈସର୍ ଆଗ୍ନେୟଗିରି ପରି ଫାଟି ପଡିଲା କହିଲା ବାଘ ପରି ଗର୍ଜନ କରି କହିଲା 'ତୁମେ କ'ଣ ମୋତେ ମୁର୍ଖ ଗଧ ଭଳି ଭାବୁଛ ? ମୁଁ ଏତେ ବଡ ଭୁଲ୍ କରିପାରିବି ଯାହା ତୁମେ କରିପାରିବ ନାହିଁ ?'

ବାନ୍ ବୁଲୋଙ୍କୁ ନିଜ ଭୁଲର ଅନୁଭବ ହୋଇଗଲା, କାରଣ କାହାରି ଆଲୋଚନା କରିବା ପୁର୍ବରୁ ପ୍ରଶଂସା କରିବା ନିହାତି ଦରକାର, କିନ୍ତୁ ଏବେ ତ ବହୁତ ବିଳମ୍ବ ହୋଇଯାଇଥିଲା, ତେଣୁ ସେ ଅନ୍ୟ କିଛି ଭଲ କଥା କହିବାକୁ ଲାଗିଲା। ସେ ଆଲୋଚନା ପରେ ପ୍ରଶଂସା କଲା ତଥା ଏହି ଉପାୟ ବି ଯାଦୁ ପରି କାମ କଲା।

ସେ ବହୁତ ସମ୍ମାନ ଓ ଶ୍ରଦ୍ଧା ପୂର୍ବକ କହିଲା- 'ମୋ କଥାର ଏପରି ମାନେ ନଥିଲା। ମହାରାଜ୍ ତ ମୋ ଠାରୁ ବହୁତ କ୍ଷେତ୍ରରେ ମୋ ଠାରୁ କେତେ ଅଧିକ ଯୋଗ୍ୟ ତଥା ବୁଦ୍ଧିମାନ ଅଟନ୍ତି। କେବଳ ସେନା ଓ ନୌସେନା ନୁହେଁ ବରଂ ପରିବେଶ ବିଜ୍ଞାନରେ ତ ଜ୍ଞାନ ମୋ ଠାରୁ ବହୁତ ଅଧିକ। ଯେତେବେଳେ ସମ୍ରାଟ୍ ବୈରୋମିଟର୍ ବା ବାୟରଲେସ୍ ଟେଲିଗ୍ରାଫି ବା ରୋଣ୍ଟଜେନ୍ କିରଣ ବିଷୟରେ କିଛିବି କୁହନ୍ତି ମୁଁ ତ ମନ୍ତ୍ରମୁଗ୍ଧ ହୋଇ ଶୁଣେ। ମୁଁ ତ ନେଚୁରାଲ୍ ସାଇନ୍ସର ସବୁ ଶାଖା ବିଷୟରେ ଜାଣିନାହିଁ, ଏପରିକି ପ୍ରାକୃତିକ ରହସ୍ୟ ବିଷୟରେ ପୁରା ଅଜଣା ଅଟେ, କିନ୍ତୁ ଏହି ସବୁ ବିନା ବି ମୋ ଠାରେ କେତେକ ଐତିହାସିକ ଜ୍ଞାନ ତଥା କୁଟନୈତିକ କୁଶଳତା ବହୁତ ଅଧିକ ଅଛି।'

କୈସରଙ୍କର ଚେହେରା କମଳ ଫୁଲ ପରି ଉଜ୍ଜଳ ପ୍ରସ୍ଫୁଟିତ ହେଲା ପରି ଲାଗିଲା। ର୍ବାନ୍ ବୁଲୋ ତାଙ୍କର ହୃଦୟ ଖୋଲା ପ୍ରଶଂସା କରିଦେଇଥିଲେ। ର୍ବାନ୍ ବୁଲୋ ମହାରାଜାଙ୍କୁ ମହାନ କରାଇଦେଇ ନିଜ ତୁଛ ପ୍ରମାଣିତ କରିଦେଲେ। ଏବେ କୈସର୍ ବଡ ଠାରୁ ବଡ ଭୁଲକୁ କ୍ଷମା କରିଦେବାର କ୍ଷମାତା ରଖିଥିଲେ। ସେ ଉତ୍ସାହ ଭରା ସ୍ୱରରେ କହିଲା- 'ମୁଁ ତୁମକୁ ଆଗରୁ କହି ସାରିଛି କି ଆମେ ଦୁହେଁ ଜଣେ ଅନ୍ୟର ପରିପୁରକ ଅଟନ୍ତି। ଆମେ ଦୁହେଁ ଦୁହିଁଙ୍କୁ ସହଯୋଗ କରିବା ଦରକାର ଓ ଏପରି ସର୍ବଦା କରିବାକୁ ପଡିବ ତେବେ ଆମେ କିଛି କରିପାରିବା।'

ଏବେ କୈସର୍ ବାନ୍ ବୁଲୋଙ୍କ ସହ ବାରମ୍ବାର ହାତ ମିଳାଇଲା, ଓ ଏତେ ଉତ୍ସାହି ହୋଇଗଲା କି ହାତ କୁ ମୁଠା ମୁଠା କରି ବଡ ଦର୍ପରେ କହିଲା- 'ଏବେ କୌଣସି ଲୋକ ମୋ ସାମ୍ନାରେ ବାନ୍ ବୁଲୋଙ୍କ ବିଷୟରେ ପଦେ ବି କହିବ, ତେବେ ମୁଁ ତାର ନାକକୁ ମାରି ଫଟେଇ ଦେବି।'

ଏହି ପରିଭାବରେ ସଫଳ କୁଟନିତିଜ୍ଞଙ୍କ ପରି ବାନ୍ ବୁଲୋ ସମୟ ଥାଇ ନିଜକୁ ରକ୍ଷା କରିପାରିଲା, ହେଲେବି ସେ ଆଗେ ଏକ ଭୁଲ୍ କରିଦେଇଥିଲା। ତାକୁ ଆରମ୍ଭିକ କଥାବାର୍ତ୍ତା ତାଙ୍କ ସୁଗୁଣ ଗାନ କରିବା ସହିତ ନିଜର ଭୁଲ୍ କୁ ଜଣାଇଲା ପରି ପ୍ରକାଶ କରିବା ଉଚିତ୍

ଥିଲା । ଭୁଲ୍ ରେ ବି କହିବା ଉଚିତ୍ ହେଲା ନାହିଁ କି କୈସର୍ ଜଣେ ଦୃବଳ ମସ୍ତିଷ୍କ ବାଲା ମଣିଷ ବୋଲି ତଥା ତାଙ୍କୁ ପାଗଳ ଖାନାରେ ହେବା ଆବଶ୍ୟକ ଥିଲା ।

ଯଦି କ୍ରୋଧିତ ତଥା ଅପମାନିତ କୈସର୍ ଭଲ ବନ୍ଧୁରେ ପରିବର୍ତ୍ତିତ ହୋଇପାରିଲା ଓ ତାହା କେବଳ ନିଜର ଦୋଷ ଦୃବଳତା ଓ ତାଙ୍କର ସୁଗୁଣ କି ବାଖ୍ୟା କରି, ତେବେ ଟିକେ କଳ୍ପନା କରନ୍ତୁ ତ ପ୍ରଶଂସା ତଥା ବିନମ୍ରତାର ମଧୁର ଶବ୍ଦ ଆମ ସମସ୍ତଙ୍କ ଜୀବନରେ କ'ଣ-କ'ଣ ଚମତ୍କାରୀ ପରିବର୍ତ୍ତନ ଆଣିପାରେ ।

ଜରୁରି ନୁହେଁ କି ଆମେ ନିଜ ଭୁଲ୍‌କୁ ସୁଧାରି ନେବା । କେବଳ ଭୁଲଗୁଡ଼ିକୁ ମାନିନେଲେ ହିଁ ସାମ୍ନା ଲୋକ ମହମ ପରି ନରମ ହୋଇଯାଏ । ଏହାର ଜୀବିତ ଉଦାହରଣ ହେଲା, ଟିମୋନିୟମ୍, ମୈରିଲ୍ୟାଣ୍ଡ୍‌ର କ୍ଲେରେଂସ୍ ଜରହୁସେନ୍‌ଙ୍କର । ଦିନେ କ୍ଲେରେଂସ୍ ଜାଣିବାକୁ ପାଇଲେ କି ତାଙ୍କ ୧୫ ବର୍ଷୀୟ ପୁଅ ଡେବିଡ୍ ସିଗାରେଟ୍ ପିଇବାକୁ ଲାଗିଲାଣି ।

କ୍ଲେରେଂସ୍ ଆମକୁ କହିଲା- 'ସଫା କଥା ମୁଁ ଚାହୁଁନଥିଲି କି ମୋ ପୁଅ ସିଗାରେଟ୍ ପିଉ, କିନ୍ତୁ ଆମେ ପିତାମାତା ଦୁହେଁ ସିଗାରେଟ୍‌ର ଅଭ୍ୟସ୍ତ ଥିଲୁ । ଏପରି ଲାଗୁଥିଲା କି ଆମେ ଦୁହେଁ ଯେପରି ତାକୁ ସିଗାରେଟ୍ ପିଇବା ପାଇଁ ଉସକାଉଥିଲୁ । ମୁଁ ଡେଭିଡ୍‌କୁ ବୁଝାଇଲି କି ମୁଁ ବି ତା ବୟସରେ ସିଗାରେଟ୍ ର ମନ୍ଦ ଅଭ୍ୟାସ କରିନେଇଥିଲି, ହେଲେ ଏବେ ତାହାକୁ ଛାଡିବାକୁ ଚାହିଁଲେ ବି ହୋଇପାରୁ ନାହିଁ, କାହିଁକି ନା ମୁଁ ନିକୋଟିନ୍ ସାମ୍ନାରେ ହାରିସାରିଛି । ଏହି ଖରାପ ଅଭ୍ୟାସ କାରଣରୁ ମୋତେ ଅନେକ ରୋଗ, ଯେପରିକି କାଶ, କଫ ଆଦିର ସାମ୍ନା କରିବାକୁ ପଡୁଛି ।'

'ସିଗାରେଟ୍ ଛାଡିବା ବାବଦରେ ମୁଁ ତାକୁ କୌଣସି ଲମ୍ବା ଚୌଡା ଆଦର୍ଶବାଦୀ ଭାଷଣ ଦେଇ ନଥିଲି । ବାସ୍ ତାକୁ ଖରାପ ଅଭ୍ୟାସ ଓ ତାର କୁପରିଣାମ ବିଷୟରେ କହିଥିଲି ।'

'ସେ କିଛି ନିଜେ ଚିନ୍ତା କଲା ପରେ ନିଜେ ନିର୍ଣ୍ଣୟ ନେଲା କି କଲେଜ୍ ପଢ଼ା ସାରିବା ପର୍ଯ୍ୟନ୍ତ ସେ ସିଗାରେଟ୍‌କୁ ହାତ ଲଗାଇବ ନାହିଁ । ଏହି କଥାକୁ କେତେ ବର୍ଷ ବିତି ଗଲାଣି, ହେଲେ ଡେବିଡ୍ ଆଜି ପର୍ଯ୍ୟନ୍ତ ସିଗାରେଟ୍‌କୁ ଛୁଇଁ ନାହିଁ । ତାହାର ଏପରି କୌଣସି ଇଚ୍ଛା ଥିବା ପରି ଜଣାବି ପଡୁନି ।

'ଏହା ପରେ ମୁଁ ବି ଦୃଢ ସଂକଳ୍ପ କଲି କି ସିଗାରେଟ୍ ଛାଡିଦେବି । ନିଜ ପରିବାର ଲୋକଙ୍କ ସାହାଯ୍ୟରେ ଆମେ ପତି ପତ୍ନୀ ଏହି ଖରାପ ଅଭ୍ୟାସରୁ ମୁକ୍ତି ପାଇଗଲୁ ।'

ଏକ କୁଶଳ ତଥା ଯୋଗ୍ୟ ଲୋକ ଏହି ସିଦ୍ଧାନ୍ତକୁ ଅବଶ୍ୟ ପାଳନ କରିଥାଏ-

ସିଦ୍ଧାନ୍ତ - 3

କାହାର ଆଲୋଚନା କରିବା ପୂର୍ବରୁ ନିଜ ଦୋଷ ଦୁର୍ବଳତାକୁ ଭଲ ଭାବରେ ପରି ପ୍ରକାଶ କରିଦିଅନ୍ତୁ ।

4

କାହାକୁ ଆଦେଶ ଦେବାରୁ ନିବୃତ୍ତ ରୁହନ୍ତୁ

ଥରେ ମୋତେ ବି ଆମେରିକାନ୍ ବାଇଓଗ୍ରଫରର୍ସର୍ ଡିନ୍ ମିସ୍ ଇଡ଼ା ଟାରେବଲ୍ଙ୍କ ସହ ଡିନର୍ କରିବାର ସୁଯୋଗ ମିଳିଲା । କଥା କଥାରେ ମୁଁ ତାଙ୍କୁ କହିଲି କି ଏହି ବହିଟି ଲେଖୁଛି ବୋଲି । ଆମେ ଦୁହେଁ ଏହି ମହତ୍ତ୍ୱପୂର୍ଣ୍ଣ ବିଷୟରେ ବହୁତ ସମୟ ଧରି ଚର୍ଚ୍ଚା କରୁଥିଲୁ କି କେଉଁ ଉପାୟରେ ବ୍ୟକ୍ତିକୁ ପ୍ରଭାବିତ କରାଯାଇ ପାରିବ । ସେ ମୋତେ କହିଲେ, ଯେତେବେଳେ ସେ ଓବେନ୍ ଡି ଜଙ୍ଗ୍ଙ୍କ ଜୀବନୀ ଉପରେ କାମ କରୁଥିଲେ ସେତେବେଳେ ସେ ଜଣେ ଏପରି ଲୋକ ସହ ସାକ୍ଷାତ କରିଥିଲେ ଯେ କି ପ୍ରାୟ ତିନି ବର୍ଷ ଧରି ଓବେନ୍ ଡି ଜଙ୍ଗ୍ଙ୍କ ସହ ଅଫିସ୍‌ରେ କାମ କରୁଥିଲା । ସେ କହିଥିଲେ ତିନି ବର୍ଷ ଭିତରେ କେବେହେଲେ କୌଣସି ବ୍ୟକ୍ତି କୁ ମି. ଜଙ୍ଗ୍ ସିଧା ସିଧା ଆଦେଶ ଦେବାର ସେ ଦେଖିନାହିଁ ।

ସେ ଆଦେଶ ନୁହେଁ ବରଂ ସେହି କଥାକୁ ଉପଦେଶ ବା ମନ୍ତ୍ରଣା ଦେବା ପରି କହୁଥିଲେ । ସେ କେବେବି କହୁ ନଥିଲେ କି ଏହା କର କିମ୍ବା ତାହା କର ନାହିଁ । ସେ କହୁଥିଲେ- 'ଆପଣ ଏହା ଉପରେ ବିଚାର କରିନିଅନ୍ତୁ ।' ବା 'ଆପଣଙ୍କୁ କ'ଣ ଲାଗୁଛି ଏହି କାମ କୁ ଏପରି କଲେ ଠିକ୍ ହେବ ?' ପତ୍ରମାନଙ୍କୁ ଠିକ୍ କରି ସାରିଲା ପରେ ସେକ୍ରେଟାରିକୁ ପଚାରୁଥିଲେ 'ଏହା କିପରି ଲାଗିଲା ?' କୌଣସି ଅଧିନସ୍ଥ କର୍ମଚାରୀଙ୍କ ଦ୍ୱାରା ଲିଖିତ ଚିଠିକୁ ପଢି କହୁଥିଲେ- 'ଏହି କଥାକୁ ପ୍ରାୟ ଏପରି ଲେଖିଥିଲେ ଅଧିକ ଭଲ ହୋଇଥାନ୍ତା ।' ସେ ତ ଅନ୍ୟ ଲୋକମାନଙ୍କୁ ନିଜ ଭୁଲ୍ ସୁଧାରିବାର ପୁରା ମୌକା ଦେଉଥିଲେ ଓ ଆଦେଶ ବିଲକୁଲ୍ ବି ଦେଉନଥିଲେ ।

ଏହି ପ୍ରଦ୍ଧତିରେ ଚାଲିଲେ ସାମ୍ନା ଲୋକ ନିଜ ଭୁଲକୁ ସହଜରେ ନିଜେ ସୁଧାରି ଦେଇଥାଏ। ତାହାର ଆତ୍ମବିଶ୍ୱାସ ଆଘାତ ହୁଏ ନାହିଁ ତଥା ସେ ନିଜ ଭିତରେ ମହତ୍ତ୍ୱପୂର୍ଣ୍ଣ ହେବା ପରି ଅନୁଭବ ବି କରିଥାଏ, ଯାହାଦ୍ୱାରା ବିଦ୍ରୋହ ନୁହେଁ ବରଂ ସହଯୋଗ ଭାବନାର ବିକାଶ ହୋଇଥାଏ।

କଠୋର ଆଦେଶ ଲମ୍ବା ସମୟ ପର୍ଯ୍ୟନ୍ତ ଚାଲିଲା ଭଳି ଆକ୍ରୋଶର ଜନ୍ମଦାତା ହୋଇଥାଏ, ତେଣିକି ତାହା କୌଣସି ଭୁଲ୍ କୁ ସୁଧାରିବା ପାଇଁ ଦିଆଯାଇଥାଉ ନା କାହିଁକି। ଡେନ୍ ସଂତାରେଲି ବ୍ୟାମିଙ୍ଗ୍, ପାଲେସ୍ଟେନିଆ ର ଏକ ବୈଷୟିକ ବିଦ୍ୟାଳୟର ଅଧ୍ୟାପକ ଥିଲେ। ସେ ଆମ ଶ୍ରେଣୀରେ ଏକ ଭିନ୍ନ ଧରଣର କାହାଣୀ କହିଥିଲେ- 'ଦିନେ ତାଙ୍କ ବିଦ୍ୟାଳୟର ଜଣେ ବିଦ୍ୟାର୍ଥୀ ବିଦ୍ୟାଳୟ ଆଗରେ ସଠିକ୍ ଜାଗାରେ ନିଜ କାର୍ ରଖିନଥିଲେ, ଯାହାଫଳରେ ଯିବା ଆସିବା କରିବାକୁ ଅନ୍ୟ ଲୋକମାନେ ଅସୁବିଧା ଅନୁଭବ କରୁଥିଲେ। ସେତିକି ବେଳେ ଜଣେ ଅନ୍ୟ ଅଧ୍ୟାପକ ତାଙ୍କ ଶ୍ରେଣୀରୁ ବାହାରି ଆସି ପାଟିକରି ପଚାରିଲେ 'ଏହା କାହାର ଗାଡି ରାସ୍ତାରେ ଠିଆ ହୋଇଛି ?' କାରବାଲା ପିଲାଟି ସରମି ଲାଜେଇ ଲାଜେଇ ଆସିଲା ତ ସେହି ଅଧ୍ୟାପକ ଅଧିକା ଗରମ ହୋଇ ଚିଲ୍ଲାଇ ଚିଲ୍ଲାଇ କହିଲେ 'ତୁରନ୍ତ ନିଜ କାର୍‌କୁ ଏଠାରୁ ଘୁଞ୍ଚାଇ ରଖ ନଚେତ୍ ଚେନ୍ ରେ ବାନ୍ଧି ଫୋପାଡି ଦେବି।'

ଭୁଲ୍ ସେହି ବାଳକର ଥିଲା, କିନ୍ତୁ ସେହି ଘଟଣା ପରେ ଅନ୍ୟ ପିଲାମାନେ ବି ଏହି ଅଧ୍ୟାପକ ଉପରେ ଚିଡିବାକୁ ଲାଗିଲେ। ସେମାନେ ଏହି ଅଧ୍ୟାପକଙ୍କୁ ହଇରାଣ କରିବାକୁ ମୌକା ଖୋଜିବାରେ ଲାଗିଲେ।

ଅଧ୍ୟାପକ ଯଦି ଏହି କଥାକୁ ଟିକେ ମିତ୍ରପୂର୍ଣ୍ଣ ଭାବରେ ପଚାରିଥାନ୍ତେ- 'ରାସ୍ତାରେ ଠିଆ ହୋଇଥିବା ଗାଡିଟି କାହାର ଓ ସେହି ଗାଡିଟିକୁ ସେଠାରୁ ଦୁରେଇ ଠିକ୍ ଜାଗାରେ ରଖିଦେଲେ କାହାରି ଯିବା ଆସିବରେ କୌଣସି ଅସୁବିଧା ହୁଅନ୍ତା ନାହିଁ, ତେବେ ସେ ପିଲା ତ ଖୁସିରେ ଗାଡିକୁ ଠିକ୍ ଜାଗାରେ ଲଗାଇ ଦେଇଥାନ୍ତା ଓ ତାଙ୍କ ଉପରେ ଏତେ ପିଲାବି ଚିଡି ନଥାନ୍ତେ, ସମ୍ପର୍କ ଅଧିକ ମିଠା ରହିଥାନ୍ତା।'

ଭୁଲ୍‌କୁ ଦର୍ଶାଇବା ଅପେକ୍ଷା ଅନ୍ୟ ଉପାୟରେ କହିଦେବା କିମ୍ୱା ଉପଦେଶ ଦେବା ଅଧିକା ଆନନ୍ଦଦାୟକ ହୋଇଥାଏ। ସାମ୍ନା ଲୋକ ବି ରଚନାତ୍ମକ ଭାବେ ପ୍ରେରିତ ହୋଇଥାଏ। ଯଦି ଲୋକକୁ ଅନୁଭବ ହୁଏ କି ନିର୍ଣ୍ଣୟ ନେବାରେ ତା'ର ନିଜ ଇଚ୍ଛା ବି ସମ୍ମିଳିତ ତେବେ ସେ ଅଧିକ ଭଲ ଭାବରେ କାମ କରିବ। ଆଫ୍ରିକାର ଜୋହାନ୍ସବର୍ଗରେ

ରହୁଥିବା ଇୟାନ୍ ମୈକ୍‌ଡନ୍ଲଡ୍ ଯାନ୍ତ୍ରିକ କଳ ସାମଗ୍ରୀ ତିଆରି କରିବାର କାରଖାନାର ମ୍ୟାନେଜର୍ ଭାବେ କାମ କରୁଥିଲେ। ତାଙ୍କୁ ଏକ ବଡ ଅର୍ଡର୍ ମିଳିବାର ଆଶା ଥିଲା, କିନ୍ତୁ ଏକ ସର୍ତ୍ତ ଥିଲା କି ମାଲ୍ଗୁଡିକୁ ବହୁତ କମ୍ ସମୟରେ ପଠାଇବାର ଥିଲା। ତାଙ୍କୁ ଜଣା ଥିଲା କି ଏତେ କମ୍ ସମୟରେ ଏହି ମାଲ୍‌କୁ ପଠାଇବା ସମ୍ଭବ ନୁହେଁ। କାରଖାନାରେ ଆଗରୁ ମିଳିଥିବା କାମ ସରି ନଥିଲା।

ଇୟାନ୍ ଶ୍ରମିକମାନଙ୍କୁ ଟିକେ ଶିଘ୍ର କାମ କରିବାକୁ କହିଲେ ନାହିଁ। ବରଂ ସେ ସମସ୍ତ ଶ୍ରମିକମାନଙ୍କୁ ଏକତ୍ରିତ କରି ସମସ୍ତ ସ୍ଥିତି ବିଷୟରେ ଜଣାଇଲେ। ସେ ତାଙ୍କୁ କହିଲେ ଯଦି ଏହି ଅର୍ଡର ତାଙ୍କୁ ମିଳିଯାଏ ତେବେ, ଏଥିରେ କମ୍ପାନିର ବହୁବିଧ ଉନ୍ନତି ହେବା ସହ ତାଙ୍କମାନଙ୍କର ବି ବହୁତ ଲାଭ ହେବ, ପରେ ପରେ ସେ ପ୍ରଶ୍ନ ପଚାରିବା ଆରମ୍ଭ କଲେ-

'କ'ଣ ଆମେ ଏମିତି କିଛି କରିପାରିବା, ଯଦ୍ୱାରା କି ଅର୍ଡର ଆମ ହାତକୁ ଆସିଯିବ ?'

'କ'ଣ କାହା ପାଖରେ ଏପରି କିଛି ଉପାୟ ଅଛିକି ଯାହାଫଳରେ ଆମେ ଏହି ଅର୍ଡର୍ ନେଇ ପାରିବା ଓ ତାକୁ ଯଥା ସମୟରେ ପଠାଇ ପାରିବା ?'

'କ'ଣ ଏପରି କିଛି କରାଯାଇ ପାରିବ କି ଏହି କାମ ସମୟ ସୀମା ଭିତରେ ପୁରା କରି ହେବ।'

ଶ୍ରମିକମାନେ କେତେ ପ୍ରକାର ବାଟ ଦର୍ଶାଇଲେ ତଥା ଉତ୍ସାହର ସହ କହିଲେ ତାଙ୍କୁ ଏହି ଅର୍ଡର ନେଇ ନେବା ଦରକାର। 'ଏହା ଆମେ କରିପାରିବା' ସଦ୍ଭାବନାର ସହ ମିଳିମିଶି କାମ କରିଚାଲିଲେ ଶେଷରେ ସମୟ ଶେଷ ହେବା ପୂର୍ବରୁ ଅର୍ଡର ପୁରା ହୋଇଗଲା।

କୁଶଳ ଓ ଯୋଗ୍ୟ ପଥ ପ୍ରଦର୍ଶକ ଏହି ପରି କରିଥାଏ।

ସିଦ୍ଧାନ୍ତ - 4

ସିଧା ସିଧା ହୁକୁମ୍ କରିବା ବଦଳରେ ତାହାକୁ ପ୍ରଶ୍ନ ଭାବରେ ପଚାରନ୍ତୁ।

5

ସାମ୍ନା ଲୋକକୁ ନିଜ ସମ୍ମାନ ରକ୍ଷା କରିବାର ଅବସର ଦିଅନ୍ତୁ

କିଛି ବର୍ଷ ତଳର କଥା, ଜେନେରାଲ୍ ଇଲେକ୍ଟ୍ରିକ୍ କମ୍ପାନି ଚାର୍ଲ୍ସ ଷ୍ଟିନମେଟଜ୍‌ଙ୍କୁ ତାଙ୍କ ପ୍ରମୁଖ ବିଭାଗରୁ ବାହାର କରିବା ପାଇଁ କହିଲେ। ଚାର୍ଲ୍ସ ଷ୍ଟିନମେଟଜ୍ ବିଜୁଳି ବିଷୟରେ ଏକ୍‌ଦମ୍ ଗୁରୁ ଥିଲେ, କିନ୍ତୁ ହିସାବ କିତାବ କରିବାରେ ସେ ସିଦ୍ଧହସ୍ତ ହୋଇପାରିଲେ ନାହିଁ। କମ୍ପାନି ଚାହୁଁ ନଥିଲା କି ସେ ଦୁଖିଃତ ହୁଅନ୍ତୁ କାରଣ ସେ ବହୁତ ଯୋଗ୍ୟ ବ୍ୟକ୍ତି ଥିଲେ, ଓ ସେ ବହୁତ ସମ୍ବେଦନଶୀଳ ବି ଥିଲେ। ଅତଃ ସେମାନେ ୟାଙ୍କୁ କମ୍ପାନିର କଂସଲ୍ଟିଙ୍ଗ୍ ଇଂଜିନିୟର୍ ପଦରେ ନିୟୋଜିତ କରିଦେଲେ। କାମ ତ ତାଙ୍କର ଏବେ ବି ସେଇୟା ଥିଲା ଖାଲି ପଦର ନାମ କେବଳ ବଦଳିଯାଇଥିଲା। ତାଙ୍କ ପୁରୁଣା ସ୍ଥାନରେ ଜଣେ କୁଶଳ ବ୍ୟକ୍ତିକୁ ବିଭାଗ ପ୍ରମୁଖ କରିଦିଆଯାଇଥିଲା।

ଜେ. ଇ. କମ୍ପାନିର ଅଫିସର୍ ତଥା ଚାର୍ଲ୍ସ ଷ୍ଟିନମେଟଜ୍ ବି ଖୁସି ଥିଲେ। ସେମାନେ ନିଜର ଯୋଗ୍ୟ ତଥା ସମ୍ବେଦନଶୀଳ କର୍ମଚାରୀ କୁ ବିନା କୌଣସି ଦୁଃଖ ଦାୟୀ ଘଟଣା ଘଟାଇ ବିଭାଗ ପ୍ରମୁଖ ପଦରୁ ବାହାର କରିଦେଲେ ତଥା ତାଙ୍କୁ ନିଜ ସମ୍ମାନ ରକ୍ଷା କରିବାର ମୌକା ବି ଦେଇଦେଲେ।

କେତେ ଲୋକ ଦୁନିଆଁରେ ଅଛନ୍ତି ଯେଉଁମାନେ ଅନ୍ୟମାନଙ୍କ ଭାବନାର ସମ୍ମାନ କରନ୍ତି ? ପ୍ରାୟ ବହୁତ କମ୍। ଅଧିକାଂଶ ଲୋକ ଅନ୍ୟ ଲୋକର ସମ୍ମାନକୁ ଦଳିମକଚି ଦିଅନ୍ତି ଯେପରି କୌଣସି କିଟକୁ ମାଟି ଉପରେ ଦଳିଦେଉଛନ୍ତି। ଆମେ ଅନ୍ୟମାନଙ୍କର ଭୁଲ୍ ବାହାର କରିଥାନ୍ତି, ସେମାନଙ୍କୁ ଧମକ ଦିଅନ୍ତି, ବାହାର ଲୋକଙ୍କ ସାମ୍ନାରେ କର୍ମଚାରୀମାନଙ୍କୁ ଗାଳି କରନ୍ତି ବା ପିଲାମାନଙ୍କର ଆଲୋଚନା କରିଦିଅନ୍ତି ଯେପରି ସେମାନଙ୍କର କୌଣସି ଇଜ୍ଜତ୍ ନାହିଁ। ଆମକୁ କେବଳ ନିଜ ଅହଂ ର ଆନନ୍ଦ ମିଳିଥାଏ,

କିନ୍ତୁ ଯଦି ଆମେ କେତେ ମିନିଟ୍ ବିଚାର କରିବା ଓ ସାମ୍ନା ଲୋକର ଦୃଷ୍ଟିକୋଣକୁ ଶାନ୍ତିପୂର୍ଣ୍ଣ ଭାବରେ ବୁଝିବାକୁ ଚେଷ୍ଟା କରିବା ତେବେ ସମସ୍ୟାକୁ ଆୟତ୍ତରେ କରାଯାଇପାରିବ।

ଯେତେବେଳେ ଆମର କୌଣସି ଅଧିନସ୍ଥ କର୍ମଚାରୀକୁ ଗାଳି କରୁଥାନ୍ତି ବା ତାକୁ ଚାକିରିରୁ ବାହାର କରିବାକୁ ଧମକ୍ ଦେଉଥାନ୍ତି, ତେବେ ଆମକୁ ସର୍ବଦା ଧ୍ୟାନ ଦେବା ଦରକାର–

‘ଚାକିରିରୁ ବାହାର କରିବା କାମ ତ ରୁଚିପୂର୍ଣ୍ଣ ହୋଇନଥାଏ। ଯାହାକୁ କାମରୁ ବାହାର କରାଯାଉଛି, ତା ପାଇଁ ତ ଏହା ଅଧିକ ଅରୁଚିପୂର୍ଣ୍ଣ ହୋଇଥାଏ। ଏଠାରେ ମୁଁ ଏକ ସାର୍ଟିଫାଏଡ୍ ପବ୍ଲିକ୍ ଏକାଉଂଟାଣ୍ଟ୍ ମାର୍ଶାଲ ଏ. ସେକ୍ସର୍ ର ପତ୍ରର ଅଂଶ ପ୍ରସ୍ତୁତ କରୁଛି। ‘ଆମ ବ୍ୟାପାର ବର୍ଷ ସାରା ଚାଲିବା ବଦଳରେ ମାତ୍ର ଋତୁ ହିସାବରେ ଚାଲିଥାଏ। ଏଣୁ ଯେତେବେଳେ କାମ ମାନ୍ଦା ପଡିଯାଏ, ବହୁତ କର୍ମଚାରୀମାନଙ୍କୁ କାମରୁ ବାହାର କରିବାକୁ ପଡେ।’

‘ଆମ ବ୍ୟାପାର ଜଗତରେ ଏକ ଲୋକ କଥା ଅଛି କି କୁରାଢୀ ଚଳାଇବାରେ କାହାକୁ ମଜା ଲାଗେ ନାହିଁ। ଏଣୁ କାମକୁ ଅତି ଶୀଘ୍ର ନିମ୍ନ ପ୍ରକାରରେ ଶେଷ କରି ଦିଆଯିବା ଉଚିତ, ‘ବସିଯାଆନ୍ତୁ ମି. ସ୍ମିଥ, ଏହି କଥା ତ ଆପଣ ବି ଜାଣନ୍ତି କି ଋତୁ ଶେଷ ହୋଇଗଲାଣି, ଏଣୁ ଆମ ପାଖରେ ଆପଣଙ୍କ ପାଇଁ କୌଣସି କାମ ଆଉ ନାହିଁ।’

ଏହାର ପ୍ରଭାବ ନୈରାଶ୍ୟଜନକ ହୋଇଥାଏ ଓ ସେ ବି ଭାବିଥାନ୍ତି କି ତାଙ୍କୁ ନିଚ ଦୃଷ୍ଟିରେ ଦେଖିଲା ପରି ବ୍ୟବହାର କରୁଛନ୍ତି। ସେମାନଙ୍କ ଭିତରୁ ବେଶି ଲୋକ ଜୀବନ ଭରି ଏକାଉଣ୍ଟିଙ୍ଗ୍ ଫିଲ୍ଡରେ କାମ କରନ୍ତି। ସେମାନଙ୍କ ମନରେ ଏପରି କମ୍ପାନି ପ୍ରତି ବିଶେଷ ଦରଦ ନଥାଏ, ଯେଉଁମାନେ ସେମାନଙ୍କୁ କାମରୁ ବାହାର କରିଦେଇଥାନ୍ତି।

ମୁଁ କିଛି ଦିନ ଆଗରୁ ନିର୍ଣ୍ଣୟ ନେଲି କି ଋତୁ ହିସାବରେ ରଖିଥିବା କର୍ମଚାରୀମାନଙ୍କୁ କାମରୁ ବାହାର କଲା ବେଳେ ବହୁତ ଅଧିକ ବୁଦ୍ଧିମାନୀ ଓ କୁଟନୀତିର ପ୍ରୟୋଗ କରିବା ଦରକାର। ଏଣୁ ଶିତଦିନେ ମୁଁ ସେମାନଙ୍କ କାମକୁ ବହୁତ ଗମ୍ଭୀର ଭାବରେ ଲକ୍ଷ୍ୟ କରୁଥିଲି, ପୁଣି ସେମାନଙ୍କ ସହ ଏହି ପ୍ରକାର କଥା କହୁଥିଲି, ‘ମି. ସ୍ମିଥ୍! ପ୍ରକୃତରେ ଆପଣଙ୍କ କାମଗୁଡିକ ପ୍ରଶଂସା ଯୋଗ୍ୟ ଅଟେ। ମୁଁ ସତକୁ ସତ ତୁମର ଖୁବ୍ ପ୍ରଶଂସା କରୁଛି। ଯେତେବେଳେ ମୁଁ ଆପଣଙ୍କୁ ନାବାର୍କ ପଠାଇଥିଲି, ସେତେବେଳେ ଆପଣଙ୍କର କାମ ପ୍ରକୃତରେ ବହୁତ କଠିନ ଥିଲା। ସେଠାରେ ଏତେ ଭଲ କାମ କରି ଆପଣ ନିଜକୁ ସର୍ବଶ୍ରେଷ୍ଠ ପ୍ରମାଣିତ କରିଦେଇଥିଲେ। କମ୍ପାନୀ କୁ ଆପଣଙ୍କ ଉପରେ ବହୁତ ଗର୍ବ ହେଉଛି। ଆପଣଙ୍କ କ୍ଷମତା ତଥା ଯୋଗ୍ୟତାର ତୁଳନା ନାହିଁ। ଆପଣ ଯେଉଁଠି ବି କାମ କରନ୍ତୁ ଆପଣ ବହୁତ ଆଗକୁ ଯିବେ। କମ୍ପାନି ଆପଣଙ୍କ ଉପରେ ବହୁତ ବିଶ୍ୱାସ କରେ ତଥା ସେ ଆପଣଙ୍କୁ ଛାଡିବାକୁ ଚାହେଁ ନାହିଁ। ଆମେ ଚାହୁଁଛୁ କି ଏହି କଥା ଆପଣ ବି ଯେପରି ଭୁଲନ୍ତି ନାହିଁ।

ଫଳାଫଳ ? ଲୋକମାନେ କାମରୁ ବାହାରି ଯିବା ପରେ ବି ନିଜକୁ ନିଜେ ଲଜ୍ଜିତ

ଅନୁଭବ କରନ୍ତି ନାହିଁ। ଏପରି ଭାବନ୍ତି ନାହିଁ କି ତାଙ୍କୁ ନୀଚ ଦୃଷ୍ଟିରେ ଦେଖି କାମରୁ ବାହାର କରି ଦିଆଯାଇ ନାହିଁ। ସେମାନେ ଏପରି ଭାବନ୍ତି କି ଯଦି କାମ ଥାଆନ୍ତା ତେବେ କାମରୁ ବାହାର କରିନଥାନ୍ତେ। ସେମାନେ ଆମର ଦୁର୍ବଳତା ବୁଝିଥାନ୍ତି। ଏହି ପରି ଭାବେ ଯେତେବେଳେ ସେମାନଙ୍କର ଦ୍ୱିତୀୟ ଥର ଦରକାର ପଡେ ଡାକିଲା ମାତ୍ରେ କାମରେ, ଯଦି ସେମାନେ ଫାଙ୍କା ଥାନ୍ତି ତ ଯୋଗ ଦେଇଥାନ୍ତି।

ପାଠ୍ୟକ୍ରମ ଚାଲିଥିବା ବେଳେ ଶ୍ରେଣୀର ଦୁଇ ସଦସ୍ୟ ଚର୍ଚ୍ଚା କରୁଥିଲେ। ଚର୍ଚ୍ଚାର ବିଷୟ ଥିଲା, 'ଭୁଲ୍ ବାଛିବାର ନକରାତ୍ମକ ପ୍ରଭାବ ଏବଂ ସାମ୍ନାଲୋକର ସମ୍ମାନ ରକ୍ଷାକରିବାର ଅବସର ଦେବାର ସକରାତ୍ମକ ପ୍ରଭାବ।'

'ପାଲେସ୍ଟେନିଆ, ହୈରିସବର୍ଗ୍‌ର ଫ୍ରେଡ୍ କଲାର୍କ୍ ଆମ କକ୍ଷରେ ତାଙ୍କ କମ୍ପାନୀ ର ଏକ କାହାଣୀ ବା ଘଟଣା ବର୍ଣ୍ଣନା କଲେ। 'ଆମ କମ୍ପାନିର ଏକ ପ୍ରଡକ୍ସନ୍ ମିଟିଙ୍ଗ୍ ଚାଲୁଥିଲା, ଯେଉଁଥିରେ ଭାଇସ୍ ପ୍ରେସିଡେଣ୍ଟ୍ ଉତ୍ପାଦନ କାର୍ଯ୍ୟର ପ୍ରଣାଳୀ ବିଷୟରେ ସୁପରଭାଇଜର୍‌ଙ୍କୁ ସିଧା ସିଧା ପ୍ରଶ୍ନ ପଚାରୁଥିଲେ। ତାଙ୍କ ପଚାରିବା ଶୈଳୀ ଓ ସ୍ୱରରେ ଭୟାନକ ଆକ୍ରମକତା ଭରିଥିଲା। ଏପରି ଲାଗୁଥିଲା କି ଭୁଲ୍ ସେହି ସୁପର୍‌ଭାଇଜର୍ ଦ୍ୱାରା ହିଁ ହୋଇଛି। ସେହି ସୁପରଭାଇଜର୍ ନିଜ ସହକର୍ମୀଙ୍କ ସାମ୍ନାରେ ଗାଳି ଖାଇବାକୁ ନିଜକୁ ଲଜ୍ଜିତ ଅନୁଭବ କରୁଥିଲା, ତେଣୁ ସେ ଠିକ୍ ଭାବରେ ଉତ୍ତର ଦେଇପାରୁନଥିଲା। ଏଥିରୁ ଭାଇସ୍ ପ୍ରେସିଡେଣ୍ଟ୍‌କୁ ଅଧିକ କ୍ରୋଧ ଆସିଲା ତେଣୁ ସେ ଆଉରି ଅଧିକା ଗାଳି କରିବାକୁ ଲାଗିଲେ ତଥା ମିଥ୍ୟା କଥା କହୁଥିବା ଆରୋପ ଲଗାଇଦେଲେ।'

'ଏହି କଥାବାର୍ତ୍ତାର ପରିଣାମ ଏପରି ବାହାରିଲା କି ସେହି କର୍ମଚାରୀ ସହ ଆମର ସବୁ ସମ୍ପର୍କ ଛିନ୍ନ ହୋଇଗଲା। ସେ ବହୁତ ପରିଶ୍ରମୀ ଥିଲେ। କିନ୍ତୁ ଏବେ ସେ କୌଣସି କାମର ରହିଲେ ନାହିଁ, ପୁଣି କିଛି ମାସ ପରେ ସେ କାମ ଛାଡିଦେଲେ ଓ ଆମ ପ୍ରତିଦ୍ୱନ୍ଦୀ କମ୍ପାନିରେ ଯାଇ କାମ କରିବାକୁ ଲାଗିଲେ ସେଠାରେ ସେ ବହୁତ ଭଲ ପ୍ରଣାଳୀରେ କାମ କରିବାକୁ ଲାଗିଲେ ଓ ଖୁସିରେ ରହିଲେ।'

ଆମ କକ୍ଷର ଅନ୍ୟ ଏକ ସଦସ୍ୟ ଆନ୍ନା ମୈଜୋନ୍ ବି ତାଙ୍କ କମ୍ପାନୀର ଏକ ଘଟଣା ବିଷୟରେ କହିଲେ, କିନ୍ତୁ ତାଙ୍କ ପ୍ରକ୍ରିୟା ଓ ପରିଣାମ ଦୁହେଁ ଅଲଗା ଥିଲା। ମିସ୍ ମୈଜୋନ୍ ଖାଦ୍ୟ ପ୍ୟାକ୍ କରୁଥିବା ଏକ କମ୍ପାନିରେ ମାର୍କେଟିଙ୍ଗ୍ ସ୍ପେଷାଲିଷ୍ଟ୍ ଥିଲେ। ଥରେ ତାଙ୍କୁ ଏକ ଉତ୍ପାଦଟି କେତେ ସ୍ୱାଦିଷ୍ଟ୍ ଅଟେ ସେ ବିଷୟରେ ଏକ ମାର୍କେଟିଙ୍ଗ୍ ରିପୋର୍ଟ ପ୍ରସ୍ତୁତ କରିବାକୁ କୁହାଯାଇଥିଲା। ସେ କହିଲେ- 'ଟେସ୍ଟ ର ରିପୋର୍ଟ ଦେଖି ମୋର ମୁଣ୍ଡ ଘୁରିଗଲା, କାରଣ ଯୋଜନା ପ୍ରସ୍ତୁତ କରିବାରେ ମୁଁ ଏକ ବଡ ଭୁଲ୍ କରିଦେଇଥିଲି, ଯେଉଁ କାରଣରୁ ପୁରା ଟେଷ୍ଟ ଆଉଥରେ କରିବାକୁ ପଡିବ। ମୋ ପାଖରେ ଏତେ ସମୟ ନଥିଲା କି ମିଟିଙ୍ଗ୍ ପୂର୍ବରୁ ବସ୍‌ଙ୍କୁ କହିପାରିବି, କାରଣ ଯେଉଁ ମିଟିଙ୍ଗ୍‌ରେ ଏହି ରିପୋର୍ଟ ମୋତେ ପ୍ରସ୍ତୁତ କରିବାରଥିଲା ସେ ମିଟିଙ୍ଗ୍ ବାସ୍ ଆରମ୍ଭ ହେବାକୁ ଯାଉଥିଲା।'

'ଯେମିତି ରିପୋର୍ଟ ପ୍ରସ୍ତୁତ କରିବାର ସମୟ ଆସିଲା, ମୁଁ ଡରରେ ପୂରା ଥରିବାକୁ ଲାଗିଲି। ସେତେବେଳେ ମୁଁ ନିଶ୍ଚିତ କଲି କି ଆଜି ମୁଁ ବିଲକୁଲ୍ କାନ୍ଦିବି ନାହିଁ। ମୁଁ ଲୋକମାନଙ୍କୁ ଏହା କହିବାର ସୁଯୋଗ ଦେବି ନାହିଁ କି ମହିଳାମାନେ ଭାବୁକ ହେବା କାରଣରୁ କୌଣସି ବିଶେଷ କାମ ଠିକ୍ ଭାବରେ ତୁଲାଇ ପାରନ୍ତି ନାହିଁ। ଏଣୁ ମୁଁ ମୋର ରିପୋର୍ଟ୍‌କୁ ସଂକ୍ଷିପ୍ତରେ ପ୍ରସ୍ତୁତ କରି କହିଲି କି ମୋ ଦ୍ୱାରା କିଛି ଭୁଲ୍ ହୋଇ ଯାଇଥିଲା ତେଣୁ ଏହି ରିପୋର୍ଟ୍‌କୁ ଆଗାମୀ ମିଟିଙ୍ଗ୍ ପୂର୍ବରୁ ଆଉଥରେ କରିବାକୁ ହେବ। ଏତିକି କହି ମୁଁ ଚୁପ୍ ଚାପ୍ ବସି ରହିଲି, କାହିଁକି ନା ମୁଁ ଭାବୁଥିଲି କି ବସ୍ ମୋ ଉପରେ ବହୁତ ରାଗିବେ ଓ ଗାଳି ମଧ୍ୟ କରିବେ।

'କିନ୍ତୁ ସେ ମୋ କାମର ପ୍ରଶଂସା କରି ଧନ୍ୟବାଦ ଦେଲେ, କୌଣସି ବି କାମକୁ ପ୍ରଥମ ଥର କରିଲା ବେଳେ ଭୁଲ୍ ହେବା ସ୍ୱାଭାବିକ କଥା। ସେ ଆଗକୁ ପୁଣି କହିଲେ ସେ ମୋ ଉପରେ ପୁରା ଭରସା ରଖିଛନ୍ତି କି ଯେଉଁ ଟେସ୍ଟ ଦ୍ୱିତୀୟ ଥର କରିବି ତାହା ବିଲକୁଲ୍ ସଠିକ୍ ହିଁ ହେବ, ସେ ମୋର କର୍ତ୍ତବ୍ୟନିଷ୍ଠା ଉପରେ ପୁରା ଭରସା କରିଛନ୍ତି। ସେ କହିଲେ ଯେ ମୋଦ୍ୱାରା ହୋଇଥିବା ଭୁଲ୍ ମୋର ଦକ୍ଷତା କୁ ଇଙ୍ଗିତ କରୁନାହିଁ ବରଂ ମୋର କମ୍ ଅନୁଭବକୁ ଦର୍ଶାଉଛି। ଏପରି କଥା ଶୁଣି ମୁଁ ତ ପୁରା ଆର୍ଶ୍ଚର୍ଯ୍ୟ ହୋଇ ଯାଇଥିଲି କାରଣ ଏପରି ହେବ ମୁଁ ଆଶା କରିନଥିଲି।'

'ମିଟିଙ୍ଗ୍‌ରୁ ଫେରିଲା ବେଳେ ନିଜକୁ ବହୁତ ଖୁସି ଅନୁଭବ କରୁଥିଲି, ପୁଣି ମୁଁ ସଂକଳ୍ପ କଲି କି ଏତେ ଭଲ ମାଲିକଙ୍କ ବିଶ୍ୱାସ କେବେ ବି ଭାଙ୍ଗିବି ନାହିଁ ଏବଂ ନା ନିଜକୁ ନା ମାଲିକଙ୍କୁ କେବେ ଲଜ୍ଜାବୋଧ ହେବାକୁ ଦେବି।'

ସାମ୍ନାଲୋକ ଠିକ୍ ହେଉ ବା ଭୁଲ୍ ଆମକୁ ତାର ମନ ଦୁଃଖ କରାଇବାର କୌଣସି ଅଧିକାର ନାହିଁ। ଆମକୁ ତା'ର ସମ୍ମାନ ରକ୍ଷାକରିବାର ସୁଯୋଗ ସୃଷ୍ଟି କରାଇଦେବା ଦରକାର। ଫ୍ରାନ୍ସିସ୍ ଏବିଏସନ୍ ପାୟୋନିୟର୍ ଏବଂ ଲେଖକ ଏଂତୋନିୟୋ ଦି ସେଣ୍ଟ୍ ଏଗଜୁପେରି ଲେଖିଥିଲେ, 'ମୋତେ ଏପରି କଥା କହିବାର ବା କରିବାର କୌଣସି ଅଧିକାର ନାହିଁ, ଯାହା ଅନ୍ୟକୁ ତା ନଜରରେ ତୁଚ୍ଛ ପ୍ରମାଣିତ କରି ଦେଇଥାଏ। ଏଥିରେ କୌଣସି ତଫାତ ହେବା କଥା ନୁହେଁ କି ମୁଁ ତା ବିଷୟରେ କ'ଣ ଭାବୁଛି, ବରଂ ଏହି କଥାରେ ବହୁତ ତଫାତ ଅଛି କି ସେ ନିଜ ବିଷୟରେ କିପରି ଓ କ'ଣ ଭାବୁଛି । କୌଣସି ବ୍ୟକ୍ତିର ଆତ୍ମସମ୍ମାନକୁ ଆଘାତ କରିବା ଏକ ଜଘନ୍ୟ ଅପରାଧ ଅଟେ।'

ଏକ କୁଶଳ ତଥା ଯୋଗ୍ୟ ପ୍ରତିନିଧି ସର୍ବଦା ଏହି ସିଦ୍ଧାନ୍ତର ପାଳନ କରିଥାଏ-

ସିଦ୍ଧାନ୍ତ – 5

ସାମ୍ନା ଲୋକକୁ ଲଜ୍ଜିତ ହେବାକୁ ଦିଅନ୍ତୁ ନାହିଁ।

6

ସଫଳତା ହାସଲ କରିବାର ନିଶ୍ଚିତ ଉପାୟ

ସର୍କସରେ କାମ କରୁଥିବା ପିଟ୍ ବାରଲୋ ମୋର ବହୁତ ପୁରୁଣା ମିତ୍ର ଥିଲେ। ସାରା ଜୀବନ ସେ ମନୋରଞ୍ଜକ କାର୍ଯ୍ୟକ୍ରମ କରିବା ଓ ସର୍କସରେ ହିଁ ବିତାଇ ଦେଇଥିଲେ। ଯେତେବେଳେ ପିଟ୍ କୁକୁରମାନଙ୍କୁ ପ୍ରଶିକ୍ଷଣ ଦେଉଥାଏ ମୋତେ ସେହି ଦୃଶ୍ୟ ଦେଖିବାରେ ବହୁତ ଆନନ୍ଦ ଆସୁଥାଏ। ଯେବେ କୁକୁର ଟିକେ ଭଲରେ ଶିଖି ଯାଉଥିଲା, ତ ପିଟ୍ ବଡ ଶ୍ରଦ୍ଧାର ସହ ତାର ପିଠିକୁ ଥାପୁଡେଇ ଦେଉଥିଲା ଓ ଖଣ୍ଡେ ମାଂସ ତାର ମୁହଁରେ ଦେଇ ଦେଉଥିଲା।

ଏହା କୌଣସି ନୂଆ କଥା ନୁହେଁ। ସମସ୍ତେ ଯେଉଁମାନେ ବି ପଶୁମାନଙ୍କ ଠାରୁ କିଛି କରାଇବାକୁ ଚାହାନ୍ତି ସେମାନେ ଏହି ପ୍ରକ୍ରିୟାର ଅନୁସରଣ କରିଥାନ୍ତି।

ଏହି ବିଷୟରେ ଚମକାଇ ଦେବା ଭଳି ତଥ୍ୟ ହେଉଛି କି ଯେତେବେଳେ ଏହି ପ୍ରକ୍ରିୟା କୁକୁର ଉପରେ ଏତେ ସହଜରେ କାମ କରୁଛି ତେବେ ଏହାକୁ ମାନବ ପାଇଁ କାହିଁକି ପ୍ରୟୋଗ କରାଯାଇ ପାରିବ ନାହିଁ ? କାହିଁକି ଆମେ ଚାବୁକ୍ ଜାଗାରେ ମାଂସ ର ବ୍ୟବହାର ନ କରିବା ? ଆଲୋଚନା ବଦଳରେ ପ୍ରଶଂସାର ବ୍ୟବହାର କ'ଣ ପାଇଁ କରିବା ନାହିଁ ? ଆମେ ସାମାନ୍ୟ ଟିକେ ସୁଧାର ଦେଖିଲା ମାତ୍ରେ ପ୍ରଶଂସା କରିବା ଦରକାର। ଏହି ପ୍ରଶଂସାରୁ ବ୍ୟକ୍ତିକୁ ପ୍ରୋତ୍ସାହନ ଓ ପ୍ରେରଣା ମିଳିଥାଏ।

ପ୍ରସିଦ୍ଧ ମନୋବୈଜ୍ଞାନିକ ଜୈସ୍ ଲେୟାର୍ ନିଜ ପୁସ୍ତକ 'ଆଇ ହାଭ ନଟ୍ ମଚ୍, ବଟ୍ ଆଇ ଆମ୍ ଗ୍ରେଟ୍' ରେ ଲେଖିଛନ୍ତି– 'ପ୍ରଶଂସା ହୃଦୟ ପାଇଁ, ସୂର୍ଯ୍ୟଙ୍କ ସୁଖଦାୟୀ ପ୍ରକାଶ ପରି ହୋଇଥାଏ। ପ୍ରଶଂସା ବିନା ବ୍ୟକ୍ତିତ୍ୱର ପୁଷ୍ପ ବିକଶିତ ହୋଇ ନଥାଏ। କିନ୍ତୁ ଅଧିକାଂଶ ଲୋକେ ବ୍ୟବହାର କରିବା ସମୟରେ ଆଲୋଚନା ର ଥଣ୍ଡା ପବନ ନିଶ୍ଚିତ ଛାଡି ଦେଇଥାନ୍ତି ତଥା ସାମ୍ନା ଲୋକର ପ୍ରଶଂସାର ସୁଖଦ ଖରା ବା ସୂର୍ଯ୍ୟାଲୋକ ରୁ ବଞ୍ଚିତ ରଖିଥାନ୍ତି।

ଯେତେବେଳେ ବି ମୁଁ ମୋର ଅତୀତ କୁ ଦେଖିବାକୁ ଚେଷ୍ଟା କରୁଛି ତ ମୋତେ ସେହି କଥାର ଅନୁଭବ ହେଉଛି କି ପ୍ରକାର ପ୍ରଶଂସାର କିଛି ଶବ୍ଦ ମୋର ଭବିଷ୍ୟତକୁ ବଦଳାଇ ଦେଇଥିଲା। କ'ଣ ଏହି କଥା ଆପଣଙ୍କ ଜୀବନରେ ବି ପ୍ରଯୁଯ୍ୟ ହେଉଛି କି

ନାହିଁ ? ଇତିହାସ ଏମିତି କେତେ ଉଦାହରଣକୁ ଗଚ୍ଛିତ କରିରଖିଛି କି ପ୍ରଶଂସା ରୂପୀ କାଉଁରି କାଠିରେ ଲୋକମାନଙ୍କର ସମ୍ପୂର୍ଣ୍ଣ ଜୀବନକୁ ବଦଳାଇ ରଖିଦେଇଛି ।

ଉଦାହରଣ ସ୍ୱରୁପ ଏକ ୧୦ବର୍ଷର ବାଳକ କିଛି ବର୍ଷ ପୂର୍ବେ ନେଲ୍ ପଲିସ୍ ର ଏକ କାରଖାନାରେ କାମ କରୁଥିଲା । ତା'ର ନିଜର ଇଚ୍ଛା ଥିଲା କି ସେ ଗାୟକ ହେବ, କିନ୍ତୁ ସଂଗୀତ ଶିକ୍ଷକ ତା'ର ଏହି ଇଚ୍ଛା ଉପରେ ଶକ୍ତ ପ୍ରହାର କରିଦେଇଥିଲେ, 'ତୁମ୍ଭ ସ୍ୱରରେ ବିଲକୁଲ ଦମ୍ ନାହିଁ, ଯେତେବେଳେ ଗାଉଛ ଲାଗୁଛି କି କେହି ଦୋକାନ ଘରେ ଲାଗିଥିବା ସଟର ଗେଟ୍‌କୁ ତଳକୁ ଟାଣିଦେଲା, ତୁମେ କେବେବି ଗାୟକ ହୋଇପାରିବ ନାହିଁ ।'

ତା'ର ମାଆ ପୁରା ଗରିବ ଥିଲା । ସେ ନିଜ ପୁଅକୁ କୋଳକୁ ଟାଣିନେଲା ଓ ତା'ର ପ୍ରଶଂସା କରି କହିଲା କି ତାର ଧିରେ ଧିରେ ସୁଧାର ହେବାରେ ଲାଗିଛି ତେଣୁ ଦିନେ ସେ ଗାୟକ ନିଶ୍ଚିତ ହୋଇଯିବ । ପିଲାର ସଂଗୀତ ଶିକ୍ଷା ପାଇଁ ମାଆ ବି ବହୁତ ପରିଶ୍ରମ କଲା । ତା'ଙ୍କ ପ୍ରୋତ୍ସାହନ ତଥା ପ୍ରେରଣା ମିଶି ସେହି ପିଲାର ଜୀବନ କୁ ବଦଳାଇ ଦେଲା । ସେହି ପିଲା ଥିଲା ଏନରିକୋ କୈରସୋ, ଯିଏ ଆଗକୁ ଯାଇ ନିଜ ସମୟର ଏକ ମହାନ ତମ ପ୍ରସିଦ୍ଧ ଅପେରା ଗାୟକ ହୋଇପାରିଥିଲା ।

ଉନବିଂଶ ଶତାବ୍ଦୀର ଆରମ୍ଭ ବେଳର କଥା, ଯେତେବେଳେ ଲଣ୍ଡନ୍ ର ଏକ ଯୁବକ ଲେଖକ ହେବାକୁ ଚାହୁଁଥିଲା, କିନ୍ତୁ ତାକୁ ଲାଗୁଥିଲା ପରିବେଶ ପରିସ୍ଥିତି ତା ବିରୁଦ୍ଧ ରେ ଅଛନ୍ତି । ସେ ମାତ୍ର ଚାରି ପାଞ୍ଚ ବର୍ଷ ହିଁ ସ୍କୁଲ୍ ଯାଇଥିଲା । କରଜ ଶୁଝି ପାରିନଥିବା କାରଣରୁ ତା'ର ବାପା ଜେଲ୍‌ରେ ଥିଲେ, ଅଭାବ ସ୍ଥିତିରେ ଏହି ଯୁବକ ଅନେକ ସମୟରେ ଭୋକିଲା ରହିଯାଉଥିଲା । ତାକୁ ବହୁତ ମୂଷା ରହୁଥିବା ଏକ ଓୟାର୍ ହାଉସ୍‌ରେ ବୋତଲରେ ଛାପା ମାର୍କା ଲଗାଇବାର କାମ ମିଳିଗଲା । ସେ ନିଜ ଜୀବନକୁ ଅନ୍ଧାରରେ ଅତିବାହିତ କରୁଥିଲା । ନିଜ ଲେଖିବା କଳା ଓ କୌଶଳ ଉପରେ ତାକୁ ଟିକେ ବି ବିଶ୍ୱାସ ନଥିଲା । ଏଣୁ ସେ ତା ଲିଖିତ ସବୁ ନଥି ପତ୍ରକୁ ଏକ କୁଢାଦାନିରେ ରାତ୍ରୀର ଅନ୍ଧକାରରେ ପକାଇଦେଇ ଆସିଲା ଯେମିତି କେହିବି ତାକୁ ଅଟ୍ଟହାସ୍ୟ ନକରନ୍ତି । ଗୋଟିଏ ପରେ ଗୋଟିଏ ସବୁ ତକ କାହାଣୀ ରଦ୍ଦ କରି ଦିଆଗଲା । ଶେଷରେ ସେହି ମହାନ ଦିନ ଆସିଲା ଯେଉଁ ଦିନ ତା ଲିଖିତ କାହାଣୀ ସର୍ବ ସମ୍ମତି କ୍ରମେ ଉଦ୍ଧୃତ ହୋଇଗଲା । ତା'ର ସେହି କାହାଣୀ ବଦଳରେ ତାକୁ ଗୋଟେବି ପଇସା ମିଳିଲା ନାହିଁ, କିନ୍ତୁ ଜଣେ ସମ୍ପାଦକ ତା'ର ବହୁତ ପ୍ରଶଂସା କରିଥିଲେ । ସେ ଏହା ଶୁଣି ଖୁସିରେ ପାଗଳ ହୋଇଗଲା ଓ ସଡକ ଉପରେ ଯାଡେ ସ୍ୟାଡେ ବୁଲିବାକୁ ଲାଗିଲା, ତା ଆଖିରୁ ଖୁସିର ଅଶ୍ରୁ ଝରିପଡିଲା ।

ଏକ ପ୍ରଶଂସା, ଏକ ସମ୍ମାନ ତା ଜୀବନକୁ ବଦଳାଇ ରଖିଦେଲା । ଯଦି ତାକୁ ଏହି ପ୍ରଶଂସା ନମିଳିଥାନ୍ତା ତେବେ ସେ ସାରା ଜୀବନ ସେହି ମୂଷା ଭରା ଗୋଦାମ ଘରେ ବୋତଲରେ ମାର୍କା କାଗଜ ଲଗାଇ ବିତାଇ ଦେଇଥାନ୍ତା । ଆପଣ ବି ସେହି ଯୁବକର ନାମ ନିଶ୍ଚିତ ଶୁଣିଥିବେ...... ତା'ର ନାମ ଥିଲା, ଚାର୍ଲ୍ସ ଡିକେଂସ୍ ।

ଲଣ୍ଡନ୍‌ର ଜଣେ ଯୁବକ ହାଇ-ଗୁଡସ୍ ଷ୍ଟୋର୍‌ରେ କିରାଣି କାମ କରୁଥିଲା । ସକାଳ

୫.୦୦ରେ ଉଠି ପୁରା ଷ୍ଟୋର୍ କୁ ସଫା କରୁଥିଲା ଓ ଦିନ ସାରା ୧୪-୧୫ ଘଣ୍ଟା ଧରି ଲଗାତର ପରିଶ୍ରମ କରୁଥିଲା। ଦୁଇ ବର୍ଷ ଏପରି କରି କରି ସେ ବିରକ୍ତ ହୋଇଗଲା। ଦିନେ ସେ ସକାଳୁ କିଛି ଜଳଖିଆ ନଖାଇ ଚାଲି ଚାଲି ୧୫ ମାଇଲ୍ ଦୁର ଯାଇ ନିଜ ମାକୁ ଭେଟ କରିବାକୁ ପହଞ୍ଚିଲା, ଯେକି ଜଣେ ଗୃହରକ୍ଷୀ ଭାବରେ କାମ କରୁଥିଲା। ସେ ବହୁତ ଦୁଃଖରେ ଥିଲା ତେଣୁ ସାରା ଦୁଃଖ କାହାଣୀ ମାଆ ଆଗରେ କାନ୍ଦି କାନ୍ଦି କହିଦେଲା। ଏପରି ବି କହିଲା ଯଦି ଆଉ କିଛି ଦିନ ସେହି ଠାରେ କାମ କରିବ ତେବେ ସେ ନିଶ୍ଚିତ ଆତ୍ମହତ୍ୟା କରିଦେବ। ତାପରେ ସେ ନିଜ ପୁରୁଣା ସ୍କୁଲ୍ ଶିକ୍ଷକଙ୍କୁ ଏକ ଲମ୍ବା ଦୁଃଖଭରା ଚିଠି ଲେଖିଲା। ପତ୍ରରେ ସେ ସଫା ସଫା ଲେଖିଦେଲା କି ସେ, ପୁରା ପୁରି ଭାଙ୍ଗିପଡିଛି ଏଣୁ ସେ ଆଗକୁ ଆଉ ବଞ୍ଚିବାକୁ ଚାହୁଁନାହିଁ। ସେହି ପତ୍ରର ଉତ୍ତରରେ ଶିକ୍ଷକ ତାକୁ ପ୍ରଶଂସା କରି କହିଲେ କି, 'ସେ ବହୁତ ବୁଦ୍ଧିମାନ ଅଟେ ତଥା ଭଲ ଜୀବନର ହକ୍‌ଦାର ଅଟେ। ସେ ତା ସାମ୍ନାରେ ଶିକ୍ଷକତା କାମ କରିବାର ପ୍ରସ୍ତାବ ରଖିଦେଲେ।

ପ୍ରଶଂସା ରୂପି ଦୁଇଚାରି ଶବ୍ଦ ସେହି ପିଲାର ଜୀବନକୁ ଏମିତି ବଦଳାଇ ଦେଇଥିଲା କି ଇଂରାଜି ସାହିତ୍ୟର ଇତିହାସ ଉପରେ ଅଲିଭା ପ୍ରଭାବ ଛାଡିଯାଇଥିଲା। ଆଗକୁ ଯାଇ ଏହି କିଶୋର ଜଣକ ଅନେକ ବେଷ୍ଟ ସେଲିଙ୍ଗ୍ ପୁସ୍ତକ ଲେଖିଥିଲା ଓ ନିଜ କଲମର ଜାଦୁରେ ଲକ୍ଷ ଲକ୍ଷ କୋଟି କୋଟି ଡଲାର ରୋଜଗାର କରିପାରିଲେ।ସେ ବି ବହୁତ ପ୍ରସିଦ୍ଧ ତାଙ୍କ ନାମ ଥିଲା ଏଚ୍ ଜି. ୱେଲ୍ସ।

ବି ଏଫ୍. ସ୍କିନର୍ ଶିକ୍ଷାର ମୂଳ ଆଧାର ଥିଲା ଆଲୋଚନା ବଦଳରେ ପ୍ରଶଂସା କରିବା। ସେ ଏହି କଥାକୁ ପଶୁ ଓ ମଣିଷଙ୍କ ଉପରେ ପ୍ରୟୋଗ କରି ପ୍ରମାଣିତ କରିଦେଇଥିଲେ କି ଅଧିକ ପ୍ରଶଂସା ଓ କମ୍ ଆଲୋଚନା କରିବା ଦ୍ୱାରା ସମସ୍ତଙ୍କୁ ଭଲ ଉତ୍ତମ କାମ କରିବାର ପ୍ରେରଣ ମିଳିଥାଏ।

ରେକି ମାଉଣ୍ଟ, ନାର୍ଥ କୈରୋଲିୟାର୍ ଜନ୍ ରିଗେଲ୍ସର୍ପା ନିଜ ପିଲାଙ୍କ ସହ ଏହି ଉପାୟ ପ୍ରୟୋଗ କରିଥିଲେ। ଅଧିକାଂଶ ପରିବାର ପରି ଏହି ପରିବାରରେ ବି ପିଲାଙ୍କ ସହ ବଡ ପାଟିରେ ରାଗିଲା ପରି କଥାବର୍ତ୍ତା କରାଯାଏ ଯାହାଫଳରେ ପିଲାମାନେ ବି ଖୁସି ରହିପାରୁନଥିଲେ ନାହିଁ! ପିତା ମାତା। ସେମାନେ ବଡମାନଙ୍କର ଏପରି ବ୍ୟବହାର ଦେଖି ଦିନକୁ ଦିନ ଖରାପ ଅଡକୁ ଗତି କରୁଥିଲେ। ଜନ୍‌ଙ୍କୁ ଏହି ସମସ୍ୟାର କୌଣସି ସମାଧାନ ଦେଖାଯାଉନଥିଲା। ସେ ଏହି ସ୍ଥିତିକୁ ସୁଧାରିବା ପାଇଁ ଆମ ପାଠ୍ୟକ୍ରମରେ ଶିଖାଯାଇଥିବା ଉପାୟ ଅନୁସରଣ କରିବାର ନିଶ୍ଚୟ କଲା। ସେ ଆମକୁ କହିଲେ କି ସେ, ପିଲାମାନଙ୍କର ଭୁଲ୍ ଗୁଡିକୁ ଅଣଦେଖା କରି ବରଂ ତା ବଦଳରେ ସେମାନଙ୍କର ପ୍ରଶଂସା କରିବାକୁ ସ୍ଥିର କଲା। ଏହା କୌଣସି ସହଜ କାମ ନଥିଲା, କାରଣ ସେମାନେ ପ୍ରାୟତଃ ଭୁଲ୍ କାମ କରୁଥିଲେ ଓ ଆମକୁ ତାଙ୍କ ପ୍ରଶଂସାତ୍ମକ କାମ ଖୋଜିବାରେ ବହୁତ ଅସୁବିଧା ହେଉଥିଲା। ଆମେ ସେମାନଙ୍କ ଠାରୁ କିଛି କାମ କରାଇଲୁ ଓ ଏହି କାମ କରିବା ସମୟରେ ଆମେ ସାମାନଙ୍କୁ ଭଲ ଭାବରେ ଲକ୍ଷ କଲୁ ତେଣୁ ସେଥିରୁ ହିଁ ସେମାନଙ୍କୁ କେଉଁ କାମ କାମ ପାଇଁ

ପ୍ରଶଂସା କରିହେବ। ଦିନେ ଦୁଇ ଦିନ ଭିତରେ ହିଁ ସେମାନଙ୍କ ଦୁଷ୍ଟାମି ବହୁତ କମିଗଲା। ପ୍ରଶଂସା ର ଆଶାରେ ସେମାନେ ଭଲ ପିଲା ହେବାକୁ ଚେଷ୍ଟା କଲେ। ସେମାନେ ବହୁତ ପରିଶ୍ରମ କରିବାକୁ ଲାଗିଲେ ଏମିତି କି ଆମକୁ ବିଶ୍ୱାସ କରିପାରୁ ନଥିଲୁ। ଏହା ସବୁ ବେଶି ଦିନ ପର୍ଯ୍ୟନ୍ତ ଚାଲିଲା ନାହିଁ, କିନ୍ତୁ ସେତିକରେ ସେମାନଙ୍କ ଭିତରେ ଯେଉଁ କେତେ ସୁଗୁଣର ବିକାଶ ହେଲା ତାହା ଅନେକ ଗୁଣରେ ଉତ୍ତମ ଥିଲା। ଏହି ସୁଧାର କେମିତି ହେଲା ? କାହିଁକି ନା ସେମାନଙ୍କର ଅଳ୍ପ ଟିକେ ମାତ୍ର ସୁଧାର ପାଇଁ ସେମାନଙ୍କର ବହୁତ ପ୍ରଶଂସା କରାଯାଇଥିଲା।

ଏହି ଉପାୟ ଚାକିରି କ୍ଷେତ୍ରରେ ବି ବହୁତ କାମ କରିଥାଏ। କାର୍ଲିଫର୍ଣ୍ଣିଆ ର କିଥ୍ ରୋପର୍ ଏହି ଉପାୟକୁ ବା ସିଦ୍ଧାନ୍ତକୁ ବ୍ୟବହାର କରି ନିଜ କମ୍ପାନିରେ ହିଁ ପରିକ୍ଷା କରିବାକୁ ଚେଷ୍ଟା କରିଥିଲେ। ତାଙ୍କ ପ୍ରିଣ୍ଟିଙ୍ଗ୍ ପ୍ରେସ୍‌କୁ ଏକ ବହୁତ ଭଲ ଓ ଉଚ୍ଚମାନର କାମ ଆସିଥିଲା। ସେହି କାମକୁ ଯେଉଁ ପ୍ରିଣ୍ଟରକୁ ଦିଆଗଲା ସେଠାରେ ଏକ ନୂତନ କାରିଗର ଆସିଥାଏ ଯିଏ କାମରେ କୌଣସି ତାଳମେଳ କରି କାମ କରିପାରୁ ନଥିଲା। ତା'ର ସୁପରଭାଇଜର୍ ଏପରି ନକାରାତ୍ମକ କାମକୁ ଦେଖି ବଡ ବ୍ୟସ୍ତ ହେଉଥିଲା ଓ ତାହାକୁ କାମରୁ ବାହାର କରିଦେବାକୁ ମନ ବଳାଇ ସାରିଥିଲା। ମି. ରୋପର୍‌ଙ୍କୁ ଏହି ସ୍ଥିତି ବାବଦରେ ଜଣାଗଲା, ସେ ନିଜେ ହିଁ ସେହି ପ୍ରିଣ୍ଟିଂ ପ୍ରେସକୁ ଗଲେ ଓ ସେହି ଯୁବକ ସହ କଥା ହେଲେ। ସେ ତାକୁ କହିଲେ ତୁମ କାମ ଦେଖି ମୋତେ ବହୁତ ଖୁସି ଲାଗୁଛି ଓ ଏହା ବି କହିଲେ କି ତାଙ୍କ ପ୍ରେସ୍ ରେ କରାଯାଇଥିବା କାମ ଭିତରେ ସବୁଠାରୁ ଭଲ କାମ ଅଟେ।

ଆପଣଙ୍କୁ କ'ଣ ଲାଗୁଛି ? ପ୍ରଶଂସା ଦ୍ୱାରା ସେହି ଯୁବ ପ୍ରିଣ୍ଟରଙ୍କର କମ୍ପାନି ପ୍ରତି କୌଣସି ପରିବର୍ତ୍ତନ ପରିଲକ୍ଷିତ ହେବକି ? ମାତ୍ର କିଛି ସମୟରେ ଚମତ୍କାର ହୋଇଗଲା। ସେ କମ୍ପାନିର ସମସ୍ତ ସହକର୍ମୀମାନଙ୍କୁ କହିଦେଲା କି କମ୍ପାନିରେ ଏମିତି କେହି ଅଛି ଯେକି ଭଲ କାମର ମର୍ଯ୍ୟାଦା ବୁଝିପାରୁଛନ୍ତି। ଏବେ ସେ ଏକ କର୍ତ୍ତବ୍ୟନିଷ୍ଠ ଓ ନିଜ କାମ ପ୍ରତି ସମର୍ପିତ କର୍ମଚାରୀ ଅଟେ।

ମି. ରୋପର ସେହି ଯୁବକର ଅଯଥା ପ୍ରଶଂସା କରିନଥିଲେ କି ତୁମ କାମ ବହୁତ ଭଲ ବୋଲି, ବରଂ ସେ ତ ତା'ର କାମ କାହିଁକି ଭଲମାନର ବୋଲି ପ୍ରଶଂସା କରିଥିଲେ। ସେହି ଲୋକକୁ ଚୁଗୁଲି କରିବା ବଦଳରେ ତାହାଦ୍ୱାରା କରାଯାଇଥିବା ବିଶେଷ ଉପଲବ୍ଧି ପାଇଁ ଆନ୍ତରିକ ପ୍ରଶଂସା କରିଥିଲେ। ତେଣୁ ପ୍ରଶଂସା ସେହି ଯୁବ ପ୍ରିଣ୍ଟର୍ ପାଇଁ ବହୁତ ମହତ୍ତ୍ୱପୂର୍ଣ୍ଣ ପାଲଟି ଯାଇଥିଲା। ପ୍ରଶଂସା ପ୍ରତ୍ୟେକ ଲୋକକୁ ଭଲ ଲାଗେ କିନ୍ତୁ ଯଦି ତାହା କୌଣସି ବିଶେଷ କାମ ପାଇଁ କରାଯାଇଥାଏ ତେବେ ତାହାର ଅର୍ଥ ବହୁ ଗୁଣିତ ହୋଇଯାଏ। ପ୍ରାୟ ପ୍ରତ୍ୟେକ ଲୋକେ ପ୍ରଶଂସା ଆଉ ମୁହଁ ଦେଖାଣିଆ ଚାଟୁ କଥା ଭିତରେ ଅନ୍ତର ବୁଝିପାରନ୍ତି କି ସାମ୍ନା ଲୋକ କିଛି ଉଦ୍ଦେଶ୍ୟ ମନରେ ରଖି ଏହି ପ୍ରକାର କଥା କହୁଛି ନା ହୃଦୟର ସହ ପ୍ରଶଂସା କରୁଛି। ସଦା ସର୍ବଦା ମନେ ରଖିବେ ପୁରା ଦୁନିଆଁ ପ୍ରଶଂସା ଓ ସମ୍ମାନ ର ଇଚ୍ଛୁକ ହୋଇଥାଏ, ଏହାକୁ ପାଇବାପାଇଁ ସେ କିଛିବି କରିବା ପାଇଁ ପ୍ରସ୍ତୁତ

ରହିଥାଏ। ମାତ୍ର ମିଥ୍ୟା ମୁହଁ ଦେଖାଣିଆ ପ୍ରଶଂସା କୁ ଚୁଗୁଲି କୁହାଯାଏ ଆଉ ଏହାକୁ ସମସ୍ତେ ଘୃଣା କରନ୍ତି।

ଏହି କଥାକୁ ମୁଁ ଆଉ ଥରେ ସ୍ପଷ୍ଟ କରିଦେଉଛି କି ଏହି ପୁସ୍ତକରେ ଲେଖାଥିବା ସମସ୍ତ ସିଦ୍ଧାନ୍ତ ସେତେବେଳେ କାମ କରିବ ଯେତେବେଳେ କାହାସହ ହୃଦୟର ସହ କଥାହେବେ ବା କାମ କରିବେ। ମୁଁ ଆପଣଙ୍କୁ ଚତୁର ହେବା ପାଇଁ କୌଣସି ତୁଟୁକା ଦେଉନାହିଁ, ମୁଁ କେବଳ ସଫଳ ଜୀବନ ବିତାଇବାର କିଛି ମୁଳଭୂତ ସିଦ୍ଧାନ୍ତ ଶିକ୍ଷାଉ ଅଛି। କ'ଣ ଆପଣ କେବେ ଲୋକମାନଙ୍କୁ ବଦଳାଇବାର ପ୍ରତିଜ୍ଞା ନେଇଛନ୍ତି ? ଯଦି ଆମେ ନିଜ ସମ୍ପର୍କରେ ଆସୁଥିବା ଲୋକଙ୍କୁ ପ୍ରେରିତ କରିବାରେ ଲାଗିପଡିବା ତେବେ ଆମେ ଜାଣିପାରିବା କି ପ୍ରତ୍ୟେକ ମଣିଷ ଭିତରେ ବହୁତ ଗୁଡିଏ ବିଶେଷତ୍ୱ ଓ ଅନେକ ଚିନ୍ତାଧାରା ରହିଛି।

ଆପଣଙ୍କୁ ଏହା ଆଶ୍ଚର୍ଯ୍ୟ ପରି ଲାଗିବ, ତେବେ ୱିଲିୟମ୍ ଜେମ୍ସଙ୍କ ବୁଦ୍ଧିମାନି ଶବ୍ଦ ଶୁଣନ୍ତୁ। ଯେ କି ଆମେରିକାର ଶ୍ରେଷ୍ଠ ମନୋବୈଜ୍ଞାନିକ ତଥା ଉଚ୍ଚକୋଟିର ଦାର୍ଶନିକ ଥିଲେ। 'ମୁଁ ଯାହା କିଛି ଅଟେ, ତାହା ତୁଳନାରେ ମୁଁ କେବଳ ଅଧା ଜାଗ୍ରତ ଅଛି। କାରଣ ଆମେ ନିଜର ସମସ୍ତ ଗୁଣକୁ ବା କ୍ଷମତାକୁ ଭଲ ଭାବରେ ଜାଣି ପାରନ୍ତି ନାହିଁ। ଆମେ ନିଜ ଶାରିରୀକ ଓ ମାନସିକ ଦକ୍ଷତାର ମାତ୍ର କିଛି ଅଂଶ ହିଁ ବ୍ୟବହାର କରିପାରନ୍ତି। ମନୁଷ୍ୟ ନିଜର ସମସ୍ତ କ୍ଷମାତାକୁ ବ୍ୟବହାର କରେନାହିଁ। ପ୍ରତ୍ୟେକ ମନୁଷ୍ୟ ପାଖରେ ଏପରି ଅନେକ କ୍ଷମତା ଓ ଶକ୍ତି ଥାଏ, ସାଧାରଣତଃ ଯାହାର ଉପଯୋଗ କରିବାରେ ସେମାନେ ଅସଫଳ ଥାନ୍ତି।

ଆପଣ ସମସ୍ତେ ଯେଉଁମାନେ ଏହି ବହିକୁ ପଢୁଅଛନ୍ତି, ଆପଣଙ୍କ ଭିତରେ ବି ସେ ପ୍ରକାର ଶକ୍ତି ବା ଦକ୍ଷତା ଭରି ରହି ଅଛି, ଯାହାର ବ୍ୟବହାର ଆପଣମାନେ ସଠିକ୍ ଭାବରେ କରୁପାରୁନାହାଁ। ଯେଉଁ ଗୁଣ ବା ଦକ୍ଷତାକୁ ଆପଣ ପୂର୍ଣ୍ଣ ରୂପରେ ବ୍ୟବହାର କରୁନାହାନ୍ତି ସେଥିରୁ ଗୋଟେ ହେଉଛି, ଲୋକମାନଙ୍କୁ ପ୍ରଶଂସା କରିବା ତଥା ପ୍ରେରିତ କରିବାର ଚମତ୍କାରୀ ଦକ୍ଷତା, ଯାହାଦ୍ୱାରା ସାମ୍ନାଲୋକର ଅନ୍ତଃନିହିତ ଗୁଣ ସାମର୍ଥ୍ୟ ଦକ୍ଷତା ଓ ମନୋବଳ ବା ଚିନ୍ତାଧାରା ର ଦହନ ହେଇପାରିବ ବା ସ୍ପଷ୍ଟ ହୋଇ ପାରିବ।

ଆଲୋଚନା ବା ସମାଲୋଚନା କରିବା ଦ୍ୱାରା ଯୋଗ୍ୟତାର ବିକାଶ ହୋଇପାରେନାହିଁ ବରଂ ଏହା ବଦଳରେ ପ୍ରଶଂସା ରୂପୀ ଖତ ପ୍ରୟୋଗ କରିବା ଦ୍ୱାରା ଦକ୍ଷତାର ଚାରା ଗୁଡିକ ଦିନକୁ ଦିନ ବିକାଶ ହେବାକୁ ଲାଗିଥାଏ।

ଏକ କୁଶଳ ତଥା ଯୋଗ୍ୟ ବ୍ୟକ୍ତି ଏହି ସିଦ୍ଧାନ୍ତକୁ ପାଳନ କରିଥାଏ-

ସିଦ୍ଧାନ୍ତ – 6

ଅଳ୍ପ ହେଉ ପଛେ ପ୍ରତ୍ୟେକ ସୁଧାରର ପ୍ରଶଂସା ହେବା ଦରକାର।

7

ଖରାପକୁ ବି ଭଲର ନାମ ଦିଅନ୍ତୁ

ଯେତେବେଳେ କୌଣସି କର୍ମଚାରୀ ଅଚାନକ ନିଜ କାମ ପ୍ରତି ବେପରୁଆ ହୋଇଯାଏ ବା କାମ ହିଁ ଖରାପ କରିବାରେ ଲାଗେ ତେବେ ଆପଣ କ'ଣ କରିବେ ? ଆପଣ ତାକୁ ତୁରନ୍ତ କାମରୁ ବାହାର କରିଦେବେ, କିନ୍ତୁ ଏହି ସମସ୍ୟାର ସଠିକ ସମାଧାନ ନୁହେଁ। ତାର ଖୁବ୍ ସମାଲୋଚନା କରିବା ଯାହାଦ୍ୱାରା ତାକୁ ଲଜ୍ୟା ଅନୁଭବ ହେବ ଓ ସେ କାମ ଠିକ୍ ଭାବରେ କରିବ ? ନାଁ ! ଏହା ଦ୍ୱାରା ସେ ତା ମନରେ ତୁମ ପ୍ରତି ଘୃଣା ଓ ଦ୍ୱେଷ ଭାବନା ଭରିଯିବ।

ହେନେରି ହୈକ୍ ଇଣ୍ଡିଆନାରେ ଏକ ବଡ ଟ୍ରକ୍ ଡିଲରସିପ୍ କମ୍ପାନିରେ ସର୍ଭିସ୍ ମ୍ୟାନେଜର୍ ଭାବେ ନିଯୁକ୍ତ ଥିଲେ। ସେହି ଦିନ ମାନଙ୍କରେ ସେ ନିଜ ଅଧିନରେ କାମ କରୁଥିବା ବିଲ୍ ନାମକ ଏକ ମେକାନିକ୍ ଙ୍କୁ ନେଇ ଚିନ୍ତାରେ ବହୁତ ବିବ୍ରତ ହୋଇ ପଡୁଥିଲେ। କାରଣ ତା'ର କାମ ଆଦୌ ସନ୍ତୋଷଜନକ ନଥିଲା। ତେଣୁ ମି. ହୈକ୍ ତାକୁ ନିଜ ଅଫିସ୍‌କୁ ଡାକି ତା ସହ କଥା ହେଲେ।

ତୁମେ ଜଣେ କୁଶଳ କାରିଗର ଅଟ ବିଲ୍ ଅନେକ ବର୍ଷ ହୋଇଗଲାଣି ତୁମେ ଏଠାରେ କାମ କରୁଛ ତାହା ବି ବହୁତ ଭଲ ମାନର କାମ, ଏମିତି କାମ ଚଳା କାମ ତୁମେ କରନାହିଁ। ତୁମେ ଅନେକ ଗାଡ଼ି ଗୁଡିକୁ ବହୁତ ଭଲ ଭାବରେ ମରାମତି କରିଦେଇ ନିଜେ ଜଣେ ଭଲ ମେକାନିକ୍ ଭାବେ ପରିଚିତ ହୋଇପାରିଛ ତେଣୁ କେତେକ ଗ୍ରାହକ ତୁମକୁ ବହୁତ ପସନ୍ଦ କରନ୍ତି। କିନ୍ତୁ ଗତ କିଛି ଦିନ ହେଲା ତୁମେ ଠିକ୍ ଭାବରେ କାମ କରିପାରୁନାହଁ। ତେଣୁ ମୁଁ ଏବେ ତୁମ ଉପରେ ସେତେ ଖୁସି ନାହିଁ। ତୁମେ ଚାହିଁଲେ ଆମେ ଦୁହେଁ ବସି ଏହି ସମସ୍ୟାର ସମାଧାନ ବାହାର କରିପାରିବା।

ଏହା ଶୁଣି ବିଲ୍ କହିଲା କି ତାକୁ ମାଲୁମ୍ ନାହିଁ କି ସେ ଆଗ ଭଳି କାମ କରିପାରୁନାହିଁ।

ସେ କହିଲା 'ମୁଁ ଆଗ ଅପେକ୍ଷା ଭଲ କାମ କରି ଦେଖାଇବି ଓ ଭବିଷ୍ୟତରେ ବି ଏପରି ଅଭିଯୋଗର ମୌକା ଆସିବାକୁ ଦେବି ନାହିଁ।'

ଆପଣଙ୍କୁ କ'ଣ ଲାଗୁଛି, କି ସେ ଭବିଷ୍ୟତରେ କେବେବି ଏପରି ଅଭିଯୋଗ ର ସୁଯୋଗ ଦେଇଥିବ ? ପ୍ରାୟ ନୁହେଁ। ସେ ପୁଣିଥରେ ସେହି କୁଶଳ କାରିଗର ହୋଇଯାଇଥିଲା। ମି. ହେିକ୍ ଅତୀତରେ କରିଥିବା କାମକୁ ଏପରି ପ୍ରଶଂସା କରିଥିଲେ ଯେ ସେହି ଛବି କୁ ବିଲ୍ ଆଦୌ ଖରାପ କରିବାକୁ ଚାହୁଁ ନଥିଲା।

ୱାଲ୍ଡୱିନ ଲୋକୋମୋଟିଭ୍ ୱର୍କସ ର ପ୍ରେସିଡେଣ୍ଟ ସେମୁୟଲ୍ ବାର୍କଲେନ୍ ଥରେ କହିଥିଲେ- 'ଜଣେ ସାଧାରଣ ଲୋକକୁ ଅତି ସରଳ ଭାବରେ ପ୍ରେରିତ କରାଯାଇପାରେ। ଯଦି ସେ ଆପଣଙ୍କର ସମ୍ମାନ କରୁଥାଏ ଓ ଆପଣ ତା'କୁ କହିଦେବେ କି ତାର କିଛି ବିଶେଷ ଗୁଣ ପାଇଁ ଆପଣ ତାର ସମ୍ମାନ କରନ୍ତି।'

ଏହି କଥାକୁ ବଦଳାଇ କୁହାଯାଇ ପାରିବ ଯଦି ଆପଣ କାହାର କୌଣସି ଗୁଣ ସୁଧାରିବାକୁ ଚାହାନ୍ତି ତେବେ ତାକୁ ଏହା ଅନୁଭବ କରାଇ ଦିଅନ୍ତୁ କି ଯେପରି ଆପଣ ତାଙ୍କର ସର୍ବଶ୍ରେଷ୍ଠ ଗୁଣ ବିଷୟରେ କହୁଛନ୍ତି। ସେକ୍ସପିୟର୍ ବି କହିଥିଲେ- 'ଯଦି ଆପଣଙ୍କ ଭିତରେ କୌଣସି ଗୁଣ ନାହିଁ, ତେବେ ଏପରି ବ୍ୟବହାର କରନ୍ତୁ କି ଯେପରି ସେ ଗୁଣ ଆପଣଙ୍କ ଭିତରେ ଆଗରୁ ମହଜୁଦ ଥିଲା।' ଅନ୍ୟ ମାନଙ୍କୁ ଏହା କହିଦିଅନ୍ତୁ କି ଆପଣ ତାଙ୍କଠାରେ ଯେଉଁ ଗୁଣ ଦେଖିବାକୁ ଚାହାଁନ୍ତି ସେ ଗୁଣ ତାଙ୍କ ଭିତରେ ଆଗରୁ ମହଜୁଦ୍ ଥିଲା। ତାହାର ଛବି କୁ ଅଧିକ ଭଲ ଭାବରେ ଉପସ୍ଥାପନା କରିଦିଅନ୍ତୁ, ଏବେ ସେହି ବ୍ୟକ୍ତି ଏହି ଗୁଣକୁ ସଠିକ ପ୍ରମାଣିତ କରିବା ପାଇଁ ବହୁତ ଚେଷ୍ଟା କରିବ।

'ସେଭେନ୍ ଇୟର୍ସ୍ ମାଇଁ ଲାଇଫ୍ ୱିଥ୍ ମୈଟରଲିଙ୍କ୍' ପୁସ୍ତକରେ ଜାର୍ଜିଟ୍ ଲେବ୍ଲାଙ୍କ୍ କହିଛନ୍ତି କି କିପରି ଭାବରେ ଏକ ବେଲ୍‌ଜିୟିଆନ୍ ସାଣ୍ଡୋର୍ଲା ର ଅମୂଲ୍ୟ ରୂପ କୁ ପରିବର୍ତ୍ତନ କରି ଦେଇଥିଲେ।

ସେ ବହିରେ ଲେଖିଥିଲେ, 'ମୋ ଚାକରାଣୀ ପାଖରେ ଥିବା ଏକ ହୋଟେଲ୍‌ରୁ ଭୋଜନ ଆଣିଥାଏ। ସେ ଚାକରାଣୀ କୁ ସମସ୍ତେ 'ମୈରି ଦ ଡିସୱାସର୍' କହୁଥିଲେ, କାରଣ ସେ ନିଜ କ୍ୟାରିଅର୍ ଜଣେ ବାସନ ମଜାଳୀ ଭାବେ କରିଥିଲେ। ତାର ରୂପ ବହୁତ ଖରାପ ଦେଖିବାକୁ ଥିଲା ଆଖି ଗୁଡିକ ଲୁହ ଭିଜା ରହୁଥିଲା ଓ ପାଦ ବହୁତ ପତଳା ଥିଲା। ସେ ବହୁତ କମ୍‌ଯୋର ଥିଲା ତଥା ଆତ୍ମବିଶ୍ୱାସ ବିଲକୁଲ୍ ନଥିଲା।'

'ଦିନେ ସେ ନିଜ ହାତରେ ଖାଇବା ଥାଳି ଧରି ଠିଆ ହୋଇଥିଲା, ସେତେବେଳେ ମୁଁ ତାକୁ କହିଲି- 'ମୈରି, ତୁମକୁ ଜଣା ନାହିଁ ତୁମ ଭିତରେ କେତେ ଅମୂଲ୍ୟ ଗୁଣ ଛପି ରହିଛି !'

'ମୈରି କିଛି କ୍ଷଣ ପାଇଁ ଯେପରି ସ୍ତବ୍ଧ ହୋଇଗଲା, କାହିଁକି ନା ତା'ର ନିଜ ଭାବନାକୁ ଛପାଇବାର ଅଭ୍ୟାସ ଥିଲା । ସେ ସେହି ଖାଇବା ଥାଳିକୁ ଟେବୁଲ୍ ଉପରେ ରଖି ସନ୍ତର୍ପଣରେ କହିଲା- 'ମ୍ୟାଡମ୍, ମୋତେ ଏହି କଥାରେ ବିଶ୍ୱାସ ହେଉନାହିଁ ।' ତାକୁ ଏହି ବିଷୟରେ କୌଣସି ସନ୍ଦେହ ନଥିଲା, ସେ ଗୋଟେ ବି ପ୍ରଶ୍ନ କଲା ନାହିଁ । ସେ ରୋଷେଇ ଘରକୁ ଗଲା ଓ ମୋର କଥାକୁ ମନେ ମନେ ଆଉ ଥରେ ଶୁଣିବାକୁ ଚେଷ୍ଟାକଲା । ଆସ୍ଥାର କାରଣରୁ ତାର ଏହି କାମକୁ କେହି ମଜା ରେ ଗ୍ରହଣ କଲେନାହିଁ । ସେବେଠାରୁ ତା ସହ କେହି ବି ଆଗ ପରି ବ୍ୟବହାର ନକରି କିଛି ଟା ଅଧିକ ବିଶେଷ ବ୍ୟବହାର କରିବାକୁ ଲାଗିଲେ । କିନ୍ତୁ ସବୁଠାରୁ ବେଶି ପରିବର୍ତ୍ତନ ତ ମୈରିଙ୍କ ଠାରେ ଦେଖିବାକୁ ମିଳିଥିଲା । ପ୍ରାୟ ତାକୁ ବିଶ୍ୱାସ ହୋଇଯାଇଥିଲା କି ତା ଭିତରେ କିଛି ଛପି ହୋଇ ଚମତ୍କାର ଅଛି । ଏଣୁ ସେ ନିଜ ଶରୀରକୁ ବିଶେଷ ଧ୍ୟାନ ଦେବାକୁ ଲାଗିଲା । ପୁଣି ତାହାର ସେ ଅସୁନ୍ଦରତା ଆପେ ଆପେ ଉଭେଇଗଲା ସେ ଏବେ ବହୁତ ସୁନ୍ଦର ଦେଖାଗଲା ।'

'ଏହି ଘଟଣାର ଦୁଇ ତିନି ମାସ ପରେ ତାର ବିବାହ ସେହି ରୋଷେୟାର ପୁତୁରା ସହ ହେବାକୁ ଯାଉଥିଲା ତେଣୁ ସେ ବହୁତ ଖୁସି ଥିଲା ବୋଲି କହୁଥିଲା ।

ଏକ ସଂକ୍ଷିପ୍ତ ବାକ୍ୟ ହିଁ ତାର ଜୀବନର ମୋଡ ବଦଳାଇ ଦେଇଥିଲା ।'

ଫ୍ଲୋରିଡାରେ ଏକ ଫୁଡ କମ୍ପାନିରେ ସେଲ୍ସ ରିପ୍ରେଜେଣ୍ଟେଟିଭ୍ ଭାବେ ବିଲ ପାର୍କର ଡେଟୋନେ ବିଚ୍ କାମ କରୁଥିଲେ । ତାଙ୍କ କମ୍ପାନି କିଛି ନୂଆ ଉତ୍ପାଦ ବଜାରକୁ ଆଣିବାର କାମରେ ବ୍ୟସ୍ତ ରହିଥାଏ ଯାହାକୁ ନେଇ ସେ ବହୁତ ଖୁସି ଥିଲେ, କିନ୍ତୁ ସେତେବେଳେ ଜାଣିବାକୁ ପାଇଲେ କି ବଡ ଫୁଡ୍ ମାର୍କେଟ୍ ମ୍ୟାନେଜର୍ ଏହି ଉତ୍ପାଦକୁ ନିଜ ଷ୍ଟୋର୍‌ରେ ରଖିବାକୁ ମନା କରିଦେଲେ । ଏହି କଥାରେ ତାଙ୍କୁ ବହୁତ ଦୁଃଖ ହେଲା । ବିଲ୍ ପାର୍କର୍ ଦିନ ସାରା ତାଙ୍କ ଏପରି ମନା କରିବାର କାରଣ ସଂମ୍ପର୍କରେ ଚିନ୍ତା କରିବାକୁ ଲାଗିଲେ ଓ ସଂଧ୍ୟାରେ ପୁଣି ଥରେ ସେହି ଷ୍ଟୋର୍ ମ୍ୟାନେଜର୍ ସହ କଥା ହେବାକୁ ସ୍ଥିର କଲେ ।

ବିଲ୍ ମ୍ୟାନେଜର୍‌ଙ୍କୁ କହିଲେ- 'ଜ୍ୟାକ୍, ଯେତେବେଳେ ମୁଁ ସକାଳେ ଆପଣଙ୍କୁ ନୂଆ ଉତ୍ପାଦ ବିଷୟରେ ବିବରଣୀ ଦେଉଥିଲି, ସେତେବେଳେ ମୁଁ କିଛି ମହତ୍ତ୍ୱପୂର୍ଣ୍ଣ ତଥ୍ୟ ବିଷୟରେ କହିବାକୁ ଭୁଲି ଯାଇଥିଲି । ଏବେ ମୁଁ ଆପଣଙ୍କ ମାତ୍ର ଅଳ୍ପ ସମୟ ଦରକାର କରୁଛି ଯାହାଦ୍ୱାରା ମୁଁ ଭୁଲିଯାଇଥିବା ସମସ୍ତ ତଥ୍ୟ କୁ ସଠିକ୍ ଭାବରେ ପ୍ରସ୍ତୁତ କରିପାରିବି । ମୁଁ ଆପଣଙ୍କ ଏହି ଗୁଣକୁ ବହୁତ ପସନ୍ଦ କରିଥାଏ କି ଆପଣ ଜଣେ ବହୁତ ଭଲ ଶ୍ରୋତା ତଥା ତଥ୍ୟଗୁଡିକ ସହ ସହମତି ହୋଇଯାଆନ୍ତି ତେବେ ନିଜ ନିଷ୍ପତ୍ତିକୁ ବି ସହଜ ଢଙ୍ଗରେ ବଦଳାଇ ଦେଇଥାନ୍ତି । କ'ଣ ଜ୍ୟାକ୍ ଏହା ପରେ ଶୁଣିବାକୁ ମନା କରିଦେଇଥିବେ ? ବିଲକୁଲ୍

ନୁହେଁ, କାରଣ ତାକୁ ନିଜର ଛବି ସମାଜ ଆଗରେ ହେଉ ବା ଏହି ସେଲ୍ସ ମ୍ୟାନ୍ ଆଗରେ ହେଉ ଉତ୍ତମ ହିଁ ରଖିବାର ଥିଲା।

ଦିନେ ସକାଳ ସମୟରେ ଡବଲିନ୍ ଆୟାରଲ୍ୟାଣ୍ଡର ପ୍ରସିଦ୍ଧ ଦାନ୍ତ ଡାକ୍ତର ମାର୍ଟିନ୍ ଅକା ବାକା ହୋଇ ରହିଗଲେ। କାରଣ ତାଙ୍କର ଜଣେ ରୋଗୀ ତାଙ୍କୁ କହିଲେ କି ଯେଉଁ ଧାତୁ ନିର୍ମିତ କପର୍ ହୋଲଡର୍ ରେ ସେ ନିଜ ଦାନ୍ତ ସଫା କରୁଛନ୍ତି ତାହା ବହୁତ ମଇଳା ଥିଲା। ତାହା ହିଁ ସତ୍ୟ ଥିଲା ରୋଗୀ କପ୍‌ରୁ ପାଣି ପିଉଥିଲା କିନ୍ତୁ ହୋଲଡର୍‌ରୁ ନୁହେଁ, କିନ୍ତୁ ଏକ କ୍ଲିନିକରେ ଏପରି ମଇଳା ଜିନିଷ ସେ ବି ରୋଗୀ ମାନଙ୍କୁ ବ୍ୟବହାର କରିବାକୁ ଦେବା ବଡ ଅଶୋଭନୀୟ କଥା ଥିଲା।

ରୋଗୀମାନେ ଚାଲିଯିବା ପରେ ସେ ଡାକ୍ତର ନିଜ ବ୍ୟକ୍ତିଗତ ଅଫିସ୍‌କୁ ଯାଇ ସଫା ସଫି କରୁଥିବା ମହିଳା ବ୍ରିଜିଟ୍ କୁ ଏକ ହାତ ଲେଖା ନୋଟ୍ ଲେଖିଲେ- 'ମୋର ଭେଟ ଆପଣଙ୍କ ସହ ବହୁତ ହି କମ୍ ହୋଇ ପାରୁଛି। କାରଣ ଆପଣ ସପ୍ତାହରେ ଆମ ଅଫିସକୁ ମାତ୍ର ଦୁଇ ଦିନ ଆସି ପାରୁଛନ୍ତି। ଆପଣଙ୍କ ସଫେଇ କାମ ମୋର ବହୁତ ପସନ୍ଦ, ଏହା ବହୁତ ଭଲ, ଏଥି ପାଇଁ ମୁଁ ଆପଣଙ୍କୁ ଧନ୍ୟବାଦ ଦେବାକୁ ଚାହୁଁଛି। ଏମିତିରେ ସଫା ସଫି କାମ ସପ୍ତାହରେ ଦୁଇ ଦିନ ଓ ସେ ବି ମାତ୍ର ଦୁଇ ଘଣ୍ଟା ବହୁତ କମ୍ ହୋଇଥାଏ। ଯଦି ଆପଣ ଚାହାନ୍ତି ସଫା କରିବା ଜିନିଷ ଯେପରି କି କପ୍ ହୋଲଡର୍ ଆଦି ସଫା କରିବା ପାଇଁ ଅତିରିକ୍ତ ଅଧଘଣ୍ଟା ସମୟ ନେଇ ପାରିବେ। ଏହି ଅଧଘଣ୍ଟା ପରିଶ୍ରମ ପାଇଁ ଅଲଗା ଅର୍ଥ ବି ପଠାଇ ଦିଆଯିବ।'

ସେହି ଡାକ୍ତର ଜଣକ ଆମକୁ କହିଲେ କି 'ଯେତେବେଳେ ମୁଁ ପରଦିନ ଅଫିସ୍‌ରେ ପହଞ୍ଚିଛି, ତ ମୋର ଟେବୁଲ୍ ଏକ ଦମ୍ କାଚ ପରି ଚିକ୍‌ଚିକ୍ କରୁଥିଲା ସବୁ ଜିନିଷ ତକ ଏକଦମ୍ ଝଡାଝଡି ହୋଇ ଧୂଳି ଟିକେ ବି ନଥିଲା। ତାପରେ ମୁଁ ଟ୍ରିଟମେଣ୍ଟ୍ ରୁମ୍‌କୁ ଗଲି ସେଠାରେ ଯେତେ ବି କପ୍ ହୋଲଡର୍ ଥିଲେ ସବୁ ସଫା ଓ ଚିକ୍ ଚିକ୍ କରୁଥିଲା। ମୁଁ କେବଳ ସେହି ସଫେଇ କର୍ମଚାରୀର ଆଗରେ ତା'ର ଏକ ବହୁତ ଭଲ ଛବି ନିର୍ଦ୍ଧାରିତ କରିଦେଇଥିଲି, ଯାହାକୁ ସେ ଯେତେ କଷ୍ଟ ହେଲେ ବି ସମ୍ଭାଳି କରି ରଖିବାକୁ ଚାହୁଁଥିଲା। ସେ ଏହି କାମକୁ କେତେ ଅଧିକ ସମୟରେ କରିଥିବ ? ହୁଏତ ବିଲକୁଲ୍ ବି ଅଧିକା ସମୟ ଲାଗିନଥିବ !'

ଇଂରାଜୀ ସାହିତ୍ୟରେ ଏକ ପ୍ରାଚୀନ କଥା ଅଛି, 'କୌଣସି କୁକୁରକୁ ଆପଣ ଖରାପ ନାମ ଦେଇକରି ଦେଖନ୍ତୁ, ସେ ଏତେ ଖରାପ ହୋଇଯିବ ଏତେ ଖରାପ ବ୍ୟବହାର କରିବ କି ଆପଣଙ୍କ ହୃଦୟ ଚାହିଁବ କି ଆପଣ ତାକୁ ଗୁଳିକରି ମାରିଦେବେ। କିନ୍ତୁ ତାକୁ ଭଲ ନାମ ଦେଇକରି ଦେଖନ୍ତୁ ସେ ଆପଣଙ୍କ ପାଇଁ ନିଜ ଜୀବନକୁ ତୁଚ୍ଛ କରିଦେବ।'

ଶ୍ରୀମତି ରଥ୍ ହାପକିଂସ୍ ନିୟୁର୍କ ସହରରେ ବ୍ରୁକଲିନ୍ ବିଦ୍ୟାଳୟରେ ୪ର୍ଥ ଶ୍ରେଣୀରେ ପିଲାମାନଙ୍କୁ ପାଠ ପଢାନ୍ତି। ବର୍ଷ ଆରମ୍ଭର ପ୍ରଥମ ଦିନରେ ସେ ନିଜ ଶ୍ରେଣୀର ଉପସ୍ଥିତି ରେଜିଷ୍ଟର୍ କୁ ଦେଖିଲେ, ତ ତାଙ୍କ ଉତ୍ସାହ ଏକ୍ ଦମ୍ ଥଣ୍ଡା ପଡିଗଲା। କାରଣ ସେହି ଶ୍ରେଣୀକୁ ଟ୍ରାମ ଟି. ନାମକ ପିଲା ଆସି ଯାଇଥିଲା। ଯାହାର ଛବି ସ୍କୁଲରେ ମାତ୍ର ଗୋଟିଏ ବିଗିଡି ଯାଇଥିବା ସୈତାନ ପରି ଥିଲା, ଖୁବ୍ ଦୁଷ୍ଟ ଥିଲା ସେ। ଗତ ବର୍ଷ ସାରା ୩ୟ ଶ୍ରେଣୀ ଶିକ୍ଷିକା ସେହି ପିଲାର ଗୁଣ ଓ ଅଭିଯୋଗ ବଖାଣିବାକୁ ପ୍ରଧାନ ଆଚାର୍ଯ୍ୟଙ୍କ ପାଖକୁ ଯାଉଥିଲା ଓ ଅନ୍ୟ ଗୁରୁମାନଙ୍କୁ ତା ବିଷୟରେ ବି ବହୁତ ଥର କିଛି ନା କିଛି ଶୁଣାଇ ଥିଲା। ଅନୁଶାସନ ସହ ସେ ପିଲାର କିଛି ବି ନେଣ ଦେଣ ନଥିଲା। ସେ ଅନ୍ୟ ସମସ୍ତ ପିଲାଙ୍କ ସହ ମାରପିଟ କରୁଥିଲା। ଝିଅ ପିଲାମାନଙ୍କୁ ବି ଗାଳି କରୁଥିଲା ଏପରିକି ଶିକ୍ଷକମାନଙ୍କ ସହିତ ବି ଦୁଷ୍ଟାମି କରୁଥିଲା ଓ ହଇରାଣ କରୁଥିଲା। ଯେମିତି ସେ ବଢୁଥିଲା ତା'ର ଦୁଷ୍ଟାମି ବି ସେମିତି ବଢିବାରେ ଲାଗିଥିଲା, କିନ୍ତୁ ତା ଭିତରେ ଏକ ଗୁଣ ଥିଲା। ସେ ପାଠ ପଢାରେ ହୁସିୟାର ଥିଲା, ଶିଘ୍ରତାର ସହ କୌଣସି କାମକୁ ଶିଖି ନେଉଥିଲା। ଟ୍ରାମି ର ସମସ୍ୟା' ରୁ ମୁକ୍ତି ପାଇବା ପାଇଁ ଶ୍ରୀମତି ହାଫକିଂସ୍ ନିର୍ଣ୍ଣୟ ନେଲେ। ସେ ନିଜ ନୂଆ ବିଦ୍ୟାର୍ଥୀ ମାନଙ୍କ ସ୍ୱାଗତ ସେ ଏହି ପ୍ରକାରର କଲେ, 'ରୋଜ୍, ତୁମର ବସ୍ତ୍ର ପ୍ରକୃତରେ ବହୁତ ସୁନ୍ଦର ଦେଖାଯାଉଛି, ମାଆ ଆଣିଥିଲା ନା ବାପା ?' 'ମୁଁ ଶୁଣିଛି 'ଏଲିୟାସ୍, ତୁମର ଡ୍ରଇଂ ବହୁତ ସୁନ୍ଦର।' ଯେତେବେଳେ ଟ୍ରାମିର ନମ୍ବର ଆସଲା, ତ କହିଲେ- 'ଟ୍ରାମି ମୋତେ ଏମିତି ଲାଗୁଛି କି ତୁମେ ଜଣେ ଭଲ ଲିଡର ଅଟ। ମୁଁ ଚାହୁଁଛି କି ତୁମେ ଆମ ଏହି ଶ୍ରେଣୀର ମନିଟର୍ ହୋଇଯାଅ। ପିଲାମାନଙ୍କୁ ସମ୍ଭାଳିବାରେ ମୋତେ ସାହାଯ୍ୟ କର, ଯାହା ଫଳରେ ଆମ ଶ୍ରେଣୀ ଏହି ବର୍ଷ ବିଦ୍ୟାଳୟର ସବୁଠାରୁ ଭଲ ଶ୍ରେଣୀ ହେବାର ଯୋଗ୍ୟତା ଅର୍ଜନ କରିବ।' ପ୍ରଥମେ ପ୍ରଥମେ ଶିକ୍ଷିକା ଜଣକ ଟ୍ରାମିର ଛୋଟ ଛୋଟ କାମ ପାଇଁ ହୃଦୟ ଖୋଲିକରି ଖୁବ୍ ପ୍ରଶଂସା କରୁଥିଲା, ପୁଣି ସେହି ନଅ ବର୍ଷିଆ ପିଲା ବି ନିଜ ଛବିକୁ ସାକାର ରୂପ ଦେବା ପାଇଁ ଭରପୂର ଚେଷ୍ଟା କରିବାକୁ ଲାଗିଲା।

ଯଦି ଆପଣ କାହାର ବ୍ୟବହାର ରେ ପରିବର୍ତ୍ତନ କରାଇବାକୁ ଚାହୁଁଛନ୍ତି, ତେବେ ଏକ କୁଶଳ ମୁଖିଆ ଲୋକ ପରି ଏହା କରନ୍ତୁ-

ସିଦ୍ଧାନ୍ତ – 7

ବ୍ୟକ୍ତି କୁ ଏକ ଏପରି ଛବି ବା ବ୍ୟକ୍ତିତ୍ୱର ଛବି ରେ ବାନ୍ଧି ଦିଅନ୍ତୁ ଯେ, ତାହାକୁ ସେ କେବେ ବଦଳାଇବାକୁ ଚାହିଁବ ନାହିଁ।

୪

ଭୁଲ ସୁଧାରିବା ଆଦୌ କଷ୍ଟକର ନୁହେଁ

ମୋର ଜଣେ ବନ୍ଧୁଙ୍କର ବିବାହ ସେତେବେଳେ ହେଲା ଯେତେବେଳେ ତାଙ୍କୁ ପୁରା ୪୦ ବର୍ଷ ହୋଇଗଲା। ତାର ହେବାକୁ ଥିବା ପତ୍ନୀ ତାଙ୍କୁ ନାଚ ଶିଖିବା ପାଇଁ ଅନୁରୋଧ କଲେ, ଯାହାକୁ ସେ ସ୍ୱୀକାର କରି ନେଇଥିଲେ। ସେ ତାଙ୍କ କାହାଣୀକୁ ଆମ ଶ୍ରେଣୀରେ ଏହି ପରି ଭାବରେ ପ୍ରକାଶ କରିଥିଲେ, '୪୦ ବର୍ଷ ବୟସରେ ବି ମୁଁ ପିଲାଙ୍କ ପରି ନାଚ କରୁଥିଲି, ମାନେ ମୋତେ ବିଲକୁଲ୍ ନାଚ କରିବା ଆସୁ ନଥିଲା। ଏପରି ମୋତେ ମୋର ନାଚ ଶିକ୍ଷକ ମୋତେ କହିଲେ। ସେହି ଶିକ୍ଷକ ମୋତେ କହିଲେ, ସବୁ କିଛି ପୁରୁଣା ଭୁଲି ନୂତନ ଭାବରେ ସବୁ କିଛି ଶିଖିବାକୁ ହେବ। ଏହା ଶୁଣି ମୋର ହୃଦୟ ଭାଙ୍ଗିଗଲା। ନାଚ ଶିଖିବାର ଇଚ୍ଛା ହିଁ ଥଣ୍ଡା ହୋଇଯାଇଥିଲା। ସେତେବେଳେ ମୁଁ ନାଚ ଶିକ୍ଷକ ବଦଳାଇବାର ଚିନ୍ତା କଲି।'

'ନୂଆ ଶିକ୍ଷକଙ୍କ କଥା ମୋତେ ଭଲ ଲାଗିଲା, କାରଣ ସେ ମୋର ମନ ରଖିବାପାଇଁ ମିଛରେ କିଛି ସାନ୍ତ୍ୱନା ଦେଇଥିଲେ। ସେ କହିଲେ କି ମୋର ନାଚ କରିବାର ଶୈଳୀ ଟିକେ ପୁରୁଣା ପରିକା ଅଟେ, ହେଲେ ବି ମୋ ଠାରେ ନାଚ କରିବାର ବହୁତ ଗୁଣ ଭରି ରହିଛି, ତେଣୁ ଏହାକୁ ସୁଧାରିବାକୁ ବେଶି କଷ୍ଟ ହେବ ନାହିଁ। ଫରକ ମାତ୍ର ଏତିକି ଥିଲା କି ପ୍ରଥମ ଶିକ୍ଷକଙ୍କ କଥାରେ ମୋର ନାଚ ଶିଖିବାର ଆଗ୍ରହ ପୁରା ଥଣ୍ଡା ପଡିଯାଇଥିଲା। ନୂଆ ଶିକ୍ଷକ ମୋର ଭୁଲ ଗୁଡିକୁ କମ୍ କରି କହୁଥିଲେ ଓ ଭଲ କାମ କୁ ପ୍ରଶଂସା କରୁଥିଲେ। ସେ ମୋତେ କହୁଥିଲେ କି ଏହି ଗୁଣ ମୋର ଜନ୍ମ ଜାତ ଅଟେ, କି ମୋ ଭିତରେ ତାଳ ଲୟର ବହୁତ ଜ୍ଞାନ ଅଛି।'

ମୋତେ ଜଣା ଥିଲା କି ମୁଁ ଏସବୁ କିଛି ଜାଣିନାହିଁ ଓ ସର୍ବଦା ଏପରି ହିଁ ରହିବି। ହେଲେବି ମୋତେ ଏହି ସବୁ ବିଷୟରେ ଭାବିବାକୁ ଭଲ ଲାଗୁଥିଲା ହୁଏତ ସେ ଠିକ୍

କହୁଥିବେ କି ? ଏହା ସ୍ପଷ୍ଟ ଯେ ତାକୁ ଏପରି କହିବାର ପଇସା ମିଳୁଥିଲା, କିନ୍ତୁ ଏହା ଚିନ୍ତା କରିବାରେ କ'ଣ ଲାଭ ?

'କିନ୍ତୁ ଯେପରି ବି ହେଉ ନା କାହିଁକି ମୁଁ ଏବେ ଅପେକ୍ଷାକୃତ ଭଲ ନାଚ କରିପାରୁଛି। ଏହା ତାଙ୍କ ପ୍ରୋତ୍ସାହନ ବିନା ଆଦୌ ସମ୍ଭବ ନଥିଲା। ତାଙ୍କ କଥାରେ ମୋ ଭିତରେ ଆଶାର କିରଣ ଜାଗ୍ରତ ହୋଇଥିଲା। ଆତ୍ମ-ସୁଧାର ର ଇଚ୍ଛା ଜାଗ୍ରତ ହେଲା।' ଯଦି ଆପଣ ନିଜ ପିଲାକୁ ବା କର୍ମଚାରୀକୁ ସବୁବେଳେ କହିବେ କି ସେ ସବୁ ବେଳେ ଭୁଲ କରୁଛି ସେଥିପାଇଁ ଗାଳି କରିବେ ଓ କହିବେ ତା ଭିତରେ ସୁଧାର ହେବାର କୌଣସି ଗୁଣ ଦେଖା ଯାଉନାହିଁ ତେବେ ସେ କେବେ ବି ସୁଧୁରି ପାରିବ ନାହିଁ। କିନ୍ତୁ ଯଦି ଆପଣ ତାକୁ ପ୍ରେରଣା ଦେଇ ସବୁ ଜିନିଷ କୁ ସହଜ ବୋଲି ତା ଆଗରେ ଉପସ୍ଥାପନା କରନ୍ତି ଓ ତାର କ୍ଷମତା ଉପରେ ଆପଣଙ୍କୁ କୌଣସି ସନ୍ଦେହ ନାହିଁ। ତେବେ ଫଳ କେବଳ ସକରାତ୍ମକ ହେବ ସେ ଦିନ ରାତି ପରିଶ୍ରମ କରିବ ଓ ତା'ର ନିଜ ପ୍ରଦର୍ଶନରେ ନିଶ୍ଚିତ ସୁଧାର ଆସିବ।

ମାନବୀୟ ସମ୍ବନ୍ଧର କୁଶଳ ଜ୍ଞାତା ଲେବେଲ୍ ଥାର୍ମସ୍ ବି ଏହି ପଦ୍ଧତିର ଅନୁସରଣ କରୁଥିଲେ। ଆପଣଙ୍କ ଭିତରେ ଆତ୍ମବିଶ୍ୱାସ ଜାଗ୍ରତ କରି ଆପଣଙ୍କୁ ସାହସ ତଥା ଆସ୍ଥା ମାଧ୍ୟମରେ ପ୍ରେରିତ କରୁଥିଲେ। ଥରେ ମୋତେ ମି. ଏବଂ ମିସେସ୍ ଥର୍ମାସ୍‌ଙ୍କ ସହ ସପ୍ତାହର ଶେଷ ଦିନ କାଟିବାର ମଉକା ମିଳିଲା। ସେ ମୋତେ ବ୍ରିଜ୍ ଖେଳିବାକୁ ଆମନ୍ତ୍ରୀତ କଲେ। ବ୍ରିଜ ! ଆରେ, ନାଁ-ନାଁ, ମୋତେ ସେ ବ୍ରିଜ ବିଷୟରେ ଟିକେ ବି କିଛି ଜଣା ନାହିଁ। ମୋତେ ଏହି ଖେଳ ଗୋଟେ ଗୋପନୀୟ ରହସ୍ୟ ପରି ଲାଗୁଥିଲା। ନାଁ-ନାଁ, ବିଲକୁଲ୍ ଅସମ୍ଭବ।

କିନ୍ତୁ ଲେବେଲ୍ ମୋତେ କହିଲେ- 'ଆରେ, ଏହି ଖେଳରେ କୌଣସି ଜାଦୁ ବିଦ୍ୟା ନାହିଁ। ବ୍ରିଜରେ କେବଳ ସାଧାରଣ ଉପସ୍ଥିତ ବୁଦ୍ଧି ଓ ମନେ ରଖିବାର କଳା ର ଦରକାର ପଡିଥାଏ। ଆପଣ ତ ସ୍ମରଣ ଶକ୍ତି ବିଷୟରେ କେତେ ଲେଖା ଲେଖି ସାରିଲେଣି ଓ ଆପଣଙ୍କ ବୁଦ୍ଧି ପାଖରେ ଆମେ ସମସ୍ତେ ପରାସ୍ତ ହୋଇ ସାରିଛୁ। ମୋତେ ଲାଗୁଛି ଏହି କାମ ଆପଣଙ୍କ ବାମ ହାତର ଖେଳ। ଆପଣ ଏହା କୁ ବଡ କୁଶଳତାର ସହ ଖେଳିପାରିବେ।'

ମୁଁ କିଛି ବୁଝି ପାରୁନଥିଲି କି କ'ଣ କରିବି, କ'ଣ ନ କରିବି ବୋଲି। ଜୀବନରେ ପ୍ରଥମ ଥର ବ୍ରିଜ ଖେଳିବାକୁ ବସିଥିଲି, ଆଉ ତାହା ବି ଏଇଥି ପାଇଁ କି ଲେବେଲ୍ ମୋତେ କହିଦେଲେ କି ଏହି ଖେଳ ମୋଁ ପାଇଁ କିଛି କଷ୍ଟକର ନୁହେଁ ଏହା ମୋର ବାମ ହାତର ଖେଳ।

ବ୍ରିଜ ଖେଳ ଆରମ୍ଭ ହେବାକ୍ଷଣି ମୋତେ ଅଚାନକ ଏଲ. କଲ୍ବର୍ଟସନ୍‌ଙ୍କ କଥା ମନେ ପଡିଗଲା। ଯାହାଙ୍କର ବ୍ରିଜ ଖେଳ ଉପରେ ଲିଖିତ ପୁସ୍ତକ କେତେ ଭାଷାରେ ଅନୁବାଦ

ହୋଇ ଲକ୍ଷ ଲକ୍ଷ ସଂଖ୍ୟାରେ ବିକ୍ରି ହୋଇ ସାରିଥାଏ। ସେ ମୋତେ କହିଥିଲେ କି ସେ କେବେ ବି ବ୍ରିଜ ଖେଳକୁ ନିଜ ବ୍ୟବସାୟ ପରି ଚିନ୍ତା ବି କରି ନଥାନ୍ତେ ଯଦି ଜଣେ ଯୁବତୀ ତାଙ୍କୁ ତାଙ୍କ ଭିତରର ଏହି ସୁନ୍ଦର ପ୍ରତିଭା ବିଷୟରେ ହୃଦୟ ଖୋଲା ପ୍ରଶଂସା କରି ନଥାନ୍ତେ ବା ତାଙ୍କ ମନରେ ସେହି ଗୁଣକୁ ବିକାଶ କରିବାର ଆଗ୍ରହ ଜାଗ୍ରତ କରାଇ ନଥାନ୍ତେ।

ସେ ୧୯୨୨ ମସିହାରେ ଆମେରିକା ଆସି ସମାଜଶାସ୍ତ୍ର ବା ଫିଲୋସଫି ଅଧ୍ୟାପକ ହେବାକୁ ଚାକିରି ଖୋଜିବାର ପ୍ରୟାସ କରୁଥିଲେ, କିନ୍ତୁ ତାଙ୍କୁ କୌଣସି ଚାକିରି ମିଳି ପାରିନଥିଲା।

ଏହି ଅସଫଳତା ପରେ ସେ କୋଇଲା ବିକ୍ରି କରିବାର ଚେଷ୍ଟା କଲେ, କିନ୍ତୁ ସେଥିରେ ବି ସଫଳ ହୋଇ ପାରିଲେ ନାହିଁ। ତୃତୀୟ ଚେଷ୍ଟା ସେ କଫି ବିକ୍ରି କରିବା ପାଇଁ କରିଥିଲେ ହେଲେ ଏଥିରେ ବି ସେ ସଫଳ ହୋଇପାରି ନଥିଲେ।

ତାଙ୍କୁ ଅଳ୍ପ- ଅଧିକେ ବ୍ରିଜ୍ ଖେଳିବା ଆସୁଥିଲା, କିନ୍ତୁ ସେତେବେଳ ପର୍ଯ୍ୟନ୍ତ ତାଙ୍କୁ ଅନୁଭବ ନଥିଲା କି ସେ ବି ବ୍ରିଜ୍ ଶିଖାଇ ପାରିବେ। ସେ ବ୍ରିଜ୍‌ର ଏକ ଖରାପ ଖେଳାଳୀ ଥିଲେ ଓ ଜିଦଖୋର ମଧ୍ୟ। ସେ ଏତେ ପ୍ରଶ୍ନ ପଚାରୁଥିଲେ କି କେହି ବି ତାଙ୍କ ସହ ଖେଳିବାକୁ ପସନ୍ଦ କରୁନଥିଲେ।

ଏହା ପରେ ଜଣେ ସୁନ୍ଦରୀ ଯୁବତୀ ବ୍ରିଜ୍ ଶିକ୍ଷିକା ଜୋସେଫାଇନ୍ ଡିଲ୍ଲନ୍‌ଙ୍କ ସହିତ ସାକ୍ଷାତ ହେଲା। ଦୁହିଁଙ୍କ ଭିତରେ ପ୍ରେମ ସମ୍ପର୍କ ଗଢି ଉଠିଲା ତେଣୁ ସେମାନେ ବାହା ହୋଇଗଲେ। ଜୋସେଫାଇନ୍ ଲକ୍ଷ୍ୟ କରୁଥିଲା କି ତାର ପତି ବ୍ରିଜ୍ ଖେଳିଲା ବେଳେ ତାସ୍ ଗୁଡିକୁ ଧରି ସାବଧାନ ପୂର୍ବକ ବିଶ୍ଳେଷଣ କରୁଥିଲେ, ସେତେବେଳେ ସେ ତାଙ୍କୁ ଏହା ଅନୁଭବ କରାଇଥିଲା କି ତାଙ୍କ ଭିତରେ କାର୍ଡ ଟେବୁଲ ର ପ୍ରତିଭା ଛପି ହୋଇ ରହିଛି। କଲ୍‌ବର୍ଟସନ୍‌ଙ୍କ ଅନୁସାରେ ଏହି ପ୍ରୋତ୍ସାହନ ତଥା ପ୍ରେରଣା ହିଁ ତାଙ୍କୁ ବ୍ରିଜ୍ ଖେଳକୁ ନିଜ ବ୍ୟବସାୟ ରୂପରେ ଗ୍ରହଣ କରିବାରେ ସାହାଯ୍ୟ କରିଥିଲା।

କ୍ଲୋରେନ୍ସ ଏମ୍. ଜେମ୍ସ, ସିନସିନାଟି ଅହିଓରେ ଆମର ପାଠ୍ୟକ୍ରମର ପ୍ରଶିକ୍ଷକ ଥିଲେ। ସେ ତାଙ୍କ ଅନୁଭବ ବିଷୟରେ କହିଥିଲେ କି ପ୍ରୋତ୍ସାହନ ତଥା ଭୁଲ ଗୁଡିକରେ ସୁଧାର ଆଣିବାକୁ ଯାଇ କିପରି ଭାବରେ ନିଜ ପୁଅର ଜୀବନ ବଦଳାଇ ପାରିଥିଲେ।

୧୯୭୦ ମସିହାରେ ମୋର ୧୫ ବର୍ଷିଆ ପୁଅ ଡେବିଡ୍ ମୋ ସହିତ ରହିବାକୁ ସିନ୍‌ସିନାଟି ଆସିଥିଲା। ତାକୁ ଜୀବନରେ କୌଣସି ସମସ୍ୟା ସହିତ ଲଢାଇ କରିବାକୁ ପଡିଥିଲା। ୧୯୫୮ରେ ଏକ କାର୍ ଦୁର୍ଘଟଣାରେ ତାର ମୁଣ୍ଡ ଫାଟି ଯାଇଥିଲା ଓ ସେହି କାରଣରୁ ତା ମୁଣ୍ଡରେ ଏକ ଖରାପ ଦେଖା ଯାଉଥିବା ଦାଗ ବି ରହି ଯାଇଥଲା। ୧୯୬୦

ମସିହାରେ ତା ମାଆ ଓ ମୋ ଭିତରେ ଛାଡପତ୍ର ହୋଇ ଯାଇଥିଲା। ତାପର ଠାରୁ ଡେଭିଡ୍ ତା ମାଆ ସହ ଡଲ୍ଲାସ୍ ଟେକସାସ୍‌ରେ ରହୁଥିଲା। ୧୫ ବର୍ଷ ପର୍ଯ୍ୟନ୍ତ ସେହି ସ୍କୁଲରେ ସେ ପାଠ ପଢିଲା ଯେଉଁଠି ଧିରେ ଶିଖିବା ପରି ପିଲାଙ୍କୁ ଶିକ୍ଷାଦାନ ଦିଆଯାଏ। ହୁଏତ ସେହି ମୁଣ୍ଡର ଦାଗକୁ ଦେଖି ସ୍କୁଲ କର୍ତ୍ତୃପକ୍ଷ ଏପରି ନିର୍ଣ୍ଣୟ ନେଇଥିଲେ କି ସେ ଅନ୍ୟ ପିଲାଙ୍କ ପରି ଶିଘ୍ର ଶିଖିବା ଉଚିତ ହେବନି। ନିଜ ବୟସର ପିଲାଙ୍କ ଠାରୁ ସେ ପାଠରେ ୨ବର୍ଷ ପଛରେ ଚାଲୁଥିଲା। ଏଣୁ ସେ ୧୫ ବର୍ଷରେ ବି ୭ମ ଶ୍ରେଣୀରେ ପଢୁଥିଲା। ସେ ଏବେ ପଣକିଆ ବି ଶିଖି ପାରୁନଥିଲା। ନିଜ ଆଙ୍ଗୁଳି କୁ ବ୍ୟବହାର କରି ଗଣି ପାରୁନଥିଲା ଓ ବହି ତ ବଡ କଷ୍ଟରେ ପଢୁଥିଲା।

'କିନ୍ତୁ ତା ଦେହରେ ଗୋଟେ ଭଲ ଗୁଣ ଥିଲା ସେ ଟିଭି ଓ ରେଡିଓ ସେଟ୍‌ରେ କାମ କରିବାକୁ ଭଲ ପାଉଥିଲା। ତାର ରୁଚି ଥିଲା ସେ ଟିଭି ମେକାନିକ୍ ହେବ। ମୁଁ ତାକୁ ସେଥିପାଇଁ ବହୁତ ପ୍ରୋତ୍ସାହନ ଦେଲି ଓ କହିଲି ଟ୍ରେନିଂ ବହୁତ କଷ୍ଟକର ଆଉ ସେଥିରେ ଯଦି ଗଣିତ ଭଲ ନଥିବ ତେବେ ପାସ୍ କରିବା କଷ୍ଟକର ହୋଇ ପଡିବ। ମୁଁ ତାକୁ ସାହାଯ୍ୟ କରିବା ପାଇଁ ନିଜ ତରଫରୁ ବହୁତ ଚେଷ୍ଟା କଲି। ମୁଁ ଚାରି ସେଟ୍ ପ୍ଲେସ୍ କାର୍ଡ୍ କିଣି ନେଇ ଆସିଲି, ତା ସହିତ ମିଶାଣ ଫେଡାଣ ହରଣ ଗୁଣନ କରିବାର ସେଟ ବି। ସେହି କାର୍ଡ ଗୁଡିକୁ ପ୍ରୟୋଗ କରିବା ସମୟରେ ସଠିକ ଉତ୍ତର ବାଲା କାର୍ଡ କୁ ଅଲଗା ଜାଗାରେ ରଖି ଦେଉଥିଲି। ଯେତେବେଳେ ଡେଭିଡ୍ ସଠିକ ଉତ୍ତର ଦେଇପାରୁ ନଥିଲା ତ, ଆମେ ସେହି କାର୍ଡକୁ ପୁଣି ଆଉଥରେ ମିଶାଇ ଦେଉଥିଲୁ । ଏହି ପ୍ରକ୍ରିୟା ସେତେବେଳ ପର୍ଯ୍ୟନ୍ତ ଚାଲୁଥିଲା କି ଯେପରି ସବୁତକ କାର୍ଡ ସମାପ୍ତ ହୋଇ ନଯାଇଛି। ଯେତେବେଳେ ସେ ସଠିକ ଉତ୍ତର ଦେଉଥିଲା ମୁଁ ଜୋର ଜୋର ତାଳି ମାରି ତାକୁ ଖୁବ୍ ପ୍ରଶଂସା କରୁଥିଲି। ସବୁ ରାତିରେ ଆମେ ସେହି ପ୍ରକ୍ରିୟାକୁ ଦୋହରାଉ ଥିଲୁ ଓ ସବୁ କାର୍ଡକୁ ସାମାପ୍ତ କରୁଥିଲୁ ସେବି ଏକ ଷ୍ଟପ୍‌ୱାଚ୍ ସାଙ୍ଗରେ ଧରି। ଦୈନିକ କେତେ ସମୟ ଲାଗୁଛି ତାର ଏକ ତାଲିକା ପ୍ରସ୍ତୁତ କରୁଥିଲୁ। ଏପରି କିଛି ଦିନ ଗଲା ପରେ ମୁଁ ତା ସମ୍ମୁଖରେ ଏକ ସର୍ତ୍ତ ରଖିଲି, ଯେଉଁ ରାତି ରେ ସେ ଏହି ସବୁତକ କାର୍ଡର ସମାଧାନ ପୁରା ଆଠ ମିନିଟ୍ ସମୟ ମଧ୍ୟରେ କରିଦେବ ସେହି ଦିନ ଠାରୁ ଆମେ ଆଉ ଏ କାର୍ଡ କୁ ବ୍ୟବହାର କରିବା ନାହିଁ। ତା ପାଇଁ ଏ ଲକ୍ଷ୍ୟ ବହୁତ କଠିନ ଥିଲା। କାରଣ ପ୍ରଥମ ରାତିରେ ୫୨ ମିନିଟ, ପରେ ୪୮ ମିନିଟ୍ ଏପରି ଏପରି ୪୪,୪୧,୪୦..... । ଯେତେବେଳେ ଟିକେ ବେଶି ସମୟ କମି ଆସୁଥିଲା ଆମେ ତାହାକୁ ଭଲ ଭାବରେ ପାଳନ କରୁଥିଲୁ ବା ବେଶି ଖୁସି ହେଉଥିଲୁ। ମୁଁ ଏହି ଖବର ମୋ ସ୍ତ୍ରୀକୁ ଦେଉଥାଏ। ଏପରି କରି କରି ମାସର ଶେଷ ଆଡକୁ ସେ ସବୁତକ କାର୍ଡର ଉତ୍ତର

ଆଠରୁ ବି କମ୍ ସମୟରେ ଦେବାକୁ ଲାଗିଲା ଏବେ କିଛି ସୁଧାର ଆସିବା ମାତ୍ରେ ସେ ଆଉ ଥରେ ତାହାକୁ କରି ବସୁଥିଲା ସେ ବି ଆପେ ଆପେ ମୁଁ କିଛି କହିବା ପୂର୍ବରୁ। କାରଣ ସେ ଏହି ତଥ୍ୟକୁ ଜାଣି ପାରିଥିଲା କି ଶିଖିବା କୌଣସି ବଡ ବା କଷ୍ଟକର କାମ ନୁହେଁ।

'ଏଥର ଗଣିତରେ ସେ ବହୁତ ଭଲ ମାର୍କ ରଖିଲା ମୋଟ ଉପରେ ବି ଗ୍ରେଡରେ ପାସ କଲା ସେଥିରେ ବହୁତ ଖୁସି ଥିଲା କାରଣ ସେ କେବେ ବି ଏତେ ଭଲ କରିପାରି ନଥିଲା ସେ ତ ସି ବା ସି ପ୍ଲସ ହିଁ ରଖି ପାରୁଥିଲା। ଏବେ ଅନ୍ୟ ବିଷୟରେ ବି ବହୁତ ଶିଘ୍ର ଶିଘ୍ର ଜ୍ଞାନ ବଢିବାରେ ଲାଗିଥାଏ ଓ ପଢିବାର ଗତି ବି ତିବ୍ର ହୋଇଯାଇଥିଲା। ସେ ଏବେ ନିଜ ଜନ୍ମଜାତ ପ୍ରତିଭା ଡ୍ରଇଂ କୁ ବି ବହୁତ ଭଲ ଭାବରେ କରିବାକୁ ଲାଗିଥିଲା। କିଛି ଦିନ ପରେ ସ୍କୁଲ୍‌ର ଶିକ୍ଷକ ତାକୁ ବିଜ୍ଞାନ ମେଳା ପାଇଁ ଏକ ସୁନ୍ଦର ମଡେଲ ତିଆରି କରିବାକୁ କହିଲେ। ସେ ପାକସ୍ଥଳୀ ର କାମ ଉପରେ ଏକ କଠିନ ମଡେଲ କୁ ଖୁବ୍ ପରିଶ୍ରମ କରି ପ୍ରସ୍ତୁତ କଲା। ସେହି ମଡେଲ୍‌ଟି ତାଙ୍କ ସ୍କୁଲ୍‌ର ବିଜ୍ଞାନ ମେଳାରେ ପ୍ରଥମ ପୁରସ୍କାର ପାଇଲା। ଏବେ ତାକୁ ସହରର ସମସ୍ତ ସ୍କୁଲ୍ ପିଲା ମାନଙ୍କର ପ୍ରତିଭାରେ ଭାଗ ନେବାର ସୁଯୋଗ ମିଳିଲା ସେ ଥିରେ ସେ ୩ୟ ସ୍ଥାନ ଅଧିକାର କଲା।

ଏବେ ତ ତାର ପୁରା ନକ୍‌ସା ହିଁ ବଦଳି ଯାଇଥିଲା। ଇଏ ସେହି ପିଲା ଯେ କି ଦୁଇ ବର୍ଷ ପଛରେ ଚାଲୁଥିଲା ଯାହାକୁ ମାନସିକ ଅନଗ୍ରସର ଭାବେ ବିବେଚନା କରାଯାଉଥିଲା ଓ ତାର ସାଙ୍ଗମାନେ ତାକୁ 'ଫ୍ରେଙ୍କେନ୍‌ଷ୍ଟିନ୍' କହି ଥଟ୍ଟା କରୁଥିଲେ ଓ କହୁଥିଲେ ଯୋର ଲଗାନା ନଚେତ ତୋ ମସ୍ତିଷ୍କ ବାହାରକୁ ବାହାରି ଆସିବ। ସେଥିପାଇଁ ତ ତୋର ଖପୁରି ଖାଲି ଦେଖାଯାଉଛି। ହେଲେ ଅଚାନକ ସେ ନିଜେ ଜାଣିପାରିଲା କି ସେବି କିଛି କରି ଦେଖାଇ ପାରିବ ସେବି ସବୁ କିଛି ଶିଖିପାରିବ। ୮ମ ଠାରୁ ୧୦ମ ପର୍ଯ୍ୟନ୍ତ ତାକୁ ଅନର୍ସ ରୋଲ୍ ମିଳିଲା। ଓ ହାଇସ୍କୁଲରେ ତାକୁ ନେସନାଲ୍ ଅର୍ନର ସୋସାଇଟି ପାଇଁ ବଛା ହେଲା। ଥରେ ତାକୁ ଯେତେବେଳେ ଜଣା ପଡିଗଲା କି ଶିଖିବା ବହୁତ ସହଜ ଅଟେ ତାପରେ ସେ ଆଉ ପଛକୁ ଫେରି ଦେଖିବାକୁ ମନ କଲାନାହିଁ ତାର ଜୀବନ ପୁରା ସୁଧୁରି ଗଲା।'

ଏବେ ଯଦି ଅନ୍ୟଲୋକକୁ ସୁଧାରିବାକୁ ଚାହୁଁଥାନ୍ତି ତାଙ୍କର ସାହାଯ୍ୟ କରିବାକୁ ଚାହୁଁଥାନ୍ତି ତେବେ, ସର୍ବଦା ଏହି କଥାକୁ ସ୍ମରଣ ରଖିଥିବେ-

ସିଦ୍ଧାନ୍ତ - ୪

ଅନ୍ୟମାନଙ୍କୁ ପ୍ରୋତ୍ସାହିତ କରନ୍ତୁ। ଏହା ବୁଝାଇ ଦିଅନ୍ତୁ କି ଭୁଲ ସୁଧାରିବା ବା କିଛି ଶିଖିବା ଆଦୌ ଅସମ୍ଭବ ନୁହେଁ।

୨

ସଠିକ କୌଶଳ ତାହା ଯେଉଁଥିରେ ଲୋକେ ଆପଣଙ୍କ କାମ କରିବାକୁ ଲାଗିବେ

୧ ୯ ୧ ୫ମସିହାରେ ଆମେରିକାରେ ଚାରିଆଡେ ଏକ ଭୟ ଓ ଗଣ୍ଡଗୋଳିଆ ପରିସ୍ଥିତି ଲାଗି ରହିଥାଏ, କାହିଁକି ନା ବିଶ୍ୱଯୁଦ୍ଧ ପାଇଁ ବର୍ଷରୁ ଅଧିକ ସମୟ ଧରି ଏପରି ଲାଗି ରହିଥାଏ। ୟୁରୋପୀୟ ଦେଶମାନେ ଜଣେ ଅନ୍ୟ ଜଣେ ଦେଶର ଶତ୍ରୁ ହୋଇଯାଇଥାନ୍ତି। ପ୍ରାୟ ମାନବ ଜାତିର ଇତିହାସରେ ଆଗରୁ ଏତେ ବଡ ହିଂସା କେବେ ବି ହୋଇ ନଥିଲା। ପ୍ରତ୍ୟେକ ଲୋକ ଏହା ଜାଣିବାକୁ ଇଚ୍ଛୁକ ଥିଲା କି, କ'ଣ ଆଉ ଥରେ ଶାନ୍ତି ପ୍ରତିଷ୍ଠା ହୋଇପାରିବ ନାଁ! ନାହିଁ ? ଠିକ୍ ସେତିକିବେଳେ ବୁଡରୋ ବିଲ୍ସନ ଏକ ଚେଷ୍ଟା କରିବାର ନିଶ୍ଚୟ କଲେ। ସେ ୟୁରୋପର ସମସ୍ତ ଶାସକ ଓ ସେନାପତିମାନଙ୍କ ପାଖକୁ ଶାନ୍ତି ପତ୍ର ପ୍ରସ୍ତାବ ଦେଇ ଏକ ପ୍ରତିନିଧି 'ଶାନ୍ତିଦୂତ' ଭାବରେ ପଠାଇଲେ।

ବିଲିୟମ୍ ଜେନିଂଗ୍ସ ବ୍ରାୟନ୍, ଯେ କି ସେକ୍ରେଟାରି ଅଫ୍ ଷ୍ଟେଟ୍ ଥିଲେ, ଶାନ୍ତିଦୂତ ହୋଇ ଯିବାକୁ ଚାହୁଁଥିଲେ। ସେ ମାନବର ସେବାରେ ନିଜ ଜୀବନକୁ ନିୟୋଜିତ କରି ସବୁ ଦିନ ପାଇଁ ଇତିହାସ ପୃଷ୍ଠାରେ ଅମର ହୋଇଯିବାକୁ ଚାହୁଁଥିଲେ। କିନ୍ତୁ ବିଲ୍ସନ୍ ନିଜ ପାଖରେ ଥିବା ଉପଦେଷ୍ଟା ଓ ବନ୍ଧୁ କର୍ନଲ୍ ଏଡବର୍ଡ୍ ଏମ୍. ହାଉସ୍‌ଙ୍କୁ ଶାନ୍ତିଦୂତ ଭାବେ ପଠାଇଦେଲେ। ଏହି ଖବରକୁ ବ୍ରାୟନ୍‌ଙ୍କୁ ଶୁଣାଇବାର ଦାୟିତ୍ୱ ବି କର୍ନଲ୍ ହାଉସ୍‌ଙ୍କୁ ଦିଆଗଲା, ଯାହା ଫଳରେ ସେ ନିଜେ ଶାନ୍ତିଦୂତ ହୋଇ ଯାଇନଥିବାରୁ ତାଙ୍କୁ ଯେପରି କଷ୍ଟ ନହୁଏ କି ଖରାପ ଅନୁଭବ ନ ହୁଏ।

କର୍ନଲ୍ ହାଉସ୍ ନିଜ ଡାୟେରି ର ପୃଷ୍ଠାରେ ଲେଖିଥିଲେ, 'ଯେତେବେଳେ ବ୍ରାୟନ୍‌ଙ୍କୁ ମୁଁ କହିଲି କି ମୋତେ ଶାନ୍ତିଦୂତ ଭାବେ ୟୁରୋପକୁ ପଠାଯାଉଛି, ତ ସେ ନିରାଶ ହୋଇଗଲେ। ସେ ଏହି କାମକୁ ନିଜେ କରିବାକୁ ଚାହୁଁଥିଲେ।'

'ମୁଁ ତାଙ୍କୁ କହିଲି କି ରାଷ୍ଟ୍ରପତିଙ୍କ ଅନୁସାରେ ଏହି କାମ କୁ ଅଧିକାରୀମାନଙ୍କ ଦ୍ୱାରା କରାଇବା ଉଚିତ ନୁହେଁ। ଆଉ ପୁଣି ବ୍ରାୟନ୍ ଯଦି ସେଠାକୁ ଯାଆନ୍ତି ତେବେ ସାରାଦୁନିଆଁର ନଜର ତାଙ୍କ ଉପରେ ରହିବ ସେ କାହିଁକି ସେଠାକୁ ଗଲେ।

କେତେ କୁଶଳତାର ସହ ହାଉସ୍ ବ୍ରାୟନଙ୍କୁ ଏହି କଥାର ଅନୁଭବ କରାଇଦେଲା କି ସେହି କାମ ଏତେ ମହତ୍ତ୍ୱପୂର୍ଣ୍ଣ ନୁହେଁ କି ତାଙ୍କୁ ଏହି କାମ ଦିଆଯିବା ଦରକାର। ଏହି କଥାରେ ବ୍ରାୟନ୍ ସନ୍ତୁଷ୍ଟ ହୋଇଗଲେ।

କର୍ନଲ୍ ହାଉସ୍ ଜଣେ କୁଶଳ ଓ ଅନୁଭବି ବ୍ୟକ୍ତି ଥିଲେ ସମାଜର ସବୁ ବର୍ଗର ଲୋକଙ୍କ ସହ ତାଙ୍କର ସେମିତି ସର୍ମ୍ପକ ଥିଲା। ସେ କୁଟନୀତିରେ ବି ପାରଙ୍ଗମ ଥିଲେ। ସେ ଏହି ନିୟମ ଦ୍ୱାରା ଚାଲୁଥିଲେ କି ସାମ୍ନା ଲୋକକୁ କିଛି କାମ କରିବାକୁ ଦେଲେ ଯେପରି ସେ ଖୁସି ହୋଇ ଆପଣଙ୍କ କଥା ମାନିଯିବ।'

ବିଲିୟମ୍ସ ଗିବ୍ସ ମୈକାଡୁଙ୍କୁ ନିଜ କ୍ୟାବିନେଟ୍‌ର ସଦସ୍ୟତା କରାଇବା ସମୟରେ ବୁଡ୍ରୋ ବିଲିୟମ୍ସ ବି ଏହି ନୀତିର ପାଳନ କରିଥିଲେ। ଏହା ସେହି ସର୍ବଶ୍ରେଷ୍ଠ ମାନ୍ୟତା ଥିଲା ସେ କାହାକୁ ବି ଦେଇପାରିଥାନ୍ତେ, କିନ୍ତୁ ବିଲିୟମ୍ସ ସେହି ପ୍ରସ୍ତାବକୁ ଏହି ପ୍ରକାରରେ ଉପସ୍ଥାପନା କରିଥିଲେ। ଯାହାଦ୍ୱାରା ମୈକାଡୁଙ୍କୁ ଦୁଇଗୁଣ ସମ୍ମାନ ମିଳିପାରିବ। ଏହି କାହାଣୀଟି ମୈକାଡୁଙ୍କ ଶବ୍ଦରେ କିଛି ଏହି ପ୍ରକାରର ଥିଲା– 'ବୁଡ୍ରୋ ବିଲିୟମ୍ସ କହିଲେ କି ସେ ନିଜ କ୍ୟାବିନେଟ୍‌ର ନିର୍ମାଣ କରୁଛନ୍ତି ଓ ଯଦି ଆପଣ ଅର୍ଥ ମନ୍ତ୍ରୀଙ୍କ ପଦ ସମ୍ଭାଳି ନିଅନ୍ତେ ତେବେ ତାଙ୍କୁ ବହୁତ ଖୁସି ହୁଅନ୍ତା। ଏହି କଥାକୁ ସେ ବହୁତ ଆନନ୍ଦଦାୟକ ଶୈଳୀରେ କହିଥିଲେ। ସେ ଏପରି ଦେଖାଇବାକୁ ଚେଷ୍ଟା କରିଥିଲେ କି ଯଦି ମୁଁ ତାଙ୍କ କଥାରେ ରାଜି ହୋଇଯାଉଛି ତେବେ ତାଙ୍କ ଉପରେ ଏକ ବଡ ଉପକାର ହେବ।'

କିନ୍ତୁ ବିଲିୟମ୍ସ ସବୁବେଳେ ଏତେ ବ୍ୟବହାର କୁଶଳ ରହି ପାରୁନଥିଲେ। ଯଦି ଏପରି ଏମିତି ହୋଇଥାନ୍ତା ତେବେ ଆଜି ଇତିହାସର ପୃଷ୍ଠା କିଛି ଅଲଗା କଥା ଲେଖା ଯାଇଥାନ୍ତା। ଏହି କଥାକୁ ପ୍ରମାଣିତ କରିବାପାଇଁ ଆମେ ଆମେରିକାର ଲିଗ୍ ଅଫ୍ ନେସନ୍ସରେ ସମ୍ମିଳିତ ହେବାର ଘଟଣାକୁ ନେଇପାରନ୍ତି। ବିଲ୍ସନ୍ ସିନେଟ୍ ତଥା ରିପବ୍ଲିକାନ୍ ପାର୍ଟି ଏହି ପ୍ରକରଣ ରେ ଖୁସି ରଖିପାରିଲେ ନାହିଁ। ଶାନ୍ତି ଯାତ୍ରାରେ ଯିବାବେଳେ ସେ ନିଜ ସହିତ ପ୍ରଖ୍ୟାତ ରିପବ୍ଲିକାନ୍ ନେତାଗଣ, ଯେପରିକି ଏଲିହୁ ରଟ୍, ଚାର୍ଲସ୍ ଇବାନ୍ସ ହ୍ୟୁଜ୍ ବା ହେନେରି କୈବାଟ୍ ଲିଜ୍‌ଙ୍କୁ ନେଲେ ନାହିଁ। ଏହା ବଦଳରେ ସେ ନିଜ ପାର୍ଟିର ଅଜଣା ଅଶୁଣା ସଦସ୍ୟମାନଙ୍କୁ ନେଇଗଲେ। ଏମିତି କରି ସେ ଏକ ପ୍ରକାରର ରିପବ୍ଲିକାନ୍ ପାର୍ଟିର ଅପମାନ କରିଦେଲେ ଓ ଏକଥା ବି ସ୍ପଷ୍ଟ କରିଦେଲେ କି ଏହି ବିଚାର ପାର୍ଟିର ନୁହେଁ ବରଂ

ନିଜର ଅଟେ। ବିଲିୟମ୍ସ ସେମାନଙ୍କୁ କେକ୍‌ରେ ବି ହାତ ଲଗାଇବାକୁ ଦେଲେ ନାହିଁ ତଥା ମାନବୀୟ ସମ୍ବନ୍ଧକୁ ଏତେ ଅପରିଷ୍କାର ଶୈଳୀରେ ନେଲେ, ତ ସାରା କ୍ୟାରିଅର ନଷ୍ଟ ହୋଇଗଲା। ତାଙ୍କର ସ୍ୱାସ୍ଥ୍ୟ ବି ଖରାପ ହୋଇଗଲା ଓ ସେ ବେଶିଦିନ ବଞ୍ଚି ପାରିଲେ ନାହିଁ। ଏହି କାରଣରୁ ସେ ଆମେରିକାନ ଲିଗ୍ ରେ ରହିପାରିଲେ ନାହିଁ ତଥା ବିଶ୍ୱର ସାରା ଇତିହାସ ବଦଳି ଗଲା।

କେବଳ ରାଜନେତା ବା ପ୍ରସିଦ୍ଧ କୁଟନୀତିଜ୍ଞମାନେ ହିଁ ସାମ୍ନା ଲୋକକୁ କୌଣସି କାମ ବରାଦ କଲାବେଳେ ଏହି କଥାର ଧ୍ୟାନ ରଖନ୍ତିନାହିଁ ଯେ ସେ ଆପଣଙ୍କ କାମକୁ କରିବାକୁ ଖୁସି ଖୁସି ରାଜି ହୋଇଯିବେ ବରଂ ପ୍ରତ୍ୟେକ ଲୋକମାନେ ନିଜ ଘରେ ବି ଏହାକୁ ବ୍ୟବହାର କରନ୍ତି। ଫୋର୍ଟ୍ ବେନ୍, ଇଂଡିୟାନାରେ ଡେଲ୍ ଓ. ଫେରିୟର୍ ଆମକୁ କହିଥିଲେ କି କିପରି ସେ ନିଜ ଛୋଟ ପିଲାମାନଙ୍କ ଦ୍ୱାରା ପ୍ରସନ୍ନତା ପୂର୍ବକ କାମ କରାଇ ନେଇଥିଲେ।

'ଜେଫ୍‌କୁ ଗଛରୁ ପଡି ଯାଇଥିବା ନାସପାତି ଗୁଡିକୁ ଏକାଠି କରିବାର କାମ ଦିଆ ଯାଇଥିଲା, ଫଳରେ ବଗିଚାର ମାଳୀକୁ ଏଗୁଡିକୁ ସଫା କରିବାକୁ ବାରମ୍ବାର ନଇଁ ନଇଁ ଭୁଇଁରୁ ଉଠାଇବାକୁ ପଡିବ ନାହିଁ। କିନ୍ତୁ ତାକୁ ଏହି କାମ ବିଲକୁଲ୍ ଭଲ ଲାଗୁ ନଥିଲା। ସେ ଏହି କାମକୁ କରୁ ନଥିଲା ନଚେତ ଯଦି କରୁଥିଲା ତେବେ ବହୁତ ନାସପାତି ଛାଡି ଦେଇ ଚାଲି ଯାଉଥିଲା। ସିଧା ସିଧା ଯୁକ୍ତି କରିବାର ସ୍ଥାନରେ ମୁଁ ତାକୁ କହିଲି- 'ଜେଫ୍! ମୁଁ ଚାହୁଁଥିଲି କି ଆମେ ଦୁଇ ଜଣ ନିଜ ଭିତରେ ଏକ ଚୁକ୍ତି କରିନେବା ବା ବୁଝାମଣା କରିନେବା। ନାସପାତି ରେ ଭର୍ତ୍ତି ହୋଇଥିବା ପ୍ରତି ପାଛିଆକୁ ଉଠାଇବା ପାଇଁ ମୁଁ ଏକ ଡଲାର ଦେବି, କିନ୍ତୁ କାମ ସରିବା ପରେ ଯେତୋଟି ଫଳ ତଳେ ପଡିଥିବାର ମୋତେ ମିଳିବ ମୁଁ ସେତେ ଡଲାର ଫେରସ୍ତ ନେଇଯିବି। କ'ଣ ଏହି ସର୍ତ୍ତ ତୋତେ ମଞ୍ଜୁର ଅଛି ? ପୁଣି କ'ଣ ହେବ, ସେକଥା ତ ଆପଣ ବି ଜାଣିଛନ୍ତି।

ମୋର ଭେଟ ଏକ ଏପରି ଲୋକ ସହିତ ହେଲା, ଯିଏ କି ଭାଷଣ ଦେବା ପାଇଁ ବା ବନ୍ଧୁମାନଙ୍କ ନିମନ୍ତ୍ରଣକୁ ଏହି କୁଶଳତାରେ ଅସ୍ୱୀକାର କରି ଦେଉଥିଲେ କି ଲୋକମାନେ ତାଙ୍କ ଉତ୍ତରରେ ସନ୍ତୁଷ୍ଟ ହୋଇ ଯାଉଥିଲେ। ସେମାନଙ୍କୁ ଖରାପ ବି ଲାଗୁ ନଥିଲା। କ'ଣ ଥିଲା ତାଙ୍କ ଉପାୟ ? ସେ ସିଧା ସିଧା କେବେ ବି କହୁନଥିଲେ କି କାମରେ ବ୍ୟସ୍ତ ଅଛନ୍ତି ଏଣୁ ମୁଁ ଆସି ପାରିବି ନାହିଁ। ଏହା ବଦଳରେ ସେ ସାମ୍ନା ଲୋକକୁ ଆମନ୍ତ୍ରିତ କରିଥିବାରୁ ଧନ୍ୟବାଦ ଦେଉଥିଲେ ଓ ତାପରେ କହୁଥିଲେ କି ସେ ନିମନ୍ତ୍ରଣ ସ୍ୱୀକାର କରିବାପାଇଁ ସକ୍ଷମ ନୁହେଁ। ଏହାର କାରଣ ସ୍ୱରୁପ କୌଣସି ଅନ୍ୟ ବିକଳ୍ପ ବି କହି ଦେଉଥିଲେ। ସାମ୍ନାଲୋକକୁ ଅସ୍ୱୀକୃତିକୁ ନେଇ ଅସନ୍ତୋଷ ହେବାର କୌଣସି ଅବସର ଦେଉ ନଥିଲେ।

ତୁରନ୍ତ ସେମାନଙ୍କ ବିଚାରକୁ କୌଣସି ଅନ୍ୟ ଲୋକ ଆଡକୁ ପରିବର୍ତ୍ତିତ କରି ଦେଉଥିଲା ଯିଏ ତାଙ୍କ ନିମନ୍ତ୍ରଣକୁ ସ୍ୱୀକାର କରିବାର ସ୍ଥିତିରେ ଥାଏ।

ପଶ୍ଚିମ ଜର୍ମାନୀରେ ଆମ ପାଠ୍ୟକ୍ରମ ଚାଲିଥିଲା ବେଳେ ଗୁଣ୍ଟର୍ ଶିମଟ୍ ବି ଭାଗ ନେଇଥିଲା। ସେ ନିଜ ଫୁଡ୍‌ଷ୍ଟୋର୍‌ର ଏକ କର୍ମଚାରୀର କାହାଣୀ କହିଥିଲେ। ସେହି ମହିଳା ଦୋକାନର ଥାକମାନଙ୍କରେ ଜିନିଷର ଦାମ୍ ବା ଦର ଲଗାଇବାର କାମ କରିବାରେ ଖାମ୍‌ଖିଆଲି କରୁଥିଲେ ଯେଉଁ ଥାକ ଗ୍ରାହକମାନଙ୍କୁ ଜିନିଷର ଦର ଜଣାଇଦେବାକୁ ଉଦ୍ଦିଷ୍ଟ ଥିଲା। ସେଥିରେ ଅସୁବିଧା ହେଉଥିଲା ତେଣୁ ଗ୍ରାହକ ମାନେ ବି ସନ୍ତୁଷ୍ଟ ହୋଇ ପାରୁନଥିଲେ। କେତେଥର ସେହି ମହିଳାଙ୍କୁ ଭଲ ଭାବରେ ବୁଝାଗଲା, ଗାଳି କରାଗଲା ଓ ଚାକିରି ଯିବାର ଧମକ ବି ଦିଆଗଲା ହେଲେ ବି କିଛି ସୁଫଳ ମିଳିନା ନାହିଁ। ଶେଷରେ ମି. ଶିମଟ୍ ତାଙ୍କୁ ନିଜ ଅଫିସ୍ ରୁମକୁ ଡାକି କହିଲେ ‘ଆଜି ଠାରୁ ତୁମେ ସୁପରଭାଇଜର୍ ଅଫ୍ ପ୍ରାଇସ୍ ଟେଗ୍ ପୋଷ୍ଟିଙ୍ଗ୍ ପଦରେ ନିଯୁକ୍ତି ହେଲ। କାଲି ଠାରୁ ତୁମର କାମ ହେବ ସମସ୍ତ ପିଲାମାନେ ଯେଉଁ ଟ୍ୟାଗ୍ କରିଛନ୍ତି ତାହାକୁ ତନଖି କରିବା, କାଳେ ସେଥିରେ କିଛି ଭୁଲ୍ ରହି ଯାଇନାହିଁ ତ? କିଛି ଅଧିକା ଦାୟିତ୍ୱର ଭାର ତାଙ୍କ ମୁଣ୍ଡ ଉପରେ ଲଦି ଦେବାରୁ ସେ ପୁରା ପୁରି ବଦଳି ଗଲେ ଏବେ ତାଙ୍କର ସମସ୍ତ କାମ ବେଶ୍ ସନ୍ତୋଷ ଜନକ ହେଉଅଛି।

କେହି କେହି ଲୋକଙ୍କୁ ଏହା ପିଲାଳିଆମି ଭଳି ଲାଗିପାରେ। ନେପୋଲିୟନ୍‌ଙ୍କୁ ଏପରି କୁହାଯାଇଥିଲା, ଯେତେବେଳେ ସେ ‘ଲିଜିଅନ୍ ଅଫ୍ ଅନର୍’ ର ଉପାଧି ଅର୍ଜନ କରିଥିଲେ। ସେ ନିଜ ସେନା ମଧ୍ୟରେ ୧୫୦୦୦ କ୍ରାର୍ସ ବାଣ୍ଟିଥିଲେ, ନିଜର ୧୮ ଜଣ ଜେନେରାଲମାନଙ୍କୁ ‘ମାର୍ଶାଲ୍ ଅଫ୍ ଫ୍ରାନ୍ସ’ ର ଉପାଧି ଦେଇଦେଇଥିଲେ ତଥା ନିଜ ସେନାକୁ ଗ୍ରାଣ୍ଡ୍ ଆର୍ମିର ପଦ ଦେଇଥିଲେ। ନେପୋଲିୟନ୍‌ଙ୍କୁ ଏପରି ସମାଲୋଚନା କରାଯାଇଥିଲା କି ସେ କାଳେ ଯୁଦ୍ଧରେ ଉତପ୍ତ ଅଗ୍ନୀ ରୁପକ ସୈନ୍ୟମାନଙ୍କ ହାତରେ ଖେଳନା ଧରାଇ ଦେଇଛନ୍ତି! ଏହାର ଉତ୍ତରରେ ନେପୋଲିୟନ୍ କହିଥିଲେ ‘ମନୁଷ୍ୟକୁ ଖେଳନା ଦ୍ୱାରା ଶାସନ କରିହୁଏ ଅସ୍ତ୍ର ଦ୍ୱାରା ନୁହେଁ।’

ଏହି ନୀତି ନେପୋଲିୟନ୍‌ଙ୍କ ପରି ଆପଣଙ୍କ ପାଇଁ ବି ବହୁତ କାମିକା ସାବ୍ୟସ୍ତ ହୋଇ ପାରେ ଏହି ବିଷୟର ଆଉ ଏକ ଉଦାହରଣ ନେବା ନିର୍ୟୁକ୍‌ର ଏକ ଛୋଟ ସହରରେ ରହୁଥିବା ମୋର ଜଣେ ବନ୍ଧୁ ଯାହାଙ୍କ ନାମ ଥିଲା ‘ମି. ଅର୍ନଷ୍ଟ ଜେଣ୍ଟ୍’ ସେ ସବୁବେଳେ ତାଙ୍କ ବଗିଚାକୁ ପଶି ଆସି ଦୌଡା ଦୌଡି କରୁଥିବା ଛୋଟ ପିଲାମାନଙ୍କୁ ନେଇ ଚିନ୍ତିତ ରହୁଥିଲେ। କାରଣ ପିଲାମାନେ ଦୌଡିବା ସହ ବଗିଚାକୁ ନଷ୍ଟ ଭ୍ରଷ୍ଟ କରିଦେଉଥିଲେ। ସେ ପିଲାମାନଙ୍କୁ ବହୁତ ବୁଝାଇଲେ କେତେ ପ୍ରକାରର ଲୋଭ ଦେଖାଇଲେ ଓ ଶେଷରେ

ଗାଳି ଗୁଲଜ ମଧ୍ୟ ଦେଲେ, ହେଲେ କିଛି ବି ଫଳ ହେଲା ନାହିଁ। ଦିନେ ସେ ସେହି ପାଲାମାନଙ୍କ ଭିତରୁ ତାଙ୍କ ନେତାକୁ ଡାକି ବଗିଚାର ମୁଖ୍ୟ ରକ୍ଷଣା ବେକ୍ଷଣକୁ ହାନି ପହଞ୍ଚାଉଥିବା ପିଲାଙ୍କ ଗୁପ୍ତଚର କରିଦେଲେ ଓ କହିଲେ ଏହିପରି ଭାବରେ ସେ ବଗିଚାର ଭଲ ଦେଖା ଶୁଣା କରିପାରିବ। ସେ ଧ୍ୟାନ ରଖିବା ଉଚିତ୍ ଯେ ବାହାରର ଫାଲତୁ ଲୋକମାନେ ତା ଦାୟୀତ୍ୱରେ ଥିବା ବଗିଚାରେ ଯେପରି ପଶି ନପାରନ୍ତି। ବାସ୍ ଏହା ପରେ ତ ସମସ୍ୟା ଆପେ ଆପେ ସୁଧୁରି ଗଲା।

ଯେତେବେଳେ କୌଣସି ଲୋକର ବ୍ୟବହାର ବା ଦାୟିତ୍ୱବୋଧତାରେ କୌଣସି ପରିବର୍ତ୍ତନ କରିବାକୁ ପଡେ ତେବେ ଏକ କୁଶଳ ପ୍ରଭାବଶାଳୀ ନେତା ବା ଅଧ୍ୟକ୍ଷକୁ ଏହି କଥା ପ୍ରତି ଅବଶ୍ୟ ଧ୍ୟାନ ଦେବା ଦରକାର-

୧. ସର୍ବଦା ବିଶ୍ୱସ୍ତ ହୋଇ ରୁହନ୍ତୁ। ଭୁଲରେ ଏମିତି ପ୍ରତିଶୃତି ଦିଅନ୍ତୁ ନାହିଁ ଯାହାକୁ ଆପଣ କେବେବି ପୂରଣ କରିପାରିବେ ନାହିଁ। କେବଳ ନିଜ ଲାଭ କୁ ଆଶା ନକରି ବରଂ ସାମ୍ନା ଲୋକ ପାଇଁ କ'ଣ କରି ପାରିବେ ତାକୁ ଆଖି ଆଗରେ ରଖି କାମ କରନ୍ତୁ।

୨. ସାମ୍ନା ଲୋକ ଠାରୁ କ'ଣ କରାଇବାକୁ ଚାହୁଁଛନ୍ତି ତାହା ଏକଦମ୍ ସ୍ପଷ୍ଟ ହେବା ଦରକାର।

୩. ସାମ୍ନା ଲୋକ କ'ଣ ଚାହୁଁଛି ତାହା ନିଜେ ନିଜକୁ ପଚାରନ୍ତୁ ଓ ନିଜ କଥାକୁ ପୁରା ଆତ୍ମବିଶ୍ୱାସର ସହ ଜୋର ଦେଇ କୁହନ୍ତୁ।

୪. ଏହି କଥାର ବି ଶାନ୍ତିପୂର୍ବକ ବିଚାର କରନ୍ତୁ କି ଆପଣ କହିଥିବା କାମକୁ କରିଲେ ତାଙ୍କର କି ପ୍ରକାର ଲାଭ ହେବ?

୫. ଏହା ପରେ ସେହି ଲାଭକୁ ସାମ୍ନାଲୋକର ଇଚ୍ଛା ସହିତ ଯୋଡି ଦିଅନ୍ତୁ। ପ୍ରକାଶ କରିବା ବେଳେ ସାମ୍ନା ଲୋକକୁ ଏପରି ଦର୍ଶାଇ ଦିଅନ୍ତୁ କି ଏହି କାମରେ ସେ କି କି ପ୍ରକାର କେତେ ଲାଭବାନ ହୋଇପାରେ। ବାର୍ତ୍ତାଳାପ ସଂକ୍ଷିପ୍ତ ହେବା ଦରକାର।

ଏହାର ଏକ ଉଦାହରଣ ନେବା- ଜନ୍, ତୁମେ ତ ଜାଣିଛ କି କାଲି ଆମ ଦୋକାନକୁ କେତେକ ନୂଆ ଗ୍ରାହକ ଆସିବାର ଅଛନ୍ତି, ଏଣୁ ମୋତେ ଷ୍ଟକ୍ ରୁମ୍ ଠାରୁ ଆରମ୍ଭ କରି ସାମ୍ନା କାଉଣ୍ଟର୍ ପର୍ଯ୍ୟନ୍ତ ପୁରା ସଫା ସୁତୁରା ଓ ଜିନିଷ ପତ୍ର ନିର୍ଦ୍ଦିଷ୍ଟ ଜାଗାରେ ସଠିକ୍ ଭାବରେ ରହିଥିବା ଦରକାର, ଠିକ୍ ରେ ଝାଡୁ ପୋଛା ବି କରିଦେବ। ଏହି ବିଚାରକୁ ଆମେ ଅନ୍ୟ ଉପାୟରେ ବି ପ୍ରକାଶ କରିପାରିବା। ଜନ୍ କୁ ତାର ଲାଭ ଭଲ ଭାବରେ ବୁଝା ପଡୁଥିବା ଦରକାର, 'ଜନ୍, ଆମ ପାଖରେ ଏକ ଏପରି କାମ ପଡି ରହିଅଛି ଯାହାକୁ ତୁରନ୍ତ ପୁରା କରିବା ଦରକାର ହେଉଅଛି, ଯଦି ଏହାକୁ ଆମେ ତୁରନ୍ତ ନ କରିବା ତେବେ

ଆଗକୁ ଆମକୁ ନିଶ୍ଚିତ ଏଥିପାଇଁ ପ୍ରଖ୍ୟାତାପ କରିବାକୁ ପଡିବ । ମୁଁ କାଲି କିଛି ନୂଆ ଗ୍ରାହକଙ୍କୁ ଆମ ଦୋକାନର ସମସ୍ତ ସୁବିଧା ସୁଯୋଗ ଦେଖାଇବାକୁ ନିମନ୍ତ୍ରିତ କରିଅଛି । ଭଲ ହେବ ଯଦି ଆମେ ନିଜ ସାମ୍ନା କାଉଣ୍ଟର ଠାରୁ ଆରମ୍ଭ କରି ପଛରେ ଥିବା ଷ୍ଟକ୍ ରୁମ୍ ପର୍ଯ୍ୟନ୍ତ ସବୁ ସୁସଜ୍ଜିତ ଓ ପରିଷ୍କାର ଅବସ୍ଥାରେ ଦେଖାଇ ପାରନ୍ତି ! ହେଲେ ଏବେ ଏହାର ରୂପ ବିଲକୁଲ୍ ବି ଠିକ୍ ନାହିଁ ଯଦି ତୁମେ କିଞ୍ଚିତ୍ ପରିଶ୍ରମ କରି ଏହାକୁ ଝାଡ଼ୁ ପୋଛା କରି ଚମକାଇ ଦେବ ତେବେ ସବୁ ଜିନିଷ ଚକ ଠିକ୍ ଭାବରେ ଦୃଷ୍ଟିଗୋଚର ହୋଇ ପାରିବ ଓ ନିଶ୍ଚିତ ଆମ ପରିଶ୍ରମର ଫଳ ଆମକୁ ପ୍ରାପ୍ତ ହେବ । ମୋର ପୂର୍ଣ୍ଣ ବିଶ୍ୱାସ ତୁମେ ସେମାନଙ୍କ ଆଗରେ ଦୋକାନର ଛବିକୁ ପୁରା ଭଲ ଭାବରେ ଉପସ୍ଥାପନ କରିପାରିବ ।'

କ'ଣ ଜନ୍ ଆପଣଙ୍କ ଦ୍ୱାରା କୁହାଯାଇଥିବା କଥାକୁ ଶୁଣି କାମଟିକୁ ଖୁସିର ସହ କରିନେବ । ହୁଏତ ବହୁତ ବେଶୀ ଖୁସି ହେବ ନାହିଁ ହୁଏତ ସଂକ୍ଷିପ୍ତ ଆଦେଶ ପାଇଁ କିଞ୍ଚିତ୍ ଖୁସି ହୋଇପାରେ । ଯଦି ଆମେ କହିବା କି ଜନ୍ ତାର ଷ୍ଟକ୍ ରୁମ୍ କୁ ନେଇ ବହୁତ ଗର୍ବ ଅନୁଭବ କରିଥାଏ । ତଥା ସେ ଦୋକାନର ଭଲ ଛବି ତିଆରି କରିବାରେ ବହୁତ ଆଗ୍ରହୀ ଥାଏ ତେବେ ଏହି କଥାରୁ ଅଧିକା ଆଶା କରା ଯାଇପାରେ । ଏହାବି କହିଦେବା ଦରକାର କି ଏହି କାମଟି ତା'ର ତେଣୁ ଆଜି ନହେଲେ କାଲି ତାକୁ ହିଁ କରିବାକୁ ପଡିବ ତେଣୁ ଏବେ କରିନେଲେ ଆଗକୁ ଆଉ କରିବାକୁ ପଡିବ ନାହିଁ ।

କିନ୍ତୁ ସର୍ବଦା ଏହି ସିଦ୍ଧାନ୍ତ ଗୁଡିକୁ ପାଳନ କଲେ ସମସ୍ତଙ୍କ ଠାରୁ କେବଳ ସକରାତ୍ମକ ଆଶା କରି ହେବ ନାହିଁ । ତଥାପି ଅଧିକାଂଶ ଲୋକଙ୍କ ଅନୁସାରେ ଏହି ସିଦ୍ଧାନ୍ତକୁ ପାଳନ କଲେ ଆପଣଙ୍କ ସଫଳତା ନିଶ୍ଚିତ ଭାବରେ ବହୁତ ପ୍ରତିଶତ ବୃଦ୍ଧି ଘଟିବ ଏବଂ ଯଦି ଏହା ୧୦ ପ୍ରତିଶତ ବି ବଢ଼ିପାରିଲା ତେବେ ଆପଣ ଆଗ ଅପେକ୍ଷା ଅଧିକ ୧୦ ପ୍ରତିଶତ ପ୍ରଭାବୀ ବ୍ୟକ୍ତି ହୋଇ ପାରିବେ । ଏହାଦ୍ୱାରା ଆପଣଙ୍କୁ କେବଳ ଲାଭ ହିଁ ଲାଭ ହେବ ।

ଲୋକେ ଆପଣଙ୍କ କଥାରେ କାମ କରିବେ ଯେତେବେଳେ ଆପଣ ଏହି ସିଦ୍ଧାନ୍ତକୁ ପାଳନ କରିବେ–

ସିଦ୍ଧାନ୍ତ – ୨

> **ନିଜ ସାମ୍ନା ଲୋକକୁ ଏପରି ଭାବରେ କାମ ଦିଅନ୍ତୁ, ଯେପରି କି ସେ ଖୁସି ହୋଇ ସେହି କାମକୁ କରିବାକୁ ରାଜି ହୋଇଯିବ ।**

☐☐☐

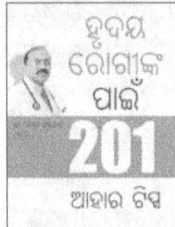
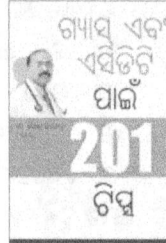
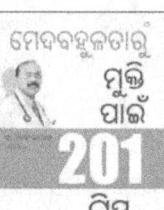
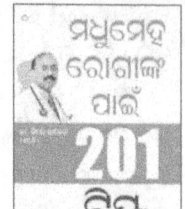

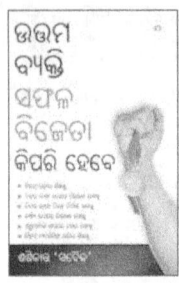

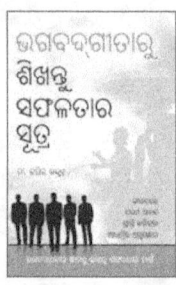